大鱼

有爱的青春陪伴者

燃霜

日日复日日／著

江苏凤凰文艺出版社
JIANGSU PHOENIX LITERATURE AND
ART PUBLISHING

图书在版编目（CIP）数据

燃霜 / 日日复日日著. -- 南京 : 江苏凤凰文艺出版社, 2025. 11. -- ISBN 978-7-5594-9880-9

Ⅰ. I247.5

中国国家版本馆CIP数据核字第2025HZ0891号

燃霜

日日复日日 著

责任编辑　王昕宁
责任印制　杨　丹
特约编辑　娄　薇
出版发行　江苏凤凰文艺出版社
　　　　　南京市中央路165号，邮编：210009
网　　址　http://www.jswenyi.com
印　　刷　天津睿和印艺科技有限公司
开　　本　880mm × 1230mm　1/32
印　　张　11
字　　数　418千字
版　　次　2025年11月第1版
印　　次　2025年11月第1次印刷
书　　号　ISBN 978-7-5594-9880-9
定　　价　42.80元

·目　录·

·目　录·

第一章

重烛，明日我就能再见到你了

天庭概览中有云，天有九重，每重天之间相隔十万八千里远。

要想从暮霜所在的三重天登上九重极天，须得飞越六重天，行六个十万八千里，这是如暮霜这样的小仙子绝无可能做到的。

暮霜站在天梯中间，身旁笔直地伫立着四个身着金甲的九重天天兵。

天兵们金甲辉辉，肩宽体阔，身量挺拔，威不可言。暮霜的个头还不及他们肩膀，被如此四面合围地夹在中间，就像一只囚入笼中的小鹌鹑。

她害怕得腿肚子都在转筋了。

也无怪乎她会如此害怕，暮霜原本只是下界一只小小山雀，因机缘巧合吞吃了一枚仙果而羽化登仙，自成仙后，便一直居于三重天悬圃园中，是悬圃之中一名伺候花草的莳花小仙。

她还是第一次看见这些只驻守在仙界最高天上的金甲天兵。

更遑论，现在还要被他们押解着，亲自踏上那高不可攀的最高天了。

暮霜连视线都不敢同身旁金甲卫的悍目对上，就更不敢询问他们，自己究竟犯了什么错，为何要被押解着前往九重最高天。

按理来说，像她这样平平无奇的小仙子，在这九重天仙界中，多如大海细沙，就算她确实犯有什么过错，也该是交由管着她们这一拨莳花仙的长老处置，要是犯的错误再大些，上头也还有一位掌管整个悬圃的女夷夫人呢。

又怎、怎么会惊动九重天上的上神？

暮霜百思不解，越发心神惶惶。就在这时，头顶突然传来“呜”一声鸣响，一道极光从天而降，罩于四周，只见得脚下金光流转，迅而游走，蚋结成一座法盘。

暮霜只觉身子一沉，蓦地被脚下法盘托起，极速往上飞升。

天梯飞升的速度，就算她扇断翅膀，也难以企及。周围的祥云如落雨一般从视野中飞速下坠，只不到一会儿工夫，暮霜便感觉眼花耳鸣，快要晕倒了。

她身子晃了晃，一不小心碰到了身旁天兵的金甲，被那金甲上的森然之气激得哆嗦了一下，硬生生杵着四肢站稳了。

天梯不停往上攀升，越来越快，外面的景物都汇成了道道流光，暮霜的耳鸣跟擂鼓一样。就在她忧心自己耳膜快破之时，天梯倏地停下来了。

周围笼罩的光芒散开，又被另一重金碧辉煌的光芒罩在头顶，暮霜的耳鸣缓和，眩晕的视野也安定下来，不由得仰头。

她本就生了一双开阔的圆眼，只扬目一望，当下便瞪得更圆了。

小小一莳花仙实在同那人间话本子上的刘姥姥一般，没曾见过这等恢弘的世面，光是前方那座龙盘云绕、高逾百仞的碧玉门楼，就是她平生仅见。

这门楼好高啊！高得一眼望不见顶，由碧沉沉的琉璃造就，明晃晃的宝玉铺成，上方的雕刻精细无比，栩栩如生，柱上盘缠的蟠龙仿若能游动，龙目慑人，气派得令人心惊胆战。

门楼左右各伫立着一排金甲天兵，一个个执戟悬鞭、持刀仗剑，甲胄反射的金光，刺得人睁不开眼睛。

门楼背后是一座悬空虹桥，从天门之处直入对岸云海，云海之上悬立一座座金光万道、瑞气千条的琉璃宫殿。

暮霜恍恍惚惚地跟着金甲天兵踏上虹桥，许是被眼前景象震慑得脑袋发蒙，这会儿胆子反倒大了一些，转动着眼珠偷偷打量。

她两眼都要塞不下这许许多多的瑰丽奇景，恨不能多生几双眼出来，将这九重天上的景象尽收眼底，也不枉来此一趟。

哪怕一会儿等待她的，是天大的噩耗，她也能承受了。

想是这样想，当天兵直直地把她往九重天上最气派的那一座凌霄宝殿引去时，暮霜好不容易缓和的腿肚子又开始转筋了。

凌霄宝殿是天帝议政之所，左右所列皆是暮霜只能闻其名、无缘见其面的天界至上仙神，就连在她心中已是贵不可言的女夷夫人，都只能敬陪末座。

暮霜何曾见过这等场面，即便那些上仙并未刻意释放神威威吓，她还是被诸位上仙的威严吓得抖如筛糠，纤细的脖子弯折得快要折断，就差将脑袋埋入自己的领口里了，眼看着要控制不住化作原形。

女夷夫人忙走过来，握住她的手，轻轻拍了拍，温柔地安抚道："别怕。陛下唤你前来，只是有一些旧事想要问你一问罢了。"

女夷夫人柔软的掌心给了暮霜莫大的勇气，毕竟在今日之前，女夷夫人就是她心中最权威的存在。

有女夷夫人站在身旁，她心中也蓦然生出了一点依靠，不用孤零零地承受上仙们神威赫赫的目光。

暮霜总算没有被吓回原形，不过她依然不敢抬头望前方宝座上的天帝，只拘谨地跪俯到地上，行了拜礼。

暮霜心中还在疑惑，她有什么旧事能值得天帝亲自过问，便听头顶传来一道温和又不失威严的声音，不轻不重地念道：“暮霜，羽族雀形目长尾山雀，出身自下界梅花山，因食得一枚仙果羽化飞升，成为悬圃园中一名莳花仙子，负责侍弄百花，酿造花露，任职至今已有三百年。”

暮霜一凛，颔首道：“是。”

那声音又道：“你任悬圃莳花仙期间，尽职尽责，未有小错，只在一年半前曾犯一大过，因此被罚下凡尘，经历三十年苦刑。”

原来天帝要问的“旧事”是这一桩，暮霜的小心脏倏地狂跳起来，她情不自禁地抬头向上方望去。

天帝高坐宝座之上，金光太盛，暮霜一时看不清楚，只见得一名手捧文牒的神君侍立在天帝宝座下首，方才一直便是这位神君代替天帝陛下发话。

只有这最后一句问话，才是天帝陛下亲自开口询问的，他问道：“你且详细说说，你在凡尘之中的三十年苦刑是如何度过的？”

暮霜一怔，听出陛下关心的点并不在“过”，而在于“罚”，眼底的那一抹微光又沉淀下去。

天帝问话，她不得不答。暮霜深吸了一口气，如实回禀道：“小仙从司命星宫处领了判罚的命牒，从陨天池下界，投生到隐雾山下一户药农家里。

“这户人家祖祖辈辈都以采药为生，我出生的时候，正是梅雨时节，爹爹为了多挣些钱给阿娘补身体，冒着连天的阴雨上山采草药，结果因为雨天湿滑，摔下山崖死了……”

暮霜刑期结束回归天界，也不过将将过去一年半载，对在下界的三十年经历依然记忆深刻。

天帝要求她详细说说，她不敢怠慢，便事无巨细地从自己出生时开始讲起。

“阿娘觉得是自己身子太弱，害了阿爹，因此伤心郁结，愧疚不已，半年后也跟着爹爹一起去了。村子里的人便说，我是一个丧门星，克爹克娘，早晚会把全家都克死。爷爷奶奶担心受到牵连，把我抱进隐雾山中丢弃，后来我被山中一个隐居的毒修捡到，被他当成了试药的药童。”

当然，这些都是她稍微长大了些后，才从别人嘴里听说的。

那时候她还渴望亲情，一次次翻山越岭，从毒修那里逃走，想回到自己家里，又一次次被爷爷奶奶从家里打出去，被毒修抓回去继续试药。

暮霜被打下凡尘，受的是苦刑，从出生之后便注定要历尽苦楚，最后痛病而亡，方能达到惩罚之效。

众仙听她娓娓述说凡间身世，都无太大波澜，只偶有几个仙神会朝席上的司命星君投去一瞥。

司命星君端坐在席上，漫不经心地听着殿中的小仙子说话。她所拿的下凡历劫的命牒，其实并没有什么特别，司命星宫里与之相似的命牒几乎堆成了小山，有受罚的小仙前来，从中抽取一张便是。

像她这样的小仙子，还劳动不了司命星君亲自提笔，为她撰写下凡命牒。

暮霜继续道：“可能是我劫期时限未到，不管给我喂下什么毒，我都不会死。那毒修觉得我天赋异禀，便收了我当弟子，教了我一些制毒的本事。”

也因为她无论如何都死不了，毒修师父在给她试药时，便越发肆无忌惮。

她虽不会死，却也被毒折磨得面目全非，身上遍布着丑陋的毒疮，浑身散发毒气，被她碰过的草木都会瞬间枯萎。

暮霜除了跟着毒修师父外，别无去处，其他人只要一见着她，就会拿石头砸她，她的家人只会抄着棒子赶她，骂她是恶心的怪物、恐怖的毒虫。

她在天上是莳花仙子，能酿造出令仙人都沉醉的百花露，到了凡间，却碰不得草木，只能收罗些蛇虫酿酒。

“有一日，我捡到一条快死的小黑蛇，我的百毒酒刚好缺这一味毒虫，便将它投入酒罐中封存，没想到三个月后，我再揭封时，那小黑蛇竟然活了过来，还吃完了我酒里的毒虫，喝完了我的酒，身子都长大了一圈。

“我跟它打了起来，被它狠狠咬了一口，却因祸得福，被它吸走了积压在体内的全部毒素。”

暮霜说到那条小黑蛇时，眸中亮了起来。她沉浸在当时的回忆里，没有注意到，在她提到“小黑蛇”时，殿中诸位仙神脸上微妙的表情。

“但是师父拿我当制毒的罐子，想要炼出一种世间仅有的毒丹，往我体内喂的每一种毒都是精心调配的，这条蛇的一口，便毁了他十年心血。他恨得想要打杀我和小黑蛇，结果反被小黑蛇一口毒死了。”

小黑蛇毒死了师父，却没有走，反倒钻回她的屋子里，用尾巴卷来一块摔碎的酒罐碎片，伸出鲜红的蛇信子舔了舔上面残留的酒液，趾高气扬地朝她扬起脖子。

不知怎么，暮霜那时竟看懂了它的意思，问道：“你还想喝我的百毒酒？”

小黑蛇歪着脑袋，点点头。

“真计较起来，小黑蛇也是救了我的恩人，所以我便答应了为它酿酒。我们在师父隐居的药庐里一起住了四年，它给我摘各种各样的果子，猎野鸡、野兔子来吃，我给它搜罗那些毒虫酿酒。

“它长得很快，四年的时间里，就从小黑蛇长成了大黑蛇，身子竖起来的时候，比我还要高。师父死后，有很多人都想来夺取他留下的毒丹，都被它给咬走了。

“它还咬了村子里那些打过我、骂过我的人，我后来再从村子里过，他们再也不敢拿石头砸我，爷爷奶奶也不敢再拿棒子赶我了，生怕多说我一个字，半夜就会有蛇钻进屋子里咬他们一口。

“四年里，我给它酿了三十六坛酒，把师父收藏在地窖里的酒都用完了。

“最后一坛酒开封时，一道黑影从坛子里窜出来，却不是蛇，而是变成了一个长相俊美的少年。他脸上红扑扑，眼神醉醺醺，浑身赤条条，手里还抱着自己刚蜕下来的蛇皮。

“他说，他叫重烛。”

从此之后，这个少年便一直陪在她身边，挡在她身前，帮她挡下了一切本该加诸在她身上的苦痛折磨。

下凡历劫的三十年苦刑，除了遇见他之前的那十年里，她吃了些苦头，后面竟再没遭受过半分磨难。

刑期届满之时，本该死于苦痛伤病的她，反倒身体倍儿棒，吃嘛嘛香，没有半点该死之人的模样。

暮霜没有按照命牒的安排死去，司命星宫下属掌管人间历劫的星衙只好派了两名天兵下凡，将她带回。

暮霜因此想起了一切的前因后果，三十年苦刑已完，她不得不脱离凡尘，回归天庭。

“这三十年苦刑，我其实过得一点也不苦，但重烛为了护住我，受了许多的苦。到了最后要离开之时，他还因为我而受了重伤，昏迷不醒，我无以为报，只能在回天前的最后一刻，耗尽全身灵力偷偷留了一颗蛋给他。”

暮霜生下那颗蛋，原是想煮了给他补身体的，偏生那两个天兵十分严苛，连一刻都不肯让她多留。暮霜根本没有时间煮蛋，只好将蛋塞进重烛的枕头底下，留了一张小纸条，嘱咐他自己煮来吃。

也不知他好生吃了没？伤势有没有因此好转？

暮霜稍微走了下神，忽而听到一道充满威慑的声音从大殿前方传来，隐隐含怒道：“这么说来，害了吾儿的那颗蛋就是你留下的？”

那道含怒的诘问，听在暮霜耳中，如同惊天巨雷，吓得她的小鸟心脏登时又“怦怦”乱跳起来，惶惶不安地随着其他仙神的视线，抬头望去。

过了这么许久，她已经适应了天帝陛下周身的金光，此时才看到，天帝御座之侧，竟还坐着另一个人。

那人一身金纹黑袍，腰间缠绕一条猩红的铁棘长鞭，虎目圆睁，浓眉倒竖，一脸凶神恶煞，即便天帝陛下的金光也遮掩不住他身上浓重的魔气。

这样格格不入的一个人，她先前竟然没有看见，也许并不是她没有看见，而是对方不想让她看见。

暮霜被那双慑人的魔眼看着，一时被吓得太狠，哪怕是女夷夫人也再给不了她勇气，她“嘭”的一声，在诸天仙神面前，变回了原形。

小山雀的绒羽都奓起来，变成了一个黑白杂色的小毛球，滚落进地面如水波荡漾的仙雾中。

女夷夫人忙俯下身来，挥袖拂开弥漫的仙雾，找了好一会儿才找到那个将头埋进翅膀底下瑟瑟发抖的小毛团子。

女夷夫人将它捧进手心里，本以为它被吓成这样，怕是无法再继续回话了，却没想到，这小山雀虽哆嗦个不停，被她捧起来时，竟又将脑袋从翅膀下抬起来，努力伸长了脖子仰起头，朝那丹陛之上，坐席仅次于天帝陛下的魔主看去。

要知道，哪怕是女夷夫人，都不敢如此直视魔主的眼睛，可见悬圃园中这只小鸟表面看着是个胆怯的，内心里到底还是有几分勇气。

暮霜没有察觉女夷夫人欣赏的目光，她其实已经被吓得小鸟心脏“扑通扑通”地跳，险些快要爆炸了，只因为方才听到的那句话，才强撑着罢了。

她“啾啾”地叫了两声，惴惴不安地问道：“你、你刚才说，我的蛋害了谁？”

暮霜不知道他是谁，也不知道该如何尊称他，情急之下，也顾及不了那么多。

这样直呼对一界之主来说，实在有些冒犯，先前那名问话的神君提醒道：“这位是魔界的君主，小雀仙，不可无礼……”

重骁摆摆手，不耐烦地打断了神君的话语。他今日带着一群魔将冲上九重天，是来兴师问罪的，就连对着天帝都没有好脸色，更遑论是这一只害了他儿的罪魁祸首。

他瞪着那只缩在别人手心里抖个不停的小鸟崽子，心中不禁开始忧虑自己儿子令人发指的眼光，面上的表情越发沉冷。

重重冷哼一声，道：“吾儿，重烛。你可知，为了孵化你留下的那一颗蛋，他在人间整整滞留了五百年，连自己的魔元都割去一半，塞进了你那颗破蛋里！”

天帝见他话语间，当真有了几分难掩的怒火，忙在一旁劝道：“兄勿要动怒，朕的天界小仙子哪里受得住魔主一怒？”

“魔、魔主？”暮霜惊愕。她的确被上首的魔主吓得不轻，但更多的，是被他话语中透露出的信息惊得目瞪口呆。

她在人间遇见的小黑蛇，分明只是一个有点厉害的小魔修，他和毒修师父不一样，和话本子上描述的那些杀人饮血的魔修也不一样，只是有些毒舌，有些口是心非，却会将她说的每一句话都记进心里。

她叫他不要咬那些无辜的人，他便不咬了，只要人不犯我、我便不犯人。

她不准他随便抢夺别人的东西，他便不抢了，虽然有些时候，会逼着人家强买强卖。

他会被嫉魔如仇的修士追得到处逃，逃跑回来的路上，还记得给她买喜欢的云片糕。

也会在修真界玄门举办盛大法会时，带着她偷偷潜入进去瞧热闹，会因为她多看了那比试的奖励一眼，便化名跳上擂台，去争夺最后的胜利。

他夺得魁首，赢下奖励，身上的魔气却泄露出来，被玄门修士围攻时，那双漆黑的眼睛里依然只望着她。不论突破多少道阻拦，他都会冲到她面前，将她揽进怀里，挡下一切刀光剑影，带着她一起突围出去。

分明嘴角流下的血，她用手捂都捂不住，他却还放肆地大笑着，取出战利品来，小心翼翼地环在她腰上，夸赞道："这条玉带，只有佩在你身上，才最好看。"

她心疼他的伤，觉得不值，他却拧着眉，认真地凝视着她，说道："只要是给你的，不论如何，都值得。"

他其实还有些笨，不太聪明的样子，因为每次蜕皮的时候，都会被自己褪下的蛇皮缠住，险些将自己勒死，非得暮霜在旁边守着才成。

可现在，他们告诉她，这么笨的一条蛇，原来竟是魔主的儿子，是那传说中凶悍无匹，一个人一柄剑便能横扫天庭数万天兵天将的魔界太子？

暮霜对那位魔界太子，是很有一番心理阴影的，曾因为他做过好长一段时间的噩梦。

天、魔两界如今的和平局面，其实并未形成太久，暮霜刚羽化飞升之时，天庭和魔界还常有战事。那时候，魔族带兵攻上天庭，虽没有攻入最高天，但当时也突破了三重天。

悬圃花园被魔气践踏得一塌糊涂，园中莳花仙们到处找地方躲藏。那时，暮霜化作了原形，躲在一片桑叶背后，拼命想要将自己裹进桑叶里藏起来。

魔军从她头顶浩浩荡荡而过时，她忍不住透过叶片上的一个小虫洞往上打望了一眼。

就是这么一眼，便被那领军的魔界太子敏锐察觉。他高坐在狰狞的魔兽背上，神情睥睨，倏地垂下眸来，一双琥珀般的金色眼瞳，中心处却包裹着尖锐的竖瞳，仿佛利剑一般刺入她眼中。

暮霜被吓得当场就晕了过去，爪子一松，从桑叶背后骨碌碌滚到地上。从那之后，每晚的噩梦里，都能梦见这一双骇人的金色眼睛。

这双令她惊骇梦魇的眼睛，和小黑蛇那双凝望着她的温柔眼眸，不断在眼前交错，暮霜一时间不知该如何反应，整只鸟身都僵住了。

魔主重骁见小山雀一副快要被吓死过去的样子，只得匆匆收了威慑，尽量放缓声线，问道："罢了，事已至此，本座且问你，你那颗蛋究竟还要多久才能孵化出来？”

天上一天，地上一年，天、魔两界虽只过去了一年半载，但重烛在人间可是实打实地孵化了那颗鸟蛋五百年！哪怕是颗龙蛋都该孵出来了，何况是这么区区一颗山雀鸟蛋。

若是再孵化不出来，堂堂的魔界太子非得因为一颗鸟蛋，耗死在人间不可。

暮霜偷偷看了眼上方神威赫赫的天帝，又转动着小眼珠偷偷看了眼旁侧凶神恶煞的魔主，实在不敢说，她留下的那颗蛋，是颗没受精的卵。

当初，她用尽全力生下那颗蛋，不是留给他孵化的，是想给他补身体的！

魔主见这小山雀支吾不答，眉心再次蹙起来，眯眼怒道：“你那颗蛋果然有问题！天庭仙子下凡历劫，要由司命编撰命牒，怎么偏偏就这么巧地将我儿牵扯进去了？还敢说这不是天庭针对魔族的阴谋？”

司命星君面色微变，蹙眉，解释道：“魔主先前已看过暮霜仙子下凡历劫所承的命牒，其上并未涉及贵族太子名号，哪儿来什么阴谋？只是个意外罢了！”

司命星君话说得委婉，他心里更想说的是，分明是魔族太子自己闯入小雀仙的命数里，搅乱了她的劫数，让她没有受到应有的惩罚。

魔主倏地从座上站起身，身上魔气轰然释放，顷刻间，便将整座凌霄宝殿遮掩进猩红的魔雾当中，震耳之声传遍大殿内外。

他道：“本座不管什么意外不意外。我儿遭难总归是你天庭的责任，今日若不给个解决办法，休怪本座撕毁盟约，重启两界战事。”

魔气从凌霄殿中扫荡开，凌霄殿外立即传来魔将们响应魔主的齐声呐喊，一时间刀剑出鞘之声不绝于耳，殿中仙神凌然而立，严阵以待。

到了这种剑拔弩张的时候，一只小小的山雀小仙早已没有了说话的余地，女夷夫人将小山雀揣入袖中，飞快躲去了王灵官身后。

要真是打将起来，她这个管理天庭御花园的文神，同样没有半点战斗力。

王灵官往前踏了一步，警告道：“魔主带着一群魔将来势汹汹闯入天庭，陛下仁德，对魔主始终以礼相待，奉为上宾，魔主休要得寸进尺！”

与魔主的冲动鲁莽不同，天帝是个平和宽厚的性子，即使被人这般蹬鼻子上脸，他脸上也不见丝毫愠怒。

他只抬手挥一挥衣袖，扫去凌霄殿中的魔气，和气道：“无妨，魔主护子心切，朕能理解。此事既有我天庭仙子牵涉其中，天庭自然不会置身事外。他们二人能打破命牒的桎梏走到一起，可见两人确有缘分，解铃还须系铃人，此事的关键还在那位小仙子身上。”

天帝的一番话语令殿内的气氛缓和了些许，女夷夫人自王灵官身后走出，从袖中取出小山雀，唤了一声，“暮霜仙子？”

手心里的小山雀一动不动，这解铃的关键之人，在一群大神的压迫下坚持这么久，终究还是被吓得晕过去了。

暮霜是醒着，还是晕着，对这件事的处置没有半分妨碍，总归像她这样的小仙子，除了听从上神们的安排，也无发表意见的权力。

是以，待她再次醒来时，她已又一次站在了陨天池畔。

陨天池的中心，一朵漩涡正渐渐形成，越扩越大，中心处仿如一座深渊幽井，连通下界。水面涟漪层层荡开，波及到暮霜身前的池岸来，她下意识往后退了一步，后背撞到一片结实的胸膛。

司命星君从后扶了她一把，让她站稳了，转眸看了一眼陨天池中的漩涡，又回头看向她，声线清冷，语气却温和：“暮霜仙子，此事虽非你之过，却也算因你而起。正如陛下所言，‘解铃还须系铃人’，天、魔两界和平来之不易，为免两界因此事再起争端，你可愿再下凡尘一趟，助魔界太子解开心结，复归魔位，免除两界兵戈？”

暮霜眨了眨眼，余光扫见陨天池外层层叠叠的祥云上，林立的仙神身影，以及魔族兵将。

能再见到小黑蛇，她心里当然一千个一万个愿意，可重烛已不再只是她的小黑蛇了，他还是魔族太子。

两界和平，这么重的任务压在她一只小小的山雀身上，暮霜心里头不害怕，是不可能的。

司命星君看出她的胆怯，从指尖上捻出一块巴掌大的命牒：“你放心，你此次下凡的命牒是由我亲自所撰，必不会让你多受半分苦楚。”

暮霜嗫嚅道：“我不是怕吃苦……”

司命星君笔下撰写了无数命牒，指尖操纵过万千之人的命运，一眼便能看透眼前这位小仙子心中的软肋。

他唇角微勾，轻叹一声：“若连你也不帮他，魔界太子恐怕当真要陨落在凡间了，往后不论天上地下，便再无重烛此人了。”

这一句话果然直戳暮霜要害，暮霜心口一痛，心里的那点胆怯被可能失去重烛的恐惧取代。她一把抓过司命星君手上的命牒，决然道：“我愿意下界。”

“如此便好。”司命星君欣慰道。

暮霜双手握着命牒，朝陨天池上走去。她走了两步，忽又停下脚步，转头张望一圈，找到了位于池畔的女夷夫人。

女夷夫人会意，走上前来：“你可是还有什么事放心不下？”

暮霜点点头，朝她福身行了一礼：“小仙在兰花圃里养了一群传粉的小熊蜂，还请夫人派人照料它们一二。”

女夷夫人点头："好，我会着人照料，你且放心便是。"

暮霜谢过，举步继续往池中走去，最后捧着命牒，跃进了陨天池的漩涡之中。

她的身影转瞬就被漩涡吞没，命牒化作一道流光，没入她的眉心之内。

漩涡收束，吞没了小雀仙孤零零的身影，陨天池中的水复归平静。

天、魔两界的兵戈暂时消解，魔主带着魔将离开，仙神们也从陨天池畔散去，只待静观人间的动静。

卯日星君回到光明宫中，一踏入府邸，便有一女子急匆匆迎上前来，唤道："表哥，如何了？那小山雀没有在天帝陛下面前乱说什么吧？"

"若她说了什么，你以为你还能好好站在这里？"卯日星君越过她，大步走入厅堂，掀袍坐到座上。

锦施立即跟上前去，殷勤地为他倒了一杯茶水，在他另一侧落座，咬唇道："我当初才上天来做事，许多事务都不怎么熟悉，哪知道只是在悬圃园中迷了会儿路，晚去了莲池片刻，就叫池中青莲被鸁鱼给啃吃了一朵，我只知那是天后娘娘打算移去瑶池的花，当时也是怕得狠了。"

上天之前，锦施只是下界的一只雉鸡精，虽亲热地唤着卯日星君一声"表哥"，实际二人之间并没有太过亲近的血脉关系，是偏出了十万八千里远的远房表亲罢了。

是以，锦施也不敢彻底摊开了，如实相告。

她一边说着话，一边偷偷打量着卯日星君的脸色，声音越发愧疚不安："我自己受罚当然没什么，可我是表哥带上天来的，我担心自己的过错会连累到表哥，当时才会昏了头，找了那只小山雀帮我顶罪，我是许了她好处的。"

顶罪之人也是她经过挑选才选定的。

她们那一拨莳花仙里，只有暮霜这只小山雀，靠着机缘巧合吞下仙果飞升成仙，她在整个天界无依无靠，毫无背景，就算受点委屈，也没人可以告状。

锦施原本是许了好处，想要打动她，可那只小山雀倔得很，她便只好用些手段，捉来她养的一只肥蜂子威胁她。

同时又买通了上头的莳花长老，长老看在卯日星君的面子上，也会选择站在她这一边，只需稍稍动动手指，就能改换她们二人当值的时间。

如此一来，就算女夷夫人过问，暮霜也不敢道出实情，只能替她担了过错，下凡去吃那三十年的苦。

人间的三十年，天上不过三十日罢了，一转眼就过去了，等到惩罚结束，结案归档，这件事就会被埋进成堆的档案里，再不会被翻出来。

锦施原本是这样以为的，却没想到这件事会在尘埃落定的一年多后，闹到天帝面前。

她这几日来是吃不下、睡不着，担心得羽毛都快掉光了，如今得知天帝没有追究缘由，悬着的心才稍微放下来。

锦施抚了抚心口，好奇地问："我方才看见乌泱泱一大群人都去了陨天池，难不成她又被打下凡尘去了？这回她还能再回来吗？"

若是不能再回来就好了，她就可以彻底安心了。

卯日星君哪里瞧不出她的那点花花肠子，他喝了一口茶，说道："那小雀仙如今造化大了，这一回可不是下凡去受罚的，此事牵扯到魔界太子，两界和平，由司命星君亲自提笔给她编写了命牒，若是成了，待她回返天庭便是大功一件，仙位必有提升，更何况……"

更何况，以魔界太子对她的钟情，如能促成天、魔两界联姻，亦是一件两全其美的佳事。为着两人之间不至于悬殊太大，天帝定然也会想法子拔高那小雀仙的身份。

她现在可不再是无依无靠、可以任人欺凌的小仙子了。

"表哥，更何况什么？"锦施急着追问。她还以为那小雀仙是受了大过，没想到竟是个天大的好事！什么样的大造化？难不成那只土包子山雀还能攀上魔界太子？

若当真如此，那她岂不是将自己的青云之路，平白拱手送给了别人？

卯日星君见她眼中已生出了几分不甘心，将后面的话都吞回了腹中，警告道："没什么，此事不是你能掺和的，你只需记得，待她回返天庭后，好好去给人赔礼道歉，取得她的原谅，勿要再多生事端。"

锦施抿了抿唇，心想自己送了这么一个大造化给她，竟还要向她道歉，怎么什么好事都让她给占了？不过是一只山雀，凭什么啊！

她心有不甘，但见卯日星君的脸色，只得不情不愿地道："我知道了。"

且说暮霜从陨天池下界以后，她没有立即投生凡间，反而一睁眼见到的，却是地府的奈何桥畔。

仙人从陨天池下凡历劫，承的是司命星宫的命牒，并不经六道轮回，亦不从地府过，她不知为何自己会先来到这里。

她心中正有疑问，一个熟悉的声音便及时为她解开了疑惑。

司命星君道："你此次下凡为的是襄助魔界太子重返魔位，须得越快越好，若按照往常一般投胎、出生、成长，实在拖延太久。我此次为你编撰的命牒是续接他人已尽的命数，待那人殒命，走过奈何桥，你便可取而代之。"

暮霜不解道："我不能以我当初下凡历苦刑时的身份，去见他吗？"

司命星君摇头："人间过去五百年，已是物是人非，雾隐山中的小酒娘早已被埋进了时间的尘埃里，若无外力相帮，你恐怕很难见到他。本君为你选的，是一条能最快接近他的途径。"

司命星君说着，抬手指了指孤立在奈何桥头的一个身影。

那是个年轻的男子，面容冷峻，低眉垂目，像一墩不动的石像一般伫立桥头，偶有魂魄上桥，他才会掀眸看上一眼，继而垂眼，又静止不动了。

他看上去，是在等什么人。

暮霜眨了眨眼，惊讶道：“难道，我要替代的是他？”重烛现在喜欢的是这样子的吗？连性别都变了？

司命星君一怔，不禁莞尔道：“仙子真会说笑，唔，来了。”

随着他的话音，一名白衣女子疾步从远处奔来，那奈何桥头的男子抬眸看见她，石雕般的面孔终于有所动容，如冰层消融，春风拂面，立时变得生动起来。

两人向着对方迎上前去，在奈何桥畔，紧紧拥抱在一起。

白衣女子泪水涟涟，泣道：“对不起，我来迟了，让你等久了。”

男子摇头，轻拭去她眼角珠泪，温柔地道：“不迟，我心甘情愿等你，多久都愿意。”

“你我今生有缘无分，无法在一起，你还为了我而丧命，但是来世，我们会有一个美满姻缘。”女子说着，破涕为笑，伸出手指与他十指交缠，紧密不放，“我会在最好的年华嫁给你，有一个富足的家庭，生两三个调皮的孩子，举案齐眉，白首不离，再不会受被人拆散的苦楚。”

两人相携踏上奈何桥，已迫不及待想要踏入幸福美满的下一世。

这般笃定的口气，倒像是已得了保证，他们下一世会有一段圆满的姻缘。暮霜望着他们的背影，又回头看向司命星君。

司命星君道：“他们二人原本只有今生一世之缘，但有缘无分，来世陌路，不过女子愿意奉上自己今生的身份，予我们便利，换取他们下一世姻缘圆满，是以，我找月老专门为他们捻了红线。”

那一对男女越走越远，暮霜只隐约能看见他们腕上的红线，合手祝福道：“希望他们来世幸福美满。”

司命星君盯着她虔诚的眉眼，笑了笑：“说来，暮霜仙子也算是促成了一对眷属。”

暮霜连连摆手：“这都是星君和月老的功劳。”

司命星君伸出一指，点在她摇晃的手心里。暮霜的手掌霎时僵住，摊平了，不敢动弹。

司命星君在她手心的生命线上划了三下，说道：“仙子此次下凡，关系两界和平，任务艰巨，我在仙子命牒上留有三道谶文。下凡之后，你有三次可以扭转命数的机会，务必好生把握，望仙子功行圆满，平安归来，去吧。”

暮霜只觉掌心被轻轻推了一下，司命星君的身影在她视野里飞快后退，与奈何桥一起消融在了黑暗里……

人间正是夜深，明月高悬，一抹幽光顺着高天之上倾洒下来的月色，悄无声息地流淌入望夜城内一处宅邸之中。

这座宅邸位于城中显要地段，门楣高大。墙高院深，内里灯火煌煌，彻夜流光，唯有南边一处院子不见半点星火，黑沉沉地坐落在这座华丽的宅邸里，显得格格不入。

那院子里三层、外三层罩了无数禁制，连只虫子都飞不进去，自然，也飞不出来。

那从天而降的幽光却无视了重重禁制，无声无息地顺着琉璃砖瓦渗入室内，落入屋里的床榻之上，幽光散开，显出一道纤细身影。

床上的身影双脚忽然弹动一下，蓦地睁开眼睛，醒了过来。

暮霜乌亮的眸子里尚带着几分迷蒙水雾，借着窗外月色来回打量了这间屋子好几圈，眼神才逐渐清明起来。

她摊开右手，掌心里三道金茫隐隐闪烁。暮霜攥紧五指，将金茫握进手心里。

看来，她已经到了人间了。

脑海里多了一些信息，是她要接替的那名白衣女子的生平。

女子姓花，名惜月，乃是望夜城城主之女，原本也是金尊玉贵，锦衣玉食，从小便被城主爹爹捧在手心里疼爱。

只不过三年前，望夜城主败于魔尊重烛之手，望夜城从此易主，落入魔修的掌控之中，望夜城主亦只能摧眉折腰，低头投效魔尊。

暮霜重新躺回床上，细细理完了脑海里的信息，终于明白司命星君为何会说，这是一条能最快接近重烛的途径了。

因为，花惜月的父亲，这位望夜城主，为了讨好魔尊重烛，已暗暗训练了自己女儿三年，打算在今年的望夜灯节上，将她献于重烛。

暮霜揭开妆台上的灯盒，里面一颗拳头大小的夜明珠，立即在月色下绽放出柔和光华，照亮了四周。

像这样的夜明珠，屋子里还有九颗，全部打开后，明珠辉光能将屋子照得亮如白昼。

屋里的装饰摆置，无一处不典雅精致，光是她身前的这一张梳妆台，便要比一般的梳妆台大上两倍，是由能工巧匠按照花惜月的喜好专门打造。

桌脚雕着攀援而上的凌霄花，桌面的镜台则是一朵盛开的牡丹，牡丹花层叠的花瓣内，托着一面浑圆的水银镜，镜中映照出一张精致的面容。

暮霜要以花惜月的身份在人间行走，必然也得承了她的模样。

在奈何桥畔时，因为隔着一段距离，暮霜没怎么看清花惜月的长相，如今对着镜子照看，才发现她生得这般好看。

脸蛋小小，娥眉弯弯，琼鼻微翘，唇若含丹，除了这双眼睛，还留有她自己的一些痕迹，其余皆变得完全不一样了。

她变成这样，重烛还能认得出她来吗？

暮霜托腮忧虑了片刻，又重新振作起来，乐观地想，就算重烛认不出她来也没关系，等他们见了面，她一定要第一时间跑到他面前，告诉他，我回来了！

虽然她在天上只过去了一年半载，但人间已过了五百年，五百年未见，不知道他会作何反应呢？

如果是她记忆中的小黑蛇的话，他大概率会紧紧皱眉，瞪着她，将她全身上下都检查一遍，确认她安然无恙，然后扬起下巴，从鼻子里发出一声冷哼，口是心非地说道："你还回来做什么？你不是不回来了吗？我才没有在等你。"

暮霜想象着他的样子，"扑哧"笑出来。她想，她得先准备一点礼物，到时候好哄哄他才是。

天快亮的时候，罩在这座院子上的禁制终于有了动静，暮霜听到一串脚步声渐行渐近，最终停在了被封锁的寝室门口。

"月儿，爹爹再问你一遍，你可想通了？"

门外来人正是花惜月的父亲，望月城如今的城主，花明呈。

自望月城被收入魔尊掌控后，他这个城主之位便始终处于风雨飘摇当中，那重烛麾下魔将对望月城虎视眈眈者众，不少人想将他从这个位置赶下去，好瓜分这一座富庶之城。

花明呈投效重烛之后，日子也并不好过，不知道什么时候自己这个城主就做到头了，否则，他也舍不得将自己捧在手心里的明珠献给别人。

屋子里有了一点动静，听上去是女儿从内室出来的声音。花明呈叹息一声，语重心长地道："月儿，你以为爹爹做这些，就真的只是为了保住自己的城主之位吗？如果卸了城主之位，也能保得家人平安，爹爹早带着你们一同离开望月城了。

"可是，月儿，爹爹处在这个位置上，早已是身不由己，一旦失势，等待我花家的结局，便是被人一拥而上，扒皮吸血，瓜分干净。月儿从小聪慧明理，爹爹不信你会不明白爹爹的处境。"

花明呈抬手摸了摸廊下垂挂的琉璃鲛灯。他打从心眼里疼爱这个女儿，为女儿院中置办的物什，皆是上上之品，单是她闺房门口这一对琉璃鲛灯，市价便要百金。

他任了两百多年的望月城主，积蕴深厚，花家属实是一只大肥羊，这样的肥羊一朝若失了权势，后果可想而知。

花明呈手指的动作倏地收紧，捏碎了鲛灯下悬挂的一串珠链，眼中透出几分厉色："爹爹会将那个侍卫派来你身边近身保护，可见我对他的信任，可他倒好，不但辜负了我的一番信任，竟还对主子生出觊觎之心，妄图带你私奔。

"他要是真有本事能护你周全，便也罢了，可他偏偏连从我手下逃脱的能力都没有，又凭什么来护你余生？

"月儿，你怎么能为了这样一个背信弃义的无能之辈，就憎恨爹爹呢？"

花明呈说到锥心之处，字字含泪，听得人无不动容。

暮霜立于屋内，透过门上明纸，能隐约看见他颓然垮下的肩背。

暮霜做鸟时，只在鸟窝之中享了片刻父母的疼爱，只记得每次给她喂食时，鸟爹鸟娘快要戳进她肚子里的鸟喙。

成仙之后，她一直孤身一人，后来被罚下凡尘，也未曾享受过父母亲情，是以，她并不懂花惜月父女之间的情分，也难以评断，究竟谁才是对的。

不过，花惜月的事，她这个后来者，也没有资格评论是非对错。

暮霜谨记着自己下凡的目的，眼见花城主欲要转身离开，她急走两步，来到门后，伸手贴上门，唤道："爹爹。"

门外的身影一顿，猛地回过头来："月儿，你肯跟爹爹说话了？"

暮霜隔着门点了点头，说道："月儿愿意听从爹爹的安排。"

…………

暮霜下凡数日，天上不过只过去小半个时辰。

锦施嘴上应诺着卯日星君不惹事，但心中难免不平。她从光明宫出来，便径直去了司命星官掌管人间历劫的星衙，想要看看那小山雀当初下凡历劫时，到底经历了什么。

只可惜，她还没踏入星衙就被拦在了外面，那星官都没听完她的话，只听她提到"暮霜"这个名字，便打断她道："除非得上头允许，否则下凡历劫的命牒档案只有本人能够查询，更何况，暮霜仙子的历劫档案已被司命星君亲自调走，你若想看，只能去找星君。"

锦施吃了个闭门羹，心头愤愤不平地从司命星宫离开，回了三重天悬圃花园。

她一进悬圃，便被莳花长老召集过去。众多莳花仙子站在一起，听那长老扬声道："暮霜仙子养在兰花圃里的那一群小熊蜂飞散了，女夷夫人方才示下，命你们暂且先放下手里的活，去将小熊蜂寻回来。"

莳花仙子们互相看了看，有人小声地嘀咕道："不就是一群蜜蜂嘛，反正都是采花酿蜜，又飞不出悬圃园，找它们做什么？"

那长老狠瞪了那人一眼："女夷夫人当着众多仙神的面，答应了暮霜仙子要照料好她的熊蜂，便一只也不能少。悬圃之中危险的灵植不少，不能叫它们飞去了那里。废话什么，还不快去找！”

莳花仙们被教训一通，飞散出去，去寻找熊蜂了。

锦施亦随便择了一个方向找过去，她面上虽没表现出来什么，心中却早已塞满不平。

那小山雀以往在悬圃园中，就是个毫不起眼的小仙罢了，如今倒是一下成了这九重天仙界里的风云人物，不但得到天帝陛下亲自召见，连女夷夫人都要反过来为她忙活了。

就连那一群烦死人的肥蜂子，现如今的身份地位，都跟着水涨船高。

真真是好一个一人得道，鸡犬升天。

可那山雀凭什么啊？这些本来都该是她的机缘！

锦施越想越是气愤难平，发泄地踢了一脚旁边的花丛，正巧一只蜂子从花朵上被摇下来，嗡嗡振翅跌跌撞撞地飞起来。

一瞧那蜂子肥硕的体型和笨拙的飞行姿势，锦施便认出来。

她扬手一挥，一股气浪打过去，将半空的熊蜂打落地上，随后走过去，掐着熊蜂翅膀捻起来，熊蜂在她指尖挣扎，翘着屁股想要扎她。

锦施冷笑道：“你们这些丑虫子，好好在兰花圃里待着，乱跑什么？怎么着，真以为你们主子有了后台，就可以为所欲为了？”

她对窃了自己机缘的山雀不满，看山雀养的熊蜂也越发不顺眼，现下见不到那山雀，便想将心中的火发泄在这只熊蜂身上。

谁叫这些小东西要乱跑呢？正如那长老所说，悬圃园这样大，其中危险的灵植亦不少，意外死上一两只也在情理之中。

锦施揪住熊蜂翅膀，想要扯断，忽而想到什么，又松开了手。她捏着熊蜂找到一处隐蔽的树丛后面，轻声道：“那山雀素日里也没什么朋友，就喜欢跟你们这一群蜂子絮絮叨叨，想来应该跟你们说过她在凡间的经历？”

熊蜂在手上扭个不停，翅膀不停地嗡嗡作响，还没有放弃挣扎。

锦施想了想，从袖中取出一张灵符，贴在自己耳朵上，灵符光芒一闪，没入她耳内。

这张灵符被称为“万物声”，是一个逗趣儿的鸡肋符箓，贴上符后便能听明白诸如熊蜂这样的低等生灵的声音。

锦施乃是卯日星君的亲属，大家都知道她来悬圃园中当差，不过是来走个过场，等着合适的仙职空缺，悬圃园里的莳花仙巴结她都来不及，经常送她一些小玩意儿。

这不入流的小玩意儿，没想到还真派上用场了。

锦施一贴上符，那烦死人的嗡嗡声，就变做了人言，叫道：“放开我放开我，你这个坏仙子！就是你抓住我威胁暮霜，暮霜才会被打下凡尘，打一次不够还要打第二次，我们又有好久都见不到暮霜了，呜呜呜……”

“哦，原来还是一只熟蜂。”锦施笑道，掐住它肥滚滚的肚子，“快说，暮霜回来后，有没有告诉你们，她在下界都经历了什么？”

熊蜂嗡嗡道：“我才不会告诉你，坏仙子，你才该被打下凡尘受苦，永世不得超生。”

“是呀，这么天大的造化，本来该是我的，却被你们主子捡了去。”锦施威胁道，“你不说，我就吃了你。”

她说着，面上显出麻花色的鸡头轮廓，尖尖的喙朝着熊蜂啄去。

熊蜂被吓得尖叫，又逃脱不了，最后嗡嗡叫着求饶：“我说，我说。”

锦施听那熊蜂嗡嗡说完，指尖一边搓揉它，一边沉吟道：“你说，她带了一样很重要的东西上天来，却因为凡物入不得天庭，只能被丢弃到落尘渊里？那东西真有这么重要？”

熊蜂嗡嗡道：“很重要很重要，暮霜说是凡间那个小魔修给她的，可她带不回天庭来，要么销毁，要么丢弃，她因此伤心了好久好久。”

锦施又问：“还有什么别的重要的东西吗？”

“没有了没有了，该说的我都说完了！”熊蜂嗡嗡哭道，“我背叛了暮霜，我也成了坏蜂了，没脸再见她了。”

锦施笑起来：“没事，你也再见不着她了。”

她说完，鸡头的影子闪过，一口将它叼进嘴里，吞入腹中。

莳花仙们在悬圃里面找了一圈，找回许多熊蜂，却仍还少了四五只，女夷夫人下令，命她们扩大寻找范围，可以去上下相邻的两重天再找找。

锦施自告奋勇去了下两重天。悬圃之下的两重天，是接近人间界之地，清气最少，浊气萦绕，属于天界的荒芜之地，久而久之，上面几重天不要的一些废物垃圾，便也往最底下的两重天抛来。

是以，这两重天被统称为落尘渊。

锦施下了落尘渊，但见天地一片灰茫，地上沉积了天界千年万年丢弃下来的废物，有炸膛的丹炉、污毁的桌案、枯死的草木，总之林林总总，堆砌成山。

在这样一山叠着一山高的废物堆里，想要找到一个小玩意儿，简直比登天还难。

锦施掩着鼻子，在落尘渊里走了一截，便生出退却之心。她正想飞身回去时，忽然瞧见前方的山堆后方有神力波动，顿时停了一停，好奇地绕过去打望。

山后的神君回过头来，一眼便瞧见她，温和道：“是哪位小仙友？”

锦施忙走上前去，垂首行礼，恭敬道：“小仙拜见春辰神君。”

春辰神君隔空虚扶她一把，说道：“现下非是正式场合，小仙子无需多礼。不知仙子来此废弃之地是有何要事？此废渊浊气弥漫，对仙人之躯有害无益，仙子还是勿要久留为好。”

锦施恭顺道：“谢神君提醒，小仙不小心掉了一物下来，本想来找找的，没想这里实在太过庞杂，才不得已多待了片刻。”

她一边回着话，心头也十分好奇这位掌春的上神在这里做什么。不是说他之前受了伤，一直在闭关吗？怎会出现在这废渊底下？

她虽好奇却不敢问。

春辰问道：“那东西对仙子很重要吗？”

锦施犹豫了下，点头：“很重要。”

春辰从袖里取出一张灵符，说道：“你我能在这里相遇，可见你与那东西的缘分未尽。我这里有一张寻物灵符可送你一用，仙子只需想着你要寻之物，它便能带你去找着那物。”

锦施受宠若惊，举起双手接下灵符，连连道谢：“多谢神君。”

春辰笑了一笑，挥挥手道：“去吧，早点寻得，早点离开此地，莫要伤了身体。”

锦施捧着灵符，心里默想那小熊蜂所说的物品，灵符在她手里化作一朵蒲公英，蒲公英被风吹散，于半空飘飘摇摇，引着她往一个方向去。

“神君再会。”锦施匆忙行了一礼，追着蒲公英跑远。

春辰站在原地注视了她的背影片刻，身形从原地消失。

…………

人间又过数日。

那日暮霜与花城主敞开心扉聊过之后，她便被放了出来。

只是对于女儿的突然开窍，花明呈还有些将信将疑。他虽将暮霜从屋子里放了出来，但院落上的禁制依然没有撤。

丫鬟仆从们也被允许重新回到院里，一方面伺候她，一方面也观察着她的一举一动，好向花明呈时时汇报。

暮霜原本心里还十分忐忑，害怕被看出不同。但令她没想到的是，花城主对自己女儿三年的所谓训练,竟是暗地里搜罗了许多暮霜从前的情报影像，让花惜月照着模仿学习。

前面的桌子上摆着一颗浑圆的珠子，珠子上灵光氤氲，从内浮出一段旧日影像来。

暮霜一眼便认出了影像里自己的那张脸，天上飘着碎雪，她披着一件赤红色的狐狸毛斗篷，宽大的兜帽罩住了乌青的发髻，毛绒下露出一张白皙圆润的小脸，一边呵着白气，一边转动眼眸，好奇地打量四周。

纤长的睫毛上积了几片细碎的雪晶。

旁侧伸来一只修长的手，帮她轻轻拂去了睫毛上的碎雪，笑着低声问道：

“这地方就这么好看吗？”

暮霜点头：“好看。”她喜欢这个冰雪剔透的世界。

她身旁之人便昂着下巴，大言不惭地道：“那你等等我，等我修炼得再厉害些，就把这里打下来给你好了，以后你想来看天山雪景，随时都可以来看，就不用这般改名换姓，偷偷摸摸混进来。”

暮霜听到这句话，蓦地想起来，这就是他们偷偷潜入仙门法会的时候，那一年的仙门法会由天山的寒英宫负责举办。

寒英宫处于天山之巅，常年飘雪，宫殿廊宇皆是冰雕雪铸，就连擂台都是一朵朵盛放的巨大冰莲，别提有多好看。

暮霜就跟土包子进了城似的，见什么都觉欢喜，一双眼睛眨呀眨，就没消停过。

她那时候根本没把重烛的这些快要吹破天的豪言壮语放在心上，哪里能想到，当年她以为的一句戏言，如今竟成了真。

花明呈道：“魔尊如今便长住在天上之巅的寒英宫中。”

暮霜抬眸，担忧道：“可是那里那么冷，他不会被冻着吗？”

花明呈一怔，脑子里空白了好一会儿，才回道：“魔尊修为深厚，那点寒气于他而言，不算什么。”

暮霜问完之后，才想起现在的重烛已不是五百年前的小黑蛇了，他是人间的魔尊，是魔界的储君，应该再不会被天山之巅的风雪冻得打喷嚏。

花明呈见她乖顺的模样，心中总有几分隐忧，但这几日来，她的确很听话配合，也不知是不是因为那撺掇她的侍卫死了，她终于死心了？

望夜灯节在即，花明呈所有的希望都寄托在她身上，叮嘱道：“你与她的眼睛本就相似，无需学得尽善尽美，那样反而显得刻意，只要偶尔间流露出一两分相似的神态，便足矣。”

暮霜点头，表示自己知道了。

花明呈目光落在她的眼睛上，为她能有这一点优势而感到欣慰，说道：“你还记得吗？重烛初见你时，曾失了瞬神，说你的眼睛让他犹见故人。”

就是这么一句话，让花明呈动了心思。

这些年来，想要讨好魔尊重烛的人数不胜数，却没一个成功的，但花明呈觉得，他的女儿和其他人那些浅薄的模仿不同。

这三年来的努力终究没有白费，女儿偶尔流露出的神态，与那影像中人几乎一模一样。

就连方才担忧重烛的模样，看上去都那样真诚，一颦一笑间，神态几乎和影像中的女子重合。

重烛既然爱那女子入骨，又怎么拒绝得了这样的诱惑。

花明呈命人端上来好几个漆盒，里面皆装着类似的留影珠：“月儿，这些都是爹爹费尽心血寻来的，你多看一看。三日后便是望夜灯节了，届时爹爹和阿娘，还有整个花家的未来，可全都担在你一人肩上了。”

暮霜捧过一个漆盒，郑重地道：“我会认真学习的。”

花城主走后，暮霜仔细地看完了每一颗留影珠。珠子里的影像有的清晰，有的模糊，大多数是当时摄录其他景象时，无意间将他们二人的身影录入其中。

能将这些零碎的影像收罗起来，可见花城主当真是费了不少心血。

这三日来，暮霜就没有一刻舍得放下过那些珠子，她捧着那些留影珠翻来覆去地看，看得极其认真。

院子里伺候的侍女将小姐的情况反馈给花明呈，花明呈悬着的心终于落下些许，相信她是终于体会到自己的苦心了。

只有暮霜自己知晓，她翻来覆去地看着那些影像，看的不是自己，而是伴随在她身边的另一个人。

暮霜轻轻抚过留影珠里少年的侧脸，将珠子抱入怀里，缩进被窝里，低喃道：“重烛，明日我就能再见到你了。”

她枕着留影珠睡着，在梦里嘴角的笑意都未落下过。

第二章

重烛和她记忆当中的模样有些许不一样了

翌日一早，暮霜便被喊起来沐浴更衣，盛装打扮。

侍女们拿着浸润了桂花汁的玉梳，将她的一头秀发梳理得柔顺亮泽，盘绕成髻，再一件件佩上精美的钗环。镜子里那张本就绝色的容颜，被脂粉涂抹得更加美艳，实实在在宛如一朵鲜妍欲滴的富贵牡丹花。

这样美丽的一张脸，连她自己都要沉醉了。

暮霜换好了一身华服去向花城主请安。一路行去，遇见的每一个人，都在看到她的第一眼便会露出难掩的惊艳之色。

花明呈初见她时，亦是一脸赞赏，对自己女儿的美貌很是骄傲。有这般容貌，再有相近的性情，即便是磐石想必也能给他挪个地儿。

他围着暮霜转了两圈，细细打量片刻，忽而想到什么，当即摇了摇头，唤来为她打扮的妆娘。

“今日的妆容不好，去给小姐洗了重新上妆，不要这般浓艳，要素雅一些，钗环不必太多，只需……”他顿了顿，思索片刻，“只需一根梅花簪子略作点缀便可。”

于是，暮霜又被一群人簇拥着回到院子里，经受新一轮的洗洗涮涮，一边顺从地被人摆弄，一边打起瞌睡来。

不知过了多久，耳边传来轻柔的喊声：“小姐，醒一醒，妆化好了。”

暮霜迷迷糊糊地睁开眼睛，往镜子里看去。镜中的富贵牡丹花像是被一场春雨洗过，铅华尽去，变作了不染尘埃的出水芙蓉，清丽脱俗，天然去雕饰。

这一回，花明呈满意了，少了满头的珠翠，暮霜也轻松许多。

为了迎接魔尊的大驾光临，不仅是城主府，整个望夜城都绷紧了弦，还不到日落时分，各大主街便早早挂上了模样各异的花灯。

璀璨的灯火连接成纵横交错的长龙，与落日余晖相互辉映，在城池上空氤氲出一重霓虹光雾。

暮霜随花城主出城迎接魔尊，她坐在轿辇中，被街道两旁的灯盏吸住目光，一路上都舍不得放下帘子。侍女拦了几次，实在拗不过自家小姐，只好帮她撑着帘，让小姐能看个尽兴。

花城主出城十里相迎，可见对魔尊的敬重。

夕阳只在天边余留一线之时，一行黑骑从遥远的天际疾驰而来，倏忽间，便到了近前，从上空飞落至地。

黑骑护卫着中间一辆高大的马车。车身以漆木为底，金边描绘，雕龙篆凤，宝盖腾光。驾车的三匹骏马，浑身皮毛油光水滑，如浓墨泼染，脚踏飞火，头顶鬃毛亦如烈火燃烧。

车上垂挂的帘幕随风扬起一角，隐约可见里面斜倚着的身影。

暮霜早从轿辇中下来，跟随在花城主身后，上前去参拜。

在出发之前，花城主特意叮嘱过她，叫她迎接之时，勿抬头，勿心急，免得被人瞧出功利之心，反落了下乘。

但此时此刻，她心心念念的人就在近前，暮霜又岂能真的忍住不去看他。

她心脏“扑通扑通”地狂跳，偷偷抬眼，小心翼翼又满怀期待地朝那幕帘之后投去一眼，恰时正有一阵风拂过，幕帘摇曳，掀开一道缝隙。

车内的人敏锐地感觉到了她的视线，偏过眸子来，精准地捕获住她的目光。

暮霜端端与那一双冰冷的黑眸撞上，萌动的心跳蓦地一滞，恍惚间，自己仿佛又回到了悬圃园中，躲在桑叶之下。

那魔界太子令人战栗的眼神，与当下她所望见的这一双眼睛重合。

暮霜下意识地缩起脖子，垂头躲开了他的眼神。花明呈见此情形，不动声色地移过身形挡住身后小女，拱手行礼道：“属下恭候多时，特来迎尊上进城。”

重烛漫不经心地收回目光，淡声道：“有劳。”

就在这时，不远处的山林里突然响起一阵骚动，群鸟从林中惊飞，慌不择路地四散飞窜。

只见一道流光从那林中极速射出，携着呼啸的破空之音，直冲魔尊车驾而来，护卫左右的魔将立即迎上前去，接连三刀斩向那道流光。

流光被一劈为三，其中两道流光势弱，斜插入地，化作两枚断箭。

剩下的那一箭显然是灵力最盛的一箭，即使被多番削弱，还是突破了护卫的拦截，冲到了车辇前。骏马嘶鸣，箭上劲风卷开幕帘，重烛的身形彻底暴露在外。

“重烛！”

暮霜惊呼，来不及多想，立时便要冲过去，被花明呈一把攥住手腕，大惊失色地将她紧紧护在身后，低斥道：“你干什么？别乱来！”

他花明呈就算再无用，也不愿拿自己女儿的命去讨好魔尊。

重烛余光扫了那对父女一眼，没有错过他们二人这暗地里的小动作。他从容地抬手，五指成爪，掌中魔气涌动，抓向冲他而来的利箭。

却不料一抹黑影忽而从旁侧飞窜出来，猛地撞上箭尖。

利箭被撞得偏转，笃一声钉入车身的立柱上，箭尖下，一只小雀被利箭穿透翅膀，"啾啾"低鸣两声，便昏死过去。

重烛眼神一凝，往那已沉入夜色之中的山林望去一眼，立即便有魔将会意，领命奔入林中查探。

他抬手握住长箭，掌中魔气眨眼间便将箭身灵力侵蚀干净，灵箭化为飞灰，翅羽染血的小雀掉落下来，被他接入手心里。

重烛并指从小雀身上挥过，那小雀身上妖气流动，身形拉长，在他膝上化作一名窈窕女子。女子一身白裙，长发披散，臂上的伤口鲜血淋漓，点点洇开，如裙上大片盛开的红梅。

重烛伸手抬起她的下巴，女子的面容终于从凌乱的发丝下露了出来。他面无表情地看了看那张脸，目光微垂，扫见女子手心紧紧捏着的一物时，神情才倏地变了变。

车外的暮霜和花明呈正好能将那女子的面容看得清楚，又将重烛骤变的脸色看在眼里，心里同时"咯噔"一声，不约而同地冒出同一个念头来。

——哦吼，被人捷足先登了。

暮霜心中着急，恨不得立即冲上前去，抓住重烛的手，告诉他，那不是我！

虽然她跟以前的自己长得一模一样，但那不是我，虽然我跟以前的自己长得不一样了，但我才是真的我！

暮霜险些都要被自己绕晕了。她脚步刚动了动，重烛已抬起手来，振袖一挥，幕帘重新落下，将车上两人的身影完全掩盖。

他的声音从车内幽幽飘出，似笑非笑道："花城主，愣着作甚，难不成还有下一出好戏等着上演？"

花明呈回过神来，连连告罪，急忙将魔尊车驾迎入城内。

因为这一打岔，再加上那重伤的女子，重烛显然已没了观赏灯节的兴致，一行车队朝着城主府疾驰而去。暮霜的轿辇跟在后方，她从轿辇上下来时，只看到重烛急匆匆跨入大门的一片衣角。

花明呈跟在重烛身后，大声吩咐："去把城中的医修都请来！"

重烛不信任那些医修，命道："给桑莲传信，叫他立即动身前来望夜城，不得耽搁。"

他身边侍卫垂首应是，前去传信去了。

暮霜快步追上去，却被重烛的侍卫拦在后方，只能遥遥看着他被簇拥着进了主院。魔将很快接管了主院的护卫之职，就连花明呈这个主人都被赶了出来。

暮霜被花城主拽着离开主院，两人坐在花园的亭子里，一同望着主院的方向叹气。

暮霜问道："爹爹，里面情况如何了？重烛他真的认了那个女子吗？"

花明呈竖指在唇边"嘘"一声，急着去捂她的嘴，斥道："说了你多少遍了，不能直呼尊上的名字。人就在府上，咫尺之遥，你唤他的名字，就跟在他耳边说话，有什么差别？"

暮霜抿着嘴，颓丧地点头，不情不愿地表示自己知错了。

她喜欢喊重烛的名字，以前玩闹起来，还会故意黏黏糊糊地唤他"重重"，或是"烛哥哥"，每次都叫得他耳根通红，扑过来用蛇尾巴缠住她，让她不准乱叫，若是再叫，再叫就把她吃掉。

现在却只能生疏地称呼他"尊上"。

暮霜和花城主对视一眼，两人又一同叹了口气。虽然两人心思不同，但他们目的一致，现在这个一致的目的，眼看就要夭折了。

静默了好一会儿，花明呈望见一人飞掠进了主院。他估摸着那位魔尊这会儿应该没工夫听墙角了，他挥手竖了一道隔音屏障，才开口道："尊上看上去很紧张那个女子，为了她，连夜将巫医都叫来了，可见是真的上心了。"

暮霜双手绞着袖摆，越发坐立难安："他怎么能随便乱认人。"

花明呈亦疑惑道："我曾听说过，以前也有不少人冒充那雾隐山的小酒娘，或说是转世，或说是借尸还魂，亦有容貌相似者，可皆入不了尊上之眼，为何今日这女子就能被另眼相待？"

他沉默了片刻，脸上的表情凝重下去，忧虑道："这一回，那女子，莫非是真的？"

暮霜脱口而出，反驳道："不是。"

花明呈转过头来，眯眼盯着她，此时方有空暇思及起先前她行为的异样，眼底生出怀疑之色，问道："你怎么知道不是？"

暮霜后背一凛，眨了眨眼，故作冷静地垂头："爹爹不是说过吗？花家的未来都在魔尊的一念之间，我……也是体谅了爹爹的苦心，才愿意去行讨好之事，如果她是，那我们之前的努力，不都白费了吗？我只希望她不是。"

花明呈叹息一声："好月儿，委屈你了。"

两人再次往主院望去，花明呈喃喃道："希望她不是吧，若是的话……"

他晦暗的目光隐没进灯影之中，后面的话语含在唇舌间，悄然无声。

主院之内，重烛倚坐在窗前软榻上，手中把玩着一件巴掌大小的木雕。

那木雕极为精巧，以花梨木雕就而成一只雀鸟形状，雀身每一根翎羽的毛流纹理都清晰可见，乍眼一看，便宛如一只活生生的小鸟栖息在他掌心之上。

重烛当年花费了月余工夫，才雕好这一只雀，他将傀儡符的铭文隐藏在雀身的羽毛纹理内，做成了这么一只替身傀儡送给暮霜。

若是遇上危险，这只傀儡可为她挡下三次攻击。

只不过，从前他与暮霜形影不离，将她保护得滴水不漏，这只木雕便一直没有发挥的余地。木雕上的替身铭文完好无损，还一次都没有生效过。

重烛指尖摩挲着木雕上的纹理，目光一直牢牢锁定在床上昏迷的女子脸上，仿佛想要透过这具相似的皮囊，看清楚内里的灵魂。

床榻前，坐着一个青衫男子，正是接到魔尊命令连夜赶来望夜城的巫医桑莲。

“她伤得很重，要不是我妙手回春，这条手臂怕是要废了。”桑莲为女子处理好伤口，转身去洗净手上血污。

他说完，却无人应话，转头过去扫见重烛的神情，登时生出浓烈的好奇之心，问道：“这么多年来，送到你身边来的女子多不胜数，大多数长着这么一张相似的脸，但你都不曾正眼瞧过，怎么对今天这位就格外不同些？”

还这么急急忙忙把他唤过来救人，桑莲还以为是重烛遇刺，受了重伤，快不行了，他一口气从巫医谷跑来这望夜城，腿都快跑断了。

结果竟是叫他来救一只小鸟妖。

重烛没说话。桑莲甩了甩手上的水珠，转头看一眼床上的女子，又转头看一眼重烛，如此来回转了几遍，抚掌惊叹道：“不会吧，难道这一回来的这个是真的？她就是你一直在找的小酒娘？”

他抚着下巴凑到床榻前，俯下身去，盯着那昏睡的女子猛瞧，嘀咕道：“那我可要仔细看看，她到底是多生了一双眼睛，还是多长了一张嘴，怎么就这么与众不同，能让我们的魔尊大人放在心尖上惦记五百年。”

桑莲此人颇为不修边幅，长发用一根歪七扭八的木簪固定着，碎发披了满肩，穿一身粗布青衫，系带松松垮垮地捆在腰间。

偏生他长得文质彬彬，面容俊秀，身上一股子药香萦绕，在民间得有“医仙”之美名。

眼下，“医仙”蹲在姑娘的床榻前挤眉弄眼，身上那洒脱不羁的仙气儿顿时荡然无存，显出几分猥琐来。

重烛忍无可忍地起身踢了他一脚，不答反问道：“她什么时候醒？我有话要问她。”

桑莲捂住屁股站起来：“魔尊大人想要她什么时候醒，就可以什么时候醒，就看你舍不舍得了。”

重烛转眸看了床上之人一眼，坐回窗前软榻，冷然道：“弄醒她。”

桑莲“啧”了一声，难以置信道：“不愧是魔尊大人，对自己心尖上的小情人都这么冷酷。”

他仗着自己医术了得，深受重用，热衷于在老虎嘴边拔毛，但也不敢真的把重烛惹生气了，揶揄两句便适可而止，伸手从女子鼻上拂过。

一股刺激的药香弥散开，床上女子被从昏迷中强制唤醒，睁眼瞧见二人，立即害怕地往床角缩去，又不小心扯动臂上的伤口，顿时痛得闷哼一声，眸中浮出泪雾。

桑莲被她楚楚可怜的泪眼一瞧，心里软成一摊烂泥，安抚道：“哎呀呀，小娘子不要怕，我们都是好人。”他顿了下，改口道，“他是魔头，但我是好人，是救死扶伤的医者，你的伤就是我包扎的。”

女子紧缩在床角，含泪的眼眸怯生生地来回打量他们。

重烛审视着她的反应，问道：“你不认识我？”

女子转眸看向他，眼中泪雾下浮出几许迷茫之色。重烛盯着她的眼睛，笑了一声，又问道：“你不认识我，却愿意舍身为我挡箭？”

女子似是这时才认出他就是那车驾上之人，她咬了咬唇，小声道：“我也不知道为什么，只是见你有危险，就扑上去了，我好像见不得你受伤。”

桑莲在旁边睁大眼睛，张开嘴无声地做出“哟哟哟”的口型。

看看，人家都不记得他了，却还本能地为他挡箭，这可真是爱入骨髓。

重烛瞥了他一眼：“你可以滚了。”

桑莲看戏看得正起劲儿，很不舍得离开。他磨磨蹭蹭地收拾药箱，在重烛终于准备扬手抽他时，才一溜烟地飞快跑出门外，还贴心地帮他们合上了门。

室内静了片刻，重烛扬起手中的木雕，问道：“这东西你是从哪里得来的？”

床上女子一见木雕立即想要扑下床来，又被一道气浪推回床上。她急得眼中泪珠滚滚而下，求道：“那是我的东西，你还给我！”

“你的东西？”重烛嗤笑一声，“既然是你的东西，那你应该知晓它的来历，说来听听，如果答对了，我就还给你。”

女子抿唇：“我只记得，这是一个对我很重要的人亲手雕刻，送给我的。为了雕这一只雀鸟，他指头上受了很多伤，刻毁了好多个，最终才做成这一只送给我。”

重烛点点头，抚摸着自己的指尖：“的确如此。”

女子顿时理直气壮起来，鼓起勇气瞪向他，道：“那你还给我。”

重烛冷冷地凝视着她的表情，一字一句道：“雕刻这只鸟的人有没有告诉你，这木雕之中藏着三枚替身符箓，可以帮主人挡下三道攻击。”

若只是普通的木雕，他又怎会屡屡失败，还伤着自己？

女子一怔，眼底深处泄露出几分惊慌。

重烛继续道："方才你替我挡下那一箭时，这木雕中的替身符箓却未发生作用，你知道是为什么吗？"

女子咬唇不答，重烛便自顾自地往下说道："因为，这木雕曾以魂识认主，它认的主不是你。"

女子低下头去，睫羽挡住阴沉的眼，眼神中闪过一丝恼意。该死的熊蜂，竟然没有将这么重要的信息告诉她！

重烛的魔气悄无声息地浮动在床幔之间，将她严丝合缝地合围在中间，慢条斯理地问："现在，你可以告诉我，这只木雕，你是从何处得来的吗？"

…………

院外，暮霜实在坐立难安，却又被那重重护卫拦在外面，找遍了借口都没能混进去。

就在她一筹莫展之际，恰好和被赶出来的桑莲撞个正着。桑莲远远便瞧见这么一位天仙似的美人儿在灯下徘徊，正所谓灯下看美人，倾国又倾城。

他在屋里才醉了一回的心，出来后，又忍不住醉了。

暮霜瞧见有人从主院出来，猜测应当就是花城主口中那位巫医了。她正思量着，该怎么上去套点话出来，才不显得那么刻意，没想到对方竟先向她迎了过来。

桑莲像只开屏的孔雀一般摇过去，说道："这位娘子大半夜无法安睡，可是有什么烦心之事？不妨说来听听，正好鄙人略懂一些医术，可为娘子助眠。"

暮霜感激道："太好了，小女正有一些烦忧想请教先生。"

桑莲笑呵呵地摆手："先生不敢当，在下桑莲，是魔尊手下一巫医罢了，娘子不介意的话，就叫我'莲儿'吧。"

暮霜："……莲、莲先生。""莲儿"什么的，她实在喊不出口。

桑莲也不勉强，笑眯眯地应了，说道："我见娘子在主院外徘徊，我猜你心中的烦忧，莫不是和主院里那位有关？"

暮霜忙不迭点头："魔尊大人光临望夜城，是我们莫大的荣幸，爹爹从好早之前便开始为了今日安排布置，可没料到还是有所疏漏，没做好城外的防护，令歹人袭击了尊上，我与爹爹实在心中不安。"

桑莲诧异地上下打量她："原来娘子是花城主的千金，是在下有眼无珠了，竟没认出来。"

暮霜心里一紧："先生以前见过我？"

桑莲摇头："这倒没有，我只听闻，花城主有一女，生得闭月羞花，倾世之貌，如今见得，当真是名不虚传。"

暮霜谦逊几句，往主院里张望一眼，又忙将话题引回来："尊上在望夜城外遇刺，爹爹已连夜带了人去追查那歹人，定会给尊上一个交代。就是不知现在魔尊大人和那受伤的女子可还好吗？"

"花娘子安心便是，尊上好得很，那小娘子的伤也无大碍。"桑莲安慰她道。

暮霜按捺住急迫，问道："那我可否进去探望一二，也想向尊上表明心意，望他不要责怪爹爹才好。"

"现在怕是不太方便。"桑莲面露为难，掩袖靠过去小声道，"怕娘子忧心，我便实话告诉你吧，他们二人确无大碍，尊上能在望夜城找到自己心心念念五百年的人，这是天大的喜事，说不准不仅不会怪罪花城主，还会大大奖赏一番。

"不过两人久别重逢，有数不尽的情肠要诉，一时间干柴烈火，洞房花烛，也是很有可能的，你看，连我都被赶出来了。你这个时候前去打扰，只会触怒尊上，实在得不偿失。"

"洞、洞房花烛？"暮霜闻言，脑子里"嗡"一声，袖中的手指狠狠掐紧。

不行！绝对不行！

她再顾不上其他，拔足往主院冲去，又被驻守在门口的魔将挡下。

暮霜试图催动仙术，连掐了几次诀都无事发生。她承了花惜月的身份，在人间的一言一行都受这个身份的束缚。

花明呈身为一城之主，在败于重烛之手前，他自恃有能力能将花惜月一直护佑在自己的羽翼下，是以，对花惜月不事修炼便也睁一只眼闭一只眼，随她去了。

这导致花惜月的修为平平，根本打不过门口这两个铁面无私的魔将。

桑莲在旁边劝道："花娘子，你这是做什么呀？尊上也没说今晚就要砍你爹爹的头，你这么着急做什么？有什么事，咱们明天再说也不迟啊。"

明天就太迟了！现在都已经太迟了！

他们在屋子里那么久，还不知道已经"干柴烈火"到哪一步了呢！

暮霜掐着掌心纹路，生命线上的谶文金茫若隐若现，又气又急地叫道："重烛，你个白痴！瞎了你的蛇眼——"

屋内，重烛坐在窗下软榻上，一下一下抛玩着手里的木雕，在烛火昏昧的光芒下，他的影子投映在虚空，宛如一条盘缠的大蛇，蛇尾延伸至床上，正紧紧缠绕在女子纤细的脖颈上。

锦施被勒得两眼翻白，剧烈挣扎，拼命抓扯着脖子，想要撕扯开紧束在颈项上的东西。可那只是一道影子，不论她如何抓挠，都抓不住那蛇影，反将自己脖子挠得鲜血淋漓。

重烛看也没看她的模样，浅笑着问道："你知道，这些年来冒充她的人都是什么下场吗？”

随着他的话音，蛇尾再一次收紧，锦施张大嘴巴，喉咙里发出“咯咯”的声响，血沫从嘴角溢出来。

她眼角沁出泪来，怎么也不敢相信，自己分明已拥有仙身，却挣脱不开这道缠着她的蛇影，她就快要死了，死在下界凡尘里。

就在这时，院外传来一声怒骂，重烛的动作一顿，蓦地转头，越过窗棂雕花，隐约看见院外，一边抹泪一边大骂的女子。

重烛心口一震，一掌劈开雕窗，屋内盘缠的巨大蛇影瞬息回到他身上。锦施被甩脱在地，绝处逢生，捂着喉咙一边呛血，一边大口地喘息起来。

院子里草木簌簌作响，黑雾席卷整个庭院，重烛的身形如蛇一般凌空游出，朝着院外叉腰大骂的女子瞬影而去。

在即将触碰到她之时，刺眼的金芒猛然爆发，将周遭的一切都淹没其中。

重烛伸手抓了个空，意识消散。

九重天，司命星宫。

自从送那名小雀仙下界以后，司命星君便一直待在万象星海内，观测着星象的变化。

他盘膝坐于一座悬空的法坛之上，法坛之外是辽阔的无垠星海，闪烁的群星被浓缩于此间一隅，划分三垣四象二十八宿。

但司命星君当下重点关注的并非这些无比耀眼的星辰，反而时时留意的，是万千星河当中，一颗微不足道的小星子。

那星子光芒微弱，被掩盖在群星闪耀之下，宛如一粒尘埃，但当它忽地闪烁了一下时，司命星君还是立刻便发现了。

他睁眼抬眸往那渺小的星子看去，屈指掐算一二，微一叹息道：“竟然这么快就使用了一道谶文。”

人间。

暮霜被掌中金芒吞噬，意识陷入一片黑暗。也不知过去多久，耳边传来轻声呼唤：“小姐，快醒醒，已经辰时一刻了，妆娘们都来了，等着给您上妆呢，城主大人也等着您一起用早膳。”

什么城主？上什么妆？

暮霜迷迷糊糊地翻了个身，还想继续睡下去，先前的记忆缓慢在意识里苏醒，她想起自己站在主院门口，叉腰大骂重烛瞎了蛇眼。

院子里似乎响起了一声惊天巨震，紧接着，一蓬黑雾镀着天边泄出的金色朝光，从院内席卷出来，黑雾里裹着一张阴沉冷郁的面容，猎猎衣袍底下探出一只修长的手掌，直朝她抓来。

然后……

然后，就没有然后了。

她着急地催动谶文，金芒淹没了她，时间线开始退转，她今日经历的一切都开始倒退，重烛的脸从她面前消失，桑莲退回了主院，漆黑的夜色倏然重回到黄昏之时，她的轿辇从城门口退回来，她又经历了一番上妆洗妆，最后退坐回床榻上，合眼进入睡梦中。

直到她再次被侍女唤醒。

暮霜脑海里残留的睡意一瞬间褪去干净，彻底清醒过来，猛地翻身坐起，脱口道："重烛！"

俯在床沿唤她起身的侍女被吓了一跳，一屁股跌坐到地上，抚着心口颤声道："小姐，你要吓死小荷了。"

暮霜没注意到小荷，她的心脏"扑通扑通"跳着，好似真的被重烛伸出的那一只手攥住了心窝，只要闭上眼睛，眼前还能浮现出他逼近时的面容。

这是她久别重逢后，第一次近距离看清他的模样，虽然只有一瞬间，但那张脸还是深深刻进了她眼里。

重烛和她记忆当中的模样有些许不一样了，五官还是那样精雕细琢的五官，轮廓线条却越发冷硬，看她的眼神亦无比陌生，透着冰冷的审视和打量。

有许多人害怕重烛，暮霜以前还不明白是为什么，她觉得重烛明明长得这般好看，待人又这般温柔，怎么会有人怕他？

现在，她明白了。

重烛向她逼近时的模样，真真便像是一条盯住了猎物的毒蛇，浑身散发着血腥味，从瞳孔里溢出冰冷的杀气。他看上去不像是认出了她，而是因为她冒犯了魔尊的威严，想要杀死她。

暮霜攥紧凉被，没有意识到自己身体正在细细地发着抖。她只是一只小小的山雀，山雀对蛇有着本能的恐惧。

她以前不怕重烛，是因为他以前从未在她面前展示过蛇充满侵略性的真面目。

小荷从地上爬起来，见着自家小姐面无人色的模样，急得过去拍抚她的后背，唤道："小姐，小姐，你怎么了？是做噩梦了吗？还是身体不舒服？"

暮霜浑身一震，被她唤得醒过神来，眨眼看向四周。

屋子里的摆设很熟悉，是她近来住了一段时日的地方。旁边的侍女叫小荷，是花惜月最贴心的丫鬟，暮霜后知后觉地抬手，张开手心。

生命线上的三道金芒，如今只剩下两道了。

她使用了一次扭转命数的机会。

暮霜深吸口气，用力甩了甩头，努力将重烛最后那吓人的样子甩出脑海，问道："今日是几号来着？"

"八月十五呀，是咱们望夜城最大的节庆。魔尊大人今夜要光临望夜城赏灯，城主大人在忙着做最后的布置，要不是想等着小姐一起用早膳，这会儿城主都该出门了。”

小荷说着，见小姐似乎已从梦魇中醒了，便不再追问下去，服侍她起床，唤来妆娘梳妆。

八月十五。

她回到了这一天的早上！

暮霜被一群妆娘围在中间，眼见着她们铺开一桌姹紫嫣红的妆粉，又铺开一桌琳琅满目的朱钗，连忙道：“等等，不要浓艳的妆容，要素雅一些的，钗环不必太多。”

她隔空点了点妆匣里的梅花簪子：“就要那一根梅花簪子点缀就好。”

暮霜可不想再来一遍被人糊墙似的刷上几大层粉，然后再洗掉的经历了。她将花明呈上次说过的话复述了一遍，那些妆娘犹豫地互相看看，最终听从了她的安排。

暮霜穿着一身月白长裙，佩珍珠云肩，身上再无多余配饰，面上的妆容亦清新素雅，乌黑的秀发堆成一个饱满的云髻，以鲜亮的梅花簪子点缀其间，鬓边垂下两缕青丝。

花明呈见着她时，来回看了看，蹙眉道：“怎的打扮得这么素净？”

暮霜暗暗惊讶地抬眸，不是吧，老爹，你这回又嫌我打扮太素了？该不会又要把我退回去洗洗涮涮重来一次吧？

好在花明呈虽看着不甚满意，却还是道：“我还是喜欢月儿打扮得喜庆些的样子，不过，尊上的话，大约会喜欢素雅一些的，如此甚好。”

暮霜默默地松了口气，陪同花城主坐入席上一同用膳。

花明呈找她一同用膳，其实并无什么重要的事，他对女儿突然想通，愿意接受他的安排，还有些将信将疑。

是以，只要有空闲，便会找借口召她来身边，一来叮嘱她一些与魔尊相关的情报，二来也想观察看看，她是否当真心甘情愿。

都到这最后一日了，他还想要再试探最后一次她的态度，生怕见了魔尊后，她临时再反悔，若惹怒魔尊，花家才是真的再无后路。

暮霜亦猜到花明呈的心思，还是照着之前的说辞应对他的试探，表示是自己以前囿于小情小爱，没能体会到爹爹的难处，被关禁闭之时，静下心来仔细思索了许多，才明白爹爹的身不由己，她身为望夜城城主之女，自然也当为父亲解忧，也该为望夜城民众做一些事云云。

花明呈被她一席话说得眼角泛泪，好不欣慰，哽咽道：“月儿，你明白爹爹的苦心就好。”

用过早膳，花明呈准备出门，暮霜唤住他道：“爹爹是要去安排布置城中灯盏吗？”

花明呈点头，说道：“咱们望夜灯节是一个大庆之节，年年都会吸引五湖四海的宾客前来赏灯，每年的灯节都是由我定下主旨，着人打造。”

暮霜点头，夸赞道：“有好多人都等着灯节过后，抢购爹爹设计的灯盏呢。”

“今年魔尊赏光望夜城，为此，我拒了其他的宾客，只待尊上驾临，越到最后关头越是马虎不得。”花明呈笑了笑，遥遥往城中一座高塔指去，“今年的灯节以‘龙戏’为主旨，最后灯龙汇聚灯塔，飞升九重天，灯塔无比重要，我得亲自去盯着他们再检查一番才行。”

暮霜追着他的脚步，边走边道：“爹爹将城内布置妥当，可别忘了城外的防护。”

花明呈摆摆手：“不用担心，这些爹爹心里都有数。”

暮霜看他根本就没放在心上，只好提醒得再明确些，道：“城外南边那一片山岭，地势较望夜城高，能将城门口的情形一览无遗，要是有人埋伏山岭之上，在尊上入城时暗箭伤人，就不好了。”

花明呈面露沉吟，似乎在回想那一片山岭地势。

暮霜再接再厉道：“爹爹分不开身，不如就让女儿带人去那山岭中探查一番，也好排除隐患。”

花明呈立即警觉，原本放下的心又生出怀疑，断然拒绝道：“你这个时候想出城？不行，想都别想！”

暮霜见花明呈一脸绝无商量余地的表情，妥协道：“那爹爹一定记得派人去排查那片山岭，最好派些得力之人驻守在那里，以防意外。”

花明呈颔首：“我知道了，你好好待在家里，再多看看那些留影珠里的影像，找找感觉。”

眼看要到大门口，花明呈放缓脚步，回头看她。暮霜停下脚步，向他福身行礼：“好，我都听爹爹的，爹爹慢走。”

花明呈这才大步踏出门去，一出得门，大门便在他身后“砰”地关闭。

暮霜被府内的护卫紧盯着，决计是出不了城主府的，只能在府里等消息。

下午时分，花明呈派人传来信息，说在南山岭上果真擒下一个妄图行刺的歹徒。

那歹徒原是城中的修士，当初望夜城归顺魔尊麾下时，不愿归顺的修士要么战死，要么远走，他虽苟活了下来，却一直不甘心望夜城归顺魔道，便想趁着此次重烛难得从天山上下来，欲图行刺。

那修士在城中找不到机会，便想抓住重烛进城的那么片刻机会，放手一搏，没想到却出师未捷。被擒住时，他破口大骂花明呈是软骨头、墙头草、狗腿子，根本不配为一城之主。

暮霜不知道花城主会如何处置这个修士，现在也无暇顾及。没有了这修士暗箭伤人，那冒充她的鸟妖应该也不能靠着“美救英雄”的把戏登场，她或许会选择其他方式接近重烛，但现下时间紧迫，暮霜也不能叫人将山林里的鸟都捉了，只能先走一步看一步。

日暮西斜，她再一次坐上轿辇，随着花明呈出城迎接魔尊大驾。

夕阳在天边只剩一线之时，一行黑骑从天而降。暮霜仰头望着那漆木金纹的马车轰然落到地上，尘埃四起中，车上幕帘飞扬。

重烛的身形在幕帘之后若隐若现，最后一点余晖勾勒出的剪影从帘幕里透出来，身量看上去似乎比从前要高大、壮实了一些。

暮霜跟着花明呈的脚步来到车驾前，她暗暗拽紧了袖子，心脏同上次一样不受控制地狂跳起来。

但上一次，她满心只有期待。

这一回，剧烈搏动的心跳中，却多了一分深刻于本能中的畏惧。

她没敢抬头看他。

是以，她没有发现，车上之人垂眸向她看来的目光。

花明呈的确将暮霜的建议认真听进去了，紧急加强了城外的布防。这一回恭迎魔尊入城的过程很顺利，没有再出什么纰漏。

重烛大马金刀地倚坐在车厢内，一手支颐，一手轻敲着座椅扶手，目光从那畏畏缩缩的少女身上转开，往夜色越发深浓之处瞧了一眼。

天边的余晖彻底散尽，夜色笼罩大地，但望夜城中灯火辉煌，霓虹漫天，不愧于它“不夜城”之名。夜色止步于高大的护城墙外，再无法往内蔓延半分。

在车驾穿入城楼门洞时，重烛敲击扶手的指尖才稍微顿了顿，狭长的眼眸轻抬，以神识传音向随护在车外的魔将下了一道命令。

那魔将垂首应一声是，带着几个护卫一同撤出行进的队伍。待魔尊的车驾远去后，他蓦地抬手一挥，转向城外那一片山岭，说道：“走！”

这一行数人动作利落，速度极快，纵身奔出城楼门洞，融入城外的夜色里，消失无踪。

暮霜坐在轿辇之中，被一道烈风卷开轿帘，视野里似有黑影一闪而过，待要再仔细去看时，却又什么都没能看见。

她重新收回心神，默默叹出一口气。

与她同坐在轿内的小荷掰着手指数道：“小姐，就这么一会儿时间，你都叹五回气了，是有什么烦心事吗？你要不说出来听听，说不定小荷也能给你出出主意呢。”

暮霜抬眼瞧见她灵动的表情，嘴唇张了张，半晌又合上。

她该怎么说？说她好不容易见着自己喜欢的人，结果只是打了一个照面就被他吓到了，现在再见着他就开始本能地发怵，连话也不敢跟他说，连视线都不敢跟他对上？

小荷还在眼巴巴地盯着她，暮霜想了想，问道：“你……会害怕自己喜欢的人吗？”

小荷眨了下眼，脸上迅速漫上一团红晕，扭捏地回道：“我既然喜欢他，那我当然不会怕他呀。”

是啊，她怎么能害怕他呢，她明明那么喜欢他。

“那如果他其实和你一直以来看见的、以为的样子都不一样呢？”暮霜见她似乎不解，举了一个例子道，“比如，一直以来他在你面前都表现得很温柔纯良，但实际上，他或许并不温柔也并不纯良，只是将他的本性隐藏了起来罢了。”

小荷纠结许久，想通过后抚掌道：“如果我只是喜欢温柔的人，接受不了他的本性，那我便换个从内到外都很温柔的人就好了呀！”

换人？

暮霜忍不住皱眉，不可能换人的，她只喜欢重烛。

小荷瞧她脸色，忧心小姐还放不下那个私奔的侍卫，又不敢直接提及怕惹她伤心，只好迂回委婉地劝慰道：“小荷以前听阿嬷说过，人一生中会喜欢上好多个人，我们都还年轻，总以为自己现在喜欢的这一个，就是心头的白月光、朱砂痣，其实等再过个几年，遇见了更惊艳的人，就会明白管他什么白月光，什么朱砂痣，都比不过当下的心动。”

小荷说着，捧住她的手，坚定道：“所以呀，小姐，咱们要往前看。这世上温柔的人不多了去吗？何必要在一棵不合心意的歪脖子树上吊死呢？”

这话说得实在很有道理。

“可是……”

暮霜张嘴，想要反驳，话到了嘴边，轿辇忽地一停，外面传来话语：“小姐，观灯塔到了，城主请您一起下轿入内赏灯。”

暮霜从轿辇上下来，立时便被周遭璀璨的灯火晃花了眼。城中这一座九层高塔，在远处望时，还不觉得如何，到了近前，才觉出它的奢华高大。

楠木立柱，琉璃砖瓦，飞翘的檐角下悬挂着盏盏明灯，灯火将壁上沥粉贴金的图腾照得光华流动，当真便像是九重天上的仙子下了凡尘，迎人登天。

暮霜眸底被灯火照得透亮，站在塔楼之下，一时挪不开眼。

正跨入楼阁中的身影也跟着停了停，顿住脚步，略微偏首，回眸往身后看去。

花明呈见重烛停步，急忙一同顿住，循着他的目光回头望去，瞧见了自家水灵灵的宝贝姑娘。

她与那留影珠里的女子明明生得不像，只有眼睛有几分相似。如今站在灯明火烛之中，打眼一瞧，差点叫他误以为是留影珠中女子走了出来。

太像了。

非是形像，而是神似。

月儿以前并不愿意去当那女子的替身，就算被他强迫着观看留影珠，学习那女子神态，眼神中也难免透露出几分属于她自己的矜傲之气，但现在，她似乎已完成融入了那个需要她扮演的角色里。

只不过短短几日而已，怎会变化如此之大？

花明呈揉了揉眼，余光瞥见重烛若有所思的表情，心头漫上的怀疑立时被暗喜取代。照这样看来，这三年来的努力，应当不会白费了。

暮霜从塔楼上垂下目光，一眼瞧见停步在楼阁门口的身影。重烛不走，簇拥在他左右之人便也不敢越过他去，都停在原地等待。

陪同魔尊赏灯的人，除了随他而来的魔将，还有望夜城中的士族商户。见他突然停在门口，众人心中都不免忐忑，生怕布置的灯光不合尊上心意。

暮霜没有察觉这其中的暗流涌动，发现自己落后得太远，连忙快走几步跟上去。

她的脚步一动，前方的身影便也跟着迈步，大步跨入楼阁中，沿着塔内旋转的木梯，往楼顶行去。

众人默默舒了一口气。

花明呈背手在身后，暗暗朝暮霜招手，催促她快一点。

暮霜提了裙摆，赶紧在后面追，一口气登上九层顶，坐入席间，才小口地顺了顺气。

阁顶的空间亦很宽敞，四面窗棂大开，视野开阔，从这里能一览整个望夜城的灯火夜景。席面分开两处，中间用薄纱屏风辟出来一个较小一些的空间，和男子分开，容女眷落座。

暮霜这个位置，显然是花城主费了心思的，距离重烛落座的尊位不远，两人之间摆置的薄纱屏风上绘着雾蒙蒙的山景。

隔着屏风相看，仿佛人也在景中，只要拂开迷雾，便可瞧见对方真容。

暮霜承认自己胆子小，㞞得很丢脸，她当面不敢看重烛，隔着屏风，便有胆量看他了。

看他的身影落在雾蒙蒙的屏风上，身姿挺拔似那景中最惹眼的一座山，从头冠中垂下的青丝，似山中飞流而下的瀑布。

他一动，屏风上的景便也随着变幻，抬手举杯邀众人同饮时，宽大的袖摆垂落下来，露出一截线条优美的腕骨，捏着酒杯的手指修长，投影薄纱之上，格外好看。

身旁的小荷小声提醒道：“小姐，尊上邀大家举杯呢。”

屏风上的影子往这边偏了一下头，侧脸的线条落于云雾之中，像是提笔勾勒而成，虽看不清眉眼，却别有一番朦胧之美。

暮霜的目光便不由自主地落在他脸上，直到小荷轻轻戳了她一下，她才陡然回过神来，忙端起桌上酒杯。

重烛慵懒的嗓音从屏风那一方流淌过来，说道："望夜灯景果然名不虚传，能与九天之上星月争辉。本座一路行来，见华灯美烛，个个精美绝伦，无一盏样式重复，可见花城主奇思妙想，技艺绝伦，这一杯酒敬花城主。"

花明呈连道不敢，高举酒杯道："望夜城得尊上庇佑，才得以有如今康平喜乐，繁荣昌盛之景，该属下敬尊上才是。"

席上众人纷纷应和，心下也无不感叹，三年前望夜城被魔修占领时，城中民众也确实惶惶不安了许久，许多人都做好了背井离乡、弃城逃亡的准备。哪知魔尊虽占领了这一地界，却并未烧杀抢掠，大肆屠戮，除了正道修士和魔修们之间爆发过几场争斗，对普通人的生活倒没什么影响。

既没有影响，那望夜城是归属于仙门，还是归属于魔教，又有什么关系呢？

重烛笑意盈盈道："今夜本是团圆之夜，诸位因为我，错失了和家人团聚的机会，是本座的不是了。烛在此自罚三杯，向诸位赔罪。"

下方忙有人道："能陪尊上赏灯，是我们的荣幸。"

"对对对，尊上此言才是折煞我等。"

这样的场面话说完一轮，三杯两盏入肚。众人瞧着这位魔尊也不似那种喜怒无常，动辄得咎之辈，便也渐渐放松下来，彼此推杯换盏，饮酒赏景，席上丝竹舞乐，逐渐热闹。

屏风这一面要冷清许多，能入席的女眷本就不多，大多是花明呈找来给暮霜做陪衬的，若只有她一个女子，不免显得太过刻意。

暮霜也跟着喝了几杯酒，白皙的脸颊上晕开两团云霞似的红，更加直白地盯着屏风上的投影猛瞧。

看到重烛仰头喝酒时，上下滑动的喉结，她也不由得咽了咽口水，借着酒壮𡳞鸟胆，拖着屁股下的软垫往屏风挪去，想要更靠近他。

她的酒量很好，其实还没醉，所以仍旧不敢越过屏风，直接去看他。

暮霜无法像小荷说的那样，去找个从内到外都温柔的人。她喜欢重烛，哪怕他一点也不温柔，还十分让人害怕，她也只想要他这一棵歪脖子树。

不过，她还需要一点点时间做些心理准备，去克服对他的本能恐惧。

隔着这么一面聊胜于无的屏风，重烛能将另一面的动静尽收眼底，甚至能感觉到她越发露骨的视线。

他故意抬手，指尖点在桌上的酒壶上，顺着酒壶窈窕的曲线滑下去，捞住把手晃了晃。

果然，那落在指尖的目光霎时更火热了，就差将屏风灼出一个洞来。

酒壶里的酒空了，席上传来花明呈招呼侍女为他换酒的声音。重烛并未在意，他的眼神有些飘散，思绪也从眼前的宴席中脱离，沉入一些久远的回忆里。

重烛想起第一回时，他与暮霜头并头靠在一起，一起看那一册从合欢宗修士那里赢来的秘籍，暮霜每看完一幅图，就要抬头看看他。

也不知她脑补了什么画面，无辜的眼睛眨呀眨，明明很纯良，却让他觉得自己穿了三四层的衣服恍如无物。

后来，他实在受不了她的目光，主动扒下了自己的衣服。

那是他第一次知晓，原来他这种冷血的毒蛇，也会有热血沸腾的时候。

重烛漫不经心地朝屏风另一面瞥去一眼，思及来时路上，她在轿辇中和丫鬟的对话，眸中神色越发深沉。

侍女送上了新的一壶酒，他挥袖拒了侍女为自己倒酒，伸手捞过酒壶自斟一杯，拾起酒杯送到嘴边时，嗅到杯中酒气，蓦地一顿。

重烛垂眸，摇着杯中酒水，问道："花城主，这酒是何人酿制？"

花明呈不明白怎的都酒过三巡了，尊上忽然问起酒来，回道："今次席上的酒都是望夜城寻花酒庐提供的，它家的酒在咱们望夜城中……"

重烛没兴趣听他夸耀酒庐历史，摆手打断道："本座想见一见这酿酒之人。"他说完，顿了下，又强调道，"酿制这壶酒的人。"

杯里的酒气甚烈，即便席上香风酒食，气味浓杂，暮霜还是隔着屏风嗅到了飘来的一丝酒气。

是百毒酒的气味。

为了伺候好魔尊，花明呈将整个望夜城中的好手都聚集到了观灯阁来，光是做菜的厨子就有数十来个，都是各个酒楼里响当当的大厨，提供的酒水亦是寻常人想买都买不到的上品。

寻花酒庐声名在外，一年只产那么二三十坛酒，只供城中富贵人家享用，它家的酒都是有价无市，今年寻花酒庐产的酒全在这观灯阁中了。

观灯阁下层的一间厢房内，一美艳女子斜倚窗前，纤纤玉指间摇晃着一个精致小巧的玉葫芦，葫芦里的酒水震荡出叮叮水声，她神情轻慢道："什么百毒酒，不过是空有噱头罢了，实在太寻常不过。"

房间里还有另一个身着玄衣的男子，男子语气淡淡地恭维道："是寻花老板酿酒的技艺超群绝伦，不管什么样的稀世珍酒，只要尝上一口，便可复制出来。"

那被称为寻花老板的女子便掩唇笑了笑，回眸娇柔地睨他一眼，问道："尊上身份高贵，怎的对这样平凡的酒念念不忘？那一壶百毒酒真能讨他欢心？"

玄衣男子道："能讨尊上欢心的当然不是那一壶酒，而是能酿制出这壶酒的人。”

重烛心上有一钟情的女子，此女五百年前忽然失踪。重烛为寻她，踏遍五湖四海，不断扩张自己的势力，才有了今日令正道仙门都退避三舍的魔道尊主。

这件事天下皆知，不是什么秘密，寻花老板也曾听闻。她对那能让魔尊惦记五百年的女子很是好奇，问道：“怎么，大人难道找到了那女子？”

“若是找到了，现在又何需劳烦寻花老板酿这一壶酒？尊上寻觅五百年都不曾找到，那女子想必早已魂飞魄散，化为飞灰了。”

玄衣男子可是亲眼见识过重烛追魂索魄的手段，哪怕是下了黄泉的人，都能被他硬生生拽回来。可偏偏这样的手段都不能追踪到那女子的魂魄分毫，可见她的魂魄定是不存在了。

寻花老板蹙起纤细的柳眉，说道：“要是尊上问起酿酒之人，我可不敢去啊。”

冒充魔尊的心上人，那不是找死吗？

玄衣男子道：“寻花老板不必担忧，我自有安排。历来富贵险中求，咱们的花城主不也深谙此道，从而费尽心思吗？若真叫他哄得尊上欢心，那这么一座富硕之城，咱们就只能看得见吃不着了。”

何况，重烛也并非那么好骗，过往那些居心叵测妄图冒充小酒娘的人，都没有什么好下场。他安排这么一个人，也并不为讨好尊上，而是为了消磨尊上对花明呈的耐心罢了。

估摸着楼上该有人下来传唤了，男子撤去房间上的结界。又等待了片刻，门外果然传来叩门声，开门后便见一小厮领着一位魔修侍卫站在门口。

那魔修手里端着一个托盘，盘子上放着一个空了的酒杯，酒杯虽空，但里面的酒气尚在。

魔修说道：“尊上请酿制此杯中酒之人上楼相见。”

寻花老板往屋里看去，方才同她说话之人已没了踪影。她心中嗔怪，正想着该如何回话，就听隔间的门“嘎吱”一声。

一个女子从隔间的屋里走出来。她没有看任何人，目光先落在那空落的酒杯上，随即眼角微红，欣喜地问：“他喝了我的酒了？”

魔修仔细打量一眼她的神情，回道：“尊上喝了，说味道极佳，比之从前，不差分毫。”

顶楼之上，暮霜也正为了重烛那一句“比之从前，不差分毫”而暗暗心急。她哪里能想到，先有一个和她长得一模一样的鸟妖冒名顶替，如今又来了一个能和她酿出同一味酒之人。

要知道百毒酒的方子虽不算罕见，但酿酒之时放入毒虫的顺序有很大的差别，非得是自己亲手所酿，才能酿出味道不差分毫的酒。

有些时候，就连她自己前后所酿的酒，都会有些许差别。

暮霜不打算坐以待毙，在重烛派人端了酒杯下去找人时，也跟着悄悄离席。

刚走到楼梯口，她就被花明呈一把拽住。他将她拉到立柱后面，问道：“你要做什么去？”

花明呈在席上长袖善舞，既要时时关注魔尊的喜怒，还要引领宾客们活跃气氛，竟然还能分出心来留意暮霜的动静。

暮霜反握住他的手，焦急道：“爹爹，不能让尊上见着那酿酒之人，否则你女儿就没有发挥的余地了。”

那条瞎眼蛇，先前就已经认错了一回，这回说不准又会被蒙骗过去。

花明呈也面露忧容：“来不及了。是我之前考虑不周，没想到会有人在酒里做文章，尊上现在既已点名了要见那酿酒之人，这个时候动手脚，岂不是明着给尊上找不痛快吗？”

暮霜被他一席话说得垂头丧气，这么短的时间，她确实也没有办法毫无痕迹地将那个想要冒充她的人弄不见。

而且以重烛以前的性子，他若是见不着人的话，定然不会善罢甘休。

“先回去坐着，静观其变，不要轻举妄动。”花明呈叮嘱她。

暮霜只得点点头，默默回到座位上。

屏风这一面，重烛倚靠在坐席上，慢条斯理地摇晃着杯中酒，时不时地啜饮一口。在那位花城主的千金重新入座后，他百无聊赖的目光又再次偏转过去，落在屏风透出的身影上。

殿内华灯摇曳，觥筹交错，喝得上了头的宾客们说话声渐渐无所顾忌，十分吵闹。

重烛有些听不清他们都说了什么，指尖一动，一缕魔气顺着袖摆游下去，化身为一条小蛇盘缠到屏风脚上，完美融入屏风的木雕图腾当中。

耳边的话语一下清晰了许多。

暮霜之前找了个透气的借口离席，现下回来，小荷连忙给她倒一杯茶水，问道：“小姐酒气散了一些吗？要不要喝点解酒汤？”

暮霜摇头，心不在焉地道：“不用，我出去吹了吹风就好多了。”

重烛听着她们主仆两人低声交谈，耳畔有轻风拂过，一道黑影如鬼魅般出现在他身后。重烛没有回头，问道：“如何？”

身后的黑影躬身回道：“回尊上，属下们一寸寸搜寻过南边那片山岭，并未找见什么可疑之人。或许是因为花城主已在那片山岭严兵布防，就连山岭里的鸟兽都蛰伏不敢出。”

重烛指尖摩挲着杯沿，盯着屏风的眼眸微眯，半晌轻笑了一声道：“花城主当真是煞费苦心。”

屏风对面传来丫鬟压低嗓音的惊呼："小姐，你都快喝晕了，怎么还给自己不停地灌酒？"

暮霜被小荷抢走酒杯，干脆抓起桌上酒壶，含着壶嘴猛灌了两口，然后将酒壶往桌上重重一搁，蓦地站起身来。

果然，酒能壮胆，她现在酒气直冲头顶，胆子大得离谱，什么蛇呀鸟的，什么本能畏惧，都不在话下！就算直接冲过去扑倒重烛，她也不带怕了！

暮霜这般想着，便要推开屏风冲到他面前，扒开他的眼皮，叫他好生看清楚——我才是你要找的人！

小荷哪里能猜到这些，只担心小姐在魔尊面前失仪，惹恼了尊上，忙拼命拉住她道："小姐，小姐，你可不要乱来呀。"

重烛听着屏风那一面丁零当啷的碎响，转眸看向殿外，花城主终于带着那酿酒之人姗姗来迟。

这一场宴席已有些脱离花明呈的掌控，花明呈明知有人想要借这酿酒之人截和，却毫无办法，还得亲自将人完好无损地送到魔尊面前，心头憋闷可想而知。

花城主的表情实在精彩，望夜城中的灯景都不如这一台又一台端到他面前的戏码好看，连城主千金都披着彩衣亲自上台为他表演了，他若不好好打赏他们父女俩一番，实在说不过去。

重烛的视线越过花明呈，看向他身后的女子，问道："这酒是你酿的？"

听见重烛的话音，暮霜才抬起头顺着他的目光看过去。被领进殿内的是一个很年轻的姑娘，生得眉眼清秀，颇有姿色，好在比起那只"美救英雄"的鸟妖，这一张脸明显和她不相像了。

人已到了殿前，暮霜被花城主暗中使了好几个眼色，示意她不要胡来。她一时进也不得，退也不得，只好倚靠在屏风上不动弹了。

殿下的女子抬起头来，应道："是。"

重烛慢吞吞地又问："你叫什么名字？"

女子露出一脸的不可置信，委屈地质问道："你喝了我的酒，还认不出我是谁吗？"

重烛挑了下眉，饶有兴致地倾身向前，托着下巴仔细打量她，问道："哦？那你说说看，你是谁？"

宴上众人都停下来，所有的目光都集中在姑娘身上，有疑惑，有探究，亦有了然。人人都知魔尊有一心上人，上天入地遍寻不得，如今看这架势，难不成能看见他们相认？

女子在各式各样的目光下咬了咬唇，跺脚道："你若认不出，那就算了，我再也不会给你酿酒喝了！"说完，浑然不顾重烛的回答，转过身负气而去。

暮霜眼见着重烛脸上的笑意落下去，浑身透出一股令人战栗的冷意。他的身形蓦地一晃，整个人便如灯烛之下的影子，从座上消失不见。

另一边响起一声惊呼。

暮霜急忙偏头，便见重烛从浓影里走出来，端端挡在了那女子身前，唤道：“暮霜？”

女子眼中霎时涌上热泪，想要往他怀里扑去。眼看就要上演一出情人相认的戏码，重烛身周盘缠的蛇影横挡过来，用尾巴将她推开。

他甚觉荒谬地笑出声来，目光扫过殿上众人，在花明呈身上停留一瞬，又越过他看了一眼倚在屏风旁的人，说道：“本座难道就这么好骗？真以为仅凭一壶酒，就能证明你的身份吗？”

女子无措地站在原地，咬牙道：“那你还想要我怎么证明？”

重烛身畔的蛇影游走过去，围着女子转了两圈，竖身立于她前方，嘶嘶吐出的蛇信凌空扫过空气，从殿上所有人芜杂的气息中辨认它想要的信息，叫人望而生畏。

“你若是她，便该知道，我并不喜欢这种酒。”重烛道。

女子仰起头来，直面头顶那一条似真似幻的庞大蛇影，回道：“我知道，你要我为你酿百毒酒，只是因为你当时身上有伤，需要借酒疗伤。”

重烛颔首，耐心地道：“嗯，这种事若有心打探，也能查得。”

“我还知道你喜食甜而怕辣，喜欢果蔬的香味，吃果子时，喜欢用毒将果肉溶化，再吸食汁液，讨厌浓郁熏香，熏香太浓你会容易打喷嚏，流鼻涕……”那女子的声音忽然消失，众人能看见她嘴巴翕动，还在一直说着话，却再听不见她都说了些什么，大约是涉及魔尊的一些隐秘，不便让旁人听见了。

但即便如此，她先前说的那些话，还是令人震惊。

喜甜怕辣，吃果子时，要吸食果汁什么的，和魔尊大人对外的形象，实在差异太大了。花明呈看一眼桌案上摆置的瓜果，万分后悔没有将它们先行捣烂成汁。

就连暮霜听着听着，都快要怀疑，到底谁才是真正的她了。

大殿正中，重烛的神情也再不复之前的冷锐，眸中露出深思之色。他嘴唇动了动，问了最后一个问题。

暮霜努力辨认着他的口型，似乎在问——

“你最后留给我的纸条上，写着什么？”

第三章

重烛追随者联盟

“你最后留给我的纸条上，写着什么？”

暮霜学着他的口型，分辨出这句话，登时一愣。

原来重烛看见了她留下的纸条，可他既然看见了，就应该知道她生下那颗蛋是让他煮来吃的呀，为什么还要留着孵化呢？

暮霜百思不解，难道是自己没有写清楚吗？

当初天兵从天而降，实在太过猝不及防，暮霜只记得自己当时刚恢复记忆，想起自己下凡历劫的因由，既舍不得离开，又不敢反抗披坚执锐的天庭天兵。

重烛那时候又处于重伤昏迷之中，她一个人急得团团转，被天兵们不断催促着，必须要尽快脱离凡间，回归天庭。

天兵严苛至极，根本不给她等待重烛醒来道别的机会，就连留给他的纸条上，也不能透露出一丝一毫有关她下凡历劫的真相。

暮霜揉了揉饮酒后发烫的脸颊，努力回想自己在纸条上写了什么。

仓促之间，她好像只来得及告诉重烛，说她要走了，她虽一点也不想离开他，却不得不离开，叫他不要浪费时间找她。

她身无长物，唯一能留给他的，只有那颗蕴含了她全部修为的蛋了，叮嘱他醒来之后，一定记得把它煮来吃了补补身体。她希望他能好好活着，潇洒恣意、天长地久地活着。

重烛是魔修，哪怕努力修炼，他也不可能有飞升成仙的一天。暮霜以为他们从此诀别，再无相见可能，写字的时候哭成了一个泪人，差点没给自己哭回原形。她害怕眼泪打湿纸条，只能边写边用袖子捂住脸。

写完之后，她还仔细检查过，确认纸条上的字迹是清晰的。

暮霜笃定地握了握拳，其他的先不论，但她绝对写清楚了，要他把蛋煮来吃了！

大殿之上，重烛眼眸微眯，蛇影垂下头来，金色的瞳孔逼视着下方的女子，蛇身在地面上缓慢游动，悄无声息地将对方盘缠在自己的掌控中。

他在等待她的回答。

女子呼吸渐渐急促，抿着唇角犹豫着没有开口，重烛便好心提醒道：“临别之时你留了一颗蛋给我，想起来了吗？”

女子眼睫一颤，眼底亮起微茫。她想起那位大人提起过，说魔尊大人在天山的温谷里建了一座巨大的巢穴，里面存放着他的心上之人留给他的唯一一样东西。

温谷是天山禁地，除魔尊之外，任何人不得入内，他一年里有大半年的时间都待在那座温谷之中。

如此珍视。

女子掐了掐手心，决定赌一把，说道：“是我们的孩子，我要你好生照看它。”

重烛默然地注视她片刻，高高竖立的蛇影乖顺地俯下头，退回至他脚下的影子里。

他挥袖撤了布下的隔音屏障，眉眼之间的寒霜尽融，向她敞开双臂，朗声笑道：“答得很好。”

殿上的所有人都听见了他这一句话，一时间众人的表情精彩纷呈，大多数人都为自己能见证魔尊有情人终成眷属，而倍感荣幸。

也有少部分人心情复杂，比如花明呈，三年的努力付诸东流，他是怎么也笑不出来。

这个姑娘不是他安排的，却能出现在这里，背后必然有其他人相助。如果她是假的，追责起来他脱不开干系；如果她真是魔尊惦记了五百年的人，找回尊上心上人的功劳也落不到他头上。

花明呈心下忐忑不安，那安排了这一出戏的玄衣男子竟也惴惴不安起来——重烛真这么好骗吗？会错认一个假货？

那些仙门为了打探他的虚实，用尽了浑身解数，不知精心培养了多少替身打着小酒娘的名号来接近他，他若真这么容易被欺瞒，这五百年间早不知被骗多少回了。

玄衣男子自认自己准备的这一出戏，并不比以往那些人的精妙多少，甚至他从始至终就没想过能成功，只是为了给花城主上上眼药，想要重烛厌弃他而已。

可偏偏重烛看上去很高兴，似乎真的将她认作了自己的情人。

那殿中的女子脸上亦闪过一丝不敢置信，但她很快就掩饰了过去。在答应那位大人冒充小酒娘之时，她就做好了会被重烛杀死的准备，但如今重烛竟真的认下了她？

成为魔尊心上人，往后或许会时时刻刻面临着被拆穿的风险，但可以肯定的是，她也将从中获得巨大的利益。

万一相处之下，她能俘获他的心，让他放下故人呢？

女子心中燃起希望，抬眸看向重烛向她敞开的怀抱，抬步朝他走去。

暮霜刮在屏风上的指甲“咯咯”作响，气恼地想，这条瞎眼蛇，是不是不管来的是谁，他都能认错！

她再顾不上小荷的拉扯，越过屏风跑出去——

变故便是在这时候发生的。

在那女子即将扑入他怀中时，重烛的身影忽然一晃，像墨一般融化开，浓稠的黑影将女子的身形一口吞没。

庞大蛇躯骇然撞破屋顶，携着她冲天而起，魔气横扫大殿，将满殿摆置掀得倒飞出去，众人惊叫着四处躲避。

暮霜被这一幕吓得后退，听见小荷的叫声，连忙回头一把拉过她，躲到一根立柱旁边，才避免了被那屏风砸在下面。

子夜的钟声敲响，整个望夜城精心准备的灯节焰火在此时推向高潮。

满城的灯火从最外延开始一片片熄灭，霓虹彩光如龙吸水，往这一座灯塔聚来。

游龙在塔下成型，顺着楼阁外檐垂挂的灯盏游曳直上，即将飞天而起时，却被那一道蛮横的蛇影撕碎，化作片片残焰，凋零陨落。

蛇影轰然一声，重新砸回殿内，再退开时，先前还活生生的姑娘，此时横躺在地上，乌血顺着龟裂的地板从她身下渐渐蔓开。

她垂在血泊里的手指动了动，因蛇毒而乌黑的唇内吐出微弱的气息：“大人……”

重烛不知何时又重新坐到了主座上，手上捻着一个酒杯，抿了一口百毒酒，扫一眼满殿狼藉，看向花明呈，语气平和地说：“花城主用心良苦，夜已深了，还有什么戏码，便一并端上来吧。”

花明呈大惊，立即解释道：“此事绝非我安排，我可以对天起誓，我真的毫不知情。”

“好一个毫不知情。”重烛笑道，伸手蘸取杯中一滴酒水弹出，酒珠直射殿中蛇影。大蛇崩溃，落到地上，化作无数游动的小黑蛇游向殿内每一个人，嘶嘶吐信，“不是你，那会是谁呢？安排了这么精彩的一出戏，怎的不出来领赏？”

殿内响起阵阵尖叫，众人想躲却又躲不开。

一条小蛇从倾倒的屏风脚下游出来，顺着暮霜的裙摆盘缠到她的脚腕上。

暮霜此时已经被吓得麻木了，直到那蛇竖起脖子，冷不防地撞入她的视线里，歪着脑袋和她大眼瞪小眼。

身旁传来小荷的尖叫声。小荷的身前也竖起了一条黑蛇，那条黑蛇威胁地展开脖颈，龇牙咧嘴，模样狰狞，从喉咙里发出阵阵嘶鸣，令人恐惧。

暮霜身上的小黑蛇转头看看它，又转头看看满殿龇着毒牙嘶鸣的同胞，便也有样学样地张开血口，龇出尖锐的毒牙，猛地冲到她面前，朝她嘶吼。

蛇嘴里吐出的鲜红色信子，几乎要扫到她脸上。

暮霜被吓得倒抽一口凉气，尖叫堵在嗓子眼里，控制不住的泪顺着眼角，“哗啦啦”往下淌。

她以前其实是见过重烛的本体的，夏天的时候还喜欢抱着他纳凉。他蜕皮之时，还会用手小心翼翼地帮他将那一层蛇皮剥离下来。

那个时候，她明明一点也不怕他。

现在的重烛却这么令人害怕，浑身散发着恐怖的气息，让她连走向他都需要鼓起莫大的勇气。

光是这一条冰冷凝视她的小蛇，就叫她浑身僵直，快要晕死过去。

大殿之上，像她这般被吓住的人还有很多。

花明呈到底是一城之主，不忍见众人遭难，往前一步，拱手道：“此事虽不是我安排，可我身为望夜城城主，让心怀不轨之人潜入城中动此手脚，还毫无所知，的确失职。

“此次来参加宴席的大多只是城中商贾，少有修行者，实在承受不住魔尊一怒，尊上若要怪罪，便由我一人承担吧。”

重烛抚掌赞道：“花城主爱民之心可嘉。”

数不清的小小蛇影在满殿游曳，嘶嘶声不绝于耳。倏地，满殿蛇群突然静止，全都竖起脖子朝着一个方向看去。

这个画面实在令人惊骇，但又叫人下意识地随着它们朝向的地方看过去。

众蛇所望之处站着一个人，是一个身着紧袖玄衣的男子，此人一直跟随在重烛身边，乃是魔尊座下护法。

重烛放下酒盏，似十分不解，疑问道：“说说看，殷傀护法，本座的‘心上人’身上怎么沾染了你的气息？”

殷傀右手垂下，紧紧握住垂挂在腰侧的长鞭，试图辩解：“许是玄清下楼请那女子上来时，不小心染上了她的气息，我又与他接触过……”

玄清正是先前端着空杯下去请人的魔修，见殷傀竟将祸水往他这里引，当即冷哼一声道：“放屁。”

他浑身干干净净、清清白白，随便怎么查探！

重烛摇了摇头，对追随在他身边多年、在外人看来极为器重的臣属亦毫不留情，说道：“可惜，理由不足，杀了。”

随着他一声令下，玄清领着几名魔将一拥而上，片刻交锋后，那人被押解回来，钉死在殿中女子的尸身旁。

重烛面向花明呈笑了笑，抱歉道："是本座错怪花城主，花城主见谅。"他谈笑间挥手唤回满殿蛇影，"希望没有吓着你们。"说完，回头看了一眼那位城主千金。

暮霜和小荷抱头靠在一起，主仆二人已经被吓得晕了过去。

暮霜做了一个梦，梦里有着十分聒噪的盛夏蝉鸣，炽烈的阳光将一切都照得亮堂堂的，周遭的景物在阳光里扭曲，形似融化。

暮霜快被热成烤小鸟了，她习惯性地去找重烛纳凉，剥开他的衣裳，将汗津津的脸颊贴到他凉乎乎的皮肤上，耳边传来他耐不住痒痒的笑声。

许是因为他本体是蛇，平时有蛇鳞包裹，化作人身后，没有了蛇鳞，他的皮肤就格外敏感，被她稍微摸一摸，玉白的皮肤就开始泛红。

重烛的呼吸渐急，身体有了明显的变化，托起她的下巴向她索吻，薄薄的唇印在她的唇角，慢慢地摩挲轻蹭，最后再用他尖尖的虎牙叼住她的唇瓣轻咬。

暮霜已经习惯如此，外面的冰块还需要花钱买呢，她抱着重烛降温，总要给他一点工钱。

因为她的纵容，重烛的吻开始逐渐放肆，舌尖舔开唇瓣，往里探入。暮霜发现即便抱着他也达不到降温的目的了，便想要推拒。

她的推拒很快就被重烛镇压，他含笑的话语贴在唇畔，故作恼怒道："你抱了我这么久，就给这点工钱，打发叫花子呢？"

"可是现在贴着你一点也不凉快了。"

反而还更热了。

重烛气笑道："我不凉快了是因为谁？"

暮霜还想狡辩，被他捏着下巴牢牢堵住嘴，再次压来的唇舌更加过分，舌尖钻入她口中，为非作歹，舌头变得长而灵活，舌尖分叉开，将她的舌完全缠绕住，舔舐吸吮。

他的半身亦化作蛇尾，裹缠在她的腰肢上，将她整个人都禁锢在他怀里，动弹不得，尾巴尖顺着裙角悄无声息地没入她如花一般层叠铺开的裙摆之下。

暮霜眼角沁出泪珠，很快便沉溺在他难缠的亲吻里。

透过蒙眬泪眼相看，拥着她的少年忽然生出了变化。他的眉目渐渐长开，脸部的轮廓也变得越发冷硬，温柔的气息似乎也在无形之中一寸寸冰封为伤人的坚冰。

这一个怀抱不再让她感觉安心，反而令她生出无边的恐惧。

暮霜不受控制地发起抖来，重烛感觉到了，抬手拭去她眼角泪珠，掀开眼帘垂眸看向她。

他的眼神亦不再温柔，只剩下冰冷的审视，问道："回答我，你是谁？"

重烛身后弥漫开浓重的黑雾，黑雾凝结成影，巨大的蛇影垂下头来，张嘴朝她嘶吼，它的毒牙尖锐，蛇信鲜红，一双金色的竖瞳如利剑一样，直刺她心口。

暮霜在睡梦中害怕地发抖，硬生生地把自己给抖醒了。

她惊惶地睁开眼睛，眼角还垂挂着梦里沁出的眼泪。有冰凉的触感从眼角一扫而过，宛如梦里重烛拭去她眼角泪珠的指尖。

暮霜脸上起了一层鸡皮疙瘩，猛地坐起身来，余光扫见似有一缕黑影从她枕边窜开，待再细看时，却又什么都没能找见。

外面传来叩门声，暮霜呆愣地坐在床上，还未从梦里残余的惊惶中醒过神来。

没等到应答，来人推开房门走进来，唤道："月儿，爹爹进来了。"

又等了片刻，花明呈才掀开内室的珠帘走进来。

他一眼看见坐在床上垂泪的女儿，心知她大概在昨夜被吓得不轻，顿时心疼地走上前。他坐到床沿，抬手轻轻拍抚她的背脊，安慰道："别怕别怕，一切都过去了。"

暮霜连连深呼吸几口，努力将梦中的惊惧压下去，抬袖擦去脸上湿泪，挤出一个笑脸来，说道："爹爹，我没事。"

花明呈叹息一声，唤侍女绞来湿帕子为她擦脸。

暮霜接过侍女递来的帕子，帕子上冒着屡屡白气，温度正好。她转头看了看进来屋里的几名侍女，担心地问："小荷呢？她没事吧？"

花明呈道："那丫头也被吓得不轻，我让她去休息了。你要是只想让她服侍，我这就让人去喊她过来。"

暮霜忙道："不用不用，我一会儿去看看她就好。"

花明呈知道主仆二人关系好，也没说什么，只满含歉疚与心疼地说道："外面传闻魔尊脾气挺好，和爹爹的几次接触，亦是有礼有节，才让爹爹一时被他蒙蔽。

"魔终究是魔，真动起手来亦是杀人不眨眼，幸而昨夜有人替咱们先行试了一下他的态度。那小酒娘就是他身上逆鳞，轻易触碰不得，以前是爹爹考虑不周，还想着将你送到他身边去，险些害了我儿性命。"

暮霜从帕子里抬起头来，看向一脸懊悔的花城主，疑惑地道："爹爹的意思，难道是不打算送我去了？"

"这是自然。"花明呈抬手按在她的肩上，试图让她彻底安心，坚定地道，"爹爹就算再无用，也不会拿你的命去做赌。"

暮霜有些不知所措："昨夜之事发生在望夜城中，爹爹到底脱不开干系，若尊上怪罪下来，那爹爹的城主之位还保得住吗？”

花明呈道：“不用担心。昨夜之事我虽有失职，但安排那些事的是他身边护法，护法越界，触了他的逆鳞，昨夜被他就地正法，今晨尊上离开前，倒没有额外责罚我。”

至于以后会不会被秋后算账，那就是以后的事了。

暮霜闻言，为他松了口气，但随即又睁大眼睛，惊讶道：“他走了？”

“走了，昨夜闹得那样不愉快，尊上也没有了再赏灯的兴致，今日一早便离开望夜城，去别的地方巡视了。”花明呈说完摸摸她发顶，“所以，你也无需再害怕了。”

暮霜现在哪里还顾得上害怕。她虽是有些怵他，可听见他离开，心中又如沸腾的泉水一样，“咕噜噜”涌出不舍，更何况她还是带着任务下界的，这个任务还十万火急。

都怪自己胆子太小，白白错过了这样好的机会，若是司命星君在天上看着，该要责怪她浪费他的一番布置了。

“他走多久了？去哪里巡视了？”暮霜着急地问。

花明呈回头看一眼窗外的天色：“一早便走了，现下都到正午了，走了约莫有两个多时辰了吧，至于去了哪里？”

他顿了下，沉吟道：“如今魔尊当道，仙门退避，被揽入他麾下的地界越来越辽阔，大大小小少说也有三四十座城池，看他离去的方向，约莫是往照业城去了吧……”

花明呈说到此处才意识到什么，倏地停下话音，问道：“你问这么多做什么？”

暮霜欲哭无泪，她当然是想去追他啊！

但很显然，她不能对花城主如实相告。暮霜摇摇头：“没什么，我就是随便问问。”

花明呈只当她还余悸未消，非得确认重烛走远了才安心，又好生安抚了她一番。

父女俩一同去和花惜月的母亲一起用过午膳，花明呈去忙公务，便叫她回院子里好生休息。

暮霜去看过小荷，见她和自己一样，只是受了些惊吓，并无什么大碍，总算放下心来。

回到居住的院子里，暮霜借口休息，打发走伺候的所有丫鬟，开始收拾包裹，准备离家出走。

好在这段时间以来，她一直表现得很听话，魔尊一走，花城主也放弃了原本的打算，便没有理由再继续严密拘束着她。

院子上方的结界早已撤走，府里的护卫对她的看管也松懈了很多。中午吃饭的时候，暮霜说想出去走走散心，花城主也颔首答应了，只嘱咐她出门多带上两个护卫。

看得出来，花城主对自己的女儿很是疼爱，送了她许多防身的法器。为确保自身安全，暮霜暂时借用了这些法器，将它们都收入储物袋中，装进荷包里带上。

最后，她郑重地留下一封信函压在梳妆台上，告知花城主她想出门历练，长长见识，罗列了自己带上的所有防身法器，好叫他不用担心，自己定然会安全归家。

暮霜背着荷包出门，合上门时，并未看见一道黑影从被褥里窜出来，游上梳妆台，细长的信子扫了扫压在胭脂盒下的信函，随后顺着窗棂游出去，跟在了她身后。

有花明呈的交代，暮霜出门时没有受到任何阻拦。为了甩掉跟在身边的护卫，她特意往热闹的地方挤。

现下正是中秋佳节，昨晚的一场变故，除了让城中等着看最后飞龙升天的民众们有些失望，并没有影响他们的正常生活。

城中依然热闹无比，人山人海。暮霜借着人流掩护，又用上了一个隐匿的小法器，成功地将护卫甩在身后，混出望夜城门。

她小跑着离开城门，进了城郊的树林，才从兜里掏出一个纸鸢，掐了好几次手诀，终于用灵力催动它飞起来，随后跳上纸鸢，跌跌撞撞地往照业城的方向飞去。

也不知是她的修为实在上不得台面，还是这纸鸢等级有限，总之，飞行的速度很一般，还没有她自己扇翅膀飞得快。

偏偏她受身份所限，也无法变回自己的原形。

暮霜出城的时间本就有些晚了，纸鸢驮着她慢腾腾地扇动翅膀，到了入夜时分，才勉强翻过两座大山，后面还有一多半的路程等着她。

夜里风急，暮霜控制不好纸鸢的方向，只能落到地上，找到一株合适的大树过夜，等明日天亮风小一些，再继续赶路。

她哼哧哼哧地爬上树干，蹲到大树中段的树杈上，抓了抓因为赶路而被吹得乱糟糟的头发，肚子里饿得“咕噜噜”地响。

——她光想着多带些法器保命，忘了给自己带干粮。

她听着自己肚子的叫声，孤苦无依地在树上蹲了许久。一只麻雀忽然落到她身旁的树枝上，暮霜眼睛一亮，惊喜地看向它。

麻雀啾啾鸣叫，又唤来一群麻雀，聚在一起笑话她这么大一个人，怎么蹲在树上。它们从没见过有人睡在树上的，就不怕睡着了滚下去摔死吗？

暮霜紧紧抱着树干，抓得比鸟爪子还要牢固，嘬着嘴唇，磕磕绊绊地尝试了许多次，才渐渐熟练地用口哨声回答它。

那群麻雀听见她的回答，吓得差点从树上滚下去，轰地飞散开，过了片刻，又忍不住好奇地飞回来，对着她“啾啾”叫。

暮霜也“啾啾”叫回去，和它们有来有回地聊起来，熟络之后，才不好意思地说自己肚子饿了。

麻雀们飞进林子里，过了许久，它们又陆陆续续飞回来，每一只都为她叼来一颗果子，有樱桃、桑葚、枣子等等，都是成熟能吃的果子。

暮霜用裙摆兜住果子，高兴地和它们道谢，将它们的投喂一个不落全吃进了肚子里。

那群麻雀大概很喜欢她，晚上睡觉也蹲在她周边的树枝上，有一只还直接蹲在她的发髻上。暮霜抱着树干和一群麻雀入眠。

夜色将树林完全吞没，林中一切景致都沉入黑暗中。

谁也没有发现，一缕黑影自虚空游出，顺着树干游曳而上，没有惊动任何一只麻雀，直往暮霜而去。

到了近前，黑影想要爬上暮霜环抱在树干上的手腕，一碰之下，她身上忽地亮起一抹幽光，霎时将它挡了回去。

幽幽的光芒终于照出它的模样，是一条细长的小黑蛇。

小黑蛇退开少许，见她身上光芒暗下，又试图往她身上爬，刚一碰到她，那光芒又倏地亮起来。

是她身上的护身法器。

小黑蛇不服输，一次又一次地用头撞上去，那护身法器的光芒就在暮霜身上忽明忽暗地闪耀，每一次闪耀，防御的光芒都会被削弱一分。

另一边，照业城中。

重烛坐在宽敞的浴池之中，水面上水雾氤氲，他的面容隐在朦胧热雾中，眼仁看着比平时要浅淡很多，虹膜上似也蒙着一层白雾。

视线开始变得模糊了。

重烛“啧”了一声，抬手将湿透的额发往后撩去，闭眼又睁开，反复几次后，蒙在眼睛上的那一层白雾才稍微褪去，视觉变得清晰起来。

他低眸时忽然瞥见心口上一块巴掌大的红斑。

这是什么？何时染上的？

重烛疑惑地抬手搓了下这块红斑，皮肤下传来轻微刺痛。他蹙眉回想片刻，整个人顺着池沿滑入水中，水雾立即遮掩了他的身影。

须臾，池水忽然剧烈晃动起来，一条粗大的黑鳞巨蛇猛地破水而出，掀起泼天水浪，浴池被蛇躯塞满，满池子的水“哗啦啦”地漫溢出来。这么大一座浴池都无法完全容纳下整条蛇躯，它的蛇尾只能顺着池沿往外滑落出去。

浴室里的灯火摇晃，巨蛇鳞片乌黑亮泽，在灯火的照耀下，反射出绮丽的色泽。

重烛扭过头颅，目光落在自己七寸之处，那里正好有一片蛇鳞脱落的痕迹。

他什么时候把自己的护心鳞弄丢了？

重烛垂着头思索片刻，他唯有在望夜城赏灯之夜时释放过自己的法相。

难道他将法相击碎，化作成群小蛇时，竟有一条蛇没有听召回来？

护心鳞，偏偏是这一片鳞。

混账东西！

巨蛇恼怒地摆尾，殿中发出一声轰然巨响，那被蛇尾扫中的玉石屏风倏地倒飞出去，砸到墙上，摔得四分五裂。

巨蛇身躯化作一蓬黑雾收束至浴池沿上，涌动的黑雾之中先迈出了一条笔直的长腿，大腿之上被大片的黑鳞覆盖。

湿漉漉的水珠不断淌下，好似将那鳞片的墨色洗去了，黑鳞颜色很快便浅淡下去，显露出白玉般光洁的肌肤，和结实的肌肉线条，最后只隐约可见一道道黑鳞勾勒的弧线。

拢聚的黑雾萦绕在他身周，不断没入他的身躯，雾中的身影便越发清晰起来。

重烛自雾中缓步走出，披散的长发下遮掩着一段劲瘦的腰身，发丝拂动之间，能看见后腰之上与腿上相似的黑鳞弧线。

随着黑雾完全隐入体内，他身上道道像是墨笔勾勒的鳞线，便也完全消失不见了。

重烛扯下木施上的外裳，随意往身上一披，将这一具堪称完美的人类躯体裹入衣袍底下，走出殿外来。

玄清在外面等候多时，他听见了浴池里的动静，却没敢进去问，现下觑见尊上阴云密布的脸色，在心中暗暗哀号一声，硬着头皮迎上前去。

他回禀道："尊上，潜伏在望夜城主府中的探子传来消息，花城主的千金花惜月，今日下午也留书一封，离开了望夜城，往照业城来了。"

重烛系腰间衣带的动作一顿，从鼻子里冷笑了一声，漫不经心地道："哦，是吗？她留了什么话？"

"说是想外出历练，长长见识，不过她带了很多的护身法器，罗列下来有这——么长一串。"

玄清展开双臂比画，他本就身高手长，展开双臂绷直了，都觉得自己似乎还没比画到位，忍不住嘀咕道："裹这么厚的盾，也不知道能历练个什么。"

猛然想起尊上现在心情不好，他又连忙按捺住了自己的碎嘴，正色道："依属下愚见，这位大小姐定是奔着尊上来的。那位花城主为了讨好尊上，偷偷搜罗夫人的影像想要东施效颦，没想到经过昨夜那一番杀鸡儆猴，他竟还没放弃这个荒唐的打算。”

重烛坐到软榻上，抬手凌空一抓，抓出一个精美的螺钿漆盒。盒子里装着一颗颗浑圆的珠子，细看之下足有七八之数。

重烛从漆盒里随意取出一颗珠子，珠子里的留影被催动。

珠内顿时浮现出一片银装素裹的景象，碎雪纷纷扬扬，裹着红狐裘的少女微微仰着头，露出狐裘包裹下一张圆润的小脸。她满脸欢欣地左右打望，细碎的雪花飞落下来，凝在她纤长的睫羽上。

重烛伸手轻轻抚了抚留影珠，似乎想为她拂去睫上碎雪，可惜，她近在眼前，他却再也触碰不到她。

好在，那影像之中，亦有一只手伸去，替她拂去了睫上落雪。

重烛遗憾地握了握手指，竟莫名对自己生出了一腔嫉妒之心，嫉妒过去的他可以这样毫无阻隔地触碰到她。

“本座看在这些留影珠的份上，放过他一次，但绝不会有第二次。”

玄清觑着尊上阴郁的脸色，谨慎地问：“那是否要阻止那位花娘子？”

重烛凝视着留影珠内的景象，默然片刻，才道：“不用管她，我亦想看看，他们父女俩如此执着，还能再为本座送上一出什么样的好戏。”

玄清颔首，深吸口气，继续禀报道：“属下无能，尊上命我们寻找的鸟妖，我等暂时还没寻到她的踪迹。”

重烛不悦地抬眸看了他一眼，玄清顿时一凛，浑身的汗毛都立了起来。

幸而此时，那留影珠里忽然响起一道清甜的嗓音，高兴地唤道：“重烛你看，他们的擂台是好大一朵冰花！”

重烛浑身萦绕的阴戾之气都在这一句话音中散尽。他重新低眸看向留影珠，连语气都缓和许多，说道：“无妨，她和那位花娘子一样，既都是冲着我来的，那么早晚会现身。”

玄清暗松口气，感激地瞥了一眼留影珠里红衣身影，又立即收回目光。

“下去吧。”重烛不耐烦地挥袖。

玄清躬身行礼，迅速退出了屋去，隐入夜色中。

重烛抬手将漆盒拢入怀里，抱着它往内室走去，倒入床榻里。盒中的留影珠都被他催动，一颗颗浮上半空，珠子里的影像浮出来，帷幔垂下，掩住这一片狭小的天地。

重烛眼中被悬浮半空的影像填满，或清晰，或模糊，都是他可望而不可即的身影，他一遍一遍地反复观看，不厌其烦。

帷幔遮挡之下，那件宽松的外裳重新滑落到地上，挺拔的人影忽而委顿下去，化作了柔软的蛇影，游上床榻之上。蛇尾勾动，将所有珠子全都揽进了怀里，“嘶嘶”吐信中，夹杂着渴望的低喃。

"阿霜阿霜阿霜……"

且说望夜城中，花明呈傍晚时分便收到府上护卫来报，说小姐不见了。他急匆匆赶回家，发动了府上全部护卫满城寻找，回到花惜月居住的院中，才发现那一封压在梳妆台上的信函。

那信函厚厚一沓，花明呈拿起来时，担忧气愤得手都在颤，没想到拆开后，只看到三言两语说她要外出历练，剩下的篇幅竟全部罗列着法器名称。

"写的都是些什么废话！"花明呈怒摔信函，隔了片刻，又弯腰捡起来，仔细看了看她带的那些法器，又欣慰道，"也好也好，带着这些东西，总归不会吃亏。"

他又叫小荷来翻了翻她屋子里的东西，确认她的确将那些法器都带走了，才稍微放下心来。

小荷还在为小姐没有带她而难过懊悔，都怪自己胆子太小，小姐才不肯带她一起出门历练。

花明呈叹道："带上你也不过多一个累赘。"

就算月儿拿着那些法器，花明呈也不放心她就这么一个人出去闯荡，尤其是魔尊前脚才离开望夜城，多少双眼睛还盯着他们呢。

他当即点了府中几名精英，着他们立即出城，寻找小姐的踪迹，务必尽快找到人将她带回来。

花明呈心累地往回走时，忽然想起什么，又回过头来，说道："我此前交给月儿的留影珠呢？找出来。"

他既然已没了当初的打算，这个东西留在府中就是个隐患。

小荷进屋寻找了一番，空着手出来，说道："城主，那个漆盒不在了，小姐是不是把留影珠也一并带走了？"

花明呈惊讶道："胡闹，她带那个东西干什么！"

那个胡闹的人，此时此刻正趴在山林里一棵香樟树上，睡得香甜，身上的防御法器的光芒还在一明一灭地闪烁着。但那光越来越弱了，最后终于微弱到再也阻挡不了那条小黑蛇的进攻。

只听"咔嚓"一声细响，暮霜腕上的一圈玉镯碎裂成几段，掉下树去。小黑蛇扬起脖子，得意地吐了吐蛇信，斗志昂扬地一头朝她袖口里扎去。

"呜——"

又是一声轻微鸣响，她身上再次亮起一道屏障光芒，将那黑蛇撞得头晕目眩，顺着树干滑落下去一大截。

小黑蛇吊在树枝上，晃了晃脑袋，又坚强地爬上去，气急败坏地对着暮霜身上的防御屏障再次开始闷头撞击。

每一次和屏障的撞击，它的额上都会闪过一片乌黑光亮的鳞，看着坚不可摧。

暮霜身上的防御屏障在它的撞击下，光芒又开始黯淡下去。许久之后，一声碎响，她指头上的一枚戒指倏地粉碎。

小黑蛇竖起脖子，这回吃一堑长一智，探出蛇信试探性地想要舔一舔她的指尖。

果不其然，又有一道屏障光芒亮起，将它的蛇信挡了回去。

小黑蛇趴在树干上，沉默了。

沉默片刻，它顺着树干窜上一根细小的分支，朝着蹲在枝头上的麻雀一口咬过去，想要发泄心中的憋闷，没想到那麻雀身上亦被一层光芒笼罩着。

暮霜在睡着时，竟将周围的麻雀都纳入了她的保护范围之内。

小黑蛇啃不到麻雀，只好啃了一嘴香樟叶子出气。啃完之后，它垂头盯着熟睡的人，又忍不住诱惑地游过去，想要靠近她。

再次被防御屏障阻挡在外，小黑蛇干脆尾巴倒吊在一根枝条上，扬起脖子开始一刻不停地猛撞。

暗夜之中，树林里的虫鸣鸟叫声不知不觉地都停了，只能看见那香樟树浓密的树冠之中乍明乍暗的光芒不断闪烁。

直到黑夜退去，天光破晓，晨曦洒满山林，那闪烁的光芒终于隐入朝阳中，彻底消停。

暮霜被麻雀的啾鸣声叫醒，顺着树干跳到地上，才看到堆积在树下的一堆法器碎片，她震惊地摸了摸手腕，镯子没了！手指上的戒指也没了！

再一摸脖子，项链也碎了！

再一摸耳朵，耳铛也落了！

暮霜跪到地上，颤抖着手捧起那些法器残骸，崩溃道："怎么回事？我就睡了一个晚上，怎么就损毁了这么多法器？"

这林子里到底潜伏着什么凶残的妖魔鬼怪，她怎么一点感觉也没有？

小黑蛇从一丛茂盛的香樟叶下探出脑袋，吐了吐无辜的蛇信。

它的脑袋依然圆润光滑，那一片黑亮的鳞在朝阳下反射出绮丽的微光，一点事儿也没有。

暮霜警惕地环顾一眼四周。她不知道昨夜那悄无声息便毁了她一大堆防御法器的妖魔鬼怪，是否还潜伏在附近，这地方实在太危险了，不可久留。

暮霜"啾啾"吹了两声口哨，和树上的麻雀道别，当即御起纸鸢，腾空而起，火急火燎地逃离了这一片深山密林。

照业城距离望夜城千里之遥，须得翻过四五重绵延的山脉。

暮霜害怕那东西追上来，一刻也不敢停歇，使出了吃奶的力气御使纸鸢，终于在午后未时三刻到了照业城外。

她灵力耗损过度，本就到了强弩之末，方一望见照业城的城楼，心里头绷着的那口气就松懈下来，一时间眼也开始花了，掐诀的手也开始颤了。

纸鸢摇摇晃晃地往照业城门口栽去，似乎砸中了一个什么人。

那人被砸得“哎哟”一声，下意识地抬手接住了从天而降的身影。

再低头一看那砸入怀里之人，满头的虚汗、苍白的脸色、乌青的嘴唇，他顿时被吓得大叫，拼命地摇晃她：“姑娘，你没事吧？你可别死啊！你要是死在我怀里，我可就说不清了！”

苍天啊，大地啊，他就是听闻传说中的魔道至尊来照业城了，想进城凑个热闹，难不成还没进城就要摊上一桩人命官司了吗？

暮霜被对方晃得三魂快飞走七魄，就算没死也快要被他晃死了，忙颤声道：“我我……我没事……就……就是灵力耗尽……灵力耗尽，休、休息片刻就好……”

那人终于停下晃动她肩膀的双手，迅速从怀里掏出一个瓷瓶，倒了一粒丹药塞进暮霜嘴里。

清冽的药香瞬间漫过舌尖，丹药入口即化，一股暖流顺着喉口而下，飞快散入四肢百骸，滋润了她枯竭的经脉。

暮霜一瞬间满血复活，挺身坐起来，这才看清救了自己的恩人模样。

眼前之人是一位长相十分俊逸的少年郎，眉清目秀，面容姣好，乌黑的发丝高束在头顶，发尾随风拂动，用一句“貌若好女”来形容，也不为过。

好在他开口说话之时，是十分清朗的男子音色，打破了他身上雌雄莫辨的氛围。

少年见她清醒过来，拍着心口，松了一口气：“你没事就太好了。”他平日里倒霉就算了，要是进个城还被死人砸中，那老天爷未免对他也太过刻薄了些。

暮霜心知自己将他吓得不轻，忙歉意道：“对不起，我方才头晕眼花，不是故意要砸到你身上的。”

她望一眼照业城高大的门楼，转头去寻找自己的纸鸢。那驮了她一路的飞行法器骨架被折断成两半，已经不能用了。

少年好奇地问：“你是从哪里来的？赶得如此匆忙，简直都不要命了啊，难不成也是想来见识魔尊风采的？”

暮霜讶异地抬眸：“你也是吗？”

少年眸中一亮，似找到了同道中人，抚掌道：“我是啊！为此我连着赶了一天一夜的路了，也不知道来不来得及。哎，快先别聊了，你现在能站得起来吗？能起来的话，咱们还是赶紧进城吧。”

暮霜点点头，起身将损毁的纸鸢收进储物袋里。两人快步往城门里走去，路上彼此交换了姓名。这少年姓司，单名一个墨字，亦是到了年岁，被家里赶出门来历练的。

司墨一边走一边“噼里啪啦”地感叹：“花娘子，你是不知，我起初听说魔尊大人在望夜城赏灯节，紧赶慢赶地眼看就要到了，结果又听说他没在望夜待多久，又转而来了照业城，我也只好改道再往这照业城来。”

暮霜听出他仰慕的语气，不由得也与有荣焉地笑起来。

她一直觉得重烛很厉害，会有人仰慕他，想要追随他，这都是理所当然的。哪怕她都被重烛吓晕两回了，她心里还是觉得他很帅很厉害。

许是因为这个原因，暮霜和司墨二人一拍即合，有说不完的话。

暮霜也从司墨口中听到了许多关于重烛的传闻，莫不是魔尊大人威风赫赫、修为盖世，打遍天下无敌手的故事。

司墨说得眼冒金光，暮霜听得眼冒金光，恨不能当场组建一个“重烛追随者联盟”。城门口来往者众多，他俩欢欣鼓舞的样子，惹得周围人频频回首好奇打望。

在来往不息的人流脚下，一缕黑影出现在城墙根下，小黑蛇蜷缩在墙角，垂着舌信，“嘶嘶”喘气，小小的绿豆眼上雾蒙蒙的，像是因长途奔波而沾染的灰尘。

显然为了追上暮霜，它也累得不轻。

气还没喘匀，眼见那一道窈窕的身影就要消失在人群背后，它急忙弓起身躯，顺着墙角弹射出去，追在她身后。

前方听司墨说得正欢的人，忽然回过头来，视线往身后人群扫了一圈。

司墨问：“怎么了，有什么东西掉了吗？”

暮霜摇摇头：“没什么。”

不管昨夜损毁她法器的是什么东西，总不至于一路跟到这里来吧？照业城中人来人往，或许是她太过惊弓之鸟，感觉错了。

暮霜和司墨两人满怀期待地奔进照业城，结果埋头一打听，满腔的期待就和戳了个洞的气球一般，“呼啦啦”泄了干净。

——魔尊大人到照业城干净利落地收拾了一只在附近作乱、伤人性命的狐妖后，已于今日午时离开照业城了。

他们又来晚了一步。

为了赶上魔尊的脚程，也趁着天还没黑，城门未锁，两人只在城中买了一些烧饼当干粮，一边啃饼一边又往城外赶。

到了城门口，暮霜从储物袋里取出纸鸢时，才蓦然想起，这纸鸢骨架折断，已经不能用了。

她此次出门，带了满身的防御法器，但出行的法器只有这么一件。不是她不想多带，而是花惜月的房里只藏着这么一件。

其他的出行法器，都在花惜月与人私奔后，被花城主全部没收了回去。

司墨从锦囊里掏出了一个飞行法器。法器落到地上，摇身一变，化作一只乌篷船，船虽不大，但容纳两人绰绰有余。

司墨跳进船里，冲暮霜伸出手来，唤道："花娘子不介意的话，便上我的船来吧，我们两人一起催动小船，还能飞得快点。"

"谢谢司郎君。"暮霜感激道，搭上他的手，被拉上乌篷船。

一抹黑影顺着城墙根游出来，小黑蛇追到城门口的时候，眼上的白雾又重了几分，用力甩了甩头，才看清前方两人身影。

正好看到暮霜握在那少年的手上，夕阳在他们身后金光璀璨，将那一只乌篷小船，与两手相握的剪影衬托得格外唯美。

小黑蛇猛地竖起脖子，"嘶嘶"吐信。它追了这么久，撞了几百次防御法器，费了九牛二虎之力，连她的指甲盖都没贴到！

乌篷船上灵光流动，船下凭空生出一股烈风，托着船身起飞。

小黑蛇当即也顾不上气恼，倏地弹射出去，在乌篷船离地时，吊在了船尾上。

乌篷船乘风而起，穿入云上，以风为帆，以云为海，朝着下一座西风城奔去。

两人一路紧赶慢赶，都不曾停歇过，到了西风城外，远远便能望见城楼上方挂着一张雪白的九尾狐皮。那狐皮显是才剥下来不久，血腥气都还未散干净，从城门进出的人都掩着鼻子，望向九尾狐皮的眼神既愤慨，又有些心有余悸。

暮霜差点被九尾狐皮上的血味和狐狸骚气熏得吐出来，从城门穿过时，屏着呼吸一口气往里冲，就像有鬼在后面追。

进了城里，满城民众都在议论这九尾狐之事，他们根本不需要仔细打听，便得知了来龙去脉。

原来是这九尾狐一直潜伏在城中作祟，专门剜人心脏来吃，它食得还极其挑嘴，只食情真意切之人的心脏。

听闻那家夫妻情深意笃，便会扮作貌美女郎或是俊逸郎君，介入二人之间，若是二人为它生出嫌隙，移情别恋，它便恼怒地将两人心脏践踏捣碎。

若是二人坚定不移，不为它诱惑，它便高兴至极，剖出两人心脏细细品尝。

城中不少夫妻为它所害，却因这九尾狐妖法高超、变幻莫测，叫人难以辨它真容，更不知从何处缉拿它。

重烛到了西风城的当天便听闻了城中妖邪作祟一事，也不知他用了什么方法，当天夜里便找到了那狐妖的老巢，剥下狐皮挂上墙头，以此警告其他妖邪，敢在他地盘上作祟的下场。

西风城中，满城都是九尾狐皮飘散的血腥味，经久不散。此手段虽然血腥了点，不过的确很有震慑性，不仅震慑妖邪，就连城中百姓，抬头一眼看见那血淋淋的九尾狐皮，都不由得心生畏惧。

重烛杀完九尾狐，就离开了西风城，又去往了下一座城池。

暮霜和司墨两人自然也没在城中多待，听到消息，便转身出了城。

司墨掏出乌篷船，却发现那船尾不知何时被撞出了一个破洞，船体法阵被破，无法再乘风而起了。

“没事，我还带了别的出行法器。”司墨乐观道，收了乌篷船，又从锦囊里掏出两柄木剑来，“这是我从好友那里租来的木剑，他在做‘咻咻打剑’业务，这木剑当中存有他的剑气，输入具体地点，就能送我们过去，还能体验一下剑修御剑飞行的潇洒。”

暮霜被他说得双眼冒光：“不会御剑的，也行吗？”

“当然。”司墨拍胸口保证，“我那好友把这项业务做得可大了，绝对保证安全。可惜他们来剑宗和魔修水火不容，他的业务一时间还没能扩展到魔修的地盘上来。”

暮霜在司墨的指导下，被扶着摇摇晃晃地踩上了剑。木剑之上立即迸发出一道蓝色剑气，剑气呈环绕之态，将她护佑在剑上，不论怎么摇晃，都摔不下去。

司墨得意道：“怎么样？我就说我那朋友很可靠吧！”

这还是暮霜第一次踩在剑上，兴奋地用力点头：“超可靠的！”

不论是天上的剑仙，还是人间的剑修，只要提起来，那都是令人安心的强大存在。

小黑蛇躲在阴暗处，盯着他们搭在一起的手，羡慕嫉妒恨到埋头拱土。

然而，两人怎么也没想到，“咻咻打剑”的剑速已经非常快了，他们竟然还是落后一步，没能追上重烛，两柄木剑上内贮存的剑气还不知因为什么原因，漏了个干净。

好在，要说暮霜带的防御法器多，那司墨便是带的出行法器多，没了木剑，还有别的代步法器。

两人就这么追在重烛身后跑，每追到一个地方，他的出行法器就会莫名其妙地损坏，司墨都开始忍不住心生怀疑，家里给他准备的法器，都是一次性消耗品了。

一连奔波大半个月，两个人都肉眼可见地憔悴了。

司墨感叹道：“不愧是魔尊啊，难道都不休息的吗？”

他们光是追在他身后，就已经这么累了，更何况魔尊还每到一个地方，都会干出点惊天动地的事，要么打妖揍鬼，要么和那潜伏进来妄图夺回地盘的仙门打上一场。

他的精力怎么这么无穷无尽。

暮霜两眼发直，脱口而出道："他就是这样的呀，精力充沛，不过等到了冬天他就不爱动弹了。"

暮霜说完，又没那么笃定了，毕竟现在的重烛应该不怕冷了吧，不然他怎么会选择定居在那么寒冷的天山呢？

她没有意识到，她说这句话的口气有多熟稔，好似对魔尊了如指掌，只有对他极为亲近之人，才会有这般亲昵的语气。

司墨侧眸看了她一眼，挠了挠头，没说什么。

另一边，玄清捏着消息许久，终于还是向重烛提了提关于那位花娘子的事："尊上，那位花娘子一直追在尊上身后，到现在还没放弃呢。"

重烛拿着一张帕子，正在擦指尖上的血，闻言挑了下眉，随口问道："追到哪里来了？"

"不远了。如果我们今夜歇在城中，花娘子明日一早就该追到尊上了。"玄清道。

重烛丢下帕子，笑了一声："命令下去，即刻启程。"她喜欢跑，那便让她多跑跑。

玄清出去吩咐完，又回来道："对了，尊上，花娘子身边还有一人……"

重烛摆手，不耐烦地打断了他的话，对花惜月身边多了人还是狗，一点兴趣也无。

终于，在又一次追到城中，却听闻重烛已经离开的消息时，暮霜整个人都要麻了。她顶着一双硕大的黑眼圈，欲哭无泪道："他怎么跑这么快？"

对了，他以前就跑得很快，他们隐居在雾隐山中时，重烛除开浸泡在酒里的时间，也喜欢沿着雾隐山巡视地盘。

雾隐山大得她三天都跑不完，他只一天就能围着雾隐山打个来回，不仅能将那山中妖兽收拾得服服帖帖，还能抽出空闲给她带回许多新鲜的果子和野花，猎来成堆的野兔野鸡，吃都吃不完。

暮霜想到这里也就释然了，他还和从前一样，热衷于巡视地盘，没有变。

从昨夜赶到现在，暮霜就吃了一些果子饱腹，饭还没吃上一口，此时饥肠辘辘，实在奔波不动了，只得先在街边寻个食摊吃饭。

司墨和她差不多，眼下挂着两圈浓重的青痕。两人垂头丧气地坐进街边一家馄饨摊上，各自都要了两大碗馄饨，呼呼吹着热气，往嘴里塞。

司墨吃得比她更快，三两下就吃完两碗热气腾腾的馄饨，起身道："花娘子慢慢吃，我再去四处打听一下，看能不能打听到魔尊大人又去了哪里。"

暮霜看他吃得那么急，也不由得加快了吃饭速度，此时被馄饨烫得直吐舌头，听到他的话，才放下碗，连连点头。

等她吃得差不多时，司墨也正好回来，说道：“花娘子，我打听到了，说是离燕谷周氏在举办秋祭，盛情邀请魔尊大人前往主持大祭，魔尊应该是往那里去了。”

他说着，面露苦恼：“不过，周氏乃是避世之族，离燕谷位置隐秘，我还没去过那个地方，不知道该怎么走。”

“我好像看到过这个地名。”暮霜说道，细细回忆片刻，想起自己曾装了一张地图带着。

她从储物袋里翻找出那个巴掌大的舆图，抬手一抹，那巴掌大的地图便投影至半空，放大了数倍。

“好东西呀。”司墨赞道，凑上前去，和她一起找那“离燕谷”的所在位置。

两个人专心地找着地图，没有注意一缕黑影从桌面木板拼接的缝隙里冒出来，从馄饨碗上一窜而过。

暮霜指着地图上一点，高兴道：“找到了，在这里！”

司墨比画了一下照业城河离燕谷的距离，摸着下巴估摸道：“也不算太远，一个晚上应该能赶到那里。”

只是离燕谷到底不同于城池，那是周氏的地盘，不对外开放，不知里面有无凶险。他转眸看向暮霜，问道：“我本也是四处游历，反正都追到现在了，那我是不追到不罢休了，就算是龙潭虎穴也打算去看看，不知花娘子是何打算呢？”

暮霜收下地图，坚定地握了握拳头，说道：“我也去，我定是要追上他不可的。”

司墨大笑起来：“旁人听说我这样来回奔波地就为了去看一个大魔头，都觉得我脑子有病，在下没想到还能遇到与我志同道合又锲而不舍之人，实在幸甚至哉。”

暮霜亦高兴道：“能有人同行，我也很开心。”

两人说着便要动身，暮霜道：“再等我一下，我还有一口馄饨没吃完，不要浪费了。”说完低头往桌上一看。

那馄饨汤碗里，除了漂着些许葱花和几粒红艳艳的辛料，哪还有什么馄饨？

暮霜眨了眨眼，摸摸肚子，已经吃完了吗？

她也没多想，找馄饨摊老板结完账，两人便迎着西斜的晚霞往城外行去。

馄饨摊的桌子底下，小黑蛇盘缠在桌脚的阴影里，吐着蛇信拼命将嘴里的馄饨往外吐，一边吐还一边用尾巴扒拉自己的舌头。

它本身只是一片蛇鳞，凭借重烛的魔气凝聚而成蛇形，根本不需进食，也无法进食。是看暮霜吃得实在太香，它才忍不住叨了一口馄饨来尝。

油腻腻的，竟还是辣的。

小黑蛇跟着暮霜跑了一路，身上的魔气都淡了许多，浑身失去了光泽。它埋头吐了半天，趁着馄饨摊主不注意，窜进灶台上滚沸的馄饨汤里打了一个滚，又迅速窜出，往城门口追去。

馄饨摊老板包好一屉新的馄饨准备下锅时，才看到那汤锅里丝丝缕缕的魔气，随着水蒸气一起袅袅飘散至虚空中。

两人出得城来，司墨从腰间的储物锦囊里掏出一双银色长靴来，那靴筒两侧各有一片翅膀一样的东西。他苦着脸道："这几天毁了太多的出行法器了，现下只能自己跑了。"

但凡有可以躺坐的法器，他一般还是不想劳动自己的双腿的，所以几乎不曾使用过这双日行千里靴。

司墨穿上银靴先试了试，暮霜只见得眼前身影一晃，只一个眨眼，司墨便已奔出城外数十里，连影子都快看不见了，只余下滚滚烟尘。

再一个眨眼，他又"嗖"地回到了她面前。

司墨扬了扬眉梢："怎么样，还是挺快的吧？不过我只有这么一双日行千里靴，花娘子如果不介意的话，我可以背着你？"

这一段时间的相处，两人的关系近了许多，暮霜倒不介意什么男女之别，只犹豫道："这会不会太辛苦你了？"

司墨摆手，浑不在意："没事，赶时间嘛，当然是怎么方便怎么来。"

小黑蛇盯着暮霜趴上少年背脊，在原地转了一圈，啃住自己的尾巴，毒牙痒得难受，想冲上去照头咬他一口，这一次它实在没能忍到他们到达下一个地方。

司墨背上暮霜，稳了稳身形，说道："花娘子抓紧，我要出发了。"

暮霜双手搭在他的肩膀上，点头："好。"小鸟们最厉害的就是爪子抓得紧，就算抱在树上睡觉，她都不带一点松懈的。

司墨跺了一下脚，日行千里靴上的小翅膀被催动，带着两人"嗖"地飞窜了出去。

天边的夕阳消散了些许，天色开始暗下来，司墨顺着官道飞速掠过，两旁的树影在暮霜眼中连接成了模糊的残影，不断后退。

在那树影之中，倏地窜过一条细长的黑影，横冲过来。暮霜一眼扫见，急忙提醒道："司郎君，当心——"

话音未落，司墨的身形猛地一顿，"嘭"的一声，扑到了地上。

暮霜及时松开手，从他背上翻滚下去，才没有压在他身上，对他造成二次打击。

司墨摔得满脸鼻血，暮霜身上的防御够厚，倒是一点损伤也没有。两人迅速爬起来，暮霜警惕地环视着四周，一边担忧道："司郎君，你还好吗？"

"还好……"司墨说道，擦了擦脸上的血，掀开衣摆去检查靴子。靴子上的小翅膀不知被什么东西撞断，这才导致他突然摔了个狗吃屎。

"方才似乎有东西拦了我一下，花娘子看清是什么了吗？"

暮霜皱起眉，乌黑的眼眸一直巡视着周围草丛，若有所思道："似乎，是一条蛇。"

离燕谷秋祭，主祭丰收之神，自是大摆宴席，昼夜不息。

重烛虽说是受邀请而来主持祭祀的，但这其实只不过是一个邀请他前来的说辞罢了，真正主持祭祀的依然是周氏的家主。

祭祀的仪式烦琐，重烛倚在座上，扫了一眼周氏族人，又望了望夕阳斜坠的天幕。

如血的晚霞铺染在祭坛上方，暗红色的霞光镀染在那一座秋神像上，神像手中那一柄巨斧刃口上，似要滴下血来。

重烛眼上蒙着萦绕不散的白雾，视觉越发模糊，眯眼盯着那锋锐的斧口，耳边传来那周氏家主叩请秋神降临的唱祷。

左胸口上忽然猛地一震，他蓦地收回目光，蹙眉垂眸，掀开领口往里看了一眼。

震动的余波自心口往外蔓延，左心口那一块因缺失护心鳞而产生的红斑周围立时浮出一片片蛇鳞墨影。

看来是护心鳞撞上了什么东西，都波及他的本体了。

重烛注意到里衣内衬上染上的一团污渍，探手其中摸到了一手油腻，抬手闻了闻指尖的气味，被刺激得皱鼻，蓦地站起身来。

该死的护心鳞，屡次召它不回就罢了，还频频搞些动静波及到他，这回又是沾染了什么东西？

下首两侧的周氏族人全都看过来，其中一人立即上前询问道："尊上，可是席上有什么不足的？尽管吩咐我等。"

重烛垂下眼帘，浓密的睫毛半掩住泛白的瞳孔，冷沉着脸道："本座要去沐浴。"

那周氏族人愣了一下，不知道他怎么好端端地观着祭礼，突然要去沐浴，面露为难道："祭神之礼，不可中途停止，还请尊上再稍坐片刻，祭祀很快便要结束了，待祭礼一完，我等立即为尊上备好……"

重烛打断他道："无妨，你们继续祭你们的就是。"

那人忙道："尊上身为主祭，祭礼未完，不可离席啊。"

重烛听得想笑："本座听闻周氏历来信奉秋神，年年都会举办秋祭，往年也未请过本座参与，可见本座在与不在于祭礼而言应当没什么影响。"

他说着欲要离席，四周的周氏族人都站了起来，全然没有先前的热络讨好，俱是一脸森然敌意。

玄清手扶剑柄，立在重烛身后，一众魔将从暗处现身，和周氏族人彼此对峙。

祭祀的鼓点还在“咚咚咚”地敲着，越来越快，将双方的氛围催动得越发剑拔弩张。

蓦地，鼓点停了，神降的唱祷亦到了尾声，那披满血色晚霞的庞大神像双眼倏然亮起，目光如电，直视重烛而来。

重烛抬眸，泛白的眼瞳迎向神像之目，余光扫见那巨斧的刃口缓缓朝他偏来。

天边的晚霞融入夜色，越发黯淡，但那斧口上的血色却越发鲜艳刺目，宛如真有鲜血淋漓，让他看着很是不爽。

重烛笑了一声，并无什么惊讶之色，慢条斯理地道：“原来是一场鸿门宴啊。”

周氏家主站在庞大的神像之下，慷慨大喝：“魔头，今日这离燕谷，就是你的葬身之地！”

神像扬手，巨斧朝着下方宴席轰然砸下，一时间山崩地裂，飞沙走石，浩浩神威无人可挡。

第四章

因为我是暮霜，是跟你朝夕相处了很多年的人

司墨这个日行千里靴坏得很不凑巧，两人既已远离城池，又还没到离燕谷，还是在这么一片荒山野岭中，前不着村后不着店。

金乌西沉后，山林里一下黑得伸手不见五指。

暮霜从储物袋里掏出一颗夜明珠。这明珠也是她从花惜月房间的妆台上抠下来的，想着走夜路时可以照明，这下倒真派上用场了。

司墨这一跤摔得委实不轻，脚也崴了，走起路来一瘸一拐。暮霜将他一臂搭在自己肩上，另一手扶住他的腰，撑着他往前走，想要尽快离开这个是非之地。

小黑蛇在夜色中昂起头，两粒黑豆大的小眼珠子冒着幽幽金光，嫉妒得快要烧起火来，就连眼上蒙着的白雾都被烧化些许。

它一路尾随在他们身后，很想找个时机窜上去，一口咬死那男的，但奈何暮霜现在的精神分外紧绷，但凡有点风吹草动，她那一双圆溜溜的眼睛便会立即警惕地扫视过来。

小黑蛇跟了一路，竟没找到半点机会。咬不到那男的，只能咬两口路边的野草了事。

司墨的脚伤实在不适合长时间行走，暮霜扶着他找到林中一座荒废的野庙，便进到庙里，打算休整一夜，待天亮后，等司墨脚伤缓和，再行打算。

野庙的屋顶破破烂烂，既不能遮风，也不能挡雨。好在今晚天气晴好，月色明朗，坐在这简陋的山间小庙中，也不失为一种野趣。

司墨脱下靴子，右脚的脚踝已经肿大了一圈。

暮霜蹲在旁边，担忧道：“司郎君，要不要我帮你上药？”

司墨摇摇头，俊秀的脸上生出两团红云，不好意思道：“一点小伤而已，别脏了花娘子的手，我自己来吧。”

他看上去是一个富庶人家的少爷，但行止之间倒也一点不娇气，明显知道该如何处理自己的脚伤，也随身带着一些治疗跌打损伤的药膏。

暮霜帮不上什么忙，只好从庙里找来两片合适的小木板，好让他固定脚踝。

司墨敷上药膏，用木板夹在脚踝两侧包扎好，歉疚道："抱歉，花娘子，因为我的一时不当心，又耽误时间了。"

暮霜忙安慰他道："司郎君说的哪里话？要不是有司郎君，我在照业城修补纸鸢，也要耗去不少时间的，而且也不关司郎君的事，反倒很有可能是我连累了你。"

暮霜这般说着，乌溜溜的眼睛依然警惕地观察着四周，似乎还在戒备那暗中的蛇影。

司墨不解地问："娘子此话怎讲？"

暮霜便将之前自己的遭遇说了一遍，明珠光辉映照在她脸上，使她眼中失落的情绪一览无遗，道："我想可能那东西从好几天前，就一直跟在我身后吧，它盯上的人是我。"

很可能从她在望夜城时，就被盯上了。

那抹黑影如果真是蛇影的话，很有可能就是重烛的蛇影。他是不是早已察觉了什么，所以才派了这一条蛇来监视她？

可那蛇毁了她那么多的防御法器，不知暗中攻击过她多少回。他一定是也把她当作心怀不轨冒充自己的女子，所以想要杀了她。

暮霜想到这里，忍不住有些难过。

理智告诉她，人间过去了五百年，重烛在这五百年里不知遇见过多少冒充她的人，他一次次地生出希望，又一次次地希望破灭，会变得如此极端警觉，痛恨冒充她的人，也是应当。

她如今顶着别人的身份，相貌也变得完全不一样了，自己胆子又小，不敢主动上前去亲自告诉他自己回来了，重烛会认不出她来，更是理所当然的。

可不论理智再怎么说服她，暮霜心里还是止不住地涌上难过。她紧抿嘴角，努力想将这种情绪压下去，背过头去，悄悄吸了一下鼻子。

司墨还是察觉到了她低落的情绪，思索片刻，抬起屁股往她挪过去一点距离，凑到她耳畔低声道："花娘子，如果它今夜再来的话，不如我们……"

小黑蛇跟着窜进野庙里，盘缠在庙宇破旧的门柱上，看到他俩紧密凑在一起的脑袋，张嘴啃掉了一块腐朽的木板。

夜色逐渐深了，庙宇里的两人准备睡觉，暮霜将夜明珠收进储物袋里。明珠光辉一敛，周围瞬间黑暗下来，只有几束月光穿过屋顶的破洞，照进庙堂里来。

暮霜和司墨各自垫着一个蒲团，靠在神龛脚下，歪头睡过去。

小黑蛇悄无声息地游入庙里，盘踞在梁上，耐心地等了许久，等到下方两人的呼吸都规律而平缓起来，它才慢慢地垂下细长的身子。

小黑蛇悬在暮霜头顶上吐了吐蛇信，透过越发模糊的视觉，盯着她看了一会儿，随即歪过脑袋，仔细地瞄准了司墨歪头睡觉时，暴露出来的脖颈要害，尾巴猛地一弹，倏地朝他射过去。

尖锐的毒牙对准了他侧颈搏动的大动脉。

就在它的血盆大口即将咬上那截脖子时，暮霜腰间的储物袋里，突然飞射出一道流光，流光迅速缠上它的身躯，猛地将它拉拽回去，“噗”一声滚到地上。

明珠的光辉霎时亮起，装睡的两人同时睁开眼睛，看向地上被捆成一团的东西。

小黑蛇被一条雪白的细绳折成了数段捆在一起，那细绳是由牛筋所制，蕴含灵力，正是妖魔的克星。它越是挣扎，筋绳便收得越紧。

司墨扬眉道：“小小蛇妖，不要白费力气了，这是家中长辈送与我出门防身用的，一般的妖魔鬼怪是挣脱不开的。”

暮霜举着夜明珠凑近，打量它片刻，认出它就是在观灯阁中恐吓自己的小蛇，是重烛放出来的蛇。

“真的是你啊。你追了我这么远，就是想杀我吗？”暮霜越说越难过，忍住哽咽的喉头，又鼓起勇气谴责它，“你想杀我，就、就冲着我来好了，为什么还要去攻击我的朋友？”

司墨被“朋友”两个字取悦，拍了拍胸膛为暮霜撑腰。

他只当它是一条普通的蛇妖，将它捆起来后，便有些松懈大意，伸手去戳了一下它的尾巴尖，恨恨道：“就是你这小东西毁了我的鞋，害我摔了个狗啃泥？你还想杀花娘子？看本少爷今天先剥了你的蛇皮。”

小黑蛇被筋绳捆成麻花，被绳上灵力压制，竟还能扬头来冲着司墨凶狠龇牙，两串毒液从尖牙里倏地直喷出来。

暮霜大惊：“小心！”急忙伸手替司墨挡了一下。

飞溅的毒液喷射到她的衣袖上，暮霜身上的防御法器光芒顿时一阵乱闪，“叮叮”的脆响声不断，这一下不知又碎了多少法器。

她头上的簪子也断了，挽不住的长发倾泻而下。

可她满身法器竟还没有将小黑蛇喷出的毒液挡尽，眼见毒液灼穿她的袖摆，就要侵蚀到皮肤上，司墨想也没想地一把扯住她的袖子，猛地撕裂甩开。

鲜亮的明黄色衣袖落到地上，眨眼就被毒液腐蚀得灰败卷曲下去。

黑蛇的毒液之毒，就连地面都被灼出乌黑的坑洞来。

司墨手上沾到一点毒液，掌心顿时火辣辣地疼起来，一股乌墨似的魔气顺着他的掌心渗入经脉，往手臂上蔓延而去。

司墨痛得嘶声闷哼，立即抬手点向自己臂膀上的穴位，封住灵窍，想要阻挡毒素的蔓延。

“司郎君！”暮霜捧住他的手，终于忍不住掉了泪，焦急道，“你沾上蛇毒了！怎么办怎么办怎么办？你、你别怕，等我找把刀来，先、先把你的手砍了——”

你说这话，我反而更怕了啊！司墨瞪大眼睛，抱住自己的手一下子蹦出去八丈远，看着那个一边抹泪、一边真的在储物袋里翻找刀剑的姑娘，惊恐道：“花娘子，我就是中了一点蛇毒而已，还不到砍手的地步吧？”

“不砍你会死的！”暮霜崩溃道。她深知重烛的毒液有多毒，当年她那个已经到了化神期的毒修师父，都被它一口给咬死了！

虽然司墨只是沾到了一点毒液而已，但如果不尽快断开中毒的肢体，毒液攻入肺腑，就来不及了。

司墨低头看自己的手臂。这蛇毒的确很厉害，即便他已经用灵力快速封了臂上穴位，蛇毒还是在不断往上蔓延，但忽然之间要他因为这点蛇毒，就舍去一臂，他也实在做不到。

再一抬头，又看见那位花娘子已经从储物袋里找出一把砍刀，一边流泪一边举着砍刀就朝他走过来，颤声道：“司郎君，你不能死……”

这幅画面简直像是噩梦。

司墨抱着手臂，瘸着腿，努力逃命，大叫道：“花娘子，你冷静一点，我真的没这么脆弱，不会死的！”

小黑蛇还被捆在地上，来回扭着脑袋看他们你追我赶，没人注意到，它的蛇毒喷溅了一滴在筋绳上，绳上的灵气被魔气飞快消耗，那绳子眼看就快要断了。

就在这时，小黑蛇头上的鳞片突然大亮起来，这一回，来自于主体的召唤强烈到它再也违背不了。

强悍的魔威惊得庙中的两人同时顿住，一起看过去。

“啪——”

小黑蛇身上的筋绳彻底断开，身形膨胀开，整条蛇瞬间大了一圈，浩荡的魔气从它身上横扫而出，将整个庙宇淹没。

重烛森冷的声音从魔气之中传来：“混账东西，还不回来。”

小黑蛇在被强硬召回之前，努力甩出尾巴，终于如愿以偿地触碰到了它渴望之人，紧紧卷住她的腰身。

暮霜从弥漫的魔气黑雾中，隐约看到了另一端的身影。

是重烛。

重烛在的话，就能给司墨解毒了！

被小黑蛇卷走之时，她伸出手，一把抓住了受蛇毒侵蚀已经摇摇晃晃、意识不清的司墨。

弥漫的魔气在野庙里一卷，猛地收束，隐没于虚空，庙中霎时一空，只剩下月光从破开的屋顶上落下，照出满地浮灰。

离燕谷。

依山而建的亭台楼阁早已在打斗中毁于一旦，谷中遍地尸骸，血腥味冲天。

废墟之上，可见一尊手持盘巨斧的庞大神像，那神像动作迟缓，却神力惊人，只一斧便可劈断半座山岳，在神像斧口所向之处，盘踞着一条浑身黑鳞的巨蛇。

重烛悬身立于巨蛇法相之前，挡住了自己缺失护心鳞的要害之处。

他一连接了三斧，推掌将那神像震退，嘴角淌下一缕鲜血。

身前的虚空晃过一道涟漪波动，一团黑雾破空而来，重烛伸手插入黑雾，握住了那片鳞。

法相之上，巨蛇身上唯一的破绽也被坚硬的黑鳞覆盖，盘踞的巨蛇猛然竖起身来，张嘴嘶吼，声波席卷山谷，震得那神像往后一跌，“轰隆”一声坐到祭台之上。

“嗯？还带了什么玩意儿回来？”巨蛇身前的人影从鼻子里发出一声疑惑的哼声，下意识地抬手，接住了随着护心鳞一起从魔雾里掉出来的人。

一接，还接了俩。

暮霜脸上的泪痕未干，一手抓着司墨，一手抓着那把砍刀，睁眼便看见重烛的脸，忙道：“快，快救救他！”她目光下移，又看到他嘴角的血迹，心口一痛，急道，“重烛，你流血了？”

重烛垂眸看向她，眼中白雾越发浓厚了，让他只能看到模糊的两个身影。

暮霜对上他泛白的瞳孔，原本漆黑的眼瞳上覆盖着一层白膜，使得这双眼睛看上去虚散而无焦距。

“重烛，你的眼睛，你要蜕皮了吗？”

重烛动作一顿，用力闭了闭眼，驱散眼上的白雾，终于看清了落入自己怀里的人。

他眯眼审视着她的表情：“你知道得还挺多。”

不远处，神像已再一次站了起来，高举起斧头，携着呼呼怒号朝他们劈下。

凝着鲜血的斧口挥到眼前，迫人的神威压下，将空气撕扯出刺耳的尖啸。

重烛抱着手里的两个人从半空急速落下，与此同时，他身后的大蛇法相挺身而起，用庞大的身躯将他们护在身下。

斧口锵然一声，劈到大蛇头顶，顺着细密坚硬的鳞片往下滑去，一路迸发出耀眼的火花。

斧头从蛇身滑开，斜劈入地，将地面又劈出一道幽深裂隙，斧刃卡进地底，那神像一时没能拔出来。

大蛇扭转柔软的身躯，趁机高扬起蛇尾，朝着神像一尾拍下。神像抬手阻挡，泥塑的手臂终究抵挡不住大蛇的全力一击，金漆彩绘的手臂生出裂纹，倏然爆裂，土块簌簌而下。

暮霜被头顶的动静吓得一抖，缩起脖子，又忍不住睁大眼睛去看，这才发觉当下的处境似乎有点不容乐观。

重烛浑不在意头顶激烈的打斗，一双蒙着淡淡白雾的眸子只牢牢锁定在怀中的女子脸上，不放过她脸上一丝一毫的神情变化。审视良久，他才试探性地开口道："你是……花惜月吗？"

暮霜被他重新唤得转过眼来，又看到一串鲜血顺着他张口说话的嘴角滴落下来。

"你受伤了，你的血……"暮霜松开手，抬手想去捂他的嘴角。

重烛眼睫一颤，偏开头去，没有让她的手指碰到自己。

但还是有一串滴落的血，落到了她手心里。

旁边传来一声痛苦的哀号，司墨惨兮兮地躺在他们的脚下，毒素已经顺着臂膀侵蚀入心脉。他的双眼充血红肿，视野里一片血红，嘴唇整个都乌青发黑，喉咙和舌头僵直得不能动弹，用尽全力才发出这么一声哀号。

花娘子是对的，就应该在毒素蔓延之前，砍了他的手臂！

不知道现在的他，还能不能再抢救一下。

暮霜看了一眼自己不知何时松开他的手，惊得到处找他："司墨！"然后在重烛的脚底下看到了奄奄一息的人。

"快给他解毒……"暮霜急道，瞥见掌心里的鲜血。她话音一顿，顿时绽开惊喜的笑颜，迅速抬手又在重烛嘴角狠狠抹了一把。

重烛愣了一下，竟没躲开，就连怀里人挣脱开他的手臂，他也没反应过来。

暮霜扑到司墨面前，将带血的手心按在他嘴巴上，急切道："司墨，司墨，他的血可以解毒，你快舔我的手心啊。"

司墨视野模糊，听觉也严重丧失，只能模糊地听到暮霜的话音，却听不清她在说什么。

即便能听清她说了什么，他麻痹的舌头也完全做不出"舔"这个动作了。

暮霜急得掰开他的嘴，收拢手指在掌心里裹了一下，要把沾血的手指往他嘴里塞，却被斜伸而来的一只手抓住手腕，猛地扯开，转头便看到重烛一张森冷可怕的脸。

"你怎么知道我的血能解毒？"重烛眉心紧蹙，看着她的眼神十分复杂，像是想要灼穿这具皮囊，看透她内里的灵魂到底是不是自己寻觅了五百年的人。

可是被他珍藏在怀里的那几颗留影珠，又在提醒他，眼前这个女子的神态动作，会和暮霜如此相似，是因她刻意为之，是照着过往的影像学来的。

在望夜城初见时，他就发现了，她的一举一动、一颦一笑，总是让他想起暮霜。

可他以前是见过花惜月的，那时的她，并非是如今这样的性格情态。

花明呈搜罗暮霜的影像这一事，重烛从一开始便已经知晓。

他甚至还知道，花惜月并不愿遵从花明呈的意思，不愿成为他人的替身，前不久还试图与一个侍卫私奔，逃离望夜城。

这三年里，花明呈的那些花花心思，还有他们父女二人的动向，他都一清二楚。

重烛实在见过太多这样的人了，不过现在看来，这个花惜月，的确是其中学得最像她的人。

不仅学得像，知道得还很多，知道他的血能解毒，知道他眼中蒙雾是即将要蜕皮。

前一个冒充的酒娘便知道他不少隐秘，看来是他太久没有清理过身边人了，不知道这一次又是谁出卖了他的消息给这位花娘子。

重烛眯了眯眼，看她的眼神带上了一点重新审视的意味："你们父女二人倒是很有本事，远比我之前以为的有本事多了。"

之前那一个可以逆转时空回到过去的能力，便不是常人能施展的。

重烛五指如铁，扼住她的手腕，硬生生扭转过来，垂眸查探她掌心被鲜血染红的掌纹。

逆转时空，回到过去，多么具有诱惑力。

他在望夜城中时，之所以没有发作他们，便是为了派人细查此事。

这花娘子不乖乖待在望夜城中，却追在他身后跑，自己送上门来。

暮霜浑然不知他心中那些乱七八糟的想法，却本能地不喜欢他看着自己时，那不怀好意的眼神。

重烛紧紧钳着她的手腕，力道大得像是要将她的手腕折断。暮霜疼得叫出声来，却又挣脱不开，身体因为他散发出的恐怖气息而发着抖，又气，又急，偏偏又很尿。

听到司墨濒死的喘息，她才能强撑着抬起头，抖着声音道："因为我是暮霜，是跟你朝夕相处了很多年的人，我当然知道……"

重烛从鼻子里喷出一声嗤笑，眯眼盯住她："你知道过去五百年，有多少人在我面前说她是暮霜吗？你想不想知道，说完这句话后，她们都是怎么死的？"

"你放开我，你先让我救他。"暮霜被他的气息骇得手脚冰凉，即便怕得要死，还是鼓起勇气去掰他的手指，迭声道，"重烛，你让我救他，他中了你的毒，再拖延下去他就要死了。"

"死就死吧，既然会中我的毒，便表示我本来就想杀了他。"重烛无所谓道，看也没看脚下痛苦喘息的人一眼。

他的手岿然不动，暮霜不论如何用力也掰不开。她终于停下动作，手指无力地搭在他的手背上。

重烛以为她就要放弃了，却见她抬起眼来，眼角倏地滑落一滴泪。

暮霜急得再顾不上心中对他的本能畏惧，第一次近距离直接对上他的眼神，说道："重烛，他如果死了，我会讨厌你的，很讨厌很讨厌。"

呵，好无力的威胁。

重烛想笑，可看着她的眼睛，他怎么也笑不出来，指尖甚至不由得颤了颤，松懈了紧握住她手腕的力道。

暮霜立即从他的手里挣脱，再一次试图将手上已经快要凝固的血渍往司墨嘴里塞去，喊道："司墨你快舔一下，舔一下就好了。"

重烛瞥见，忍无可忍地又一次挥袖过去，将她挡开。

司墨大张着乌黑的唇，面上魔气萦绕，眼看着已经出气多进气少，连眼珠子都翻白了。

暮霜就算再好的脾气、再㞞的胆子，此时也想对着重烛破口大骂："你到底——"

她话音未完，便见重烛抬手在自己掌心划了一道口子，握拳悬至司墨脸上，鲜血坠连成线，滴入司墨口中。

司墨面上的魔气肉眼可见地被逼退，血管里乌黑的毒素顺着手臂倒流下去，从他掌心里渗出，淌到地上，灼起一缕青烟。

重烛喂完血后，才后知后觉地心生懊恼，表情沉冷得越发可怕——他竟然真的被她的装模作样所蒙骗，受了她的威胁。

这让他生出一股强烈的自我厌恨，好似背叛了暮霜一般。

"重烛……"暮霜仰起头，眼神中带着担忧。她其实想说她手上的血还没有干透，分明还有用，为什么还要多此一举再割伤自己。

他眼睛蒙雾，眼看就快要蜕皮了，正是虚弱的时候，如今又受了伤，流了那么多的血。

可一抬头对上重烛满含杀意的眼神，她所有的话又被堵在了喉咙里。

轰隆隆的打斗声在山谷里回响，那尊秋神像和大蛇的战斗一直不曾停歇。因重烛在这边分了神，他的法相几乎是被神像按着打，背上蛇鳞都被剥去一大片。

大蛇在谷中痛苦翻滚。

重烛背上渗出血来，鲜血浸透深青色的衣袍。这时候的疼痛，反而让他好受了一些，这种无人得知的自我惩罚，实在是可笑。

重烛自嘲地笑了一声，飞身冲入战局。

他专心应战后，形势立即逆转。这尊秋神像到底只是泥塑的神像罢了，而非神灵亲自降临，重烛与法相合二为一，大蛇身形如电，缠绕神像，将那神像绞缠得爆体炸开。

塑神的泥块碎石迸射开来，巨斧飞落地上，重重砸入地底，沙土尘烟一下覆盖了整片山谷。

大蛇的身躯散作魔雾，逐渐隐没。重烛从雾中飞出，一把钳住那周氏家主的咽喉，将他提起来：“周家主盛情款待，本座自当以礼相还，今日便让你周氏子孙永葬此谷，泉下团聚。”

周氏家主被他掐着脖子，面上血管几乎涨破，从喉咙里挤出零碎字句：“重烛，你……猖狂一时，猖狂不了一世……魔、魔不压正，早晚……”

“早晚？”重烛笑起来，“等本座将整个修真界都收入囊中之时，定会着人烧一封信告知周家主，魔如何压正。”

他说完，指下用力，捏碎了周氏家主的喉骨。

山谷之内被神像爆开的尘烟遮掩，暮霜什么也看不见，只得用力拖着司墨远离打斗的地方。轰隆隆的动静中，有什么东西从烟尘里滚了过来。

她仓促回头一看，正对上一颗巨大头颅，暮霜吓得一屁股坐到地上，第二眼才看清那只是一颗泥塑的神像头颅。

神像头颅布满了蛛网似的裂纹，彩绘斑驳，但还能看清面目轮廓。

暮霜觉得有些眼熟，但又一时想不起来。将司墨拖到一株大树旁躲起来时，她才蓦地想起，那个神像面容，很像是秋神的样子。

但却不是现今天庭在位的那位秋神君，而是前一任秋神。

那位在她刚飞升天界之时，在神魔大战中，陨落在魔界太子手下的秋神，亦是天界的司刑之神——琴该。

那一战，据说魔界太子也被秋神的斧头砍去龙角，受了很重的伤。

天、魔两界都遭受巨大的损失，这才不得不坐下和谈，最后停兵止戈，达成如今的和平协定。

暮霜这样的小仙子，连上战场都是多余的，并不能亲眼得见。那时候她刚上天，便逢战乱，也没什么朋友，很多消息都是她后来零零碎碎听来的，亦不知真假如何。

她也并不关心那位魔界太子的事，每次听到他的名字，就会想起他那双骇人的眼睛，夜里准要做噩梦，因此每回一听人提及，便要捂住耳朵，能不听就不听。

暮霜哪里能想到，自己有一天竟会如此担心他的安危。

她望着尘烟弥漫的深处，焦灼地来回踱步，想不明白，为何前秋神已陨，这一尊旧神像却还能请下神降，这降下的到底是天上谁的神力？

周氏欲要为天下人之先，诛灭魔头，在这离燕谷中设下了重重法阵，重烛与秋神像的打斗，横扫一片亭台楼阁，也破了大半的法阵。

但仍有少数法阵在运转着，四下弥漫的烟尘内，还能听到正道修士和魔修之间的厮杀，时不时便有打斗的余威扫荡过来，波及他们这两条池鱼。

拜小黑蛇的毒液所赐，暮霜穿戴在身上的防御法器被耗损了干净，她又从储物袋里取出一堆法器来，重新给自己戴上，确保自身绝对安全，顺便也给司墨身上戴了一些朱钗、手镯、戒指。

花城主专为自己女儿打造的防御法器，都做成了各种各样的首饰。

暮霜带着满身防御，想要穿过烟尘去看一看重烛的情况。

结果三步便遭一剑，五步便遇一锤，她的灵力实在太过低微，在这战场上毫不起眼，那些人的攻击主力也不在她身上，但光是余波扫及，就将她刚戴上的防御法器碎了两个。

花城主送给花惜月的防御法宝等阶已算不凡，但奈何这个战场上，双方的战力更加不凡。

暮霜没走出多长距离，就被那烟尘之中不断从四面八方扫来的攻击余波逼退。

——重烛在交战最激烈的地方，她根本靠近不了。

暮霜忧心徘徊之际，又见一道乍起的剑光，一个魔修从那剑光中跌出来，被飞来一剑钉穿心口，一命呜呼。

险些被那剑光余威削去耳坠的暮霜，连滚带爬地退回司墨身边，终于放弃了去找重烛的打算，拖起司墨往更隐蔽的地方躲去。

一路上，刀光剑影都在她头上晃，一会儿砸下一个魔修，一会儿砸下一个正道修士。

暮霜宛如惊弓之鸟，却也不忍见死不救，但凡还有口气的，她只要遇见了，就往他们嘴里塞一颗保命的丹药，然后就近把他们往什么倾塌的石台底下、斧头劈开的坑洞里面、倒塌的房梁下面一藏，再继续拖着司墨逃命。

一个周家的修士躺在地上，眼看着她救了那个与他打得两败俱伤的魔修并将其藏起来，把她也当作魔道中人，一边吐血一边去抓自己那把折断的命剑，骂道："妖魔邪道，人人诛之……"

暮霜飞起一脚，把他的命剑踢开，气得那修士当场喷出一口鲜血，扑倒地上，意识不清地喃喃："妖、妖女……"

暮霜确认他没什么攻击力了，这才走过去，往他嘴里塞一颗护心丹，左右看了看，把他往角落的一口井边拖去。

那修士服下丹药，中途清醒过来一点，反应过来，她似乎并不是想害自己，而是打算像藏那个魔修一样把自己也藏起来。

但是，她选择的这个藏身的地点有点问题。

在被暮霜塞进井里之前，他终于用尽全力挤出一句话来——

“我、不会水……”

暮霜动作一顿，继续把他往井里塞，安抚道：“放心吧，我看过了，井里的水不深。”

修士无语片刻，接着“咕咚”一声栽进井里，溅起一片水花。

的确，井里的水不深，但是有没有想过，他头朝下这种情况？

那修士受了重伤，闭气功夫不如以前，整个脑袋都陷在井底湿烂的淤泥里，没过多久便开始感觉窒息难忍。就在这个时候，又听“咕咚”一声，一个人砸在了他旁边。

井口上方传来女子小声的嘀咕：“我看你们的穿着，都是一家的，应该不会打架吧？相互帮助一下哦。”

那修士在窒息而亡之前，终于被互相帮助的自家人从淤泥里拔了出来。

两人靠在井中一起往上望，井口的女子早已不见踪影。

“她到底是哪边的？”

“不知道，我看她谁都救，遇见掉在地上的一只麻雀，她也救了。”

两人互相看了看，都从对方眼中看到一丝一言难尽的情绪——这到底是从哪里冒出来的一视同仁的活菩萨？

暮霜其实也不是人人都救，毕竟她从花家带出来的救命丹药就只有这么一瓶，重烛带来的魔修和正道修士这一战，死伤无数，不是她一个人能救得过来的。

她拖着司墨往战场外缘逃，能遇到的伤者并不多，也就只能在保证自己安危的前提下，尽力救几个有缘之人。

司墨服了重烛的血，身上的毒素渐解，麻痹的肢体也开始逐渐恢复，叫道：“花娘子，别、别再拖了，我屁股要被磨出火星子了。”

暮霜停下来，歉疚地道：“对不起啊，我背不动你。”

司墨活动了一下还有些僵硬的手脚，手腕上的镯子“叮叮当当”地响，十根手指上套满了戒指。

虽然给他套上的防御够厚，但法器阻挡的都是各种法术攻击，保护他的肉体不受伤害，不包括他的衣服。

他摸了摸屁股上已经被磨穿三层的衣裳，再里面一层，就只剩下他的亵裤了。

司墨感激地看了一眼和他一样满身珠光宝玉的花娘子，坚强地自己爬起来，扶了扶头上的朱钗，撩过前襟掖到后腰上，挡住不甚雅观的屁股，说道：“没事，有劳花娘子了，后面我可以自己走。”

谢天谢地，花娘子是把他仰着面拖的，磨屁股总比磨其他地方好。

暮霜高兴道：“太好了，能走就好，我们先找个安全的地方躲起来。”

司墨回头看了一眼谷中激烈的打斗，说道：“花娘子，往这边走，躲进外面的竹林里去。”

在他们往竹林里钻的时候，有另一个人隐身藏在周氏倒塌一半的屋殿阴翳里，将他们二人的举动收入眼中。

自那一夜在望夜城失败后，锦施便一直小心地隐藏着自己的气息，循着魔尊车驾的路线，尾随在重烛身后。

重烛身边的魔将是挺厉害，但她怎么说也是天庭的仙子，只要不靠得太近，不被重烛察觉，便无人能发现她。

初下凡来时，锦施以为只要手拿着那个木雕信物就能博得重烛的信任，的确是她太过天真，也太过心急，险些因此而丧命。

锦施摸了摸自己的脖子，差点被绞死在蛇尾之下的经历，给她留下了浓重的阴影。

当夜，若不是院外的那一声叫骂，她恐怕早已被拧断脖子。锦施不知道当时究竟发生了什么，她那时意识已经模糊不清，被蛇尾抛下后，便强撑着一口气从另一面的窗户翻出去，没走几步就彻底失去意识。

等她再清醒过来时，不知为何又回到了刚下界时的那个山林里。

锦施此次下界，是偷溜下来的。她向悬圃园的莳花长老请了一日休沐的假，说是表哥叫她去光明宫里照看几株花草。提及卯日星君，那长老二话不说，便批了她的假请。

卯日星君将她带上天来，先找了这么一个小差事，亦是想让她先适应天庭的生活。这个差事低微，无人注意，便也自由一些。

她若是想下界回唤日岭看看，亦比较便宜，不会受到太大限制。卯日星君念在她初上天庭，难免思凡，想念家中亲人，还曾特意向天门的守卫打过招呼。

锦施上天之后，曾下界回过四五趟家。这一回便也用了同样的理由，天门的守卫睁一只眼闭一只眼，并未详问，就放她出了天门。

毕竟一来有星君作保，二来，一个连正式仙职都还没有的小仙子，也闹不出什么大事。

如此这般，锦施轻易地便出得天门，下了凡间。

可没想到，她第一次接近重烛竟就失败，还险些被杀。锦施心头余悸未消，暂时还不敢轻易去尝试第二次。

但叫她就此放弃，她也委实不甘心，因此便一直滞留在下界，不肯回去。

反正天上一日，人间一年，她才下凡来不到一个月，不会那么快被人发现。

这魔界太子能看上那只胆小怕事、一无是处的小山雀，竟还为了她守身五百年，对冒充她的人都疾言厉色，痛下杀手，可见就是个毫无眼光，没有一点品味的瞎子。

就算她接近不了重烛，抢不回那原本该属于她的机缘，她也必不会让那只小山雀轻易完成任务，回到天上去。

若是真让那山雀升了仙位，自己要被迫向她赔礼道歉，丢尽脸面不说，从今往后还都得矮她一头，被她踩在脚下……锦施光是想想，便觉得百爪挠心，比死了还难受。

更何况，她以前那样强逼那山雀顶罪，哪里是赔个礼、道个歉就能了结的？

换作是她，若得了势，定会狠狠报复曾经欺辱过自己的人。

锦施每每想到此处，便坐立难安，就更加不可能袖手旁观、坐以待毙了。

她尾随在重烛之后，潜入周家来。方才混乱之中，她躲在暗处，亲眼看见重烛从半空抱下一个女子，模糊地听到她说，她就是暮霜。

而她说完这句话，重烛竟然没有杀了她。

锦施眯眼瞧着那女子身着明黄色衣裙的背影，从倾塌的废墟里翻出去，尾随在他们身后跟进了外缘的竹林。

不管那女子是真的暮霜，还是与她一样，是个冒牌货，锦施都不能让她活着。

周家祭坛处。

重烛杀了周氏家主，祭祀请神的法坛彻底崩裂，那一颗滚落的神像头颅也轰然一声，粉碎成了齑粉。

天降的神力从神像碎屑之内脱离，化作一道霓虹冲破烟尘，回归天界。

重烛甩下周氏家主的尸骸，朝那霓虹抓去。魔气与霓虹纠缠一瞬，没能挡住神力归天，天边晨曦破晓，霓虹与朝光相融，再寻不到。

重烛收回手，握了握手指。他眉心微蹙，隐约感觉那神力之中有些异样，却又不知这异样究竟为何。

夹谷一侧的山崖上，一人立于悬崖之边，抬起手来，将那一道神力收入掌中，化入丹田。

此人身高体长，着一身月白长袍，高冠博带，宽袍广袖。晨间的山雾萦绕在他身周，将他的身影掩得半隐半现，似要融化在雾气里。

几滴鲜血坠入雾中，滴进悬崖边光秃秃的岩石之上。

那岩石沟壑中几株苟延残喘的草植忽而抖擞一下，如同久旱逢甘霖，枯木回春，只一个眨眼，绿意便铺满了这片悬崖，迎风吐露出点点碎花。

崖上男子擦了擦唇边血迹，挥袖轻拂，抽走了脚下草植焕发的生机，刚刚铺延开的绿意又迅速委顿下来。草枯花落，重新恢复成先前的光秃之貌，没有留下半分痕迹。

他的身影一晃，随风从雾中散去。

随着太阳东升，山风吹散了晨雾，亦吹散了弥漫在离燕谷中的尘烟。山谷当中的打斗之声渐歇，正魔双方苦战一夜，到了现在，还能好端端站起来的人，已经所剩无几。

暮霜和司墨一人手里拿着一根繁茂的竹枝，匍匐在一块大石头后方，小心翼翼地朝谷内打望。

两人浑然不觉，还有一人黄雀在后。隐藏在竹林深处，锦施从身上拔下一根翎羽化作鸡毛长箭，引弓搭弦，箭头瞄准了黄裙少女的后心。

暮霜两人趴在大石后探头探脑，司墨问道："怎么都看不见人了，也不知道是哪边赢了。花娘子，你看到魔头了吗？"

"魔头？"暮霜一怔，转过头来，有些受伤道，"司郎君之前不是一直都称呼他为魔尊或者尊上的吗？"

司墨恨恨地握了握拳："我都差点死在他手上了！"就当他是叶公好龙吧，果然魔头被人想方设法地围剿诛杀，不是没有道理的。

暮霜想到重烛就这么失去了一个崇拜者，不仅失去了，还可能又要多一个敌人，就忍不住想为他辩解："他不是故意的，而且他也及时给你喂血救你了。"

司墨听她这般维护魔头，扭过头来与她对视，正色道："花娘子，咱们同行一路，也算是互相扶持，经历过生死了，你既把我当朋友，朋友之间是不是应该如实相告？"

暮霜郑重地点点头："应该的。"

"那你可否告诉我，你跟他到底是什么关系？"司墨问道。

暮霜犹豫片刻，看在司墨曾不顾危险替她扯下毒袖险些丧命的份上，也觉得自己不该欺瞒他。她想了想，坦诚地道："我是他的妻子。"

准确来说，其实是亡妻。

但如果这么说的话，会被人误会有夺舍的嫌疑，她只小小地隐瞒这一点，应该没什么关系吧？

暮霜这般想着，还是有些许心虚，目光在竹叶上飘来飘去不敢与司墨震惊的眼神直接对上。

是以，她也没有发现，面前那双震惊的眼眸深处，抑制不住地闪动起了一些兴奋的光芒。

"原来如此，是妻子啊……"司墨喃喃道，现下透过摇曳的竹叶，再看花娘子时，不知怎的，竟觉得她好像变得格外温婉好看了些。初升的朝阳洒落下来，为她镀上了一层朦胧唯美的金光。

然而，再一思及那被剥皮挂上墙头的九尾狐，司墨不由得后背发凉，不禁狠狠打了一个寒噤。

暮霜紧张道："司郎君知道后，会不会也用异样的眼光看我？"

她以前便遇见过一些人，一开始对她极为友善，想要和她成为朋友，可一旦听说她是魔修的妻子后，便通通都变了脸色。

"怎么会呢？"司墨回过神来，立即否认道。他以为自己那幽暗的心思被人窥破，忙用力眨了下眼，摆出纯良之貌，试探性地问，"我的眼神很异样吗？"

暮霜仔细盯着他的眼睛看了看，见那双眼中没有以前见惯了的防备之意，暗松一口气，随即笑逐颜开，摇了摇头："不，不异样。"

司墨也暗中松了口气。

重烛追寻那神力未果，重又想起那位花娘子来，他隐藏身形一路循着她的痕迹找来，正巧便听到了他们二人的对话。

我的妻子？

她可真敢说。

甚至一边这么说，一边还在和另一个男人深情对望。

重烛正欲现身，忽而敏锐地听见竹林里一声弦颤，一支羽箭破空而来，直取她后心，她还傻乎乎地趴在石头上，没有半点察觉。

在意识之前，重烛身下影子已贴着地面猛地延伸过去，卷住她的腰肢，将她拖离大石。

他的魔气实在太过厉害，远超过那一片护心鳞，暮霜身上的防御法器几乎毫无抵抗之力，连声儿都没响，就碎成了齑粉。

就连被蛇影扫及的司墨，身上的防御都被削弱了大半。

"花娘子！"司墨不知缘由，眼见花娘子突然被一条黑影卷走，连忙扑过去想要抓住她。

那一支羽箭便"咻"的一声，正正钉进了他的肩膀。

鲜血飞溅。

司墨内心凄凉，为什么受伤的又是他？

"司墨！"暮霜叫道，晕头转向地被投入重烛怀里。

缠绕腰间的蛇影立时退开，逆着那羽箭射来的方向追入竹林深处。

锦施只见一抹黑影贴地游来，速度迅疾如电，让她根本无处躲藏。

那黑影掠至身前，猛地拔地而起，化出一个狰狞的蛇头，朝她张开血盆大口，当头咬下。

锦施被魔威慑住，动弹不得，只能眼睁睁看着自己即将沦落蛇口。

就在这时，一个身影忽然凭空出现，挡在了锦施身前，桃香扑鼻，桃枝残影横扫，一击将那庞大的蛇影逼退回去。

来人转身揽住锦施，飞快遁入虚空，不见踪影。

蛇影退回重烛身上，他身形晃了晃，踉跄得竟一时站立不稳。

原本要奔去查看司墨伤情的暮霜急忙回转身来，抬手扶住他，掌心触及他后背，摸到一手濡湿，展开手来一看，皆是刺眼的血色。

他的后背鲜血淋漓，将衣裳都湿透了。

司墨抬眸看向急得围着重烛打转、不住地往他嘴里塞丹药止血的人，分外眼热。

真好啊，别人家的妻子……

自从生剖半副魔元后，重烛的修为直接折损一半，又撞上蜕皮前期，眼上白雾朦朦，视野受限，才会被周氏的这一番算计重创。

换作他全盛时期，仅仅只凭一尊土塑的神像，根本不可能将他伤得如此狼狈。

重烛气力不济，视野模糊，一时抵抗不了，被硬塞下一嘴的丹药。

在对方得寸进尺地想要扒下他后背衣裳时，他挥袖挡开她，侧身退出几步，硬咽下嘴里丹药，冷声道："别碰我。"

暮霜踉跄了一下跌坐到地上，手忙脚乱地护住手里的小瓷瓶，委屈地抿了抿唇，解释道："我只是想给你敷一点镇痛止血的药粉。"

重烛偏过头避开了她的目光。他实在见不得她这么装模作样的表情，在验查清楚她的身份前，他绝不会轻易相信任何一个人。

玄清收拢离燕谷中的魔修找来此处时，正好看到这一幕。他本想上前去，但一见尊上的脸色，脚步顿了顿，又缩了回去，抬手比了个手势。

跟在他身后的魔修齐齐噤声，安静得像是一根根木桩。

不远处，司墨捂住血流不止的肩膀，转动眼珠来回打量他们两人一眼，张嘴发出"嘶嘶"喘气痛吟，叫道："花娘子，他不要就算了，你给我吧，我的伤也很疼啊。"

暮霜闻言，心神终于从重烛身上分出来一点，抬袖揉了一下湿润的眼角，爬起来去看司墨肩上的伤。

或许是害怕留下痕迹，司墨肩头的羽箭也随着那暗中之人的撤离而消失，但是箭头留下的伤却很恐怖，箭上灵力将他后肩的肌肉都撕裂了，血肉外翻，惨不忍睹。

要不是司墨身上还剩下一些防御法器起到了抵挡的作用，这一箭恐怕能彻底震碎他的肩骨。

好在现在看来，骨头没事，只是皮肉有伤。

暮霜轻轻剥下他肩上的衣衫，施了一个凝水诀，将他伤口清理干净，捏碎一颗丹药敷在创口处，先进行了简单的包扎。

“伤口可能需要缝合，现在没有工具，只能先将就着。”暮霜说道，纤长的睫羽垂落下来，眼中蒙上一抹阴翳。

她一边小心翼翼地帮他拉拢肩上衣衫，一边歉疚不已道：“司郎君，对不起，你每次都受我连累，因我受伤。以后我们还是不要在一起了，司郎君离我远一点，可能还好一些。”

重烛听到她的话语，眸光动了动。他虽不愿让她碰，但偏偏看到她不管自己跑去照顾别人了，这双脚又像被钉在了地上，怎么也挪动不了。

司墨抬手想要抓住暮霜的手腕，一道冰冷的视线倏地刺过来，强烈的威胁让他讪讪地将手收回去，转而握住自己的手。

他尽力忽视旁边某位浑身阴冷、不识好歹、怨鬼一样的丈夫，满脸诚恳地对那怨鬼丈夫的可爱妻子说道：“花娘子，我们是朋友，朋友之间却说这样见外的话，岂不叫人伤心？”

暮霜连忙否认：“我不是这个意思。”

“我知道。”司墨点头，他明明伤得这样重，却还是牵动唇瓣，露出温柔的笑意，安抚她道，“先前我面临危险时，花娘子不也毫不犹豫地便伸出手来，想要替我挡下毒液，你当时又可曾想过会被我连累？”

“可如果不是遇见我，你也不会被喷毒液。”暮霜垂头丧气，“到最后你还是中了毒，现在毒才刚解，又中一箭。”

司墨被她扶着站起身来，摇了摇头道：“我觉得那箭不关你的事。”

顾忌着当事人还在旁边，他低下头靠近了暮霜一些，小声“蛐蛐”：“我们都是被别人连累的可怜虫罢了，岂不更应该互帮互助，共克难关？”

毕竟在这离燕谷，想杀魔尊重烛的人，定然更多，谁会想要杀他们两个无足轻重的小喽啰呢？

暮霜仰起脸来，近距离看着司墨赤诚又温柔的眸子，终于松开了紧蹙的眉头，感激道：“司郎君，你人真好。”

司墨亦腼腆一笑，眼中似有春水波动，说道：“有道是物以类聚，人以群分，是花娘子人更好，才会吸引这么好的我，来到你身边。”

暮霜眨了眨眼，与他一同笑起来，方才因愧疚自责而黯淡下去的面容，重又焕发光采。

重烛站在一旁，冷眼看着，竟就这么被人彻底无视了。见她脸上盛放开的笑颜，实在刺眼至极，忍不住重重哼了一声。

暮霜立即转眸朝他看过去，眼中带着明显的担忧，但见他身后侍立的魔将，想来会有人替他处理伤口，用不着自己操心。

她又撇过头去，扶住司墨往外走，说道：“司郎君，我先送你回城里去找家医馆治伤。”

重烛身上的气场顿时更加沉冷几分，冷眼看着两人走出去数十步，才启唇冷笑一声道：“本座允许你们走了吗？”

他话音方落，身后魔将应声而动，倏地瞬影过去，横挡在暮霜二人身前。

暮霜恼怒地回头，满脸都写着“你怎么变得如此不可理喻”几个大字，可看他身上血污，又不忍对他发火。当然，她其实也𡚸得不敢发火。

暮霜弱弱地问：“那你想怎么样？”

重烛凝眸看了她一眼，却未回答她的话，转过身去挑眉示意玄清，随后忍着伤痛大步离开。

玄清领着魔将们围住暮霜二人，扯动嘴角牵出一个微笑，声音平和却又不容拒绝道：“花娘子，请吧。”

暮霜越过他，瞪向前方走远的背影，有些着急地道：“你们要带我们去哪里？司墨的伤还需要找医师缝合。”

“花娘子尽管放心，只要尊上没说要他死，那我等必然会保证这位郎君安然无恙。”玄清说道，朝左右使了个眼色，立即有魔修上前，将他们二人强制分开。

暮霜生气道：“你们小心点，别碰到他的伤！”

司墨当即痛哼一声，又连忙摆出一副忍痛的表情，故作坚强道：“没事的，花娘子方才给我上了药，已不那么疼了。”

这让暮霜看了，更是放心不下，抬手挡在众人面前不准他们将司墨带走。

玄清实在摸不清尊上对这位花娘子的态度，换作以往，像她这样敢冒充尊上心上人的人，早不知死多少回了。

这一次，尊上虽嘴上不认，却一而再、再而三地放过了她，这让玄清不得不谨慎点对待她。

玄清不想真的得罪了这位花娘子，又实在看不惯那位司郎君矫揉造作的模样，好言好语地解释道：“这位司郎君肩上的伤看着吓人，其实就是一点皮外伤罢了，还不及尊上所受的伤万分之一。修士体魄坚韧，只要不伤及骨头，这点伤就算不处理，第二天也能自行长好。”

司墨一噎，又点点头，隐忍虚弱地应道：“花娘子不必担心，我虽修为低微，比不上别的修士强悍，但这一点小伤，的确无足挂齿。”

这位司郎君可真会卖惨啊！

玄清心中感叹，忙又补充道：“娘子若实在放心不下，我们当中也有医师，乃是一名巫医，在外素有‘医仙’之名，正在那一边的殿宇里救治重伤垂危的同伴，处理司郎君身上这点伤全不在话下，花娘子又何必舍近求远？”

暮霜想起第一回时，她见到的那个叫作桑莲的巫医，就连花城主都说他的医术十分高明。

上一回那冒充她的鸟妖伤得那样重，桑莲都很快将她治好了，不仅治好了，还有余力当晚就和重烛洞房花烛呢！

他那么容易就相信了那个冒牌货，却偏偏不愿意信她。

暮霜一想到此事，心头的火气就“噌噌”往上冒，可惜又找不到发泄口，只得憋闷在心里，气鼓鼓地点了点头：“那有劳你们了。”

“花娘子言重。”玄清颔首，挥手示意人把司墨带过去。

暮霜想要跟着去，被玄清挡下：“那边都是伤者，血腥浓郁，别吓着花娘子。等会儿尊上若是召见娘子，娘子一身血污，也不好去见尊上，我已吩咐人清理出一座完好的殿宇来，花娘子要不先去梳理一番？”

暮霜身上的防御法器再次损毁，现下披头散发，方才在战场上四处救人，身上也染了不少血污，确实不太体面。

她想到重烛，耷拉下肩膀：“他连看都不想看我，又怎么会想要召见我。”

玄清努力为自己的尊上解释：“尊上当真不想见的人，根本近不了他的身，哪里还会容忍花娘子这般对他动手动脚。”

暮霜心中暗暗“哼”道：是吗？那第一回那个鸟妖……

她想到此处，蓦地偏头盯住玄清，上上下下将他来回打量，又挪动小碎步绕到他后方，仔细看了看他的背影。

上一回，抱那冒充她的鸟妖进城主府的，好像是这位玄清大人？她就说重烛向来谨慎，怎么会轻易相信别人。如此说来，那洞房花烛是不是也是子虚乌有？

玄清被她看得不明就里，头皮发紧，回头问道：“花娘子，怎么了，我身后有什么奇怪的吗？”

暮霜摇了摇头，对他笑道：“没什么，玄清大人的腿真长。”

玄清一头问号，他是不是被人调戏了？

玄清没有诓骗暮霜，桑莲的确在这离燕谷中，此时正在魔尊车驾内，为重烛处理后背的伤。

重烛的法相蛇身被秋神像一斧头劈掉了大片鳞片，以至于他现在整个后背都血肉模糊。

桑莲一边处理伤口，一边碎碎念道：“奇了怪了，你明明都预料到周氏不怀好意，是有备而来，怎么还能把自己伤成这样？

“还有，你眼上白雾越来越重了，已经快要看不清了吧？还是趁着正道再来一次围击之前，赶紧回山去吧。”

“嗯。”重烛淡淡应了一声，盘膝坐在车厢软榻上，垂着头没有再说话。发冠里垂下的长发被拨到身前，浓密的发丝挡住了他脸上的表情。

桑莲此人话密得很，就算无人搭理，他也能自顾自地说下去，又道：“说起来，这离燕谷中除了我，还有别的救死扶伤的善良活菩萨吗？怎么不管是魔修还是正道修士，她全部在救？救了人还把人藏进各种角角落落里。”

被救之人都被塞了一颗保命丹药，那种丹药价值不菲，能这般舍得，可见那人虽不是医修，却是真的菩萨。

桑莲继续感叹道：“能像那般不分立场，见伤即救，我也必须得承认，她确实要比我更善良一些。两相对比之下，倒显得我空有‘医仙’之名，却见死不救，失了医者本心，惭愧惭愧。”

重烛被他念得烦躁，凉凉地瞥了他一眼。

桑莲讪笑着替重烛裹好背上的伤，收起玩笑的态度，说道：“不过，周家的确还有几口人活着，要杀了他们以绝后患吗？”

重烛大约能猜到那活下来的几人是谁，他先前循着花惜月的踪迹找过去，自然也发现了她一路藏下的那些人。

周氏面服心不服，不犯到他手里便也罢了，如今专门设下这么一场鸿门宴，想要围剿他，他必然不会轻易放过他们。

桑莲等了片刻，没等来他的回答，面露疑惑，这么一个简单的问题还需要多想吗？以前不都是斩草除根的吗？

要不是突然冒出来个两边都救的人，桑莲也不会多此一问。

他正要张口时，便见重烛抬起头来，轻蔑一笑道：“周氏气数已尽，这么几个人也成不了气候，本座可答应了周家主，要留人给他烧纸呢。”

桑莲：“啊？”

桑莲一脸摸不着头脑地出来了，将重烛的意思转告给玄清，嘀咕道：“你们家尊上从什么时候开始，还担心起死人没钱花了？”

还留人烧纸呢。

玄清抚着下巴略一琢磨，感觉此事的关键不在什么周家主，什么烧不烧纸，而在于那位花娘子。

幸好他方才没有慢待她。

重烛盘膝坐在车内，弥漫的魔气将所有人阻隔在外，庞大的蛇影虚像从他身上浮出，半隐半现地盘踞在车厢内外。

法相的蛇眼与他的眼睛一样，蒙着一层白雾，这是将要蜕皮的前兆。

法相背部被剥掉鳞片的地方一片血红，魔气黑雾不断涌入伤处，借着巫医的药力，缓慢地生出新的鳞片来。

重烛抬手抚摸法相，指尖顺着蛇躯头颅滑落到七寸之处，按在那一片护心鳞上。

他微微合眼，心口和护心鳞同时亮起一抹幽光。护心鳞回归，它化作小蛇在外的所有见闻全数流入他的脑海之中。

先前重烛无暇细看，现在才有工夫好生回味。

从在望夜城观灯阁，它顺着屏风脚游下，缠上那位城主千金的脚踝开始，他的护心鳞便对她有着超乎寻常的保护欲，渴望与她贴合，竟然为她，脱离主体，拒绝了他的召回。

灯会结束，被吓晕过去的城主千金被送回城主府中，护心鳞潜藏在暗处，待人走后，窜进了她的被窝。

重烛与护心鳞一体，它曾在那帐幔里感知到的一切，如今也毫无保留地反馈到了他的感官。贴着她皮肤游动的触感、熨帖的体温，她怀里那一股好似甜果一般的馨香。

她在梦中睡得不安稳，攥着被角无意识地低泣，含糊地呢喃着他的名字。幽影便顺着她的手臂游过去，贴上她的脸颊，探出蛇信扫过她眼角的泪珠。

眼泪中有他所熟悉的气息。

重烛喉结一动，蓦地睁开眼睛，情绪一刹那失控，手背上青筋浮突，指尖将法相蛇躯掐得凹陷下去。

蛇影盘缠在他身周，躁动地蠕动，鲜红的信子在空气中扫来扫去。重烛重重喘了两口气，抓起桌上茶杯，一饮而尽，却依然觉得喉中干渴。

这种干渴实在久违，他一直很喜欢舔暮霜的眼泪，因为，小小一滴眼泪里，可以蕴含太多的信息，包括身体和灵魂，要么是身体攀越至顶峰时的无法自抑，要么是内心满溢到极致的情感外泄。

“暮霜，暮霜……”

剧烈起伏的情绪使得他周身魔气大乱，法相上原已缓慢愈合的伤口再次崩裂开，后背上的伤又一次沁出血来，蛇影在他身周痛苦地翻滚。

正在为司墨缝合伤口的桑莲忽地一顿，抬起头来，往魔尊车驾的方向望去。看到了那边一瞬动荡的魔气，他暗自“啧”一声，肉疼地嘀咕道：“我之前的那些药，算是白费了。”

司墨亦抬头望过去，却什么也没看见，又转回头来继续闲聊道：“在下听说，巫医谷向来独立世外，不参与世间纷争，巫医俱是超凡脱俗的高洁之士，桑道友怎么肯屈居于魔尊手下做事？”

桑莲扯断缝线，浑不在意地道：“再怎么超凡脱俗，我们巫医也是要吃饭的嘛。没什么屈不屈的，只要谁能给我找来我需要的奇珍异草，我就为谁做事。”

司墨愣了一下，随即笑道：“这倒是正理。”

另一边，玄清带着几名魔将，一直守护在魔尊车驾外，见到弥漫的魔气倏地收束，盘踞在车厢四周的蛇影也消失不见。

他立即走上前去，禀报道：“尊上，周氏的那几人逃了，我等奉命未追，他们可能会搬来救兵，我们还是先离开此处比较好。”

车内的人应了一声“嗯”，玄清站着没动，又等了等，才听到重烛道：“把她带过来。”

玄清早有准备，很快便将已经梳洗一新的暮霜带过来，朝那架高大宽阔、漆木金漆的车驾比了一个请的手势，说道：“花娘子，尊上在里面等你呢。”

暮霜看向车辇，暗中握了握拳，鼓励自己一番，然后深吸一口气，带着一副“慷慨就义”的神情，登上了马车。

重烛坐在车里，将她的一番举动和表情变化尽收眼底，无意识地抚了抚指尖。

这么怕他吗？

就连做梦流下的眼泪里都是对他的恐惧。

暮霜推开车门，先闻到一股浓郁的药香。她掀开一重幕帘，才看到斜倚在前方座椅上，正撑着额角、抬眸打量她的人。

重烛已换了一身暗红色的衣袍，他松了发冠，长发随意地披散着，黑发衬托下的脸色有些发白，迤逦的发丝与衣料上印染着的纯黑色火焰纹交错在一起。

因身上的伤，未系腰带，衣袍松松垮垮地敞开着，露出内里裹缠的纱布。

纱布底下，能清晰地看到他饱满的胸膛轮廓，瞧着是比从前结实了很多。

许是因为受了伤，又散下了发冠，他浑身骇人的气势一下子削弱不少，眼中笼着一重白雾，眉眼看着也不似往日锐利逼人，但当暮霜这般近距离独自面对他时，还是本能地瑟缩。

她鼓起勇气弯腰进到车辇内，左右看了看，情感上很想像从前一样，坐到他的身边去，但身体还是很𡲴地选择了蹲到离他最远的角落里。

重烛被她这个举动刺痛，心口像是被人血淋淋地割了一刀。

苦苦寻觅了五百年的人就在眼前，他却不能伸出手拥抱她。

因为她害怕自己。

重烛压抑着呼吸，克制地蜷缩起手指，额角上青筋突突地跳着。身体绷得太紧，背上的伤又崩裂几处，疼痛提醒着他，必须要扼制住心中狂风暴雨般翻涌的情绪，不能再次吓到她。

他能怪谁呢？要怪只能怪自己，就在不久之前，他竟还因为将她吓晕过去而沾沾自喜过。

真是活该啊。

第五章

我就是他要找的那个人！

车厢内的气氛有种说不出的诡异，静默了好一会儿，都没有人率先开口说话。

暮霜坐立难安，嗅觉习惯了周围弥漫的药香，才在那药香之下嗅到越发明显的血味。

她终于抬起眼来，一眼便瞧见重烛发红的眼眸，但他现在的样子，却不是以前那种令人害怕的红，反而是一副竭力克制像是要哭出来一样的红。

一时间，对他的担忧压过了害怕，暮霜倾身靠过去，问道："我听说你的伤很严重，伤口是不是很疼？"

重烛透过眼上弥漫的白雾，紧紧盯着她。薄唇微启，经年的思念哽在喉头，让他的嗓音哑得厉害，声线发颤道："嗯，很疼。"

暮霜担忧地想要去看他的伤处，想及先前被他那样满脸嫌恶地甩开，她又蓦地收回手去，匆忙起身道："我、我去把莲先生请过来。"

重烛急忙喊道："暮霜。"

推门出去的人猛地一顿，回过头来，眼中似有焰火绽放开，心花怒放道："你相信我了？"

重烛伸手想要抓住她，但不知她突然想起什么，眼中的焰火又飞快凋零下去，手忙脚乱地往后跌坐出车门，撞到前方驾车的马屁股上。

暮霜被马尾巴上的火焰烫得一个哆嗦，惊慌地道："你不会是想杀了我吧？"她记得很清楚，在观灯阁中时，他也是这样叫了那个冒充她的酒娘"暮霜"，将她骗到身前，杀死了。

重烛伸出的手一顿，立即道："不，我没有……"

暮霜惊骇到已听不见他的解释，从车上连滚带爬地翻了下去，一边扑灭裙摆上的火苗，一边往外狂奔，好似身后真的追着要活吃了她的洪水猛兽。

直到她的身影彻底消失在视野里，重烛才慢慢垂下手，茫然无措地握了握空荡荡的手心。

可恶。

可恶！

重烛满腔的懊悔，却无从发泄。他望着暮霜离去的方向，蓦地抬手扯开胸口纱布，屈指往心口上狠狠抓了一把。

鲜血顺着指尖流下，一片黑鳞从心口上被硬生生撕扯下来，在他手心里化作一条细长的小黑蛇，从车窗飞速游出，追着那惊慌逃离的身影而去。

重烛失魂落魄地坐在车上，任由心口流着血，游离的视线忽而落在前方扫来扫去的马尾下。他指尖微动，一缕发丝从地上飘起，落入手中，发上还残留着一点被烧灼的痕迹。

他握紧发丝放到鼻间轻嗅，鲜红的舌从薄唇之中探出来，化作细长蛇信，分叉的舌尖卷住那一缕青丝，小心而细致采撷着这一缕青丝上残留的气息。

她是真的害怕他。

他以前舔过那么多次她的眼泪，甜的、涩的、欣喜的、难过的，却还是第一次从她的眼泪里，品尝到对自己的恐惧。

重烛抬手捂住脸，呼吸沉重，有那么一刻，甚至冲动地想要将她抓回来，求她再一次回到过去，回到他们在望夜城外初见之时。

他一定会第一时间抱住她。

可惜，就连这个办法似乎也无法奏效了，因为第一次时，他曾在城外遭遇刺杀，第二次那刺杀他的修士却提前被花明呈擒住了，可见即便回到过去，她也和自己一样，是有记忆的。

所以，他已彻底没有办法弥补了。

外面传来脚步声，人未至，声已先飘进来，说道：“有个漂亮小娘子着急地跑来找我，说魔尊大人的伤口很疼，疼得都快要哭了，催着我赶紧过来看看。”

重烛眼睫微动，从掌中抬起头来，雾霭沉沉的眼底倏然亮起死灰复燃的一点星火。

她都误以为他要杀她了，却还记得要给他找医师来。

脚步声站定在车外，桑莲问：“尊上，我现在能进来吗？”

重烛将蛇信一敛，收入唇中，取了一个锦盒将那缕青丝装好，调息片刻，才能维持住素日里的平稳声线，说道：“进来。”

桑莲登上车驾，推开车门，直勾勾的目光先往他的面上瞧去，敏锐地发现了他眼角未褪干净的红痕。他眉毛飞得老高，惊讶地道：“不会吧不会吧，那小娘子说的竟是真的？我们堂堂的魔尊大人，竟然真的躲在马车里哭鼻子……”

重烛面色一沉，扬了扬手，一缕魔气卷起马尾扬起，骏马仰头嘶鸣一声，燃着烈火的尾巴尖被魔气催发到极致，如一条火龙，猛地甩进了桑莲嘴里。

桑莲"嗷"地大叫，一把扯开马尾，趴在车驾外呸呸往外吐火星，嘴上被烫得火辣辣地疼，怒道："重烛，你下手也太狠了吧？我可不是你那些皮糙肉厚的下属，我们巫医的身子可精贵得很！"

"既然精贵，就该知道谨言慎行。"重烛冷哼，忽然面色一变，疑惑地皱了皱眉，身形化作一团黑雾，消失在了车辇内。

恼羞成怒，纯纯的恼羞成怒！

桑莲捂着嘴，重新钻进车里，却只看到空荡荡的车厢。

"突然跑哪儿去了，不会真背着人去哭了吧……"

玄清整顿好了队伍，准备出发，跑来回禀尊上，只看到坐在车前板上给自己肿成香肠的嘴巴抹药的桑莲。

他疑惑地道："尊上呢？"

桑莲含糊不清地说道："母鸡（不知道）啊，躲着姑（哭）去了吧……"

玄清嫌弃地看一眼他嘴角搂不住的口水："叽里咕噜说的什么东西？能不能说人话？"

桑莲白了他一眼，看看他这嘴巴！满嘴水泡，张嘴都困难，能说得出人话来吗？

有魔修前来禀报，说发现一百里外有灵力波动朝离燕谷暗中聚集而来。

桑莲一听，赶紧摆手："嘬嘬嘬！"

车前的烈焰魔马应声回头，晃了晃尾巴，桑莲立即往后躲开，捂着嘴对它摆手——蠢东西，不是在叫你！尾巴上一股马屎味儿。

好在，这回玄清听懂了，他是在说"走走走"。桑莲向来如此，只要尊上不在，他是一点安全感都没有，见着有危险比谁都跑得快。

为免被正道修士合围在这山坳之中，玄清只得带着众人立即启程，冲出离燕谷，按照尊上之前的吩咐，往天山而行。

暮霜自然也被人好声好气地"请"上了车驾。司墨眼见花娘子上了魔修的马车，急忙追去，被玄清叫人赶去了队伍末尾。

暮霜和桑莲坐在一辆车驾中，车驾腾空而起，冲出山谷，直上青天。

待车行稳定后，暮霜松开抓着车厢的手，从窗口望了一眼前方那一驾风驰电掣的车辇，担忧地问："莲先生，尊上的伤怎么样了？"

桑莲给自己抹了药，这会儿嘴上的红肿已消，只下巴上还残留着一点被马尾灼伤的红痕。

他手里捻着一张冰晶色的叶片，贴在嘴角止痛，转动眼珠上上下下地将她来回打量，怜香惜玉道："小娘子长得这般貌美，怎么如此想不通，要去招惹那个大魔头？本公子实在不忍见你红颜薄命，香消玉殒啊。"

暮霜本就心有余悸，让他说得更是忐忑不安，但仍试图为重烛辩解道：

“他不是不分青红皂白就杀人的人。”

车驾顶上漆黑的镂空雕花之上，盘缠的一条细小黑蛇欢喜地摇了摇尾巴。

桑莲煞有介事地点头：“对，比起别的魔头来说，我们这位魔尊的确不喜滥杀，但‘人不犯我，我不犯人’，要是有人不识相，偏偏要犯到他手里去，他也绝不会手软。”

暮霜绞着衣袖，埋头不语。

桑莲已得知她就是那在离燕谷中不分正魔救人的活菩萨，心中对她颇为赞赏，便多了几分怜惜，试图劝她迷途知返，免得遭了毒手。

“我跟在重烛身边好几百年了，数不清见过多少像你这样千方百计想要接近他的小娘子，有的是正道那边派来的，有的是野心勃勃觊觎魔尊身边那个位置的，也有的……”

桑莲抬眸，细细看一眼对面之人。他看得出来，小娘子眼中的担忧不是作伪，她没有那些复杂的心思，并非别有目的。但越是这样，他才越是觉得不忍。

“也有的是真的爱上了他这个人，将一颗真心捧到他面前，求他垂怜。”桑莲说着，叹息地摇了摇头，“可我们的魔尊大人是个死心眼，心里就只记挂着一个人，为了她踏遍九州四海，招魂引魄，在天山山腹之中设下禁阵，就算闯进黄泉，都只为去寻觅那一个人，不论付出多少代价都在所不惜。”

重烛……

暮霜认真听着，心中感动不已，又心疼不已，憋得眼眶发红。

桑莲以为她是因明白自己没有机会而伤心，心中生出一股拯救迷途羔羊的磅礴正义来，说道：“幸好重烛现在不在，一会儿，我趁着玄清不注意，就把你从马车上丢下去，你能跑多远就跑多远吧，别为了这么一个不值得的人，白白丢了自己的性命。”

车驾顶上的黑蛇倏地竖起脖子，吐了吐鲜红的蛇信，黑豆眼盯住某人，寻找绞杀的角度。

暮霜心伤到一半，愣了一下，赶紧摆手道：“不，我不要走。我就是为了重烛来的，我就是他要找的那个人！”

这种话，莫说是重烛，就连桑莲的耳朵都听起茧子了。

桑莲摸了摸莫名有些发凉的颈项，将竖起的汗毛按回去。见她仍然执迷不悟，他恨铁不成钢道：“我当然知道你是为他而来的，以前的那些小娘子都是为他而来的，最后全都化作了红颜枯骨。”

他还欲再劝，就在这时，车身猛地一震，一股强悍的气浪忽然从车驾侧面直冲而来，寒霜灵气霎时冲破车窗。

车窗外，无数尖锐冰凌，铺天盖地，从四面八方飞射而来，将这一行魔修车驾全都笼入寒冰剑阵之下。

是潜伏在附近的正道修士偷袭。

车队一时被打乱，玄清匆忙领着魔修上前迎战。

为暮霜二人驾车的只是普通飞马，自比不上尊上的烈焰马，受到惊吓，在半空胡冲乱撞，车厢里的两人被颠得晕头转向。

眼见几束冰剑携着凛冽寒风，势如破竹，直刺马车而来，小黑蛇倏地窜出车厢，凌空飞掠而去，额上护心鳞闪过幽暗的光芒。

“叮叮叮——”

幽影闪动，数声连响，将那连片射来的冰剑撞得粉碎。

马车稍微安定下来，桑莲看一眼外面乱糟糟的场景，玄清一时半会儿定然也注意不到他们。他回过头来，一脸欣喜道：“你看，就连老天爷都想救你，机不可失，就是现在！”说着，不由分说地兜头往暮霜身上撒了一把药粉。

“我不走……”暮霜一张嘴，将那药粉吸入口中，身形“嘭”地缩小，变成了一只小狸猫。

暮霜大惊，出口的话语全变成了猫叫。

桑莲提起她的后脖颈，抚了抚狸猫背上奓起的绒毛：“这是化形丹的药粉，化形时间可维持三日，免得那玄清发现你丢了，回头再把你找到了，等药效过后你就能重新变回人身。”

他抓起狸猫，探头往下方看了看：“是有点高，但下面是树林，狸猫身姿灵活，应该摔不死。我本想把你变成鸟的，但你不听劝啊，变成鸟肯定得飞回来。”

暮霜“喵呜喵呜”叫个不停，爪子拼命抓扯车窗，不想被丢下去。桑莲手背上被挠出好几条血印子，终于扼住她挣扎的四肢，一个用力将她丢出窗外，对她挥了挥手。

“小娘子，好好活着，找个好郎君嫁了吧，别再不自量力地跑来送死了，你以后会感谢我的。”

暮霜从半空直坠下去，四爪乱舞，“喵嗷——”我感谢你祖宗十八代！

桑莲“嘶”一声按住耳朵，莫名觉得她骂得很难听。

他大人不记小猫过，微笑着看那小狸猫掉进下方浓密的树冠里，心满意足地缩回车厢，惜命地趴到座椅下。

很好，今天的桑莲大人，又是救人一命，胜造七级浮屠的好医仙。

小黑蛇解决完袭来的冰剑，返回车内，就只看到趴在车厢底部的桑莲。

它飞快地在车厢内窜了数个来回，把所有角落都检查了个遍，就连翻倒的香炉，它都埋头进炉灰里面一通乱找。

还是没能找到暮霜。

小黑蛇出离愤怒，从香灰里扬起头来，身形猛地膨胀开，散作一团似雾非雾的蛇影，只有额心的护心鳞依然是凝实的一片。

蛇影朝着桑莲张嘴嘶吼，尖牙威胁地抵在他的脖颈上。

桑莲初初见到它，先是一喜，激动地叫道："重烛，快快快，保护好我。"随后才察觉到蛇影对他的强烈威胁，他余光小心翼翼地瞥着抵在脖子上的毒牙，一动也不敢动，结结巴巴道，"哎哟，你看清楚点，这是我的脖子！"

见它的毒牙又往脖子上压来几寸，桑莲才知它是故意的，忙求饶道："哎哎哎，这是做什么啊，有话好商量嘛……"

蛇影面目狰狞，翘起尾巴，愤怒地拍了拍暮霜先前坐过的地方。

在生命的威胁下，桑莲脑筋转得飞快，立即明白过来："啊？你想找先前那个小娘子？她、她逃了，下面、下面林子里……"

蛇影倏地一敛，从车窗飞跃而下，没有丝毫犹豫。

桑莲心有余悸地摸了摸自己脖子，小声地谴责："这个家伙还是这么小心眼，人逃都逃了，竟然还要追上去斩尽杀绝，实在可怕得很。"

只愿小娘子吉人天相，自求多福吧。

且说另一边。

锦施暗箭伤人不成，被一名突兀出现的神秘人所救，被拢入宽大的袖袍中，过了许久，才重新被人放开。

她现下所处之地，早已不在那片竹林里，甚至也不在离燕谷中，入目所见是一片雾蒙蒙的山林。

"仙子，又见面了。"身后有人说道，话音温和，听着耳熟。

锦施转过身来，看清那人的模样，惊讶地道："春辰神君，您怎么会在……"人间。

这下完蛋了，她私下凡间，还被上神亲手逮着，就算有卯日星君替她求情，怕是也难以过关。

锦施登时心慌意乱，膝盖一软，俯身跪拜道："神君在上，小、小仙只是思家心切，想回唤日岭看看爹娘，今日只是路过那里……"

春辰因她这个荒谬的借口不禁失笑："只是路过，为何还要引弓搭箭，暗中伤人？"

锦施绞尽脑汁，试图辩解："小仙见那山谷之中魔气冲天，实在不忍见魔修屠戮苍生，才欲要出手阻拦一番。"

"是吗？"春辰淡声道，语气中听不出责备与否，只陈述了一遍天庭规定，"仙子莫不是忘了，天条中有定，凡上界仙神，不可随意干预下界之事？"

就连那位小雀仙下界来，都需要司命星君细观满天星辰，小心编撰命牒，再借助一名凡间女子的身份才行。

锦施闻言，越发紧张不安：“小仙救人心切，一时情急，实在没想那么多。恳请上神饶恕我这一回，小仙定当立即折返天庭，以后绝不会再犯。”

眼前衣摆拂动，春辰向她走来两步，和煦的神威从他身上缓缓淌出，分明如春风拂面，却带给人沉重的压迫之力。他道：“锦施仙子还不肯对本君说实话吗？”

锦施紧攥裙摆，终究是抵挡不过上神之威，将自己私下凡尘的前因后果，如实吐出。

她本以为会受到春辰神君的严厉斥责，却没想到伏在地上等了许久后，那位神君却叹息一声，俯身将她扶了起来。

春辰道：“你知道这是何地吗？”

锦施转头看了看四周，山间浓雾将树林遮蔽得影影绰绰，饶是现下正值午时，日光也难以穿透迷雾，使得周围景致颇为昏昧。

她满是疑惑地摇了摇头：“小仙不知。”

春辰也未拐弯抹角，很快便揭晓答案，说道：“此地名为雾隐山。”

五百年过去，雾隐山下的小村子早已破败得无人居住。这座山原本便常年云雾笼罩，后又被那魔道尊主设下结界屏障，山中便越发杳无人迹。

“雾隐山？”锦施起初还未反应过来，只觉这名字有几分耳熟，细细一想才骤然想起是在何处听过。

是那只熊蜂！她曾在熊蜂嘴里听到过这个地名，且它还提及过不止一次，因为这是暮霜和小魔修见面定情的地方。

春辰感慨道：“本君救下你后，本是随意择了一个方向，没想到却到了此地，可见冥冥之中，机缘天定，这兴许的确本该是你的机缘造化。”

锦施蓦然仰头，因他这么一句认可的话语，压抑在心底不能为外人所知的不甘尽数从眼底爆发出来，委屈啜泣：“能得神君此言，小仙感激不尽。只是本应是我的又如何？事到如今，我早已是被人鸠占鹊巢，踢出局外，即便想要挽回也无能为力，还险些两次因此丧命。”

春辰微微蹙眉，面露关切之色：“仙子心中已生挂碍，本君今日即便将你强行带回天庭，你心障不消，恐怕也会对以后的仙途有损。”

听见仙途有损，锦施面色更是惨淡，心中也越发嫉恨那只山雀。

春辰没有错过她眼底的恨意，长叹一声道：“罢了，我与卯日星君素来交好，亦不忍见他的妹妹以后受心魔所困。你我能两次相会，可见缘分匪浅，本君便助你消了心障就是。”

锦施受宠若惊，疑惑地问：“神君能如何助我？”

“心障因何而生，便能因何而解。你因误失良机求而不得而生不平心障，若你能取回自己应得的，心中不平自然也就平了，心障自也就消了。”

春辰说道，从袖中取出一个巴掌大的盆栽。玉石盆景之中，一株三叶仙植生机勃勃，翠绿欲滴。

“此为附魂草，我曾请暮霜仙子帮我温养过一段时间，草中余留有她的魂力，此草已与她生息相关，当能骗过你说的那个以魂识认主的信物，护你周全，若仙子实在不甘心，可借此再去试上一试。”

锦施惊奇地打量着春辰神君掌中的灵植，眼前的小灵植看上去和三叶空谷幽兰差不多。

她本就是去悬圃园中走个过场，也没仔细背读过那比天河还长的灵植谱，从没听说过什么附魂草。

但春辰神君毕竟是掌春的上神，当然比她见多识广，能拿出一些她没见识过的灵植，实在太正常不过。

想不到那小山雀表面看着孤僻，没什么朋友，成天只能和一群肥蜂子混在一起，私底下竟和春辰神君都有了来往。若再给她些时日，说不准以后当真会爬到自己头上去。

锦施咬了咬唇，心中不忿，但想到第一次险些被蛇影勒死的经历，又有几分犹豫道：“可我已用这木雕尝试过接近重烛，他已经知晓了，我没被木雕认主。”

春辰道：“你曾说过，那夜后，你又重回到了将将下界那一刻？”

锦施点头：“嗯，但我也不知为何会重来一道。”

“这就对了。”春辰抚了抚自己掌心纹路，说道，“我曾听说，小雀仙下界时，司命星君曾给了她三道谶文，能让她有三次机会重返过去，改变命数。这个谶文能影响到与她产生瓜葛之人，你当时也牵涉其中，所以亦受到了谶文回溯。

“你与他人不同的是，你乃是天庭仙子，虽人在下界，但所历的仍是天界时间，哪怕你在人间渡过二十年，时间作用于你身上，也不过只有二十日。暮霜仙子的谶文对你亦作用有限，你才会在回溯之后，还记得发生了什么。”

锦施忙追问道：“那魔界太子也会记得发生过什么吗？”

春辰笑了一下：“魔界太子被斩落龙角，跌入凡尘，退化成蛇。他一日长不出龙角，便要在这凡尘里翻滚一日，无法回归魔界，既是凡尘里的蛇，想必是不记得的。”

锦施松了口气，目光再次落到神君手里的附魂草上。哪怕她得不到自己应得的，也绝不想让山雀轻易攀上高枝，以后爬到她头上作威作福。

须臾后，锦施下定决心道：“请神君助我化解心障。”

春辰抬高附魂草，掐指施诀。三叶灵草化作流光没入锦施眉心，闪了一闪，消失不见。

锦施立即从怀里取出那只木雕小雀，见到雀身铭文晃过涟漪一样的波光，春辰的身影逐渐从雾中淡去：“时辰已到，本君该回天去了，望锦施仙子早日解开心障，平安归天，往后仙途通达。”

锦施连忙俯身行礼，拜别春辰。

有了掌心的木雕，眼前的雾气竟在她面前霍然分开，露出一条山道来。锦施望着山道犹豫片刻，把心一横，往雾隐山深处走去。

约莫半个时辰后，锦施在那雾气深处看见了一座山间小院。院中有一栋高大的木楼，木楼两侧各有一排小木屋，爬满野蔷薇的篱笆圈挡住一个宽阔的院坝，院子东南一角架着三两支架，架上挂着熟透的紫葡萄。

一群麻雀在葡萄藤上跳来跳去，啄食着成熟的果子。

葡萄架旁边种着一株高大的合欢树，合欢花落了满地，粗壮的枝干上吊着一个藤编的秋千，秋千上缠绕着不知名的藤蔓，开着白色小碎花。

在院子另一边，有一个小小的假山水池，池子上的法阵还在运转着，一束小瀑布从假山顶上飞流直下，溅起雪白水花，水花下面隐有游鱼摆尾。

院子里竟还有五六只“啾啾”叫的黄绒小鸡，跟随在鸡母身后，学着用稚嫩的爪子刨土，翻找躲藏起来的蚯蚓。

锦施望着那群鸡崽，眼前没来由闪过一幅鲜活的画面——

身着黑衫的少年懒洋洋地坐在秋千上晃荡，姿态慵懒，但那一双漆黑的眼眸却盯着院子里的小鸡来回打转，鲜红的舌尖从唇中探出，拉长成蛇信，在空气中晃了晃。

他长得极好，唇红齿白，乌发如墨，比之现在，身上尚带着几分稚嫩的少年气，鲜红的蛇信从唇瓣上扫过时，有种说不出的阴冷魅惑之态。

随即他眯起眼睛，掌心里一团魔气黑雾蠢蠢欲动。

另一旁的葡萄架下，梳着双螺髻的少女剪下一串葡萄放进竹篮里，分明背对着他，却好似脑后生了眼睛，头也不回地斥道：“重烛，不准偷吃我的小鸡。”

黑衫少年动作一顿，悻悻收手，将那一团魔气捏碎在掌中，哼道：“又没二两肉，我哪有这么馋。”

女孩便抿嘴笑了笑，踮脚去剪葡萄架顶上那一串紫红的果子。要碰到葡萄时，她动作忽而顿了顿，眸光微闪，脚跟踩实回地面，说道：“重烛，我摘不到这一串。”

秋千架上的少年转过头来，身形一晃，眨眼来到葡萄藤下。他没有帮她剪，而是直接托起腿弯将她抱起来。

但她第一时间没有去剪那串葡萄，而是挑了其中看着最红最甜的那一颗摘下，拈在指尖，贴到他唇边，说道：“张嘴。”

少年听话地张开嘴巴，她指尖用力，将葡萄汁水挤进他口中。

两人的气场分明不搭，却又奇异地交融。

“啧！”锦施翻了个白眼，嫌弃地撇嘴，抬手摸了摸自己眉心，大约是那附魂草的作用吧，竟让她看到了他们的过往。

这座小院幽静、闲适，与世隔绝，保存得极好。

锦施推开围挡篱笆门，走进院子，先掬了一捧瀑布的水，又走过去晃了晃秋千，将葡萄藤上的麻雀惊得扑棱棱飞散。

最后，她推开中间那栋木楼的大门，走进屋子。

原来就是这么一个破破烂烂的地方，土包子就是土包子。魔界太子落下这凡尘，也成了个土包子，癞皮蛇。

院外，山雾一阵浮动，聚拢而成一道高挑挺拔的身影。

重烛现身在一株绿树旁边，抬手接住一只从院中惊飞的麻雀，扬目看向主屋窗棂透出的身影，对方在屋里来回走动，随意翻动，好不见外。

他不知道那只鸟妖是如何穿过结界，闯进这里来的，但没关系，雾隐山大得很，埋一只毫无礼数的鸟妖绰绰有余。

重烛拈了拈指尖，麻雀从他手上展翅飞离的一瞬，他的身形亦化作一条暗影，凌空冲入木楼。

屋内的锦施只觉一股令人毛骨悚然的威胁从后而来，她猝然回身，只见一只苍白的手撕开眼前空间，五指成爪，一把钳住她的脖子。

巨大的冲击力将她撞得倒飞出去，重重砸到后方墙壁上。直到此时，她才看清眼前那一张森冷如修罗的面容。

“重……”锦施张口想叫他的名字，但重烛显然没打算给她这个机会。

上一回，他试图问出她手中木雕来自何处，才会耗费那么多时间与她周旋，但锦施唯恐被人发现她私下凡间，宁死也不敢透露天庭之事。

这一回，重烛不打算再与她浪费时间了，总归他已找到暮霜，只需取回木雕，以后总有机会从暮霜口中得知因由。

重烛指下发力一拧，便欲拧断她的脖子。

却在这时，一双半透明的羽翼忽而从锦施身上爆发出来，合拢双翼将她护在其下，重烛动作一顿，猛地松开手指，往后退开。

锦施从墙上滑落至地上，一个木雕从她怀里骨碌碌滚出来。

重烛屈指一抓，将木雕吸入掌中，看着她身上羽翼收拢，回归至木雕体内，木雕右侧的翅膀纹理内，一道替身铭文倏然破损。

——以魂识认主的木雕替她挡了攻击。

重烛垂眸盯着木雕，握着木雕久久不语。

他有上一回的记忆，当时他握着木雕，亲自攻击过她，差点将她绞杀在蛇尾之下，木雕都没有任何反应，为何这一回木雕却替她挡了攻击？

重烛神识没入木雕，仔细检查过木雕纹理之下的替身铭文，没在里面发现问题。

问题不是出在木雕之上，那便是在眼前这只鸟妖身上了，她身上必然和暮霜有着某种深入神魂的联系，才能让以魂识认主的木雕将她误当作主人，从而替她挡下攻击。

若是如此，重烛反而不敢轻易杀她了，他害怕杀了她会对暮霜也造成伤害。

在弄清楚她们之间的联系并斩断之前，他也绝不可能放任她不管。

锦施没想到重烛会来得这样快，她陡然遭到袭击，原本还有些担忧春辰神君给的那一株附魂草到底有没有用处，现下看到结果，终于安下心来。

见重烛那惊讶迟疑的表情，他应当是不记得前一回的事了吧？

饶是如此，锦施还是有些怵他，在他没有做出反应前，她也不敢轻举妄动。

重烛摩挲木雕良久，朝她伸出手去。

锦施心下一喜，忍住毛骨悚然的不适感，强迫自己抬起手去，在即将搭到他的手前，重烛指尖一蜷，绕开手去，从她脸面上方挥手抹过。

魔气扑面，锦施私自下凡，无名无分，本就是私自窃夺了这么一张面容，她自己施展的障眼法并不算精妙，轻易就被重烛抹去伪装，露出真容来。

锦施蓦地一惊，以为被他发现了。

重烛凝眸看了她一会儿，挥出一股魔气将她从地上扶了起来……

晚秋之后，白昼渐短，尤其是山间密林，天黑得很快。

暮霜被人变作狸猫，抛至这片辽阔的山林中。她下落的时候被浓密的树冠一连挡了几下，最后又使出吃奶的劲儿弹出爪子抓住树干滑下去，才算安然无恙地落了地。

可变身狸猫之后，视野一下变得极为低矮，这山中林木也格外高大，密密匝匝，四面八方全都是高大密集的草木，让她连东南西北都难以分清。

最初的时候，暮霜还能望着上方的车驾，跟在后面追，渐渐地，玄清带人冲出了正道包围，魔修们的车驾越行越远，她就再也追不上了。

暮霜全然不知，在她手忙脚乱地在林子里狂奔时，还有一条小蛇也在山林中无头苍蝇似的乱窜。

桑莲是诚心想要救暮霜，生怕留下蛛丝马迹让玄清返回来又把她抓回去，不仅将她变作狸猫，还特意用药遮掩了她身上的气息，竟让小黑蛇都追踪不到。

小黑蛇吐着信子在密林里游走，信子都快吐出火花了，都没能从空气中捕捉到它想要的信息。

它眼上白雾越厚，看不清周围环境，狂躁到以头哐哐撞地，一路找，一路撞，撞得树裂石飞，野兽四逃。

暮霜本来已找到一棵树上废弃的鸟窝，打算在此过夜。

她窝在夜色中，听到山林中那恐怖的动静越来越近，吓得“嗷呜”一声从树上窜出，和其他鸟兽一起往前逃窜。

奈何她跑得快，那后面的动静停一会儿，响一会儿，追得也很快，而且动静越来越大，越来越狂躁，像是什么陷入狂暴状态的魔兽，吓得整座山林鸡飞狗跳。

一整个晚上，暮霜都和林子里其他可怜的鸟兽一样，愣是被追得东奔西躲，连一口气都喘不匀。

这片地界的鸟兽，活得可真不容易啊。

护心鳞的动静反馈至本体，重烛心口也一阵一阵地震颤。

他魔气一卷，一刻不停地回了天山，到了天山巅上冰雪所铸的魔宫，瞧见玄清一行人已听他命令回来，微微松一口气。

玄清正在魔殿之中，焦急地踱步。

冲出正道合围之后，他去询问过花娘子安危，叫那桑莲三言两语糊弄过去，直到回到天山，才发现那位花娘子竟早已不见踪影。

问起桑莲，那混账巫医也含糊其辞，一推三不知，不等尊上归来，就匆忙找了个借口逃回巫医谷，扬言要闭关三个月，谁也不见，将这口大锅甩在了他一人背上。

玄清立即派人折返去找，一夜过去，仍未收到回信。

尊上却先回来了。

重烛刚踏入大殿，就听里面传来一个讨人厌的声音，急道：“这都过去一夜了，还没消息吗？我可是亲眼看着花娘子上了你们的车驾，到了这里，你说人不见了，这是什么意思！”

重烛眉心狠狠一拧，瞬影上前，沉声问道：“谁不见了？”

玄清悚然一惊，立即拂衣下跪，拱手道：“属下办事不力，经过苍山一带时遭遇正道袭击，一时无暇顾及，没能将花娘子带回天山来。属下已派了人去找，只是暂时还未有消息，请尊上责罚。”

重烛的脸色顿时阴沉得比天山的寒雾还冷，他来时匆匆，去也匆匆，身形从殿中消融。

“我也要去找花娘子！”司墨不顾重烛恐怖的魔气，想要冲上去搭个便车，被人从魔气中毫不留情地一脚踹了出来。

临走之前，重烛问：“桑莲呢？”

玄清立即回道：“他回巫医谷了，说要闭关三个月。”

重烛独断专行道：“抓回来，有件事我要交托他去做。”

他说完，一束流光甩至玄清怀里。与此同时，重烛亦以神识传音向玄清传送了一个命令，随后从殿中隐没。

重烛的魔气一敛，露出了后面被挡住的另一个人。

锦施没想到，重烛分明已认可了木雕上的魂识认主，才会将她带回天山来，竟还一听那什么花娘子失踪，就焦急地跑去寻她。

这到底是什么意思？他到底信没信她？还是说，他竟想两个都要？

锦施思虑甚重，一时没有注意到有人近身。

司墨抚着下巴围绕她转了一圈，目光上下扫视，将她打量一圈，问道：“你该不会是魔尊带回来的情人吧？”

他的想法很简单，花娘子亲口告诉他，她是魔尊的妻子，他自是愿意相信她的。

妻子才刚失踪，重烛就迫不及待地带了一个女子回来，不是情人又是什么？

玄清斥道：“尊上向来洁身自好，司郎君再敢胡说八道，诋毁尊上，休怪我不客气。”

司墨讪讪地闭嘴，不到一息，又开口道：“那你说她是谁？不是都传，你们尊上轻易不会允许外人上天山的吗？更何况，她还是魔尊亲自带上来的。”

玄清冷脸道：“司郎君今日也进了天山魔宫，难道司郎君也是我们尊上的情人？”

司墨双手环胸，连退数步，惊骇道：“你少空口白牙污人清白！我心中已有中意之人，绝不会屈服于尔等淫威之下。”

锦施瞥了他一眼，认出这就是在离燕谷中误中她一箭的倒霉鬼。

真是聒噪，当初那一箭怎么没瞄准他的嘴。

司墨莫名觉得肩上伤口隐痛，嘶嘶抽气，总算闭上了嘴巴。

他虽满嘴胡言，但有一句话说得没错，眼前的姑娘是尊上亲自带上天山的。玄清自然不敢怠慢，他不动声色地打量了女子一眼，按照尊上的吩咐，礼数周全地将她请出大殿，亲自送去了临渊楼中。

顺道把司墨也一并安置，警告他不准乱跑。

司墨识时务为俊杰地退进屋中，转头便趴在窗口上，朝另一座孤立在一峰之上的院落张望。

玄清亲自布置了魔将把守在院外，又在那院落外设了数道封印，看上去不像是要“金屋藏娇”，反倒像是想将人囚禁起来。

司墨一时间猜不透这女子到底是个什么身份了。在花娘子回来之前，他一定得想办法打探清楚此女的底细，以及和她那糟心丈夫到底是什么关系。

是为，知己知彼，百战不殆。

苍山密林。

在小黑蛇又一次横冲直撞地撞上前方那一块大石前，被撕裂虚空伸来的一只手捉住，小黑蛇的尾巴立即攀上他的手臂。

重烛踏出空间裂缝，揪住狂躁的护心鳞，时常也会被自己这么蠢的分身气笑。

“废物东西，你这样做，除了吓跑她，还能干什么？”

小黑蛇在他手里垂头丧气地嘶嘶吐信。

重烛闭了闭眼，尽力驱散眼上白雾，转头打望了一眼四周参天巨木。

浓密的树冠将林子里遮挡得昏暗无光，粗壮的树木上爬满了潮湿的苔藓，地面亦积累着经年腐败落叶。

空气里弥漫着一股湿腐的气息，混杂着各种各样乱七八糟的气息。

既然嗅不到暮霜的气味，那他便一寸一寸搜寻，不错过任何一处，绝对要找到她。

重烛闭上眼睛，魔气从袖袍之间翻涌而出，顺着地面铺延出去。

一条条细蛇自魔气中凝结成型，数以千计，数以万计，倾巢而出，倏忽一闪，便没入林间，向着四面八方游去。

距离此地百里开外的一处废墟之中，暮霜夺命奔逃一整个晚上，跑到这里实在累得走不动了，她跳上前方一根断裂的石柱，猫眼不由得瞪大。

前方荒草藤蔓覆盖下，是一片辽阔的断壁残垣之景，看上去像是一座破败已久的山镇。

暮霜转动脑袋左右看了看，跳下石柱，在废墟当中找到一片倾塌的壁画，钻进里面，蜷缩起身体，打算在此休息片刻。

迷迷糊糊间，她没有发现那壁画之上斑驳的彩绘忽然自己动了起来，一双皮肤色彩已掉得斑驳的手臂从壁画之中伸出来，将她捧进手里，缩回壁画之内。

狸猫半个身子都没入壁画当中，那画上便凭空多出半只狸猫图腾来。

随着狸猫身子越陷越深，壁画里的狸猫图腾亦越来越完整，最后，只剩下一条毛茸茸的尾巴还在外无意识地摇摆。

正当这时，一条细长的黑蛇自丛生的野草里钻出来，探入倾塌的壁画之下，歪着脑袋看了看那壁画上越来越短的毛绒尾巴。

黑蛇竖起脖子，脑袋跟着摇摆的尾巴左右晃动。

在那尾巴即将彻底隐入画壁之内前，黑蛇猛地张嘴，一口叼中了那令它万分好奇的尾巴尖。

壁画之内隐约传出一声被惊醒的猫叫，那尾巴猛地缩回，将外面的小黑蛇也一并拽进了壁画里。

壁画中霎时便多了一条蛇影图腾。

另一边密林内，重烛蓦地偏头，“呸呸”吐了两下，从嘴上拈下一簇棕色的猫毛。他无奈地叹一口气，抬手按揉额角鼓胀的青筋，忍住了。

散出去的蛇影毫无遗漏地搜寻过这片地界，自然也免不了碰上山林中的野兽。蛇影的数量庞大，偶尔有所疏忽，便会有一两条蛇影不务正业地跑去招猫逗狗。

重烛按揉着太阳穴，在心里自我开导，算了算了，都是从自己身上散出去的鳞。

他拈着猫毛，抿了抿唇，舌尖扫过唇瓣，动作忽然一顿。再次抬手将那簇猫毛放到鼻间轻嗅，从化形的药粉之下，捕捉到了一丝熟悉的气息。

他一把将猫毛攥入手心，闭眼瞥了一眼那蛇影所在之处，身形化作残影，如一股烈风从密林中呼啸而过，来到了那片倾塌的残迹当中。

重烛四下扫了一眼，走入废墟中，挥袖化出风刃，将残垣断壁间爬满的藤蔓杂草切割得粉碎，挥袖托起那一堵伏地的断壁。

壁上的雕刻图腾经风吹日晒，已经被侵蚀得差不多，又有无数的藤蔓根须攀爬在壁上，几乎将壁上图腾毁坏得看不出原样。

重烛抬手抚过壁画，凝眸寻找过去，在壁画的角落里，找到了一条蚯蚓似的暗影。

是他的蛇影。

重烛仔细探索过这堵画壁，不得而入，当即从眉心抽出一缕神识，引入那壁画之内的蛇影当中。

再次睁眼，重烛已身在画中，但也因此受限，只能化身为一条蛇影分身游走。

入目所见是一片荒凉的街景，天色昏昧，黑灯瞎火，凄风呜咽，枯叶盘旋，街道两旁的房屋俱都腐败不堪，看上去年岁久远，四面一望，空无一人。

重烛蛇身贴伏在地面，从地面微不可察的动静里，听到了渐行渐远的脚步声。

他身躯一摆，朝那脚步声追去，很快便在前方的街巷中，看到两个疾行的背影。

两人的说话声，随风飘来。

“这小家伙真是妖兽吗？别是什么普通的山猫吧。”

另一人得意道：“我在各大山脉都设了‘捕兽阵’，普通的飞禽走兽可触发不了我的法阵，以后要是有机会，老子非得在那魔头的天山也设一个捕兽阵不可。”

“有那魔头在，天山上哪还能有什么妖兽给你捕？”先前那人说着，有些嫌弃地瞥了一眼他最后捉来的狸猫，“这猫看着也不太厉害，谁能瞧得上它？”

“反正顺手抓来的，就当是个添头吧，也丰富下猎场的物种不是？那些各大宗门的子弟也不是个顶个都厉害，万一有人猎不着厉害的妖兽，能猎只猫面子上也将就过得去。”

那人说着话，扬了扬手，手上赫然挂着五六个拳头大小的金属镂空笼子，每个笼子里皆装着一只活物。

重烛视野模糊，隔着一段距离，也看不清里面都装了什么。他飞速摆尾游上去，便见得那二人穿过一条窄巷，突然往前方那一座石拱桥下钻去。

重烛追上去的时候，那两人已经不见了踪影，只有河面上晃荡过道道涟漪。

这条长河穿城而过，水量丰足，河岸两边屋舍林立，不过皆是破败不堪，但在水面晃过的涟漪里，两岸屋舍投映在水面的倒影张灯结彩，富丽堂皇，隐约可见人来人往。

重烛没及多想，在那涟漪平复之前，尾巴尖猛地一弹，跳进了河里。

水面投影的另一端，竟是一座繁华热闹的坊市，两岸商铺林立，沿着长河往远处延伸，一眼望不见尽头。

重烛一跃出水面便感觉到了异样，此地灵气充裕，前方一座庞然灵山，来往之人身上莫不是灵韵流转。

此处是正道修士的地盘。

重烛收拢魔修，登上魔道尊主之位以来，已经带领魔修侵吞了修真界的半壁河山。十年前的一次大战后，如今的正、魔两道以岐罗江为界，江西为魔界地盘，江东为修真界地盘。

不过魔修们依然跃跃欲试，想要跨过岐罗江，而正道修士亦想一雪前耻，收回失去的灵山地界。

眼下正逢各大宗门弟子试炼法会，便是各大宗门为了择选出天资优秀的后辈，合众仙门之力，着重培养，以抵御魔修的入侵。

试炼的第一场，正在那坊市尽头的灵山之中。

各宗各派的修士都到了这里，坊市内行人如织。重烛小心地隐藏了自己的魔气，在不同的人脚下飞窜，层层叠叠的衣摆挡住了他的视线，让他越发分不清方向，一时反倒不太好追上前面那两人了。

金属镂空笼子被别在那人的腰带上，暮霜被囚在笼子里，把爪子都快抹平了，还是没能挠开笼子上的铭文法阵。

两人很快穿过坊市，进到临山一座门楼之后，走到柜台前说道：“老余，我又捕来了一批新货，现在交货还来得及不？”

柜台后方的中年修士抬起头，看了一眼旁边的钟刻：“围猎明日就要开始，今日已停止接收妖兽了，要是别人我肯定不收了，但神捕手廖爷嘛，每次来必有稀罕货，即便是我们东家在此，也得给您几分面子。”

神捕手廖爷被吹捧得身心舒坦，从腰上取下那一圈囚兽笼，放到柜台上：

“没有稀罕物，我也没脸进这个门。”

囚兽笼是御兽宗和器宗合力打造的法器，笼上的铭文法阵能压制妖兽妖力，哪怕山大的妖兽也能缩小为这么拳头大小一只。

老余视线落在其中一个笼子里，见得笼中一只青色赤色的凶禽，当即惊叹道：“哎哟，不得了，这是蛮蛮鸟？”

廖爷昂了昂下巴：“正是，我为了擒住它，可费了不少功夫。”

老余立即从柜台下翻出一个簿子，翻开来找到蛮蛮鸟的记录，说：“在猎场评估里，蛮蛮被列为二级妖禽，正适合元婴境修士试炼，可分入‘地’字级猎场，可折合一万灵石。”

廖爷点点头：“行，一万就一万。”

随后那老余又逐个将其他笼子里的妖兽都进行了评估，换算成灵石，最后拧起暮霜那一个笼子时，他面露难色：“这狸猫……”

暮霜当然听懂了他们的交谈，缩在笼子里，弓起背脊朝外面的修士龇牙，爪子用力挠向那笼子上的束缚法阵。

这笼子连蛮蛮鸟都破不开，更何况是这样一只没什么能耐的小猫。廖爷今日赚够了灵石，大方地摆摆手：“这只就不要钱了，白搭的，权当给猎场里试炼的道友们玩一玩解解闷。”

暮霜就在这么三言两语间，作为添头被送进了正道修士的试炼猎场里。

重烛在那繁华的坊市中，迷了三回路，才找到这座门楼来，正好见廖爷掂着一大袋子沉甸甸的灵石出来，再一瞥他的腰间，那金属镂空的笼子已经空了。

恰时，又有另一个修士急匆匆地跑来，手上提着三个相似的笼子，笼子里皆装着一只妖兽。

重烛心头灵光一闪，黑影飞掠而过，窜进了那修士的袖口里。

那修士修为平平，勉强金丹初期，对此毫无所觉，方一踏进大门，还未开口，便听柜台后负责收购妖兽的余掌柜说道：“过了时辰，不收了不收了。”

修士急道：“可你方才还收了那两人的！”

“人家那是元婴期的神捕手，捕捉来的可是二级的妖兽，你一个金丹能……”余掌柜说着，扫见他手中笼子，勾手道，“你拿过来让我仔细瞧瞧？”

修士举起囚兽笼递过去，动作忽然一顿，等等，他什么时候捉了一条蛇？那个笼子里不该是一只狐狸吗？

但没等他细想，余掌柜已经将笼子一把接了过去，啧啧道：“这是脩蛇啊，没想到你一个金丹初期，竟能捕获到这等稀罕凶兽？”

那修士一听这是稀罕物，必定身价不菲，立即将肚里的话吞回去，改口道：“实不相瞒，这也不是我独自一人捕获的，是有家中长辈相助。”

余掌柜点点头。猎场广发囚兽笼出去，便是为了集天下妖兽于此灵山之中，好为宗门子弟试炼。他只关心收到的货，并不关心来卖货之人是如何捕捉到的这些妖兽的。

“翛蛇在猎场兽谱中被定为一级妖兽，不过你这条翛蛇看着尚且年幼，妖力虚弱，降为二级，折一万二灵石。”

那修士喜出望外，当即成交。

余掌柜顺便把他剩下的两个低阶妖兽也收了，交付灵石后，又取了三个空的囚兽笼给他。

待人走后，余掌柜唤来一名侍从，将最后收来的三个妖兽放入匣中，说道：“送进去。”

重烛盘踞在笼里，冷眼看着匣盖扣上，一切陷入黑暗。过了许久，匣子重新被打开，重烛所在的笼子被人取出来，挂在了一面墙上。

这面墙上已挂了一排笼子，他旁边是一只赤青二色的妖禽。

剩下的两只低阶妖兽则被挂去了另一面墙壁。这间密室内林立着许多面这样的墙壁，一面一面地排列下去，每一面墙上刻着繁复的法阵，等阶越高的妖兽，所挂的那面墙上的法阵越复杂。

相较起来，他所在的这面墙挂的笼子数量最少。

墙上的法阵与囚兽笼系出同源，是的笼子的束缚之力又翻增数倍，重烛进来时容易，想要出去时，反倒一时间冲不开了。

“这只狸猫妖如何处理？身上怎么测不出妖力波动，该不会是一只普通山猫吧？”

“连等阶都没有，留着也是浪费笼子，在猎场随便找个地方放了。”

随着话音渐近，两道身影从里面走出来，一人指头上勾着的笼子里正趴着一只斑斓的狸花猫，张开嘴娇娇弱弱地“喵”了一声。

她是仙，飞升之时早已洗净身上妖气，下界来又承继的是花惜月人族修士的身份，身上当然不可能有妖气了。

重烛盘在笼中打量那只猫，感觉到了它尾巴尖上残留的一缕极为幽微的属于自己的气息。他蓦地竖起脖子，撞得那囚兽笼“当啷”一声，墙上的法阵顿时一阵闪烁，法线如同天罗地网，又将那摇摆的囚兽笼压回墙上。

从旁路过的两人被吓了一跳，惊惧地转头看去，趴在笼子里努力假装自己是一只普通山猫的暮霜亦抬头看过去。

小黑蛇？

有点眼熟。

不会是重烛吧？

应该不是，他怎么可能会被人抓住囚进笼子里。世间黑蛇长得都一样，导致她每每见到黑蛇，总以为那就是重烛。

“吓死人了。快走快走，离这面凶兽墙远点。”那两人说着，加快脚步往外走去。

暮霜趴在笼子里，忍不住回头，在所见到的最后一眼里，看见那笼中的黑蛇紧紧盯着她的方向，忽然张开大口，一口咬在了笼子镂空的雕花上。

笼子的铭文法阵剧烈波动，竟被它的毒液蚀出一个细小的缺口来。

暮霜表现得实在纯良无害，就跟一只普通山猫无异，那两个猎场修士并不将她放在心上。

但这狸猫毕竟也是送入猎场的小兽，他们不敢私自放出猎场去，便随意在后山找了一片林子释放。

囚兽笼上的禁制一解，暮霜飞快地从里逃出来，一溜烟窜上林子里一棵大树，躲在树叶背后警惕地望着那两个修士。

其中一个修士好心地提点她道：“小东西，找个地方好好躲起来，明日一早便是玉溪围猎的日子，今天夜里就会将各路妖兽放入猎场，你不管见着人还是见着兽，都记得躲远点。”

说完，两人御风而起，衣带飘飘，疾驰离去。

玉溪猎场将开，各大宗门都已齐聚在猎场所在的灵山之巅，高大的汉白玉圆坛上虚浮着一座灵山幻影。

灵山连绵起伏，细数之下有九座高峰，每一座峰峦从上到下，亦被划分出上、中、下三片区域。

里面妖兽按照等阶从高到低分布，入内试炼的修士按照修为不同，则会被传送至灵山的各个区域。

灵山猎场九座峰峦的峰顶都落有一个显眼的标记，标记的乃是这座峰峦当中最厉害的一只妖兽，最先降伏峰顶妖兽的修士，便是此次试炼的胜者。

九座峰峦，九只大妖兽，择选出九名最有潜力的修士，这九人将会在往后的修炼中，得到来自整个修真界的供养，获得无数资源，可谓前途不可限量。

正道宗门联合举办的这场试炼法会，大有广招天下豪杰之意，不论出身贵贱，只要修为达到此次试炼的要求，皆可报名一试。

是以，几乎整个修真界的正道修士，都齐聚到了玉溪灵山来。

承载灵山幻影的玉坛正前方，正对一座高台，台上摆有一张宽大的红木桌案，桌后所坐之人，正是此玉溪猎场的东家，余氏家主余溪山。

玉坛两侧各有两座阁楼，阁楼上座无虚席，皆是如今修真界正道四大宗门门下修士。

往下再次一级的座席上，坐的则是修真界各个大大小小的门派修士，诸人虽穿着各异，但能看出衣冠形制规整，身上皆佩戴有各自门派的标识。

再往外围，则要散乱许多，大多是一些来凑热闹、想要凭此次试炼一飞冲天的散修。

阁楼上，来剑宗的一位长老在那灵山幻影的九座峰峦标记上扫了一圈，问道："溪山兄，我听闻贵山昨日收了一条脩蛇，此乃一级妖兽，极为危险，怎不见得猎场之上有所标记？"

此次围猎毕竟只为试炼，标记危险妖兽，亦是想为入内的修士一个提醒，能让他们有所准备，有信心与实力者，可主动取之，实力不足的修士，也能提前绕行，免得白白耗了性命。

毕竟现在的正道一方完全被魔道压在下方，即便是耗损任何一名有能之人，后起之秀，都会让人扼腕叹息。

余溪山朝来剑宗拱手一礼，回道："林长老有所不知，那条脩蛇经评估后，还处于幼年，眼下似乎到了蜕皮期，妖力虚弱，尚达不到一级妖兽的品阶，就这么投入猎场被人绞杀倒是浪费了。在下想着先将它培养一段时日，待脩蛇成熟，实力提升之后，再送入猎场予化神以上的高阶修士练手，最为恰当。"

林长老点了点头："原来如此。"

眼看试炼开启的时辰将至，众人望着玉坛上的灵山幻影，个个摩拳擦掌，跃跃欲试。

朝阳破开晨雾，金色的阳光洒满玉坛，辰时正，钟声敲响，遮蔽灵山猎场的浓雾往两边流散开，露出一条入山的通道来。

玉坛之外的修士齐齐而动，化作漫天流光，遁入山中，唯剩下猎场主人和各派长老还端坐在玉坛外，密切关注着围猎情况。

围猎将将开始，余掌柜便急急赶来，望见众多修士远去的流光，心中暗道一声"糟糕"，来到余溪山身后，密音禀报道："家主，不好了，昨日收来的那条脩蛇跑了。"

余溪山浑身一震，又顾及着各派长老，不敢有太大反应，低声斥责道："我不是命人好生看管吗？怎会丢失？"

余掌柜道："昨夜属下命人将它好生放入了锢妖墙上，墙上法阵一直运转着，当是能加固囚兽笼上的封印的，光是一个囚兽笼就连一级妖兽都破不开，那条脩蛇却能在锢妖墙和囚兽笼的双重压制下逃脱，它的妖力可能超出了预料。"

余溪山面色凝重，那条脩蛇若当真如此强大，猎场里的修士可都不够它吃的。

可这场试炼万众瞩目，已然开始，便没有中途喊停的道理。余溪山维持着表面镇定，思索片刻道："我无法离开这里，去叫二爷请下祠堂里供奉的打神鞭，亲自去寻那条蛇。动静小点，暗中进行，别让其他门派的人知晓了，免得引起纷乱。"

余掌柜应了声是，悄无声息地退了下去。

围猎开始，身处猎场当中的暮霜也听到了那悠远的钟声，“铛——铛——铛”，三声钟鸣震得山峦嗡嗡作响，山中群兽皆惊，响起阵阵妖兽怒号。

暮霜眼见着无数流光横越头顶，都是御空的修士，有些直接飞入了山林更深处，有些斜坠下来，看方向就落在了她附近不远的地方。

化形丹的药效还有一日才会过去，暮霜只能顶着这么一只狸花猫的外形，往树丛密集的地方躲去。她不敢靠近妖兽的地盘，害怕被暴怒的妖兽一口吞了，又不敢接近人修，害怕真被人当成妖兽给猎杀了。

是以，她能躲的地方其实不多，一不留神，还会撞上围猎现场。

眼下距离她不到百步远的浅溪石滩上，就正上演着一场围猎。参与围猎的一行三人，一个符修、一个剑修、一个丹修，看衣服上没有任何门派识纹，是结盟的散修。

比起出身宗门的修士，这些散修反而更难缠一些。他们不像宗门子弟那般眼光高，只瞧得上有名号的妖兽，像暮霜这样的小狸猫，就算走他们脚边过，他们也只会嫌她挡了道，一脚将她踢开，不会浪费灵力捕杀她。但散修不然，他们即便拿不到试炼名次，登不上试炼英杰榜单，也想从试炼中多搜刮些物资，以备以后修炼所用，就算路边一株蕴含星点灵气的野草，都要收入囊中。

暮霜早些时候，就被一名散修追捕过，幸好狸猫身姿小巧又灵活，钻进一个狭小的山缝中，才逃出生天。

没想到顺着山缝钻到另一面来，竟直接撞入别人的围猎现场。

暮霜瞥见四周的符箓光芒，眼见一座符阵即将成型，她急忙缩回猫头，退出符阵范围，扭头想要赶紧离开这个是非之地。但在符箓光芒闪动的间隙，她忽然瞥见一条熟悉的暗影。

那符阵正中被围猎的，是一条小黑蛇。

暮霜顿住脚步，重新扭头看过去。

布下符阵的修士一边操控符箓，一边说：“为了你这条小毒蛇，耗费了我四张锁妖符，唐娘子该怎么补偿我才是？”

那被唤作唐娘子的女修，正是这队伍里的丹修，需要用此蛇炼药，闻言爽朗一笑道：“咱们不是早说好了，阿兄助我擒下这条蛇，事后我送阿兄两颗补灵丹。”

符修道：“事前我可不知道这蛇这么难捉，就连姚兄都要用剑气压阵，才能勉强将它逼入阵中。”

他们三人因利益结盟，也谈不上多深厚的交情。唐娘子心知对方想要坐地起价，她咬了咬唇，眼中露出些许不甘，可又看一眼那阵中黑蛇，她常与毒物打交道，看得出那蛇品相不凡。

看那黑蛇双眼发白，蛇鳞黯淡，如今会勉强受困，当是到了蜕皮期，虚弱所致。

在另外两人发现端倪前，她急于将这蛇收入自己葫芦中，爽快地道："姚郎君出了力，我当然也不会亏了姚郎君。两位阿兄帮我捉了这蛇，我再各送你们一瓶避瘴丹，如何？"

另两人一寻思，点头同意，当即祭出全力。

符光和剑光猛然大亮，道道剑光悬在符阵之上，簌簌而下，试图削弱黑蛇的妖力。唐娘子站在符阵边缘，取下腰间葫芦，拔下塞子，等着在那黑蛇最虚弱时，将它收入葫芦中。

暮霜躲在山体裂缝中，亦看清了阵中蒙眼的黑蛇。蛇蜕皮的时候最是虚弱，重烛也不例外，暮霜担心那被困的黑蛇真是重烛，急得转动着猫眼，寻找符阵的阵眼。

她看到距离山缝不远处，贴在一棵大树上的符箓。顾不上自己会被发现，她狂奔过去，爬上树干，拼命用爪子挠那张符箓。

符阵中心，重烛轻蔑地吐了吐舌头。相比昨日，他眼上白雾越来越浓，眼珠混浊，短时间内已无法再驱散开了，他完全看不清四周环境。

但即便如此，他也并不担心，蛇信只从空中一扫，便从周围交错的灵气中，嗅出对方的修为。

三个金丹期的修士，就想收服自己，简直自不量力。

黑蛇尾巴尖来回扫了扫，一道黑影从尾巴尖端延伸出去，猛地膨胀开，化作一条巨大的蛇尾迎着半空劈下的剑光横扫过去，几乎不费吹灰之力。

剑修被剑气反噬，倒飞出去，吐出一口鲜血。

蛇尾再一起扬起，裹挟着令人恐惧的威压，朝着符阵砸下。

与此同时，暮霜也终于一爪子挠破了那张符箓。符阵破开，她一心想着救蛇，竟不为头顶的威压所慑，从树上跳下，一阵风似的奔过去，叼起阵中的小黑蛇，拔腿就跑。

重烛一惊，仰起头来，蛇信扫过猫脸，空中的蛇影尾巴在砸落下来前，猛地顿住。扬起的蛇尾轻轻落下，乖顺地搭在狸猫的后背上，被她叼着钻进了山壁上龟裂的缝隙里。

半空的蛇尾影子消散，那被威压震慑在当场的三名修士，才渐渐回过神来，背上渗出一片劫后余生的冷汗。

暮霜将小黑蛇叼进了逼仄的山体缝隙深处，在一个稍微宽敞一点的小坑里停下，将它从嘴里放下去。

一蛇一猫在这条幽暗的缝隙里大眼瞪小眼。暮霜救蛇之时很勇猛，救下后与它同处一个逼仄狭小的空间里，心底又滋生出些许本能的畏惧来，屁股不安地往后挪动。

重烛的眼睛已经完全看不清了，但光凭窸窣的响动也能猜到她的动静。

他不想鲁莽地再次吓到她，犹豫片刻，歪着头往另一边游去，刚游出一点距离，就闷头撞到岩石上。重烛吃痛地吐蛇信，换了个方向，“砰”一声，又撞上另一块岩石。

他在这小坑里来回打转，一连碰了三次壁。在即将第四次撞上岩壁时，一只柔软的猫爪子终于伸了过来，按住了他的脑袋。

“喵！”

重烛的尾巴尖欢喜地暗中晃了晃，他就知道，她不会坐视不管。

第六章

不论她是人是妖，抑或天上的仙，
他都绝不会再放开她

暮霜当了两天猫，已经能很娴熟地使用爪子，此时小心地收敛着尖锐的指甲，只用肉垫按住小黑蛇的头，防止它打转时，又撞上坚硬的岩石。

她想告诉它，出口在什么方向，可一张嘴就只能吐出一连串“喵喵喵”的叫声。

蛇应该是听不懂猫叫的吧？

就算是重烛，应该也听不懂猫叫。

暮霜挫败地“嗷呜”一声。她正苦思冥想着一只猫该如何同一条蛇顺利交流时，忽觉脚掌的肉垫上扫过一缕冰冰凉凉的触感。

山隙里光线昏暗，只有一缕微弱的光线从头顶狭窄的缝隙里照进来，暮霜的瞳孔在昏暗的环境下扩张成了一双乌溜溜的黑葡萄，勉强能看清被她按在脚掌下的小黑蛇。

它扭转过脖子，鲜红的蛇信从嘴里吐出来，再一次讨好地扫了扫她的肉垫。

暮霜：“喵！”

暮霜浑身的毛都奓起来，猛地缩回爪子，将被舔的那只脚掌抱在怀里，难以置信地瞪着那条小黑蛇——这是什么没有礼貌的蛇，怎么能随便舔别人的脚？

她翻山越岭，跑了一路，爪子上风尘仆仆，它也不嫌脏吗？它该不会是在尝她的味道吧？

说起来，重烛以前也很喜欢舔她的手心，也不只是手心，他还喜欢舔她的手指、脸颊，喜欢品尝她的眼泪，缠着她的舌头汲取津液，甚至是一些别的难以启齿的地方。

暮霜抱着爪子，猫脸发起烧来。幸好她现在浑身都被皮毛覆盖，应该看不出脸红。

蛇都喜欢舔别人吗？还是说……

眼前的小黑蛇就是重烛？

暮霜试探性地“喵”了一声，小黑蛇歪了歪脑袋，也不知道听懂没有，它小心翼翼地竖起脖子，朝她慢慢靠过来。

暮霜下意识地往后仰，后背上的毛又一次竖了起来。

大约是感觉到了她紧张的情绪，小黑蛇的动作一顿，低下头颅，摆出了一个乖顺而臣服的姿势，匍匐在她脚边，用尾巴尖轻轻点了点自己的额头。

暮霜后背上的毛慢慢顺服下去，没看明白它是什么意思。她看了看自己的脚掌，试探性地又将爪子按到了它头上：“喵……”

你别再舔我了。

重烛听不懂她的猫叫，他是想叫她把额头靠过来，他们可以通过神识交流。

这一条黑蛇只是他的蛇影分身，无法做到神识外放，想要与人交流，只能以额头相抵，灵台相通才行。

暮霜见那小黑蛇被她踩在脚下，就跟死了一样一动不动，她忙抬起爪子，用脚掌轻轻地刨了它一下：“喵？”

小黑蛇竖起脖子，这种姿势让它看起来很具有攻击性，暮霜立即缩回爪子，绷紧了身躯。

重烛蛇信在空中扫过，嗅闻到她变化的情绪，重新俯下头，想了想，摆动尾巴在土坑里找到一处松散的地方，凭着感觉用尾巴勾勒出一个轮廓。

暮霜眨巴着猫眼，歪着脑袋，目光好奇地追随着它的尾巴尖，渐渐辨认出它画的是什么了。

它画了一个简单的猫脸，尖尖的耳朵，圆乎乎的猫脸，两边各有三根胡须。

小黑蛇画完猫脸，游过去，用头靠了靠猫脸的中心，随后转过头来朝向暮霜，又用自己尾巴尖点了点自己额头。

暮霜猫眼蓦地一亮，恍然大悟。她犹豫了片刻，看着那静静趴伏在地上的小黑蛇，最终还是深吸了一口气，挪动过去，俯下身将额头靠了过去。

狸猫身上的毛发长而蓬松，小黑蛇的脑袋几乎要陷在她头顶的毛发里，一条盲眼的蛇，一只胖乎乎的猫，来回尝试了好几次，才找到恰当的地方。

一缕神识幽光在双方额头相抵的地方亮起，一声温柔的轻唤传入暮霜脑海之中。

“阿霜。”

重烛，重烛，这果然就是重烛！

暮霜听到重烛的声音，心里首先涌出的还是欢喜。狸猫兴奋地抬起脖子，抖了抖耳朵，猫眼在山缝里闪闪发亮。

重烛以为她又要逃跑，下意识摆尾卷住她的爪子，急急地凑过去，再次抵靠住她的额头，说道：“别走，我不会伤害你的。对不起，不要害怕我。”

他说得很有些可怜，低声下气，带着祈求。

暮霜心里软成一摊泥，趴伏下来，乖乖地和他头靠着头，问道：“你真的相信我了吗？”

重烛悬着的心稍微放下来，尾巴轻轻地卷着她的爪子，想要收紧，又克制地放松开，懊悔道：“阿霜，没有第一时间认出你来，对不起。”

暮霜的尾巴在地上扫来扫去，语气轻快地说：“没关系。我知道你被骗了很多很多回，谨慎点是应该的。而且，你看，我现在都变成猫了，你还能把我认出来，重烛，你好厉害啊。”

苍山密林。

重烛背靠在那一堵倾塌的画壁上，眉心一条蜿蜒的蛇纹图腾隐隐泛光，他瞳中白雾越来越重，整个眼珠上都覆盖上了一层白膜，皮肤上开始有鳞片的痕迹显露出来。

蛇蜕皮总是很难受的，即便他还处于蜕皮前期，身体已经开始有了将要蜕皮的反应，魔气动荡，四肢无力，皮肤底下像是有万千蚂蚁噬咬。

重烛捂住格外脆弱的眼睛，听到那轻快的话音传入脑海之中，唇角忍不住往上翘起，蜕皮期的烦躁都跟着烟消云散了。

暮霜关切的话语顺着那一缕分神传入他耳中，问道：“那你是怎么认出我的？怎么又相信我了？不需要我再多证明一些吗？”

重烛沉默了下，老实地回道：“我舔了你的眼泪。”

“眼泪？”暮霜无意识地“喵喵”叫了一声，神识疑惑地波动，“什么时候？”

“中秋赏灯那一夜，我散出去的蛇影，有一条没有回来，它一直跟在你身边。”

暮霜想起第二天醒来之时，扫见的那个黑影，用爪子摸了摸自己的猫脸：“只因为眼泪，你就能确信是我吗？”

甚至都不需要别的什么证明，如果要证明，她也可以证明的。

重烛郑重地道：“我不知道别人的眼泪是什么味道，但我知道你的。知道你伤心难过时的眼泪是什么样的，欢喜快乐时的眼泪又是什么样的。”

现在，他也知道了，当她惧怕他时的眼泪，又是什么样的。

重烛心口泛着苦涩的刺痛：“暮霜，你的眼泪是我唯一尝过的，独一无二的气息，我不会认错的。”

暮霜从他的神识波动中，感觉到了一点他的情绪。她愧疚道：“重烛，我抛下你，离开这么久，你会不会怨我？”

小黑蛇吐了吐蛇信，分叉的舌尖轻扫过狸猫眼下。重烛将自己的神识更紧地贴过去："你感觉到我有怨你吗？"

暮霜细细感知片刻，摇了摇头。

重烛倚靠在画壁上，蛇鳞从领口蔓延出来，快要覆盖上他的脸颊，收拢扩散出去的魔气，将浮出的蛇鳞又硬生生压回去，笑道："不管你是因为什么原因离开，只要你还愿意为我回来，我便高兴。"

如果她不曾回来，那过去五百年的寻寻觅觅，日日都是苦痛折磨。

可她现在回来了，过去的五百年，便都成了过往云烟，风吹即散，不值一提。

"重烛，我好想你……"暮霜鼻子发酸，忍不住想要掉泪，想要缠住他的神识。就在这时，山体裂隙外忽然传来一声剧震，整个山体都跟着晃动，裂缝中簌簌往下掉石块土灰。

暮霜蓦地醒神，用爪子揉了揉眼睛，问道："重烛，这条小黑蛇是你的分身吗？你本体在哪里？"

重烛亦听到了外面动静，小黑蛇不耐烦地摆摆尾巴："我在苍山，这条小蛇是为了找你，散出去的蛇影。"

暮霜高兴道："那太好了，快把蛇影收回去。这里看上去是正道的地盘，他们在举行什么试炼，到处是妖兽和修士，不能让他们发现你快要蜕皮了。"

蛇蜕皮是最脆弱的时期，就连重烛也不例外。以往时候，他每次蜕皮期来临，都会寻找一个无他人知晓、绝对安全的地方，唯一能在蜕皮期接近他的人，只有暮霜。

这一次，或许是因他剖了自己的半副魔元，又受了不轻的伤，也可能是因为那一个别的原因，使得他的蜕皮期毫无征兆地突然来临。若是被外人知晓他正处于蜕皮期，趁他虚弱之时袭击，就危险了。

重烛睁开眼睛，瞳中雾茫茫一片，断然拒绝道："不行，我绝不可能让你再离开我的视线。"

暮霜嘀咕道："可你现在蒙着眼，也看不见我呀。"

重烛一噎。

玉溪猎场，山隙裂缝中，暮霜歪着脑袋来来回回地和小黑蛇碰额头，都没能等来重烛的回应。小黑蛇的蛇尾固执地缠在她的前肢上，显然不想听从她的劝告。

过了许久，重烛才道："就算要走，我也要把你一起带走。"

在他说话之时，小黑蛇身上的魔气翻涌而出，化成一团幽暗的魔雾将狸猫笼罩在内，魔雾里的空间生出涟漪似的波动。

暮霜曾经见识过他的这个手段，先前她和司墨在那一座山野荒庙中时，重烛就是用这个方法撕开虚空，将他们拉拽到离燕谷去的。

暮霜蜷缩起身子，做好了准备，等着小黑蛇卷住她，将她带去他身边。

可小黑蛇尾巴卷在她身上，拖拽了一次又一次，都没能成功。

暮霜疑惑地道：“是不是你现在的蛇影太小了，我太重了，你拖不动我了？”

重烛语气凝重道：“不是这个原因。”

是玉溪猎场之中，冥冥之中有一个力量，在阻止他将她带走。

暮霜听到另一端，重烛因为大量消耗魔气而压抑的喘息，用柔软的脚掌肉垫按了按小黑蛇，说道：“不行就算了，不要再浪费力气了。苍山不安全，你先躲去一个安全的地方蜕皮，我也会把你这条蛇影藏好，一定不会被别人发现的。”

重烛终于暂时放弃，轻轻蹭着她的额头：“好。”

“你先放开我的脚，我带你去更隐蔽的地方躲起来。”

重烛犹犹豫豫地松开尾巴放开她的脚，暮霜低头叼起小黑蛇的身子。蛇的七寸就在她的口中，暮霜处于一个绝对掌控的位置上，心里的底气一下足了很多。

重烛也感觉到了她细微的情绪变化，一直以来小心翼翼的举动也稍微放开了些。

小黑蛇竖起柔软的脖子，试探性地爬在狸猫脑袋上，垂下脑袋与她保持着额头相触，方便两人交流。

暮霜活动一下四肢，听见山体外面传来的妖兽怒号，站起来左右望了望，打算往裂隙更深处藏去。

小黑蛇垂在下方的尾巴忽然扬起来，顺着她的背脊摆过去，勾住了猫尾。重烛无辜道：“这样应该不影响你活动。”

暮霜毛茸茸的尾巴根被他的蛇尾紧紧缠住，只觉一股电流顺着脊椎飞窜过全身，她情不自禁地“嗷呜”了一声，四肢一软，“啪叽”一下扑在了地上。

“不行不行，你不要碰我的尾巴。”尾巴根上的刺激实在太过强烈，暮霜整只猫都蜷缩成了一团，爪子都张开了。

重烛尾巴时松时紧：“松开我会掉下去的。”

他都不知道，狸猫的尾巴竟会这样敏感。

暮霜尾巴尖直打颤：“我叼着你。”

重烛道：“你先前叼着我，跑起来的时候，就不好喘气。”

暮霜难耐地伸缩着爪子：“那、那你松一点，别缠那么紧。”

小黑蛇松懈了一些尾巴的力道，与那条毛茸茸的尾巴试着换了好几个姿势：“这样？还是这样？”

暮霜眯着猫眼，喉咙里控制不住地发出“呼噜噜”的响声，可怜巴巴道：“重烛，你这样我根本跑不了，我们都会被抓住的。”

重烛听着她求饶的语气，小黑蛇尾巴僵了僵，恋恋不舍地蹭了蹭毛茸茸的尾巴根，终于缩回去，缠在狸猫腹部上。

山外的围猎十分激烈，饶是暮霜已带着小黑蛇躲进了山体裂隙的更深处，还是时不时能听到外面打斗的动静。

修士的法宝光芒闪烁不休，灵气和妖气碰撞出轰隆隆的响声，引动得猎场内的气候异常，时而妖风呼啸，时而电闪雷鸣，大雨倾盆。

暮霜在山腹深处找到一个小小的洞窟，洞顶挂满了钟乳石，有水珠顺着钟乳石滴落下来，汇聚成一汪汪大大小小的水泊。

这个洞窟幽暗、潮湿，洞壁崎岖不平，很适合蛇蜕皮。虽然她口中叼着的这条小黑蛇只是重烛的其中一条蛇影分身，但暮霜还是下意识地想为它寻找适合的环境。

暮霜踮着四爪，踩着洞窟里凸起的石块，将它叼进去，低头放入一个大小适合的水坑里，自己则好不容易找到一块稍微干燥一些的石头蹲在上面。

结果一回头，小黑蛇早已从那个小水坑里游出来，尾巴似的跟在她屁股后面，一见她停下，便要扬起尾巴来，继续缠住她。

暮霜尾巴上的毛竖起来，下意识地用爪子挠了它一下，还是有些本能地抗拒蛇的接近。

小黑蛇立即退缩回去，伏在低一些的石头上，一动也不敢动了，看上去别提多可怜。

暮霜“喵”了一声，连忙凑过去，埋头碰上黑蛇额头，解释道：“我不是故意推你的，只是，只是……”

只是之前的那种恐惧似乎已经铭刻进了她的本能里，让她再也无法像从前一样初生牛犊不怕虎，毫无畏惧地接受他。

重烛黯然道：“我明白，我以后会注意一点，不会再像这样突然碰你了。”

暮霜听着他的语气，实在不忍心，说道：“你要碰我的话，提前说一下，我做好心理准备，还是能接受的。”她摇了摇尾巴，“或者，换我主动碰你，应该也可以。”

重烛不确定地问：“你现在还会愿意主动碰我吗？”

“当然了！”暮霜立即道，非常坚定地用力点了点头。如果是她做好心理准备，鼓足勇气主动去碰触他的话，应该就不会被他吓到了，“我现在不就主动靠着你吗？”

重烛终于笑起来，舒了口气：“好。”

一猫一蛇头挨着头默默贴了一会儿，暮霜问道：“这个地方很隐蔽，应该不会有修士找过来，重烛，你找到能安全蜕皮的地方了吗？”

重烛依然靠坐在那堵画壁旁边，一柄乌黑长剑竖立在断壁之上，幽暗的剑芒结成一道结界屏障，倒扣在废墟之上，将这一片废墟隐藏进了树冠投下的阴影里。

偶有微风拂过，树冠摇曳，才能从晃动的光影中瞥到一闪而过的废墟景象。

先前便有正道修士在苍山附近埋伏过，这里实在谈不上安全，不过若当真有人闯进来，重烛自信倒霉的那个，绝不可能是他。

为免暮霜担心，重烛应道："找到了，我这边很安全。"

"那就好。"暮霜开心道，猫眼在黑暗中如宝石一样亮着微光，蹭蹭小黑蛇的脑袋，问道，"你现在肯定很难受，我有什么能帮你的吗？"

重烛想了想，用引导的语气，隐含期待地说："你知道的，我蜕皮的时候，总是很痒。"

这个暮霜当然是知道的，重烛每一次到了蜕皮期，皮肤先是会有鳞线浮出来，弯弯的，像是一道道月牙。

这个时期他的皮肤会格外敏感，喜欢抓着她的手探入衣襟下，将她的掌心贴在皮肤上，让她帮忙轻轻地摩擦，缓解皮肤底下的瘙痒。

暮霜心领神会，看了看自己的猫爪："可我现在是猫，爪子没办法帮你按摩。"

"你用脚掌踩一踩我，"他顿了顿，从鼻子里发出含糊笑意，又道，"或者，舔舔我也可以，小猫不都喜欢互相舔毛吗？"

"我只是临时猫。"暮霜说道，吐出舌头来，"我的舌头上有倒刺，会不会舔疼你？"

重烛眼睫抖了抖，呼吸不由得重了几分，被白雾笼罩的眼睛里隐隐泛光，尽量维持着语气平稳，说道："试试就知道了。"

"好吧。"为了重烛能好受一些，暮霜在心里给自己打气，做了好一会儿心理准备。

眼前的小黑蛇又细又长，比起重烛那庞大到令人恐惧的本体法相来说，看上去要无害得多。

而且，也不知他是不是有意为之，小黑蛇主动趴下的位置，就在她的爪子旁边，和先前一样，将蛇的七寸要害毫无遮挡地置于狸猫最尖利的爪牙之下。

他在试图用这种方式，降低她对他的排斥。

重烛满怀期待，她都还没开始触碰自己，浑身的皮肤便已变得分外敏感起来，焦渴的感官急不可耐地等待着她的垂怜。

小黑蛇趴伏在石头上一动不动，只有尾巴尖小幅度地焦急地颤动着。

暮霜小小地"喵"了一声，才低下头，试探性地在小黑蛇身上舔了一下。

狸猫舌头并不尖锐，只是有些粗糙，刮在蛇鳞表面。暮霜能通两人相贴的神识，听到另一端从他喉咙里发出的、很轻很舒服的叹息。

这个声音听得她耳朵里痒痒的。暮霜得到鼓励，抖了抖耳朵，继续呼噜噜地舔它。

感官从蛇影分身传递到重烛身上，重烛那常年冰凉的身躯渐渐发起热来，红痕从皮肤底下透出来，月牙状的鳞线再也抑制不住，从衣襟底下蔓延出来，爬上他的脖颈。

“你现在好些了吗？”暮霜认真地舔了一会儿，听到他越发不稳的呼吸，担忧地问，“是不是快要变回蛇身了？”

重烛的呼吸缓了缓：“还没这么快。”

暮霜虽然看不见他的样子，却能猜到他现在的状态。她以前陪着重烛蜕过很多次皮，知道他现在皮肤上应该已经浮出鳞片痕迹了。

等鳞线爬满全身，他便无法再维持人形了，会完全变回蛇身，会变得越发黏人，喜欢整个缠绕在她身上，不停地蠕动磨蹭。

暮霜能清晰地看到蛇身的肌肉如何收紧，又如何舒展开，蛇鳞表面的那一层薄皮就会在这种肌肉伸缩中，从他身上分离开来。

蜕皮后的蛇鳞，油润光亮，摸上去滑溜溜、冰冰凉，比世间任何一种玉石都还要好看。

每蜕一次皮，重烛都要经历一番脱胎换骨，整个人都像是被重新翻新打磨过一遍，干净清透，崭新得不染丝毫尘烟。

重烛每一次蜕完皮，重新变回人身，都要点一点自己光裸的身躯，问道：“你要在哪里标记一下？”

暮霜一开始只敢亲一亲他的唇，将自己的气息沾染到他身上。后来次数多了，她便也逐渐放开了些，开始在他身上别的地方留下自己的印记。

暮霜想到此处，怅然道：“你现在身上是不是已经没有我的印记了？”

重烛隔着衣裳摸了摸自己侧腰，那里有一个浅淡的齿痕，为了留下这个痕迹……

“这是五百年来，我第一次蜕皮。”

所以他的这次蜕皮期才会来得这么突然而迅猛。

暮霜睁大猫眼，心脏“扑通扑通”狂跳起来，在剧烈起伏的心跳声中，听见重烛说道：“你可以提前想好，这一回要标记在哪里。”

小猫呼噜噜的声音在山洞里越来越响，暮霜想掩都掩不住，重烛听着，不由得跟着笑起来。

倒扣在头顶的幽影结界忽然晃过一道涟漪，有什么东西从虚空中飞射而来，撞在了结界上。重烛抬手，那道光穿透结界，落到他手心里，化为一枚传讯符。

桑莲聒噪的声音立时从里面喷涌而出，问道：“我的魔尊大人，你现在不是正处于特殊时期吗？怎么还在外面？你叫人把我捉回天山来，你怎么不在？”

重烛不答反问：“我交予你的事，如何了？”

桑莲才犯了错，若无正事，当然不敢发个传讯符来与那小心眼子的蛇拉家常。他正色道：“你的那个木雕以魂识认主，木雕上没有被动手脚，那就是认主的魂识出了问题……”

重烛早就猜到这些，不需要他再额外重复，不耐烦地道：“说重点。”

桑莲咳了一声，迭声道：“我要查明这中间的联系，就必须查探她的神魂，就算我的搜魂之术再如何高超，总归还是会对她的魂魄有所损伤。你得向我保证，万一你现在正处于眼瞎目盲，判断失误，她当真是你的小情人，你也不能事后迁怒我，我就是一个无辜的医师，我们巫医谷就剩那么掐指可数的几个人，可没有九族给魔尊大人诛。”

重烛脸上阴云密布，感觉到暮霜又轻轻舔了他一下，他紧蹙的眉头才稍微松开，拾回几点耐心，应道：“好。”

他回答得太过干脆，桑莲有点不放心：“你发誓。”

重烛：“我发誓，不会迁怒你，也不会迁怒巫医谷。”

桑莲：“……我心里怎么这么忐忑不安呢，总觉得你不会轻易放过我？”

重烛抚摸着传讯符，要不是因为这个庸医，他现在何需与暮霜两地分离，只能通过一道蛇影交流，他心里的确还记着这一笔账等着与他清算。

“你再继续废话下去，本座不介意让你的预感成真。”

桑莲悚然一惊，立即道：“好的，魔尊大人，小的谨遵吩咐，这就为您去仔细探一探她的魂。”

桑莲没再等重烛回话，急不可待地切断了通信。符文在半空一闪，遁入他腰间佩玉中，隐没不见。

在向重烛请示之前，他便已备好了搜魂需要的物什，自袖中取出一个铜钱大小的金属罐子。

这样小的罐子上却雕刻着繁复的花纹，一重叠着一重，镂空的花纹底下，能看到一只米粒大小的金翅蛊虫。

桑莲小心地捧着这个金属罐子，往临渊楼走去。这座楼悬于崖壁之上，上有绝壁，下临深渊，只有一条细长的悬索桥连通至楼内。

重烛还未占领天山时，这座临渊楼就是仙门为了惩罚犯错弟子所设的囚牢。

他来到那座悬索桥时，正碰上玄清冷着脸，用剑抵着司墨的后背，将司墨从悬索桥上赶出来。

司墨一瞧见桑莲，快步奔过去，躲到他身后：“莲先生，你来得正好，可要帮我评评理。我就是出来随便走走，想找人聊聊天而已，没想到玄清大人就举着个剑说要砍了我的腿，这难道就是魔门的待客之道？”

玄清转动手腕，挽了一个凛冽的剑花，冷声道：“我们魔门的待客之道，就是如此。司郎君如果还爱惜自己的手脚，最好不要乱跑。”

司墨伸长脖子往悬索桥那一头望去一眼：“我也是瞧见那楼里动静有点大，担心里面的小娘子有什么危险，才想要去探看一下。”

桑莲张开手臂，帮忙拦了一下玄清，回头劝说道：“那位娘子是我们尊上的客人，玄清自会看护好她。更何况，还有我这个名誉天下的‘医仙’在呢，实在无需司郎君挂怀。”

几人正说着话，临渊楼上的结界又是一阵动荡，显然是里面的人欲强闯出来。

不过那覆盖在楼阁之上的结界异常坚固，除非拿着通行的令牌，不论是在内还是在外，都想进进不得，想出亦出不得。

这两日来，司墨用尽手段，都没能潜入进去，只好作罢。要不是闯了临渊楼，他也见不着玄清，连忙问道：“那玄清大人有花娘子的消息了吗？我与花娘子相携一路，乃是过命的交情，这个我总可以过问吧？”

玄清沉默下去，并未作答。他的确不知现在尊上和那位花娘子究竟是何情况。

司墨没得到回答，面色顿时凝重起来：“岐罗江西岸都是魔修的地盘，怎么你们在自己地盘上找个人，都这么困难吗？”

玄清冷哼道：“我们找没找到人，需要向司郎君一个外人报备吗？”

司墨勃然怒道：“你这魔修怎么不讲道理。”

玄清手里的剑刃闪着寒光：“我都走上修罗魔道了，司郎君竟还指望我跟你讲道理？”

司墨环视一圈周围虎视眈眈的魔修，暗中咒骂一声。他很懂得何为识时务者为俊杰，不欲在魔修的地盘上逞英雄。比起在这里耗费时间，徒劳等待花娘子的消息，他还不如亲自去找，当即便扬言要下山去。

玄清听了他的打算，面色才缓了缓，说道：“我们原本也是看在花娘子的面子上，才允许司郎君跟着一同前来天山。司郎君想走随时可以走，在下绝不阻拦。”

司墨原以为会受到为难，没想到对方这么干脆。他肚子里准备的一腔辩驳之言一下都没了用武之地，讪讪地摸了摸鼻子，充满怀疑道：“真的？那我真走了？”

玄清收剑回鞘，唤道：“来人，送司郎君下山。”

两个魔修应声而来，一左一右夹在司墨两侧，架起他的手臂就往山下疾驰而去。

司墨的声音随着天山风雪遥遥飘来："等等，也不用这么匆忙，我自己可以走——"

待人影远去，桑莲才回头看向玄清，惊讶道："你就这么放他走了？"

玄清道："他是花娘子的朋友。"

桑莲敏锐地察觉了玄清对那位花娘子不同以往的态度，隐约猜到什么，心头顿时如同吞了一口莲子心一般苦。他哭丧着脸道："花娘子不会真的就是重烛一直在找的人吧？"

那小娘子被他变成猫前，好像的确说过，她就是重烛一直在找的人。

那他之前到底干了什么？

把重烛找了五百年的人，从他眼皮子底下丢走了！

桑莲立即脚底抹油，想要逃跑，被玄清眼疾手快地抓回来，拖上悬索桥："完成尊上的交代，你还能将功补过。若是就这么逃了，等尊上回来，你必死无疑。"

桑莲生无可恋地被拖行着走，捧着手里的蛊虫："对，你说得对。"

临渊楼内，锦施还在发着脾气。

当初她被玄清礼数周全地请入临渊楼，环视一圈楼内桌椅摆置周全，却又毫无半丝人气的装饰，立即便发觉了不对劲。只是等她想要出去时，却已经来不及。

玄清带着人很快撤出临渊楼，楼外的禁制落下，将她彻底困在了这座楼里。

被困的两日里，她几乎将楼里的桌椅板凳砸了个稀巴烂。

锦施透过结界，看见那悬索桥上又有人影过来，抓起手边一把椅子朝那方砸去，怒道："你们这些狗奴才，重烛不在，你们就是这么伺候我的吗？"

固若金汤的结界忽而一荡，竟被那椅子砸出一道豁口。锦施错愕一瞬，立时反应过来，精神一振，身上飘逸的羽衣化作翅膀，极快地往结界外飞去。

椅子砸落到悬索桥头，摔得四分五裂。

桑莲打开手中小罐，细小的金翅虫从他手中振翅飞出，速度快出残影，在半空划过一道微不可见的金光，随着呼吸钻入锦施口中。

锦施飞至半空，身形忽然一顿，失去意识，从半空跌落下来，被玄清稳稳接入怀里，抱着抬步往里走去。

桑莲跟在他身后，一路走来，只见得草木倒伏，假山崩裂，桌椅摆置坏了一地，到处都被砸得破破烂烂，不由得咋舌道："哎，这小娘子脾气可真火暴，我这么一个柔弱的小巫医，等会儿探她的魂，怕是要吃不少苦头。"

玄清踢开满地杂物，将锦施放到榻上，瞥了他一眼："你可以选一选，是吃她的苦头，还是吃尊上的苦头。"

桑莲连连叹息，认命地从自己的药囊里摸索半天，掏出一支香来点上，放置在床头。香燃得很快，烟气凝而不散，飘浮在锦施身体上方。

金翅蛊虫在锦施的皮肤下游走，很快爬上她的眉心，片刻后，从她眉心脱离出来。

蛊虫螯口下钳着什么东西，竟硬生生将她的魂魄从体内拉扯了出来。魂体浮出身躯，又因上方浮动的烟气而显露出模糊的形迹来。

“看着怎么像一只鸡，这是她的原形？”玄清问。

那模糊的形状刚一成形，便立刻散了。在烟气飘散之前，桑莲忙又点燃一支香，香迅速燃烧，烟气聚拢在帐子内。

桑莲取了一把魂香出来，塞进玄清手里：“要是像方才那样，见着烟散了，就立即再点一支，必须要续上烟气，不能让它彻底散开。”

玄清郑重地点头：“明白。”

桑莲没再多话，盘膝坐在床侧的软垫上，深吸一口气，闭目从自己眉心分出一缕神识，没入烟气当中。

他这属于强行搜魂，而被强拘在烟里的魂魄的确不好相与，他的那一缕神识刚没入烟气当中，就迎面挨了一记爆啄。

玄清守在旁边，眼瞅着桑莲“哎哟”一声，脑门上以肉眼可见的速度冒出一个大包来。

玄清：“嘶……”真疼。

魂烟动荡得很厉害，也溃散得很快，玄清专心地盯着烟气，一旦见着魂烟开始溃散，便立即点上一支，续上香烟。

他眼睁睁地看着烟气里那时聚时散的雉鸡魂相，无比剽悍地追着桑莲啄，看上去是咱们的桑大医仙在搜她的魂，实际上，倒像是他主动送上去给人当小点心。

桑莲的脸色越来越惨淡，被啄得鼻青脸肿，满头都是包，嘴角和鼻子里都有血丝渗出来。

就在玄清开始担忧起桑莲的安危时，那钳着锦施魂魄的金翅蛊虫忽然嗡鸣一声，身上爆出一道金光，螯口猛然大开，瞬间将魂烟里狂暴的鸡影牢牢钳制。

魂烟一刹安静下来，桑莲神识一动，眼见她魂魄灵台之上有一道三叶的影子浮现。还没等他细致地看清楚，他怀里的小雀木雕这时翻滚出来，化作一只小雀，冲入魂烟之中，一口叼住了金翅蛊虫。

魂烟被立时冲散，玄清急忙想要再续，桑莲睁开眼睛，呛出一口血，阻止他道：“点香没用了，金翅蛊死了。”

玄清松一口气：“金翅蛊不死，你就要被啄死了。”

桑莲摸了摸自己满头包，心有余悸：“吃鸡千日，今天差点被鸡吃了。”

蛊虫一死，锦施的魂魄重新回归身躯，眼睫剧烈动了动，似要醒来。

桑莲抬袖擦一把血，捡起地上木雕，重烛想要查明木雕和榻上女子的联系，将这木雕给了他。

方才木雕里的替身铭文发动时，那一瞬间魂识认主的波动，似乎并非与她魂魄呼应，而是与她灵台中的那一道三叶的影子相感应的。

桑莲站起身来，在乱糟糟的屋子里翻找出一张纸摊开，捡来一支使用过的、毫毛已经干涸的笔，直接用口水润了润，在纸上挥涂三撇，勾勒出一株草植的轮廓。

“这草，我以前好像见过。”桑莲嘀咕道，把这张图塞给玄清，一边揉着满头包，一边道，“给你们尊上传过去，也算是有点成果，我要回巫医谷翻一翻典籍。”

玄清拿着那张简陋的草图，说：“你确定这不是在敷衍？真不怕被尊上打死吗？”

桑莲见着了这等新奇的异草，眼底闪动兴奋的光芒，早已顾不上生死之事，叮嘱玄清在他查明白之前，一定要把人看好，然后转身一阵风似的刮出了门去。

玄清回头看一眼榻上的女子，思索的目光落在她外罩的轻柔纱衣上。

方才结界开启之时，他亲眼见着她身上灵光流转，那一重纱衣翩然拂动起来，化作一对羽翼。要不是桑莲早有准备，动作快她一步放出金翅蛊来，恐怕她早已逃脱了。

为保险起见，玄清在她清醒来之前，唤来魔宫中的侍女将她身上那明显有些神通的衣裳扒了，换上了普通衣裳。

做完这些，他才再次封锁好结界，离开了这里。

结界重新罩住这一座半悬于崖上的庭院，金翅蛊死后，扼住锦施魂魄的螯口也松了，她的魂魄虽重新回归体内。

锦施从魂魄落回体内的那一刻，意识就已清醒了，但身体和魂魄迟迟未能完成契合，导致她怎么也动不了。

她只能像是一只木偶一般，毫无反抗之力地任人除去她身上的配饰，剥去她的羽衣。

锦施想要愤怒地大骂，大骂这些凡间贱婢，不要用她们污浊的脏手碰她。可她用力地张开嘴，却什么声音都发不出来，只有眼珠在眼睑下方快速地来回转动，显露出她的愤怒。

待她的身魂嵌合完毕，终于能够动弹之时，临渊楼里又只剩下她一个人了。

锦施从床上挺身坐起来，脖子上一阵刺痛，痛得她立刻红了眼。

她的魂魄被金翅蛊的螯口所伤，肉身上也开始浮现出这种伤痕来，脖颈的皮肤上渐渐泛出一圈红痕，令她疼痛难忍。

先是囚禁，后是搜魂，几乎完全没有顾忌会不会伤到她。

都到了现在，若是还不明白重烛将她带回来的用意，那就太蠢了。

重烛这个浑蛋，从始至终就没有相信过她，根本就不曾被她骗到！

锦施忍着身上剧痛，起身跌跌撞撞地跑出屋外，又跑到那悬桥边用力地砸着结界，想要突破出去，可罩在临渊楼上的结界实在太过严丝合缝，连一点可钻的空隙都没有。

她身上的法器配饰都被人拿走，就连羽衣都被剥下。

失去羽衣，她连天庭都再回不去了！

锦施滑坐到地上，手足无措地撕扯着身上这一件凡间衣裙，心底终于生出惶恐和后悔来。表哥说得对，她不该掺和进来的，哪怕那山雀重回天界后，要找她算账，要报复她，她也认了。

她不该下界来的，怎么办？她现在该怎么办？她会不会被永远囚禁在这里？

阿娘，表哥，春辰神君，不论是谁，能不能来救救她啊……

玄清站在悬索桥另一端，直到确认里面再无动静，才命人严加看守好，转身离去。

虽然觉得桑莲画的这幅图实在荒谬，但玄清还是将图像附入传讯符中，给重烛送了过去。

重烛眼中的白雾淡了一些，凑近了看，倒也能看得清一点。他眯眼盯着那幅潦草的图，忍不住气笑了。

不过图虽潦草，但玄清传来的信息也不算毫无价值。

他盯着图像沉思之时，听到了蛇影那一端的窸窣动静。

玉溪猎场，山体裂隙之中，暮霜这几日来一直担惊受怕，好不容易找到这么一个隐秘的洞窟，又有重烛的蛇影分身在身旁，她舔着舔着蛇，不知什么时候睡着了。

小黑蛇趁着她睡着之时，偷偷摸摸地游上石头，慢慢将蛇身裹缠狸猫因为受潮而软趴趴的皮毛里，尾巴尖摇摆了许久，还是没能克制住心里的渴望，勾缠住了她的尾巴。

暮霜睡得毫无所觉，喉咙里发出轻微的呼噜声。渐渐地，她的呼噜声变得不安起来，整只猫忽然弹动一下，“喵嗷”惨叫一声，从梦里惊醒过来。

要不是有小黑蛇缠着她，她差一点从石头上滚进下面的水坑里。

暮霜刚从梦中吓醒过来，迷迷糊糊地，感觉到缠绕身上的东西，下意识伸出爪子挠它。

小黑蛇脑袋上一连挨了无数巴掌，被拍得梆梆响，晕头转向地晃了晃蛇脑袋，坚强地吐出蛇信，小心翼翼地去舔她的脚掌。

暮霜这下才彻底醒过来，奓起的猫毛顺服下去。她用前肢抱住它的脑袋，在方才挠过的地方舔了舔，说道：“对不起，我刚才做了个噩梦。”

重烛问道：“什么噩梦？”

“我梦到有一只虫子咬我。不过幸好有你以前给我做的那只小木雕，它变成了一只活的雀鸟，一口叼死了那只虫子。”

重烛听着她的话，沉默了下，轻声问道：“是一只金翅的虫子吗？”

暮霜眨了眨猫眼：“你怎么知道？”

重烛捏着传讯符的手指收紧：“我猜的。”

暮霜蹭了蹭小黑蛇的脑袋，想说他真厉害，猜得真准，体内忽然涌出一股异样的感觉。暮霜看了眼自己的猫爪：“药效要过了，我要变回人身了。”

化形丹的药效在减弱，而山体裂隙太狭窄了，她如果变回人身会被困死在这里。暮霜想将小黑蛇从身上刨下来：“重烛，我得出去了，你留在……”

没等她说完，重烛已断然道：“不行，带我一起出去，我绝不可能再和你分开。”

重烛话说得斩钉截铁，一口否决了暮霜未尽的话语，颇有他先前那般说一不二的魔尊威严，那实际上传递至暮霜灵台的神识波动却带着一丝难以掩盖的惧意。

失而复得的欢喜之中，还隐含着对再一次失去的恐惧。

暮霜心中愧疚得不行，又怎么忍心拒绝，最终还是将小黑蛇一起带出了山体裂隙。

她叼着小黑蛇，一双毛茸茸的猫耳竖得笔直，来回转动，听着外面的各种动静，一路小心谨慎地避开外面的打斗风波，选择往动静小的裂隙钻去。

有光从裂隙外透进来，前方就能出去了，暮霜蹲在山体缝隙中，谨慎地观望了片刻，确定外面没有灵力和妖力的波动，才从那道狭窄的缝隙里钻出来，轻盈地跳落到石台上。

山风拂动她身上的毛发，落脚之地是一道陡峭的山崖。崖壁直上直下，生长着繁茂的藤蔓，崖壁正中有一大块凸出的石台。

暮霜的脚掌刚刚踩落到石台上，化形丹的药力就彻底失效了。

小黑蛇仰起脑袋，只见得一团莹光将狸猫完全包裹，莹光里，那毛茸茸的身形蓦地拉长，直立起来，化作纤细的人身。

黑蛇的尾巴依然牢牢缠在暮霜腰间，在她恢复人身之时都没有松开。

蛇的蜕皮期，要先经历蒙眼、清眼的过程，然后才会正式开始蜕皮。如今重烛眼上的白雾淡了很多，已经过了蒙眼期，作为他分身的蛇影，双目也重新清亮起来。

透过小黑蛇的视觉，重烛清楚地看到暮霜重化人身的整个过程。

她的面目在莹光里逐渐清晰，白皙圆润的脸蛋，薄红的唇，唇珠小小的，看上去格外柔软，鼻尖上有一粒针尖大小的红痣，再往上，便是那一双深刻于他记忆中的眼睛。

暮霜半垂着眼，浓密的睫毛像一面羽扇，在眼下投出一道月牙状的阴翳。她睫毛抖了抖，睁开眼来。

重烛呼吸微滞，心脏紧缩，急切而躁动地等待着她睁开眼睛。

然而，便是在她睁眼的这个极其短暂的过程中，有一股力量覆盖上她的面容，再一次模糊了她的五官，削去了原本属于她自己的容貌特征，重又变为了花惜月的模样。

障眼法，重烛心想。

小黑蛇当即从她腰际游上去，想要撕开那道附加于她身上改头换面的障眼法，但她身上的这道障眼法十分强横，其中竟隐含着一道超出凡尘的法规之力。

神力，又是神力！

重烛正处于蜕皮期，导致他的蛇影分身也很不稳定，这一击之下非但没有撕开障眼法，反倒使得蛇影受损。小黑蛇身上的魔气倏然减弱，身形骤然缩小一大圈，真真变成了一条蚯蚓。

重烛十分无语。

小黑蛇再也缠不住暮霜腰肢，从她腰上滑下去，尾巴尖险之又险地勾住了她垂挂在腰侧的荷包。

暮霜的真容彻底隐没进另一副容颜之下，重烛苦思五百年不解的疑问，在今日终于隐约有了一点答案猜想。

他相信暮霜当初离开他，绝非她本意，如今再次回来，恐怕也是身不由己，才需要像这样借助一个别的身份。

但没关系，不论她是人是妖，抑或是天上的仙，他都绝不会再放开她。

暮霜变回人身的这个过程其实很短暂，不过一呼一吸之间，她显露真身的时间便更加短暂了，只不到一个瞬息，甚至连她自己都不知道，她曾显露了一瞬真容。

重烛的魔气与暮霜身上那一道障眼法撕扯时，有交锋的波动扫荡开去，惊动了匍匐在悬崖顶上的一只妖兽。

那妖兽从巢穴里探出头来，展开羽翼猛地往下俯冲，阔大的翅膀将整个石台都笼罩其中。狂风卷得藤蔓四飞，鸟爪如同四柄尖利的弯刀，一爪抓在石台上，生生将石台扼断半截，轰隆隆地砸下山谷去。

暮霜刚变回人形，猝不及防地遭到袭击，手忙脚乱地往后退去，贴住震动的崖壁。

腰间的荷包被狂风卷得飞起来，一道黑影从荷包底下射出，身上翻涌出浓重魔气，不惜一切迎着那巨鸟而去，挡在暮霜身前。

暮霜看清了那袭击的巨鸟模样，忙伸手一把揽回蛇影，张口发出一串清脆的哨音。

巨鸟袭来的第二爪已到了她的头顶，听见哨声猛地偏开，一爪子抓进了旁边的山壁上，坚硬的山壁岩石，在它的爪下，就如豆腐块一样，被抓出几个深洞。

碎石哗哗地往下掉，暮霜急忙左躲右闪，才没有被碎石砸中。

巨鸟就这么攀在山壁上，张开的翅膀将石台整个笼罩住，俯下头来警惕地打量她。

暮霜挥开尘烟，跟它打招呼："蛮蛮鸟，是我呀，你隔壁那只猫，喵！"

它们俩一同被神捕手廖爷捉住，一起蹲过号子，暮霜原身为雀鸟，即便变成猫，也听得懂鸟叫。

虽然用猫嘴发出鸟叫有些困难，但毕竟是自己的母语，磕磕绊绊地交流之下，还是同蛮蛮鸟建立起了一些交情，算得上是患难之交。

山崖正对的那片山林中四处可闻妖兽嘶嚎，时不时能看到修士猎兽的灵力波动。

这一处山崖会如此安静，想来是因为蛮蛮鸟的等级实在太高，妖力凶悍，试炼的修士若不准备充分，轻易不敢前来围猎它。

蛮蛮鸟张开嘴，喉咙里"咕咕"两声，疑惑她怎么变成了这个模样。

暮霜无奈地道："我早就说了，我是被变成猫的。"

蛮蛮鸟歪了歪脑袋，头顶赤青二色的翎羽随风飘扬。对它而言，暮霜身上的灵力太弱，不管是人还是猫，对它都没什么威胁。

令它感觉不安的，是她手里的那条蛇。

蛮蛮鸟身上的妖气依然威慑十足，激得黑蛇身上的魔气亦萦绕不休。重烛看出那鸟的敌意皆针对的是自己，想也没想地从暮霜手里飞窜下去。

蛮蛮鸟迅速偏转鸟头，朝它飞窜的方向啄过去。

双方的动作都很快，小黑蛇在山壁的藤蔓间窜出了残影，蛮蛮鸟追着那道残影啄得山壁轰隆隆响，草石横飞，一啄一个大坑。

暮霜急得转圈，叫道："重烛回来！蛮蛮鸟，你们别打了！"

蛮蛮鸟不管不顾，重烛怕伤到暮霜，只好避开那一座石台，将它引到了崖顶。暮霜看不见他，急忙攀住藤蔓往上爬。

刚爬上山顶，正好看到小黑蛇弓起身躯，朝蛮蛮鸟面门弹射出去。黑蛇顺着蛮蛮鸟的翎羽游走，紧紧缠绕住大鸟脆弱的颈项。

蛮蛮鸟被绞缠得翻出白眼，从暮霜头顶翻滚下去，掉落山崖，在下落之时，猛然振开双翅，用力扇动数下，跌跌撞撞地腾空而起，冲上高空。

暮霜被它翅下狂风卷得站立不稳，在山顶上骨碌碌滚了一圈。

巨大的妖鸟在天空中胡乱冲撞，凄厉的鸟鸣声响彻整个山林。

山林中试炼的修士全都仰起头来，往天空望去，惊讶道：“这么快已经有人登上山顶开始猎杀蛮蛮鸟了吗？”

“估计是四大宗门的弟子。这种厉害的凶禽，也不是随随便便就有人敢去的。”

此时，四大宗门的弟子也在互相传递信息，结果消息传来传去，竟都说自己还没到山顶。

暮霜晕头转向地爬起来，抚了抚额头上乱飞的碎发，扬目张望一圈。

这山顶之上是一座巨大的平台，平台地面刻有一些繁复的法阵。此时那法阵光芒一闪，一束金光凭地而生，忽然从地面飞射出去，化作一条绷紧的锁链。

锁链的尽头，束缚在蛮蛮鸟的腿上。

难怪蛮蛮鸟飞来飞去，却始终只能在这座山头上空盘旋。

这座法阵为的是将妖兽束缚在一定区域内，方便修士试炼围猎。法阵有束妖之力，对暮霜来说倒没什么影响。

上头的一蛇一鸟打得热烈，早就听不见她的喊话了。暮霜也不再白费力气，趁着法阵完全浮现之际，仔细观察着整座法阵的灵力流动。

她毕竟曾在天庭任职过三百年，悬圃园中多是灵植仙草，难免会滋生一些损害灵植的害虫，莳花仙门平日里接触最多的，便是各种法阵。

她们必须熟练运用各种风雨阴阳之阵，用以养护灵植，避免虫害。

悬圃园中的小虫子对灵气最为敏锐，它们会集中攻击法阵最薄弱之处，一旦攻破防护法阵，就会钻入灵植里面大快朵颐。

暮霜和悬圃园中的虫害斗智斗勇三百年，也算学到一点微末本事，能凭借法阵的灵力流动，快速找出一座法阵最为薄弱的地方。

她以前找到法阵薄弱之处，是为了额外注意加固它，防止虫害。现在想要找到法阵最薄弱之处，是为破坏它。

先前她还是猫身时，便看出了那名金丹符修的符阵最弱之处，才能挠破那一张符纸。

山顶上空，蛮蛮鸟和重烛的蛇影还在缠斗，重烛没打算杀它，当然他现在魔力虚弱，一时半会儿确实也杀不了它。

奈何这蠢鸟对他敌意甚大。妖兽有自己界限分明的领地，即便蛮蛮鸟是被人囚禁在这山头之上，却依然将这里视为自己的领地。

它把暮霜当作比自己弱小的鸟族，所以允许她踏入自己的地盘，却不能接受一条蛇侵入它的地盘之中，死活想要将他驱逐出去。

重烛当然不肯丢下暮霜离开，只能继续与蛮蛮鸟周旋缠斗。

山林中的修士眼见着蛮蛮鸟发狂，却始终看不出与它缠斗的对手是谁，便有人生出了一点鹬蚌相争渔人得利的心思，蠢蠢欲动地想要登上山顶查看。

山顶之上，暮霜一边躲避随着蛮蛮鸟来回扑腾而摇来晃去的锁链，一边紧密关注着法阵当中每一丝灵力的细微流动。

终于，在踏至法阵西南坤位时，找到了这座法阵的薄弱之处。

暮霜在储物袋里摸索了一阵。她从花家带出来的防御法器，基本都被小黑蛇破坏殆尽，现下只从储物袋中抓出一把木剑。这把木剑是司墨当初送给她的，出自来剑宗的一名剑修。

木剑上的剑铭破碎，内里的剑气早已流泻干净，但能承载住锋锐剑气的木头，自然不是凡品。

暮霜眼下也没有别的称手武器了，只得双手握住这把木剑，将灵力都渡入剑中，用力往下刺去。

木剑剑尖与法阵激烈碰撞，罡风拂得暮霜衣发狂舞，脚跟抵挡不住往后滑去，身上被飞溅的碎石划出道道伤口，双手快要握不稳剑。

重烛一直留意着下方的动静，看到此景，立即抛下蛮蛮鸟，往下遁来："阿霜！"

他们明明没有贴着额头，无法神识交流，但暮霜还是隐约听到了重烛的喊声。她咬了咬牙，迎着罡风紧紧盯着地面上那一道微弱的法阵铭文，收紧手指，将全身的灵力都渡入剑中。

剑尖上有锋芒一闪而逝，剑下的法阵铭文倏然破碎，木剑穿破法阵，刺入了坚硬的岩石之中。

狂风顿止，暮霜跪坐到地上，看着地面法阵的铭文线条从这柄木剑周围开始迅速地黯淡下去，那一根紧锁住蛮蛮鸟的灵力锁链寸寸断裂，散作碎星。

半空的蛮蛮鸟愣了一下，晃了晃爪子，狂喜地长啸一声，振翅冲上云霄，身影逐渐远去。

暮霜仰头看着蛮蛮鸟重获自由的身影，不由得笑出声来，随即又因牵扯到脸上被碎石划出的伤口，而疼得哼唧一声。

一道细长的影子落下来，落在她的发髻上。小黑蛇尾巴迅速缠绕上发髻，蛇身蜿蜒地趴伏在发上，脑袋从她额头上方垂下来，贴伏在她眉心。

看上去就像是一枚乌黑的蛇形发饰。

重烛的神识波动传递过来，气极道："你看看你，伤成这样，你还笑得出来。"

暮霜额上一片冰凉，抬手摸了摸额上的小蛇脑袋，担忧地道："是因为我变大了吗？怎么感觉你一下变这么小了？还是你跟蛮蛮鸟打的时候受伤了？"

"我没事。"重烛吐舌舔了下她指尖的伤口，"疼不疼？"

"不疼，只是一点皮外伤而已。"暮霜毁了这个缚妖的法阵，放蛮蛮鸟自由，心情很是畅快，双眼亮晶晶的，一直含着笑意，这点痛算不得什么。

重烛冷哼道：“你救了它，它却抛下你不管了。”这种胆敢辜负她的禽兽，他以后捉住它，一定要拔光它的毛！

他的话音方落，头顶上一片阴影罩来，飞远的蛮蛮鸟重新俯冲回来，降落到山顶上。

暮霜立即捂住额头上的小黑蛇，对蛮蛮鸟，亦是对被她按在手心下的重烛道：“你们不能再打架了。”

蛮蛮鸟从喉咙里“咕咕”叫了两声，勉强接受了那条黏在她身上的小蛇，垂下半边翅膀，示意她爬上自己后背。

山林之中原本已有数道流光朝山顶聚来。见着蛮蛮鸟去而复返，那些修士忌惮它的妖力，便又降落下去，停留在树梢顶上。

暮霜见此情景，没有犹豫。她拔了一下木剑，没能拔动，只能遗憾地将它留在这里，起身爬上蛮蛮鸟的后背。

蛮蛮鸟重新腾空，飞离了这座山岳。

片刻后，数道流光落到山顶来，化作人影。

众人一眼便看见了插在岩石当中的那把木剑，走近细看一眼，其中一人问道：“祁阳，是你们来剑宗的剑？”

被问的剑修走上前来，仔细看了看剑柄上半损的剑铭，脸色微微一变。

这好像是他的剑。

他为了赚点外快，在外搞了一个“咻咻打剑”的小业务，运运人送送货什么的，用于业务的木剑都是取自来剑宗后山的紫竹林。他常年在紫竹林里练剑，那紫竹中亦蕴含了他的剑气。

紫竹生长得快，取之不尽，用之不竭，他用于运人运货的木剑，一般都是一次性耗品，完成一项任务，剑气耗尽后，木剑就会自行崩毁。

但赠予朋友的木剑是千年以上的紫竹所炼成，可以反复使用，耗尽了剑气可以随时来找他补充。

这把剑，是他赠给司墨的。

原本打算做好准备，来猎杀这只蛮蛮鸟的宗门修士瞧着他的神情，有些不满道：“不是说你们来剑宗此次的目标是中峰的夔牛吗？怎么又跑来跟我们抢蛮蛮鸟？”

祁阳闻言，装傻道：“的确是这样啊。我们来剑宗的弟子都在中峰那边，在下是因为追一头飞鼠才会跑来这边的。这把剑也不是我来剑宗的，世上用剑的修士多了去，连那魔头用的都是剑，也不能见着一把剑就说是咱们来剑宗的嘛。”

那人一指木剑剑铭：“这剑铭明显衍生自你们来剑宗的宗门图腾，又是紫竹所炼，你还说不是？”

没想到他只这么一指，那木剑忽然寸寸崩断，一下碎成了齑粉。

什么剑铭，什么紫竹，被山顶的风一扬，什么都不剩下了。

祁阳往后退了一步，摊开手道："我可没碰，是你碰的。"

那人："……"

第七章

记忆中的少年在她脑海里逐渐长大

祁阳死不承认，其他人拿他也没办法。况且猎场里的妖兽本来就是来让人围猎试炼的，只要实力足够，人人都可以降服猎杀。

这种划分区域猎物的行为，本就是宗门弟子之间私下里不成文的约定，上不得台面。

蛮蛮鸟如今已经离开了这座山峰，若还有志于它，与其在这里浪费唇舌，还不如早点追上去，想办法重新夺回猎物好一些。

山顶上的众修士很快散去。祁阳确认身边再无旁人后，才躲到一处隐蔽的地方，捞起腰间通信玉珏，送出一道讯息。

收到祁阳的传讯时，司墨正试图动用自己的一切人脉寻找花娘子。他找到了家族隐藏在魔修地界里的暗桩，要求掌事派人去苍山一带寻找。

那掌事摸了摸鼻子，为难地道：“公子，咱们刚在苍山伏击过魔修，撤离时好不容易清理干净痕迹，现下那里到处都是魔修，此时再派人去，岂不是自曝身份？”

司墨惊讶道：“那场伏击是爷爷安排的？”

掌事摇头道：“主导之人是天山派和周氏，咱们只是顺手帮忙。您知道的，现如今仙门各派联手对魔，有什么行动，大家都得出出力。”

魔头实力深不可测，正道与魔修正面对上的几次大战都没讨到好处，最近几年才有意避其锋芒，偃旗息鼓着力于培养新生力量，但这并不妨碍潜伏在魔界的有志之士们逮着机会搞搞暗杀。

正、魔两道虽不曾有大战，但其他小的争斗层出不穷，正道往魔界安插暗桩，魔道亦有魔修渗透入各大宗门挑拨离间。

掌事劝说道：“公子，家主是一时在气头上才会将您赶出家门，他现在早就气消了，您回去服个软认个错，这事儿也就过去了。您身份尊贵，怎可跑来魔界地域以身犯险，还是早些回去吧。”

司墨板着面孔，一脸肃然道：“不行，找不到我那位朋友，我绝不可能回去。”

掌事无奈地道：“那要不您给属下说说您要找的那位朋友，是个什么身份，有什么特征，我叫人寻找着，找着了我一定传讯给您，您就先回去。”

司墨想了想，叫人送上笔墨来，画了一幅画像。

他提笔刚描出个形，管事已大惊失色：“公子的朋友是个女子？”

司墨运笔流畅，掀了下眼皮，边画边问道：“怎么，有难处？”

掌事干咳两声，表情复杂道：“这位姑娘不会又是哪家的夫人吧？”

司墨这才收笔思索了片刻，如果直说她是魔头的妻子，怕是会给花娘子带来不小的麻烦，但若隐瞒，司墨又担心他们找不到人。于是，他折中道：“她说她是一个魔修的妻子，那魔修脾气很差，实力很强，你们找人的时候当心一些。”

掌事一时无语，我的大公子哎，您这么快就忘了，您是为什么会被扫地出门的吗？

他心中也不禁为家主感到无奈，问道：“难不成那魔修也爱虐打自己妻子，公子才会路见不平，拔刀相助，想要救娘子脱离苦海？”

司墨拍了拍掌事的肩膀：“你家公子的确是个热心肠的好人，见不得美人受难，不过这回和以前不太一样。”

他说着，腼腆地笑了笑，眸中有春水波动：“花娘子很好，我就是单纯很喜欢她。”

掌事：……这回家主怕是真的要打断他的腿了。

当然，公子要是回家后，被打断腿，这些都跟他没有关系，但要是在魔界这边出了情况，那他就难辞其咎了。

掌事还没放弃劝说他回去，苦口婆心道：“公子，咱们蕲州司氏在修真界中还有些威望地位，公子就算行事不羁些，他人也会看在家主的面子上，不敢对公子怎么样。但魔修残暴不仁，可不认这些，前段时日西风城有只九尾狐，与公子有个差不多的爱好，就叫那魔头剥了皮挂到了城楼上，现在狐皮都快风干了呢。”

要不是那狐狸还杀人挖心来吃，掌事都不禁怀疑，是不是他们家公子在西风城犯的案。

司墨将毫笔往桌上一拍，对掌事竟然拿自己和那只九尾狐相提并论十分愤慨，怒道：“什么叫差不多的爱好？我跟那等残忍嗜杀的畜生能一样？”

“不一样，当然不一样。”掌事连连摆手，“属下也是怕公子吃了魔修的亏。”

“你别管，我知道分寸。”司墨重新提笔，画好了画像交给掌事。

腰间的通信玉珏忽然闪了一闪，他挥袖遣退掌事，拂开玉珏。

好友的质问从另一端劈头盖脸砸来。

司墨听了片刻，精神一振，连忙打断他道："等等，等等。你说那把木剑在猎场里？你送了那么多木剑出去,你怎么能确定那把木剑就是给我的？"

祁阳斩钉截铁地道："我送出去的木剑，我当然心里有数。"

司墨听着祁阳在另一端的碎碎念，大意是问他被司老爷子扫地出门后，是不是也参加了这次试炼，是不是想要取得一点成果好讨他爷爷欢心，若是如此，他这个朋友倒是可以助他一臂之力云云。

司墨不知道花娘子是怎么到了玉溪猎场的，不过好歹有这么一条线索。

他急匆匆地应和了几句，立即将那掌事召回来，说道："我觉得你说得很对，我这就回去找爷爷认个错。不过，爷爷现在应当在玉溪猎场主持试炼，咱们这里暗地里应该有传送阵，可以传送到那附近吧？"

大型的传送阵没有，但暗中设置一个小型传送阵当然有的，为的是以防万一，能够及时撤退。

只要离开魔界，回到岐罗江东岸，在正道的地盘上，司墨想要去玉溪猎场就很快了。

掌事大喜过望，当即亲自领着司墨去了暗室，迫不及待地启动传送阵送走了这位荒唐的二世祖。

玉溪猎场。

暮霜原本以为可以靠着蛮蛮鸟离开猎场，却没想到这一座猎场范围极广，灵山九峰连成一脉，凡被送入猎场的妖兽都成了猎场的所有物，被困在了灵山之中，轻易出不去。

蛮蛮鸟又一次朝着灵山边界的云雾冲去。一刻钟后，它冲出云雾，却还是回到了原地。

"怎么会这样，我分明没看到这里布置有什么法阵？"暮霜不解道。

他们已经在这里穿行了数次，还尝试换了另一个方向，都没能离开这片地界。

从蛮蛮鸟第一次穿行时，重烛就注意到了这个异象。他一直留意着周围地势和灵雾的变动，几番尝试之后，此时终于确定，说："是地脉，每当蛮蛮鸟穿入灵雾中，你们身上都会产生一丝力量牵绊，与此地地脉相呼应。"

重烛并未被正式投入猎场，他这条影蛇身上其实并没有这个约束，但蛮蛮鸟和暮霜受这个力量束缚，使得他们无法离开这片地界。

难怪先前他撕裂虚空，试图将她直接带走时，无论如何都无法成功。

重烛语气很冷，显然很是不悦，继续道："这一丝力量波动，大约就同先前束缚在蛮蛮鸟脚上的那个锁链，有异曲同工之处。"

暮霜沮丧道："地脉？这么说来，我们想离开的话，岂不是要断了此地地脉才行？"

这也太艰难了些，简直是不可能之事。

暮霜眉心那漂亮的蛇形发饰吐了吐鲜红的信子，感应到空气中细微的灵气波动。他道："又有修士暗中围拢过来了，先离开这里。"

暮霜拍了拍蛮蛮鸟，吹了声口哨。蛮蛮鸟狂躁地扇动翅膀，妖气震荡而下，烈风压平了下方密布的山林。

无数灵光忽然从地面飞射而来，化作一道道灵线，破开蛮蛮鸟的妖气，缠结成一张巨大的灵网，朝着上空的妖鸟兜头罩下。

灵线迅速缠绕上蛮蛮鸟的身躯，拖拽着它的翅膀往下拉去。

蛮蛮鸟仰头长啸，振动翅膀，在灵网中用力挣扎，双方一时僵持住了。

暮霜差点被巅下蛮蛮鸟后背，她急忙伏低身子，紧紧抓着蛮蛮鸟后背的羽毛。额上的小蛇吐了吐蛇信，轻轻扫过她的眉心，唯恐天下不乱地说道："既然出不去，不如就在这里大闹一场。"

正道修士将所有妖兽囚在此地，为人猎杀，若是双方处境对调，被围猎的变成了人，他倒要看看他们会怎么办。

另一端，重烛从倾塌的画壁前站起身来，伸手抚上前方的墨色长剑。他的手背上已爬满了墨色鳞片，乍一看与那长剑剑身几乎融为一体。

他的指尖顺着剑柄，从长剑幽暗的剑身中缝滑落，长剑震颤，荡出粼光。

"阿霜，还记得如何召唤我的剑吗？"重烛唇角翘起一道好看的弧度，神识涟漪温柔地传递到另一人的识海，说道，"和以前一样，你只要唤它，它定会为你而去。"

玉溪猎场，蛮蛮鸟被那一张巨大灵网拖拽下去，"轰"一声砸落到地上。尘烟四起中，密林四面一下冒出无数人影，每一道人影身前都接着一个灵力手印。

那密集的灵线就是从他们手中射出，结成的这一张灵网。

烟尘之外传来一道话音，谴责道："道友私自放了这妖鸟，却不猎杀它，还任由它试图外逃。猎场之外坊市云集，妖鸟一旦逃出猎场，后果不堪设想。"

另一边，有人应和道："道友既然杀不了它，那便交由我等来了结它的性命。"

缠绕蛮蛮鸟的灵线收紧，切断它身上翎羽。灵线勒进血肉当中，蛮蛮鸟发出尖鸣，妖气与灵线摩擦出闪亮的火花。

暮霜就是在这样一片混乱中听到了重烛温柔的话语，她抬眸看了一眼蛮蛮鸟身周飞溅出来的鲜血，嘴唇快速翕动，默念出一道剑诀，语末，唤出了记忆当中那一道剑铭。

"斩苍——"

重烛手下的长剑剧烈震颤起来，发出一声锵然鸣响，从他手中遁入虚空，从原地消失。

废墟上方的剑光结界破开，光影散落，这一片隐藏起来的角落重新暴露于天光之下，西斜的阳光笼罩在重烛身上。

他转身迎向密林深处朝着此地迅速围拢而来的森然杀气，眼中却含着笑意，柔声夸道："我的阿霜，真棒。"

猎场上空的夕阳忽然被一片浓云掩盖，有风雷之音破空而来，强烈的魔气波动将猎场内外的所有修士都惊动了。

天上浓云翻涌，猛然被撕开一道裂口，如同天漏。

剑啸之声从天裂之中呼啸而至，众人只见得一把纯黑色的大剑从天而降。那剑越到近处，越显巨大，剑身如擎天之柱，仿佛天外落下的雷柱，携带雷鸣电光，骇然刺下。

轰隆隆的巨响声中，乌黑的大剑直接削断了猎场当中那一座最高的山峰，以摧枯拉朽之势，刺入灵山地底。

浩荡的魔气从剑身滚滚而下，洪流一样涌入灵山之中。

整座玉溪猎场地动山摇，鸟兽匍匐。修士受魔气冲撞，灵力不稳，被庞然剑压压制得动弹不得。

暮霜这个召剑之人，也被那头顶砸下的大剑吓得不轻。

扑面而来的凌冽罡风吹得她身形不稳，在蛮蛮鸟后背上翻滚了一圈，才手脚并用地抓着鸟头顶的翎羽。剑风像是要将她的脸皮都从骨头上刮掉一样猛烈，让她连眼也睁不开。

蛮蛮鸟的羽毛都被吹得根根倒立起来，那灵线没有勒断它多少羽毛，这剑风却像是要扒了它的皮。

不知从何处传来一声大喝，惊骇地叫道："是那魔头的斩苍剑！"

重烛的斩苍剑和他的人一样大名鼎鼎，无人不识。剑身萦绕的魔气将将散开，便有人认出它来，猎场内的修士登时大乱，再也顾不上围猎。

暮霜顶着剑压，震惊地仰头看向那一柄气势凶悍的惊天大剑，难以置信地道："斩苍？"

这是斩苍剑？怎么会变得这么大，变得这么恐怖？

她记忆中的斩苍不是一把细细长长，又漂亮的黑色轻剑吗？

袭面的剑气忽然柔软下来，凌冽剑风在触及到她后，一瞬间化作绕指柔，平缓地萦绕在她身周，托着鬓边一缕青丝缓缓垂下。

蛮蛮鸟被风掀得倒立的羽毛也服帖下去，从喉咙里发出心有余悸的"咕咕"鸣叫，慌不择路地扇动伤痕累累的翅膀，跌跌撞撞地腾空，想要远离那把大剑。

它一动，斩苍剑也从地底抽离出来，剑身缩小一大圈，追在蛮蛮鸟身后。

蛮蛮鸟被剑追杀得"哇哇"大叫，它背上的暮霜也在"哇哇"大叫："重烛，重烛！你的剑在追我们！”

苍山之中，重烛正被一群天山派残存的修士包围其中，寒气笼罩住整片山林，结成大大小小无数尖锐的冰柱，俨然已成一座冰刃林立的剑山。

冰刃正中禁锢着一条半人半蛇的魔物，重烛蜕皮将至，已难以维持住人形，他下半身完全化作了蛇尾，粗壮的蛇躯从衣袍底下延伸出来，被林立的冰刃封冻在断壁残垣之间。

原本乌黑水亮的蛇身鳞片，此时看上去黯淡灰败，表面像蒙着一层阴翳。

重烛身处寒霜中心，体内骨血几乎要冻结，睫毛上凝了一层霜雾，呼气之时吐出的都是白雾。

他捏了捏“咯咯”作响的指关节，分出心神回应道：“阿霜，我记得你以前很擅长观察山势地形，总能辨出哪里的灵气充裕，哪里的灵气又稀薄。地脉与灵气流动息息相关，斩断地脉，猎场里的妖兽才能重获自由。

“斩苍剑会听凭你的指示，指哪儿斩哪儿。”

四面“噼啪”之声不绝，都是寒冰结冻的声音，重烛下身的蛇尾上已经覆上厚重的冰壳，他体内的温度飞快流失，骨节僵化，行动变得无比缓慢起来。

寒气之外可见数道人影持剑而立，重烛霸占天山，将天山派修士驱逐出自己的属地，使得他们无处可归，天山之人早已对他深恶痛绝。

“在蜕皮之时落入我们手中，看来上天终于开眼，给了我们报仇雪恨的机会，重烛，你这次死定了！”

重烛“扑哧”笑了一声，蛇尾肌肉蠕动，将尾尖的冰壳震碎，嘴角溢出一缕白雾。他狂妄无比地扬起蛇尾，说道：“大可试试。”

他的尾尖极快地震颤起来，震颤的声波从尾尖扫荡出去，形成肉眼可见的音浪，摧毁四面环绕的冰剑，刺入天山派修士耳中。

寒雾之外相继传出几声痛苦哀号，当即便有实力稍弱的修士抱住脑袋，痛苦地翻滚至地，不消片刻，便已七窍流血，暴毙而亡。

重烛轻蔑地笑道：“连本座的身都近不了，也想杀我？”

四面修士气血翻涌，一拥而上，大怒道：“杀了他！”

在重烛回应她的时候，暮霜隐约通过他的神识波动，隐约也感觉到另一端的情况，趴在眉心的小蛇也透出一种异常的冰冷，僵直得一动不动，看上去完全像是一个死物了。

暮霜担忧地用手心暖了暖额上的小蛇，问道：“重烛，你那边是不是遇到什么危险了？”

“没事。”重烛仓促地回了她一句，之后便再无回应了。

冰雪覆盖苍山之时，斩苍剑也在玉溪猎场的上空嚣张地兜了一圈。蛮蛮鸟载着暮霜在前面飞，斩苍剑在后面追，时不时猛然爆发，朝蛮蛮鸟刺去。

但蛮蛮鸟都能险之又险地躲开，使得斩苍剑擦肩而过，刺入下方山峦。

斩苍剑之后，亦缀着无数正道修士的法器，要把那魔头的命剑打下来。

一时间，猎场里的妖兽反倒无人注意了。

猎场之中虽然混乱，但灵山顶上的高阶修士还算冷静。玉坛之上的灵山虚影时时投射出猎场内的情况，四大宗门的长老及各大世家很快协商好，派出了自家门下实力之人分头进入猎场。

众人严阵以待，都摆出了自己随身的法器，戒备着重烛的到来。

毕竟，那魔头的命剑在这里，他本人必在此处。那把嚣张至极的剑，极有可能是为了引走众人的注意力，方便他暗中想要行什么鬼祟之事。

司墨便是在这个时候到了这里。他从魔界传送回来，靠着自己司氏长孙的身份，一路畅通无阻地进了玉溪灵山，登上了灵山之巅。

他的祖父，司老爷子，是四大宗之一的恒越宗大长老，此时坐镇在阁楼上，指挥门下修士。司墨刚出现在这里，老爷子那双鹰眼就发现了他，唤人将他捉上阁楼。

司老爷子对自家这个孙子了解得很透彻，斜眼瞥了他一眼，说道："你还真是哪里有乱子，就往哪里钻。"

司墨大呼冤枉："孙儿被爷爷赶出家门多日，实在是太想爷爷了，才想着来偷偷看看爷爷。哎呀，这猎场之中发生了什么事？"

司老爷子没空听他油嘴滑舌，以后有的是时间跟他算账，当下只警告了他一句"老实在这里待着"，便又将注意投入猎场之中。

司墨转动着眼珠望向那灵山缩影之中混乱的景象，正忧心花娘子的处境安危。紧接着，他就在那堪称为全场焦点的妖鸟背上，看到了一抹熟悉的身影。

虽然不太清晰，但他可以肯定，那就是花娘子！

花娘子趴在蛮蛮鸟背上，看上去正在被身后的魔剑追杀。司墨立时便觉一股气血直冲头顶，脑海里一刹那滚过了无数血淋淋的事迹。

他实在见识过太多这样的事了，变心的丈夫将情人带回家里，为了给情人体面的身份，便开始嫌弃原配的存在碍事，想尽办法想要除掉她。

那魔头现在所行之时，和以往那些负心薄幸之人，实在没有半分差别，简直令人愤慨！

时间一点一滴地流淌过去，正道修士始终没能发现魔头的踪迹。紧密观察着猎场形势的诸派长老忽然生出些疑惑来，有人道："难道那魔头如此大张旗鼓，真的只是为追杀一只妖鸟？"

猎场的主人余溪山坐在高台上，目光一瞬不移地盯着坛上灵山之影，看着那环灵山飞绕的魔剑。

在那魔剑第三次擦过前方的蛮蛮鸟，飞射入地之时，他的面色猛然一变，猝然起身道："不好，它在截断玉溪灵山的地脉！"

余溪山话音未落，手中已捏出一道传讯符，传讯飞出，命道："溪风，祭打神鞭。"

打神鞭乃是余家至宝，相传是余家老祖飞升之时，专门为家族后辈留下的一个保障，乃是用老祖神力开过光的。

传说中，余家的打神鞭上留有余家老祖飞升之时的一缕神力，一鞭便能令人形神俱灭。余家也是凭此才能世代坐拥如此辽阔的一片灵山，开办这样一座猎场。

光从"打神鞭"这一个名字便可见其厉害之处，饶是重烛真身在此恐怕也吃不了好果子。

众人都以为他动用打神鞭是要对付那把魔剑，却没想余溪山凝眸看了看蛮蛮鸟背上的人影，对通信玉珏另一端之人说道："先打杀蛮蛮鸟身上之人。"

司墨一听，哪里还坐得住。他急得满头生汗，忙伸手去抓祖父的胳膊，急道："爷爷，蛮蛮鸟背上的姑娘绝不是坏人，你得拦住余家主滥杀无辜啊。"

司老爷子从鼻子"哼"出一声："哪有什么无辜。你长这么大眼睛，难道还没看出来，那魔头的斩苍剑正是受那妖女的控制吗？"

司墨转头，来回看了看爷爷凝重的脸色，和灵山缩影中趴伏在鸟背上的人，还想要试图为花娘子求情："可她就算能控制魔剑，她也没有用那魔剑杀人……"

反倒是身后追着许多正道修士的法器，但凡她用魔头的剑反抗一下，都不会被追着如此狼狈。

司老爷子一把挥开他的手："住嘴，我看你真是昏了头！"

猎场之中，余家二爷余溪风此前为了寻找那一条丢失的脩蛇，早就已请了打神鞭在手，身处猎场之内。

此时收到兄长传讯，几乎没有半分耽搁，便划开掌心，滴血入鞭中，催动了这一条世代祖传的法器。

与此同时，趴在蛮蛮鸟身上的暮霜在这种魔、灵、妖三气混乱的情况下，也总算找到了那一处地脉最为薄弱之处。

她高兴地抬眸，指向一处山坳之中，唤道："斩苍！"

斩苍的剑身倏地一斜，朝着她所指之处悍然刺下。剑气与灵山地脉激烈相撞，灵、魔二气霎时绞缠到一起，难分难解。

暮霜隐约听见一声轻微碎响，身上那与此地地脉相系的无形束缚陡然一松。

被困于此地的妖兽重获自由，兽鸣声此起彼伏，逃的逃，散的散，亦有部分妖兽与正道修士结下仇怨，猛然反扑猎场里的修士。

蛮蛮鸟原本好端端地待在自己领地里，梳理羽毛，用换下的旧羽搭建巢穴，准备布置出一个超大超舒适的洞府，去求娶心头最爱的雌鸟。

结果却被人用心仪之鸟的羽毛幻化出一个假货，将它引入陷阱，捉来此处，心头对这些人修亦怀恨在心。

它俯身冲下去，也想趁此机会叼死几个人修泄愤，却被暮霜抓着头顶翎羽拉起来。

暮霜抬手轻抚了一下眉心那一条冰冷僵直的蛇影，重烛那边已经许久未予她回应了，她实在顾不得其他，拍了拍身下羽毛，说道：“蛮蛮鸟，我们自由了，快走，先离开这里。”

蛮蛮鸟“咕咕”两声，只得放弃这个打算，扇动翅膀重新飞起来。

打神鞭的神光从山林当中飞射出来时，她丝毫都没有察觉。直到那鞭子在半空显形，挥舞时搅动得风云变色，如现火龙，鞭梢缀着猎猎火焰，朝她当头打下。

地上的斩苍剑嗡嗡震颤，拔地而起，横挡在打神鞭前。

只是，此时此刻，剑主深陷寒冰剑阵，斩苍剑上魔气在与地脉缠斗之时，已被耗去大半，它仓促之间，再与打神鞭格挡，终究略逊一筹，没能将鞭上神力完全挡尽。

打神鞭在斩苍剑上缠绕一圈，鞭梢烈火甩荡出去，眼看便要扫及到蛮蛮鸟身上。

司墨实在做不到眼睁睁看着花娘子殒命在自己眼前，他垂眸看了一眼爷爷腰间，一把抓下他腰上佩挂的一只铜铃，身化流光，遁入猎场，将那铜铃抛出。

铜铃迎风飞涨，化作一口金色大钟悬空罩在蛮蛮鸟上方，与打神鞭迎头相撞。

“嗡——”

铜钟撞出震耳欲聋的一声鸣响，“咔嚓”一声迸出裂纹，迅速黯淡下去。

打神鞭鞭梢扫过铜钟，火星四下飞溅，鞭势竟还没停下，顺着铜钟裂纹之处呼啸挥下。

司墨原本就是强行催动铜钟，他的修为远远及不上自己爷爷，眼下铜钟被破，他猛地吐出一口血，却还不管不顾地想要挺身再去挡住打神鞭。

蛮蛮鸟背上，暮霜仰头看见了展开双臂挡在她上方的身影，还有那身影之上，如雷霆般落下的巨大鞭影。她急忙迎上去，想要接住他，震惊道：“司郎君，不要！”

她和司墨明明只是萍水相逢，细数起来，认识还不足一月，可他竟会为了救她连自己性命都不顾。

这边厢，被偷了法宝的司老爷子又惊又怒，暗骂一句“孽障”，大声喝道：“余溪山，收鞭——”

说完，不等余溪山回应，他的身形倏地从阁楼冲出，扎入玉坛之上的灵山缩影之中。

下一瞬，他的身影闪现猎场半空，屈指成爪，袖中涌出两条盘缠的水龙，疾速游去，先一步卷住了吐血昏沉的司墨。

玉溪猎场的主人余溪山站在台上，此时也被这出人意料的变故弄得惊住。

余家靠着这一条祖传的打神鞭守住这一座辽阔的灵山猎场，实际上这么多年本家却并未出什么天赋惊人的高阶修士。

他这个余家家主也不过将将化神期的修为，自然不敢同四宗之一的大长老作对，急忙要将打神鞭强制撤离回来。

打神鞭先已被斩苍剑削去六分力，又遇上铜钟阻挡，鞭上余威已只剩一二成力，受主家强制召回之令，那鞭梢便软软地垂落下去。

猎场半空，司老爷子救走司墨，却并未立即撤退，他一双鹰隼般的眼睛看向那朝着自己孙儿伸手而来的妖女，竟抬掌蓄力，一掌朝她劈下。

他怀里的司墨诈尸一般挣扎了下，昏昏沉沉间，一边吐血一边求道："爷爷，不要……"

司老爷子垂眸看了司墨一眼，这一掌他用了十成灵力，掌中可闻山呼海啸之声，想要收力根本不可能。

况且，他也并不打算收手。

这个孽障在众目睽睽之下，偏帮那明显与魔头有瓜葛的女子，他若再不做出一点表示，事后怕是无法向正道中人交代。

不论眼前的女子究竟是好，是坏，他都必要取她性命。

暮霜只想着去抓住司墨，根本毫无防备。她被大乘期修士的灵力禁锢其中，就连身下的蛮蛮鸟都挣脱不开，眼见那五指如山，就要击打在她头上。

"求求你不要……"司墨抬起满是鲜血的手，去抓司老爷子的袖子。

暮霜仰头，看了浑身染血的司墨一眼。在那五指即将落到她头顶之前，她闭上眼睛，五指蜷缩，想要再一次启动命线上的谶文。

这不是她想要的结果，她宁愿被鞭子抽中的人是自己，也不希望看到无辜之人代她受过。她还没有正式和重烛相认相见，绝不能死在这里。

另一端的重烛被她一瞬间剧烈起伏的情绪狠狠刺了一下，再也顾不上与天山派的修士周旋，以伤敌一千自损八百之势，强行催动魔气爆发，解决了残余的几名天山派修士。

他嘴角不断淌下血来，鲜血滴落下来瞬间成冰，伸手撕裂虚空。

暮霜眉心僵直的小蛇忽然动了一动，蛇身倏地膨胀开，化作一蓬黑雾。弥漫开的黑雾当中，有人从后面一把揽住了她的腰，手掌覆盖在手背上，修长的指节顺着指缝插入她的指间，用力握住。

暮霜动作一顿，不用回头都能感觉到身后阴冷熟悉的气息：“重烛……”

“我来了，别怕。”轻声低语拂过耳畔，一只遍布蛇鳞和冰霜的手臂从她身旁探出，掌中魔气翻涌，抬手接下了头顶落下的那一记杀掌。

澎湃的力量在两人掌下爆开，当空扫荡开去，震得所有修士经脉动荡，无不俯身低头。有修为较弱者，当场便被这两道对冲的力量冲击得七窍流血，昏死过去。

司老爷子闷哼一声，手臂上筋络寸寸爆开，鲜血瞬间便浸透了他的袖摆。他急忙回身护住怀里的孽障，被冲得倒飞出去。

重烛的魔影猛然一卷，裹住半空的一人一鸟倏地隐没，与打神鞭僵持的斩苍亦嗡鸣一声，挣脱长鞭，遁空而去。

暮霜的视野被黑雾笼罩，司墨浑身染血的模样从她余光里划过，她急道：“司郎君怎么办？”

司墨为了她才会身陷囹圄，她不能就这么丢下他不管。

重烛的手臂牢牢禁锢在她腰上，解释道：“那老头是他爷爷，不会伤害他的。”

修真界四大宗之一，恒越宗的大长老，大乘期的修士，在正道当中一向德高望重，他如果想要护住自己孙儿，谁都动不了他。

魔气当空一敛，彻底消失，整座玉溪猎场魔气消弭，地脉截断，只剩满山失去束缚的妖兽横冲直撞。

蛮蛮鸟晕头转向地被卷走，视线里黑雾散去，先看到一条粗壮的蛇尾，它登时羽毛倒立，喉咙里发出“咕咕”警告，还没来得及抬起爪子攻击，先被那蛇尾一扬，抽飞出去。

暮霜眼前仍是一片黑暗，听到蛮蛮鸟的叫声，紧张唤道：“蛮蛮鸟，怎么了？”

她直起的腰被人拉回去，后背贴上紧实的胸膛，耳畔有冰凉的吐息，哀怨道：“司郎君、蛮蛮鸟，你关心的东西真多啊，不关心一下我吗？”

暮霜听到他的声音，抬手顺着他的手臂，抚摸到覆在自己眼上的手：“重烛，你是不是受伤了？你让我看看你。”

重烛沉默了下，遮住她眼睛的手掌依然没松，声音里压着难以抑制的酸楚，低声道：“可是阿霜，你在发抖。”

暮霜一开始并未注意到自己身体的反应，直到听见重烛的话语，她才感觉到自己的身体在抑制不住地颤抖。

在重烛的怀里，没让她感觉安心，反叫她如芒在背。就像已经被蛇衔在口中，她身体里的每一个细胞都在战栗着尖叫，肩背绷得很紧，是一种不受她控制的应激僵直状态。

幸好有司命星君的障眼法约束，不然她现在一定已经又变成一团瑟瑟发抖的毛球了。

这种状态暮霜不是没有经历过，她在飞升成仙之前，在梅花山上只算得上是食物链的最底层，经常会面临来自天上地下，各种各样天敌的觊觎。

当她被某一种捕食者的目光锁定时，骨子里就会冒出这样的战栗，这是她的本能。

重烛察觉她抖得越发厉害了，慌忙往后撤开身躯，不知所措地道："对不起，我还是吓到你了。"

可没想到，他才刚刚退开，怀里温热的身躯便追着他的胸膛，再次依偎了过来。

暮霜紧紧靠在他怀里，双手抱住他的手臂，身体明明在不受控制地颤抖着，却还为了顾及他的感受，故作镇定道："你别走，我不怕你，真的不怕，我就是有点冷。重烛，你的身体为什么这么冷？"

她食了仙果，成了仙，在悬圃园中修炼了三百年，早已不是梅花山上胆怯的小雀，这一点小小的恐惧，她一定可以克服的。

先前她也害怕小黑蛇，跟它接触得多了，慢慢地不也不怕了吗？就算小蛇趴在她的脑门上，她都没有在怕的！

重烛只是比小蛇大了一点点……嗯，大了很多个一点点而已。

暮霜用手心去捂他冰冷的手背，指腹下摩挲到手背嶙峋的蛇鳞痕迹。她动作顿了一顿，又若无其事地往他手腕滑去，说道："重烛，我不看你，你让我摸摸你，多摸几次，我就会习惯了。"

她说话的时候，连声音都在抖，可语气又那么坚定、那么勇敢，轻而易举便安抚住了他胸腔里那颗彷徨无助的心脏。

她不会舍弃他，她会努力习惯他。

重烛悬着的心，渐渐安定下来，他手臂动了动，暮霜立即更紧地抱住他，急切地道："重烛，你给我一点时间，我很快就会适应的，我、我抖啊抖啊就习惯了！"

"阿霜，我不走……"重烛呢喃了一声她的名字，语气听上去不知是无奈多一点，还是心疼多一点。

覆在她眼上的手掌撤开，暮霜视野还未恢复，又听"刺啦"一声，紧接着有一片布巾罩来，遮住她的眼睛，在脑后打了一个结。

重烛撕扯下自己身上面料更为柔软的中衣袖口，覆在她眼睛上，说道："我现在的样子还有些吓人，我们一点一点来，等你慢慢地重新接受我，不着急。"

暮霜在遮眼的布巾下轻轻眨了眨眼，乖乖点头。

重烛担心她这样蒙着眼胡乱摸索，反而会摸到更让她害怕的地方，遂托住掌下纤细的腰肢将她转过身来，握住她的手腕，引导着她的指尖落在自己身躯上。

他特意避开了身体表面覆盖蛇鳞的地方，先让她抚摸这具有别于从前的更加壮实的体魄。

暮霜被他牵引着手，摸到他腹部上一些清晰的肌肉轮廓。感受着掌心下随着她指尖的移动，而蓦然收缩的肌肉，再往上是他紧实的胸膛，一开始软乎乎的，被她摸了两下，那肌肉便又紧张地绷紧了。

“重烛，这就是你以前很想要的模样嘛。”暮霜笑起来，想起他以前也曾因自己长得不够高大、不够壮实，不能将她完全拢进怀里护住，而苦恼过。

现在，他的身姿更加挺拔了，肩背也更加宽阔，张开手臂就能将她完全裹进怀里。

他的身体确实跟五百年前不一样，摸上去的触感也与曾经不同。暮霜这般蒙着眼抚摸着，空白的岁月似乎都在她的掌心下渐渐填满，记忆中的少年在她脑海里逐渐长大，变成了现今的模样。

暮霜指尖抚过他线条明晰的锁骨，落在不断上下滑动的喉结上。

重烛重重吞咽一声，再也忍受不住这种甜蜜的折磨，低下头来，将脸贴进她温软的手心里，呼吸沉重道：“阿霜……”

冰冷的气息全吐在了她的掌心里，暮霜指尖蜷缩了一下，再次担忧地问道：“重烛，你的身体怎么这么冷？”

这么冷的情况下，他能好好地蜕皮吗？

“方才遇到几个天山派的修士，不小心吸入了几口寒气。不碍事，等回去天山，进温谷泉水里面泡一泡就好了。”

重烛眷恋地在她手心里蹭了会儿，直到脸上也显出蛇鳞痕迹，尖牙从唇缝之中漏出来，才依依不舍地放开了她的手。

贴着重烛这么一会儿，暮霜的指尖都要被冻僵了。她抬手搂住他的脖子，尽力将自己紧紧贴着他，想用自己微薄的体温温暖他，说道：“这么冷，你现在还动得了吗？实在动不了，我可以请蛮蛮鸟把你背回去。”

不远处，蛮蛮鸟听见自己的名字，用力地扑腾了一下。

重烛抬眸朝那里看去一眼，笑道：“不用了，它看上去不太情愿。”

被摧折的残木外候立着许多身影，玄清领着一众魔将已经在这里等了许久，一个个眼观鼻、鼻观心，都不敢上前打扰。

被蛇尾抽飞的蛮蛮鸟亦被魔修们控制了起来，还被绑上了鸟喙，不准它发出叫声，以免扰了尊上的兴致。

重烛朝玄清示意一眼，玄清这才命人迅速扫清周围障碍，引来那一驾栖木金漆的车驾。烈焰马的马尾上火焰腾腾，稍微驱散开周围弥漫的寒气。

暮霜听到说话声响，问道：“是玄清大人来接你了？”

玄清立即应声："属下来迟，望尊上和……"他顿了顿，非常识时务地更新了自己的称呼，"望尊上和夫人见谅。"

暮霜听到这个称呼，脸上微热。重烛笑了一声，非常理所当然地应下，动了动僵硬的蛇尾，抱起她游上了敞开的车厢。

那车厢原本还算开阔，但对比起他长而粗壮的蛇尾来，便显得狭小了很多。原本应当容纳不下他的蛇身，但重烛上半身入内之后，车厢便开始随着他的身形而不断阔开。

车驾四壁的梁木飞快拆解又重组，构建出一个更大的空间来。

重烛的蛇尾顺着车辕游上去，最后完全收入了车厢内，车内幕帘垂落下来，车门合上。

暮霜道："蛮蛮鸟……"

重烛哼了哼："不会把它丢下不管的。"

暮霜这才放心下来，外面传来玄清吩咐启程的声音，车厢微微一震，从地面腾空，重烛的这一座车驾要平稳得多，腾空过程中一点也没有颠簸。

只有车厢顶上挂着的珠链来回摇晃，撞出一点细微的响声，车厢里应当熏着暖炉，很温暖，还萦绕着淡淡的果香和甜点的气味。

暮霜肚子当即"咕噜"一声，她被变成猫后，先是在山林里逃亡，后又被修士捉去猎场，这三四日来根本没正经吃过一顿饱饭。

先前疲于奔命时尚不觉得，现下心弦松懈下来，终于感觉到了饿。

重烛将此时此刻显得庞大又多余的蛇尾紧贴在车厢角落，尽量避免碰到她，先取来一杯茶水递到她嘴边，说道："张嘴。"

暮霜抬手捧住，就着他的手一口气喝光了。重烛放下茶碗，又取来云片糕喂她。

暮霜摸索着想要从他手里拿过来自己吃，被他转手绕开，又递到她唇边："你现在看不见，我喂你，先将就着吃一点，等回去了再叫人给你做点正经吃食。"

冰凉的指尖轻轻碰了下她的唇，示意她张嘴。暮霜肚子又是一声"咕噜"鸣响，只好配合地张开嘴。

薄薄的云片糕落在舌尖上，甜味立即在口中爆开，还是以前的，她所熟悉的味道。

暮霜被投喂了好些糕点和茶水，肚子终于不再叫唤。

重烛抬眸看了看她润泽的唇，又低下眼睑看了眼自己指尖。再次抬眸确认暮霜眼上的巾布遮得很严实，并未松脱，他舔了舔唇，抬起手来。

舌尖刚尝到指腹的甜味，暮霜忽然喊道："重烛。"

重烛动作一顿，立即放下手，镇定地道："嗯？"

"你最后跟他对的那一掌，是不是受了内伤？"司墨的爷爷越厉害，那重烛岂不损伤更重。他原本就处于虚弱期，暮霜紧张地上下摸索他的身体，“你的身体为什么一点也没有暖和起来？”

刚被抱上车厢时，车里明明那么暖和，但重烛的身躯还是如同冰块一样，过了这么久，他都没有变暖，反而连车厢原有的温暖都被冻结了。

暮霜一开始的确是因为恐惧而发抖，现在却真有些冷了。

就连她都觉得冷，那重烛的体内不知道会被冻成什么样。

重烛抓住她的手，将那一双慌乱的手掌扯离自己身躯。细密的蛇鳞早已顺着腰线攀爬到上半身，先前还有些裸露的皮肤可以让她触摸，现下已经几乎被蛇鳞覆盖完了。

就连上半身的人形，他都已经快要维持不住。

重烛张开嘴，口中吐出一缕寒雾。与那一群天山派修士相斗时，他中了寒冰之气，尚未来得及化解，又与司墨祖父对了一掌，那位大乘期的修士乃是单系的水灵根，那一掌将他体内寒气激发到了极致。

暮霜只摸到他身体表面很冷，实际上，他体内的五脏六腑，甚至蛇胆都快要被冰冻凝结了。

重烛的魔气一直在与体内的寒气周旋，强撑着维持住自己的半副人形，说道：“受了一点伤，但还死不了，不用担心。”

暮霜急得抬手扯下蒙眼的布巾。重烛悚然一惊，想要伸手阻拦她，但冻僵的手臂反应迟缓，没能拽住她，眼看那一条从他衣袖上撕扯下来的布巾松脱开，从她眼上滑落下来。

重烛仓促地往外望了一眼，车驾已穿透了围绕天山的云雾，飞临天山之巅，他的身形骤然化作一团黑雾，顺着窗棂仓皇逃走。

身下猛然一空，暮霜一屁股跌坐到软榻上，待眼睛适应外界光线时，早已不见重烛的身影。

她四下巡视一圈，推门而出，唤道：“重烛？”

外面是一片明亮的冰雪世界，月光洒落在白雪皑皑之上，将山巅成群的宫殿照得犹如琉璃宝玉，夹着碎雪的寒风扑面而来，暮霜脖子一缩，又被寒风逼得退回车厢内。

不过很快，前方的烈马嘶鸣一声，猛然穿越过一重结界。呼啸的寒风碎雪瞬息被阻挡在了外面，车上沾染的雪花也尽数融尽，像是一下从深冬跨越到了暖春。

车厢华盖之上淌着淅淅沥沥的雪水，一路越过几重高大的琉璃宝殿，最后降落在一座院子里。

玄清立即迎到车驾前，请道：“夫人，我已事先传讯回来，叫人给您准备好了丰盛的饭菜，请往这边走。”

饭菜的香味从殿中飘出来，引得人食指大动，但暮霜现在哪里还顾得上吃饭。她跳下车来，追问道：“重烛人呢？”

玄清道：“尊上应当是入了温谷闭关……”

温谷？

重烛定然闭关蜕皮去了。以前蜕皮的时候，他都要自己陪着才行，可是现在，因为她对他的恐惧，他只能一个人蜕皮。

他还受了伤，身上冷得像冰块，不知能不能顺利蜕皮，不知会不会被蜕下的蛇皮缠住。

暮霜转头四下望了望。四面灯火辉煌，半空中碎雪纷纷，但因为结界阻挡，只飘至半空便消融不见，圆月敞亮地悬在天幕中，似触手可及。

“温谷在哪里？我想去看看他。”

她知道重烛在担心什么，他定是担心她见了他的模样，会更加害怕他，才会这样匆忙地逃走。

她实在是太没用了。她明明是喜欢他的，还和从前一样喜欢他，可为什么身体会这样害怕？

暮霜心头一边是身体本能对蛇的恐惧，一边是情感之上对重烛的担忧，这两种感觉几乎要将她撕扯成两半。

最终对重烛的担忧还是占据了上风，她想要陪在他身边，确认他是安好的。

玄清闻言，面上露出为难之色，解释道：“不是在下不肯带娘子去见尊上，是尊上已入了温谷闭关。那里历来便是天山禁地，从尊上入主这里以来，便只有他一个人能进去，您到了那里，也只会被挡在外面。”

暮霜抓了抓袖摆，恳求道：“可我还是想去看一看……”

玄清叹息一声：“花娘子实在想去的话，我也可以带您去看看。”

暮霜立即笑起来：“谢谢玄清大人。”

玄清转眸看了一眼灯火明亮的厅堂，又道：“尊上离开前，特意交代要服侍好夫人。不如这样吧，您先用膳，等您吃饱后，我再带您过去？”

暮霜立即点头，提起裙摆快步跑进厅堂里。

厅堂中间摆着一张宽大的长方桌子，桌上高低错落地摆了百十来个白瓷碗碟，每一个碗碟里皆盛着一样珍馐美食，就没有一样是重复的。

袅袅的热气飘浮在半空，香味溢满整个庭院。

长桌两边各候立有几名侍女，见她进来，同时俯身行礼。当先那名侍女行过礼后，端着浣手的水盆和手帕上前来，恭敬地道：“奴婢们伺候夫人用膳。”

暮霜被这个阵仗吓了一跳，迈进厅堂的右脚猛地缩回去，局促地对跟在她身后的玄清道：“玄清大人，我就吃个饭，用不着这么劳师动众。”

“好，花娘子随意。”玄清挥退众人，只留了一名侍女在旁帮她布菜。

暮霜为了不辜负他人的劳动成果，面对这一大桌子的菜，每样都尝了一口。光是这么每样尝一口，都够她吃得肚子滚圆。

玄清体贴地说：“花娘子吃饱了就好，不用勉强吃完，剩下的吃食会分发下去，给兄弟们添菜，不会浪费的。”

暮霜松了一口气，将自己碗碟里最后一口糯米排骨吃了，立即放下筷子。

她是真的吃不动了。

蛮蛮鸟虽然是被人绑架到这里的，但也跟着沾光吃了一顿饱餐，吃过饭后便立即翻脸不认人，挣脱了魔修的束缚，展翅冲上高空。

“咕，咕咕——”

温谷在天山的大后方，玄清正引着暮霜穿过亭台楼阁，往后殿走，她听见上方传来的蛮蛮鸟叫声，仰头望去。

蛮蛮鸟宛如一朵乌云在天山上空盘旋，明明已经获得自由，却没有立即离开，转动着脑袋四处张望，想要寻找她。

暮霜双手圈在嘴边，朝着上空吹了几声呼哨，声音像是鸟鸣一样悦耳。

蛮蛮鸟听了，从喉咙里发出几声“咕咕”鸣叫回应她，随即才展翅高飞，飞入云端，不见了踪影。

玄清颇为好奇地问：“花娘子还会鸟语？你跟它说了什么？”

暮霜道：“我跟它说，我在这里很安全，叫它以后都藏好了，别再被捉到了。”

玄清摸了摸下巴，从袖子里掏出一枚指节长的留音玉符，虚心请教道：“不知能否请花娘子帮在下听一听，我这玉符之中的这一段鸟叫声是什么意思？”

暮霜点头：“没问题，玄清大人放来听听。”

玄清伸手从玉符上抹过，下一刻，一阵爆炸般的鸟鸣刺入耳中。暮霜刚听了符中第一声啼叫，脸上那乐于助人的表情就僵住了，面颊以肉眼可见的速度红起来。

玄清见状，叹了口气：“我听着这鸟鸣刺耳，想来不是什么好话，看来真是如此。”

暮霜试图从那一堆咒骂中，努力拣一点不那么难听的话，嘴唇张翕了三次，愣是没找到一个友好一点的字眼。

她绞尽了脑汁，将那一串咒骂转述出来，说道：“说、说让你好好吃饭，好好穿衣，她回来再与你……好好交流感情，嗯，对，交流感情。”

玄清满脸不可置信，道：“当真？”

暮霜目光闪烁，顾左右而言他，委婉地道：“玄清大人的妹妹，好像很生气。”

玄清一听，登时瞪大眼睛，红光满面地道：“花娘子怎知……她叫我哥哥了？”

暮霜：“……算、算是吧。”

玉符里的鸟叫声确实提到了一句“哥哥”，只不过是叫嚣着死蚯蚓、烂泥鳅，就比她早破壳一炷香，那么小怎么好意思霸占哥哥的身份，指使她干这干那，让他吃饱了捂好裤裆等着，她回来后一定要抓爆他的蛋，送他进皇宫里当太监。

这些话，她当着人面实在说不出口。

玄清也不介意，好像就这么一个“哥哥”的称呼已足够让他高兴了。他喜滋滋地将玉符收回怀里，抬眸望向被冰雪覆盖的雪松，一脸怀念道：“无妨，我已经好久都没听她叫过我哥哥了。”

暮霜与他边聊边往温谷去，疑惑道：“玄清大人的妹妹是鸟吗？那玄清大人也应该是鸟才对，怎么会听不懂鸟鸣？”

玄清摇了摇头：“不是，她是鸟，我是蛇，我与她只是同一窝孵化出来，才以兄妹相称。”

他说完回头，发现跟在身后的人早已一脸惊恐地退出了八丈远，颤抖地指着他，难以置信道：“玄清大人是蛇、蛇？”

暮霜已经无暇思考，一只鸟和一条蛇要如何才能从同一个窝里孵化出来。她想到这天山上的其他魔修，后知后觉地生出怀疑，她会不会掉进了蛇窝？

可是，她从玄清身上，没感觉到重烛那样恐怖的威慑力，她甚至一直觉得玄清大人很亲切友好。

玄清诧异地道：“花娘子难道是怕蛇吗？”他忽然明白了这几日来，尊上为何反应那么古怪了。在苍山之时，他只看到尊上蒙着她的眼，并不敢偷听两人的对话，直到现在才清楚了缘由。

“不过，会怕我的人倒是不多见呢。”玄清说道，身形晃了晃，倏地变成了一条只有一尺来长的橄榄色小蛇。

还没有重烛分出的的蛇影大。

经过在玉溪猎场和小黑蛇的一段时间相处，暮霜的胆子稍微大了一点，对这样小体型的蛇已经有一定的免疫力。

她颤抖的胆子缓缓安定下来，理智回笼，来回打量了一圈地上的小蛇，问道：“玄清大人是水蛇啊？”

玄清见她冷静下来，重又恢复了人身，小小一条蛇迅速拔高身量，又变回身高腿长的英俊青年。他意外道：“看来花娘子认识我这样的蛇？”

暮霜点头。她在梅花山小溪中见过与他模样相似的小水蛇，只长得了这么大一点，平日里就捕食一点小鱼小蝌蚪，要是运气不好，会被野鸭子一口嗦进肚子里。

反正他们这样的小雀、小蛇，都是梅花山上的最底层，难怪她从玄清身上感觉不到威胁。

暮霜一脸钦佩道："玄清大人从这么小的一条蛇，能修炼到这么高大，真的很厉害。"

玄清谦逊道："托尊上的福罢了。"

两人说着话，穿过一片雪松林，来到一处悬崖深谷之上，终于望见那一座被积雪覆盖的高大门楼。

门楼由汉白玉所建，三间四柱，檐上堆砌厚厚一层冰雪，就立在悬崖边上，门楼之内便是万丈深渊，可见风雪萦绕，寒雾弥漫，一眼根本望不见底。

玄清指了指那后方雪雾飘荡的万丈深渊，说道："温谷就在那里面。"

许是怕她不信，他主动走到门楼之前，伸出手臂戳了戳，门楼之内顿时荡出一层涟漪，一道屏障自门洞中显露痕迹，又将他的手震了回去。

玄清道："我之前便与花娘子说过，温谷有结界，外人是进不去的，娘子来这一趟也是白费力气。"

暮霜仍是不死心，走上前，与他一样伸手试探性地去触碰那门楼内的结界，只是这一次结界波动，却没有将她的手弹震回来，反倒一下穿过了门上屏障。

玄清惊讶地抬眉，温谷结界竟然接纳了她。

暮霜高兴道："我好像可以进去，那我进去看看了。"说着，像是生怕他会阻拦一般，竟不顾门楼之后便是断崖深谷，大步踏入了门。

她的身影瞬间被门楼的屏障吞没，虚空涟漪不断摇荡，最后复归平静。

温谷之中有一片天然的温泉池，在一座洞窟之内，重烛体内经脉淤塞，周身大穴都被寒气封冻，在将要控制不住陷入冬眠的前一刻，堪堪冲入了洞中的温泉池中。

地热之气与他体内寒气对撞到一起，慢慢消融着他体内的寒气。这个过程就像是从骨头缝里拔钢针，时时刻刻都剧痛难忍。重烛昏沉之间，灵台不稳，又有人趁机而入，侵入他梦中来。

"区区一点寒气，就能将你折磨得如此狼狈，真是无用。"嘲讽的话音在他脑海响起，一抹漆黑的影子若隐若现。

这不是重烛第一回见到他了，因此并不感觉惊讶。每当他重伤虚弱守不住灵台之时，这个影子总会闯入他梦中，对他冷嘲热讽、尖酸奚落。

重烛没有理会他，对方便接着道："重烛，你身怀烛龙血脉，明明可以当那遨游天地、无所不能的龙，却偏要为了一点儿女私情，沉沦在这红尘之中，当这一条只能在泥地里打滚的蛇，当真值得吗？"

重烛抬眸直面那一抹高大的黑影，回道："值得。"

黑影大笑起来，笑到最后难抑那笑声中翻滚的怒意，斥责道："凡庸之心，浅薄可鄙！你堕下红尘，生了这么一颗狭隘的凡心，我不怪你，你如今之言，皆出自一颗凡心，作不得准。"

重烛冷笑了一声："不论你再来问多少遍，千遍万遍，我也只有这一个回答。"

黑影气闷良久，猝然笑道："你若当真这般坚定，又怎会那么惧怕魔心复苏，要一片一片将它割离出来？"

重烛闻言，情绪阴沉下去，他的梦境当中也生出阴云风暴，想要将这黑影驱逐出去："给我滚！"

"看看，又急了？"黑影被风暴吞噬，身形逐渐散去，但对方放肆的笑声依然回荡在他的灵台之内，久久不散。

"吾儿，你生来是魔，魔心永不会绝，这才是你的本心，就算你日日割，夜夜割，也割之不尽。你的魔心早晚会吞噬那一颗无用的凡心，到时候，你便会重新懂得，什么情啊爱啊都是虚妄，这世上唯一值得你抓在手里的，只有权势和力量。"

重烛被梦中萦绕不散的笑声扰得头痛欲裂，庞大的蛇躯在温泉池中翻滚，尾巴扫过洞壁，撞出轰隆巨响，碎石不断掉落。

当温谷的结界波动，暮霜踏入温谷的一瞬，温泉池中的大蛇倏然静止。重烛蓦地惊醒过来，吐了吐蛇信，从空气中捕捉到了她的气息。

"阿霜。"

…………

温谷入口，暮霜越过门楼，却没有直接坠下深谷。

扑面而来的不再是凛冽的寒风，而是夹着屡屡花香的和煦暖风，入目也不再是一片冰天雪地，而是满目葱郁的绿色。

悬崖之下，乃是一片山花烂漫的山谷。她脚下有一条凿于山壁之上以"之"字形蜿蜒而下的山道，暮霜顺着山道往下进入谷中。

一眼便看到谷底倒伏的花草，很明显是有什么东西从上面游过的痕迹，从这里一直蜿蜒地延伸到远处的山林中。

暮霜展开手臂，比画了一下痕迹大小。从这个倒伏的草痕宽度，就可以想象出从上面爬行而过的蛇有多么庞大，比暮霜记忆中的样子大了好多。

玄清大人的体型盘踞起来，可能只有他一片鳞那么大。

暮霜盯着草痕，握紧拳头做了片刻心理准备。她深吸一口气，沿着这条蛇行痕迹找过去。

在蛇行痕迹的尽头，她看到一座巨大的洞窟，洞窟之中便是大大小小碧色的水潭。水潭之上飘着氤氲的水雾，一股热浪从里面流淌出来，浓郁的硫磺气息钻入鼻腔。

这洞窟中的水潭都是温泉。

洞窟也并非那种毫无雕琢痕迹的原始洞窟，洞中可见顺应洞窟走势，建造而成的亭台楼阁，皆是取洞中山石所造，有一条宽阔的石廊一直延伸到里面。

暮霜顺着石廊走进去，越到里面，温泉池子便越来越大，热雾萦绕间，她忽地听到了“哗啦啦”的水声。

雾气往两边飘散开，露出一面巨大的石屏风。屏风上雕刻着山水楼阁之景，看上去是天山的景象缩影，透过镂空的屏风，暮霜望见了那屏风后面一个巨大的影子。

“哗啦——”

又是一声水响，一条粗壮的蛇尾猛地甩到屏风上来，蛇尾的水花甩荡出来，溅落到了暮霜身上。

暮霜瞳孔中映照着那条雾蒙蒙的蛇尾巴，浑身不禁一个哆嗦。

就算她做了一路的心理准备，还是被这条突然甩出的蛇尾吓了一跳。

那条蛇尾迅速缩了回去，屏风后那巨大的影子也僵住不动了，水声静止。

重烛趴在温泉池中，吐了吐蛇信，从空气中焦渴地捕捉着她身上的气息。

从暮霜踏入温谷的那一刻，他就知道她来了。他浑身的细胞都在叫嚣着，想要缠住她，想要将她拖进怀里，想要紧紧地贴着她，赤裸裸的，皮肤贴着皮肤。

方才，她停在屏风外时，重烛差一点便没能控制住自己，将蛇尾甩过去，缠住她，将她拖入温泉之中。

幸而还有一线理智，让他停下了。

他不想暮霜变得更加害怕他。

即便重烛已及时地收回了尾巴，因他心头强烈渴望而产生的侵略性十足的气息，还是越过屏风，让被他觊觎渴望的对象敏锐地感知到了。

暮霜蜷紧手指，强迫自己死死地站在原地，不要胆怯地转身逃走。她张了张嘴，问道：“重烛，你还好吗？”

屏风后面水声渐弱，重烛刻意放柔的声音传出，应道：“我没事，不用担心。”

他所在的这个温泉池是洞窟之中最大的一个，俨然像是一个湖泊了，泉眼就在池子下方，滚烫的泉水从地下涌出来，正好能逼出他体内的寒冰之气。

极冷与极热在这池子里交汇，融合成一个还算适宜的温度。

重烛蜕皮期间，无法控制自己的体型，完全蜕变成了蛇身，他的体型几乎大到了骇人的地步。

在离燕谷中，他只是释放出了自己的法相，那法相偏向虚化，便已令人惊骇，当这种虚像凝为实实在在的肉体时，又是另一种程度的震骇。

盘缠的身躯几乎将整个池子都塞满了，满溢的温泉水从池子里溢出来，如同山溪一样“叮叮咚咚”地往下流淌，流入下方的许多小池子里。

温泉池正中有一根连通洞顶的粗壮石柱，表面嶙峋粗糙，重烛的蛇尾便盘缠那根石柱上，蛇躯肌肉缓慢地蠕动，将身体表面的那一层皮缓缓蹭脱下来。

他现在才刚刚正式进入蜕皮阶段，大部分身躯都还包裹在那一层恼人的蛇皮之下，与蛇鳞黏得很紧，无法粗暴地撕扯下来，必须缓慢耐心地等待。

蜕皮的过程很漫长。

暮霜透过屏风镂空，看向里面水雾掩映下，如小山一样的影子，指尖蜷缩了几次又松开。

她没有转身逃走，反而又往前迈了几步，说道：“我可以坐在这里陪着你吗？你以前每次蜕皮都要我陪着才行，现在还需要吗？”

重烛将自己庞大的蛇头躲藏进阴影底下，吐了吐蛇信，空气里都是她的气息。

他当然需要。当她踏入温谷，他嗅闻到她的气息时，他不知道有多高兴。可是，他不愿自己的安逸快乐建立在她的恐惧和不安之上。

“阿霜，没关系的，我现在和以前已经不一样了，不会再被自己蜕下的蛇皮缠住，所以，你不用勉强自己在这里陪着我。”重烛说着笑了笑，用一种无比轻松的口气，继续道，“洞窟右面有一座倚山而建的小屋，那个屋子我没有去过，很干净，你去那里等着我，好吗？”

屏风外面的人沉默了好一会儿，扬高了声音说道：“重烛，你以前就是如此，当你口是心非的时候，就会用这种云淡风轻的口气诓哄我，我以前就上过好多次当，现在不会再上当了。”

……什么？他原来这么明显吗？

暮霜捏紧了手指，坚定地道：“你说好的，要给我时间一点一点、慢慢地适应你的，如果总是逃避的话，又如何能适应得了？重烛，你不用考虑我的感受，我只要你老实地告诉我，你真的想让我走吗？你真的不想让我留在这里吗？”

重烛被她步步紧逼，所有情非得已的顾虑，所有自以为是为她好的妥协，都被撕裂开来，只剩下心底最诚实最赤裸的渴望。他闷声回道：“想。”

暮霜噎了一下，吸了吸鼻子，委屈道：“你还是想让我走？”

重烛蒙了。他倏地抬起头来：“不是，我想你留下。”

暮霜一下破涕为笑，高兴道：“好。”

暮霜现在还不敢越过屏风去直面他的本体，但是在屏风这一边陪着他还是可以的，她左右望了望，就地坐到屏风下方的石阶上。

温泉池里有“哗哗”的水声流动，遮掩住了一些别的细微声音。

重烛俯低头颅，将动作放得极其小心缓慢地游过去，紧挨着暮霜的身影，靠在屏风这一边。屏风上高大的天山山脉景象，能将他的脑袋完全挡住，不至于再次惊吓到她。但上面镂空的雕刻，又能让他更好地嗅闻到她的气息。

暮霜担忧地问：“你的身体还那么冷吗？寒气排出来了没有？”

重烛道：“这池温泉水里有地火之热，正好克制我体内寒气。我经脉里的寒气都逸散得差不多了，没什么大碍。”

暮霜放下心来，隔着屏风回头瞥了一眼他庞大的影子，想了想，软声问道：“你现在还能分出一条蛇影分身出来吗？我想先从适应你的分身开始。”

她话音刚落，一缕黑影从屏风镂空处游出来，落地化成一条小黑蛇。

小蛇细细长长的，和在玉溪猎场时差不多大，是暮霜适应了的大小。

暮霜主动伸手摸了摸它的脑袋，说道：“还可以变得再大一点。”

小黑蛇就在她注视中，身形慢慢拉长，腰身变粗了一圈，长到她胳膊那么粗了。暮霜一直盯着它，直到它的大小开始让她感觉到本能威胁，心脏开始紧缩起来。

她立即道：“好了好了，就这么大，等我先适应几天。”

重烛对比了一下小黑蛇和自己本体的大小，发现这将会是一个漫长而艰巨的过程。他心里虽抓心挠肝地想要触碰她、缠住她，但嘴上还是坚强乐观地应道：“好，我们慢慢来，不着急。”

暮霜将手伸向小黑蛇，摸了它好一会儿，先习惯它的大小，等到不那么怕后，便试着让它游上自己手臂，进行进一步的触碰。

重烛从镂空里露出一只蛇眼睛，暗中看她抚摸自己的蛇影分身，目光紧锁在那一双柔软白皙的手上。

当暮霜的指尖从小黑蛇身上划过时，仿佛他也被抚摸了一样，本体对应的蛇躯肌肉也跟着一颤一颤地骤缩战栗。

这种感觉无异于隔空瘙痒，本来蜕皮的时候，身上就很痒，现在心也开始痒了。

重烛忍耐不住地在泉池里翻滚、蠕动，蛇尾更加用力地盘缠在中间那一根巨大的石柱上，不断磨蹭着表皮。

洞窟里的流水声越来越响，时不时还有石头被挤爆的“噼啪”炸裂声。

暮霜摸蛇的动作顿住，回头看到重烛不断震颤的尾巴尖，问道：“重烛，你现在是不是很难受？嗯……要不你把尾巴伸出来一点点，我给你揉揉尾巴？”

重烛早就受不了那种隔空瘙痒的抚摸了，心里早幻想过无数次那一双柔软的手能实实在在地落在自己身上。

他深吸口气，刻意压住了太过渴望的声线，镇定地问："阿霜，你现在真的可以吗？"

"嗯，我可以的！"暮霜坚定地道。

盘缠在石柱上的蛇尾松懈下来一圈，绕过屏风，慢慢探出一点尾巴尖。

就算再庞大的蛇，尾巴尖还是细的，虽然重烛的这条尾巴尖还是要远远比别的蛇更大，只有末梢一小段细细尖尖，往上很快就变得粗壮起来。

暮霜身上的蛇影散成一团魔气消失，她起身往屏风边缘挪过去。重烛的蛇头伏在屏风另一边的阴影里，跟着她一同往那一边挪去。

暮霜重新坐到屏风脚下的石台上，平定了一下心跳，将那一截比她脚腕都还要粗壮的尾巴抱进怀里。

当尾巴尖被抱入她怀里的那一刻，即便只有那么一点尾巴尖触碰到她，重烛心里那抓心挠肝的痒意也终于得到了抚慰，整条蛇肉眼可见地柔软了下去。

屏风后面"哗啦"一声水响，暮霜动作一顿，紧张道："我弄疼你了？"

"没。"重烛虽然已不断地提醒自己要克制了，可尾巴还是不听使唤地想要得寸进尺，细长的末梢控制不住地顺着她的袖口往里钻，想要直接贴着她的皮肤。

暮霜被他的尾巴尖搔得有些痒，一边忍不住笑，一边将尾巴尖往外扯，刚扯出来，那尾巴尖又弯起来，勾开领口，磨蹭她的锁骨。

暮霜本就被温泉熏得红通通的脸颊，一下更红了，闷哼道："重烛……"

屏风这头，重烛也有点难以自控，干脆扭头狠狠一口咬住了自己的尾巴，尾巴尖震颤一下，终于老实了。

暮霜并不知道屏风另一边都发生了什么，尾巴尖不乱动后，主动权重新掌握到她手里。暮霜自在许多，放松下来，照着以前的样子，顺着蛇鳞摩挲按揉。

有些时候，重烛收紧蛇身肌肉磨蹭石柱时，他身体里的那种力量也会传递到尾巴尖来，能被暮霜抚摸到，这种感觉十分奇妙。

暮霜揉了好一会儿，眼眸忽而一亮，跃跃欲试道："重烛，比起适应你一点点变大的蛇影分身，或许像这样直接触碰你的本体，我会更快适应一些，你现在可以把尾巴再多露出来一些了。"

蛇尾听话地又往外探了一截，露出一段更加粗壮的蛇躯。

暮霜再叫他多伸点出来时，重烛却不干了。

暮霜疑惑地道："重烛，怎么了？没关系的，我已经适应这么大了，不害怕了，你可以再多伸一点出来，再大一点也没关系。"

重烛看着自己尾部从泄殖腔里挤出来的那两个殷红狰狞的东西，再伸出去一些，就要暴露了。他艰难道：“……现在不行。”

暮霜不解：“为什么？你是不是受伤了？”她说着，紧张地想要将他的尾巴拉过来查看。

重烛悚然一惊，猛地将尾巴收回来，卷成一团，遮住那里，急道：“我没事，真的没事。”

重烛也意识到自己反应有些大了，又立即放缓语气，解释道：“你看，你修炼都还需要再三巩固呢，如果太过急于求成，反倒适得其反。我们说好的，要慢慢来，让你能真的毫无畏惧，完全地接纳我，所以不用这么着急。”

暮霜想了想，觉得他的话很有道理，万一是因为这里水雾缭绕，热气上头，她晕晕乎乎的，才这么胆大呢？还是多适应一段时间比较好。

“好。”暮霜脆生生地应道，“听你的。”

重烛松口气，又道：“阿霜，这里热气太重了，你可以出去四处转一转，让玄清给你送些吃的来，不用一直在这里陪着我。”

暮霜待在这里太久，确实被热气蒸得有些难受，起身道：“那我出去透透气，一会儿再回来。”

重烛应道：“嗯。”

直到那抹纤细的身影消失在洞窟外的天光里，重烛才扬起尾巴，无奈地想，只是被稍微碰一碰，竟在蜕皮期间都能这么精神，自己和那些乱发情的野兽又有什么区别？

暮霜去外面晃了一圈，缓过气后，很快就又回来了。她坐到屏风脚下，拍了拍自己的腿，像逗弄小猫小狗一样，说道：“重烛，来来来。”

就差对着他“嘬嘬嘬”了。

重烛痛并快乐着，将尾巴从屏风后探出去，放进她怀里。

先前要么是他跑她追，要么是处于危险不安的处境里，暮霜一直没有机会提起自己留下的那颗蛋。现在终于到了这么一个安定的环境下，只有他们二人。

暮霜抱着他的尾巴，重提旧事，问：“重烛，你不问问我为什么离开吗？”

重烛沉默了一下，问道：“如果我问你的话，你能说吗？”他问的是她“能不能”，而不是“会不会”，如果她能说，他相信她会告诉他的。

暮霜抿了抿唇，泄气道：“不能。”下界的仙神不能透露任何有关天界之事，这个规则并不止针对她，而是包括所有下界之仙神。

一般下凡历劫的仙神，经由陨天池下界，都会被清洗掉天界记忆，但暮霜这一次下界情况特殊，才会保有记忆。

重烛听到她叹气，安抚地道：“不能说也没关系，我说过了，我不在乎那些，只要你回来就好。”

暮霜随着他一起笑起来：“我离开的时候，留给你的小纸条，你看见了吧？”

重烛“唔”了一声，暮霜终于问出了心中的疑问：“那你怎么没有吃了它？”

重烛哑然失语许久，闷声回道：“那是你最后留给我的东西，我怎么可能把它吃了！我是这样饥不择食的蛇吗？”

他到现在都还记得当初从枕头底下摸出那颗小小的鸟蛋和那张小纸条时，那种震惊又悲愤的心情。

虽然，当初在雾隐山中，他的确掏过许多鸟蛋来吃，还被雾隐山的鸟群报复，天天飞来他们院子里拉屎，那段时间，只要他一出门，天上就下鸟屎。

后来重烛才总算收敛了一些，不再蛇过巢空，将一窝鸟蛋掏得干干净净。

他开始学会大方一点，每次只从鸟窝里顺走一两颗，留几颗鸟蛋给成鸟孵化，让它们没空报复他。

大不了多掏几个鸟窝，他也能吃饱。反正他每日也要巡山，要去很多地方。

但暮霜留给他的蛋，和别的鸟蛋怎么能一样！

都说虎毒不食子，蛇也一样。他就算再丧心病狂，也不可能就这么把它吃了吧。

暮霜听出他语气里的恼怒，急忙解释道：“我不是这个意思，那颗蛋本来就是我留给你补身体的呀，要不是时间来不及，我都会亲自煮给你吃了！”

她顿了顿，有些不确定地问：“你应该知道那颗蛋是孵不出宝宝的吧？”

重烛的尾巴僵住，过了好久，才道：“……我知道。”

最初的时候，他的确希冀过那颗蛋里能孵出一点什么来，不管是孵出小鸟，还是孵出小蛇，都可以。

重烛一边找她，一边认认真真地孵蛋，他甚至将那颗蛋塞进过鸟窝里，塞进过蛇窝里，龇牙威胁别的鸟和蛇帮他孵化。

但每次别的鸟蛋都破壳了，别的蛇蛋里的小蛇都能满地乱爬了，他的蛋还是毫无动静。

他开始怀疑是那些鸟和蛇太过蠢笨，孵不好他和暮霜的孩子，便开始学着自己孵蛋。

他观察了好些孵蛋的母蛇，笨拙地将自己体型变化到合适孵蛋的大小，学着盘缠到蛋上，用腹部肌肉的蠕动摩擦来产生热量。

重烛兢兢业业地孵过了一春又一春，蛋壳里还是毫无动静。他又开始怀疑是自己孵化的方式不对，去蛇窝和鸟窝里各偷了一颗蛋来，将三颗蛋放在一起，使用同一种方式孵化。

最后，那鸟蛋和蛇蛋都被他孵化出来了，就独独暮霜留给他的蛋毫无动静。

重烛怀疑过天，怀疑过地，怀疑过别的鸟，怀疑过别的蛇，也怀疑过自己，最后终于开始怀疑暮霜了。

他闯进巫医谷里，把那位名满天下的医仙揪到了自己的蛋面前，让对方诊断。

桑莲被迫对着一颗没有任何生命征兆的蛋来来回回地检查，深切怀疑这位搅得修真界不得安宁的魔头，是个脑子有毛病的疯子。

但他惜命得紧，不敢和魔头对着干，最后实在是编不出花样来，才老实地告诉他，受精蛋和未受精蛋的区别。

直到那个时候，重烛才终于确定，她留下那颗蛋，真的只是为了给他补身体。

蛇尾慢慢盘缠到了暮霜腰上，暮霜一开始身体绷得很紧，紧张得呼吸都快停了，后来渐渐习惯，绷紧的腰背才又缓缓放松下来，努力转移自己的注意力。

她很想问他明明知道，为什么还……转念又想及他先前说的话，便道：“重烛，我现在回来了，那你也不用再舍不得它了。”

她转眸看了一眼四周的温泉池子，眼眸亮了亮，提议道：“你现在蜕皮很需要能量，不如，我给你煮温泉蛋吃吧？”

重烛想到那颗蛋，立即想要拒绝，可尾巴尖下感觉到暮霜那跃跃欲试的心跳声，他又实在不想扫了她的兴致。

思索片刻后，他收回蛇尾，放出一条蛇影分身，说道：“那颗蛋就在左边的一个洞室里，你可以先去看看它。”

蛇影落到地上，顺着石桥往外游，在前方引路。

暮霜没想到他竟这么爽快就同意了，挽起袖摆，充满干劲道：“好，你乖乖在这里蜕皮，我把它烫熟了就回来喂给你。”

重烛默了默：“……嗯，那你努力。”

暮霜跟着小黑蛇往外走时，顺便也细细查看了洞中的温泉池。这片温泉池不止重烛身下那一个泉眼，有些小池子里也有小泉眼，“咕噜噜”地往外冒着热泉。

小小一颗鸟蛋其实并不需要太热的水，用温泉水泡一泡，外面熟了，里面还流黄，这是最好吃的。

不过，重烛现在那么大一条蛇，一颗蛋都不够他塞牙缝，估计也吃不了细糠，总归让他将蛋吃下去，让剖出的那一半魔元能重新回归他体内，应该就没问题了吧？

暮霜这般想着，跟着小黑蛇一路钻进了洞窟左侧的一个洞室里。这洞室有台阶上行，穿过走道，前方霍然开朗，竟又是一个不输外面那个温泉池的巨大洞窟。

比起水雾缭绕的温泉池，这里要干燥一些，但因为地热之故，这一处洞窟依然温暖，就像是一座天然的温室，的确很适合孵蛋。

洞中依照山势被打造出了数座亭台楼阁，皆是石造，上方有天然的开口，宛如天井，透气又透光。洞室内每隔几步便装有一座地灯，镶嵌着夜明珠，使得这一座山腹宫殿并不昏暗。

相比温泉池，这里要精致许多，更像是人的居所了。

这大概是重烛在温谷内起居的地方？

小黑蛇带着暮霜行过一座石桥，直接进了最大的那一间石殿。石殿没有门，内里也没有别的摆设，只有屋子正中摆着一墩巨大的浑圆的卵石，屋里地面上遍布着繁复的刻纹，看上去是一座法阵。

这么大的石头，纯然就像是一座小山包，一下就占去了石室一多半的空间。

暮霜看到它的第一眼，就不由得仰头望了望上方，怀疑是不是正好就是这个石头把头顶砸开的那么大一个洞。

小黑蛇停在了屋子里，扭头看她。

暮霜眨了眨眼，绕过这一墩碍事的大石头，把屋子转了一圈，愣是什么都没找到。她弯腰捧起小黑蛇，将额头抵过去，问道："重烛，你把蛋放在哪里的呀？我没有找到。"

重烛不知道该怎么说。

小黑蛇翘起尾巴碰了碰她的脸颊，见她转过头来，视线落在它尾巴尖上，才竖直尾巴尖，朝着正中那一墩巨大的石头指了指。

暮霜转头看一眼那小山一样的大石，又转头看一眼小黑蛇，再转头看一眼大石头，心里隐约有点猜想，但又觉难以置信，说道："我看到了，好大的一墩大石头。"

重烛道："这就是你留给我的蛋。"

暮霜无助地笑起来："你开玩笑的吧？我给你的蛋明明只有棋子大小。"

她的本体就是巴掌大的一只山雀，怎么可能生出这么大的蛋来！她现在跳起来，都摸不到这大石头的顶。

重烛的神识波动荡起些微尴尬的涟漪，说道："我最初的时候，孵化过它一段时间，以为孵化不出来，是灵力不够……"

天山寒冷，明明并不适合他长待，但重烛还是将这里打下来，设立魔宫，长居于此，外人都以为是他看上了天山的这座温谷。

这世上比天山温谷更温暖的洞天福地亦不在少数，他却唯独选了这里。一是因为暮霜曾经很喜欢这里；二是因为温谷很适合作为孵蛋的巢穴。

还有一个更为重要的原因，是因为天山有一门功法，天山修士诛妖除魔，能够利用法阵炼化妖魔内丹，将妖魔之气转为可供他们修炼的灵力。

暮霜留下的这颗蛋，灵气清透，重烛当然不可能用魔气污染它，每每孵化都会先利用天山秘法将魔气转为灵气，再哺入蛋内。

他这般日日喂，年年喂，当初那一枚棋子大的卵，就被喂成了现在这样的小山包。

哪怕它始终毫无动静，重烛每每盘在蛋上，用自身尾巴丈量这颗蛋，发现它又长大了不少时，都颇有几分“吾宝长得圆圆滚滚的，真好”的隐秘自豪。

当然，这种隐秘而自豪的拳拳父爱之心，在后来得知这颗蛋是枚未受精的卵时，终于一瞬间天崩地裂，摔到地上，碎成了渣渣。

重烛浑浑噩噩，现今都想不起来当时是怎么将这颗蛋带出巫医谷，又是怎么带回这里，重新安置回原处的。

他遭受的打击太大，连人身都维持不住，整条蛇像一条破麻绳一样趴在蛋上不吃不喝，一动不动，一连大半年毫无音信，吓得玄清急召回妹妹，兄妹俩在温谷的牌楼外眼巴巴地打转。

玄清差点都要亲身上阵，去寻一条小母蛇来，生一窝蛇蛋给尊上送去了。

当初重烛一直在寻找暮霜，哪怕活不见人，亦想要追入幽冥地府寻找她的魂魄。

魔修们投其所好，但凡涉及引魂招魄、幽冥鬼祟之事，不论大小，不论真假，都会被送到玄清手头。

玄清每日都要处理这些雪花片一样的消息，当时恰好从那些繁杂的消息里，看到了一条地方传闻。

说是当地的一位县官因为断案公正无私，上任十年平反了数桩冤假错案，从未出过差错，因而得了一个“青天”的美名。

美名传入地府，传说每到夜里，便有阴间鬼差前来邀这位青天大老爷前往地府断案。

这听上去像是一桩官员为笼络民心编撰的故事，不过玄清还是谨慎地派人去详细查探了一番，没想到，这样一则无稽之谈竟不是毫无根据。

这颗蛋就算再重要，都比不上暮霜十之一二。

因为这个消息，重烛才终于重新振作起来，他从这个县官入手，找到了一条通往黄泉幽冥的路径，闯入地府，想要寻回暮霜的魂魄，可到头来还是一无所获。

暮霜浑然不知这些过往，她站在那大得令人倍感压力的蛋面前，展开手臂比画了一下，约莫得有五个她手拉手才能将它合围抱住。

这颗蛋要是倒下来，能直接把她压扁。

暮霜伸手抚摸蛋壳，当初棋子那么小的一枚蛋，能长到现在这么大，她不用问都能猜到，重烛在这颗蛋上面消耗了多少心血。

在凌霄殿中时，暮霜听见魔主说他割去一半魔元塞进她的蛋里，那时的她还没有太过实质的感受。

现在，当她真真切切地站在这颗蛋前，伸手触摸它时，暮霜脑海里都能想象到，他每日盘缠在这颗蛋上，一点一滴地将自己的心血哺入蛋中的情形，想象到他日夜期盼破壳的心情。

但这颗蛋中，注定不会有生命破壳而出。

暮霜垂头站在蛋前，低声道："重烛，对不起……"她回来之后，好像一直都在道歉，可无论怎么道歉，都弥补不了这五百年的缺憾。

小黑蛇化作一缕黑烟飘到蛋壳上，从上方垂下头来，靠向她的额头，重烛的神识温柔地传递过来："不要道歉，你又没做错什么。"

可她确确实实让重烛难过了五百年。

暮霜抬手接住从蛋上滑下的小黑蛇，愧疚地道："重烛，你如果真的这么喜欢孩子的话，我可以……"

她说到一半，话音陡然断开，冲动的情绪被一线理智冲散，她想到他的真实身份，他并不仅是人间的一条蛇而已，他还是魔界的储君。

她无法确定等他重归魔位，恢复了魔界太子的身份后，还会不会需要她这样一只无能又胆怯的小雀。

温泉池里，重烛等了片刻，没等来她未尽的话语，主动开口安抚她道："我不是喜欢孩子，只因为那是你留下的，我才会格外珍视，你不用觉得愧疚，也无需补偿我什么，阿霜，我甘之如饴。"

一人一蛇静默了片刻，暮霜振作起来，她已经害他在红尘里耽误了五百年，不管他以后还需不需要她，她都要助他回归魔界。

暮霜试着搬了一下这小山一样的蛋，用了吃奶的力气，那蛋还是纹丝不动。

外面的温泉池，大概是烫不熟它的。

暮霜道："重烛，我没办法给你做温泉蛋了，只有你自己过来直接生吞它了。"

按照重烛的体型，应该是能吞下这颗蛋的。

重烛早就料到她搬不动它，从始至终就没期待过她的温泉蛋，应道："那你先回来吧，我的尾巴又有些痒了。"

"好。"暮霜垂头丧气地转身离开，在即将迈出这一间石殿时，她忽然听到"扑通"一声闷响，正是从她身后传来，像是心跳的声音。

暮霜蓦地停下脚步，愕然地回头看去。

她脚边的黑蛇也猛然竖起脖颈，扭头看了一眼殿中的蛋，凑过去咬住暮霜的裙摆，将她往外扯。

暮霜被扯得往外走了两步，不住地回头，说："重烛，我刚刚好像听到了心跳声？”

但这怎么可能呢？

这颗蛋是她亲自生出来的，能不能诞生生命她比谁都清楚，它怎么可能会有心跳。

这一次无需她低头去触碰黑蛇的脑袋，重烛的神识传音直接穿过山石，从温泉池那一方飘来她耳边，说道：“这是在山洞之中，一点轻微的响动都有回音，你大概是听错了。”

暮霜被说服了，又回头看了那蛋一眼，抬步往外走去：“可能真的是我听错了。”

第八章

闻到我身上属于你的味道，
是不是要安心一些？

九重云霄之上，云环雾绕，仙乐飘飘，仍是一派安宁之相。

卯日星君从天河路过时，正好碰见前来天河汲水的春辰神君，一行仙娥随在他身后，每人怀里都抱着一只竹篮，篮子里装满了姹紫嫣红的花草。

春辰怀抱长颈玉瓶，并指结印，天河水源源不断地流入瓶中，少许，瓶子装满，才盖上瓶塞，又取出另一只玉瓶来。

这些玉瓶里装的水，将会化成人间开春之后降下的雨露。人间有句常言“一年之计在于春”，春是万物生发之季，对人间至关重要，春日雨露丰寡，都得由这位掌春之神仔细衡量。

不过，在三百多年前的神魔大战中，春辰神君曾受了伤，已闭关许久，布春之事都由他手下仙官们去完成，没想到今日能见到他亲自外出。

一为掌春之神，一为司日星君，卯日星君和春辰神君素来交好，此时碰见，便迎上前去，寒暄道：“神君身体已无恙了？”

春辰回首见到他，也露出意外之喜，颔首道：“多谢星君挂怀，我身体已无大碍了。”

“那就好。”卯日星君高兴道，视线在仙娥们手里的花篮上扫一圈，“神君这么早就开始为布春做准备了？”

“人间已快要入冬，眨眼便到春日，早点做些准备，免得到时手忙脚乱，误了人间农时。”春辰说道。

卯日星君点点头：“看来我也得去催催那金乌。每到冬日，它便犯懒，久久不愿升天，要是春日还这般懒散，岂不耽误了神君的差事。”

春辰笑了笑，正欲开口道谢，便听他身后忽然传来一句小声的嘟囔，抱怨道：“今年的春定是比不上往年了。”

卯日星君诧异地看过去，见那嘀咕的仙娥表情恹恹，隐隐是有些不高兴，便问道：“此话怎讲？”

那仙娥显然已憋闷了一路，此时被人问及，立即迭声道：“还不是那悬圃园中的锦施仙子，三天两头告假不说，照顾花草也不上心……”

卯日星君和锦施的关系，并非人人知晓，这些布春的仙娥不知，春辰心中却明了，喝止道：“休要胡言乱语。”

春辰神君性子温和，御下也宽容，那仙娥想是确实气闷，竟不顾喝止，继续道：“方才去取迎春花的花种，锦施仙子偏偏又告假了，还没好生加固养护的阵法，使得虫害趁机而入，吃光了整片迎春花圃，人间恐怕有好些年都见不着迎春花了。”

迎春花，迎春花，没有迎春花的春日，当然有所缺憾。

别的仙娥篮子里都装了满满当当的花种，唯有她的篮子里显得空空落落，可见她确实心中不平。

春辰表情冷凝下来，语气也不复往日温和，说道：“怎么，你现在是连本君的话也听不进了？”

那仙娥见他动怒，这才闭上嘴巴，跪地认错。春辰欲要罚她，卯日星君见状连忙出言相劝，春辰这才息事宁人，先将那一群仙娥打发了回去。

春辰歉意道：“悬圃园中都是灵植仙草，难免滋生虫害，稍有疏漏便会泛滥成灾，实在怪不得锦施仙子身上，我手下仙子出言无状，星君勿要往心里去。”

卯日星君摆了摆手：“仙子也是为布春一事着急，才会这么心直口快。”他担忧道，“少了迎春花种，可会对开春有影响吗？”

春辰摇头：“无妨，没有迎春花，也还有别的花可报春信。”

卯日星君放下心来，两人又闲聊了两句，才各自道别。

方一离开天河岸，卯日星君脸上的表情便沉了下去。他反身往三重天去，入悬圃园里一问，锦施果然请了一日假，告假的理由竟还是要来光明宫为他照顾向日葵花。

锦施这般两头欺瞒，卯日星君用脚趾都能猜到她想搞什么鬼。

他前脚才劝告过她不要掺和魔界太子和小雀仙一事，没想到她后脚就直接将他的话当成了耳旁风。

卯日星君心中甚是恼怒，从天门而出，直接下界去了唤日岭。

像卯日星君和春辰神君这种在下界有事务在身的神仙，天门守卫并不会多加阻拦，众人也都知道，那大日金乌到了秋冬之日，会越发懒散，时不时需要卯日星君去催上一催。

人间正是深夜时分，唤日岭中亦是一派寂静，只有当太阳快要升起时，这里才会陡然热闹起来。

锦施的母亲，便是坐拥这座唤日岭的大妖——雉妖夫人。

卯日星君来得太过突然，她还在榻上安眠，被人唤醒才匆匆穿衣起身迎出来，惊喜道："星君怎么来了？快快，为星君看茶。"

"姨母，不用劳烦了。"卯日星君先行一礼。在他年幼之时，母亲便去了西方灵山修行，卯日星君曾受这位雉妖夫人看顾过一段时日，因此以"姨母"相称。

他开门见山地问："锦施可回来唤日岭了？"

雉妖夫人疑惑道："没有啊，她不曾回来。"

卯日星君当即皱眉头，雉妖夫人见状，忙问道："怎么，她是不是又在天上闯了什么祸，给星君添麻烦了？"

"我匆匆赶来，便是怕她闯下大祸。"卯日星君道，"姨母可有什么法子能联系上她，看看她究竟在何处？"

雉妖夫人很少见到他面色有如此凝重的时候，心中也担忧起来，立即叫人取来平日联系锦施的物件，结果试了几次都未能成功。

卯日星君道："我来时的路上已试过联系她，可都无用，定是有什么东西阻断了她与外界的联系，用寻常的法子恐怕不行，姨母可有些别的办法？"

雉妖夫人闻言，更加担心不已，想了想，说道："我与她母女连心，待我用神魂召唤之术试试。"

她说着起身上榻，盘膝而坐，闭上眼睛。

天山，临渊楼。

锦施被人取走随身法器，又被剥走羽衣，头顶有重重结界封锁，自上次被搜魂之后，便再无人踏进这里。

她几乎将整座庭院砸毁了一半，时而大骂，时而哭求，求守在外面的人归还她的羽衣。

她什么都可以不要，她只想要回自己的羽衣。

没有羽衣，她就再也回不去天界了。

可把守在外面的人依然无动于衷，只每日往临渊楼里送一份人间低劣的吃食，也不管她吃是不吃，不管她怎么叫骂，都无人搭理。

锦施瘫坐在残垣断壁间，深切怀疑自己会不会要像这般被囚禁一辈子。就在她快绝望之时，锦施忽然听到意识深处一声焦急的呼唤："锦施——"

锦施蓦地顿住，坐在黑暗中睁大了眼睛。她的心跳剧烈起伏起来，埋首抱住膝盖，如同抓住最后一根救命稻草，意识沉入灵台，拼命喊道："阿娘，母亲，母亲，救救我，你快来救我！"

雉妖夫人急问："我儿，你在哪里？"

锦施这时候也顾不上隐瞒了，一口气将自己的所在全部吐露了出去，求道："母亲，你快来带我回去。实在不行，你去求求表哥，我知道错了，我不该不听他的话……"

雉妖夫人将她的话转述给卯日星君，又好好安抚了锦施一阵，让她不要着急，他们一定会想办法将她救出来。

这边厢，雉妖夫人虽知晓了锦施的所在，可想要将她救出来，也不是一件易事。

人间正、魔两道相争，显而易见，魔道占据着上风，人间妖族要么依附魔门，要么躲藏起来，苟且度日。

唤日岭中的妖族还能置身事外，有这么一处不受正、魔两道侵扰的独立山头，皆有赖于卯日星君的关照，但要是他们主动去招惹，那魔头可不是那么好说话的。

雉妖夫人望向卯日星君，焦急地问道：“星君，你看这该如何是好？他们剥了施儿的羽衣，该不会真的想要弑仙吧？”

卯日星君在屋内来回踱步，他早知锦施的脾气，却也没想到她胆子会这么大，重烛要只是个人间的魔修还好，偏偏他是魔族太子。

且司命星君已为那小雀仙编好命牒，仙神要是插手，很容易扰乱原定命数。

可雉妖夫人对他有养育之恩，卯日星君又不能真的撇手不管，总归先前也是他看管不严，才叫锦施钻了空子，跑下界来。

他思索良久，说道：“姨母，天界仙神不能干预下界之事，我若出手便有违天规，此事由您来做，反倒方便些。”

雉妖夫人惶然道：“可我也打不过那魔头。”

卯日星君道：“我虽不便亲自动手，但可以赠一些法器助您，您于我有养育之恩，我孝敬您是天经地义之事。”

说着，他从怀里取出一面巴掌大的铜镜，继续道：“这面镜子名唤耀日镜，其中收纳的乃是每日第一缕日之精华，祭出之时强光能照百里，不论是谁在耀日镜下都会双目暂盲，不辨东西。”

雉妖夫人接过镜子，又见他从身上扯下一根翎羽，化成一柄匕首，递来道：“届时，您先用耀日镜罩住天山，再用此匕首划开结界，将锦施带回。”

雉妖夫人接过匕首，连连道谢。

卯日星君想了想，又叮嘱道：“他们将锦施囚禁起来，应是想从她身上查探什么，一时半会儿当不会伤她。姨母千万不要鲁莽行事，先安抚好锦施，让她不要着急，待重烛不在天山之时再动手，切记不要和他正面冲突。”

“好，我都听你的。”雉妖夫人保证道。

眼见天边久久未露朝光，卯日星君起身道：“我还要去扶桑一趟，不便久留了。”

天边露出的第一缕光斜斜地照入洞窟中，照出那盘踞在石柱上的巨大影子。

重烛蜕皮之时消耗极大，平常完全可以不用睡觉的人，在这个阶段都需要时不时地陷入沉眠恢复体力。

温泉池边的热雾太浓，暮霜没办法长时间待在那里，待重烛睡着后，便会回到存蛋的洞室里休息。

虽然重烛那样说过了，暮霜心中仍残留一丝疑虑，在洞室之时，便常常趴在那大蛋上面，将耳朵贴在蛋壳上倾听。她听来听去，却再也没有听见过里面传出任何动静。

如此，尝试了数回，暮霜终于确信，那天真的是她听错了。

重烛现在蜕皮蜕到一半，半蜕下的蛇皮挂在温泉池中间石柱子上，也无法离开那里，只能等他蜕完后才能来吃了。

暮霜直起腰来，打了个呵欠，眼见头顶天井中漏下的天色越来越亮，转身往外走去。

她已在这温谷中待了七日了，温谷有地热之故，四季如春，草木生长得很好，谷中遍地都是野花，还有不少果子树，暮霜随处一逛，都能采到不少果子来吃。

玄清每日也会准备吃食装在食盒里，放到温谷外的门楼下，暮霜去取来食盒，自己吃了一点，剩下的都给重烛带去，路上还顺便采了一堆野花。

重烛半梦半醒之间，只觉得一双手在自己尾巴上摸来摸去，待消停下来后，他收回尾巴一看，乌黑的蛇尾上被套了一圈鲜亮的花环。

今日的花环口径有暮霜双手圈起来那么大了，意味着她已经能接受这么粗的蛇身了。

“重烛，你看，很快我就能完全接受你了。”暮霜说着，将食盒从屏风一侧推进去。

温泉池畔堆了一堆花环，花环堆叠在一起，能明显看到它从小到大的过程，暮霜每日摘的还是不同的花，颜色搭配得很漂亮。

重烛尾巴尖晃来晃去，来回打量着那一圈花环。浅紫色的花瓣圈在乌黑的蛇鳞上，他昨日还觉得她编的黄色花环好看，今日便又觉得这紫色花环好看了。

但尾巴上那圈已足够大的花环，和他淹没在水底下最粗的部位相比，还远远不够。

好在，等蜕皮期结束，他便能控制自己的体型了。

“我都不知道温谷里面还有鸢尾花？”重烛笑问道，用魔气掀开食盒，吐出蛇信，将那些可有可无、不够他塞牙缝的食物卷进肚子里。

“你肯定没有好好逛过温谷，东南边，穿过树林，那里有一大片鸢尾。”暮霜说道，用力地揉了揉脸，倚靠着屏风坐下来，“等你蜕完皮，我带你好好逛一逛。”

虽然她的语气听上去很有活力，但重烛还是从空气中捕捉到了她身上疲惫的信息。

她想睡觉，但这里处处充斥着蛇的气息，她时常惊梦，根本无法入眠。

重烛唤道："阿霜。"

"嗯？"暮霜打起精神，仰起头来，便见重烛用蛇尾卷着一块玉珏从上方垂下来，放进她手心里，"我有事要交代玄清去办，要麻烦你再跑一趟，将这块留音玉交给他。"

"没问题。"暮霜捧住玉珏，"那你乖乖在这里等我。"

暮霜出了温谷，将玉珏交到玄清手里，转身走出去没多远，又被玄清唤住。一群侍女涌上来，将她簇拥着往一座殿宇里走去。

"欸？怎么了，玄清大人这是做什么？"暮霜挣扎道，"我还要回去呢。"

玄清跟在身后，一边吩咐侍女，一边回道："尊上吩咐我的事，需要娘子在才行，娘子如果不配合的话，尊上出来会打我板子。"

暮霜听他这么一说，哪里还敢反抗，就这么手忙脚乱地被侍女们拥入净室，沐浴洗漱，从头按摩到脚，揉得她骨头都快酥了，才为她擦干头发，换上轻薄的绸衣。

暮霜被人洗洗涮涮了一番，最后坐进那云团似的床榻上，闻着殿中袅袅飘升的安神香，眼皮犹如千斤坠。

玄清在屋外朗声道："娘子安心入睡吧。尊上说了，等你醒来后，就能见到他了。"

暮霜浑身松懈下来，歪倒在床上，眼睛将将合上，意识便已沉入深眠中。

从重烛入主天山以来，温谷无人能进，他在天山之时，亦大多数是独自一人常留在温谷之中，以前五百年的岁月都是这般过来的。

可现下，在经历过有暮霜陪伴的日子后，他忽然觉得独自一人竟是这样难挨。

暮霜才踏出温谷那一座门楼，他便开始想她了。

温泉池中的水声"哗啦啦"响动，越发急促。庞大的蛇影在石柱之上缠绕、蠕动，迫不及待地想要扯下残留在身躯上的蛇皮，连觉也不想睡了。

在重烛没日没夜地努力下，终于在第二日的傍晚，最后的一点蛇皮从他尾巴尖上"啵"的一声扯离下来，蛇尾脱力地从石柱上滑落下去，砸进水里，溅起一片水花。

大蛇瘫在池子里休息了一会儿，水波荡漾间，能看到水面底下粗壮的蛇躯，新蜕之后的每一片蛇鳞都浓黑如墨，每一寸肌肉的蠕动都能闪动出玉石一般的光泽。

这样庞大的一条蛇，本该是极为恐怖的，却又有一种诡异的美感。

少顷，大蛇猛然竖直身躯，伴随着水声巨响，从温泉池中冲出，白花花的水浪从它身上飞溅开来。

“哗啦——”

水花落地之时，那庞大的蛇躯也随之消失不见，重烛赤脚踩上池边，水珠从他身上淌下，顺着指尖滴落至池畔的花环里。

花环被温泉水的热气熏蒸多日，早不复最初的鲜艳，花瓣软奄奄地蜷缩成一团。重烛俯身捡起地上花环，一缕魔气从掌心溢出，顺着花环缠绕一圈。

枯萎的鸢尾花便如同重新洗饱了甘露，花瓣舒展开来，重新恢复了生机盎然。

重烛唇角微动，一个笑容还未成型，那复苏的鸢尾突然极速地枯萎下去，只一个眨眼，紫色的花瓣便全部发黑腐烂，死得不能再死了。

他懊恼地“啧”了一声，左右看了看，将这个枯萎的花环丢进了隐蔽的石缝里。

他从剩下的花环里，挑了一个生命力顽强、看上去还算鲜活的白色碎花花环，抬脚踩入花环中，将它缩小到合适的大小，套在脚脖子上。

只是……

明明套在尾巴上时还挺相衬，怎么套在脚上就这么奇怪。

在试着将它套在脚上、套在腰上、套在脖子上、套在手腕上后，他成功地又折腾坏了一个花环。

重烛将那散落的顽强小白花花环塞进石缝中，俯身捡起剩下的花环。这一次他不敢再有什么小动作，小心地将它们挂在了屏风上。

做完这些，他才抬步往外走去，周身萦绕的魔气，很快将他身上的水汽带走，湿漉漉的长发也慢慢干燥起来。

魔雾裹在身上，化作一件纯黑色的衣袍，遮蔽住了这一具结实的身躯。重烛抬手将干透的长发从衣袍底下拨弄出来，用发带随意地绑了一绑。

晚风从洞窟外灌进来，吹开水雾，他身影一晃，从雾气中消失，化作一缕黑烟飘向左侧那一间洞室之中，在那颗山包一样的蛋前重新显露身形。

蛋壳之上还残留着一点属于暮霜的气息，重烛不由得笑了一声，脑海里已经想象到，她趴在蛋上听里面动静的模样。

这颗蛋中有了心跳。

重烛眼中的笑意转瞬即逝，眸光森冷，抬手抚上蛋壳。

蛋壳之上亮起微光，那厚实无比的蛋壳在他的掌下渐渐变得透明起来，显露出蛋壳内的景象。

五百年来不断哺入蛋里的灵气凝结成了胶质一样清透的灵髓，这样大的一墩灵髓石搁在修真界中，已足够养活一个数百人的宗门。

可奈何，这蛋中的灵髓并不纯粹，越往深处，灵髓便渐渐染上了魔气，魔气愈浓，颜色也越发黑浊，到最后已纯然变成了一团黑雾。

在黑雾的中心，封印着一颗不死不绝的魔心。

那不断往外逸散、想要冲破蛋中灵髓压制的魔气，便是从这颗暗红色的心脏里流淌出来的。

心脏之上遍布着蛛网似的伤痕，细碎无比，是这么多年来，重烛从身上一刀一刀割离出来，封入其中，其上的每一道伤痕都能看出将它割除下来之人狠绝的决心。

魔心每复苏一分，他便割离一分。

它都被碎成了这么多片，竟还能有心跳。

掌心之下忽然一震，蛋壳内传出“扑通”一声轻响。

重烛倏地抬眸看去，那被灵髓禁锢在中心、支离破碎的心脏，在他的注视下，清晰地搏动了一下。

仿佛是在挑衅。

重烛胸腔里面同时一震，竟生出共鸣，他跌跌撞撞地往后退了两步，周身的魔力忽然暴涨，魔气冲荡开他的衣袖，皮肤底下暴突出根根青筋。

“扑通——”

蛋壳之内又是一声心跳搏动，引动他体内的魔力再次暴涨。这种力量澎湃的感觉实在令人着迷，他本就拥有睥睨天下的实力，只要收回魔心，这些力量都将回归他体内。

重烛耳边又回荡起那个蛊惑的声音。

“吾儿，你生来是魔，魔心永不会绝，这才是你的本心，就算你日日割，夜夜割，也割之不尽。你的魔心早晚会吞噬那一颗无用的凡心，到时候，你便会重新懂得，什么情啊爱啊都是虚妄，这世上唯一值得你抓在手里的，只有权势和力量。”

权势和力量。

不，他不止想要这些，他还有更想要的，更想抓在手里的……

重烛用力甩了甩头，将这个声音甩出脑海，抬手按在心口，掌心魔气化作锋刃，没入心口，一缕血红色的阴翳从他胸腔内被硬生生割离出来，反手一掌拍入蛋壳之中。

地面的法阵猛然大亮，将他身上溢出的魔气炼化为灵气，压着那一缕新割离下来的魔心，封入蛋中。

此消彼长，蛋壳内的魔心红光黯淡下去，凝滞不动，重又陷入死寂。

重烛盯着那蛋良久，转身往外走去，他摊手召出一道实时的传讯符，问道：“桑莲，我要一种药，能完全消除我本体的气息，让人不再惧怕我。”

他等不及让暮霜慢慢接受他了。

传讯符另一边传来桑莲摸不着头脑的声音：“啊？让人不再怕你？这怎

么可能啊，我恶名昭著的魔尊大人，你也不想想你是谁，就你那阴冷无敌、穷凶极恶的蛇蝎气场，只要是个正常人都会怕你吧？就算是有药，也不可能完全消除你的气息，鄙人做不出来，尊上请找别人吧。”

重烛淡声道：“行，刻好墓碑等我。”

传讯符猛烈地闪烁了几下，桑莲在那头叫道：“你看你动不动就喊打杀的，谁不怕你？你知道我跟在你身边这三百年来都是怎么过……”

重烛抬手切断了传讯符，缓步往温谷外走去，快要走到悬崖之上那一座汉白玉门楼时，传讯符重新闪动起来，另一头终于又有了话音。

桑莲问道：“敢问尊上，您是想要大家都不再惧怕你的气息，还是只想要某个人不怕你呢？”

重烛反问：“你说呢？”

桑莲在那边干笑一声：“其实你如果只是想要那位小娘子不再怕你的话，倒是有一个法子，也用不着什么药，就是魔尊大人要稍微牺牲一下……”

重烛跨过门楼结界，外面的风雪扑面而来，呼啸的寒风掠过他身旁的传讯符，将闪动的符文吹散。

重烛挥袖扫开碎雪，片雪不沾身，身形化作一道黑影，极速掠过雪松林，朝着天山之巅上那一片璀璨的琉璃宫殿飞去。

余晖从天边隐没，夜色笼罩大地，重烛瞬影踏入大殿中，袖摆带起的风吹动得烛火摇荡，床幔被风卷开，露出榻上沉睡之人的面庞。

暮霜侧躺在床上，呼吸平稳起伏，白皙的脸颊上透出一团红晕，睫毛在眼下投出弯弯的月牙影，一缕碎发搭在她脸上，随着呼吸轻轻拂动。

重烛站在床沿，伸手过去，想要摸一摸她的脸颊，那一缕发丝飞扬起来，正好扫过他的指尖。

他的动作一顿，屈指勾住那缕发丝，丝丝缕缕的魔气从指尖涌出，顺着发丝蔓延至她身上，与她身上那碍眼的障眼法相撕扯。

暮霜在睡梦中闷哼了一声，眉心皱起。

重烛依然没有罢手，魔气一点点撕开她面上的伪装，露出底下的真容来。他伸手，指尖轻柔地落在她脸上。

暮霜身上的障眼法骤然溃散，她也被从梦中惊醒，蓦地睁开眼睛，一眼看到站立在身前的高大身影。她心脏骤然缩紧，飞快地往床榻内侧缩去，后背抵上墙壁，抬眸看清了他的面容。

“重、重烛……”

他出现得实在太突然了，暮霜毫无心理准备。她抬手按在心口，试图平复自己“咚咚”跳个不停的心脏，好在，比起面对那一条庞大的蛇躯，对着重烛的人身，她能接受得更快。

暮霜露出笑来：“你蜕完皮了？”

重烛坐到床沿，目光一直定格在她脸上。她身上的障眼法失效，重烛能轻易透过她的人身，看出她的本体来。

一只羽毛都快要炸飞起来的毛茸茸的黑白色小雀。

他懊恼道：“我太想见你了，结果又吓到了你。”

暮霜连忙摇头：“不关你的事，我本来也陷在难受的梦魇里，幸好你把我唤醒了。”

重烛目光微凝，问道：“什么样的梦魇？”

暮霜回忆了一下，露出纠结之色：“我也说不清是什么梦，就是在梦里老是听见有人哭喊，叫人去救她，放她出去，我一直想要找她，却怎么也找不到……”

在梦里时，她迫切地想要救人，醒来后，梦里的一切都烟消云散，这种心情也很快散去。

毕竟只是一个梦而已。

什么都比不上眼前之人更重要。

暮霜眨眼看向垂眸沉思的重烛，他还和从前一样，每一次蜕完皮后，都会变得格外好看些，就像是新剥了壳的鸡蛋，干净得不染尘烟。

她咽了咽口水，深吸口气，问道：“那我是不是可以重新标记你了？”

重烛被她的话音唤回注意力，唇边漾开一抹笑意，朝她摊开手心，无奈地道：“你先从角落里出来。”

暮霜：“哦。”感觉到威胁，飞快地躲起来，这是小鸟的本能。

重烛握住她伸来的手，问道：“想好要标记在哪里了？”

暮霜立即点头，双眼亮晶晶的：“嗯。”

重烛摆出任人采撷的模样，满怀期待道：“来吧。”

暮霜靠过去，伸手撩开他松垮的衣襟，在结实的胸膛上戳了戳，说道：“你别故意绷着，我听说放松的话，这里的肌肉是软的。”

重烛挑了下眉梢，放松下来：“你听谁说的？”

暮霜：“玄清，他还让我摸了摸。”

重烛：……玄清，好得很，早知道在窝里时，就该把它拍烂算了。

暮霜低下头，往他心口上咬去。重烛闷哼一声，伸手捻住她的发梢，将乌黑的发丝缠绕到手指间，继续问道：“你不怕他？”

暮霜用了力气，直到舌尖尝到一点血味，才松开牙齿，抬起头来，比画道：“他只有这么小一条。”

重烛气笑了：“你是怪我长太大了？”

暮霜抿了抿唇：“没有。”但她的表情，看上去分明是有一点怪的。

那么大的蛇，她这只小雀都不够塞牙缝。

暮霜抚摸过那个新鲜的牙印：“会疼吗？”

重烛摇头：“还不够。”

暮霜疑惑地眨了眨眼：“可我以前也是这样的啊。”

重烛叹一口气，说道：“阿霜，我等不及你慢慢适应我了。”

暮霜一下慌乱起来，抓住他的袖子，保证道：“我其实已经不那么怕你了，真的，只要再给我一点点时间就好。”

重烛抚了抚她眼下未褪干净的青痕：“你连觉都不敢在我身边睡。”

暮霜颓然地坐回去，她清醒的时候，做好心理准备，的确可以像这般坐在重烛身边，鼓起勇气去一点一点接受他庞大的蛇躯，但睡觉是一个心神彻底放松、最毫无防备的状态。

她实在没有办法安心睡在远比自己强大得多的天敌身旁，至少现在的她还做不到。

暮霜垂着头，闷声道：“对不起。”

重烛伸手托起她的下巴，让她看着自己：“阿霜，在你完全接受我之前，我不会对你做什么，但现在需要你对我做点什么。”

暮霜不解：“需要做点什么？”

重烛抓住她的手，按在自己身上，一点点挪动着她的手掌，让她的指尖划过自己的身躯，就像是在巡视领地一般。

“需要你用你的气味完全覆盖在我身上，让你以后见到我，首先从我身上嗅闻到的，不是我的气息，而是你自己的气息；首先想到的，不是我是令你惧怕的蛇，而是，我是属于你的——蛇。”

暮霜的手指最终被按在方才留下的齿痕上，重烛继续道：“所以，这样的标记还不够，远远不够，阿霜，你要把我的身体当作你的领地来标记。”

暮霜在他的话语中慢慢睁大眼睛：“可、可我没有过领地……”

她飞升之前，就是梅花山上一只小山雀，不被其他凶禽野兽捉去吃了就算好的，哪里能轮得到她有领地；飞升之后也只是悬圃园里的小仙，还没有资格拥有自己的洞府。

重烛沉默了片刻，问道：“那你见过别的野兽是如何标记地盘的吗？没见过的话，我现在就带你去看看。”

他说走便要走，握住她的手站起身来，暮霜忙道：“不用了，我见过的！”

梅花山上曾有一头雪豹，它就是那山上的山大王，暮霜的鸟窝也在它的领地内，经常会见着雪豹巡视地盘。每次标记地盘时，它都会将那条毛茸茸的大尾巴翘德老高，撅起屁股到处蹭。

每当它蹭过之后，那些草木山石上，就会留下浓郁的气味。

暮霜满脸通红，头顶快要冒出烟来，捂住脸绝望道：“不行不行不行！绝对不行！我做不到——”

在重烛眼中，他可以透过她的人身，清楚地看到她的原身法相。

半透明的山雀法相蹲在她快要冒烟的脑袋上，蓬松的羽毛奓成一个浑圆的毛团，脑袋埋进翅膀里面，是一副不愿面对现实的逃避之态。

重烛的眼神显而易见地黯淡下去，连瞳仁里的光都灰暗了，扯出一个笑容来，妥协道：“好吧，阿霜实在不愿意的话，就算了。”

暮霜分开双指，目光从指缝间望出去。瞧见他黯然的眼神、勉强扯出的微笑，她心里的愧疚像是泉涌一般“咕噜噜”往外冒，瞬间就将她淹没了。

她咬了咬唇，直起腰来，冲动地拽住他的手腕，心脏“怦怦”直跳：“重烛，如果真的别无办法的话，我也可以试试。”

重烛低垂的眼眸倏地抬起，睫毛像蝴蝶的翅膀一样剧烈颤抖了一下，眼中似有星光闪耀，凝视着她问道：“阿霜，你真的愿意吗？”

暮霜被这样闪耀的一双眼睛看着，又怎么忍心再见它黯然下去。她用力点头：“嗯，我会努力的。”

许是因为羞赧之故，暮霜的手心烫得要命，那火热的温度从他的皮肤渗入，顺着经脉涌入心间，将他的心也融化成了一潭水。

她还是如此，一直都没有变过，从不会将难题抛给他一个人解决。

不管身处在什么样的困境里，即便再如何为难，她都会努力地向他走来，让他能清楚地感知到她的爱意，让他知道他们是在双向奔赴，而非他一个人在强求。

“那我现在是不是要去多喝点水？”暮霜感觉自己整个人都要熟透了，顶着爆炸的羞耻心问道。

重烛体内的血脉沸腾，眩晕的目光死死定在她柔软的唇瓣上，看着它上下翕动，说了什么话，他没有注意，只注意到下唇上一道浅浅的齿痕。

他的喉结上下滚了滚，控制不住地想低下头去，将那唇瓣含进嘴里，细心地抚慰那被咬得可怜巴巴的唇，想象着它们在自己的唇舌下变得殷红湿润，就像从前一样。

暮霜没等来回应，歪着脑袋，去看他的眼睛：“重烛？”

重烛对上她清澈的眼眸，饥渴到发晕的脑子蓦地清醒，回过神来，茫然道：“什么？哦，水，你刚才说要喝水是吗？”

他回头左右看了看，窗前的软榻几案上准备着点心和茶水。他抬起手来，魔气从手心里涌出去，托起几案上的茶壶，倒了一杯茶水，飞来手里，茶水在他手心里冷却，温度正好，送到暮霜嘴边。

暮霜捧住茶盏，喝完了一杯。

茶壶飞过来，又续上一杯，重烛问道：“还要喝吗？”

暮霜看了看重烛那高大的体型，捧住茶盏：“那再喝一点吧。”

她一口气又喝了半盏，实在喝不下去，重烛仰头把剩下的半盏茶干了，挥一挥手，将茶壶送回原位。

茶盏落回桌上时撞出“咚”一声响，打翻了茶壶，茶水倾洒出来，顺着桌角滴滴答答地淌下。被撞落的茶盖从几案上滚落下去，在软榻上打了一个转，掉到地上，“啪”一声摔得四分五裂。

重烛的魔气第一次这般不平稳，这一连串的动静好像飞溅入油锅的火星，使得寝殿里的气氛更加焦躁了。

两人对视一眼，一时间都没有说话，但似乎又从那对视的眼眸中读到了千言万语。暮霜心跳得比那几案上成串滴落的水珠还要快，往床内侧让去，说道：“你先躺下来？”

重烛分明才喝了半盏茶，现下嗓子眼里却又开始干涩得发紧，从鼻子里应声道：“嗯。”

他和衣躺下，身量挺拔，四肢修长，一人便占去了床榻上大半的空间，躺得比棺材里等待收敛的尸体都还要板正。想了想，他又将拢好的衣襟扯开，露出大片的胸膛来，左胸口上那一个牙印凝着一点血痕，鲜艳夺目。

暮霜在他旁边坐立难安，扭来扭去：“要、要从哪里开始？”

重烛目光灼灼地盯着她：“既然是你的领地，当然由你自己来决定先标记哪里，后又标记哪里。”

暮霜被他的眼神看得更加难安起来，说：“我知道了，你闭上眼睛，先别看我。”

重烛听话地闭眼，身旁安静了片刻，响起一阵窸窸窣窣的轻响，紧接着眼睛上覆来一样东西。暮霜不知从哪里摸出一条发带盖在他眼睛上，说道：“你抬一下头。”

“我不会偷看的。”重烛无奈地道，对无法一直看着她有些不满，但还是配合地抬了下头。

暮霜用发带裹住他的眼，在侧面打了个结：“我不是怕你偷看，是你的眼神太过分了。”

重烛愣了下，随后笑出声来：“啊，抱歉。”

“……不准笑。”上方飘来一声羞恼的嘀咕，重烛深吸口气，止住了笑声，但嘴角的弧度却怎么也压不下去。

屋里安静下来，重烛耳朵尖动了动，听到几案上残留的茶水从桌角一滴一滴掉落的声响，从最开始坠连成珠，到现在，要隔上许久才会掉下一滴。

要不是身边还有她压抑的呼吸，重烛都要怀疑她是故意想把他的眼睛蒙上，然后逃跑了。

他等了好久好久，终于有一个重量小心翼翼地压在了他的肚子上，像是一团温柔的火焰落进了怀里，没有多余的阻隔，非常直接的皮肤相贴，来回蹭了蹭。

重烛完全没有料到她会这么直接，脑子里“轰隆”一声，被发带覆盖下的眼眸睁大，胸腔猛地起伏，重重喘了一口气：“阿霜？”

暮霜也被他的反应吓了一跳，立即支着手臂撑起身来，不知所措地道：“不是这样的吗？”

重烛抬手握住她的胯按回去，脑子里连环炸着烟花，炸得他头晕眼花，心花怒放，还必须要万分克制，故作镇定地回答：“是这样，你做得很好。”

暮霜僵立在那里，起也不是，坐也不是。

腰间被捏了一捏催促，重烛忽然没来由地问：“你还记得你种在院子里的那株葡萄藤吗？”

“记得。”暮霜心慌意乱地答。

那棵葡萄藤算是她亲手种下的，费了不少精力照料它。那葡萄藤也很争气，每到夏秋之际硕果累累，满院都是葡萄果香。

暮霜会采一些来酿酒，剩下的榨成汁、做成果酱等，那株葡萄藤结的果子实在太多，他们两人根本吃不完，偶尔也会浪费掉一些。

她正疑惑重烛为何会在这时提起葡萄时，就听他接着往下说道：“你就把自己想象成是一串葡萄好了，就像以前一样，碾出葡萄汁水来，抹在我身上。”

暮霜想也没想地反驳：“怎么可能，我哪有葡萄那么多……”她蓦地闭嘴，感觉再说下去好像不是什么正经话。

即便她已经及时止住了话头，但重烛还是领会到了。他抬起头来，似乎隔着发带朝她的方向看了看，一本正经地肯定道：“你有的，我又不是没见识过。”

她胡乱地伸手捞起内衬的裙子，恼羞成怒地道：“我可以把你的嘴巴也堵上吗？”

重烛躺回去，摊开双臂道：“那我就真的变成一块石头、一棵树，随便你怎么标记了。”

暮霜将裙摆揉成一团，塞进他嘴里，这下重烛什么都说不出来了，只剩下闷闷的哼声在喉咙里响。过了一会儿，暮霜又给他扯开了。

重烛舔了舔干涩的唇，疑惑道：“怎么？”

暮霜：“……我感觉我像是强迫别人的恶霸。”

什么样的恶霸能这么招人喜欢？

重烛没忍住笑了一声，抬起手来，张开修长的手指：“你以前教过我怎么处理葡萄，碾出汁子来，我还没忘记那个手法，如果你需要，我可以帮你的，阿霜。”

“别说了。”他怎么能一本正经地说这么多话？暮霜又将裙摆塞了一点回去他嘴里。

到了最后，她终究还是伸手过去，捏住了他的手指拽向自己。

直到天边微亮，她昨夜喝的茶，全部以另一种方式交代出去。

暮霜累得瘫倒，被重烛抱去沐浴，从净室的镜子里看到自己的模样，差点滑进水底。重烛眼疾手快地捞住她，问道："怎么了？"

"我我……我身上的障眼法呢？"暮霜抬手捧住自己的脸，惊讶得舌头都快要打结了。

重烛浑不在意道："被我撕开了，我觉得你本来的样子更好。"

暮霜下意识地仰头看了看头顶，嘀咕道："这样不行吧？"

重烛也跟着她抬眸往上望了一眼，嗤笑道："有什么不行？反正也没有天降落雷，把我们劈死。"

……有点道理。

障眼法撕都撕掉了，就算想弥补也晚了，暮霜只能接受。能够回归自己本来的模样，她其实也很开心。

沐浴完回来，床榻已经被清理过了，一想到原先那一片狼藉的褥子，暮霜恨不得找个地缝埋进去。她裹在被子里，眨着泪蒙蒙的眼睛看他，怀疑道："你说的这个方法真的管用吗？"

重烛伸手过去，让她自己闻一闻："你看，洗过之后，还是有你的气息，闻到我身上属于你的味道，是不是要安心一些？"

暮霜点点头，不仅是安心，她心中还莫名有一股成就感，要是没有这么累的话，甚至有点想跳到枝头上高歌一曲。

梅花山上那头雪豹，每次标记完都要"嗷呜嗷呜"地叫半天，以前暮霜很不理解，还嫌弃它叫得难听，现在倒是有点理解了。

暮霜一连努力了好几天，非常卖力地想要将自己的气味覆盖到他身上。但重烛自身的气场实在太强大了，即便她已经这么努力了还是收效缓慢。

重烛偶尔情绪激动，一不留神散发出来的属于蛇类的阴冷气息，还是会让她不禁打寒颤。暮霜无法与他同榻而眠，她想睡觉时，重烛便会离开。

虽然收效缓慢，但重烛身上的的确确有了她的气息，这个气息在每一日的叠加中，深入肌理，与他自身的气息交融在一起，一点点软化了他身上冷冽的气场。

连暮霜自己都没意识到，在与他的日常相处中，她其实已经越来越放松了。

冬日来临，天山上的风雪越来越大，覆盖住天山之巅的结界将白茫茫的雪全都挡在了外面，寒气也从地底往上冒。

宫殿中的暖炉烧得很旺，即便如此，重烛还是变得懒洋洋的，不愿动弹了。

就连玄清都是一副随时都要躺到地上，就地陷入冬眠的状态。

在暮霜第三次从外面的雪地里，把冻成蛇棍的玄清掏出来，急匆匆捧进屋子里烤火时，重烛终于忍无可忍，对刚醒过来的人下了驱逐令。

“你去歧罗江畔，把燕歌换回来。”

玄清颇有些委屈：“她天天只知道干仗，怎么照顾得好尊上。”

暮霜在旁边拍胸脯：“没关系，我可以照顾好他的。”

燕歌那边早就做好准备，将一切都安排妥当了，就等着玄清来接班，完成交接的当天就风风火火地冲回天山，一袭红衣裹带着外面的风雪，闯入重烛休憩的殿宇。

她大步踏进殿中，还没来得及行礼，先耸动鼻尖嗅了嗅，垂涎三尺地惊叫道：“我的天啊，尊上，你身上怎么有这么浓的一股好吃的小鸟味？你们是不是又背着我偷吃了？”

怎么办，她真的在流口水了。

暮霜原本在后殿休息，听侍女说燕将军回来了，才急匆匆出来，想要与她正式见一面。

自从在玄清那里欣赏过那一段鸟鸣后，暮霜对玄清的这个妹妹就极为好奇，没想到她一只脚才刚踏进殿中，就听到如此恐怖的一句话。

她还是第一次见到能把口水流成瀑布的人！

暮霜立马将抬起的脚收了回去，转身就想跑。

但燕歌身为一只合格的鹰隼，她的动态视力何其敏锐，只一个错眼便捕捉到了门边徘徊的身影。清楚地嗅到那越发好闻的味道，她激动得身后现出了半透明的法相，扑棱翅膀朝着暮霜冲去。

然后……

被虚空冒出的蛇尾，一尾巴抽了回去。

殿中传来一声凄厉的鸟鸣，听上去就很痛。暮霜犹豫地停下脚步，有点担心重烛下手没有轻重，只得又转身往回走。

她屏住呼吸，尽力收敛好自己的气息，小心翼翼地踏进殿内，从柱子后探头往里望去，就见得一只肚腹斑斓花纹、翅羽棕褐的大鸟躺在大殿中央。

它的羽毛掉了一地，尖锐的鸟喙如同弯钩，是一只凶禽苍鹰。

那苍鹰两脚朝天地躺在地上扑腾，大张着嘴，梗着脖子一哭二闹三尖叫，叫声尖厉得能掀翻屋顶。

重烛双手按住耳朵，怒道：“闭嘴！本座又听不懂你在叫些什么。”

暮霜从柱子后面伸出一只手，举手回道：“她在哭诉你竟然打她，说你从小到大都没打过她，现在竟然用尾巴抽她，把她的羽毛都抽掉了，说她果然是捡来的，养爹不疼，亲娘不在，只有玄清才是你亲生的蛇……”

暮霜翻译到一半，震惊地从柱子后面跌出去，瞪大眼睛看向重烛，难以置信道："什么？玄清是你亲生的？"

重烛愣了一下："不是，我可以解释……"

躺在地上撒泼的苍鹰瞥见暮霜的身影，一双鹰眼雪亮，立即停止了尖叫，从地上一骨碌翻身跳起来，展开翅膀朝她扑过去。

暮霜只觉得一大片阴影罩在头顶，那阴影重新化作人身，将她扑到地上，温热的呼吸往她脖子上袭来，贴着皮肤重重地嗅闻，兴奋地道："你是什么小鸟啊？怎么这么香啊，你真的好香——"

暮霜僵直地躺在地上，整个人都傻了。

她只听到前方传来一声愤怒的大喝："燕歌！"

紧接着，压在身上的人就被一股大力扯得倒飞出去，"嘭"一声砸到墙上。

燕歌的四肢皆被一道道蛇影锁住，宛如一幅挂画一般被扣在墙上，抠都抠不下来。

重烛的身影眨眼便到了近前，一把将暮霜揽入怀里，占有欲十足地将她整个人都拢在手臂下，抬手擦拭她颈侧被嗅闻过的皮肤，甚至还气恼地沾了一点自己的口水去擦。

暮霜脖子上被揉得红通通一片，眨了眨眼，还没回过神来。

重烛抬起眼眸，目光阴沉地瞪向墙上的人，杀气四溢地警告道："你再敢碰她试试，我拔光你的毛！"

燕歌被吓得缩起脖子，后知后觉地想起回来之前，玄清曾叮嘱过她的话。他说尊上终于找到了五百年来一直在寻找的人，叫她回来后记得收敛一些，不要吓到尊上的心上人。

该死的死蚯蚓，怎么没有提前告诉她，尊上的心上人是这么好吃的一只小鸟呢？

眼看尊上现在已经气疯了，燕歌眼珠转了转，将目光投向他怀里的人，可怜巴巴地喊道："干娘我错了，呜呜呜，你救救我，干娘——"

一只鹰，竟然在叫她"干娘"。

暮霜回过神来，怔怔地仰头，为她求情道："重烛，你先放开她吧。"

重烛埋首在她脖子上嗅闻了一下，面上的神色终于缓和，挥袖撤走蛇影。

燕歌一个翻身，身姿利落地跃到地上，一个箭步冲上前来，在暮霜惊吓地想要后退时，又规规矩矩地停下了。她抬手擦去嘴角的口水，福身敛裾，行了一个女儿家的礼，乖巧道："方才燕歌行止无状，冲撞了干娘，燕歌给干娘赔个不是，希望干娘不要怪罪。"

暮霜一头雾水："干娘？你为什么要叫我干娘？"

燕歌的语速飞快，连珠炮一般迭声道："因为我和玄清都是尊上孵化出来的呀，那尊上就是我们的干爹。您是尊上的心上人，那当然就是我们的干娘了。怎么，玄清没有叫过您吗？小泥鳅真是不懂事，怎么好意思当哥哥！"

玄清确实没有叫过她“干娘”，不然暮霜也不会现在才知道。

一开始，玄清称呼她“花娘子”，她身上的障眼法被重烛撕破后，玄清得知了她的真名，便改口称呼她“霜娘子”了。

暮霜惊奇地回头看了重烛一眼，没想到他竟然还孵过别的蛋？难不成重烛是真的很喜欢孵蛋？能将一条蛇和一只鹰从一个窝里孵化出来，大概也只有他能做到了吧。

重烛觑见她的眼神，尴尬地咳了咳，耳朵根红得快要滴血，试图解释道：“我当初只是想试验看看，我的孵化方式对不对，才会分别拿来一颗鸟蛋和一颗蛇蛋放进窝里，一同尝试。”

暮霜抓住他的手，双眼亮晶晶的，满是佩服：“重烛，你又能孵蛇，又能孵鸟，你怎么这么厉害？”

……这个夸奖，他真不知该不该开心。

燕歌在旁边赞同道：“是啊，我们尊上超厉害的，他超爱孵……”

她话没说完，就又被重烛一尾巴打回原形。重烛还不放心地擒住她的双翅，魔气涌动，将她“嘭”的一声，变成了一只麻雀。

燕歌飞扑到镜子前，来回照了照，郁闷了一会儿，便飞快地接受了自己的新形象，蹦到暮霜面前，叽叽喳喳地叫。

比起斯文内敛的玄清，燕歌要热情开朗许多。自从她回来后，天山魔宫中都热闹了许多，时常能听到她清亮的鸟鸣。

到了冬日，重烛不爱动弹，暮霜原本还常常在寝殿里陪他，努力地用自己的气息标记他。

她也不知从哪里得来的一本厚厚的食谱，说已经跟魔宫里的厨子们商量好了，要用温谷里的那颗蛋，给他做一桌全蛋宴。

重烛绞尽脑汁地找了许多借口，才暂时打消了她这个念头，但暮霜始终没有放弃，冷不丁一想起来，总要问一问他，什么时候才去吃那颗蛋。

燕歌回来后，暮霜的精力被她分走一大半，终于将那颗蛋抛诸脑后。

暮霜每天一睁眼，就被燕歌热情地邀请出去浪，到了晚上，才又一身疲惫地回来，有时玩得太过，还夜不归宿。

重烛一开始还十分喜闻乐见，直到发现自己好几天都没能跟暮霜单独说上话，他的心情又阴沉下去。

冬日渐深，风雪从天山覆盖到了山脚下。

天山脚下的城池里，在举办冰雪节。城中百姓从冻结的江面上采来厚实的冰块，垒砌在一起，雕刻成各种瑞兽的模样，最中心的广场上，是一条活灵活现的巨大冰龙。

今夜便要为那条冰龙点睛，以祈求来年风调雨顺。

重烛透过天山的风雪，似乎都能望见山脚下的热闹灯景。一道符光破开雪雾落到他手中，是燕歌传回的讯息，说她们今夜要看巨龙点睛，就不回来了。

重烛等了整天，就等来这么一个消息，气恼地撕碎了传讯符，身形从殿内消失。

天山脚下的城池里灯火通明，却不是燃的火把，而是镶嵌的一颗颗发光的萤石。盘踞着冰龙的广场上人来人往，围绕冰龙摆了一圈摊贩，卖各种雪雕制品、冰果点心。

重烛罩着一件狐毛大氅，隐匿气息，穿行在人流当中，很快便找到了他想见之人。

暮霜和燕歌两人在那冰雕的巨龙前爪下方，和一群城中的小孩一起，蹲在一片圈围出来的雪地里，揉着雪团堆雪人。

重烛眼瞳中映着那个小小的身影，往前走了一步，被人横过手臂挡住，说道："进雪场玩是要给钱的，十两银子，玩一个时辰。"

重烛来得匆忙，根本没想过要带银子在身上，他在空荡荡的腰间摸了摸，最后扯下身上的大氅丢过去："够吗？"

那老板捧着大氅，仔细地检查过厚实的狐狸毛，又对着光照看了一下衣上精细的刺绣，露出个谄媚的笑来："够够够，太够了，客官里面请，想玩多久玩多久。"

重烛踩着积雪的"咯吱"声入场，燕歌格外清亮的声音飘来耳边，问道："霜霜，你这堆的是什么啊？怎么像坨大便一样。"

暮霜震惊地反驳："什么大便？我明明堆的是重烛，你摸摸看，有蛇鳞的。"

重烛目光下移，看向她身前堆叠起来的那一大坨……

燕歌围着她堆出来的"重烛"转了一圈，摸着下巴肯定道："嗯，是有蛇鳞的大便。"

她拍一把暮霜的肩膀，无脑夸赞道："你香你说了算，确实和尊上还挺像的。霜霜，你再捏一个小的，捏个玄清。"

"好。"暮霜兴致勃勃地蹲下身，从地上挖出一坨雪，迅速捏出形状，放到"重烛"头上。

重烛脚步顿住，突然不想过去了。

暮霜围着那一坨"重烛"认认真真地修改，随后退开几步，站在冰蛇前看了一会儿，转头道："燕歌，我们回去吧。"

燕歌指一指头上的冰龙，惊讶道："你不想看点睛了？"

暮霜摇头："重烛应该在等我。"

燕歌原本想说她已经传了讯息回去，说她们今晚不回去了，但看暮霜的表情，分明是她这位闻起来很好吃的干娘自己想念尊上了，遂笑道：“好吧，反正他们年年都搞这个活动，明年来看也是一样的，你以后肯定会看腻的。”

待两人从雪场离开，重烛才走过去，仔细查看那坨冰雪堆砌的蛇。

这冰蛇倒也没有那么丑，近了看有鼻子有眼，身上的蛇鳞勾画得很匀称。重烛抠走头上的“玄清”，扔了，抬袖一卷，魔气将这盘缠的冰蛇吞没，和他的身影一起消失在雪场里。

重烛一刻不停地回了天山魔宫，在殿中焦躁地等待了将近半个时辰，才听到外面传来熟悉的脚步声。

他吐出一口气，立即躺到床上，侧身面向里面，只留个背影面对来人。

暮霜掀开幕帘走进内室，轻轻喊了一声：“重烛？”

一股沐浴过后，尚带着几分水汽的馨香飘来鼻间，重烛心神不由得一阵荡漾，忍住了喉头的吞咽。

床上的人没有半点反应，她走到床边，单膝跪到床沿上，伸长脑袋往里探看，小声问道：“重烛，你已经睡了？”

重烛闭着眼睛，睫毛一动不动，呼吸平缓，看上去睡得很沉。

暮霜顿时有些丧气，她就这么撑在床沿看了他一会儿，动作很轻地收回脚，准备退出去，才转过身，手腕就被人一把攥住。

重烛转过身来，睁开眼睛看向她，漆黑的眸子里没有半点睡意，控诉道：“你对我的耐心就只有这么一点吗？”

暮霜眼睛一亮：“你原来没睡着啊？”

重烛一脸幽怨地盯着她：“寒风凄切，独守空闺，我怎么睡得着？你闻闻看，我身上都快没有你的味道了。”

“所以，我来找你了。”暮霜身上只穿了件单薄的中衣，脸颊上晕着一团霞云，将他丢下这么多日确实有些心虚，所以现下便格外积极，主动道，“今天要从哪里开始？”

重烛就这么躺在榻上，自下而上看着她，抬手点在自己唇上：“这里。”

算了，她还是和燕歌一起去看巨龙点睛吧。

“你，闭上眼睛。”

重烛睫毛微动，双眸在烛火的映照下，宛如一泓映照着波光的深潭，因为她的这一句话而荡出阵阵涟漪。他深深凝视了她片刻，满怀期待地闭上眼睛。

暮霜单膝跪在床沿上，一手扶着雕花床架，目光落在重烛脸上。这张面容早已褪去了少年时期的青涩，变得成熟而英挺，五官如同雕琢而成，浓眉深目，鼻梁挺直，唇形极好，唇角微微上翘。

她尝试了好几次，都没能跨过心里那道坎，坐到这样的一张脸上去。

唯有急促的心跳声，在床笫之间越来越明显，暮霜抬手按了按自己狂乱跃动的心脏，最后咽了咽口水，俯下身去，将吻轻轻地落在那张淡色的薄唇上。

落在唇上的触感温热、柔软，还有她紧张的呼吸，重烛陡然意识到那是什么，倏地睁开眼来，颤抖的瞳孔中填满了那张放大的面容。

这一个暌违已久的亲吻就像是一粒火星，飞坠而下，落入他胸腔里沉积了五百年的相思之苦中。

顷刻间便在他体内引燃了一片沸腾的燎原大火，大火蔓延至全身，要将他烧得骨肉化尽，只剩下这一颗曾遭人鄙薄的凡心，在烈火之中为她激烈地跳动。

暮霜瞥见他发红的眼睛，那双眼中的情潮像是决堤的洪水，此前所有的隐忍克制都在这一刻骤然崩裂，暴露出底下汹涌而饥渴的欲望来。

暮霜被他的眼神吓到，下意识想要后撤。

她只这么稍微动了一下，一只手掌便急迫地罩在了脑后，握住她的后颈，又将她重重压回去。

重烛的唇缠上来，张口含住她的下唇，舌头挤进唇缝，抵开齿关，轻而易举地攻城略地，吸啜住她的舌尖。

他快要完全失去理智，翻身将她禁锢在自己身下，吻得又重又急，为了防止她躲闪，舌尖化作了长而灵活的蛇信，一圈圈地卷住她的舌头纠缠。

五百年的分别让他的技巧有些生疏了，暮霜感觉到了疼，很快便在彼此唇舌的交缠中，尝到了血味。

这样激烈的索求，让暮霜生出了一种自己将要被人吞吃入腹的恐惧。

她抬手抵在他的胸口，想要推开他，可睁眼对上他迷乱的眼眸，看到他发红的眼眶，听见他喉咙里如同小兽一样可怜的呜咽，她又怎么都下不去手。

“重烛……”暮霜忍受着骨子里的战栗，抬手捧住他的脸颊，张开嘴尽力地去接纳他，不论是他粗暴的亲吻，还是他失控的情绪。

她努力地从他毫无章法的亲吻中，找到间隙，去回吻他，一遍一遍、温柔地喊着他的名字，向他传递自己的心意：“重烛，重烛……”

重烛失控的情绪渐渐被安抚下来，理智回笼，急切的亲吻缓和下来，口中搅动的蛇信重新变回人的舌头，在她被吮到红肿的唇瓣上来回舔了舔，闷声道：“对不起。”

暮霜龇牙，在他唇上咬了一口，笑道：“这样就扯平了。”

她笑的时候，扯动唇上细小的伤口，又渗出一点血丝来。重烛慢慢地将她唇上的血舔尽：“只咬一口，怎么算扯平了？我这么坏，你得多咬几下才行。”

暮霜就贴过去，含住他的唇轻咬，咬到最后又变成了唇舌交缠的深吻。

暮霜不记得这一晚上跟他亲了多少次了，他们头靠着头躺在一起，鼻尖抵着鼻尖。重烛的呼吸总在她唇边，就这么一眨不眨地看着她，眼中的欢喜像泉涌一般流淌出来，将她彻底淹没。

在他时不时贴上来的啄吻中，暮霜的眼皮越来越重，什么时候睡过去的，都不知道。

重烛抬手将她鬓边的碎发拨到耳后，看着她渐渐陷入沉眠的脸，表情越发柔和。这是她第一次在他身边睡着，下腹胀痛得厉害，他却越发不敢动弹，只在实在忍不住时，才小心翼翼地凑上去，亲一亲她的鼻尖和嘴唇。

他就这么看了她一个晚上，时刻都舍不得闭眼，在暮霜毫无所觉的时候，一下一下地亲吻着她，躁动的身躯化作了蛇尾，从床沿垂下去，缠裹在屋里的柱子上。

第二日，暮霜醒来时，睁眼便对上他的目光。她惊讶地看一眼窗棂外透进的晨光，转回看向他的眼中都是欣喜："你昨夜一直在吗？我在你身边睡着了？"

"嗯。"重烛跟着她一同笑起来，沉淀在眉宇间的郁色彻底消散了，眉眼格外明媚，他的蛇尾早已收回去，除了柱子上残留的一点被捆束的裂纹，没有丝毫异常，"阿霜，你看，你已经适应我的存在了。"

很快他们就能像从前一样，肆无忌惮地在一起了。

他实在动情，靠过去还想与她继续温存，外面突兀响起的叩门声，将两人都吓了一跳。

暮霜道："重烛，要起来了。"

重烛不理会，抬手捂住她的耳朵，低头去含她的唇。外间的敲门声停了一会儿，一阵扑棱棱的振翅声落到最近的窗台来，紧接着便响起一连串"咚咚"的啄窗声。

暮霜偏过头，避开他缠绵不休的吻，喘了口气，说道："是燕歌，她肯定找你有急事。"

重烛哼声道："也有可能是又要找你出去玩的。"

屋里不应，燕歌就在窗子上啄个不停，在这样恼人的噪音下，什么兴致都没了。

重烛翻身坐起来，披上衣袍，一把推开窗子，冷声道："你最好有重要的事情汇报。"

燕歌落地化作人身，趴在窗子上，耸了耸鼻尖："尊上，你好香……"

眼见重烛的脸色蓦地阴沉了下去，她急忙改口："有有有，有要事要汇报。玄清今晨传来消息，说恒越宗的审判台开启，要对门下犯错的弟子进行审判，处死。"

重烛有种想将手里窗扇拍到她脸上的冲动，浑不在意道："这不是他们正道人士最爱的把戏吗？与我们有何干系？”

燕歌看了一眼窗扇，机敏地往后退开一步，继续道：“玄清说，这次要被审判的对象，好像叫司墨，和干娘似乎有些交情……”

她话未说完，屋内响起一声东西打翻的动静，暮霜赤脚从榻上跳下来，跑到窗前，一脸焦急道：“司郎君？为何要审判他？”

燕歌一边吞口水，一边回道：“据说是通魔之罪。”

第九章

阿霜，我爱你

恒越宗地牢，一行数人正仰面抬着一名青年往最深处的牢房里走，那青年衣衫不整，头发松散，口中骂骂咧咧，正是司墨。

“放开我，你们这帮浑蛋，本少爷以前待你们不薄，什么吃的用的哪点亏了你们，你们现在就是这么回报我的？”

司墨的怒吼声在冰冷的石壁间回荡，他的四肢都被人牢牢擒在手里，宛如一条上岸的鱼，不停挣扎。

这已是他第三次试图从地牢中逃跑。为防他还不安分，这一次直接封住了他周身灵窍，将他身上的法器全都搜刮一空，就连腰带都给他抽走了。

司墨气恼不已，一路咒骂不休。擒住他的人到底与他同属一门，确实受过他不少恩惠，此时个个面露心虚，都转头往领头之人看去。

那领头之人面色冷淡，完全不吃司墨这一套道德绑架，冷冰冰地命人将他扔进大牢中。

牢门落锁，司墨反身扑到牢门前，抬手抓住精铁所铸、绘着封灵铭文的牢柱，见硬的不行，只好来软的。

他央求道：“虞师兄，你少时就被爷爷收入门下，咱们可是一起长大的，是睡在一张床上一起尿过床的交情，你不会就这么眼睁睁看着我去送死吧？

“你和爷爷怎么都这么狠心啊，啊啊啊——

“我的命怎么这么苦，我英年早逝的爹娘啊，孩儿不孝，也要早早地下来陪你们了。你们泉下有知，要怪就怪狠心的祖父吧，他为了自己的脸面和地位，连孙儿都可以舍去——

“爹啊娘啊，还记得你们拼命救回来的小娃娃吗？他现在也成了爷爷的帮凶，要一起害了你们亲儿子的命了——”

他哭得肝肠寸断，号得声泪俱下，那位虞姓师兄冷静的表情终于生出裂纹，挥袖将其他人都斥退。

待这地牢里只剩下他与司墨二人时，才开口道：“行了，别号了，你死不了。”

司墨的哭声戛然而止，倔强地抬头看他：“你少糊弄我，我都被你们扣上私通魔头的大罪，要被押上审判台了，还怎么活？有史以来，恒越宗被押上审判台的弟子，活下来的能有几个？”

虞师兄实在见不得他这般没心没肺的样子，忍无可忍道：“你知不知道你被关在地牢里的日子，师父他老人家为了你，先是受了那魔头一掌，后又负伤上审判台，生受了三日雷刑，修为直接往下跌了一境，险些跌破大乘境界。”

司墨立即从地上爬起来，将无赖的嘴脸一收，担忧道：“爷爷现在怎么样了？快放我出去，我要去见见他！”

虞师兄叹一口气，说道：“司墨，你安分一点吧，师父已代你受过惩罚，审判当日不过是做做样子，不会真的将你处死。”

…………

天山上的风雪越来越厚，临渊楼外的悬索桥上结了一根根晶莹剔透的冰凌，守在悬索桥头的魔修坐在亭子里打牌。

一人往楼里望了一眼，说道：“这几日来，楼里倒是没了动静，看来她总算消停了。”

另一个魔修抬手掏了下耳朵：“再怎么闹腾，她也出不来，每日听她叫骂我耳朵都快起茧子了，这下终于能清静一些了。”

临渊楼内，只剩一间寝室还算完好，锦施坐在屋中软榻上，也不再无谓地浪费力气。她也知道不管自己再如何闹腾，就算将这一座临渊楼砸得稀烂，也不会有人放她出去。

她唯一的希望都寄托在自己母亲身上，几乎每日一睁眼便要问上许多遍：“母亲，母亲，你什么时候才能来救我出去？”

雉妖夫人亦被她催得焦急万分，又顾及卯日星君的交代，试图等到重烛不在魔宫的时候再行动，但她左等一日，右等一日，都不见那魔头有外出的迹象。

她甚至发动妖族在魔界搅动了几次大乱，外出来平息妖乱的，都只是他麾下的女魔将。

锦施一日比一日催得急迫，雉妖夫人日日听着她的哭诉，心头就如滴血一般疼惜。她实在没有办法，又不敢凭一己之力与那魔头抗衡，最终选择了投向正道修士。

雉妖夫人在女儿的哭喊声中，轻声安抚道：“施儿，你再耐心等上一两日……”

锦施恼怒道："一日一日又一日，你还要我再等上多少个一两日？"

但这一次，她的母亲没有敷衍她。第二日一早，锦施便看见了那一驾金纹漆木的车辇横掠过天山之巅，魔马尾上的烈焰将天山的风雪劈开，朝外疾驰而出。

司墨是为了救她才会陷入那样的境地，暮霜不可能坐视不管，眼睁睁看着他被处死。

重烛知道她的性子，无需她开口，便已命人准备了车驾。

车厢内，重烛从袖中取出一个巴掌大的木雕递到暮霜面前。暮霜双眸一亮，惊喜道："我不是把它丢在……"她张了张嘴，话音停顿了下，才继续问道，"它怎么会在你手里？"

重烛看出她那句截断的话，大概又是无法说出口的，也没有继续追问，回道："从一只雉鸡妖手里得来的。"

"雉鸡？"暮霜蹙眉，第一时间想到的便是同为悬圃园莳花仙子的锦施，毕竟她也只认识这么一只雉鸡。

可天规森严，锦施身为天庭仙子，哪怕没有正经的神位，也是不能随便下界的。

暮霜心中疑惑重重，问道："那只雉鸡妖长什么样子？"

重烛仔细想了想，他撕开对方身上的障眼法后，那张脸是什么样子，但他当时只看了那么一眼，并没有放在心上，现在更无法详细描述出来："那只妖被我囚在天山崖壁之上，你若好奇，之后可以带你去见一见她的模样。"

暮霜确实对那雉鸡妖的身份有些疑惑，颔首道："好。"

重烛视线垂落在她手里的木雕，说道："等回来之后，我再给你雕一个新的。"

这一个会认错主的木雕，重烛原本并不打算给她的，不过现在他没时间炼制新的护身法器，只能以此将就，木雕之内还有一道替身铭文，可以保护她。

暮霜摩挲着木雕上的翎羽纹理，十分珍视地捧在手心里，摇了摇头道："我不要新的，这一个就很好。这是你第一次送我你亲手做的礼物，和别的都不一样。"

当初逼不得已要将它丢弃时，她为此伤心了好久。

重烛托腮看着她，眸中流淌着浅浅的笑意："旧的不去，新的不来，旧的去了，那以后给你的每一样新的，都可以算作第一次。"

暮霜叫他绕得脑筋打结，反正不管他说什么都选择相信："好吧，听上去也有点道理。"

重烛一见她这样的表情，就忍不住伸手将她往怀里拉，想要狠狠地揉上一揉。

暮霜没有跟着重烛去修真界，她深知自己蹩脚的修为，跟着去只会拖后腿，她待在歧罗江畔的魔军大营里。

歧罗江畔比天山上要温暖许多，临水的地方，草木都还是绿的，玄清在这里不会再动不动就被冻成蛇棍。

暮霜在这里和玄清一起等消息，燕歌则随着重烛一起去了修真界。

据他们这边收集到的情报，明日就到了恒越宗开启审判台的时间，暮霜一夜未眠，一直焦躁不安地等待着消息。

日头从东方而起，渐渐爬上中天，玄清陪在她身旁，在魔将练兵的威吓声中，与她一起晒太阳。

玄清抬着右手掐算道："这个时间点，尊上应该已经进了恒越宗，再过不久应该就有消息传回来了。"

暮霜点点头。她从不觉得重烛会失败，因为重烛在她心中就是无所不能的。

冬日的太阳没什么太大的温度，就像是一面玉盘悬在天上，只有光照下来，那太阳光越来越耀眼，玄清意识到不对的时候，已经来不及。

刺眼的白光一刹那笼罩了整个军营，周围的景致都像是融化的墨痕，被白光完全吞噬。

玄清被刺得双眼一片惨白，抬手去抓身旁之人，唤道："霜娘子？"

那白光能蒙蔽人眼和神识，只不过片刻就从军营里退去，严阵以待的魔军没有受到任何袭击，唯一不见的，只有暮霜。

恒越宗，审判台。

司墨原以为虞师兄嘴里的"做做样子"不过是给外面那些需要恒越宗给个说法的正道仙门看的，毕竟在外人看来，他当众袒护魔道女子，的确有通魔之嫌。

但在审判台上看见重烛时，司墨才意识自己的想法可能错了，他更有可能是一个诱饵。

魔头定然不会在意他的生死，但花娘子必然不会坐视不管。

浓郁的魔气覆盖在审判台上方，重烛手握斩苍剑，一剑破开审判台上的禁制，闪身入内，一把提起司墨的领子，抓住他往外走。

司墨急道："你别管我，我不会有事的，这很有可能是爷爷他们针对你布置的陷阱！"

重烛闻言，往左右看了看。审判台外，正道修士和他带来的魔将已战作一团，他这次潜入恒越宗，并非孤身一人。

即便这是一次针对他的陷阱，他也能带着这位司郎君全身而退。

但重烛没有料到，他们会手握一件来自天界的法器，那件法器能轻易地破开魔军的防御，将暮霜从魔军的军营里带走。

斩苍剑的剑光横扫过审判台，将一切试图阻挡他去路的人和物通通扫落。在他即将踏出审判台的边缘时，一道话音从刀光剑影中刺入他耳中：“重烛，你看看这是谁？”

重烛随意地抬头瞥去，目光倏然一凝。

半空当中浮着一面巨大的水镜，水镜当中一个人影被无数细密的丝线缠绕其中，宛如一只被蛛网捉住的飞蛾，她低垂着头，看不清面容，但重烛一眼就认出了镜中之人。

“阿霜。”重烛从牙缝里挤出这两个字，目光紧紧锁定在她身上，身上魔气翻涌，斩苍剑的剑光暴涨，锋芒从剑上迸射出去，切割进审判台坚实的地面里。

审判台上光芒陡亮，一圈圈法线成型。

从斩苍剑下迸射出的暗影剑光，竟隔空刺入那水镜当中，朝着被丝线绞缠在中心的人射去。

“暮霜！”重烛一怔，立即扼住斩苍剑，可释放出的剑气已经收不回来，数道剑影斩落到她身前。暮霜怀中飞出一只木雕，木雕展开羽翼，挡下了这一片剑影。

最后一道替身铭文耗尽，木雕在剑影下碎成了齑粉。

余溪山手挽打神鞭，悬空立于那水镜一侧，朗声道：“魔尊大人可得小心控制着一点自己的剑气，双子阵法已成，从现在开始，你所释放的每一次攻击，都会同步作用到你心爱之人的身上。”

“啪——”

暮霜先是听到凛冽的破空之声，继而一声雷鸣般的震响，将她一下从昏迷中惊醒过来，抬眸先看到了一蓬飞溅开的血花，随后才看到血花之后，重烛那张冷峻的面容。

裹满神威的长鞭高高扬起，再一次抽打在他身上。

重烛散开了浑身的魔气，毫无防御，那一鞭抽在他身上，轻而易举便撕开了他胸前的衣襟，刮下一层皮肉。

暮霜惊愕地睁大眼，用力挣扎起来：“重烛！”

缠绕在周身的丝线像是一张细密的网，将她牢牢缚住。暮霜挣扎了许久，却纹丝也不能动弹，丝线缚住了她每一寸关节，连每一根指头上都缠着丝线。

外面飘进来一个得意的声音，高声道：“重烛，你断玉溪灵山地脉，毁我余氏祖宗基业，今日便要让你付出代价！”

重烛仰起头来，轻蔑地嘲讽道：“原来这就是所谓的正道仙门的做派，本座只带了这么一点人到你们的地盘来，就把你们吓破胆了？竟还需要使用如此卑劣的手段，真是令人耻笑。”

司墨愤慨地道：“说得对！咱们自诩正道，何不堂堂正正地打一场，为什么……”

司老爷子反手丢给他一个噤音诀，怒道：“你给我闭嘴！”

余溪山振臂一挥，打神鞭在审判台上挥舞一圈，鞭梢携带雷霆之威，再一次悍然抽下，大笑道：“诛妖除魔，乃是天经地义，不吝何种方法！”

这一鞭子结结实实地落在重烛身上，血花随着鞭梢飞溅开，星星点点地洒落在石台上。重烛被打神鞭抽得往后踉跄退开数步，身子晃了晃，险些跪倒在石台上。

他偏头吐出一口血沫，撑着斩苍剑，堪堪站稳了。

鲜血顺着他的手指，从斩苍剑上不断淌下，斩苍剑在他手下不断颤鸣，声如呜咽。重烛握紧剑柄，将它快要迸射出去的剑气硬生生压制下来，低喃道：“斩苍，不行……”

“尊上！”燕歌一枪挑开一名正道剑修，想要往审判台上冲去，又被更多的正道修士挡住。

这里到底是恒越宗的地盘，重烛带的这些人来本打算速战速决，却没想到他会被困入双子阵中，无法动用魔力，随他而来的魔将都陷入苦战之中。

当空“呜——”一声鸣响，打神鞭又一次落下，抽打在重烛的脊背上。

重烛形神不稳，法相从身体里浮出来，半透明的庞大蛇身盘踞在整个审判台上，将四周压阵的正道修士都骇得不由得往后退了一步。

余溪山动作顿了一顿，对准蛇身七寸的位置，再一次抽下。

大蛇身上乌黑细密的蛇鳞被成片地剥离下来，血肉分离，露出下方空荡荡的胸腔。

“空的？”司老爷子惊得呼出声来。

审判台外的正道修士皆是大惊，那魔头的蛇身法相竟然没有心脏。

大蛇在审判台上挣扎扭动，身躯盘缠到一起，将暴露出来的七寸遮掩在尾巴之下。

重烛神识一阵恍惚，脑海里又响起那个声音，诱哄道：“吾儿，你是我魔界太子，吾退位之后，你便是魔界下一任至尊，何苦要勉强自己困囿在凡尘里，受这些低贱蝼蚁的欺辱？

“抬起头来，看看四周，这些不自量力的蝼蚁，你本可以动动手指就能杀了他们。”

“闭嘴！闭嘴！”重烛被蛇身法相缠绕在中间，用力摇了摇头，想将脑海里的声音甩出去，但那个声音就如附骨之疽，源源不绝。

“重烛，我的儿，你好好看看吧，你死死守着自己那一颗优柔寡断、沉沦情爱的凡心有什么用？你连自己爱的人都保护不了！

“是时候舍弃这一颗无用的凡心了，取回属于你的那颗魔心，那里面封存着的，才是真正属于你的力量……”

“扑通——”

“扑通——”

遥远的天山温谷之中，那颗被封存在蛋壳里的心脏又开始了跳动，遒劲的心跳声从虚空传递过来，响在他耳边。

他知道那颗心脏的强大，也知道里面蕴含着何等强悍的力量。

重烛抬手捂住自己右耳，问道：“取回它，我便能保护她了吗？”

脑海里的声音第一次见他松动，顿时精神一振，循循善诱道：“当然，我儿，当你拥有了绝对的力量后，你便可以护住任何你想要守护的东西，不论是人，是物。”

即便捂住耳朵，他还是能听到那“扑通扑通”的心跳声。

重烛抬头看向水镜之中的人，靠着暮霜的身影来抵挡脑中的诱惑，唇角露出一点讥讽的笑来，问道：“那你为何吞噬了母亲？一口一口吃下她的时候，你有想起过她是你要守护的人吗？”

脑海里的声音倏然静止，再没有了回应。

水镜之内，暮霜眼睁睁地看着打神鞭不断落在重烛身上，他才蜕过皮的蛇身，被鞭子抽打得皮开肉绽，那些乌黑漂亮的蛇鳞染了血，飞落得到处都是。

她知道他为什么不敢反抗。

“重烛……”

眼泪大滴大滴地从她脸上滴落。那些钢丝一样的细线如同天罗地网一样裹着她，暮霜撼动不了它们分毫，她终于停止了无谓的挣扎，将筋脉里仅存的那点灵力渡入自己指尖。

她的手指与丝线抗衡着，一点点弯曲起来，锋利的丝线割破了她的皮肉，勒进指骨上。

“重烛，重烛……”暮霜疼得颤抖，血肉被丝线从手指上刮落，只有心念着重烛的名字，她才能忍受住这种钻心的疼痛。

九重天上，坐守在万象星海之中的司命星君忽然睁开眼来，眉心蹙起。

他承诺了那小雀仙，必不让她受半分苦楚，岂能食言？

司命星君拂手召出一片命牒，指尖在这片命牒上点过，低喃道：“早知如此，当初应该再为你点一项‘修炼奇才’的天赋，免得现在处处受限。”

司命星君一边嫌弃着手里这工具人修为低微，不堪大用，一边抬手，渡了一道自己的神力入命牒。

恒越宗内，司墨眉心闪过一道墨色的纹路，一股不知从何而来的力量暴冲入他的经脉之中，司墨浑身灵力猛然暴涨，竟然在一瞬间超过了他祖父的修为。

司墨站起身来，身躯承受不住这巨大的灵力冲击，浑身血管暴突，大喝一声冲破了司老爷子的束缚，脚下猛地一蹬，如一支离弦之箭，冲向了悬在半空的水镜。

他一拳挥出，强悍的灵力冲开四面修士的阻挡，撞上悬空的水镜。

那一股暴涨的灵力从他身体里被挥出去，司墨的经脉被灵力撑破，皮肤渗出血来，生死不明地从半空跌落下去。

水镜崩裂，暮霜身上的丝线一根接着一根地断裂开，终于扯断指上的丝线，将鲜血淋漓的指骨扣进了自己掌心里。

金光从她手心里冲出来，将暮霜的身影吞没，淹没一切。

暮霜最后的消耗太过，再难以保持清醒，也无法确定自己会被送回到什么时间点上，她在金光之中混混沌沌地飘零，意识忽然一沉，落入了实处。

“……不用如此担忧，尊上一定能将司郎君带回来的。”

暮霜还未睁眼便听到玄清安慰的话语，他坐在她身旁，两人一起在魔军的军营里晒太阳。

玄清说完之后，还想着要不要召几个魔将过来，陪霜娘子打打牌，转移一下注意力，免得她如此焦躁不安，却没想身边的人身体猛地一震，倏地一下站起来，紧张地往头上望去。

玄清被吓了一跳，问道：“怎么了？”

这次回溯的时间太过短暂了，暮霜甚至来不及搞清楚那突然笼罩军营的强光是什么东西，她一把抓住玄清的手臂，急道：“注意强光，马上会有敌袭。”

玄清虽不明就里，但见她一副如临大敌的模样，没有多问，挥袖甩出一道魔气，敲响了营中敌袭的警戒鼓声。

天空中的阳光陡然炽烈起来，强烈的白光从头罩下，再一次笼罩住军营。

暮霜随手从旁侧兵器架上拔出一把剑来，紧靠在玄清身边：“玄清，不能让我被抓走。”她宁愿死在这里，也不想再一次成为限制重烛的枷锁，让他被人那般折辱。

玄清周身的魔气膨胀开，将她罩在其中，应道：“我定会竭尽全力保护好霜娘子。”

恒越宗，审判台外，斩苍剑一剑劈斩开审判台上的结界，重烛抬步，在踏入那座石台的前一刻，眸中神色陡然一变。

他立即收回迈出的脚步，周围的正道修士见状，脸色都是微微一变。

难不成那魔头察觉了异常？

审判台上的双子法阵亮了一瞬，没能捕获住他的身影，重烛飞身往后退开，张口唤道：“斩苍。”

斩苍剑从石台上拔地而起，飞射到他手中。重烛手握长剑，反手一剑劈向虚空，剑气在半空撕裂开一道幽深的裂隙。

“不好，他要逃。快拦住他，将他逼入双子阵中！”余溪山喊道，扬起打神鞭朝他挥去。

四面的修士都朝他袭来。重烛袖中魔气翻涌，衣袂翻飞，庞大的蛇影从身后浮出，一尾巴扫开众人，张口叼住了挥起的打神鞭。

浓黑的魔气和那打神鞭的神力冲撞到一起，赤红的长鞭被大蛇獠牙里喷出的毒液一寸寸侵蚀。

重烛挡开攻击，毫无恋战，闪身没入裂隙之中。

歧罗江畔，魔军营地，炽烈的强光当中陡然撕开一道裂隙，重烛双眼被那强光所刺，视野和神识所见皆是一片白茫，不辨事物，不辨东西。

他闭上眼，薄唇微启，鲜红的蛇信从口中吐出，当空扫了扫，随即握剑的手指一紧，朝着一个方向一剑挥出。

斩苍影子一般的剑芒劈斩出去，瞬间就被白光吞没，消失无踪。

白光之中只剩下死一般的寂静。

三息之后，只听得遥远的地方，传来一声细微的“咔嚓”裂响，笼罩军营的强光倏然黯淡下去。重烛闭着眼睛，身影在未完全退散的白光中鬼魅似的游走。

斩苍的剑芒忽隐忽现，每一次显现，剑下都会带出一蓬鲜血。

白光退去，地上躺了数十名正道修士的尸骸。

重烛带着一身的血气来到暮霜身边，伸手抓住她握剑的手。暮霜浑身一震，举剑回刺。白光退去后，朦胧的视野里映照出重烛不甚清晰的模样，她才匆忙松开手指。

长剑从她手里落下，撞出“叮”一声响。

重烛抓住她的手，仔细地查看过她的手指。这只手掌被丝线刮落血肉，只剩鲜血淋漓的指骨的样子还停留在他脑海当中。

他对着她的指尖轻轻吹了一口气，表情森冷得可怕，身上溢出的魔气将半空那一道幽深的裂痕撕得更大，大到能看清另一端恒越宗的景象。

燕歌的鹰啸从裂痕之中传递过来。

重烛将她的手小心地包裹进掌心里，抬眸看向玄清，命道：“召集所有人，本座今日要踏平恒越宗！”

魔军通过那一道裂隙大举侵入恒越宗的时候，雉妖夫人在正道修士的帮助下潜入天山。

重烛将精锐魔将都带在自己身边，天山只留了些寻常守卫，天山之上结界重重，光是半山腰上的风雪就能挡住想要登上天山的修士了。

但雉妖夫人有卯日星君留下的翎羽，那翎羽之中的神力可以割开大部分结界。

临渊楼外，看守的魔将照往常一样，坐在亭子里玩牌打发时间。今日天山的雪格外大，纷扬的雪花将周围的景致都蒙入一片白茫当中。

一人走到亭子檐下探头探脑，往天幕上望去，嘀咕道："雪怎么这么大？难不成尊上走了，就把遮雪驱寒的结界也撤了？"

"怎么可能？那是护山结界，要是撤走之后，不到一日，魔宫就会被风雪掩埋，可能是尊上不在，守护结界的人也在偷懒吧。"另一人浑不在意地说道，招手催促他，"快点，该你出牌了。"

站在檐下的魔修转过身，正打算回去，一道寒光忽然从雪幕里射出来，从后一剑穿透了他的心口。

"老杨！"亭子里的魔修大喝一声，甩下手里的牌，立即拔出腰间武器。

刀光在风雪里闪动了数下，鲜血洒在悬索桥头，袅袅的热气很快就被风吹散。

祁阳收剑入鞘，与几名剑修一起，护送着雉妖夫人走上悬索桥。

临渊楼内，从见到魔尊的车驾离开天山时起，锦施就一直在桥边徘徊，此时看见悬索桥上有人影走近，她戒备的眼神中含着藏不住的期待，直直地望着桥上。

人影越来越近，风雪再也遮挡不住她的模样。锦施眼中涌出热泪，急忙扑过去，拍着结界屏障大喊："母亲！母亲！我在这里！"

雉妖夫人迎上前来，母女俩隔着结界泪眼相望："施儿，你受苦了。"

祁阳在旁边提醒道："夫人，还是快些割开结界将令爱救出来吧。若要叙旧，等出了天山到安全之地再详谈比较好。"

雉妖夫人抬袖拭了拭眼角泪意，颔首道："对对对，施儿，你先退开几步，不要伤到你。"

锦施往后退离开结界。雉妖夫人从袖中取出翎羽，翎羽在她手里化作锋利的匕首，飞射而起，插入结界之中，往下割开一道豁口。

结界剧烈动荡了一下，光芒锐减。

锦施从豁口处冲出去，扑入雉妖夫人怀里，警惕地扫了祁阳等人一眼，传音入自己母亲耳中："母亲，还有我的羽衣……"

雉妖夫人点头："放心，我已替你找了回来。"在来这里之前，雉妖夫人先在这群来剑宗剑修的护送下闯入了魔宫，在魔宫一座殿宇里找到了锦施被藏起来的羽衣。

祁阳等人一路将雉妖夫人和锦施护送下天山。在半山腰时，一行人停下来，祁阳道："我们已按照约定协助夫人将令爱救了出来，还请夫人将你手中法器借我们一用。"

锦施原本还有些不愿意，雉妖夫人拦住了她，伸手将翎羽递过去。她与正道合作，便已算是站了队，唤日岭再也不可能回到当初中立的立场，雉妖夫人不想连正道也得罪了。

“多谢夫人。”祁阳拱手施了一礼，带着来剑宗的剑修重新返回天山。

天山之巅，魔宫的守卫正在四处搜捕入侵者，祁阳一行人潜伏而行，费了许多功夫，才来到温谷之外。

高大的汉白玉门楼临崖而立，门楼后方就是断崖深渊，呼啸的寒风在深渊之中呜呜回荡。那魔头常年待在温谷之中，传闻谷中有他最为重要之物。

祁阳会被宗门派来协助雉妖夫人，还有一个最重要的任务，就是潜入温谷，探一探里面的虚实。

祁阳祭出手中翎羽，翎羽飞射入门楼，割开了门楼上的结界，透过豁口可见温谷之中青山绿水，两处冷热的气流相撞，很快便弥漫开一重雾气。

祁阳在豁口处谨慎地观望了片刻，抬手一招：“走。”

几人化作流光，入了温谷。

这座温谷极大，却没有任何魔修守卫，谷中留有很多清晰的蛇形痕迹，他们很容易就找到了那座温泉洞窟，又在洞窟左侧，找到了那间存蛋的石室。

众人围着那颗小山包一样的巨蛋细细查探了一番，其中一名剑修嗤笑一声，说道：“这魔头残暴不仁，没想到竟还真是个痴情种，竟当真是窝在这山谷之中孵蛋？”

“这颗蛋中真的有生命吗？”另一个剑修疑惑道，试图透过蛋壳查探里面的情况。

但这蛋壳厚实无比，竟能阻挡一切灵力和神识的窥探，叫他们全然探不出里面的情况。

“祁师兄，除了那魔头蜕下的蛇皮，这温谷之中好像就只有这么一颗蛋看上去比较重要，我们要把这蛋一起搬走吗？”

“都躲到我身后来。”祁阳说道。待众人到了他身后，他便从腰间取下一个缠金纹的乾坤袋，当空一抛。

那袋子上的金线松开，袋口敞开，霎时一股庞然吸力在室内成型，殿中的巨蛋一开始岿然不动，仿佛嵌在了地上，随着乾坤袋的吸力越来越大，整个洞室都摇晃起来。

“咔嚓”一声，那蛋终于松动，底部与地面分开一条裂隙。

…………

另一边，魔军冲入恒越宗，重烛将余溪山缚在审判台上，将他和那座狗屁的双子法阵，连同审判台一起，斩得粉碎。

看在司墨曾不顾一切想要救过暮霜两次，重烛放过了他爷爷，杀了恒越宗宗主，摧毁了恒越宗数座山头。察觉到温谷的结界有异，他才提起司墨的领子，带着魔将撤退。

重烛将司墨扔进魔军的军营里，暮霜和他还没来得及说上一句话，就被重烛裹进魔气里。一阵天旋地转，待脚下重新踩定下来，她已身处在天山之中。

一片雪花从散开的魔气上方飘下来，落在她脸上。暮霜一眼望见前方的白玉门楼，门楼中间留有一道巨大的豁口，风雪正从门楼这一侧疯狂往温谷里灌入。

暮霜惊愕道："温谷的结界破了？不好，那颗蛋怎么办？"

有了之前的一次教训，重烛不放心再将暮霜留在别人身旁，伸手牵住她的手，道："进去看看。"

风雪从崖上灌入温谷，又因谷中热气融化成水，顺着崖壁上的石阶"哗哗"往下淌。重烛抱着她直接从崖上飞跃下去，脚尖轻飘飘地踩过谷中溪水、草叶、树梢，落在洞窟之外。

重烛嗅了一下洞窟中杂乱的气息，眼中神色冰冷，伸手一把拉住想要往洞室里去的人。

暮霜被他拽进怀里，问道："重烛？"

"先等一等。"重烛道，将她的脸按至自己胸口，宽大的袖袍将她整个人都裹入怀里，抬手掩住她的耳朵。

洞室内，那颗蛋实在是太大了，又大又沉，祁阳已经将乾坤袋的吸力催动到了最大，才稍稍将它挪动了几分。

浑圆的巨蛋摇摇晃晃地从地面凹槽中拔起，眼看就要离地，忽而一声轻笑从外飘来："原来正道之士，也会行这般鸡鸣狗盗之事？"

这道声音在空旷的洞室内回荡，惊得众人一凛。祁阳掐诀的手一顿，乾坤袋的吸力顿弱，那颗蛋又"嘭"的一声落回了凹槽内。

他们持剑回首，四处张望，却没看见人影，亦无法找出对方所在，唯有洞室内响起此起彼伏的"嘶嘶"蛇声，无数蛇影忽而顺着地面、墙壁，朝着他们涌动过去。

祁阳挥出一剑斩向袭来的蛇影，影子扭动一瞬，竟又分裂出更多的影子来。

"啊啊——"旁边一声恐惧的惨号，一名剑修突然被蛇影缠住，只一瞬间，就被拖入蛇影之中，身形掩在朝他簇拥而去的蛇影里。

那剑修痛苦地挣扎，四肢骨骼"咔咔"作响，眨眼间身形委顿下去，被蛇影绞断了浑身骨头，鲜血在地面蔓延开，惨叫声顿止。

越来越多的蛇影涌上来，掩盖住了地上的血迹。

祁阳喝道："是那魔头回来了，快走！"

众人再也顾不上室内那颗蛋，慌乱地御剑而起，想从上方的天井逃出。

蛇影从天井飞窜而起，宛如拔地而起的天柱，将飞起的剑修一个个绞缠住，重重地拖拽回去，吞没进蛇影里。

只剩祁阳从那天井中逃出，往门楼的方向疾驰。眼看快要冲出门楼的结界裂隙，那门楼之上忽而垂下一条粗大的蛇影，仰头朝他嘶嘶吐信。

他逃不了了。

洞窟外，暮霜靠在重烛怀里，什么都看不见，什么也听不见。好半晌后，他环住她的手臂才松开来，手指滑落下去，牵住她的手，说道："走吧。"

暮霜被他牵着，一路避让开掉落的石块，往里走去。

在看到大殿正中那一刻浑圆的山包时，暮霜悬着的心终于落下去："还好，它还在。"

重烛弯唇道："看来他们还来不及将它偷走。"

暮霜警惕地左右看了看："闯入这里的人呢？"

"跑了。"重烛说道。蛇影早已从这里退出，将打斗的痕迹抹除得一干二净，没有留下半分血气。

暮霜跑过去检查了一下蛋。这颗蛋是椭圆形的，原本是竖直地立在地面的凹槽内，现下有些歪了，显然被人挪动过，不过好在没有被搬走。

但是它差点被偷走的经历，还是在暮霜心里敲响了警钟。她转身将重烛拉到蛋前来，说道："你现在就把它吃了。"

重烛一怔："可我现在不饿。"

"别找借口了，我这次不会被你糊弄过去的。"暮霜紧紧盯着他，大有要亲眼看他吞下蛋才罢休的架势，催促道，"你快点变回原身，把它吞了。"

重烛挑了下眉："可我的原身那么大，能把这座洞窟填满，你不害怕了？"

暮霜蹙起眉头，她想到那个画面，心跳还是会加快，但已经不像以前一样，会害怕得发抖了。

"我不怕，你快吃了它。"

重烛眼神闪烁，苦思冥想着想找别的借口推辞，转眸瞥见暮霜的神情，抬手托起她的下巴，叹息道："阿霜，别这么着急。"

"我当然着急。"暮霜眼眶通红，急得落下泪来，"你如果不吃下蛋，你会死的！"

每当她叫重烛吃蛋，他总是找各种借口推辞，她也总是被他一两句话就糊弄过去，总想着蛋就在温谷之中，就算晚一日再吃，也没关系。

也许，根本不是重烛在拖延，是她自己心中也想要拖延。她知道重烛吃了蛋，取回剖离下来的魔元，就能重归魔位，到时候他便是那高高在上的魔界太子，不再是属于她的小蛇了。

暮霜才与他相认，也眷恋着现在这样的生活，想要与他多在一起一些时日，就这么一日拖延一日，才给了别人可乘之机。

今日幸好他们回来得及时，这颗蛋才没有被偷走，一次侥幸，不代表次次都能侥幸。比起与他在人间厮守，她更希望他能好好活着。

重烛低头舔去她眼角的珠泪，从眼泪中尝到了对他满腔的爱意，他愉悦地眯起眼睛，舔了下唇，又低下头去，顺着泪痕一寸寸吻着她的脸颊，问道："是谁告诉你，我不吃它就会死的？"

"是……"

你爹。

暮霜说不出口，她越是着急，重烛捧着她的脸，反倒亲得越是起劲。

冰凉的唇贴在她的眼角上，将眼泪吮入唇中，呼吸拂动她湿漉漉的睫毛，喉咙里发出一些令人面红耳热的低吟。

"重烛！"暮霜抬手抵在他胸前，实在难以理解，他怎么还能光是亲吻她的眼泪，就突然动情。

他托着暮霜的脸，细碎的吻慢慢移到她柔软的唇瓣上，说道："不论是谁告诉你的，他都是骗你的。"

暮霜睁大眼睛："怎么可能？"

要不是重烛快要陨落在凡间，她又怎么会被允许下界来？直到现在，暮霜都还记得那位魔主发怒时的样子，凶神恶煞地叫她想将脑袋埋进翅膀里。

重烛感受到她的惧怕，好在这种惧怕不是因为他。

他抬手轻轻抚摸她的背脊，一边安抚，一边满含幽怨地问道："你宁愿相信别人，也不愿意相信我？"

"当然不是。"暮霜立即反驳，脑筋快要打成死结了，"可是……"

那是重烛的亲爹啊，他爹为什么要骗她？

"没什么可是。"重烛低头封住她的唇，贴着唇瓣摩挲，"阿霜，你只要相信我说的话就好，你之前不是还说，愿意再为我生一颗蛋吗？"

暮霜怔了怔，热气一下冲上头顶，脸颊以肉眼可见的速度红起来，矢口否认道："我、我没说过。"

"就当你没说过吧。"重烛笑起来，她的注意力真的很容易被转移，"不过，你现在已经适应我了，那是不是可以……"

他将话尾含在嘴里，没有明说，但那双凝视着她的眼睛里，仿佛有火焰在燃烧，已经将未尽的话语全都传达了出来。

暮霜被他炙热的眼神逼得不由自主地往后退，重烛便也追着她的脚步挪动。

直到身后抵上坚硬的蛋壳，退无可退。

暮霜整个人都被禁锢在重烛手臂间，她背靠在蛋壳上，随着蛋壳浑圆的弧度仰面靠上去，属于重烛的气息将她完全淹没了，但那气息之中还有剥离不开的属于她的味道，融合在一起，让她再也不会生出惧意。

重烛捧着她的指尖，小心翼翼地将白皙纤细的指节含入唇中。

鲜血从这根手指上滴落的样子，一遍遍地在他脑中闪现，让他双瞳发红。

暮霜的掌心都是他湿热的呼吸，察觉到他异样的情绪，屈起手指抚摸他的面颊："重烛，怎么了？"

重烛垂下眼睫，挡住眼底阴暗晦涩："疼吗？"

暮霜眨了眨眼，指腹被他湿漉漉的舌尖勾缠住，带来些微麻酥酥的痒，混沌的脑子后知后觉地意识过来："重烛，你难道一直都记得回溯之前发生的事？"

重烛颔首道："记得。"

当初他还十分觊觎她这个能够穿越回过去的能力，动了一些歪心思，比如利用她的能力回到五百年前。当然，这些小心思他都打算烂在肚子里，不打算告诉她。

他不想让她回想起那些不愉快的记忆，将吻落在她的手心里："阿霜，以后不会了，我以后不会再让你受伤了。"

他的吻变得不再那么轻柔，失而复得，又险些再次失去她的心悸，终于从这些细碎的吻中宣泄出来，印在她的皮肤上，落下桃花一样的痕迹。

"从前是你标记我，现在该换我标记你了。"重烛一瞬不移地看着她，问道，"可以吗？"

暮霜被他看得口干舌燥，完全忘记了今夕何夕又身在何处，轻轻点了下头。

系带被解开，衣裳一件件落到地上，堆叠在脚下，直到最后一层绸衣褪下。

暮霜白皙的皮肤在天井投下的阳光中如同脂玉一样光洁滑腻，她后背抵靠在蛋壳上，整个人莹莹发着光。

重烛单手扶住她的腰，将她托起来。暮霜脚尖渐渐离开了地面，只能借助他手臂的力量撑着自己，被压在蛋壳上，亲得喘不过气来。

阳光在她眼中晕出斑驳的光圈，暮霜口中含不住的津液，顺着下颌淌下，重烛那难缠的舌头终于从她口中撤离，顺着下颌往下移去。

暮霜被他托得更高，脚踩在他的手臂上，在她迷迷糊糊间，他的吻又落下来。

"重烛！"她蓦地睁大眼睛，惊愕地抽了一口气，脚踝被重烛牢牢地禁锢在掌心里。

重烛伸舌挑开她的唇瓣，细致地舔吻着她。他一开始还是人类的舌头，不知从什么时候开始，他的舌头渐渐拉长，分出叉来，柔韧而又灵活，能吻到她很深的地方。

暮霜眼中的光圈开始胡乱地跳动，像一蓬蓬烟花炸开，她难耐地扬起头，黑发凌乱地披散在蛋壳上，几缕青丝黏在雪白的皮肤上，随着呼吸起伏。

她分明已经张大了嘴喘气，可还是感觉窒息，胡乱地伸手抓住重烛的头发，一时不知道是推开他会感觉好受一些，还是将他更紧地按向自己会好受一些。

恍惚间，暮霜真觉得自己像是变成了一条被浪潮推上岸边、快要死去的鱼。

重烛的蛇信被死死缠住，喉头不断吞咽，从鼻子里发出沉闷而餍足的低喘。

热气不断喷洒在她的皮肤上，暮霜只能不断地蹭着他冰凉的发丝缓解，迷迷糊糊地听到耳边神识传音道："阿霜，你咬着我了。"

暮霜的齿关下意识一松，随即听到重烛沉闷的笑声，隔了好一会儿，才反应过来他说的根本不是这个咬。

"重烛，重烛……"暮霜说话间已经带上了泣音。她脑袋里一片空白，早已不知道要说什么，只是无意识地叫着他的名字，直到绷紧的腰肢蓦地一软，险些从蛋壳上滑落下去。

重烛的舌终于重获自由，他稳稳扶住她，缓慢直起身来。

透过蒙眬泪眼，暮霜能清楚地看到，也能清晰地感受到，那条长而柔韧的鲜红蛇信是如何离开自己的。

重烛的舌头上裹着一层潋滟的碎光，淌下去，在分叉的舌尖处凝结成一滴晶莹的露珠，看见她涣散的目光移动到他的舌头上，才舌尖一卷，将那一滴摇摇欲坠的露珠卷入唇中。

喉结上下滑动吞咽了一下。

"扑通——"

暮霜听到一声重重的心跳，震得她胸腔都跟着鸣响。她脑袋里一片糨糊，早已分不清这个心跳是来自自己，还是来自她身下的这颗蛋。

蛋壳里的魔心躁动起来，一下一下地震动，激荡出一圈圈灵光。重烛冷笑了一声，隔着重重封印都能感受到它急促的搏动。

它不死不灭，拥有强悍无比的力量，却输给了一颗世俗红尘里诞生出的卑贱凡心，以至于被主人一片片割离出来，封印舍弃，想必十分愤怒且不甘。

重烛如是揣测，随即又觉得这个想法荒谬可笑，他封印魔心太久了，都忘了这颗心断绝七情，又怎么会产生愤怒之情？

它唯一渴望和追求的只有力量。

蛋壳里的魔心跳动得很厉害，魔气不断膨胀，那力量的确令人着迷。

但此时此刻，重烛凡心炽盛，并不为它蛊惑，伸手按在蛋壳上，与里面那颗搏动的魔心，亦是与过去的自己对话："一颗没有爱的心，我不想要。"

曾经的他，就算眼睁睁看着父亲吞噬掉母亲，看着她残存的半身躺在那里，一声一声地唤他"重烛，重烛"，鲜红的血从母亲身躯下流淌过来，浸润鞋底，他也不会有丝毫动容。

直到堕下凡尘，胸腔里面诞生出这一颗有血有肉的凡心，他才明白，当时的他有多残忍无情。

那些被深埋在过去，再也改变不了的回忆，像是噩梦一样折磨着他。母亲的眼睛隔着永远跨不过的鸿沟，就那么望着他，眼中永远铭刻着他那可憎可恨的模样。

是暮霜将他从这种旋涡般的过往中拉出来，赐予了他一些新的、鲜活而美好的记忆。

他愿意守着这颗凡心，只为她而跳动。

地面上的法阵亮起，魔气从重烛身上涌下去，被法阵转化为灵气，流入蛋壳之内，将那颗躁动的魔心再次压制了下去。

暮霜眼角余光扫见法阵光芒，终于从意乱情迷中稍微回过神来，问道："重烛，怎么了？"

"没什么，一个不听话的东西。"重烛含糊道，凑过去，继续用他湿润润的唇亲她，亲她泪湿的眼角，亲她的鼻尖，亲她被咬红的下唇。

暮霜被他亲了很久，终于忍不住道："你要一直这么亲我吗？只亲我就行了？"

她都被他扒得精光了，他却还穿得严严实实，只有衣襟有些凌乱，这是不是太不公平了？

重烛一怔，垂下眼睑，飞快地往下看了一眼，又抬起眼来："你先闭上眼睛。"

暮霜疑惑地眨眼睛："我不能看你吗？"

"不是不能。"重烛目光游移，在外向来都是狂妄自大睥睨一切的魔尊，此时却难得显出几分卑怯的情绪来，"我怕吓到你。"

相较于重烛的躲闪，暮霜就很自信且乐观了，铿锵有力地说道："不会啊，我再也不会被你吓到了。"

重烛静默了片刻，抬手抓住她的手，按到自己身上，顺着往下移去。

暮霜眼睛慢慢睁大，眼中的神情从疑惑逐渐转为震惊，结结巴巴地道："你、你以前不是这样的啊？"

重烛面色通红，连耳根都红透了，难为情道："以前还不到我的成熟期，还没发育完全，有一个隐藏了……"

这个还能隐藏？

暮霜僵立在那里，感觉自己不行，真的不行，他以前没发育完全时，就已经让她有些吃不消了，现在、现在岂不是会要掉她半条命。

重烛很快推开她的手，在她掌心亲了一下，闷声道："别害怕，就像现在这样能让你感觉快乐就好，不用在意我。"

"怎么可能不在意。"暮霜听着他失落的语气，伸手抱住他，"重烛，不管是以前的你，还是现在的你，我都很喜欢，我也想和你在一起。"

她停顿了片刻，深吸口气，鼓起勇气道："所以，你慢慢来，我可以的，就像之前一样，让我慢慢接受你。"

重烛胸腔里那颗凡心跳动得更加激烈了，埋首在她颈侧："阿霜，我爱你。"

暮霜以前从未在他口中听到过"爱"这个字，重烛只会用他的行动，向她表明，他有多迷恋她。

他就像是一个蜜罐子一样，将一切的甜言蜜语都封存在心里，从不宣之于口，即便是"喜欢"二字他都吝于表达。

暮霜有些时候会故意逗他，问他，喜不喜欢她酿的百花酒，喜不喜欢她种的葡萄，喜不喜欢她养的小鸡崽，最后问他，喜不喜欢她。

重烛托着腮帮子，百无聊赖又认真地逐个回答她的问题，喜欢，喜欢，喜欢……

到最后一个问题时，那简单的"喜欢"二字不知怎么就变得羞于启齿了起来，山风从庭院中穿过，扬起他鬓边青丝，漆黑发丝下的耳垂，比天边的霞云还要红。

其实不用他回答，暮霜光是看着他的眼睛，便知道，这个少年很喜欢她，喜欢到难以自拔。

现在的重烛和五百年前别扭的少年不太一样了，他终于舍得给自己密封的罐子撬开一个口，恨不得将心头百转千回了五百年的浓情蜜意全数倾吐出来，让她知晓。

"阿霜，我爱你，我爱你……"

耳边的低语化作潺潺的春水淌入她心间。只因为他这一句话，暮霜脑海里又有一蓬蓬的烟花炸开，这种精神上的愉悦远比肉体上的快感更加令人招架不住。

"重烛。"暮霜呜咽地喊了一声他的名字，颤抖着埋首至他怀中，一口咬住他的前襟，一行清露顺着蛋壳的表面淌下去。

重烛诧异地抬了抬眸，继而明白过来，眸中讶色都转为浓得化不开的笑意。他浓密的睫毛不断颤动，抬手抚在她的背脊上，安慰地上下滑动："好了好了，没事了。"

暮霜在他的安抚下，终于从那令人心悸的云端回落下来，身体里像是下了一场淋漓的骤雨，她才从这骤雨里缓下一口气，背后安抚的手指又顺着凹陷的脊骨滑落下去，埋进了被骤雨浸润后泥泞的土地里。

淅淅沥沥的雨露在蛋壳上留下一道道潋滟的痕迹，隔了好久之后，重烛终于再次抬起手来，托起她的下巴，用这只湿淋淋的手揉开她的唇瓣，低头吻上她，熟悉又陌生的物什与他的唇舌一起侵入进来。

头顶上的光黯淡了许多，不知何时早已西移，阳光渐渐染上灼红的霞色，从天井斜射进来，在乌沉沉的洞窟壁上留下晃动的彩虹光影。

暮霜被他抱起来，后背离开了蛋壳，整个人的重量都掌握在他的一双手臂间。

她被迫只能更紧地拥住他，早已被他吻得神魂颠倒，却还是能清晰地感觉到重烛那异于常人之处，就这么横亘在两人中间，一内一外，里外夹击，碾得暮霜绷紧了脚背。

霞光将洞室内晕染出一片朦胧光晕，光晕中有蛇影悄然浮现，在虚空撕裂开一道裂隙，重烛忽然倾身倒下去，在暮霜的惊呼声中，两人的身影一起跌入了裂隙里。

“重烛！”暮霜心脏一下悬空，浑身都绷紧了，紧接着，后背便陷入柔软的床榻中。

幽深的裂隙在床榻上方合拢，他们从温谷回到了魔宫的寝室，重烛沉闷地哼了一声，脖颈上浮出忍耐的青筋，咬了一口她的唇，可怜巴巴道：“阿霜，放松点，咬得我有些疼了。”

暮霜被吓着的心脏还在“扑通扑通”地狂跳着，泪蒙蒙地睨了他一眼：“谁叫你要突然吓我？”

重烛笑了一声，拂开她额上凌乱的碎发，讨好般一下下亲吻她的脸颊。

天色越来越暗，余晖散了，外面又飘起了夜雪，簌簌的落雪声久久未停，在院中积起一层新的松软的雪毯。

殿中烛火幽暗，暖炉熏得室内比春日还要温暖，帐帘外无数影子摇曳。起初暮霜还以为那是树影，好久之后，混沌的脑子才分辨出那狂舞的影子，竟是一条条盘缠扭动的蛇影。

暮霜扣在他肩上的手早已没了力气，垂下时不小心撩开了床幔，一道蛇影倏地从床幔外探进来，将脑袋小心翼翼地放进了她汗津津的手心里。

蛇影身上冰凉的触感，是现下暮霜最想要的，她默许了它攀爬上她的手臂。

这个默许像是一枚钥匙，开启了魔盒，刹那间，帐幔飞舞起来，无数的影子疯涌而来，暮霜眸中映出重重叠叠的扭动蛇影，下一刻，重烛的手掌覆来，掩住了她的视野。

“别看。”重烛重重喘着气，他有些失控了。

即使不看，暮霜也能感觉到蛇影游动在皮肤上时，那冰凉蠕动的触感，很舒服。她伸手覆在他的手背上，轻声说道："没关系，我已经不会再害怕你了。"

她静静等待了好一会儿，覆在眼睛上的手掌终于慢慢撤开。暮霜抬眸看过去，重烛撑在她上方，身后是大片扭动的蛇影，披散的长发搭在那些蛇影之上，他的脸侧、锁骨、腰腹都浮出了墨黑色的蛇鳞，原本纯黑的眼瞳上渐染上了一点金色。

像碎星满布的夜空。

暮霜闭了闭眼，眨去眼中的泪雾，仔细地将他现在的模样刻进心里，主动抬手捧住他的脸颊，抬头凑过去，亲吻他的唇，笑道："你看，我没骗你吧，我不怕你了。"

重烛从喉咙发出一声沉闷呜咽，蛇信从唇中探出，钻入她口中，纠缠住她的舌，将她压回床榻上，又急又重地亲吻。

"阿霜，我爱你。"

"我爱你……"

雪下了一整夜，暮霜也不知听他说了多少次"我爱你"，她被重烛拥在怀里，一刻都不曾松开过，完完全全就像是蛇的交尾，意识陷入黑暗之前，都还能听到他的一声声爱语在耳边回荡。

再醒来时，暮霜又被他带回了温谷，两人浸泡在温泉池中，重烛自后环抱着她，手掌压在她肚子上，时轻时重地按揉，有什么东西一缕一缕地从清澈的水下漂浮来，又随着水流消散无踪。

暮霜反应有些迟钝，好一会儿才意识到那是什么，下意识抓住他按揉的手，脱口而出道："重烛，你清理干净了，我就生不了能孵化出宝宝的蛋了。"

重烛力道放松下来，只轻轻地覆在原处，说道："是你说的哦，那就不清了。"

暮霜说完就后悔了，但感觉到背后紧贴的那一片胸膛里急促的心跳声，她张了张嘴，最终什么都没说。

重烛帮她按摩着身体，缓解疲惫。暮霜享受地又快要睡过去，想起洞室里那颗蛋，才强迫自己又清醒过来，打起精神来，问道："重烛，你为什么不想吃那颗蛋？"

重烛动作顿了顿，没有立时回答她的问题。

暮霜一猜他定是又想找话糊弄过去，转头盯住他的眼睛道："重烛，事关你的生死，你叫我只相信你说的话就行，好，那我便只信你，可你总要给我解释清楚原因，不然我便会一直提心吊胆的。"

重烛被她这么看着，叹了一口气，将她从水里抱起来，魔气扫去两人身上的水汽，披上衣袍，牵着她往左边的洞室里走去。

那颗蛋安静地放置在殿室内，被搬动过后，有些往右边歪了。

暮霜走到它面前，余光扫见蛋壳左侧那一道道干涸的痕迹时，脑袋里“轰”一声，头顶都快要冒烟了，小碎步挪过去，暗搓搓地用袖子擦擦擦擦擦。

“别擦了，这里就我们两个人，你觉得你的小动作能逃过我的眼睛吗？”重烛无奈地笑出声来，被她的举动可爱到不行，忍不住跟过去在她脸上亲了一下。

暮霜尴尬地收回袖摆，拽着他走到蛋的另一侧，就当没看见。

她脸上红霞未退，努力端肃起表情，说道：“你别转移话题，好好跟我解释。”

“好。”重烛妥协道，抓住她的手腕抬起来，按在蛋壳上，随后他的手指顺着滑落下去，插入指缝间，将她的手完全覆盖在自己掌下，一起按在蛋壳上。

厚实的蛋壳渐渐变得透明起来，露出里面凝胶一样的灵髓，这颗蛋中灵髓厚重，几乎已可称得上是一个小灵眼了。

“难怪它能变得这么大。”暮霜感慨道。她曾经留在蛋里的三百年灵力，与之相比，就像是湖泊里一片小浪花。

重烛引着她往灵髓深处看去，暮霜很快发现了被灵髓包裹在最中心的魔气，而那浓黑的魔气中心，有一团暗红色的东西。

暮霜凝眸仔细看了看，感受到那东西的搏动，惊讶道：“是心脏？”

这颗蛋里怎么会有心脏？难道这颗蛋真的能孵化出生命来？她当初听到的那一声心跳不是错觉？

可随即，暮霜便看清了那心脏上遍布的细碎裂纹，就像是曾经被千刀万剐地割分后，又重新拼凑在一起。

这么重的伤，它还是活的吗？

重烛的声音在她耳畔响起：“阿霜，你现在看到的，是我另一颗心脏，一颗魔心。”

“魔心？”暮霜无意识地重复了一遍他的话语，魔心，那看上去确实是一颗魔心，它分明已经被切碎成了千百片，却还是有源源不断的魔气从心脏里涌出来，和蛋内的灵髓对抗。

“嗯，魔心，冷酷无情、残忍嗜血，属于魔界太子的一颗魔心。”重烛厌憎地说道。

蛋壳里的那颗心脏大约感觉到了主人的厌恶，心脏中血光涌动，“扑通”一声，猛然搏动了一下，浓黑的魔气从心脏的裂痕中狂涌出来，即使有如此厚重的灵髓封印，也依然逸散出令人恐惧的气息。

暮霜指尖禁不住蜷缩，被重烛握住手从蛋壳上撤开，那颗伤痕累累的魔心随即隐没，再一次被遮掩进蛋壳内。

暮霜惊愕地回头："你记得你的身世？"

重烛引着她坐到旁边的石阶上，盯着殿中的大蛋，说道："记得，一直都记得。"正是因为记得，所以在重伤堕入凡尘，魔心沉眠，胸腔里生出这颗凡心之后，他才会那般痛苦。

"你想看看我的过去吗？"重烛问道。

暮霜内心生出些怯意，但见他眼底痛苦之色，又鼓起勇气点了点头。

重烛倾身过去，额头抵上她的额头，盘桓在他心中的血色梦魇渐渐在暮霜的眼前铺开。暮霜透过他的视角，看到了他的母亲。

重烛身为魔界太子之时，母亲死亡的一幕于他而言，就和枝头枯萎的花、被捣烂的果子，没什么差别。

那个生他养他的母亲，和旁的那些他随手就能杀死的生灵一样，也没有什么差别，所以即便她那样一声一声地唤着他，渴望能得到他的回应，他也丝毫不曾动容。

可当他胸腔里生长出情感的血肉后，那一幕便成了他永世的梦魇，永受凌迟。

握在暮霜手腕的指节越收越紧，可暮霜在那力道中察觉到了难以抑制的颤抖。

"很可怕吧，阿霜？"重烛轻声道，强迫自己一点一点松开手指，抬手抚在她背上，上下滑动，到了现在还不忘安抚她，"如果有一天这颗心脏还是回到了我的身体里，阿霜，你要记得一定躲得离我远远的，永远、永远都别再靠近我了。"

第十章

重烛，我想要你活着，不管是什么样的你，求你了

重烛没有给她看父亲吞噬母亲的画面，但暮霜还是能从蔓延至脚边的血泊中看到一点模糊的投影，卷曲的龙躯像是一团暗影，女子的身躯被紧紧缠绕其中，随着龙身肌肉的收缩，传出“咯吱咯吱”的断骨声。

鲜血从她身下不断地滴落，在下方积起的血泊中荡起一圈圈血色的涟漪。

重烛想让她认清魔的残忍，却又不想当真吓坏她。他闭了闭眼，将那血腥而恐怖的记忆压回自己意识深处，想要往后退开。

但他没想到暮霜会主动追上来，她的神识化作一只毛茸茸的小雀，扑棱棱地振翅没入他的眉心，用鸟喙叩击他的灵台。

重烛呼吸一颤，下意识地抗拒道：“阿霜，别……你这样很危险……”

他的心海里沉积了太多血腥的杀戮和欲望，以至于积成了一潭令人作呕的黑海，每一次浪潮涌动，都会翻涌出恶心的气息，那并不是什么可以向她展示的美好的地方。

暮霜捧住他的脸，将额头抵过去，神识化作的小雀在他灵台之外徘徊，柔声安慰道：“重烛，没事的，你不用把你的伤口藏起来，我可以陪着你的。”

重烛深知自己心海的污浊，总想将它藏起来，暮霜以前也并不懂得这些，他们以前从未有过心海交汇、神魂相融的时候，这是她第一次叩击他的灵台。

她想拥抱他，不论是身体，还是灵魂。

“不行，不行，别进来……”重烛一连拒绝了两次，语气中带上了慌乱，但他又害怕伤到她的神识，不敢强行逼退那只在他灵台外徘徊的小雀。

它那么小，毛茸茸的一团，好似每一根羽毛上都带着光，身上带着春日般明媚的气息。透过它，重烛隐约都能看见那一片属于暮霜的心海，看见鲜绿的翠色，听见溪水潺潺的流动，露珠从草叶上滴落的声音。

那是一个很干净美丽的地方，与他的心海，绝不能相融。

暮霜没有听他的话，执着地在他灵台之外叩击："重烛，我听说神交才是这世上最亲密之事，你不想和我神交吗？你不想直接触碰我的神魂吗？不想将你的气息直接浸染进我的魂魄里，永生永世地标记我？"

他想，他当然想。

她说的话实在太诱惑了，重烛心海里欲望翻涌，掀起滔天巨浪，理智提醒他必须要拒绝，可他的身体和灵魂，早已经习惯了接纳她。

灵台的壁垒敞开，小雀展翅飞入他的心海之中，就如同一团光落入了暗井，分明那么小，却将他幽暗的心海照亮了。

小雀在那一片黑海之上盘旋，每到一处便能掀起一片巨浪，浪潮从海底涌上来，带着急切想要将它卷入海底的欲望，在将要触及到它时，又被一股意念强行扼制下去。

重烛紧闭着眼，额角青筋鼓胀，难以分清这究竟是欢喜还是折磨，低声恳求道："你看，这并不是什么好地方，所以，阿霜，出去吧。"

"我还是第一次看到黑色的海，很漂亮啊。"暮霜语气轻快道，一点也没有被他心海里狂躁的海浪吓到。

小雀在海浪之间灵活地穿行，终于找到了那潜藏在海浪之下的蛇影，她凑近他耳畔，高兴道："重烛，我找到你了。"

重烛蓦地睁开眼睛，心海里，那一只小雀忽然收拢翅膀，义无反顾地扎进了乌沉的海水里，狂欢的海浪形成漩涡，眨眼就将它吞没了。

"暮霜！"重烛低呼一声，潜藏在海中的神魂急冲过去，将它卷入自己身躯之内。她的神魂实在太小了，重烛好几次都没能揽住它，只能缩小自己的身躯去适应它。

小雀在狂涌旋转的暗流中，用力张开翅膀，抱住了裹缠住自己的蛇。

神魂的直接接触，让两个人都有片刻的失神，暮霜彻底瘫软在重烛怀里，被他的手臂紧紧揽住："阿霜，阿霜……"

重烛半眯着眼，漆黑的瞳孔完全扩散开了，眸中覆上一层迷离的水色，除了怀里的人，和心海里那一只小雀，已再无别的思考能力。

压抑的欲望彻底爆发出来，心海里狂风骤浪，几乎沸腾，两人那小小的神魂紧紧相拥着，在这一片狂啸的海浪中浮沉，神魂颠倒原来是这样极致快乐的事。

重烛已然忘乎所以，连有阳光撕裂这处幽暗的空间，他都毫无所觉，柔和的春风抚平了翻涌的海浪，这里有了花香，有了绿林，有了勃勃的生机。

暮霜的心海之内亦有乌黑的海水涌入，他们彼此的神魂上，都嵌入了属于对方的一部分。

重烛被海浪送上那一座绿岛，叶尖上滴落的水珠，落到额头上，便如一柱清泉浇灌而下，他的神识陡然清醒过来，终于看清了属于暮霜的这一片心海的模样。

重烛迷恋这里的气息，迷恋这里温暖的阳光，带着青草气息的风，这么干净。

“你的心海与我融合，会被我也污染的。”重烛有些懊恼道，他总是控制不住自己。

暮霜问道：“那你喜欢吗？”

重烛尾巴尖轻轻晃了晃，说不出违心之言：“喜欢。”

暮霜笑起来：“只要你喜欢，污染就污染吧，只要是你，我都不介意，重烛你以后难过的时候，就来这里吧，别躲在海底了。”

“可我不想让你……”重烛话到一半，忽然顿住，忍不住闷哼。因为心海之中，暮霜那神魂所化的小雀，正翘着长长的尾羽，用毛茸茸的屁股在磨蹭他的蛇尾。

重烛在雾隐山时，曾看到过鸟类求偶时的模样，知道这举动的含义。但暮霜对于蛇有些拿捏不准，因为重烛人身时、半人半蛇时、蛇身时，都有些不大一样，而且重烛总担心吓到她，从不给她看蛇身时那里的样子。

但她隐约是知道在哪里的，大概在尾巴末端往上一些的地方，因为重烛以前半人半蛇时总是用他的尾巴往她的裙底钻。

小雀顺着蛇腹光滑的鳞片蹭过去，找到了那被顶开的泄殖腔口，暮霜高兴道：“是这里。”

“阿霜。”重烛吐出一口气，口气听上去似完全拿她没办法，埋头抱住她，心海里的小蛇亦猛然盘卷身躯，卷住那一只毛团，蛇尾主动往它尾羽底下蹭去，尾巴尖缠住那几根细长的尾羽固定，蛇腹鳞片张开，灼红一闪，缓慢没入绒羽之内。

…………

暮霜这一回睡了很久才醒，身心都很疲累，但精神又有一种异常的饱胀感。她闭上眼睛看了看自己心海，曾经那一片幽静的树林外，多了一泓乌沉的水潭，那是属于重烛的一部分。

重烛已经起身，不过没离开多远，她能感觉到他的存在。

他们之间冥冥之中有种微妙的联系，一种很亲密的维系，这种感觉是以前从未有过的，这大概就是神交产生的奇妙之处。

外殿，暮霜一醒来，重烛便感觉到了。他瞥了一眼悬空的传讯符，揉揉额角，不耐烦道：“别说废话，你查了这么久，难道就只查出个名字？”

传讯符那一头，桑莲有气无力道：“光凭看到了那么一眼，我就能从万千典籍中找到它，并确定，就已经很厉害了好吗？你知道它长得有多容易与兰草混为一谈吗？”

重烛主动扯回正题：“所以，附魂草有什么效用？”

桑莲顿了一下，说道："我这段时日来翻遍了巫医谷所有藏书，才从犄角旮旯找出这么一张残片，这残片的信息不全，只说它是不祥之草，三千年前曾令虞山剑尊与其夫人反目，剑尊杀了其夫人，却又痛不欲生，耗尽全身修为一剑横扫九州，铲除了人间所有的附魂草，导致它从此绝迹，这么长的时间过去，关于它记载自然也都湮灭无踪了，咱们巫医谷还有记载，已算得上是……"

重烛扼住了他后面的废话，继续问道："如何反目的？"

桑莲"啧"了一声："这部分内容没了。"

重烛按捺着性子，思索片刻："如果我杀了那雉鸡妖，会对暮霜有什么影响吗？"

桑莲闻言，立时振奋起来，跃跃欲试道："要不你试一试，我也正想看看会有什么后果。"

重烛忍住打人的冲动。

挂断传讯符的时候，玄清正好从外面进来，向他汇报，燕歌已经找到了那雉鸡妖的下落，她和雉妖夫人在蓬竹现身，那里是来剑宗的地盘。

重烛应了声"好"，起身往后殿走去。暮霜醒来之后，在床上翻了几个身，迷迷糊糊地又要睡过去了，感觉到他的靠近，才努力地想要掀开眼皮。

重烛坐到床边，抬手撩开她额上碎发，低声道："再睡一会儿吧。"

暮霜含糊地应一声，很快便沉沉睡去。

重烛执起她的手，从袖中取出一只泛着金属光泽的墨色手镯套上她纤细的手腕。那手镯是一条衔尾的蛇的模样，镯子上刻画出了细密的蛇鳞，栩栩如生。

那只木雕已无法保护她了，相比起来，这世上没有任何东西能比他的护心鳞更能护她安然。

待暮霜睡熟之后，重烛起身离开了殿宇，从天山出行。

锦施随着母亲从天山逃出来后，便一刻不停地往东而行。

雉妖夫人原想按照先前的约定，前往恒越宗求得庇佑。结果到了恒越宗麾下的城池，听闻魔军大举入侵恒越宗，恒越宗上魔气结成乌云，连日不散，就连恒越宗掌门都死在魔头手下的消息，她又生出迟疑来。

这么看来，恒越宗并不安全，她们若是前去，很可能会自投罗网。

雉妖夫人连忙拉着锦施从城中出去，驾起飞羽车，改转方向，转投来剑宗去。

飞羽车外形宛如一只大雁，腹部中空，内部设有桌案软榻，在旁人看去，只会当作一只大雁飞过头顶。

锦施坐在车内，不理解道："母亲，我们为什么不回唤日岭？"

雉妖夫人摇了摇头："不能回去，那魔头早晚会找到唤日岭来，回去岂不是等着被他打上门？"

她说完，捧住锦施的手，郑重地道："施儿，你也听见外面的传闻了，正、魔两道定会有一场大战，人间将乱，你还是早些回天上去吧，莫要在人间逗留了。"

锦施垂下头："我也想回去，可我私下凡尘，回去肯定会受到惩罚。"

雉妖夫人也知晓一些天界的规矩，叹了一口气道："施儿，你只能去找星君求求情，他看在我的面子上，也定会替你想办法。"

"表哥才不会！"锦施气恼道，"他只会叫我忍让，让我向我讨厌的人低头。若非如此，我又怎么会偷偷跑回人间来。"

雉妖夫人蹙眉道："你怎么能这样说星君？这次要没有星君的帮助，为娘又怎么可能将你从天山救出来？"

锦施咬了咬唇："反正羽衣就在我身上，我随时都能回去。回去便要受罚，我宁肯在母亲身边多待些时日，多陪你几日。"

"施儿。"雉妖夫人轻抚她的鬓角，"天界到底不同于唤日岭，母亲鞭长莫及，实在护佑不到你，让你受委屈了。"

"母亲。"锦施眼角通红，眼看要落下泪来，飞羽车外忽然传来一声尖厉的鹰啼，随后一双尖锐的爪子猛地朝车腹袭来，爪子抓穿车厢两壁，往两边撕开。

雉妖夫人抱住锦施，从飞羽车另一侧遁出，落到下方的树梢上。

半空中，那一驾飞羽雁车被鹰爪撕得粉碎，重烛站在鹰背上，居高临下地垂眸看向她，笑道："雉妖夫人，好久不见。本座久未拜访唤日岭，竟是不知你什么时候改投了正道的门庭？"

雉妖夫人转头看了看，四面皆有魔修围堵。她暗中推了锦施一把，急道："施儿，快走！"

"走？"重烛笑了一声，半空中蛇影浮动，"那可不行。"

暮霜原本睡得很沉，忽然间又被一声声悲痛的呼喊惊扰。她意识清醒了一些，却没有从梦里醒过来，梦里的哭啼声越来越响，那声音听上去很熟悉，是在她之前的梦境里出现过的声音。

这一回，那声音不再叫人救她了，而是哀求道："别杀我母亲！"

另一个大概是她母亲的声音着急地催促道："别管我，你快点回天去！"

她们的泣泪字字催心，因为那熟悉的声音，暮霜觉得她定是自己认识的人，可梦里总隔着一重雾瘴，蒙蔽着她的思维，让她无法清晰地想起来对方是谁。

她拼命地想要靠近点，拨开那重雾瘴，看得更清楚些。

大概是她的努力奏了效，那雾瘴忽然飘散开了一些，露出一株细长的三叶兰草。在看清它的瞬间，暮霜便觉一股吸力袭来，将她的魂魄用力往那里拉扯过去。

暮霜眼前的雾瘴彻底消散，那一刹那，她不知是与何人的五感连通在了一起，一睁眼便看见一道人影忽然从天而降，那身影背着光，看不清面目，但他身上有她万分熟悉的气息，手中执着一把她认识的剑。

是斩苍剑。

“不要杀我！不要杀我！”耳中是另一个女子恐惧的哭喊。暮霜似与她合为了一体，跌坐在地上，手脚并用地往后逃，但斩苍剑的剑尖还是毫不留情地刺到了她心前。

斩苍剑划破心口的瞬间，剑尖猛然击到了一个坚硬的物什上，斩苍剑发出嗡嗡剑鸣，暮霜和那女子一起痛呼起来。

“好痛，重烛！”

重烛的面色猛地一变，立即挽手收剑，按住自己心口往后退开几步。他的胸膛被激荡出一片墨黑的蛇鳞，鳞片从衣襟底下蔓延出来，攀爬上了脖颈。

锦施死里逃生，再也顾不上其他，慌乱披上羽衣，从人间遁逃。

燕歌立即带人去追，却哪里还能寻到她的踪迹？

重烛脸上的鳞片渐渐褪下去。他抬手看向斩苍剑，斩苍剑的剑身还在细微地震颤着。剑尖和自己的护心鳞相撞，他自然有感觉，方才一刹那，他恍惚也听见了暮霜喊痛的声音。

燕歌垂头丧气地回来：“尊上，被她逃掉了，我这就下发通缉令，天涯海角都要将她捉回来。”

重烛收回斩苍剑，摇了摇头：“她身上穿的是仙界羽衣，现下想必已经不在人间了。”

燕歌诧异道：“那只鸡竟是仙族？”

燕歌说着抬头往天上望了望，那这下可麻烦了，想要捉住她，岂不真的难如登天了？

雉妖夫人浑身是血地躺在地上，见到女儿脱离危险，才畅快地笑起来：“重烛，你就算有再大的本事，也打不到天上去。”

重烛回眸瞥了一眼奄奄一息的雉妖夫人，阴沉着脸道：“将她带回去，每日施以酷刑，她的宝贝女儿什么时候回来，便什么时候放过她。”

雉妖夫人闻言，笑声一顿，立即想要自爆内丹，被重烛挥出一道魔气封住了浑身经脉，阻断了她身上的妖气运转：“小心点，别叫她死了。”

雉妖夫人瘫软到地上，被燕歌亲自押送回了天山。

重烛回到天山便立即去查看暮霜的情况，暮霜躺在床上，还没有醒，纤细的手腕间，那只衔尾蛇的手镯莹莹发着光，一道半透明的蛇影覆盖在她身上，正守护着她。

待重烛走近床沿，那道蛇影才缩回了手镯内。

他伸出手，动作轻柔地揭开暮霜胸前的衣襟，只在她心口处看到自己昨日留下的吻痕，再没有别的伤后，才暗自松了口气。

那雉鸡精的生命和暮霜维系在了一起，若是伤她，便也会伤到暮霜，难怪当初木雕上的替身铭文会发动，那什么附魂草比他想象当中还要麻烦。

重烛低下头，抚平她紧蹙的眉心，轻声唤道："阿霜，阿霜，醒一醒。"

暮霜的眼珠在眼睑下不安地转了转，她听到了重烛的喊声，但一时间很难醒过来，她的意识就像是陷在了另一个人的身体里，完全身不由己。

直到看见那座熟悉的天门，听见旁人出声唤道："锦施仙子。"

暮霜才恍然明白这个人是谁。

锦施狼狈地逃回天界，顾不上天兵的阻拦，失魂落魄地奔向光明宫，在这天上她也只有卯日星君可以依靠和求助。

她一路都想着，该如何求卯日星君救自己母亲，她以后定会乖乖听话，再不会任意妄为，这次不论怎么处罚她，她都认了。

可当她奔到光明宫时，只看到紧闭的宫门。锦施没有见到卯日星君的面，先被一群天兵擒拿住。

锦施知道自己逃不过处罚，只求道："天官大人，让我见星君一面，只见一面就好。"

那领头之人乃是司刑宫中的天官，冷漠地道："锦施仙子，你多次私自下凡，屡犯天规，卯日星君犯了包庇之罪，已被陛下责令封宫自省，任何人都不得再出入光明宫，你也是见不到他的。"

锦施唯一的希望破灭，一下失了力气，被两个天兵一左一右地挟住，往外押去。直到被推上一座石台，石台下方便是阴霾混浊的渊谷，成堆的废弃物堆积成山，锦施才大叫道："你们要带我去哪里？"

刑官抖出一面判书，说道："司刑神君已为你下了判书。从即日起罚落下重天落尘渊中，清理下方两重天废弃之物，废物一日不清，锦施仙子一日不可再踏入三重天之上。"

那下方的两重天中积累了天界千千万万年的废弃之物，怎么可能清理得干净？这无异于是将她永生永世流放至那脏污之地。

锦施突然冲起来，伸手去抓那面判书，大叫道："我不认！为什么对我判罚这样严苛，这不公平！"

刑官挥了挥手，判书收卷入他袖中。锦施只觉背后一股大力袭来，猛地将她推下石台，绵延的祥云合拢，遮掩住了上方金碧辉煌的宫殿，污浊的灰霾袭来，将她吞没进去。

"这不公平！这不公平——"

重烛的声音自锦施撕心裂肺的哭喊中插入进来，语气带上了几分急迫，喊道："暮霜！快醒过来！"

心海里乌沉沉的水浪在翻腾，一浪接一浪地冲入她的树林之中，暮霜的神识终于从那一株兰草里抽离出来，回归至身体里，倏然睁开眼睛。

入目是重烛那一张惊慌失措的面容，见到她醒来，他脸上的表情才舒展开来，将担忧压回眼底，抬手勾起一缕碎发拨至她耳后，问道："是又做梦了？"

暮霜还有些怔愣，呆呆道："我好像不是在做梦。"

前几次她都只是在梦境里听到一些模糊的声音，隐约知道有另一个人的存在，但这一次，她是实实在在地被吸入了那一株兰草内，和锦施一起，透过她的眼，见到了她所经历的一切。

暮霜闭了闭眼，回想那株兰草，喃喃道："那是附魂草，春……"她的话音被无声扼住，暮霜吐不出口，只好改口道，"有一位故人，曾将它的种子给我，托我培育出了这株草。"

悬圃园中的莳花仙们其实很少能见到上位的神君，除非陛下或天后娘娘举办赏花会或蟠桃宴之类的宴席，但那样的宴席，暮霜是没有资格参加的，顶多只能远远地看一眼从上重天降下的神君们。

每次宴席之时，上神们的神力逸散在园中，悬圃园中的灵气便会暴涨一截，这个时候是修炼的最好时机，暮霜每回只要感觉到悬圃园中灵力暴涨，便知道上神们又下来赏花了。

不过，春辰神君却不一样。他司掌人间春色，每到春日便需要来悬圃园采集花树种子，为人间布春做准备。因神君有伤在身，大多数时候都是他麾下的仙娥们前来采集布春花种。

有时，春辰神君也会亲自前来。比起其他上神，他出现在悬圃园中的次数要多得多，暮霜见到他的机会自然也多了。

在所有的上神中，除了掌管悬圃园的女夷夫人外，暮霜最为熟识的，就是春辰神君了。

暮霜被罚下凡尘历苦刑，历劫完刚回天的那段时间，因思念重烛，总是郁郁寡欢，导致她管理的花圃也随了她的心情，个个垂头丧气，蔫头耷脑，连颜色都不如往日鲜亮。

她每日侍弄完花草后，都倚靠在同一棵树下休息。相思最苦之时，往往垂泪，泪水滴入地面，久而久之，那树梢上忽然新开了花，结出了荚果。

春辰神君来采花种时，瞥见了那树上的荚果，摘下一个剥出几粒鲜红的豆子来，拈着红豆沉思了许久。

正当暮霜正惶恐不安之际，春辰神君忽而展眉笑道："仙子日日在树下垂泪，眼泪润泽树根，我看呀，这树和你一样，也害了相思之苦，这豆中寄托的皆是你的相思之情，不如就取名相思子，纳入布春的树种之中，洒落人间去，也叫人间肝肠寸断之人，能有寄思之物。”

那之后，春辰神君每次亲自布春之时，都会来同暮霜说上几句话，闲聊上一会儿，开解她的苦闷。暮霜一直都觉得，春辰神君是这天界之中最最温柔的神君。

是以，他带着那粒草籽来请她培育时，暮霜想也没想就答应了，虽然她确实也无权拒绝。

重烛先仔细地检查了暮霜的情况，确认她安好，之后才问道：“附魂草在人间早已绝迹，记载它的医书典籍也大多失传，巫医谷贮藏天下医书，桑莲回谷中寻觅了半个多月，都未能找到多少有用的信息。阿霜，你对它可有了解？”

暮霜想了想，说：“附魂草是一种很依赖人气的草种，它以人念为养分，多生长在人群聚集之处，会被强烈鲜明的情念波动所吸引。”

但天界仙神，修身养性，情感波动大多淡薄，春辰神君亦是温吞的性子，难有强烈的情绪起伏，是以，难以令附魂草发芽生根。

暮霜刚从凡间返回天界时，身上凡尘之气未退，能凭眼泪催生出相思子，春辰神君因此觉得她应当有希望培育出附魂草，才会将草籽托付给她，要她每日用神识温养草籽。

附魂草不属于悬圃园中的灵植，并不在莳花仙们需要背记的灵植谱上，暮霜所知道的关于附魂草的信息皆来自于春辰神君。

春辰神君只交代过她培育附魂草需要注意的事项，别的他不说，暮霜便也无从知晓了。

重烛听她说完，眉头几乎拧成一个结，不悦道：“神识出自于魂，只你日日温养，那草籽不就相当于是吸食你一个人的魂力长成的？”

难怪以魂识认主的木雕会将带有那株附魂草的雉鸡精也认作主人。

这之后，暮霜又梦到过几次锦施，看到她一个人在落尘渊里游荡，一开始她还不甘心地想要重返三重天，被打落数次后，她似乎终于死心了。

落尘渊里终日阴霾笼罩，不见天光。这里都是弃置物，没有灵气，只有弥漫的浊气，和浓得化不开的幽怨之气，风声从灰暗的废山之间穿过，都像是呜咽哭啼。

时不时还有上重天投下的废弃物，掉落下来时砸出惊天的震响，尘埃横扫，常常会将堆积成山的垃圾震塌。锦施在落尘渊下来回奔逃，有好几次险些被倒塌的垃圾掩埋。

即便能躲开上重天新弃下的废物，避开倒塌的垃圾，落尘渊中还有沉积已久的弃物生出的怨灵，这些怨灵影子一样藏在阴翳里，憎恨一切从它面前走过的活物，冷不丁地便会窜出来，狠狠咬你一口。

锦施身上的仙气，是它们最恨的存在。她就像是一个活靶子，被无数隐藏在暗处的怨灵当作泄愤的对象，时时刻刻都被窥探着。

上一次来时，她根本没有遇上过这些，她不知道，落尘渊原来是这么恐怖的地方。

——为什么要丢掉我？我的笔尖还能写字，我的炉火还能炼丹，我的瓶身裂了，那也是你不小心打裂的，为什么被丢弃的是我……

这里四处都是这样哀怨的诘问，潮水一样永不停歇地灌入她的耳中，锦施就算堵住耳朵也无济于事。她如同过街老鼠一般在废山之间四处逃窜，一边喃喃地反驳："不是我丢弃你们的，不是我，不是我啊……"

因为附魂草，暮霜的魂识总是被拽过去，使得她夜夜都难以安眠，到后来，就算白日里，说着说着话，也会突然闷头倒下去。

桑莲从巫医谷回了天山，给她配了安神的丹药，甚至用上了隔断六识的熏香，可都无济于事。

暮霜又一次突然陷入沉眠，这一次重烛唤了许久都没有将她唤醒。桑莲束手无策，忧虑道："再这样下去，也许下一次、下下一次，不知道什么时候，她的魂识可能就会回不来了。"

重烛一把抓起他的领子，怒道："你们巫医谷就没有别的什么办法固定住她的魂魄？"

桑莲被他周身溢出的魔气吓了一跳，苦着脸道："我倒是想用些极端点的方法，但那附魂草对她的作用太强，如果我强行禁锢她的魂，这就像是拔河一样，很有可能将她的魂魄撕裂，这样也没关系吗？"

重烛一把将他甩开，冷着脸回眸看向躺在床上的人。

桑莲抚了抚自己的襟口，叹气道："这世上绝没有无解的东西，我们只是被动在关于它的信息实在太少了。"

重烛蹙眉沉思了片刻，拂袖往外走去："看顾好她，我去给你找附魂草的资料。"

他去了魔军的军营，打算派出人去，寻找三千年前的虞山旧址。司墨听闻此事，闯入帐中来，问道："你想找虞山剑尊做什么？"

重烛没搭理他，司墨追在他身后说道："我知道一点关于他的事，但你得先告诉我为什么要找他。"

重烛终于停下脚步，他将暮霜的情况简单说了，最后道："所以，我得尽快找到能克制附魂草的方法。"

司墨听说事关暮霜，当下也不再隐瞒，立即将他所知道的都和盘托出："虞山自那位剑尊死后就封山了，现在不知隐没到了何处，你想要找虞山，就得先找一个来剑宗的嫡系才行。"

重烛疑惑道："来剑宗？"

司墨点点头："我也是当年去来剑宗交流学习时听说的，来剑宗的开派祖师出身自虞山，据说是那位剑尊的师弟，师兄弟两个喜欢上同一个女子，因此生出分歧，后来那女子嫁给了师兄，师弟便从虞山出走，创建了来剑宗。"

这些掺杂了爱恨纠葛的小道消息，司墨最是感兴趣。恒越宗和来剑宗两派交流期间，他可没少挖掘来剑宗的这些秘闻。

"最后，那女子不知怎么死在了虞山剑尊手下，师兄弟反目成仇，在虞山大战一场，来剑宗的祖师爷杀了师兄，封锁了虞山，但来剑宗一脉发源自虞山，只有嫡传的剑意才能找到虞山打开封山之阵。"

司墨说完之后，补充道："这些我也只是听说，并不知道真假，如果实在没有别的办法，也可以试试，就是来剑宗和魔门水火不容，要想去找个嫡传弟子来，也许有些麻烦。"

重烛领着魔军在恒越宗的那一场大战，使得正、魔两道的关系越发尖锐。重烛杀了余溪山河恒越宗宗主，又屠杀了几名长老，唯独放过了司墨和他爷爷。

正道修士早就将司墨打作叛徒，但司墨这人很乐观，只要能活着，名声算个鸡毛掸子。

"来剑宗的嫡传弟子？"重烛沉吟道，"天山的地牢里倒是有一个。"

暮霜其实听到了重烛和桑莲的话音，却怎么也醒不过来。她的魂魄困在那一株附魂草里，好像与自己的身体分割开了，只剩下一点微末的联系。

附魂草寄生在锦施的灵台里，而她被困在附魂草内，只能被迫接受锦施的所有情绪。她满腔的不甘和愤恨源源不断地渗入附魂草中，将这一株三叶兰草滋养得越发浓绿茁壮。

暮霜当初是用爱浇灌的它，锦施现在便是用恨在浇灌它。她的恨意从叶片上渗透进来，沸水一样煎熬着附魂草里的魂魄，直往暮霜的心里钻。

她哭，催使着暮霜也要同她一起哭；她恨，催使着暮霜也要同她一起恨。

锦施躲在一处废山脚下，倚靠着一墩废弃的神兽雕塑，哭了很久。暮霜一直能听见她的哭声，听见她的咒骂，才知道锦施原来这么憎恨她。

她觉得不解，她自认从未对锦施做过什么不好的事，反倒是锦施曾威逼利诱自己替她顶罪，到最后，被憎恨的人反倒成了自己。

若是以前，暮霜定会为此感到惶恐不安，反省自己是否有哪里做得不对，但是现在，她不会了。

就像重烛以前告诉过她的那样，这世上就是会有无缘无故的恶意，当你试图去探究为何时，便也主动陷进了对方的恶意里。

如果总想着去讨好别人，甚至去讨好一个厌憎你的人，那么最终受委屈的，都只会是你自己。

而这世上没有任何人，值得你委屈自己。

暮霜并不想被别人的爱恨所裹挟，不想去探究这恨意是因为什么，是源自何处，也不想去反省自己究竟做了什么才会招来她的恨意。她陷在源源不断渗入进来的恨意里，始终保持着清醒。

锦施憎恨她，那便由她恨去吧。

春神殿，百花宫，春辰神君挥退了宫中的所有仙娥，独自一人坐在殿中，托腮盯着荷花缸里漂浮的那一朵白花。但那花并不是荷花，它无枝无叶，无根无凭，盛放得极为娇艳。

正是那株附魂草的花，此时此刻，花蕾的中心隐约可见一道窈窕的身影。

锦施从一开始便对那只小雀仙抱有成见，从最初逼人顶罪害怕被揭穿的心虚，到后来的嫉恨，再到现在被打进落尘渊永世不得翻身，她将一切的罪因皆归咎于那只小雀仙身上。

这样强烈的不甘和怨恨，春辰神君原以为，应该很容易侵蚀入那性子怯懦的小雀仙心里才是。可令他没想到的是，被如此强烈的恨意包裹，那小雀仙竟全然不为所动。

他原想让小雀仙亲自动手杀了重烛，现在看来，小雀仙难以受仇恨蒙蔽，无法为他所控，这个法子是行不通了。

春辰等了些时间，渐渐有些不耐烦了。天上一日，人间一年，拖得越久，便越容易生变。

他将魂花收入袖中，从春神殿中出来，避开天界的守卫，独自下了落尘渊，在一座废山脚下找到了锦施。

废山脚下的阴霾被一道温和的神力拂开，四周叫嚣的怨灵也霎时寂阒无声。锦施耳边难得一片清静，茫然地抬起头来，便正正对上春辰神君含笑的眼眸。

“神、神君？”锦施愣了好一会儿，才猛地反应过来，扑过去跪在他脚边，泣道，“求神君救我，我不想待在这里。”

春辰俯身将她扶起来，轻轻掸去她肩上的一片污渍，怜惜道：“锦施仙子憔悴了许多。”

锦施听着他关切的语气，方才止住不久的眼泪又落下来，祈求道：“春辰神君能不能替我向司刑求求情，我不想永远被关在这落尘渊里，哪怕判我到别的地方，受其他处罚，我也愿意。”

春辰闻言，为难地摇了摇头：“司刑的判书一出，便是尘埃落定，无法改变。”

锦施眼中的最后一丝希望破灭，颓然地滑坐到地上，喃喃道：“要我一辈子待在这里，还不如直接杀了我。”

春辰蹲下身，柔声宽慰道："一切还未到穷途末路之时，仙子怎可如此自暴自弃？"

"没到穷途末路？"锦施绝望地笑了一声，"我还有别的出路吗？"

春辰从袖中取出那朵白色的魂花，锦施一见那花中的身影，立时直起身来，死死盯着那身影，从牙缝中吐出那个讨厌的名字："暮霜……"

"到了如今这个地步，也只有一个办法，可以拨乱反正，助仙子离开这里了。"春辰盯着她的眼睛说道。

他的语气温和从容，令锦施心中又生出希望的火花来，追问道："什么办法？"

春辰道："仙子还记得我送你的那株附魂草吗？我手里这朵便是它的花。花中有了那小雀仙的影子，说明她的魂魄此时此刻已经被吸入了附魂草内，她的身体便是一具空壳。"

锦施随着他的话音渐渐睁大眼睛，懂了其中的意思，惊愕道："你要我夺了她的身体？"

"以魂易魂，从此之后，你得自由，她替你在这落尘渊下受苦。"

春辰神君说这话的时候，面上始终带着温良无害的微笑，口气听上去就像是他从前谈论悬圃园中的花草一样平常。锦施看着他的笑，内心渐渐生出了一些毛骨悚然的感觉，忽然觉得他有些可怕了。

锦施吞了下唾沫，嗓子眼干涩得厉害，挤出一句怀疑的问话来："真的是表哥托你来关照我的吗？"

春辰似乎没料到她会突然这么问，轻轻地"啊"了一声，随后笑意更深："是与不是，又有什么关系呢？仙子只需明白，我是来帮你脱离苦境的就行。"

他真的是来帮她的吗？如果在离燕谷时，没有遇到春辰神君，她可能早就知难而退了。

他是来帮她的，还是只把她当作一枚可以利用的棋子，来达成他想要的目的？

春辰见她垂首不语，抬手挥了一下，半空中立时浮出一幅画面来，乃是雉妖夫人被囚在天山地牢里，日日受拔毛割肉的酷刑。

锦施听着母亲的惨叫，双眼通红。春辰蹲在她身边，靠近了她几分，循循善诱道："你的母亲为了你日日皆要受到重烛的酷刑折磨，求生不得，求死不能，你当真忍心就这么弃她不顾？

"就算你能忍心，重烛此人睚眦必报，待他归位之后，又怎么可能放你在此苟活？天帝素来喜爱大事化小，小事化了，讲究息事宁人，不仅是你，恐怕就连卯日星君怕也是要受你牵连，被推出去平息他的怒火。

"锦施仙子，为了你，为了你的母亲，为了处处为你着想的表哥，你没有别的选择了。"

锦施不住地摇头："就算我占了她的身体，重烛也会认出我来的，他会立即杀了我！"

春辰笑了笑，安抚地摸了摸她的头发，一派轻松道："那你先杀了他便是，我说过了，我会帮你的。"

不行。

不行。

不行。

暮霜听到了他们的所有对话，试图挣脱附魂草的束缚，回到自己身体里。春辰从掌上的魂花里看到她的状态，缓慢地收拢五指，魂花的花瓣一片片合拢，包裹成一个花苞，消失不见。

锦施被他说服了。到了现在，她的确已别无选择，要么永囚此地，要么铤而走险。

她不知道春辰神君做了什么，只觉得灵台里的附魂草陡然发出光来，像是一片片舒展开的花瓣。在那光中，她似乎看到了暮霜的身影，她们的魂魄在附魂草中对换，被送入对方的身体里。

暮霜猛然醒过来，一睁眼便看到春辰神君的面容，她悚然一惊，立即从他怀里退开，抬手往自己脸上摸去。

春辰好整以暇地看着她确认身体的举动，笑了笑，说道："暮霜仙子，好久不见。"

暮霜转头瞪向他。她每回见到春辰神君，都很开心，这是第一次她不想见到他伪善的面孔，愤怒道："你为什么要这么做？"

"为什么？"春辰站起身来，转头望了望四周，缓声道，"仙子三百多年前飞升之时，应当也经历过那一次神魔大战吧？魔族大举入侵天界，魔气侵蚀了整个三重天悬圃园，烧杀抢掠，毁了天宫无数洞天福地，我都记不清有多少仙神死在那位魔界太子手里了，我的徒儿、我的挚友，都死在他手下，本君身为天界神君，想杀他不是理所当然的吗？"

暮霜的确经历过，重烛带着魔族大军从悬圃园中经过，浓郁的魔气腐蚀了大片花草。神魔之战的战场在三重天之上，暮霜这样的小仙子，毫不起眼，她躲在悬圃园里，有幸逃过一劫。

"可、可是，天帝陛下已经和魔主达成和平协议，天、魔两界的战争早已经平息了。"暮霜试图反驳道。

"平息？"春辰嗤笑了一声，"仙与魔本是不同的两族，生于两界，习性不同，修炼根基亦不同，天界根本不适合魔族生存，但魔族生性残暴好战，又贪婪无比，仍旧侵入天界来。若非我们耗尽全力，斩杀了那位魔界太子，折损了魔族最大的战力，他们又岂会退兵？"

却没想到，重烛堕入人间，竟然还活着，还隐藏得那么好。要不是他从这小雀仙催生出的相思豆中察觉到他的存在，根本发现不了他。

“魔族天性难改，一旦魔界太子归位，仙与魔之间的和平协议，不过是一纸空谈。”春辰神君仰头望向上重天，唇角的笑意透出一丝讥讽，“偏偏我们的陛下是一位以大爱治天下的仁德之君，似乎想学西天那位佛祖割肉喂鹰，感化对方，鹰的肚子总有饱时，但魔的胃口永远也填不满。”

春辰神君说得这般大义凛然，但暮霜还是从他泛着红光的眼底，感受了一些源自于他私人的愤恨来。

暮霜这样的小雀脑袋，只装得下悬圃园里几亩花圃，哪里想得明白这天地神魔之间的纠纷，满天仙神，总不可能只有春辰神君一个清醒之人吧？

她沉默片刻，选择了相信天帝陛下，仰头道：“陛下会这样做，一定有他的道理。”

春辰愣了下，旋即笑出声来。大约是觉得自己同这样一只脑子只有核桃仁大的小雀讲大道理，有些可笑，他摊手道：“那本君这样做，自然也有本君的道理。”

天界只一须臾，人间便已过去几日。

司墨怎么也没想到重烛嘴里那个被关在天山地牢里的来剑宗修士，会是自己的好友。

祁阳在温谷之中被重烛擒下后，落到了燕歌的手里。他俩以前交手过数次，结下过不小的仇怨。这段时间来，他被燕歌折腾得不轻。

要他主动为魔修引路，去寻找虞山，绝无可能。他这人性子又倔强，很有剑修的风骨，无法逼他就范。

司墨还不得不配合魔头演了一出戏，骗祁阳将剑气注入送给他的那把紫竹木剑里。

有了来剑宗嫡系弟子的剑气，这把剑顺利地将他们带到了虞山。踏入虞山之后，司墨才发现这里并非外界传闻的那般完全封锁，而是成了来剑宗弟子感悟剑气的试炼场地。

来剑宗创派祖师和他师兄的一场大战，生生斩裂了一座山岳，剑气深入山壁。那山壁相夹的山隙里，便坐着许多来剑宗的弟子，在此面壁感悟祖师爷留下的剑气。

司墨有些紧张地看了看重烛，生怕这位魔头冲上去把来剑宗的弟子们屠了。

好在重烛此行并不为找正道的麻烦，不想节外生枝，耽误时间。

他将自身魔气隐藏得很好，为防司墨拖后腿，还在司墨身上也施加了一重隐匿的术法，两人踏入虞山之时，全然没有惊动任何人。

他们将虞山顶上的旧居翻了个底朝天，总算找到了一点有用的东西。

虞山旧居里有一间药庐，因为有结界护持，里面的物品保存得都还十分完好。他们从药庐里翻出一本医书札记，其上的字迹娟秀，看上去是导致师兄弟二人反目的女子所写，里面有部分关于附魂草的记载。

重烛仔细翻看了一会儿，实在看不出条理来，只好将这本手札收入袖中，带回去给桑莲。

他转眸环视一圈屋内，袖中蛇影涌动，窸窸窣窣地散向四面八方，条条蛇影张开大口，眨眼间便将药庐里的东西洗劫一空。

司墨被满地乱涌的蛇影惊得退出门外，难以置信道："你这是不是有点过分啊？"

重烛瞥了他一眼，没有理他，转身往外走去，撕裂空间准备离开。

司墨连忙追在他身后，扑上去想抓住他的袖子，迭声道："烛兄，你可不能把我一个人丢在这里啊。我现在可是正道的叛徒、魔尊的走狗、司氏的耻辱，如果被来剑宗的修士发现了，那我就完了。"

眼看要抓住之时，重烛倏地压回了衣袍，身影没入裂隙中。

司墨没想到他这么快就过河拆桥，翻脸不认人，他伸手抓了个空，裂隙在眼前飞快合拢，哭丧着脸喊道："花娘子啊，看来我们今生是无缘再见……"

他还没号完，裂隙重新撕开，一道蛇影不耐烦地将他扯了进去。

两人很快回到天山。踏入宫殿之前，重烛回头朝他抛去警告的一眼，沉声道："你要是敢在她面前告状，我就杀了你。"

司墨连连点头，一脸诚恳道："烛兄这说的是哪里话？我这人向来秉承'宁拆十座庙，不毁一桩婚'，怎么会行那等挑拨离间之事？你放心好了，在花娘子面前，我肯定只会说兄的好话。"

司墨还不知道暮霜的真实名姓。

重烛心里舒坦了一些，没有纠正他的称呼，反正对暮霜来说，他不过是个外人罢了。

桑莲从室内迎出来，带着对异草的狂热，急切地问道："尊上这么快回来了，是找到附魂草的线索了？"

重烛将那本手札丢给他，蛇影从身后浮出来，又将从药庐里囫囵打包来的东西全都吐出来，丢给他去研究，问道："阿霜怎么样了？"

桑莲的注意力已完全被手里的札记吸引，随口回道："她一直没醒。"

重烛眉头霎时拧紧，大步往里走去，司墨也担忧地想要跟进去探看，被飞快合上的门拦在了外面，门内传出重烛冷漠的声音："内子居所，外男还是不要进为好。"

"其实，我也懂一点医术的……"

门内的人根本不听，司墨讪讪地摸了摸鼻子，回头去看那位医仙，凑到他面前问道："莲先生，花娘子究竟得了什么病啊？"

桑莲就地抱着医书研究起来，哪里还有空应付他，司墨只好蹲在一边，托腮望着门发呆。

这手札的主人对附魂草研究得很深，约莫也是一个对医术痴狂的人，但不知是什么原因，这手札里的记录方式十分古怪，东一榔头，西一棒子，信息十分琐碎，寻常人很难从中拼凑出完整的记录来。

这种记载方式，通常是为防止被人窃取医书里隐秘信息，巫医谷中也有一些不可外传的医术药方会采用这种古老的密文方式记载。

桑莲很快找出了这医书记载的规律，他翻得札记“哗啦啦”作响。司墨从没看过有人这样胡乱翻书，东看一眼，西看一眼的，这能看出来个啥？

偏偏桑莲还真就看出了个啥，手札中记载，附魂草作用于人魂，是一个十分危险的奇珍异草，想要吃透附魂草的药性，必须得用人试药不可，一般的兽类缺乏灵智，无法试药。

这本手札的主人内心纠葛许久，最终还是用钱收买了一些贫苦之人为她试药。为防被自己那身为虞山剑尊的夫君看出来，她才选择了用这方式记录。

但纸终究包不住火，在第三个人因为附魂草而发狂之后，她所做之事还是暴露了。虞山剑尊强逼她放弃了附魂草的研究，后又见她日日寡欢，形销骨立，最终选择妥协，选择把自己送给她试药。

虞山剑尊的魂魄比凡人强太多，光他一人就足够了，断掉的记录又从这里重新开始。附魂草被植入他的灵台，日复一日受他魂识滋养，终于开出了一朵雪白的魂花。

手札的主人欣喜地记录魂花之时，也开始察觉到枕边人的变化，他的生活习惯、口味吃食、说话的语气、看她的眼神，甚至两人亲密之时的举动，都变得与以往不太一样。

当初那个怜惜弱小的剑尊，忽然变得视人命为草芥起来。谁人惹他不高兴，哪怕只是一点微不足道的小事，也会招致他的杀害。

手札的主人以为就连虞山剑尊也扛不住附魂草令人发狂的药性，将附魂草从他灵台里取了出来，虞山剑尊果然又渐渐恢复了从前的模样，这使得手札主人彻底放弃了对附魂草的研究，将它归类进极度危险的异草之列，封存了起来。

如此过了两年，二人越发恩爱，终于在一次情难自禁而神魂交融之时，手札的主人惊恐地发现自己丈夫的这具身躯里，竟是一个完全陌生的魂魄，她也终于明白，为何他总是逃避与她神交。

对方见实在隐瞒不住，才彻底暴露出自己的真面目。

早在附魂草花开的时候，虞山剑尊身体里的魂魄就变了，附魂花招来了一个曾经死在虞山剑尊剑下，因此对她丈夫极端仇恨而不入轮回的恶鬼，恶鬼无声无息地占据了他的身体。

桑莲一目十行地扫完后续，猛地从地上跳起来，往屋里冲去，大喊道："重烛——"

司墨被他吓了一跳，跟着起身追上去，紧张地问："怎么了？"

两人刚触碰到那一面紧闭的门，一缕木灰忽然从上方飘落下来，殿宇发出一声"嘎吱"的尖鸣，门窗猛然崩裂，一股巨大的能量从屋内横扫出来，将整座殿宇冲撞得四分五裂。

桑莲两人被冲得倒飞出去，相继吐出血来。

被震塌的殿宇内，重烛踉跄地往后退了几步，身上的魔气不住地往外逸散，他心口之上插着一根尖锐的桃木花枝，盛放的桃花瓣上飞溅着点点殷红的鲜血。

重烛花了许多时间才唤醒暮霜，没想到她睁眼之后，一句话没说，先将这根桃木枝刺进了他心口里。

锦施倚靠在床榻上，将桃枝刺进他心口的那只手抖个不停，那根桃花枝是春辰神君的本命法器，蕴含了他所有的神力，杀死被困在凡尘之中还未能归位的重烛，绝不成问题。

在与暮霜魂魄异位时，春辰神君是这样告诉她的。

锦施从暮霜的身体里醒来时，那根桃花枝立刻出现在了她手里，她不能有一点点的迟疑，不能给重烛一丝一毫辨认出她不是暮霜的机会。

所以在睁眼的第一时间，看到他俯身过来，朝她伸手过来的时刻，她便握紧了那根桃花枝，用力地刺进了他的心口。

一定要杀死他，一定能杀死他……

锦施盯着那根桃花枝，握住自己颤抖的右手，在心中祈求着春辰神君的神力能将他彻底杀死。

她手腕上那圈墨黑色的咬尾蛇手镯隐隐发着光。

护心鳞在这只手镯里，重烛对暮霜毫无防备，被桃木刺入心口之时，它已来不及去回护它真正的主人。

重烛抬手去拔心口的桃枝，那桃枝在他手中忽然逸散，散作无数青绿色的光点没入他的血肉之内。他抬起阴冷的眼眸，死死地盯着她，问道："暮霜在哪里？"

锦施眼睁睁地见那桃花枝消散，那魔头虽然受了重伤，却不像是会立刻死去的样子，她眼中的希冀终于彻底化为灰烬，她徒劳地瘫回榻上，失声笑起来。

春辰神君，果然又骗了她。

不过，被骗了就被骗了吧，反正她也从落尘渊中逃出来了。与其在那成山的废弃物里，最终变成阴暗丑陋的怨灵，还不如死在人间呢。

锦施一想到那只山雀会代替她永远囚在那里，便也不觉得自己吃亏了。

她抬手指着天上，偏头讥讽地看向重烛，“咯咯”笑道：“不就在那里嘛，你去找她呀。”

重烛皱了皱眉，偏头吐出一大口鲜血来。有什么东西在他心脏里迅速地生根，撕裂开心脏，顺着血管往外蔓延。

明显超脱于人间的神力在他经脉里横冲直撞，重烛的魔气溃散得更加厉害了，连人形都维持不住，下半身化作了蛇尾。

蛇鳞底下不断地鼓起来，像是活物在里面窜行。终于，一大片蛇鳞被从下方顶翻开来，破开的血肉里，探出一根植物的根须，扎入裂开的地板之下。

痛苦扭动的蛇尾扫过大殿，轰隆隆的声响中，倾塌的断壁碎成了灰烬。

锦施手脚并用地缩进床角，被他恐怖的蛇身吓到，但每当那蛇尾扫过时，都会避开她所在的地方。即便有倒塌的梁木砸下，也会被她身上的一重半透明的蛇影挡去。

锦施后知后觉地发现了腕上的那只黑色手镯，“呵”地笑出来，不过是一只胆小怯弱的山雀，凭什么能得到这么用心的对待？

“原本该被这样对待的人，应该是我才对，是我。”她喃喃着，仰头看向那个在魔雾和尘土中挣扎的庞大影子，又笑起来，“没关系，反正你都要死了，抱着你的山雀去死吧，死在人间，永远也无法归位！”

锦施起身，从床上跳下去，想趁乱逃走，去救自己母亲。可她刚走出几步，身子蓦地一僵，身体里面似有另一股力量在与她抗争，手脚变得不受她控制起来。

暮霜，是她！

她想来夺回她的身体了。

不可以，绝对不能让她回来！

锦施拼命地试图占据住这具身躯，可仍有另一个魂魄试图控制它。她的眼睛在不受控制地流泪，转过视线，想要去看被浓绿覆盖住的身影。

“重烛……”

“阿霜。”重烛听到了暮霜的声音，她还有意识。

春辰神君那能令万物生发的神力从重烛破开的血肉里逸散出来了一些，很快便有一些植物从地缝里生根发芽，飞速成长，郁郁葱葱的绿色眨眼间便爬满了这片废墟。

重烛压不住体内的神力，不断有根须从他的血肉里破出来，扎入下方的土地，将他捆束在了一片藤蔓之下。

巨大的动静引来了魔将，众人看见枝叶覆盖下的庞大的蛇身，踌躇着不敢靠近。

司墨被眼前的变故惊呆了，旁边那魔修的话音才将他震得回过神来，他手足无措地抱着晕过去的桑莲，“啪啪”抽他的脸，大喊道：“你快醒醒啊，都这个时候了，你怎么还睡得着！”

桑莲半边脸都快被他抽肿了，终于浑身一抖，醒了过来，睁眼还来不及呼痛，先倒抽一口凉气。

他就晕过去一会儿，天山怎么都快变森林了？连迎春花都开了。

刚这样想完，便听见“轰”的一声，一片绿意被魔气冲开，露出下方伤痕累累的蛇尾来，那蛇尾带着淋漓的鲜血飞快朝桑莲卷来，将他拖进了断壁之上肆虐的藤蔓里。

司墨被吓得一个激灵，站起身来，纠结片刻，也跟着钻了进去。

桑莲被蛇尾晕头转向地拖进去，重烛带血的手掌卡到他脖子上来，一双快要竖直的蛇瞳盯着他，说道：“阿霜的魂魄……”

桑莲偏头一看暮霜那身不由己的样子，便猜到了。他还是第一次近距离面对重烛这极具压迫力的蛇躯，尤其是那一双竖瞳，看得人心惊胆战，忙结结巴巴地应道：“有、有办法。”

那本手札后面记载了解法，虞山剑尊的魂被引了回来，重新回到身体里，但这本札记的主人也为此耗尽心血而死，所以才会有后来诛灭人间所有附魂草这一事。

重烛胸膛上溅出一片鲜血，又有根须从他身体里破出来，在彻底化作蛇身被根须拽落下去之前，将桑莲甩到暮霜那里去。

桑莲身上沾了他许多的血，也顾不上重烛的安危了，试图扯开藤蔓往外走：“还需要那些带回来的东西。”

魔气将外面的东西卷进来，送入他手边。

司墨跟着魔气找进来，刚冒出头，就被桑莲劈头盖脸地吩咐道：“快，去把她按住，别让她跑了。”

“谁？花娘子吗？”司墨一脸蒙，看了一眼不远处行动怪异、一会儿试图往外走一会儿又退回来的人，也发现了她的异常，连忙过去抓住她。

待她回过头来时，司墨愣了一下：“等等，你是花娘子吗？我怎么觉得你样子变了？”

暮霜张了张嘴：“司郎君……”

但她的意识很快又被另一个人压制下去，春辰神君的神力都用在对付重烛了，她才能找到一点机会。她的魂魄还被禁锢在锦施身体里，只有意识能通过魂花，短暂影响到自己的身体。

锦施控制住身体，立即掐诀想要劈开司墨，但奈何她一时片刻还没能熟悉这具身体，无法顺利运转体内灵力，只好张开嘴，一口咬在他拉住自己的手上。

司墨疼得“嘶”了一声，此时也来不及想别的，先从旁边扯了一根藤蔓来将她捆住。

桑莲顾不上那边的情况，他从重烛带回来的那一堆东西里找了半天，终于翻找一株被封存在盒子里，经过炮制风干过后的附魂草，照着手札上的记载，将它碾磨成粉。

“心头血，心头血。”桑莲碎碎念着，转头四下寻找。不知什么时候，周围的动静已经安静了下来，肆虐的藤蔓和草木几乎掩盖了所有。

他找不到重烛的身影，只能低头在自己身上找了一块新鲜的血肉出来，仔细辨认了一下，确定这是先前从重烛心口飞溅出来的血肉，将它丢进了药臼，忍不住担忧地想，重烛的心脏都碎了，还活得了吗？

祸害遗千年，他起码还得再活个五百年吧？应该没这么容易死。

桑莲定了定神，照着手札上的记载揉制出了一支引魂香，点燃送到暮霜的面前。司墨在旁边听着他捣鼓时的碎碎念，也明白了过来，眼前的花娘子大概是被人夺舍了。

他看着那一块暗红色的东西，怀疑道：“也没有烟，也没有香气，什么都没有，你确定这能引魂吗？”

桑莲立即为自己正名：“我可是医仙圣手，就算有问题，那也不是我的手法有问题，而是这札记上记载得有问题。”

他说是这样说，但心中不免还是有些忐忑，以炼制过后的附魂草，加上她最牵挂之人的心头血，为她指引一条回来的路。

这是虞山那对痴情夫妻验证成功了的，如果暮霜没能回来，那只能说明，咱们尊上是剃头挑子一头热。

桑莲沉吟道：“你和她关系如何？上回你受伤时，我看她挺在意你。”

司墨扬起下巴，骄傲道：“我和花娘子虽然认识时间不长，但一起经历之事可称刻骨铭心，关系自然非同一般。当初我第一眼见到她时，便觉得我与她乃是命中注定的缘分，这种感觉你一定无法理解，非得亲自感受才知其中滋味。”

司墨说的倒也不是假话，当初第一次见她从天而降时，他的确有过一瞬间这种微妙的感受。

桑莲连连点头：“那好，如果不行，等会儿再用你的心头血试一试。”

司墨没反应过来：“啊？”

桑莲反问：“不愿意？”

司墨立即道：“为了花娘子，我当然一百个、一万个愿意！”

两人没有再说话，都一起盯着暮霜的反应。

锦旎嗤笑了一声，并不觉得这两个蠢货真的能做出什么有用的东西，但是渐渐地，她发现她竟能看见那一缕蜿蜒升起的薄烟了。

那烟升至眼前，消散在眉心之处。

烟气从最开始的虚散稀薄，在她眼中逐渐凝聚明显起来，透出一种带着血色的红，但身旁的两人似乎依然没能看见什么。

锦施看那烟气，也像是隔着什么。

她的身体渐渐动弹不起来，再次有了先前那种脱离掌控的感觉。锦施才陡然意识到，她是通过暮霜的视野看见的那个烟气。

这具身体的五感重新回到它原本主人的掌控中，暮霜的魂魄真的被这一缕香引回来了。

二重天，落尘渊中。

“跑了啊。”春辰睁眼看了一眼倒下的身影，轻叹一声，唇边勾起一缕轻松的笑意，“小雀仙，就算你回去，也只不过是徒生伤悲罢了。”

对付重烛耗费了他太多的神力，春辰不想再多余浪费神力，将锦施迷失在人间的魂魄再送回这具身体里，总归她之前也说过，与其被囚在这里，还不如死。

在魂魄消亡前，她至少还能自由地看见人间的春色。

春辰从落尘渊中回到春神殿，一进门便看到等候在殿中的身影，故作意外道：“司命星君不在万象星海中坐镇，怎么有空来我这里？”

他搅乱了司命星君为小雀仙撰写的命牒，春辰早就料到，一旦重烛死在人间，他所做的那些事，都将隐瞒不住，司命星君必定是最先发现的那一个。即便被押上凌霄殿，他也绝不后悔自己所做。

司命星君脸上却不见愠怒，反倒起身朝他郑重行了一礼，说道：“我是来感谢神君，顺便也向神君赔罪。”

春辰神君唇角隐约的笑意落下去，眸中溢出些许阴霾，问道：“星君这话是什么意思？”

春辰神君似预感到什么，却不愿相信。

他走到司命对面的椅子上坐下，与司命敞开天窗说亮话：“如果司命还寄希望于那小雀仙使用谶文扭转命数的话，恐怕要失望了。司命赐予她的谶文只能回溯人间的时间，影响不到天界。方才，我请那小雀仙的魂魄来了落尘渊中一游。”

落尘渊虽被天界之人视为脏污的下重天，可到底还属于天界的界域内，谶文无法回溯天界的时间。这就意味着，小雀仙在天界的这段时间是无法再被改变扭转的。

这一段经历被固定了，即便她使用谶文回溯，也永远跨不过这个节点，回到更久远的过去。她就算使用谶文回溯，也只能回溯到她的魂魄逃回下界的那一刻。

小雀仙从锦施身体里逃脱，重新回到下界的时候，重烛早就已经没救了。

天山上风雪飘摇，迎春花在雪风之下兀自开得灿烂，从花儿传回的信息中，春辰神君看到了那小雀仙哭着使用谶文的情景。

金色的辉光从她手心里爆开，和从前那两次一样，淹没了周遭的一切。当她以为一切还可以重来，满怀希望地睁开眼睛时，第一眼看到的依然是风雪之中一片令人绝望的绿。

她心爱之人的身躯就掩埋在那些绿藤之下，无数的根须从他的身体里穿破出来，将他的血肉当作土壤，开出昭示着冬去春来的迎春花。

谁说今年的人间不会有迎春花了？

这不开得好好的吗？

春辰神君牵唇一笑，转眸看向司命，说道：“啊，果然不出所料，那小雀仙刚刚用了谶文，最后一道谶文就这么白白浪费掉了。”

暮霜的三道谶文皆已耗尽，她无力再改变任何事了。

司命星君颔首道：“正该如此，后面才是我写给他们的，唯一的结局。”

人间，天山。

暮霜呆呆地看着眼前那开满迎春花的坟包，泪从眼角无声地滑落，怎么流也流不尽。她的指甲已经将掌心的生命线掐得血肉模糊，可依然改变不了结局。

怎么办啊？

重烛，我该怎么办啊？

蹲在旁边的桑莲和司墨并不知道这已经是她第二次睁开眼睛了，他们被她绝望痛哭的样子吓了一跳。

司墨看着她不断掉落的眼泪，手脚都不知道该怎么摆，慌里慌张地问：“这是怎么了啊？她的魂魄这是回来了吗？”

那支引魂香已经燃完了，连灰烬都不剩下。桑莲苦恼地抓了抓头发：“你问我，我问谁啊？”

司墨恼怒道：“你不是医仙吗？你那香是不是有问题？”

这一回，桑莲没有立即反驳。他从怀里掏出那本手札，拧紧眉又开始“哗哗”地翻书，想确认自己炼制的引魂香是不是真的出了什么问题。

就在两人一筹莫展之时，暮霜终于开口了：“司郎君，帮我解开吧。”

她身上还被绿藤捆着。

司墨双眼一亮，桑莲翻书的动作也停了，两人一起看向她，异口同声地喊道：

“花娘子？”

“暮霜？”

暮霜点了点头：“是我。”

桑莲和司墨对视了一眼，他们本应该再验证一番的，但不知为何，本能地相信了她。

司墨伸手过去帮她解开身上的藤蔓，松了口气，安慰道："你回来不是应该高兴才对嘛，你看你哭得把我们都吓坏了。"

暮霜从地上站起来，因为被捆绑太久，手脚发麻而踉跄了一下，被桑莲及时抬手扶住："快擦擦眼泪，你要是哭成这个样子去见重烛，他不得扒了我的皮……"

桑莲话说到这里忽然停住。他已经好久没有感觉到重烛的动静了，重烛那么大一条蛇，随便扫扫尾巴都是惊天动地，桑莲起初以为他应该是逃去了别处，现在看到暮霜那种绝望的眼神，他心底的不安也飞速膨胀了起来。

暮霜听他的话，抬手胡乱擦了把脸上的泪，朝重重叠叠的绿藤深处走去，抓扯起地上的藤蔓。

桑莲眼睛渐渐瞪大，难以置信道："怎么会？这不可能……"

司墨站在一旁，很是茫然，但见桑莲也突然冲上去拉扯那些疯长的藤蔓，他只好跟在他们身后一起去。

这些迎春花藤长得比树都还要高大粗壮，枝条绞缠在一起，结成了一个巨大的茧，地面的裂纹里还有各种各样的草木藤蔓在肆意地往上疯长。

天山苦寒，分明是土壤贫瘠之地，这些草木却像是扎在了沃土之上，生长的速度快得令人感觉恐惧。

郁郁葱葱的绿色从这一座大殿的废墟上蔓延出去，将周边的几座楼宇都覆盖在了绿叶之下。

这么看上去，春天真的来了，连天山上的风雪都退避三舍。

玄清在歧罗江畔的魔军军营里，望着江畔一丛新开的迎春花，正想着，冬日过去，春天来了，天山上的寒意不再那么阴冷侵骨，他这几日该整顿整顿，回去同燕歌交换了。

燕歌和他不一样，她是鹰，喜欢四处遨游，又争强好斗，才不乐意被闷在天山那种地方，要她伺候尊上的起居，她是伺候不好的。

腰间的通信玉珏忽然嗡嗡震颤起来，玄清伸手拂开，一道传讯符文从玉中飞出来。

玄清看清那符文上特有的鹰羽纹，连通之后，笑一声道："真是难得，你会主动联系我，该不会又是来骂我的吧？"

传讯符对面没有回应，但他能听到一丝压抑而急促的呼吸。玄清皱起眉头，问道："燕歌，怎么了？"

对面深吸了口气，才颤抖着声音应道："哥哥，你快回来吧。"

日头偏西之时，天山之上草木疯长的趋势终于停歇，那一大片树茧一样的迎春花枝被砍伐干净，重烛残破的蛇躯从藤蔓下露出来。

他身上的蛇鳞掉得满地都是，身躯之上到处都是被根须破开的血洞，几乎没有一处是完好的。

他的身躯成了它们扎根的土壤，他的鲜血成了它们肆意生长的养分。

饶是这已经是暮霜第二次看见这一幕了，在看到他的第一眼，她还是难以忍受地闭上了眼睛。

可不看并不意味着就能逃避这个残酷的现实，她已经没有任何办法逃避了。

暮霜睫毛剧烈地颤抖，又强逼着自己睁开眼。她已经完全顾不上别的人，听不见别的声音，只是凭着本能地走过去，张开手臂，抱住伤痕累累的黑蛇。

这还是他们重逢之后，她第一次清楚地看到他的蛇身全貌，却是在这样的情况下。

“重烛，你看，我就算直接这样抱住你这么大的蛇脑袋，我也不会害怕了，我可以编更大的花环……”她的话音顿住，抬起红肿的眼睛看了一眼四周的花枝残骸，咬唇道，“不，我现在讨厌花了，我给你编其他的，更好看的，你醒来看一看我好不好？”

她的眼泪不断地滴落下去，滴落在大蛇灰败的眼睛上，将它眼上的血污洗净，大蛇竖直的瞳孔忽然收缩了一下。

“扑通——”

暮霜听到一声心跳，立即直起身来，抱着他喊道：“重烛！重烛！”

躺在地上的大蛇没有半点反应，暮霜抬起头，慌张地去找桑莲，大声喊道：“莲先生，他还活着，我听到他的心跳声了，你快救救他！”

扒开藤蔓的时候，桑莲早就奔过来，飞快将重烛上下都检查了一遍，越检查便越是心凉。名扬天下的医仙，也没有了回天之力，摇摇头道：“他的心脏早就被根须撕碎了，怎么可能还有心跳。”

不止心脏碎了，他周身的经脉也断了，血肉撕裂，骨头寸断，从内到外，惨不忍睹。

“扑通——”

“不，我真的听到心跳了！”暮霜跌跌撞撞地走过去，抓住他，把他往大蛇七寸的位置拉，“你再仔细听一下，真的有啊，你们都听不见吗？”

桑莲被她拽到大蛇的胸腔前，那里血肉模糊，完全找不出心脏的所在了。

司墨眼中带着无法遮掩的怜惜，说：“花娘子，你当心自己的身体……”

暮霜蓦地转头看向他，红着眼道：“司郎君，你来听听。”

司墨移开目光，不忍与她对视：“抱歉，我真的听不见。”

暮霜慌乱的视线又移向别处，急切地想要找个人来印证她不是错觉：“燕歌，你能听见的对不对？”

燕歌手里紧紧捏着那一枚通信玉珏，狠狠抽了抽鼻子。

周围那么多人，没有一个人听见她所说的心跳声。

“可是，我真的听见了……”暮霜喃喃道，耳边又是“扑通”一声心跳。这个声音那么清晰，遒劲有力，撞入她的意识之中。

暮霜倏然反应过来，这心跳来自何处。

她反身扑过去，抱住重烛的脑袋，用力抬起来，喊道：“去温谷，带他去温谷，快啊——”

所有人都愣了愣，虽不知她是因伤心过度而行为有些癫狂了，还是当真又想到了什么办法，大家见她那般拼命地想要拖动大蛇，便也听话地拥上前去，帮着抬动重烛的身躯。

大蛇残躯上的血从魔宫一路蔓延到雪松林里。上一次温谷被闯之后，那座汉白玉门楼上的结界被重烛修复得更加严密，即便现在，那结界依然牢固地阻挡着众人的脚步。

旁人无法踏入温谷，停在了门楼之外，暮霜只能自己拖着重烛沉重的身躯往里走。

温谷里面山清水秀，一派宁静，温暖如初。暮霜抱着他从崖上御空，从半空摇摇晃晃地落下，摔进下方的河道里，血色一下浸染了清澈的河水。

暮霜从急流里挣扎出来，拖着重烛上岸，狼狈地喘息着道：“对不起，我以后一定好好修炼，重烛，你再坚持一会儿，很快就到了。”

她被逼顶罪，下凡尘历劫之前，在天上修炼了三百年，这三百年的灵力在刑劫结束之时，全送进了那颗准备留给重烛补身体的蛋里。

回天之后，她从头开始修炼，可一年半载的修炼，并不足以提升多少修为，她太弱了，和当初在梅花山只是一只小雀时，一样无能为力。

暮霜摔了无数的跤，耗尽全力，终于将他拖进了那座洞室里。看到那一颗耸立在月光下的蛋时，她虚软的双腿终于支撑不住，倚着蛋壳滑坐下去。

她只靠了一会儿，喘过气来后，又站起来，想要推动那颗比她还要高的蛋，将它送到重烛嘴边，可蛋纹丝不动，大蛇也纹丝不动。

她想不出什么办法能将这颗蛋给他喂进去。

暮霜咬咬牙，干脆找来一块尖锐的石头，试图将蛋砸开。可那蛋壳厚实无比，又坚硬无比，每一次砸下去，都只能在它表面留下一点微末的痕迹。

怎么办？怎么办？

暮霜回头看了一眼重烛，急得贴在蛋壳上，从蛋壳里听到了清晰的心跳声。她不管这颗魔心有多么恐怖，她也无法预料魔界太子归位之后，会不会带着魔族再次入侵天界。她只知道她下界来的任务，就是为了让他重归魔界，不能让他陨落在人间。

她只想让他好好活着。

暮霜贴在蛋壳上，忽然感觉到了自己的灵力波动，来自蛋壳之内，她曾经留存在蛋中的三百年灵力还在！

她的眼眸倏然亮起来，抬手擦去眼泪，定了定神，伸手抚上蛋壳，闭上眼睛去调动自己的灵力。

蛋壳亮起微光，蛋中静止的灵髓缓缓流动起来。她的灵力是这颗蛋诞生的根本，人间五百年过去，重烛又往这颗蛋里渡入了数不尽的灵力，那些灵力与她的灵力相融合，都能被她引动。

没有谁能比小鸟更加清楚该如何从内破开一颗蛋。

因为如果破不开，就会死。

蛋壳里的灵髓受她所引，凝结出一只雀鸟的虚影，对着蛋壳用力啄去。

“咚，咚，咚——”

啄壳声持续了好一会儿，那颗岿然不动的大蛋终于“咔嚓”一声，生出一道裂纹，灵力从裂纹里汹涌而出，冲入暮霜的经脉之中。

蛋壳上的裂纹越来越大，最后崩裂开来。灵髓化作的雀鸟尖鸣一声，从蛋里展翅飞出，在暮霜头顶盘旋一圈，没入她的身体之内。

暴涨的灵力一下涌入丹田，涨得她丹田剧痛，险些快要撕裂。暮霜嘴角溢出血来，顾不得身体的疼痛，扑过去接住了从蛋壳中掉落的魔心。

这颗暗红色的心脏同它的主人一样伤痕累累，不同于血肉的柔软，它竟是坚硬无比的，就像是一颗暗红色的魔气凝结的晶石，但它在她手里，还在一下一下地搏动。

暮霜顾不得那么多，急急地捧着它，来到重烛身边，将它小心翼翼地送入大蛇破开的胸腔里，蹲在旁边满怀期待地盯着他，高兴道：“重烛，它还是活的，你快醒过来。”

浓郁的魔气随着心脏的跳动，从魔心里溢出来，汇入大蛇残破的身躯里，但很快，这些魔气又从他身上的伤口处流散出去。

暮霜期待的眼神渐渐落空，茫然失措地捂住他七寸处的伤，喃喃道：“为什么不行？怎么会不行？你不是说它是你的另一颗心吗？为什么不行？”

魔心被她塞进大蛇的胸腔里，还在坚强地搏动。魔气从心脏里不断地流出去，想要重新唤醒这具身体。

暮霜低下头，伏在重烛身上，哀求道：“接受它，我求求你，接受它啊。重烛，我想要你活着，不管是什么样的你，求你了……”

她的眼泪滴下去，落进跳动的心脏里。

“扑通——”

下方的心脏又跳动了一下，魔气从心脏流淌出去，沁润进蛇身血肉中，这一次再没有流散出去。

暮霜察觉到了身下蛇躯的变化，往后退开来少许。浓郁的魔气随着那颗心脏的跳动，不断沁润进重烛残破的蛇身内，将那些还残留在他体内的藤蔓根须绞灭干净。

魔气凝聚在伤口处，慢慢催生出新的血肉。

暮霜眼睁睁看着那颗心脏沉入他的胸腔里，与心脉相连，血肉飞速生长出来，将魔心裹入不见。

这颗心脏中的魔力强大得超乎寻常，它的心跳声在洞室内怦然回响，只不到片刻的工夫，便将他一身残破的血肉完全修复，脱落的一片片蛇鳞破开虚空，飞射而来，重新覆盖到他的身躯上。

暮霜手腕上的镯子亦随着那心脏的跳动，一明一灭地闪烁着，不住地摇晃颤动，像是被一股力量强拽着，要脱离她的手腕而去。

偏那咬尾的蛇形手镯在她手上越缩越紧，紧箍着不放，暮霜的手腕被镯子上的蛇鳞磨得生疼，几乎要将她手腕箍断。她伸手按了按它，痛哼道："好疼。"

那股彼此对抗的力量终于停歇下来，拉扯的力量一松，镯子的圈口也恢复了合适的大小，松松地垂挂在她纤细的手腕上，似乎短暂地分出了高下。

暮霜揉了揉被箍红的手腕，抬眸看过去，正好看到重烛那灰败下去的蛇瞳重新恢复光彩的瞬间，璀璨的金芒在他眼中寸寸点亮，如日之初升，金光驱散阴霾。

金色的虹膜中，一条竖直的暗红色瞳孔成型，往她的方向看了过来。

"重烛。"暮霜破涕为笑，高兴地倾身过去，想要抱住他。

一股澎湃的魔力忽然从他身上爆开，暮霜猝不及防，被那股力量冲得倒飞出去，重重砸到洞室的石壁上。

手镯替她挡去了大部分的攻击，但她身后的石壁承受不住这力量的冲击，嗡鸣一声，生出无数裂纹。

洞室地动山摇，暴裂的声响不断，这一整个山体都被重烛身上外泄的力量震塌了。

无数大石从头上倾塌下来，暮霜来不及躲避，被掩埋进落石之下。她用力地推搡着那些石头，透过狭小的石缝，看到重烛从地上盘旋飞起的蛇身，喊道："重烛——"

她的声音实在太过微弱，被轰隆隆的山塌之声完全掩盖了。

重烛破开洞室，冲天而起，浑身魔气浩荡，力量的不断涌入让他的身躯发生了变化。蛇身光滑的鳞片变得越发嶙峋尖锐，背脊上生出黑焰一样的鬃毛，腹下鳞片破开，长出粗壮的肢节。

蜕变的过程看上去十分痛苦，长蛇在半空不断地盘旋翻滚，从魔气凝结的黑云之中上下穿行。

他的嘶吼声渐渐有了龙吟之威。

温谷的结界承受不住太过强大的力量，被彻底崩裂，雪松林外崖壁上的那座汉白玉门楼轰然倒塌，极冷与极热的两处空间骤然连通，热流和冷气对撞，形成狂烈的飓风。

守在温谷外的众人躲入雪松林里，只听得从弥漫的雪雾之中，传出的阵阵龙吟之声。

“龙？真的是龙吗？”桑莲死死抱住一株粗壮的雪松，喊声被狂风打得破碎，这世上真的能有龙诞生？

他见不远处有人顶着狂风暴雪往破开的温谷里走，连忙大声喊道：“拉我一把，带上我一起去！”

前方的几道影子很快被雪雾掩盖。桑莲骂了一声，松开雪松，打算强冲上前，奈何他医术高明，但修为稀松，冲到一半就被狂风卷得倒飞出去，堪堪挂在一棵倒伏的松树树冠上。

桑莲暗自捶拳，可恶，那些没良心的浑蛋，需要医修的时候，把他当成宝贝疙瘩，不需要的时候，连看都不看他一眼。

燕歌化作巨鹰，绷紧双翅，尖锐双爪撕裂开飓风。司墨趁这间隙第一个冲出了那片暴烈的飓风区，望见了在云中上下穿行的长影。

温谷之内早已一片狼藉，唯一的那座山峦正在轰隆垮塌。

“花娘子在何处？”司墨焦急地想着，顶着头顶沉沉的威压，从山崖跳下，往谷中疾行而去。

生角的痛让重烛发狂，他在浓云中穿行片刻，忽然俯冲下来，埋头重重地撞到山体之上，山上草木伏倒，岩石飞溅。

在他一下又一下的撞击中，整座山体又往下沉了一截，地底的温泉冲出来，淹没了整个洞室。

暮霜被吞没进水下，憋着气用灵力撞开山石，狼狈地往上逃，终于攀爬上一块还算稳当的大石，抓住那石头上扎根的松树。

周围的山体还在不住往下沉，暮霜仰头，对上重烛金色的眼睛。

他长了龙爪，背上生出了鬃毛，周身的鳞片都变得尖锐而嶙峋，轻易就能在坚硬的石壁上刮蹭出道道裂痕，变得不再那么敢让人触碰了。

原本圆润的头顶上也鼓出两个大包，冒出一对鲜血淋漓的尖角来。

暮霜心跳剧烈地起伏，攀住松树朝他伸手，喊道：“重烛。”

重烛歪了歪头，迟缓地朝她靠过去。在即将触碰到她的指尖时，他额上的龙角又硬生生破开皮肉往上长了一截，鲜血从他头顶流淌下去。

他喉中发出痛苦的低鸣，转过头，用力撞上旁边的山壁。

“轰隆——”

山体剧震，岩体进一步崩裂，暮霜所攀住的大石随着崩裂的山崖一起往下坠去。

在被乱石掩埋之时，一道身影忽地飞掠过来，试图抓住她的手腕，喊道：

“花娘子！”

暮霜惊愕地抬头，险些要晕过去：“司墨，你来做什么？快走！”

轰隆声掩盖了他们的声音，这一处乱石塌陷，尘埃漫天，重烛失控的魔气比塌陷的山体更加令人无法招架，两边的山体都往中间倒来。

暮霜丹田还在隐隐作痛，咬牙使出能调动的全部灵力，送出一掌，用尽最后的力气将司墨推出了这片倾塌的山体。

她不知道最后成功了没有。

暮霜往下坠得更深，乱石从两边压来，尘烟覆盖了她的视野。在最后所见的画面里，她隐约看见黑龙踩着飞落的大石，腾空而起，冲向高空，轰然一声撞破虚空，遁入其中，不见了踪影。

破开两界的力量从上空压下来，彻底将温谷这座山峦夷为平地。

这一声巨震，天山之外百里可闻，玄清赶回天山之时，只看到云端上飞快隐匿的一道暗影。

重烛的魔气从天山上完全消失了，山崩地裂的震响过了好久才平息下来。

夜色笼罩大地，天上星辰轮转，深空之中一颗黯淡的星辰，重新焕发出耀眼光芒。

重烛重回魔界，太子归位。

人间的这一幕该在他的笔端画下句点了，司命星君终于长舒一口气，说道：“如此，也算不负所托。”

“不负所托？”春辰讽笑一声，手中的茶盏“咔嚓”一声裂成两半，热茶浇了他一手，他手背上青筋鼓动，忍了又忍，才将碎瓷平静地放回桌案上，“你是不负谁的托？我们软弱无能的陛下，还是魔界那位狂妄自大的魔主？是我小瞧了司命星君，竟不知道你的一支笔能将所有人都算计进去。”

到了此时，他若是还看不明白，便太过愚蠢了。

原来他费尽心思，反而成了重烛归位的助力。

“神君太高看我了。”司命星君重新取来一个杯子，为春辰续上茶水，拱手朝凌霄殿中行了一礼，继续道，“我也只不过是为陛下执笔而已，否则，你我神位相当，我的笔如何能左右得了神君的命数？

“我只是一个观星之人，而非能随意左右星辰轨迹，我也没有那么大的神力，只凭三道谶文，就回溯整个人间的时日，还能维持住人间的秩序不崩。”

除了一开始失控捏碎茶盏，春辰再也没有别的发怒表现。他闻言失笑道：“陛下如此大费周章都要助魔界太子归位，难不成真以为遂了重骁的心意，魔族就会遵守承诺，永不侵犯天界？”

“仙与魔互相争斗了万万年，陛下比你我二人更加清楚魔是什么样的。”司命说道，“魔主之所以强大，是因为魔心断绝七情，无情无畏，永恒不灭，唯有注入七情，生出血肉，它才有衰败之时。

“重骁为何那么急着想要重烛归位，因为他的魔心早就被毁了。”

春辰神君压抑在心底的怒意渐渐散了，面色沉静下去，问道：“你们又如何能确定，重烛的那颗魔心会因一只小雀仙而动摇？”

司命笑了一下：“我来这里之前，陛下便曾托我向神君问一个问题。你会在下棋之前，因为不知输赢，便不去下这一盘棋吗？”

陛下的棋盘对面，不是重骁，也不是重烛，而是魔界那颗永恒不灭的魔心。他要让魔心生瑕，会痛会伤，有血肉，有弱点，寿命有尽，随岁月衰败。

要让那魔界之中再诞生不出一颗永恒不灭的七绝魔心。

春辰神君沉默良久，他现在分明知晓了自己就是天帝的一枚棋子，但他心中反而没有任何怨怼，问道：“陛下还要你转告我什么？”

司命星君道：“你我都是血肉所生的心，所以会被七情左右。陛下也看出神君因挚友的死而郁结于怀，早晚恐生心魔，反误了仙途，不如由我执笔引出你心中的仇恨，发泄出来。”

重烛归位，必会上天清算，即使不用言明，春辰也知自己将成为一枚弃子。

司命星君道：“若神君能释去心中执念，从头修行，也许千年万年之后，你我还可在天界相会。”

春辰没有什么情绪波动，默然接受了，最后问道：“陛下托你执笔的这个剧本，是从什么时候开始的？秋神也在这一局中吗？”

若没有他拼死斩落龙角，重烛又怎么会堕下凡尘。

司命摇头：“我也不知，但我知，秋神亦是心甘情愿。”

或许是从上一任司命星君，抑或从上上一任，除了陛下，这谁又能知道呢？

二人无话，司命星君起身道：“我也应当去接那小雀仙回天了，拜别神君。”

天山，温谷。

暮霜还以为她已经死掉了，没想到还能醒过来。只不过她被埋在了地底很深的地方，周围密不透风，只有温泉水不断渗透进来。

腕上的手镯亮着微光，光芒凝聚成一条半透明的蛇影，蛇影包裹在她周身，撑开四面土石，为她辟出了一个狭小的空间来。

暮霜意识昏沉间，听见一道熟悉的声音，在她耳边道：“暮霜仙子，任务已成，还不归来吗？”

司命星君？

任务已成，是不是便意味着，重烛已经归位了？

可她要如何回去？

司命星君道：“暮霜仙子让你腕上镯子收了神通便是。”

暮霜随着他的话，摸索到腕上的手镯，伸手握住。那镯子大约感受到了她的心念，光芒收束，周围霎时陷入一片黑暗之中。

第十一章

我是来杀你的，这也好吗？

暮霜睁开眼睛时，先看到一片深邃的天穹。无数闪烁的繁星汇聚成一条璀璨的星河在头顶蜿蜒铺开，星辰距离她那么近，近得触手可及。

她的双眼都被星河照亮，目光不由得被群星的深处一颗闪耀的星辰吸引过去。那颗星子处在很遥远很遥远的地方，可能因为太亮了，反而比别的星辰更加引人注目。

“恭喜暮霜仙子，平安归来。”

暮霜从那颗星上收回目光，闻声转过头，对上司命星君淡然的眼神，忙向他行了一礼。

司命隔空虚扶了她一把，视线将她上下打量一番，最后山崩地裂，她被埋入地底，身上几乎没有一处是干净的。不过归天之时，这些尘土都留在了下界，但她衣裙上沾染的血还在，像裙摆上印染的梅花，神情之中还残留着心碎的疲惫。

司命轻叹道：“暮霜仙子下界一趟，受苦了。”

暮霜摇了摇头：“司命星君送我的三道谶文很有用，帮了我很多，我没有受苦。”

司命便笑了一笑，他一笑起来，眉眼间的淡漠便浅了很多，眼中像荡起涟漪的湖泊，说道：“你还真是一只乐观的小雀。”

暮霜也不知道他这算不算是在夸自己，她犹豫了片刻，问道：“司命星君，重烛他真的好好地回魔界了吗？”

司命颔首，指向她方才看的那颗星辰，道：“那就是魔界太子的命星，你看他星辰亮度，便可知他现在定然辉煌灿烂，万众瞩目。”

暮霜立即转眸看过去，盯着那颗星辰看了很久，终于露出笑颜来：“那就好。”

司命星君道：“仙子从下界归来，身心应当都很是疲惫，回去好好休息吧。”

“等等。”暮霜急忙回头，试探性地打探，“司命星君，我还想问一问我下界的朋友，他们怎么样了。”

重烛归位之时，闹出那么大的动静，温谷都被他撞塌了，天山定然也会雪崩，司墨、燕歌、桑莲，还有玄清，不知道他们如何了？

司命星君应了她的请求，伸手自半空划了一个圈，圈中映照出下界之景。

天山和温谷之间的壁垒消失后，风暴在天山顶上持续了好长一段时间，气候总算稳定下来。因为这一处地热之故，天山的风雪再没有往年那般冷冽了，春日来临时，还见到了许多新生的花草。

但天山上的气氛很沉郁，燕歌恼怒地命人把冒出来的花草都铲了。重烛离开人间的消息暂时还没有散播出去，他在温谷的动静太过骇然，一时间倒把正道震慑住了。

不论是正道，还是归属于魔尊麾下的魔修，都在观望，天山上除了气候变幻莫测一些，暂时还算得风平浪静。

但众人皆知这样的风平浪静，不会持续太久。

重烛不在，玄清和燕歌二人尚不能完全压制住麾下魔将，魔修之中必定生乱，等正道反应过来，也必将反扑。

桑莲空有一身医术，修为最为低微，是最会见机行事之人，确定重烛大概率不会再回来后，天山必会变成是非之地。

他立即便打包好行李，准备躲回巫医谷，临别前提醒玄清道：“司家那老头子看上去很厌弃他这个不成器的孙子，实际上对他纵容得很，司墨死在天山，那老头绝不会善罢甘休。”

玄清自然也晓得，但司墨是暮霜的朋友，他和燕歌都不欲和司家为敌，因此只得想办法处处都避着司家。

暮霜虽然心中有了准备，可听到这个消息，还是无比难过，愧疚道：“司郎君，还是被我害死了。”

最后时刻，她还是没有将他推出去。

司命星君低头打量了一下她的表情，见她当真将责任都揽到了自己身上，往后怕都会因此愧疚难安，遂出言开解道：“仙子可还记得，你入凡尘之前，在陨天池边，我曾向你许诺过，必不会让你多受半分苦楚。”

暮霜点了点头，却不知他为何会突然提起此事。

司命星君伸手招来一片命牒，递到她面前：“这个司墨，便是我特意安排，为你挡灾解难之人，他本就应当为你而死，所以暮霜仙子不必为此感觉愧疚。”

暮霜定定地盯着那命牒上的结局看了良久，反驳道：“不应该是这样的，司墨就是司墨，没有什么‘本就应当’，他应当有的是自己的人生，有疼爱他的爷爷，有牵挂他的朋友，而不是因为我这样一个萍水相逢的人就付出生命，这对他来说不公平。”

司命愣了一下，挥手将属于司墨的那片命牒化作星尘飘散入星海之中，口气颇为凉薄道：“暮霜仙子，这世间本就没有什么公平。”

那位锦施仙子，也觉得命运待她不够公平。

若人人都能得公平，这世上又哪儿来的怨憎会、爱别离、求不得？他笔下的命数又如何能继续下去？

暮霜追着那飘散的命牒星尘跑了几步，直到来到石坛的边缘，伸手想抓也抓不住，才停下来，不得不接受了自己的徒然无力。

“我借了花惜月的身份，就这样离开了，那她的父母怎么办？”暮霜问道。她跟重烛相认之后，便委托了玄清，请他重新收罗那些她从花家带出来的法器，还想着若有机会，定要将那些法器如数送回。

司命诧异地看了她一眼，这小仙子下界一趟，只那么短短半年时日，心中记挂的人可真多。他有些无奈地道：“仙子放心，花惜月转世之时，留了两个梦给她的父母，你归天之后，我便会选择合适的时间将这两个梦给她的父母送去。”

暮霜放下心来，司命又问道：“仙子还有什么牵挂之事？若是没有，那我便送仙子出去了。”

暮霜不舍地回头看向重烛那颗耀眼的星辰，摇了摇头。

眼前的星海从她眼中飞快黯淡下去，最后属于重烛的那颗星的星芒也完全隐没了，暮霜从那片星海之中出来，出现在三重天的悬圃园中。

她一回到悬圃园，便被女夷夫人唤过去，夫人体谅她下界一趟辛苦，给了她三日休假，让她可以在居所好好休息，不必立刻开始上工照料花草。

随后，女夷夫人又说起她养的那群小熊蜂：“你下界之后，那群小熊蜂不知怎么跑散了，我命园中的莳花仙们找了许久，还是没有找全，约莫是飞去了一些危险之地，很难再寻回来了。”

暮霜也明白，悬圃园中不止有温顺的灵植，一些灵植还会捕食别的生灵，以前还有过莳花仙被灵植吞噬的事例，更何况是一些小熊蜂了。

她谢过女夷夫人，回到自己旧日的居所，熊蜂都从蜂巢里涌出来，围着她嗡嗡打转。她数了一数，的确少了几只。

暮霜捉了一只熊蜂走进屋子里，坐在窗台下，用指尖戳着它，问它们为什么要乱跑，她以前明明叮嘱过它们，不能飞出她负责的这一片花圃。

那小熊蜂震动翅膀嗡嗡地叫，说它们看见暮霜被天兵抓走，害怕她又要被罚，个个都翘着尾巴针想要追上去把她从天兵那里抢回来。可惜它们的小翅膀哪里追得上上重天的天兵，没追上她，先在花园里飞散了。

这些小熊蜂虽有点灵智，但确实不太多。暮霜叹了口气：“那你们还感应得到失踪的小蜂吗？”

那小熊蜂扇动翅膀，晃了晃身子，感应不到了，它们多半都不在了。

暮霜只得将它放飞回去。她坐在椅子上，目光放空地看着外面嗡嗡飞来飞去的熊蜂。

上一回历劫回来时，她也是这般，失魂落魄了好久才缓过来，好不容易将这份感情慢慢沉淀入心底，结果又下凡走了一遭，这一次她又需要花多长时间，才能将他重新埋进心底呢？

她以后，真的永远永远都不能再靠近他了吗？她现在就已经开始想念他了。

暮霜闭上眼睛，沉入自己心海。看到那片从她心海里退潮的乌水，她拼命地试图挽留它们，但水线还是越来越低，渐渐地走向干涸。

魔心回归，重烛应该不会再想她了。

魔界之中，正是一片沸腾之景，乌泱泱的魔族聚集在魔主宫殿前，迎接太子殿下的归位。重烛踏入魔界，悬身浮于半空，余光扫了一圈四面围聚的族人，落在中间那座高台上。

重骁站在高台另一侧，迎着他走过来，说的第一句话是，要他踩着他的尸骨登上魔主之位。

台下魔族发出兴奋的高呼，为魔界见证新一任君主之位的更替而兴奋。

这是魔界的传统，每一任的魔主皆是如此登上那个位置。重烛看了一眼高台之后那一把森然的魔主交椅，又转回视线，将目光落在了重骁身上。

许久未见，他的父亲衰弱了很多，弱得令他感到意外。

他能清楚地感觉出来他们之间的实力差距，自身的魔力已远胜过他，重骁的确已经不适合再坐在那个至高无上的位置上了。

重烛那如朝阳一样的金色眼瞳不含半分父子重逢的情感波动，暗红色的瞳孔注视着重骁，已锁定住了他身上的致命之处，抬手唤出自己的命剑。

斩苍携着呼啸剑鸣，破开虚空，飞射而出，落在他手上。

重骁张开手臂，大笑道：“很好，很好，这才是你原本的样子，这才是我魔域未来之主应该有的样子！来吧，杀了我！”

在魔族山呼海啸一般的欢呼中，重烛冷漠地举剑，朝他攻了过去。

重骁坐镇魔界数万年，即便他如今的实力已远不如当初，但仍是不容小觑的。他把自己当作重烛登上魔主之位的最后一块磨刀石，必然要倾尽全力，绝无可能放水。

二人皆化作了原形。

重烛一身墨色鳞甲，在魔域晦暗的天色下，闪动着宝石一样的光辉，龙角巍然，背脊上鬃毛飞扬，如同一蓬猎猎燃烧的黑色火焰，浑身充满了年轻而强劲的力量。

相较而言，重骁的龙身则要黯淡许多。这位魔主不知从何时起，已经老迈，不死不灭的魔域之主，身上竟有了老态龙钟之相。

两人交战的魔力震得地面轰隆作响。尘埃翻涌中，两条长龙拔地而起，彼此撕咬着冲上高空，龙吟声响彻整个魔域大地，肉眼可见的冲击以他们为中心，一圈圈扫荡出去。

地面上围观的魔族们在地裂山崩的力量下狂呼，即便有族人被那恐怖的力量波及，当场丧命，也只会成为身边魔族的佳肴，被飞快分食干净，丝毫无减他们的热情。

魔族就是这般，以力量为尊，只为力量臣服。

一山不容二虎，这魔域之中只容得下一个君主。

头顶浓云翻涌，雷鸣电光闪烁，云中响起痛苦的龙吟惨嚎，鲜血伴随着大片大片脱落的龙鳞洒下来，引得地面的魔族像扑食的鱼群一样涌上去，为抢夺一片龙鳞大打出手。

一道闪电撕裂苍穹，落败的魔主从天砸下，将下方的高台砸出一个深坑，激起漫天尘土。地面的魔族像鱼群一样飞快散开，待尘埃落定后，又像鱼群一样聚涌回去，围绕在那深坑的四面八方，垂涎欲滴地盯着坑底的落败者。

先前他们还为了争夺一片鳞大打出手，现在，魔主残破的身躯就在眼前，却没有一个人敢踏入那坑底一步。

因为那不是他们能够染指的食物，落败的魔主，是下一任魔主登位的大餐。

这是魔域历来的规矩。

重骁躺在坑底，鲜血泉涌一样从他身下漫出来，蜿蜒的龙身上遍布着数道被利爪撕裂的伤口，最严重的一道在他的背脊上，血肉翻开，连龙筋都翻卷在外，就差一点，就被人从身体里抽出去了。

他不知道最后一刻，重烛为什么要犹豫，这不是他想看见的。

重骁吃力地仰起头，望向云端上徘徊的影子，从鲜血狂涌的喉咙里发出最后一声挑衅的龙吟："吃了我！从今往后，你就是这魔域之中唯一的君主！"

重烛体内刚刚冷却的热血，又在那一声龙吟中沸腾起来，他周身战意高昂，血色从竖直的瞳孔中溢散出去，几乎要覆盖住金色的虹膜。

浑身的细胞都在叫嚣着，吃了他，吞掉他最后的力量，从此之后，魔域之中，唯吾独尊！

吃了他，吃了他——

重烛低下头颅，涎水从嘴角淌下，血金色的瞳孔紧紧盯着地面颓败的身躯，跟随着心中本能的呼唤，从云端俯冲而下，张开血盆大口，朝那身躯之中，已然衰败的心脏咬去。

重骁灰败的眼瞳里映照出俯冲而来的身影，欣慰地闭上眼睛。

吾儿，就该如此。

魔域之主，就该如此。

无情无畏，魔心方能永不衰败。

重骁张了张嘴，很想大笑出声，却只能从喉咙里发出“嗬嗬”的声响。他败给了天帝的算计，被七情入侵，使魔心破碎。

当魔心开始衰败时，他就已经预料到了自己的结局。

然而，预期的死亡并没有降临。在重烛的獠牙穿透他的身躯之前，心脏之中一滴微弱的闪光，忽如一泓清泉冲刷过因力量而膨胀的心脉，在他心底激荡出一丝细微的涟漪。

黑龙森冷的眼底凝聚出一点微弱的人性光芒，往后退开，庞大的龙身化作一团魔雾，继而聚拢化作人形。他悬浮在半空，低下眼眸，眼底浮出些许痛苦之色，唤道：“父亲。”

重骁愣了一下，继而出离愤怒。他很想抬起爪子抓住他，大声告诉他，魔域之中没有父子，他只是他登上魔主之位的最后一道障碍，吃了他，吞下他的力量，接掌这片土地！

就和魔域历任的魔主一样。

他们之所以能强大到令其他种族皆退避三舍，令天帝忌惮，皆是因为每一任的魔主，都是吞噬掉上一任的魔主而诞生的，在这样的吞噬中，魔心一次比一次更加强大。

但重骁没有力气了，重烛不愿吞噬他，他的魔气开始飘散，龙躯化作暗红色的光点，一点点湮灭。

飘散的光点中浮出一些零碎的画面，是重骁流散的记忆，有点像是人间说法中，人死之时闪过的走马灯。

重烛的目光从那些零碎的画面上扫过，在其中看到了自己的身影。

那画面里是一幅热闹的街景，街道两旁商店林立，灯火通明，来往的行人，人人手上都提着一盏花灯，他手里也提了一盏兔子灯。重烛看到他身旁女人的面容，才想起这盏灯，是他母亲买给他的。

他现在已经想不起来这段记忆了，只知道这样热闹的街景，不可能是在魔域之中，应当是在人间的城池里。

小的时候，他母亲时常背着父亲，偷偷带着他去人间，即便重烛其实并不喜欢那个吵闹的地方。

但母亲总是带他去，她给他买花灯，买人间小孩子喜欢的人偶玩具，带他尝人间的点心吃食，教他什么是酸甜苦辣。

重烛对此兴致缺缺，比起吃一块所谓甜的桂花糕，他更乐意去打一只魔兽，吃下它，增加魔力。

重烛转眸看向另一幅画面，那画面之中还是在人间，母亲牵着他的手坐在一方戏台子底下，指着台上咿咿呀呀唱戏的人，说道：“你看那张眉毛倒竖，凶神恶煞的脸，那就是在发怒。”

她顿了顿，补充道：“你看，他这样子像不像你父亲？”

重烛仔细打量对方片刻，摇了摇头：“父亲从不会发怒。”因为他从没见过父亲露出过这种表情。

母亲便沮丧地垂下肩膀：“是啊，他从不发怒，你跟他一样，就像是一坛死水。”她又指向另一个人，说道，“你看，他是在笑，人啊，如果感觉开心，就会笑，如果感觉难过，就会哭。”

重烛对她的这套说辞早就听腻了，从椅子上站起身来，问道：“母亲，我们什么时候回去？”

母亲突然一把握住他小小的肩头，将他扯回去，用力按回椅子上，掐住他的脸逼着他去看台子上的戏，厉声道：“跟着学！学他们笑，学他们哭，学不会就永远别回去了！”

重烛金色的眼瞳中毫无波澜，冷漠地盯着戏台，从早坐到晚，再从晚坐到早，直到那戏台上的伶人声音嘶哑，再也唱不出一句词来，所有人的脸上再没有什么“喜怒哀乐”之分，浓重的油彩也遮不住他们脸上相同的表情。

母亲曾经教过他，那种表情名为“痛苦”。

戏园的掌柜退了他们一半的钱，半求半轰地将他们赶出了戏园，重烛听到他们骂他母亲是个疯女人。

当时的他和母亲离开这座戏园后，再没有回去过，是以也全然不知，当天夜里，这一座戏园就淹没在了魔气之中，彻底从这个世界上消失。

从母亲脸上的表情，重烛能分辨出，每次带他从人间回去时，他的母亲总是不开心，但她只要一找到机会，还是会偷偷带着他去人间。

母亲以为父亲对此毫无所觉，但现在看来，父亲原来全部知道，并且全都看在眼里。重骁飘散的记忆里，都是母亲带着他在人间行走的画面。

她不再带他去戏园看表演了，她带着他去看人间真正的婚丧嫁娶、生离死别，逼着他去感受凡人的喜怒哀乐，往他嘴里塞那些酸甜苦辣的吃食，逼他从一堆在他看来都差不多的东西里，挑出自己喜欢的，和自己讨厌的。

重烛被她逼得太紧，偶尔也会配合她，假装自己懂了什么是喜欢、什么是讨厌，懂了凡人为什么要哭、为什么要笑。

母亲便会激动地抱住他，喃喃地低语：“太好了，重烛，懂得了人世间的感情，你便不再是个魔了。”

重烛问道：“魔有什么不好吗？母亲讨厌魔？”

母亲没有回答他，只低喃道：“没有感情的魔和野兽有什么区别？”

重烛摊开手，魔气从手里扫荡出去，听着山林中野兽临死的嘶吼声，面无表情地说：“当然有区别，野兽会被人杀死，但魔只会杀死别人。”

重烛没有理会她惊愕的表情，继续道：“母亲曾说过，只有互相喜欢的两个人才会成亲，但母亲讨厌魔，为什么却嫁给了父亲？”

母亲回答不了他的问题，重烛也并不在意，这个问题就这么不了了之。

他始终没能学会母亲口中那个所谓的“感情”，所以很快便被母亲发现了他的假装。她终于彻底失控，掐住他的脖子，想要杀了他。

明明被杀的人是他，她却露出了痛苦的表情，眼泪不断从眼中滑落。

重烛盯着她的眼睛，嗅到了母亲眼泪中比从前闻到的所有凡人的眼泪，都还要浓烈的情感气息。他第一次对眼泪这种东西产生了好奇，抬手去接了她的一滴泪，想要放入口中，去品尝她一直都想让他学会的感情。

母亲脸上闪过一丝欣喜，手指的力道松懈下来，淌下的眼泪气息又有了变化。

但他没能尝到母亲的眼泪，浓黑的魔气突兀卷来，将他们从人间拽回魔域。一直隐在暗处冷眼旁观的人，这次再也旁观不下去。

当年重烛被直接扔回了自己宫殿中，不知道后面都发生了什么，直到他被父亲派来的人请入魔主殿中,看到的就是父亲一口一口吞吃掉母亲的画面。

现在，他从重骁那不断流逝的记忆画面里，找到了那一日母亲回到魔域后的景象。

父亲坐在主座上，居高临下地俯视着殿前的身影，问道：“谁允许你带他去人间的？”

母亲站在魔主殿中，抬手擦去脸上残留的眼泪，对着前方森冷注视她的人扬了扬眉梢：“装什么呢，你不是一直都知道我带他去人间了吗？这一次为什么要出手阻止？你该不会是在害怕吧，害怕他和你不同，害怕他真的学会人世间的感情……”

她话未说完，被一股大力掼到墙上。魔气凝成一只龙爪影子，将她牢牢钳制在墙上，缩紧的五爪捏得她骨头“咯咯”作响，魔气钻入她的经脉里，逼出她体内隐藏的最后一丝仙灵之力。

重骁从容不迫地坐在座椅上，只隔空抬着五指，指节一寸寸收紧，说道：“素央，你当真以为本座不知道你是仙族的人？天帝那老东西，也就只会耍这种低劣的手段了。”

素央，这是她在仙族的名字。自从她自请剔去仙骨，带着任务来到魔界，便再没有人唤过她这个名字。

“你知道，原来你都知道。”她不再挣扎，盯着他的眼睛，一字一句地问，“你既然都知道，怎么还能允许我靠近你，允许我为你诞下子嗣？重骁，你该不会早就已经爱上我了吧？什么七绝魔心，也不过如此。”

重骁身前的桌案被魔气冲得四分五裂，龙爪擒着她飞过来。重骁捏住她的下巴，再也隐藏不住沉淀在瞳孔深处交织的爱恨。

“爱？我现在便告诉你，我究竟有没有爱上你，顺便也让你亲眼看看，我们的儿子有没有学会你费尽心思都想要他学会的感情。”

他派人去唤来了重烛。

后面将要发生的事，重烛记忆深刻，并不想要再回顾一遍，他抬手击溃了那幅画面。

重骁的力量溃散得更加厉害了，他的魂魄从身躯里浮出来，隔空望向重烛：“你看明白了吗？不论是你的母亲，还是来到你身边的那只小雀鸟，都是带着目的来到我们身边的。”

重烛堕下人间，受凡心所困，不愿接受自己的魔心回归。重骁七情入心，早已不是最初那个无情无畏的魔主，他舍不得重烛陨落凡间，逼不得已才会上天庭去找那只将儿子困在凡间的小雀鸟。

他和天帝都在赌，他赌重烛魔心回归后，他心中那颗强大的魔心能吞噬掉人间的私情，天帝在赌那一缕私情能像攻破他的魔心一样，攻破重烛的魔心。

魂飞魄散之前，重骁留下了最后一句叹息：“我败给了天帝的算计，我希望你不要重蹈覆辙。”

如果按照当初母亲带他去人间时，教导他的那一套来表现的话，父亲死在面前，他应该要感觉伤心难过，并为此而哭泣才是。

但实际上，重烛心里并没有什么难过的情绪。

方才心头激荡起的情绪极快地蔓延上来，又极快地消退下去，就像是冲上沙滩的海浪，短暂地让他产生了一些共情的心理，感受到了一丝亲人伤陨的痛苦，但海浪退潮之后，这点共情也随之消散，他的心间还是只剩下一片麻木的沙地。

重骁死在他面前，和任何一个魔族死在他面前，没有任何不同。他本应该吃了他，吞噬他残余的力量，但眼前残躯剩余的那点微弱力量，已经激不起他的食欲，重烛现在并不想那么去做。

他飞身从坑中离开，坐到浓云铺卷的云端上，居高临下地俯视着脚下向他臣服跪拜的魔族。

魔族们贪婪地徘徊在重骁的残躯四周，确认新任的魔主撤走了所有魔气，放弃了这一顿大餐，便迫不及待地一拥而上，争夺抢食着重骁不断崩坏的残躯。

杀戮，掠夺，弱肉强食，在这片界域内时时刻刻都在发生，是这里最根本的法则。

重烛闭上眼睛，内视形躯，在自己心脏中找到了一粒晶莹剔透的泪珠。方才那一瞬间从他心间激荡而起的情绪，便来自这粒泪珠。

他知道这滴眼泪来自何人，现在稍微回想，还能想起那个身影伏在他身上哀泣，求着他接受这颗魔心，好好活下去。

他当时是什么样的心情呢？重烛想不起来了，他所有的情感都随着凡心一同掩埋了。就像现在的他也无法理解，之前的他为什么会宁愿守着那颗无用的凡心，而排斥这颗强大的魔心。

简直太愚蠢了。

现在魔心回归本体，重烛再去回想在人间和她所经历的一切，就和他小时候坐在戏台子底下，看那一出出爱恨纠葛的戏码差不多。

只不过这一出戏，是由他亲自登台献唱的。

"……无聊。"重烛嘴唇微动，为自己唱的这一出戏落下结语。他抬手按在心口上，催动魔气，想要将那粒碍事的眼泪逼出心脏。

那泪珠里，实在残留着太过强烈的情绪，不论是难过、悲伤，还是其中浓烈的爱意，都像是一根尖锐的钢针插在他的心脏当中，时时刻刻都想将它的情感浸染进他心里，威胁着他的心防。

重烛尝试了许多次，想要将它逼出体外，都没能成功。

——解决不了这滴泪，便解决这滴泪的主人，在魔心还没有被七情浸染之前，在还没有落得跟父亲一个下场之前。

心中冒出的这个念头越来越强烈，重烛从云端上站起身，一呼百应，领着一群魔族越过天、魔两界的边境，冲上九重天。

暗黑的魔气撕开天边的祥云，从另一界迅速地席卷过来，笼罩至悬圃园上空。暮霜瞥见那翻滚的黑云，从屋子里快步跑出来，条件反射地先支起一个护佑的结界，尽可能地罩住周边的花圃，防止它们被魔气侵蚀。

这一幕和她初升入天界时所看见的那一幕何其相似，只不过，那时的她一见那魔气压顶的恐怖景象，吓得恨不能钻进土里躲起来。

而现在的她心脏"怦怦"直跳，难以自控地朝着魔气卷来的方向迎过去，望眼欲穿地想要从那浓云之上，看到自己想见的身影。

她完全忘记了，应该要远远地躲开他，永远永远别再靠近他。

她一心只想见他。

重烛很早就看见她了。悬圃园中的灵植茂盛高大，叶冠如华盖，她那抹小小的身影，在层叠的树冠遮挡下，明明并不起眼，但重烛还是一眼就看见她了。

别的莳花仙都在魔气的侵袭下，仓皇地往远处奔逃，只有她穿过一片片花圃和树林，朝着魔族大军迎过来。

那么弱，还那么不自量力，他动动手指就能捏死她。

重烛指尖魔气回转，尖锐的利刃影子在手中半隐半现，下方的身影已经跑出了一片密林，站上一块开阔地的大石上，仰头望向他：“重烛！”

她的声音还不够大，至少还传递不到那翻卷的魔云之上。重烛眯了眯眼，看清了她的口型，在喊他的名字。

重烛五指猛地收拢，手中的利刃“咔”地被捏碎了，竟身形一顿，不禁往后退了一步，往悬圃园中肆虐侵袭的魔气都凝滞了片刻，倏地收束回来。

跟在他身后的魔族不明就里地停下来，跟着往后倒退，疑问地问：“主君，咱们要撤退吗？”

他们随着魔主如此声势浩大地侵入天界，已经兴奋得摩拳擦掌，准备在天界大闹一场，如今才到了天帝的花园，就灰溜溜地撤退，传出去定会沦为六界笑柄。

重烛闭了闭眼，将那个身影从视线中剥离出去，仰头望一眼上重天，斩苍剑从虚空中浮出来，一剑劈斩向上空，破开一条直通最高天的路径，浓云一卷，略过了悬圃园，直冲上重天。

悬圃园中的魔气消失得很快，暮霜只遥遥望见了一眼重烛的身影，他就不见了。

暮霜失望地垂下肩膀，在原地站了许久，垂头丧气地往回走。

没过多久，上重天便传来了一些恐怖的动静，一道道紫雷照彻了整个天界，就连三重天的悬圃园都能望见那交织的电柱，雷鸣声从上重天轰隆隆地碾压下来，震得悬圃园中的灵植簌簌发抖。

暮霜一颗心悬到了嗓子眼，惶恐那紫色天雷劈下的对象会是重烛。她试图扇动翅膀往上重天飞，半途被女夷夫人拦下来。

“现在上重天都是紫电雷光，你这一只小小的山雀，可能还到不了最高天，就会被紫电余光击打得粉身碎骨了，何必要去以身犯险。”

暮霜垂头道：“我只是想去见见他。”

女夷夫人问：“你见了他又能做什么？”

暮霜也不知道自己能做什么，无法回答这个问题。女夷夫人见她沉默，叹息道：“我听闻魔界太子已吞噬了他的父亲，登上魔主之位，他已经不再是人间那个会为你等候五百年的人了，你这样冲上去或许还不够他塞牙缝。”

暮霜惊愕地抬眸，不敢置信道：“夫人是说，重烛吃了他的父亲？”

“魔族之人就是这般，每一任的魔主皆是吞噬上一任魔主继位，不要指望他们之间能有什么骨肉亲情。”女夷夫人安抚地拍了拍她的肩膀，“回去吧，就算天塌了还有上神们去顶着，你们这些小仙子就好好躲着，保住自己就行。”

暮霜重新回了悬圃园，躲进自己的居所，透过窗望着上重天闪烁不休的紫电雷光。

那雷光闪了很久才停下，雷鸣声也终于消止，天界一片肃然，紫雷的余光镀在天边的祥云之上，使得整个天界都陷入一片人间黄昏时分的绮丽之景中。

一束剑光破开了那片绮丽的光景，浓墨似的魔云如来时一样，浩浩荡荡地席卷而去。

暮霜从屋子里追出去，跑了几步又停下来，看着那团魔云消遁至天门之外，慢慢回转过身往屋里走。她和重烛从一开始便是如此，一个在天一个在地，她就算是想追也追不上，现在也不过是重新回到原点。

在人间的相遇也许就是他们仅有的交集了。

暮霜难过地想着，忽然感觉到什么。她一下抬起头来，转过身跑回花圃中，四下张望，小心翼翼地出声喊道："重烛，我感觉到你了，你是不是就在这里？"

没人应答，只有熊蜂被惊吓而振翅归巢的嗡嗡声。

暮霜顾不得它们，凭着感觉朝一个方向找过去，一路拨开花草，焦急地四下张望："重烛？重烛，你出来好不好，我知道你就在附近。"

重烛隐匿了身形，看着她一步步朝自己靠近，就像看着一只毫无所觉的兔子一步步走入猎人的猎杀范围之内。他手握屠刀，本是带着杀念而来，却在她的一步步靠近中，被逼得不断后退。

暮霜找不到他，终于停下来，目光无处着落，徒劳地伸手在空气中抓了抓。

她所不知道的是，此时此刻，她想见的人就在她一步之外，她却无法得见。

重烛垂下眼帘，看着那一只朝他伸来的手，指尖距他的脸颊只咫尺之遥。他略微侧身偏过头去，堪堪避开了指尖的触碰，看着它空落落从面前划过一道弧度，垂落下去。

暮霜沮丧地握了握手指，眼泪落在自己空荡的掌心里，喃喃低语道："怎么办啊，重烛？我好想你。"

重烛心脏忽然重重一跳，心头的那滴泪又开始泛起潮涌，令他本能感觉到威胁。他疾速地飞身后退开，狼狈地从悬圃园中逃走。

春辰神君陨落的消息，很快也传入了暮霜耳中。那一日新任的魔主上天兴师问罪，天帝为维护两界合约，平息重烛之怒，将春神押上了诛仙台，降下紫雷毁其仙骨，灭其元神。

暮霜听闻这个消息时，也分不清心中是何感受。她以前真心喜欢过春辰神君，在心中僭越地将他视作自己的朋友，见他利用自己以那种手段虐杀重烛时，她也确实厌恨过他。

但现在，一切都结束了，她也重新回到了莳花仙的工作中。

除了时不时感觉到重烛好像就在附近，暮霜的生活没有任何改变。一开始，每每感觉到他的存在，她都会停下手里的工作，满怀希冀地去寻找他，次次寻找，次次落空。

后来，暮霜便也接受现实了。她总以为重烛就在身边，这大概只是她思念太过，产生的错觉。

悬圃园中的花香得有些熏人，重烛并不喜欢那个地方。他每次从天界回来时，身上都会裹着一重浓重的花香，是以，每次回来的第一件事，就是洗漱沐浴。

魔侍帮他褪下外袍时，有细碎的落珠声砸在光亮的大理石面上。重烛循着声响，随意地往地上瞥了一眼，目光凝在那滚动的几颗红豆上。

立即有魔侍察言观色，上前去将那几颗红豆拾起来，拱手奉到他面前。

重烛伸手拈起一颗红豆仔细看了看，想起来，这豆子是她屋外的那棵树上的，那树上垂挂着满树的荚果，荚果迸裂之后，就会掉下这种红色的豆子。

想来是他今日倚在树下看她时，让那豆子掉进了衣裳里。

重烛一想到她，眉间便忍不住拧成一个结，连他自己都难以理解，为什么他每次明明是带着杀意去见她，可一旦见了她，先逃走的人还是他。

这颗魔心，天不怕地不怕，偏偏却畏惧那只小山雀。

是因为心脏里的这滴眼泪的威胁吗？

重烛拧着眉，指腹用力，将在她身上尝到的挫败滋味都发泄在了手中这颗小小的红豆上。

身边伺候的魔侍感觉到他身上沉沉的威压，膝盖忍不住发软，全部“扑通”跪伏到地上。

重烛伸手从那魔侍高举过头顶的手里，抓起所有红豆，用魔气将它们通通碾碎成齑粉，随手抛开，拍了拍手掌，说道：“都出去。”

魔侍们连声应是，轻手轻脚又动作利落地退了出去。

浴池殿中只剩下他一人，重烛随意地扯去身上衣衫，抬脚踏入水中，氤氲的水雾很快在室内弥散开，将一切都笼入朦胧之中。

他抬臂依靠在池壁上，水线在他胸膛的位置摇晃，左心上一片弯月状的红痕被水温一蒸，更是鲜艳夺目，像是要渗出血来。

重烛抬手，拇指的指腹搓揉过这片红痕，这是缺失护心鳞留下的痕迹，他的护心鳞现在挂在别人的手腕上，完全不听他的召唤。

现在，她就是他最大的隐患。不管是想要取回护心鳞，还是想要解决心脏里的眼泪，都得尽快除掉那个隐患才行，不能再继续这样拖延下去了。

重烛放松身躯，闭上眼睛沉入水里，并未注意到水面上漂浮的红豆粉末随着水波荡漾，贴附到他的皮肤上。

属于另一个人的相思之情侵入他的睡梦中，让他难得地做了一个梦。

梦里依然是一片朦胧的水雾，四周白茫茫一片，重烛只觉自己被什么东西包裹着，从四面八方压迫过来。那东西像水，又比水更加厚重，将他整个淹没其中，不断消磨着他的魔气，让他很是厌恶。

四周什么声响都没有，连他自己的心跳声都听不见。他被困在其中，动弹不得。过去了很漫长的时间，外面终于传来一些细微的响动，破开了梦里那死一般的寂静。

那个声响起初很微弱，闷闷的，让人辨不出是什么声响，直到后来那声响忽然变得大起来，急促的喘息就像是直接响在他的耳边，除了喘息声，还有搅动水波一样的咕嘟声响和女子压抑不住的啜泣。

眼前的白雾消散了一些，重烛便能从白雾之外看到一对影影绰绰交叠的身影，他忽然意识过来，这是在哪里了。

这不是一个梦，准确地说，这是他在人间时的回忆，从心底翻涌上来，冒出的一个小水花，趁着他入眠之时，结成了这么一个梦境。

只不过在这个梦境里，他的意识在这颗被囚在蛋壳内的魔心里，眼睁睁看着另一个自己与人沉沦在情欲当中，不可自拔。

“重烛，重烛，那里不行……”暮霜受惊的声音飘到他耳边。

外面的影子还没有动作，重烛便已经预料到外面的他将要做什么了，那段记忆虽再不能在他心中激起波澜，但他不曾忘记。

意识过来之后，他所有的感官都开始与外面的那个自己同步，很快他的舌尖便尝到了那股熟悉的味道，带着一点独特的甜味，让他喉咙发渴，不断地想要汲取更多，直到蛇信被痉挛的软肉紧紧绞缠住。

传来耳边的泣声又大了一些，有水声淅淅沥沥地落在蛋壳上，重烛喉中滚动，忍不住吞咽了一下，胸腔里面“扑通”一声，心脏重重一跳。

这声心跳惊动了外面的他，灵力从外面涌进来，包裹在他周围的灵髓液又浓厚几分，外面的身影被重新吞入白雾之中，原本清晰的响动，又变得模糊起来。

但他们相通的感官不受任何阻碍，重烛虽再看不见外面的身影，却清晰地记得他当初都做了什么，记得他是如何不厌其烦地拥抱她、亲吻她，将自己满腔的爱意涓滴不剩地尽数注入她的身体里。

他清晰地记得，此时，也能清晰地感觉到外面的那个自己那颗激烈跳跃的凡心，奔流的血液带着蚀骨销魂的愉悦流遍了全身，渗透入每一个细胞之内。

“阿霜，我爱你，我爱你，我爱你……”

重烛险些溺死在这个梦里激烈的情绪中，强烈的危机感让他从梦中惊醒，突然的动静搅得池水一阵晃荡，“哗哗”作响。

他胸腔起伏，急促地喘着气，像是刚从生死边缘徘徊了一圈，瞳孔暗红的金色眼眸上蒙着一层雾气，似还未完全清醒过来。

“我爱……”暗色的瞳孔倏地收紧，重烛的眸色霎时清醒过来，将梦里带出的含糊字眼咽回喉中。

他在已然冰冷的水池中坐了片刻，低眸看了一眼水面下久久难以平复下去的物什，抬手按住额角鼓胀的青筋。

魔心在胸腔里面不安地跳动，杀了她，必须尽快杀了她。

重烛硬生生压下身体里翻腾的欲望，从水中飞身而起，挥手招来衣袍裹到身上，化作一蓬黑雾破窗而出，消失在魔域暗沉的天幕中。

天界没有昼夜之分，永远都是亮堂堂的。不过悬圃园中的草木需要昼夜和四季的更替，是以三重天的悬圃园，反而更遵从于人间的天时变换。

重烛这一次潜入三重天时，悬圃园中正是夜时，星河悬在上空，高大的植株蚺结成一片片庞大的暗影，他隐匿了身形和气息，熟门熟路地到了那间庭院之外。

路过院外那株相思树时，他脚步顿了一顿，抬袖挥出一团魔气，将树冠上垂挂的荚果尽数捏爆，揉成了粉末，夜风一卷，便如一团粉尘散入悬圃园中，消失不见。

廊下挂着的蜂巢里飞出一只熊蜂，扬起尾针威胁地恐吓着他，不准踏入主人的居所。

重烛看都没看它一眼，一巴掌将它拍飞出去，大步踏入廊内，推门而入。

窗外泄入的月光照亮了窗下软榻上的身影，重烛缓步朝她走过去，撩开一道垂挂的纱幔，将她的面容看得更加清晰了些。

暮霜平躺在床上，纤细的眉微微蹙着，呼吸时急时缓，脸颊在月色下透出一层薄薄的红，显然也正做着什么美梦。

他站在床边，目光从她面上扫过，抬手朝她的脖颈探去。

“重烛……”幽静的室内响起一声低哼，他的动作便猛地一顿，目光上移，无意识地定在那微张的唇瓣上。

梦中亲吻它的触感还留在感官里，温热、柔软，被含住吮吃时，能逼出她喉咙中浅浅的低泣。

杀了她。

杀了她！

心里的声音在催促着，重烛将目光从她唇上撕扯开，指尖往下移动。悬停在她右手的手腕处，魔气从掌心涌出，化作条条暗影缠上腕上那只墨黑色的手镯。

咬尾的蛇形手镯登时一亮，圈口在魔气的拉扯下，一寸寸收紧，不愿脱离那只纤细的手腕。

重烛忍不住嗤笑一声，掌中涌出的魔气越发强势，牢牢锁住那一圈手镯，低声道："我今日倒要看看，谁才是你的主人。"

双方僵持了一阵，手镯终于承受不住源源不断灌注的魔力威压，"咔嚓"一声断裂开，一片黑鳞从蛇头的位置浮出来，落入重烛手中。

他扯开领口，将这片不情不愿回归的护心鳞按回胸口上。鳞片与左心那道红痕贴合，转眼与血肉融合。

重烛又笑了一声，笑声中不带喜悦，只有满满的嘲讽之意，不知是嘲讽这一片不自量力的护心鳞，还是嘲讽曾经的自己。

只是他的笑声未停，护心鳞与左心血肉融合的那一瞬，鳞片上倏地闪烁过一道微光，一股力量忽然拽着他猛地往下，扑倒在沉眠之人的身上。

榻上的人立即被惊醒了。暮霜睁开眼睛，一眼便瞧见伏在她上方那张冷峻的面容，她还以为自己在梦中未醒，怔愣地喊道："重烛？"

重烛蓦地撑起手臂，往后退开两步，那姿势几乎有些狼狈，抬袖一卷，便要化作魔气遁走。

暮霜急忙从床上跳起来，朝着遁到半空的雾影猛地扑过去，死死抱住他的腰。

魔雾拖着她在屋内一通乱窜，撞得屋里摆设东倒西歪，暮霜"砰砰"撞到好多东西，呜呜叫道："疼，疼疼疼——"

魔雾里传出一声冷语："疼就放手。"

暮霜的手臂反倒收得更紧了一些："我不放！啊……我的头，好疼。"

一阵"噼里啪啦"的响动后，魔雾终于重重砸到地上，消停下来。

魔雾散开，重烛一脸沉郁地躺在地上，抬眸看向压在他身上的人，冷声道："你到底想做什么？"

暮霜坐在他腰上，浑身的骨头架子都快要被撞散了，揉着自己被撞的额头。听见他的声音，她低眸看过去，在铺满地面的月光中，垂下手轻轻摸了摸他的脸颊。

随即，她弯起眼眸露出惊喜的笑颜，高兴地道："重烛，真的是你，身上好疼，我不是在做梦，太好了。"

"好？"重烛盯着她的眼睛，瞳孔冷锐如剑，"我是来杀你的，这也好吗？"

第十二章

你的眼泪在我心脏里，
无时无刻不在伤我

暮霜脸上的笑意一滞，眨了眨眼睛，认命地俯下身躯，凑近了他的面庞，说道：“你这么厉害，如果想要杀我的话，我也逃不掉。”

她这般说着，当真就没有半分骨气，连逃都不想逃一下。

重烛心头暗嗤，冷漠地开口：“你倒是很有自……”

话说到一半，便戛然而止，余下的话音全数被堵在那双柔软的唇瓣中。

他倏地睁大眼睛，金色虹膜包裹下如同尖刺一般的竖直瞳孔，都被她这个大胆的举动惊得扩散开来，眼中透出些许茫然。

贴在嘴上的唇瓣轻轻碰了一碰，似见他没有拒绝，便又得寸进尺地贴上来，温热的舌尖舔开唇缝，往他嘴里钻去。

温软的触感几乎不费吹灰之力，直击重烛的心神，瞬间攫取住他所有的注意力。

重烛脑海里空白了好长一段时间，直到紧缩到产生了疼痛的心脏将他的心神拉拽回来，他才抬手一掌将她掀飞出去，抓起袖摆用力擦了擦嘴角，转身化作一道幽影贴着地面飞速游走，消失在门外茂盛的草木里。

暮霜跌坐在地上，有点被他最后那嫌弃的举动和惊怒的表情刺伤。正觉伤心难过之时，手腕上忽然感觉一股大力袭来，不容抗拒地拖拽着她往外走。

月霜从窗外倾泻进来，照亮她纤细手腕上一圈透明的暗影，像是一条细细的蛇尾缠在腕间，那里原本该有一只镯子的，是重烛送给她的。

暮霜不知道镯子什么时候被取走了，她跌跌撞撞地被缠在腕上的蛇尾拖出了屋子，路过门廊时，急忙伸手抱住了廊柱。

那拖拽的力道便狠狠一顿，一团黑影从上方落下来，砸进了门前的花圃里。

虚空中有蛇形的幽影闪动，正是从她手腕上，延伸至那砸进花圃中的人身上。

暮霜揉了揉发疼的手腕，喊道："重烛？"

重烛背对着她从花圃里站起身来，没有理会身后的喊声，低头扯开自己的衣领，看到了心口上微微闪烁的鳞片。

护心鳞，又是这该死的护心鳞。

若换作其他鳞片，重烛早就将它抠下来碾碎了，偏偏是这一枚护心鳞。

他试着抬脚，大步往前走去，暮霜手腕上刚松懈下来的力道立即绷紧了，将她拽得跌出门廊，只能跟着他的步伐往前小跑，一边挥舞着另一只手抓住沿途的草木，想让他先停下来。

"重烛，你等一等，我的手好像和你绑在一起了，你走太快了，我跟不上……"

暮霜终于抱住了一棵树，前方的人一顿，总算停下了步子，回过头来。

月色下，他心口隐隐亮着一抹幽光，那幽光和她手腕上的蛇尾相呼应，暮霜忽然明白过来，"那只镯子，是你的护心鳞？"

重烛没有回答她的疑问，他的面容隐匿在树影下，看不分明，只有眼瞳亮着暗光，就这么直直盯着她看了片刻，忽然身影一闪，猛地贴近她面前，一把勾住了她的腰。

一只手覆上她的手背，插进她指缝里，将她的手从树干上扒下来，重烛弯腰将她扛上肩头。

暮霜眼前一阵天旋地转，再定睛去看时，悬圃园中的草木都落在了身后，离她越来越远。几只熊蜂从树丛里嗡嗡地追上来，但不过片刻，就被甩在后方，不见了踪影。

重烛扛着她，一路如入无人之境，大大咧咧地从穿过天门，天门的守卫对他毫无所觉。

"你、你要带我去哪里？没有女夷夫人的允准，我不能随便离开悬圃园的。"暮霜急道。

重烛置若罔闻，脚步没有半分停歇。天门在暮霜的视野里越来越远，直至再也看不见，暮霜的视线完全被魔雾包裹。

许久之后，那遮掩视线的魔雾散开，昏黄的烛光映入眼中。

重烛将她甩在一张软榻上。暮霜坐起身来，转眸四下打量一圈，目之所及，已是一座完全陌生的宫殿。

"这是哪里？"暮霜惴惴不安地问道。

重烛转身想坐到另一侧的椅子上，但他们之间最多只能离开一丈远的距离，他只好隔空抓来一张椅子坐下，托腮看着她，说道："魔界。"

"魔界？"暮霜倒抽了一口气，余光瞥见外面把守的魔族侍卫，忍不住缩了缩脖子。

重回天上之后，她专门去找女夷夫人要过几卷关于魔界记载的书卷，上面所记载的魔界是一片血腥的地域，魔族之人冷血无情，残忍好斗，日日都在上演吞噬同族的事迹。

重烛一眼便看透了她眼底的恐惧，挑下眉梢："你不害怕我，却害怕魔族人？"他难道不该是这魔界之中最令人惧怕的存在吗？

"你不一样。"暮霜小声道。

重烛忽然起身，瞬影至她身前，居高临下地俯身靠过去，高大的身形极具压迫感地罩在她上方，身上魔气涌动，额上的碎发摇晃，现出一对威武的龙角来。

"有何不一样？"他伸出一根手指，尖锐的指甲抵在她脖颈要害处，慢条斯理地问，"你该不会还把我当作人间的那个重烛吧？"

暮霜仰面看着他，目光从他头顶骇然的龙角，滑落到幽暗的瞳孔，再到唇中若隐若现的尖牙，不顾他抵在颈侧的尖爪，点了点头，认真地道："你就是他，他就是你，所以我不会再害怕你了。"

重烛笑了，但他的笑和从前不同，眼中从不见笑意，就像只是学会了"笑"这个表情。他尖锐的指甲缓缓滑到她的心口上，问道："就算胸腔里的这颗心变了，对你已经没有一丝一毫的感觉了，也是他吗？"

暮霜又想起他抓着袖摆擦嘴的模样，眸光颤了颤，漾出一道易碎的波光，也不知是在说服他，还是在说服自己，再次点了点头，坚定地回道："是。"

重烛沉默下去，没有如预料中那般，见到她颤抖流泪，他一下失去了兴致，头上的龙角消失，爪子也收敛回去，毫不留情地转身离开，说道："真无聊。"

暮霜一把抓住他，带着一点讨好的语气，犹豫道："那要如何你才能觉得我有趣些？"

杀了她，直接杀了她！

心底的声音越发急迫起来，不断催促着他动手，这种危机感重烛很熟悉，他从小便被重骁扔入各种危险的场合中，要么被别的魔族杀死吃掉，要么杀死别人吸取对方的力量变得更加强大。

每当面临生死之危时，他的心中都会浮现出这样强烈的危机感。

眼前这只手无缚鸡之力的小雀，小心地捏住他的袖摆，用湿漉漉的眼睛望着他，明明毫无威胁，却让他的魔心产生了比以往任何一个生死时刻都要强烈的危机感。

重烛心头的杀意翻涌，甩开她的手，往她的脖子上抓去，钳住那脆弱的脖颈，却久久地没有下一步的举动。

他从前扼断别人脖子时，向来干净利落，从不犹豫，现在他却不明白自己在犹豫什么。

暮霜浑然不觉他心中的挣扎摇摆，哪怕他已将手放在了她最致命的地方。

见他一直没动，暮霜便主动抬手抓住他的手腕托起来，将脸颊贴进那宽大的手掌里轻蹭，还偏过头将唇贴在他腕骨的地方，亲了一下。

重烛诧异地睁大眼，手腕重重一抖，高大的身影倏地一散，化作魔气从她身边撤走，砸进后方那张椅子上。

椅子被撞得差点往后翻倒，差点散架，椅子脚和地面擦出一道尖锐的“嘎吱”声响。

重烛满脸阴沉地坐在椅子上，手心里像是有万千蚂蚁噬咬，又麻又痒。他在衣摆上用力摩擦过手心，捏住自己腕骨，沉声道：“别再对我玩你那些小动作，你当真以为我不敢杀你？”

暮霜还保持着歪头蹭他手心的姿势，被他过于夸张的反应吓了一跳。闻言耷拉下肩膀，颓然地坐回去，低声道歉：“对不起。”

重烛没理会她，招魔侍打来水，当着她的面，用皂膏反反复复地洗了好几遍手。

暮霜就抱着膝盖呆坐在软榻上看着，看他不断地搓揉手心和腕骨，恨不能将被她碰触过的地方，都撕下一层皮来，生怕沾染上一星半点属于她的气息。

那“哗啦啦”的濯洗声就像是热油一样浇在她心上。

暮霜越看越难过，就将脑袋埋进袖子里，眼角的湿润都浸进衣裳里面。

重烛洗完手转过头，就看到她蜷缩在榻上的一团身影，小小的山雀法相也耷拉着翅膀趴在她的肩上，一抽一抽地抖动着，像是在哭。

心里的那滴眼泪也在发着烫，烫得他坐立难安。

魔心之中的杀意越来越盛，偏生这具身体却对她的一点点触碰都敏感至极，迟迟下不去狠手。

重烛按了按自己的心脏，自我安抚道，别着急，先取出这滴泪，他碰不了这滴泪，就让这滴泪的主人亲自来取好了。

取出眼泪，他就不会再犹豫了。

暮霜也不知道自己是何时睡过去的，大概是梦里的那个人太过吸引她，她不想面对现实，便逃避去了梦里。

梦里的重烛会紧紧地抱着她，毫不吝啬地展示他的身体，捉着她的手如同巡视地盘一样抚摸过所有肌肤，让她任意地标记任何一处。

梦里无限温存，醒来之后，要面对的，却是他那一双冷冰冰的眼睛。

因为护心鳞的枷锁，他们两人不能分开得太远。重烛坐在椅子上看了她一整夜，直到正午时分，还不见她醒来，才隔空将她摇醒，说道：“起来。”

暮霜迷迷糊糊地被扯下榻，跟在他身后往外走，问道：“要去哪里？”

重烛侧头瞥了她一眼，回答了这个问题：“参加一些无聊的仪式。”

按照魔界传统，新任的魔界君主要接受万魔的朝拜，重烛对这样的活动兴致缺缺，丢给了重骁留给他的那几个魔族长老去操办。

如今，魔界中各方领主都齐聚到了无垠山来，等待他许多日了。

暮霜这时才注意到，重烛的穿着和昨夜不一样，他换了一身很繁复的衣裳，黑色甲胄下裹着暗红色的衣袍，袍袖上绣着金色的水波纹，走动间，便像是朝阳斜射在深潭上，粼粼生光。

乌黑的长发被高高梳起来，束在与衣袍同色的暗红发冠里，龙角峥嵘，角上缠绕着魔纹。

天光从外面照进来，勾勒出他高大的身影，重烛单手压在腰间的配剑上，就这么带着她往外走。

暮霜隐约看到外面乌泱泱的人影，这看上去是一个很隆重的仪式，她就算是在天界时，都从未参加过什么大型的聚会，更何况，和重烛在一起，她一定会成为人群的焦点。

暮霜心生怯意，抱住身边的一根青铜树形灯柱，问：“我也要一起去吗？”

重烛回头看向她被扯得绷直的手臂，反问道：“那不然呢？斩下你的手臂，我只带着你的手去？”

暮霜嘴唇角微抿：“就没有别的办法分开我们吗？”

重烛缓步走过去，一根指头一根指头地将她的手从灯柱上抠下来，他要是有别的办法分开他们，昨夜早就那么做了。

护心鳞是他诞生时就生出的第一片鳞，也是唯一一片从生到死伴随着他、无可替代的鳞，否则他也不会如此头疼。

今日的朝拜仪式，他还有别的事要做，没时间和她在这里浪费。

暮霜碰到他的手，才发觉他手上裹着一层很薄的皮质手套，很明显是为了防备她。她颇为委屈，道：“我以后不会再随便亲你的手了，你没有必要还专门戴个手套。”

重烛的动作微微一顿，下意识解释道：“不是因为……”他话说到一半，又觉自己没必要向她解释，于是闭上嘴巴，若无其事地继续掰她的手指。

暮霜身为一只鸟，是能抓着树干睡觉的，最擅长的就是抓东西，有了上一回的教训，她死也不松手。

重烛抠了半天都没把她的手抠下来，耐心耗尽，直接握住那一杆沉重的青铜树形灯柱，用魔气将它绞断成数截。

暮霜抓着一小段青铜灯枝，被他钳进手臂间，身不由己地大步往外走去。

走出殿外，天光直刺下来，暮霜忍不住眯了眯眼睛，视野还没恢复清晰，便已能感觉到无数如有实质的视线扎在自己身上。

她挣扎了一下，想往重烛身后躲去，又被他钳住手腕拉回来。

殿外聚集了许多人，众人皆神情肃穆，最前方的几个人应当是魔族的长老，全部穿着很隆重的服饰。

重烛一出现，便有一位魔族长老迎上前来，恭敬地道：“主君，仪典已经准备妥当，只等主君移驾主殿，登上魔主之位，接受万魔朝拜了。”

重烛应了一声，语气随意道：“走吧。”

那魔族长老看了看被他钳制在手臂间的人，神色复杂，问道：“主君，要带着这个仙族人一起去？”

暮霜立即抬头，满怀期待地看向那个魔族长老，希望他能劝谏一下重烛，让他能想个办法，分开他们。她一个天界小仙，去参加魔族的君主朝拜仪式，实在不妥当。

重烛开口道：“不行？”

“不，当然不是。”那魔族长老连忙应道。魔族可不似仙族有那些天规律令条条框框约束身居高位者，在魔界，只要魔主的实力能令所有人臣服，那他说任何话，行任何事，都无人能置喙。

重烛继位之后，已经清洗过一遍身边人，如今还能站在这里的魔族长老，皆是臣服于他的。

那长老道：“臣只是觉得，主君要带着她出席如此重要的场合，她定不是一般人，应该命我等准备礼服，好生为她打扮一番才是。”

重烛垂眸看了暮霜一眼，说道：“不必了，她不是什么重要的人。”

暮霜就这么穿着一身日常的便服，跟在重烛身后，去参加了魔族的大朝会。

魔主大殿和天界的凌霄宝殿全然不同，天界的凌霄殿琉璃造就、宝玉铺成，羊脂玉色的立柱上雕刻的皆是天界的祥云瑞兽，一踏入殿中便可见金光万道，瑞气千条，有一种光照万物的辉煌盛景。

暮霜虽只去过一次凌霄宝殿，但到现在都还记得沐浴在圣光之中仿佛灵魂升华的感觉。

魔主大殿则要沉郁许多，许是因为构建大殿的梁宇石柱皆是暗沉的深色，梁上所绘也多为青面獠牙的鬼魅凶兽，金漆勾勒而成的眼睛，在满殿上百盏青铜树形灯的照耀下反着光，就像是有无数双眼睛在盯着踏入大殿的每一个人。

暮霜这样一个仙族人，却贴身跟在魔主身边，走在比魔族长老还要更前的位置。

她不仅要承受梁柱那些鬼魅凶兽的目光窥视，还要承受来自大殿两侧无数魔族人的目光审视。

暮霜被迫从那无数意味不明的目光中穿过，往大殿上方的魔主尊位上走去，每一步都如同行走在刀山火海上，身上的鸡皮疙瘩就没消停过。

身处群魔环伺之中，她知道不能将自己心底的怯意表现出来，就算是外强中干，也要硬着头皮强撑住。在这种场合下，露出怯意反而会招来更多不怀好意的打量。

暮霜尽力忽视落在身上的道道目光，维持着表面的平静，跟着重烛的步伐往前，让自己迈出的每一步都尽量显得镇定自若。

比起二人独处时，她现在的样子要大方许多，重烛余光一直注意着她的反应，宽大的袖袍垂落下来，挡住了他们紧挨在一起的手。

要不是指腹摸到她手腕上竖立的汗毛和急促跳动的脉搏，他差点也被她那副镇定自若的样子给唬住了。

重烛原以为得分些心神去安抚一只“惊弓之鸟”，现在看来倒是不必了，即便她是假装的也无所谓。

暮霜在满殿火辣辣的注视下，只专心地跟紧重烛的步伐，直到随着他踏上了殿上的三重台阶，走到了上首的魔主尊位前。

重烛放开她的手腕，坐到魔座之上，抬眸示意她站到旁边，别挡着他了。

好在护心鳞连在他们之间的枷锁，还余留了一丈左右的距离，不必时时刻刻紧贴在一起。

暮霜看懂了他的眼神，往旁边让过身去，身体先于意识，很自然而然地坐在了他身边。

刹那间，整个大殿中，连呼吸声都停了，暮霜只觉落在身上的视线一下沸腾起来，简直要将她的浑身上下灼个对穿。

重烛也转过头来，金色的眼眸中飞快闪过一抹讶异，暮霜和他对视一眼，又转头看向下方，才发现就连那跟随重烛入殿的魔族长老，都停步在了下首三阶的台阶上。

除了她，满殿没有第三个人越过这三步台阶。

下阶的魔族长老们都瞪圆了眼睛看着她，仿佛她做了什么惊世骇俗的大事。

暮霜也立时反应过来自己行为的不妥，头皮一阵阵发麻，深切懊悔自己这过于习惯成自然的身体反应，立即想要站起来，又被重烛从后抓着腰按回去。他倾身贴来耳畔，低声道：“别动，坐都坐了，你要是再起来，想好要怎么解释吗？”

怎么解释？她就坐了一下，总不至于真的要杀了她吧？

下一刻，重烛便回答了她心头的疑问，神情认真，一点也没开玩笑道：“你最好保持住你方才那副理所当然，就该坐在我身边的表情，要是被人瞧出端倪，以大不敬的名义将你拖出去砍了，我可不会救你。”

就算屁股底下是针毡，她也得老老实实地坐着了。

魔族长老们一直暗暗观望着重烛的反应，见他竟不反对，互相看了看，嘴上虽不敢置喙，但心底多少有点一言难尽。

都直接把人牵上魔主之位了，这不就等于昭告所有人她的身份和地位吗？还说什么不是重要的人，这难道是在考验他们？看来他们以后都得参照魔后之礼来对待这个仙族人才行。

魔族的朝拜仪式很快开始，魔域的各方大魔都齐聚到了这方大殿之上，向新君宣誓自己的忠诚。

暮霜坐在重烛身边，眼睁睁看着一个魔族化作狼形，斩下自己半尾，带着淋漓的鲜血放入托盘之中，跪俯到台阶下，将托盘高举过头顶，奉送到重烛手边，宣誓臣服于君。

血腥气扑面而来，暮霜只得屏住呼吸，才能在众目睽睽之下，控制住自己的表情。

重烛伸手挑了一下那半截尾巴，指尖沾了一点尾上的血，在手边的玄玉印鉴上点了一下，印鉴之上盘缠的龙纹雕刻立时活了过来，化作一道长影，张口吞了那条断尾，随后从印鉴中浮出一道魔纹，打在阶下跪俯的魔族身上。

魔族长老在一边高声宣道："北幽山雪狼族，少垣，赐封领主印，继续执掌北幽山脉。"

那位雪狼族少垣接过领主印，三拜九叩之后，才退下去。

暮霜没想到魔族的赐封仪式这么血腥，几乎每一个上前领封的魔族，都得当场斩下一部分身体，先向君主奉上自己的忠诚。

一开始她还会被残忍血腥的一幕惊到，后来见得多了，便也麻木了。暮霜转眸去瞥重烛，发现他也神情恹恹，对殿下魔族奉上的血淋淋的忠诚并不怎么感兴趣。

重烛确实不喜欢这种场合，奈何重骁已死，前任魔主赐下的领主印，也随着他的陨落而消失。魔界疆域辽阔，魔族人又好勇斗狠，若不分封新的领主，易生动乱。

否则，重烛还真不想参加这个君主朝拜仪式，比起这个，他更想早点解决心脏里时刻威胁着他的那滴眼泪。

重烛感觉到身边一眨不眨盯着他的视线，侧头看了她一眼，用干净的手帕擦干染血的指尖，丢到地上，问道："看我做什么？"

暮霜移开视线，一看到阶下的血色，又立即移回去，隐忍道："你比较好看。"

重烛无声地笑了一下，转回头去重新看向阶下的魔族，挑眉示意，说道："终于来了一个有趣的。"

这是他归位之后，暮霜第一次见他露出这般兴致勃勃的表情，当即循着他的目光看过去，见到托盘上放着的一截染满血色的角，那角没有分叉，和重烛的龙角大不一样，呈弯弧状，看上去像是牛角。

暮霜还没看明白这截牛角怎么就有趣了，便见重烛忽而抬手挥出一道魔气，直接将那牛角掀飞出去，扬声道："我看着，就这么好糊弄吗？"

牛角摔落到地上，魔气散开，现出了真貌，溢出一股污浊之气。

旁边的魔族长老大惊："这是什么东西？"

原本跪在地上的牛魔站起身来，身形高大魁梧，俨然就像是一座人山。他重重地一脚踏在地上，整个大殿似乎都晃了三晃，昂首道："是老子以前修蹄子时，刮下的蹄甲，反正都是老子身上的东西，用来奉给主君，再合适不过。"

蹄甲？

众人都是拿自己身上最珍贵之物来表忠心，他却拿自己的脚指甲来上贡，这根本就是对主君的藐视与侮辱。

魔族长老当即大声喝道："放肆！你怎敢拿这等污秽之物上奉魔主？"

那牛魔冷笑一声，浑圆的牛眼睛毫无礼数地直瞪向重烛，姿态轻慢道："就连重骁都不敢打老子牛角的主意，何况一个在人间打滚儿百年，险些死在人间的黄口小儿，能得你牛爷爷我的一块蹄甲，已经算是给你面子了。"

他抬起双臂，在殿中挑衅地转身，继续道："当真以为老子稀罕你的领主印？没有领主印爷爷照样一呼百应，我看谁敢占领我的牛魔山去？"

他浑厚的声音在大殿之上隆隆地滚动，四壁都有回响，殿中竟有小一半的魔族都响应了他，剩下的魔族则默默垂着头，显然并不敢与之争锋。

那牛魔满意地环视众人一圈，又将视线落回主座上，目光在重烛和暮霜身上来回移动，嘿嘿笑道："小虫儿，你旁边这只鸟还不错，可以回去给老牛我叨虱子，你若像你爹一样识时务，将她让给我，爷爷我也不想和你大动干戈，能允你在这魔主之位上多坐一会儿。"

"叨虱子？"暮霜没想到这火还能烧到自己身上，这么大的一头牛，牛虱子该得多大，她光是想想就觉得瘆得慌，忙道，"我不吃虫子很多年了。"

牛魔"哈哈"大笑起来："这可由不得你。"说着，伸出蒲扇大掌，便要去抓她。

暮霜跳起来想逃，被重烛圈住腰抓回去，另一手抬起，竖立两指，轻飘飘地抵住了牛魔罩来的大掌，冷声道："这也由不得你。"

那牛魔动作一顿："看来我们的新魔主，敬酒不吃，要吃罚酒。"

重烛态度比他更加嚣张狂妄，哼笑道："我爹不敢要你的牛角，那我今日就偏要斩下你一双角来看看。"

他的父亲到了后期，魔心衰弱，魔力大不如前，确实已镇压不住魔域之中的一些野心家。

重烛流落凡间五百年，突然回来弑父上位，却没有依照传统，吞噬掉上一任魔主的力量，这使得魔界中的一些人生出了狂妄之心，怀疑新任的魔界君主到底有没有足够的力量凌驾于所有人之上。

这样的人不在少数，重烛不喜麻烦，今日便打算挑这个最硬的刺头解决，以此杀鸡儆猴。

那牛魔大喝一声：“好！”浑身魔力暴涨，与重烛魔气对撞到一起的瞬间，扫荡开的力量就冲断了殿内的数根大柱。

殿内魔族四散而逃，这种高位者的争斗，容不下他人插手，但暮霜是一只和重烛绑定在一起的倒霉小鸟，被卷入两方的战斗中，就算想逃也逃不开。

在她还没回过神来时，重烛就和那牛魔走了数百招，魔气在她的耳边嘶鸣。

重烛拖拽着这么一个负累，虽不至于落入下风，却也放不开手脚，魔心又在见缝插针地嘶吼，杀了她，若无法亲手杀了她，便将她抛出去，让那牛魔的蹄子踩死她。

只要稍稍动一动手，将她从怀里推出去就行。

这真是一个绝佳的好机会。

重烛右手握着斩苍剑，与牛魔的狼牙棒相击。因为心中的这个想法，挥剑的手迟疑了一瞬，被那牛魔之力击退数步。

“就这点本事，还想砍爷爷的角！”牛魔嘲笑道，踏着地动山摇的步子冲上前来，双手高举狼牙棒，又一次砸下。

——就是现在，将她推出去！

暮霜浑然不觉重烛的心念，她只感觉到了疼痛，箍在腰间的手臂又一次收紧，像是要将她的腰勒断，勒得她连气都喘不过来。

她也发现了自己的存在是个负累，“嘭”的一声化作原形，钻进重烛的袖口里。

怀里陡然一空，惊得重烛立即低头，心中的声音刹那间灰飞烟灭，只剩下一股紧扼住他全部神经的惧意。直到看见雀影闪进他的袖口之内，那种突兀生出的惧意才倏地消散干净。

重烛反手捏住袖口，闪身从牛魔庞大的身影下瞬移开，右手举起斩苍，一把大剑在半空成型，朝着牛魔悍然斩下。

暮霜躲在重烛的袖子里，什么也看不见，只能听到外面惊天动地的打斗声响。出乎预料的是，这个声响持续的时间并不久，很快就结束了。

动静停歇后，重烛的袖口敞开，透进光来，暮霜从他袖子里钻出去，放眼一望，魔宫半塌，周围皆是一片废墟。

牛魔的身躯躺在地上，鲜血如同小河一样从他身下淌出来，他的胸腔还有起伏，不过看上去应该活不久了。

地上随意地扔着两根连着头骨被剜下来的牛角。

暮霜回头看见屈腿坐在地上、嘴角淌血的重烛，立即化作人身扑到他身边，紧张道：“重烛，你被他打伤了？”

重烛目光沉沉地看着她的眼睛："我不是为他所伤，而是被你。"

暮霜一怔，立即摇头："不，我怎么可能伤你？"

重烛抓起她的手按在心口："你的眼泪在我心脏里，无时无刻不在伤我。"

只要取出她的眼泪，他便不会再犹豫了。

暮霜全然不明白他的意思，紧张地抚摸着他的心口，焦急道："眼泪？什么眼泪？"

重烛便抬手往她眉心点了一下，一幅画面自她眼前浮现，是在人间温谷之中时，最后一刻她捧着从蛋里取出的魔心放入黑蛇残破的胸腔里，伏在他身上大哭着求他接受这颗心。

那时候，她的眼泪滴进了魔心里。

单单只是想起这段过往，暮霜的眼眶便不由得红了，仿佛那一段激烈的情绪还能跨越时间和空间，波及她的现在。她抬眸对上重烛那双始终冷漠的眼睛，喃喃道："原来你还记得这些？"

重烛眸光微微一闪，不知为何竟不敢与她对视，偏眸移开视线，嗤笑一声道："记得又如何，不记得又如何？"

他的凡心的确爱过她，所以将他们之间的一点一滴都视若珍宝，会为了守住这份爱意，枯守人间五百年。

但那颗爱她的凡心早就碎了，他现在胸腔里的这颗心，永远不可能爱她，所以过往的那些回忆，也从闪闪发亮的珍宝变成了淡而无味的鱼目，戏台上无聊枯燥的把戏，随时可以丢弃。

记得与不记得，于他而言，并没有什么区别。

暮霜垂下头，怔怔盯着地面的浮灰良久，讪然地笑了笑，说道："确实不能如何呢，只是如果你不记得的话，我还能骗骗自己说，你不喜欢我，只是因为你忘记了而已，等你想起来，你就会……"

暮霜抿上嘴，喉中哽咽，说不下去，她现在连自欺欺人的理由都没有了。

重烛心脏里的眼泪又在发烫，忍不住皱眉，难受得闷哼出声。

暮霜听见立即抬起头来，压下心头潮涌的难过，问道："是我的眼泪又让你疼了？那我要怎么做，才能把它取出来？"

"你真的打算帮我？"重烛重新将目光移回去，隐含着一点审视和怀疑，凝视着她的眼睛，想要透过这双眼睛，看清楚她是否当真可信。

暮霜毫不犹豫地点头："我不想看你这么难受。"

重烛追问道："即使我已经变心，不会再像从前一样待你？"

"嗯。"暮霜又点了一下头，依然没有半分犹豫，她看出重烛对自己的疑虑，心中难过潮起潮涌，却还是主动解释，试图换回一些他的信任，"你就当我是在偿还以前的那个你好了，以前的你很好，好到不论你现在怎么对我，我都不愿意看你难受。”

重烛沉默不语，他准备了苦肉计，准备好了利诱，亦准备好了威逼，从没想过她这么容易就会答应，还仅仅只是因为“不想见他难受”。

他不知道这句话中，有几个字是可信的。天帝准备了一出又一出的戏码，将他的母亲送到父亲身边，破了父亲的魔心，又故技重施，将暮霜送到他身边来。

暮霜也许和他母亲一样，是带着“拯救苍生”的目的，来用爱杀死他的。

所以，他轻而易举就能将她从天界带走，天帝想必很乐于见到他们难分难舍，纠缠不清，而他偏偏还不得不踏入这个陷阱里，明知道该快刀斩乱麻，杀了她就好，还是再三犹豫。

重烛闭了闭眼，将她的每一个字都当作裹着蜜糖的砒霜，冷漠地道：“你可以提一些交换条件，金银珠宝，仙丹灵药，或者别的任何你想要的东西。”

暮霜张嘴，想说她没有什么想要的，即便有想要的东西，她也不想在此刻，把眼泪当作要挟他的条件提出来。

但看重烛的表情，他似乎并不愿信她，暮霜只好顺着他的话，左右看了看，随手指向地上的牛角：“那就要那个吧，这样可以吗？”

重烛瞥了一眼牛角，颔首应允：“好。”他停顿片刻，又道，“我会对你卸下所有防御，向你敞开我的心脉，你试着分出神识，引你的灵力进入我心脉之中，这是你的眼泪，你应该知道如何取出它。”

让他人的力量进入自己心脉，还是与自身魔力相克的灵力，这无异于把自己主动送到别人的刀口之下。

所以重烛才需要如此再三确认，确认她是否足够爱他，爱到不论他变成什么样子，她都舍不得伤他。

即使得到她明确的答案，重烛依然觉得有些冒险，但他自己无法触碰心脏里的这滴泪，这滴泪随时随地都在威胁着他的魔心，他也只有铤而走险，选择相信眼前人。

暮霜亦明白心脉的重要性，郑重地点头，她左右看了看，说道：“要在这里吗？”

魔宫垮塌一半，那牛魔的尸首还在不远处，更远的地方，是无数徘徊观望的魔族，似乎想要上前来又不敢。

重烛揽住她站起身来，身形化作一团魔气，裹住她从原地消失。

魔气散开后，他们已到了一处封闭的密室，密室四壁镶嵌着几盏明灯，室内只有一张石台和一张石桌，桌子上摆了一套茶具，其余再无别的摆设。

“这是我以前闭关修炼的地方。”重烛道，盘膝坐到石台之上，示意她也坐过来。

暮霜和他面对面坐下，重烛向她伸手，指腹压在了她手腕脉门上。

暮霜理解他的谨慎，没有反对。重烛继续道："放出你的神识，我引你入我体内。"

暮霜闭上眼睛，眉心幽光化作一只半透明的鸟雀飞出来，立即亲昵地朝重烛飞去，在他脸庞前徘徊，用毛茸茸的脑袋蹭他紧蹙着的眉心，迫不及待地想要没入他灵台之中。

但如今这个灵台，并不是它随便可以入的。

暮霜耳根微热，忙解释道："我没想神交，就是习惯了。"他们心海曾经相融过，神识入彼此灵台心海，就像归家一样自然，暮霜心海之中还残留有一点从他心海流淌过来的墨水，虽然现在只剩下小小的一汪了。

重烛感觉到了心海里绿树的摇曳，那一片不属于他的绿林，非常顽强。

他没说什么，只神识化作一道幽影，缠上面前飞来飞去的小雀，将它拉进自己的心口。

暮霜又一次见到了那颗坚硬无比的魔心，它不同于寻常的血肉，更像是一颗华贵的琉璃宝石。曾经如蛛网般伤痕累累的心脏，现下已几乎完全愈合了，心脏之上只余下一道幽深的裂痕。透过裂痕，隐约可见心脏的中心处，含着一滴晶莹剔透的泪珠。

"看到了？"重烛道。

暮霜应了一声，顺着魔心上的伤痕，没入心脏之内，试着催动灵力逼出那滴眼泪。

"扑通——扑通——"

神识一入魔心，她耳边的心跳声一下大了许多，像是擂鼓一样振动着她的耳膜。暮霜还从那心跳声中听到一些别的，他泄露出来的心声。

"杀了她。

"取出眼泪，就没有犹豫的理由了，直接杀了她就好。

"不要落入仙族的陷阱，仙族人嘴里的'爱'，不过是他们灭魔的工具，母亲如此，她也如此，不要相信她，不要重蹈父亲的覆辙。"

他心中的畏惧和杀意就像是浪潮一样，一浪接一浪地冲入她的意识之中。暮霜从未想过，重烛竟还会害怕她，他害怕她的眼泪，害怕她的触碰，害怕她每一个向他表达爱意的字眼。

暮霜随着这些心声，看到了一些零碎的回忆，看到了他母亲，看到了他父亲死时的画面。

原来她的爱也能成为杀死他的利器。

重烛感觉到指腹下手腕的颤抖，按在她脉门上的手指收紧了一些，心底泄露出的声音被他竭尽全力地压制下去，厉声道："你听到了什么？"

那些随着心声浮出来的画面也随之消散，他的心底霎时一片空寂，暮霜再也无法从中感觉到一丝一毫属于他的心念波动。

“没什么。”暮霜回道，神识飞向那滴眼泪，张嘴一口吞下，与自己融为一体，从他心口之内退出来。

神识回归自身的那一刻，那眼泪之中蕴含的痛彻心扉的情绪立即击溃了她早就岌岌可危的心防。

眼下的情绪和那滴眼泪之中绝望的情绪相叠加，她的情绪就如决堤之水，汹涌而出，控制不住地捂脸痛哭起来。

重烛坐在她触手可及的地方，就这么看着她哭。

暮霜哭了许久，才把心头的情绪消耗掉，胸腔里空荡荡的，神情木然地抬起头来，问道：“取出眼泪，你现在是不是能毫不犹豫地杀我了？”

“你果然听见了。”重烛终于露出了难以理解的表情，“你既然听见了，为什么还要去做，就这么想死？”

暮霜看着他，一点一点将她在人间所遇到的那个重烛，从他身上剥离下来：“你说得对，你们的心是不一样的，你不是他，所以，就算是死，我也不想把我为他而落的眼泪留在你心里。”

重烛坐在那里，表情森冷得可怕，隐在袖摆中的指节收紧又松开。半晌后，他“哈”地笑了一声，“你能想明白，真是再好不过。”

他抬腿从石台上起身，走出去几步，又蓦然想起，他们之间还有一条无形的锁链相系。

回头正欲开口，便见暮霜抬起右手，手腕上缠绕的那条半透明的蛇尾显现出来，在她腕间轻轻摆了摆尾巴尖，从她腕上松开了。

她原以为，是重烛舍不得她，护心鳞的蛇尾才会牢牢缠住她不放。

现在看来，是她一直舍不得他，才会紧紧抓着他的护心鳞不放。

暮霜摸了摸自己的手腕，说道：“这下，我们之间没有关系了。”

第十三章

我们不会再和好了

魔族新君上任，这位君主比上一任魔主更加残暴专横，魔界之中经历了一番大清洗，当初追随牛魔的那一批魔族，全被重烛绞杀干净。

这样一通斩尽杀绝的清洗过后，魔界之中再不敢有一点忤逆的声音，整片魔域安静得可怕。平日里好勇斗狠，不是你抢占我的山头，就是我抢占你的山头的魔族们，一时间全部龟缩在自己的领地里，安分得像是一只只鹌鹑。

重烛再次回到无垠山魔宫时，已是一个月之后了。之前坍塌的魔主大殿已经重新修建好，魔族长老们候在殿中，诚惶诚恐地迎接他。

重烛扯下身上满是血腥的甲胄，丢到侍者手中，步入殿内，坐在尊位上百无聊赖地听长老汇报，他离开的这一个月里魔宫的事务。

那长老汇报到最后，觑着他的脸色，犹豫再三，小心翼翼地说道："君上，那个仙族人像是病了。"

重烛身体几不可见地一震，又静默下来，过了一会儿才淡然道："没有派医师去看？"

长老为难道："魔族的医师不懂仙族人的体质，即使看过她的病症，也不敢给她用药。魔界里面的许多草药，对魔族来说是治病救伤的，但对于仙族人，却是可以致命的毒药。"

重烛道："那就去天界找药王君，尽管去就是，他们舍不得她死的。"

长老应下，说立刻派人去办，但他脚步踟蹰，明显还有话想说。重烛抬起眼来，目光逼视着他："有什么话直说，我不喜欢去猜臣属的心思。"

长老连道不敢，定了定神迭声道："依臣个人之见，她这个病症，怕是草药也无用。那仙族人乃是一只长尾山雀，臣听说这种小雀颇有气性，是不肯做笼中鸟的。君上将她关在那样不见天日的密室里，她岂能安好？"

重烛握在手里的茶盏"咔嚓"一声碎裂，茶汤浇了他满手，沉声道："我什么时候说过要关着她？密室的大门不是开着吗？"

殿上的长老们立时淌了一头的冷汗："这，这……"

当日，他带着那样一副神挡杀神、魔挡杀魔的表情，一出来便斩杀了跟随牛魔的一众魔族，又什么话都没交代，就出了无垠山，到处清算。

魔族长老们也揣摩不出他的心思，当然不敢随随便便放了那个仙族人，几人互相看看，绞尽脑汁地想要解释，座上的人影早已消失不见。

密室之中，一团魔雾凭空生出，在灯火照不见的阴影里浮动。

重烛透过魔雾，冷眼看着那蜷缩在石台上的身影，一月不见，她的确消瘦了很多，侧身躺着时，肩背薄得像纸，面色也透着久不见阳光的青白，全然不见之前的红晕血色。

就连她的法相也恹恹地趴在那里，光芒黯淡，不似以前毛茸茸的模样。

重烛明知自己不应该去见她，至少在心上的那道裂痕愈合之前，不能再去见她。

那日暮霜将眼泪从他的心脏里取出了，可他心上的裂痕依然没有愈合，甚至还因为她的话，而又生出了一道细小的裂纹。

他几乎是狼狈地逃出了这间密室，肆意地发泄着心中的杀念，用四处征伐来麻痹自己，将她完全抛诸脑后，这一月来他杀了许多不愿臣服于他的魔族，吸取他们的力量，才弥合了那一道细小的裂纹。

重烛没有靠近她，就站在阴影之中，说道："今日外面有阳光，你想出去的话，可以出去。"

暮霜身子动了一下，抬起头来，眼底有星火之光亮起，一刹那让她那张黯然的面容重新焕发了光彩，朝话音传来之处看去，脱口喊道："重烛？"

她的嗓音有些喑哑，明明只喊了一声他的名字，重烛却从中听出了久别的思念之意，不由得往前走了一步，走进了灯光之下。

刚要应声，便见她眼底的星火又很快熄灭下去，恢复一片木然。

她没说话，但重烛看得分明，她那副期待落空的模样。

暮霜重新躺回石台上，亦在拼命压制自己那颗一见着他、一听见他的声音，就雀跃不已的心。她得改掉这个习惯，在他们之间划出一条界限分明的楚河汉界来，不能再靠近他了。

暮霜在心里演练了几遍，才能摆出一副冷颜，说道："你又不打算将我丢在这里自生自灭了？"

重烛道："我从没打算关着你，你要是觉得委屈，我可以把那几个自作主张的魔族长老都杀了。"

暮霜终于从石台坐起身来，有些疑惑地打量他，说："你这算是在讨好我吗？"

重烛一怔，下意识地讥讽一笑，反驳道："你未免想得太多了，只有人间的那个，才会绞尽脑汁、低声下气地去讨你欢心。"

暮霜点点头，抬手掩住口鼻，说道：“是啊，那我委不委屈，和你也没什么关系，你也不必将这种想要杀人的借口算在我头上，你身上的血味，从你进来这里时，我就闻到了。”

重烛凝眸瞪着她，实在难以习惯她的冷言冷语，金色的眼瞳中无法抑制地浮出些许恼怒，口不择言道：“你还真是说变脸就变脸，当初哭着求我接受这颗心的时候，不是说，不论我变成什么样子，都行吗？”

暮霜一下抬起头来，眼泪就这么毫无征兆地掉下来，像是断了线的珠子，不断滴落到石台上。

重烛吓了一跳，脸上的恼意凝固住，变成了一种不知所措的彷徨，往后退进灯火的阴影里，不见了踪迹。

暮霜怔怔地看着他遁去的地方，她实在不知道该怎么对他了，她其实不想勉强自己，摆出一副冷面，对他说一些违心的话。

她想她可能真的做错了，她应该听重烛的话才对，应该远远地躲开他，永远永远都别再靠近他。

这样，她还是悬圃园中的莳花仙，时间久了也许就能忘记他，他也永远是这魔界之中的君主，掌握着永不衰败的力量，不会像他父亲一样带着对他母亲的怨恨而死，被魔分食。

暮霜不希望重烛最后，也这样怨恨她。

她擦了擦眼泪，从石台上起身，往密室外走，守卫没有再拦她。

外面的确是一个晴朗的好天气，阳光暖洋洋地照在身上，暮霜眯眼适应了光线，化为一只小鸟，朝着金灿灿的阳光振翅飞去。

重烛沐浴出来时，便收到长老禀告，说那个仙族人从密室里出来了，她飞进了君上的寝殿，翻出了魔域的地图，现下正朝着仙魔两界的界壁方向飞，问是否要将她拦下来。

重烛披着松垮的衣袍走到窗前，仰头往天幕中望去，茫然地想：

拦下来，然后呢？

心头的声音道，当然是杀了她。

重烛抬手按在心口上，第一次觉得这个声音有些烦了，杀了这么多，还没有杀够吗？

魔心沉寂下去。

长老们有了上一回的教训，没得到他清楚的示意，便也不敢去干涉那仙族小雀的行动。

这一月来，魔域的魔族们都被重烛打怕了，就算有一只水灵灵的仙族小鸟从自己山头上飞过，也不敢轻举妄动。

暮霜就这么一路畅通无阻地横跨了几座山脉，直到日暮西垂，实在累了，才从半空落下，找到一棵独自长在悬崖之上、视野良好的大树落脚。

魔域的草木生得千奇百怪，和悬圃园中的灵植大相径庭。暮霜不敢太过深入密林，趁着天色还未完全黑下来，就在附近的山崖上找了一些朱果来吃。

她被关在密室中时，那些魔族也送过这种果子给她吃。

最后飞回那棵叶片宽大的绿树上，将自己藏进层叠的叶片底下。

在这种陌生的地界里，暮霜其实不敢睡，但脑中强烈的眩晕感让她完全支撑不住清醒。意识陷入黑暗之前，她恍惚看到许多人影踏空而来，落在树下。

重烛伸手接住从树上掉下的小雀。小雀只有他巴掌大，轻得像是一片落叶。他转过身，问道："怎么回事？那些鸟不也在吃吗？"

跟随他而来的魔宫医师立即上前，仔细查探了一番，说道："长老们先前送给她吃的食物，都事先经过处理，消除了不适合仙族的食性。这朱果没有经过处理，和她体内的灵力相克，得让她吐出来才行。"

重烛揉着她这具脆弱的本体，迫使她将先前吃下去的果子都吐了出来，又将她重新放回树上。

暮霜昏迷了半宿，最后被饿醒了，肚子里简直空得能漏风，她又叼了一些崖上的朱果吃，吃完才继续上路。

她在拼命往两界交汇的界壁飞，长老带着一群医师在前面她将会经过的地方，满山遍野地处理朱果，去除果子中对仙族相克的毒性。

幸好那仙族小鸟只吃这么一种果子，不然非得累死他们不可。

一名魔族医师不解问道："君上要放那仙族人回去，直接将她送到界壁前不就好了么，干吗要这般折腾？"

长老一边捶着自己的老腰，一边说道："要不你去问问？"

那医师立即噤声，跑进山林里，去处理朱果了。

长老叹了口气，是啊，折腾，他们这位新主，可能就是需要这点折腾的时间去想清楚，和他爹一个德性。

前魔主也喜欢这般折腾，每次魔后带着小太子去人间，他都跟着去，回来之后又做出一副浑然不知的样子，折腾来折腾去，最后把自己折腾死了。

这难道就是拥有烛龙血脉无上力量的诅咒？

暮霜倒也不是只吃这一种果子，只是因为魔界的果子她大多不识，不知道能不能吃，为保险起见，才只吃这一种果实，勉强果腹。

重烛也算了解她，知道她不会冒险去轻易尝试别的果实。

魔界的疆域很大，她一路飞飞停停，很少休息，也硬是飞了半个多月，才终于瞧见那一处天魔分界的界壁。一条不见尽头的天际线横亘在前方，令已然疲惫至极的她感到无比振奋。

重烛就这么看着她毫无留恋地朝着两界界壁飞去，连一次头也没回，直到她小小的影子快要隐没进天际线里，他忍无可忍道：“我让你们从人间带回来的人呢，放出去。”

一声鹰唳划破长空。

暮霜悚然一惊，她一路顺畅地穿过了魔域的大半疆域。眼看到了界壁处，忽被一道庞大的阴影罩住头顶，她瞧见对方身上熟悉的羽纹，稍一犹豫，就被那宽大的翅膀扑入羽下，从半空坠落到下方的树冠里。

燕歌瞪圆了鹰眼，鸟喙埋进她的羽毛里，用力嗅了嗅，说道：“你没有以前闻着香了。”

暮霜晕头转向的，上方有水滴落进她的羽毛里，也不知是眼泪，还是口水。

一鹰一雀从树上飞落下去，化作人身。燕歌立即扑过去抱住暮霜，双手在她的手臂和腰间摸来摸去，遗憾道：“你瘦了好多，都没有肉了。”

暮霜无语，怎么还惦记着吃她呢？

环在腰上的手臂紧紧地箍着她，勒得她快要喘不过气来，过了许久才松开，暮霜终于能抬头看清她的模样，一时怔愣：“燕歌？真的是你吗？”

燕歌眼神微微黯淡，旋即又振奋起来，尽力露出从前那般的明媚笑颜，问道：“怎么，不认识了？我变丑了很多吗？”

暮霜摇头，抬手捧住她的脸仔细看了看，说道：“才不丑，就是感觉你成熟了许多。”

“人间都过了很多很多年了，我当然会成长啊。”燕歌牵着她坐在树下，靠在一起说话。

暮霜归天之后，天、魔两界只过去了一季，但人间便又是百年光阴倏忽而过，凡人的寿命短暂，在仙神眼中就如蜉蝣一般朝生暮死。

所以人间才会有那么多的人入道修炼，想要飞升成仙，想要突破寿命的桎梏。

燕歌身为妖族，寿命要长久一些。不过自她被重烛从蛋壳里孵化出来，也已经有四百多年了，四百岁，在妖怪里面，也算是成熟的大妖了。

以前跟在重烛身边时，三百年的时光，她实力见长，心智却还像个小女孩一样，莽撞冲动。天王老子来了，她都敢去招惹一下，因为知道身后有人替她兜底。

但这百年的时间里，时移世易，现在的人间是正道为首，天山又重回了正道掌控之中，魔宫早已不复存在，魔道没有强权之人聚集人心，魔修们一片散沙。

她和玄清作为魔头的遗属，成了被正道仙门集中痛打的落水狗，经历了许多磨难，消磨了从前的锐气，自然也成长了许多。

燕歌最后收揽了一批魔修，据山为王，也算有一片属于自己的领地。玄清从小就没有什么大志向，当年跟随在重烛身边，为他管理魔宫事务，现在亦跟随在燕歌身边，为她管理内务。

燕歌抱怨道："哥哥唠叨得要死，也不知道尊上当年是怎么忍受得了他的。"

暮霜回想了一下："玄清大人在他身边时，其实话不是很多。"她说到此处，笑起来，"可能因为他身边还有一个话更多的医仙吧，若玄清再唠叨一点，重烛两只耳朵都要嗡嗡叫了。"

"也是，哥哥的话还是比不过桑莲的。"提起桑莲，燕歌便又说了说他的近况，托着腮道，"巫医谷依附到了正道一边，桑莲现在才是真的成了名满天下的医仙，不管走哪儿都有一堆人簇拥着，他老跟我们说，早知道就该早点投效正道去，比跟在尊上身边的日子舒服多了。

"我就笑话他，若是早点投靠过去，他早就被尊上打成哈巴狗了，正道不就是仗着他不在了，才这么嚣张吗？

"我们被追杀得最狼狈的那几年，全靠桑莲从正道薅一堆仙草灵药来，炼成救命的丹丸，偷偷接济给我们。

"后来，他身边的人越来越多，常年都只能待在仙盟里面，我们就很难再见到他了。"

说到仙盟，燕歌的话题自然而然又衍生出来一堆，解释道："当年趁着魔道内乱，自顾不暇，四大宗门便牵头成立了仙盟，聚合正道之势，如今仙盟势大，四大宗门为了在仙盟多挣一点管理权限，也明争暗斗，好不热闹。"

红尘中的人如蜉蝣，可人间的日子，比死水一般的天、魔两界热闹多了，燕歌有无数的话想跟她说，揽着她的腰不放。

暮霜认真听着，待她说完了，才好奇地问："玄清大人没和你一起来吗？"

燕歌眸光闪了闪，避开了她的眼睛，看向脚边一丛艳丽的蘑菇，说道："他一直就很黏尊上，从小就跟尊上的小尾巴似的，现在也跟在他身边，哪里舍得出来找你。"

暮霜怔然道："你们见过重烛了？"

"嗯。"燕歌应了一声，先前还滔滔不绝，现在一下没了话说。

她被放飞出来时，那个曾经半夜起来到处给他们找虫子吃，磕磕绊绊将他们养大，教他们如何修炼，忧虑他们不开灵窍很快就会死的人，如今冷冰冰地说，如果她完不成任务，就把玄清剁碎了，和她一起塞进陶罐里，煲成一锅龙凤汤。

重烛以前生气时，也会这么吓唬他们，但仅仅只是吓唬，从没有如此杀意昭然过。

燕歌知道，这一次，他不是在吓唬她。

天、魔两界的界壁近在眼前，燕歌从始至终都不敢松开暮霜的手，埋头靠在她肩膀上，低声道："霜霜，我和哥哥好不容易才找到你们，我还有好多话想跟你说呢，你可以留下再多陪陪我吗？"

界壁之下有一座魔族重镇，掌管着这一处魔域的出入口，重烛若不想她离开，直接派人守在出入口，将她打回就行，但他偏偏不这样做，要派燕歌来这样挽留她。

不得不说，这个方法确实很奏效，若是直接打回，暮霜就算是撞破头也一定要强闯，但现在被燕歌挽着胳膊恳求，她却无论如何也拒绝不了。

暮霜仰头望向那条天、魔两界的分界线，终究还是心软地应承了下来，但她并不想再回去无垠山魔宫里，便和燕歌一起，留在了界壁下的那一座边镇里。

燕歌将她引进一座小院，院墙上布置有完善的防御法阵，屋里家具物什一应俱全，有着明显生活过的痕迹。

暮霜打量着四周，问道："你之前便住在这里？"

燕歌点点头，她和玄清被抓来魔界，只见了重烛一面，她就被丢来此地，已经在这里等候了将近十日，脖子都快要张望成天鹅颈了。

她拉着暮霜到处转悠，说道："怎么样？这座院子在这个边镇上已经算很不错的了，保管能让你住得舒服。"

这处边镇位于魔域边缘，又和天界交汇。入夜后，魔气会往天界升腾；白昼里，魔气敛入地下，天界的灵气便会透过界壁，汇成一片灵岚瀑布，从天界一端流淌过来。太过浓厚的灵气会压制魔气，并不受魔族人的喜欢。

以至于，在这座边镇上，白日的时候大多关门闭户，十分冷清，到了夜里，才灯火通明，人声鼎沸。暮霜与镇上魔族人的作息正好相反，燕歌这座宅院也在靠近界壁的偏僻之地，有效地避免了许多冲突。

当然，有重烛待在一旁暗暗窥伺，也没人敢不要命地闯来这座偏僻小院里找死。是以，暮霜和燕歌住在这里的一段时间，竟格外祥和安宁。

从天界流淌过来的灵气滋养了暮霜的仙体，她法相之上黯淡的羽毛也终于恢复了一点往日的光亮，面色也红润了许多。

为了将她重新养得香香的，燕歌每天都会做一大堆的美味佳肴投喂给她。暮霜身体渐好，这一日，她便提前了一点从灵岚瀑布中出来，刚回到小院，便见得几道身影从院子里急匆匆地遁逃走。

她快步奔入厨房，只见燕歌装模作样地拎着铲子，一边被锅里的油烫得嗷嗷叫，一边心虚得眼神乱闪，问道："你今天怎么回来这么早？别在这里站着，先回屋里坐一会儿，饭菜马上就好。"

暮霜舀了一瓢水泼灭锅里的火，将她从那冒着滚滚浓烟快要燃起来的锅灶边拽开，无奈地道："不用装了，我知道你不会做饭。"

燕歌一下瞪大眼睛，立即丢了锅铲：“我就说我装不像嘛，这玩意儿比打仗都难，让玄清来做还差不多。”

暮霜仔细查看她手背上的烫伤，将她拉进屋里给她上药：“每日的饭菜，是重烛让人送过来的？”

“嗯。”燕歌低头打量了一番她的表情。她不知道他们之间出了什么问题，重烛之前那样森冷地威胁她，要她留下暮霜，可她想尽办法把人留下了，他偏又一次都不曾出现过。

这么冷战下去，也不是办法。

燕歌踌躇良久，终于忍不住问道：“霜霜，你们什么时候才能和好啊？”

暮霜的动作没有丝毫停顿，帮她擦好药，吹了吹烫红的手背，若无其事地说：“我们不会再和好了。”

“为什么？”燕歌大为不解，难以置信道，“你不喜欢尊上了？”

暮霜将药罐收捡起来，目光越过她的肩膀，朝着院外的某一个方向看去，说道：“嗯，不喜欢了。”

明明无风，那里的树影却猛地晃动了一瞬，很快又静止下来。

燕歌倏然一惊，立即飞身追至院外，朝着那一处树影底下探去，喝道：“什么人？”

暮霜坐在屋里没动，她知道方才在那里的人是谁，她和重烛那一点微末的心海交融还没有完全断开。每当他靠近时，她心海里那一汪乌水，都会轻轻地荡出涟漪。

住在这里的这段时间，她一直都能隐约感觉到他的存在。

有时隔得很远，有时，仿佛就在她的睡榻旁边。

燕歌很快便回来了，回来时手里拿着一根沾血的草叶，蹙眉道：“方才果真有人在外面窥伺我们，不知道是不是边镇上的魔族，该不会是在打你的主意吧？我……”

她的话音被突然握来手上的力道打断，暮霜根本听不进她说了什么，眼睛紧紧盯着那片沾血的草叶，紧张道：“他流血了？”

“啊？”燕歌一愣，看了看她，又看了看手里的草叶，没反应过来，“谁流血了？你说这个吗？”

暮霜回过神来，强迫自己放开她的手，转开视线不去看那草叶，摇头道：“没什么，我还以为是你受伤了。”

“我没事，我出去的时候，那人早跑了，根本没交上手。”燕歌把草叶丢到地上，走过去抱住她，“霜霜，你放心，我一定会保护好你的，所以，你再多陪我住一段时间好不好？”

暮霜余光还是忍不住往那草叶上睨，犹豫地点头道：“好吧。”

是夜，灵气衰微，魔气上浮，白日里蛰伏的牛鬼蛇神都随着太阳的落山而冒出头来。边镇里灯火煌煌，无数奇形怪状的影子游走在灯影中，编织出一派光怪陆离的景象。

镇子一角，几道黑影从那热闹的街景里脱出，趁着夜色往镇外偏僻处行去，很快便窜进了山林里，围聚住一座孤立的宅院，攀附在院墙外打望："这里真的藏有一个仙族人？"

另一个声音道："当然是真的，我亲眼看见的。"

那话音未落，已响起了一片吞口水的声音："好久都没有吃过仙族人了，还怪想念他们的味道。"

攀附在墙外的黑影直立起来，身形比屋宅还要高大，惨淡的月光照在它身上，勾勒出它怪异的形貌，无数的步足在半空撞出沙沙的响声，看上去像是一只巨型的蜈蚣，身子上却生了三个脑袋。

那三头蜈蚣竖直上身，猛地朝着院上的结界砸去。在即将撞上半空的屏障时，忽然间，几道交错的幽暗剑光闪过，那蜈蚣连一丝声响都未能发出，身子便断成数截，三个脑袋都滚落到了地上。

它的残躯很快被地面的魔雾吞噬，没有留下半点痕迹。

重烛收回斩苍剑，在宅院门口伫立良久，终于抬步踏进了院子里。

他抬眼往厅堂看去一眼，白日时，暮霜就是坐在那里，偏头往他所在的地方看过来，说她不喜欢了。

这很好，比起她以前说的那些能扰乱他魔心的甜言蜜语，这句话分明是他一直以来都想听见的，不知为何，在那几个字入耳时，他却感觉到了刀剑刺心一样的痛苦。

痛苦？

他的凡心早就碎了，如今胸腔里装着的是一颗无情无畏的魔心，他不应该感觉到痛苦才是。

可那一刻，他的的确确感觉到了痛苦。

重烛身上的影子在昏暗的月色下扩散开，贴着地面游动进厅堂内，缠裹上屋内的摆置，将它们一点一点碾碎成了齑粉。

燕歌察觉到了外面异常的魔气涌动，警觉地推门而出，又被满院舞动的蛇影逼得退回屋内，重烛站在那狂舞的蛇影中间，转过头来，血色的瞳孔亮着幽光，森冷地瞥了她一眼。

"尊、尊上……"燕歌被这一眼定在原地，四肢百骸都在泛着凉意。

她一直在期盼着重烛的到来，希望他能和暮霜好好聊一聊，希望他们能解开误会，回到从前，但他现在真的来了，燕歌发现她竟有些害怕他踏进暮霜的屋子里。

他浑身杀意沸腾，不像是来和解的，倒像是要来杀人灭口的。

燕歌见他挪动脚步，当真要往暮霜的屋子里走去，立即想要冲过去阻拦，但她的一切都是重烛教的，一招一式皆来自于他的指点。

她都还没动，重烛就已猜到了她的行动意图，蛇影先一步封锁了她的去路，轻而易举就将她擒住。

“暮……”燕歌的一声大喊没能出口，蛇影早有所料地缠裹过来，将她的声音堵回了嘴里。

重烛看也没看她一眼，脚步没有停顿，推开门进了暮霜的屋子。

月色透过窗，洒落入屋内，床榻前的雾影越来越浓厚，最后凝成一道颀长的身影。

重烛站在床边，垂头看向榻上沉眠的人，面庞逆着光，瞳孔中的血色却越来越明晰。

他心脏上又多了一道新鲜裂开的伤痕，就像是琉璃器上的裂口，正在无法挽回地缓缓扩大，无论他如何努力地修补，都无济于事。

这些裂痕都是因为她，不管从她嘴里说出的，是甜言还是恶语，都能在他的魔心上撬开一条裂痕，她单单只是存在，就可以毁了他。

杀了她！

杀了她吧！

反正她也不喜欢你了，你还在犹豫什么！

血腥味在喉间翻滚，心里的声音时时刻刻都在回响，宛如越来越急促的鼓点，重重地敲在他的每一根神经上，不断催促着他动手，魔心上的裂痕越多，越是岌岌可危，他心中弥漫的杀意便越是沸腾。

重烛心里除了这个声音，已再也容纳不下别的，他冷然地抬起手，从虚空拔出斩苍剑，反手竖立在她身上，手腕往下压去。

斩苍细长的剑尖抵到了暮霜的心口，剑刃忽地震颤起来，剑气如逆流的风漩，竟然违背了主人的意愿，僵持在半空，不得寸进。

杀了她！

连你的命剑都为她而背叛你，她的存在就是你最致命的威胁！

重烛额角青筋鼓胀，心里的声音震得他耳鸣，杀念如洪流冲上头顶，那双金色的眼眸，完全被瞳孔里的血色浸染了，除了遵循心念，再没有别的念想。

他抬起另一只手，双手握住剑柄，魔气汇涌在掌中，用力往下刺去。

斩苍剑的剑芒同时大盛，两种原本系出同源的力量分裂对抗，将斩苍的剑铭都逼了出来。那剑铭之中镶嵌着一道血色的铭文，铭文牵动着斩苍剑的剑气，顺着剑身逆流而上，破开重烛掌心的魔气，冲入他的经脉之中。

重烛双臂被反噬的剑气绞得鲜血淋漓，闷哼一声，不禁倒退数步，偏头吐出一口鲜血。

“重烛！”

重烛眩晕了片刻，恍惚听到了暮霜担忧的喊声，她从床上翻身起来，扑过来接住了跌倒的他。

原来她根本没有睡着。

重烛跌入柔软的怀抱中，她身上熟悉的气息随着呼吸进入感官，她惊慌地喊着他的名字，手足无措地接住他口中不断溢出的鲜血，看见他手臂上的伤，表情看上去比他还要痛。

心底叫嚣的声音短暂地消散了片刻，那控制住他的沸腾杀意，也短暂地平息下来。

斩苍剑摔落在地上，剑身上那道与剑铭交织在一起的血色铭文依然亮着。重烛想起来，这道铭文是他取自己的血，一点一点刻进斩苍剑铭之中的。

不，应该说是人间的那个他。

他把护心鳞给她，叮嘱她远离自己，在斩苍剑铭中刻下就算反噬主人也不能伤害她的铭文，都是为了如果有一天，他因为魔心而变得面目全非时，能够护住她。

他的护心鳞、他的斩苍剑，都没有背叛他，而是遵从了他另一颗心的意愿。

他好像又听到了细微的、碎裂的声响。

魔心上的裂痕又崩出几道，不断地扩散开，裂出蛛网似的痕迹。与此同时，有什么慢慢浸润进了他麻木干涸的心里。

重烛又感觉到了痛，比在树影下听她说不再喜欢他时，还要痛苦。

就像他堕入红尘，魔心沉眠，胸腔里长出血肉，初生凡心时一样痛苦。

“痛啊，痛就对了，生出血肉的心脏就是会痛。”

一个声音在脑海里响起，重烛眼前的光暗下去，意识被拖入黑暗深处。再睁眼时，他已身处在一片远古的荒原之上。

天地黄沙漫漫，重烛头上盘缠着一座大山一样的躯体，他仰头看不见它的全貌，只能看到躯体上和自己身上相似的鳞片。

重烛从那躯体之下钻出去，退出去好远，才得以勉强找到它的头部，看清它的部分形貌。

大约是血脉相连，看清它的瞬间，重烛便认出了它来。

“烛龙？”重烛仰头望了望四面，“这里是烛龙墓？方才是你在跟我说话？”

烛龙的尸骸静静地匍匐在那里，早已死去了千千万万年，风从它身上拂过，能卷起一片风化的骨灰，根本无法回应他，也不可能回应他。

重烛心有所感，低下头来，在烛龙尸骸底下，看到蠕动的影子。

那影子慢慢从地面浮出，竖立起半身，有着与烛龙相似的头颅和五爪，说道：“你看，只要是血肉生的心脏，总会有衰老死亡的一天，就连烛龙都不能幸免，而生为它影子的我还活着，长长久久地活着，与这天地同寿。”

重烛扬首望着那比山还高的烛龙影：“一直在我心底叫嚣着杀戮的声音，也是你？”

烛龙影垂下头颅，明明看不见眼睛，重烛却能感觉到它的注视。

它扭动影子，展露出身躯上一段明显凹陷下去的部分，说道：“孩子，你们是我割下自己身躯，创造出来的，我当然不忍见你们一而再，再而三地误入歧途。”

一阵风拂过，吹得地面沙砾“哗哗”作响，骨沙底下又露出一些龙身残骸来。这些残躯与烛龙相比，要小得多，每一条残骸之中，都抱着一颗破裂的魔心。

重烛在其中看到了自己父亲的身影，他的骸骨半埋在沙砾中，胸腔里那颗魔心裂痕斑斑，失去了所有魔力，成了一颗毫无价值的顽石。

烛龙影叹道：“我当初看着女娲造人，她造人那么容易，而我想要创造出一颗魔心，却这么困难，你们偏偏还不懂得珍惜。”

烛龙陨落，它的影子脱离不了残躯，也只能随着它千万年地葬身在这片墓地里，终一日，烛龙影忍受不住寂寞，割下自己一部分影子，创造出了一条与自己相似的魔龙。

魔龙出世，强大的魔力吸引来天地之间的魑魅魍魉，聚集而成魔界。

烛龙影自己便没有心，它创造的魔龙自然也没有心，所谓的魔心不过是一颗贮存魔力的石头，魔心里生出血肉，便意味着，衰老、死亡，即便再如何强大也逃脱不了。

就和烛龙一样。

烛龙影伏低身躯，向他张开五爪，说道：“孩子，你会痛，是因为你病了，你过来，让我帮你修复魔心，你就不会再感觉到痛了。”

重烛身上像是有流不完的血，不断从喉咙里发出痛苦的低鸣，皮肤上浮出了墨色的鳞片，魔雾聚集在他身下，一条粗壮的龙尾撕裂衣衫，从他身下蔓延出来。

他痛得在地上翻滚，尾巴甩动，魔气在屋子里肆虐，将屋里的桌椅摆设砸得四分五裂，强健的尾巴砸到墙上，墙壁立即崩裂出数道裂纹，“哗啦”一声，垮塌下去大半。

重烛的忍耐度其实很高，以前就算受再严重的伤，都没有像现在这样痛苦过。

“重烛，重烛你醒醒，你不要吓我……”暮霜一边躲着他的尾巴，一边想要抱起他，将他拖出快要倒塌的屋舍。

躁动的蛇影在梁柱之间四处乱窜，房梁频繁发出断裂的“嘎吱”响声，溅起尘埃漫天，这间屋舍不堪重负，终于“轰隆”一声，在龙尾的摧残下倒塌。

捆束燕歌的影子不断流散开，再也绑不住她。燕歌挣脱束缚，重获自由，慌忙从自己那间还算完好的屋子里跑出来，一眼便看到断壁之下闪烁的灵光。

暮霜抬手结印，用灵力撑起一道屏障，挡住倒塌的房梁，没有让一块砖石砸到重烛身上。她伸出另一只手想要去拽他，却不小心被他的尾巴扫中，从倒塌的屋脊下被甩了出来。

燕歌眼见此景，立即冲上前去，及时接住了她。见她满身是血，心悬到了嗓子眼，上下摸索道：“霜霜，你没事吧？哪里受伤了？”

没有了灵力支撑，屋子彻底塌陷，重烛的身影被掩埋入尘埃底下。暮霜完全顾不上回应她，回身想要钻回废墟底下。

燕歌看了一眼那处塌陷的房屋，咬了咬牙，追上去一把将她拉回来，径直往院外拖去，说：“那点动静伤不了尊上，你趁着这个机会，快点离开！”

暮霜一把抓住院门门框：“不行，重烛、重烛他受了很重的伤……”

“他是来杀你的！”燕歌一声大喝打断了她的话，转过她的脸，强迫她看着自己，“我不知道你们之间发生了什么，我只知道尊上和我记忆中那个人完全不一样了，如果是从前的他，绝无可能将剑指向你。”

暮霜没有说话，只抓在门框上的手指，收紧了几分。她知道他想要杀她，她早就从他的心声中听到了。

今夜，她没有睡，白日里看见的血让她辗转反侧，根本无法入眠。

从他踏入这个院子时，她就知道了。

“我会出现在这里，就是为了留住你，但我怎么也没想到，他留下你竟然是为了杀你。”燕歌气愤地道，“现在的尊上一看就是脑子有病，他如果真的杀了你，等他脑子清醒过来，一定会后悔的！他在人间的那些年，为了你寻寻觅觅，被一点毫末的希望牵着到处跑，无数次被关于你的消息诱入陷阱，哪怕经历九死一生，下一次还是会毫不犹豫地踏入同样的陷阱，一直活在没有保护好你的愧疚当中。

“你难道想让他清醒过来后，又重新回到那样的日子里？让他活在亲手杀了你的痛苦中？”

暮霜扒在门上的手指松开了，燕歌说得对，她的存在只会动摇他的魔心，令他继续痛苦，她不希望他们最终走到他父母那样的结局。

燕歌见她松动，趁此机会抱住她，背上展开一双阔大的羽翼，腾空而起，往天边那一条明晰的分界线飞去：“你回去吧，回天上去，等尊上清醒过来，他会去跪求你原谅的。”

暮霜低头望着下方的宅院，直到它被夜色吞没，再也看不见，呢喃道："他也许永远也不会清醒了。"

燕歌沉默了片刻，回道："那就像你白天说的那样，永远也别和他和好了，霜霜，把他忘了，好好当你的小仙子去。"

燕歌将暮霜送去了两界相交的界壁，看她的身影隐没进界壁之中消失不见，才振翅飞回，重新回了那座院落。

玄清还在尊上身边呢，她不能一个人逃走，就算真的被炖了，她也要和哥哥炖在一起，炖一锅龙凤汤。他们从一个窝里出生，也在一个锅里死去，这样也挺好。

如果没有重烛，她兴许就只是山林中一只普通的鹰，早就死得骨头都化成灰了，能开灵窍，能修炼化形，能活这么多年，早就知足了。

废墟底下的震鸣声响了许久，直到天边露出一线朝光，塌陷的房屋底下才轰隆一声巨响，砖瓦梁木飞溅开来，一个人影从那烟尘之中走出来。

重烛身上的血污被魔气涤荡干净了，出来时除了面色有些苍白，倒并不显得狼狈。他方一走出来，便看到那个跪在院门口的人，在她的身侧，还放着一个炖汤的瓦罐。

燕歌叩首，伏在地上，没敢抬头看他，在重烛开口之前，先行认错道："燕歌辜负了尊上所托，没能留下她，尊上要杀要剐，悉听尊便，我绝无怨言。"

重烛仰头往天边那一条界线看了一眼，沉默着没有任何反应。

天色渐明，魔气往回沉淀，界壁之处有薄薄的云雾淌下来，那云雾越来越浓，宛如雪白的瀑布从天坠落。

燕歌伏在地上一动没动，隔了许久才听到轻微的脚步声缓缓朝她走来，每一步都像是生命倒计时的鼓点。她紧闭双眼，做好了血溅当场的准备，但那脚步声只是从她旁边擦身而过了，撩起一缕带着血腥味的微风。

"滚回你的人间去。"

冷漠的声音飘入耳朵。

燕歌蓦地直起身来，回头望去，已不见重烛的身影。

燕歌在地上坐了一会儿，起身砸了瓦罐，摸出腰间的传音玉，抹亮里面唯一的一道符光，问道："玄清，你能从无垠山逃出来吗？"

玄清道："燕歌，你能走就走吧，我想留下来。"

燕歌看着地上碎裂的瓦罐，尊上没有杀她，那应该也不会杀了玄清吧？但现在的尊上，喜怒实在太过无常，这让她很不安，偏偏玄清还对这样的尊上抱有期待。

因为玄清，燕歌犹豫不定，不知道究竟是该留下，还是干脆就这么逃回人间算了。

她在边镇徘徊，不知不觉又走到了那一片云瀑之下。界壁下的这一片地界，灵、魔二气此消彼长，交替频繁。不论是灵植还是魔植，都难以生长，到处都是光秃秃的山石。

燕歌修习魔道，白天的时候其实也不喜欢这个地方。她挥了挥弥漫的灵雾，转身想要离开，隐约间却听到身后传来一声轻呼：“燕歌？”

燕歌脚步顿住，疑惑回头张望，疑心是自己听错了。她转身走出几步，又听见一声更加清晰的喊声，“燕歌。”

她立即回头，转着眼珠在浓郁的雾气中寻找，“暮霜？”

灵雾深处，一块大约是山石的阴影后，有人影晃动，很快走了出来，这不是暮霜又是谁呢？

燕歌当即气怒道：“你怎么还没走？”

暮霜走出灵雾，神情惶然：“我回不去了。”

她被那两界相交，如天河一样宽阔的界壁挡在了外面。她尝试过许多次，差点将翅膀都折断了，都无法跨越这一道界壁，到达另一端。

燕歌急道：“为什么？你不是天界的仙子吗？你的羽衣被偷了？”她还记得当初在人间遇见的那个仙族雉鸡，羽衣一披就逃回了天上，连尊上都没能拦住她。

暮霜并没有将自己的羽衣外化，她的羽衣在本体之上，藏在山雀毛茸茸的背羽之中，除非将她扒光了毛，才能被偷走。

有羽衣在身，她却回不去天界。暮霜一开始也很不解，直到一次次被那界壁挡下，坠回魔域之中，不断的失败让她内息不稳，她闭目内窥形躯，才知晓了缘由。

暮霜直到现在都还没从那种惊愕中回过神来，眼神中透出不知如何是好的彷徨，说道：“我肚子里有一颗蛋，是我和重烛的，大概因为这样，它不被天界容纳，所以我也回不去了。”

燕歌瞪大眼睛，表情一片空白。

两人大眼瞪小眼半天，燕歌才抬手拍了拍脑门，脑筋快要打成一个死结，难以置信道：“到底怎么回事？尊上都要杀你了，你怎么还能怀上他的蛋？”

暮霜摇了摇头：“不是现在的重烛，是在人间的时候。”

人间虽过去了许多年，但仙界和魔界也不过只过去了三个月，鸟族的体质有些许奇异之处，体内有一种器官能贮存元阳，交尾的时候，不会立刻受孕，直到腹中生出卵来，才会完成后续的受孕。

这段时间，她有灵气滋养，又被投喂得很好，就连消减下去的体重都重新涨了回来。暮霜肚子里那颗蛋，还是软的，还没能形成坚硬的外壳，才受孕不久。

“那你现在，要回去无垠山吗？”燕歌问。

暮霜立即摇头：“不回去，不能回去。”

这颗蛋是人间那个拥有凡心的重烛想要的，现在这个有着坚硬魔心的重烛，是不会在意这颗蛋的。

燕歌舒了口气，揽住她道：“那你跟我回人间吧。”

第十四章

阿霜，你喜欢的那个人间的重烛，现在回来了

春日多雨，雾隐山的雾气又浓厚了几分，只有正午时才能见到几缕太阳光。重烛吸收完了那五毒酒的毒性药气，顶开酒罐的盖封，从罐子里钻出来。

漆黑的小蛇身上还淌着水淋淋的酒液，让它一身鳞片更加乌黑光亮，在斜射入窗的阳光下闪闪发光。

它落地抖去身上的水珠，蛇身竖立起来，化作一个身量修长的少年郎。

院子里静悄悄的，只有麻雀叽叽喳喳的叫声从院里葡萄藤上传来。重烛已经习惯了每次从酒罐中出来，都会率先看到一张等待他的笑颜，今日却不见，心中顿时有些不舒坦起来。

他眉头蹙起几分，抿紧唇角，一屁股坐到窗前的木椅上，心里闷闷不乐地想道，哼，我倒要看看你什么时候才能想起来，我今日出关了。

他坐在那里等了许久，等得太阳都又要隐没进云雾里了，依然不见暮霜的身影。

这下他终于坐不住了，伸手往那窗台上一撑，利落地从屋子里翻出来，大步往堂屋里走，喊道："暮霜，我出来了，你也不来看我一眼吗？"

院内院外都静悄悄的，麻雀被他的动静惊飞，连一丝鸟叫声都没了，更没有从前听惯了的女孩子清亮的嗓音回应。

重烛心头紧张起来，脚步飞快，少年的身形几乎化作残影，将院子里里外外找了个遍，高束的马尾发在空中飞扬："暮霜，暮霜！"

屋里"丁零当啷"一阵乱响，被他跑动间撞翻了好多东西。重烛一开始还会谨慎地去接住撞倒的东西，将它们摆回原位，后来，他越来越慌，便也顾不上它们了。

暮霜不在，他找遍了这座小院的每一个角落，都没找到她。

他身形化作一蓬黑雾，又将整个雾隐山都找了一圈，还是没有发现她的身影。

直到这时，他才肯接受心中那不好的猜测，她真的走了，趁着他疗伤的时候抛下他了。

黑雾从天而落，砸回院子里，重烛神情阴沉地从黑雾里走出来，狠狠一脚踹在堂屋的廊柱，整个屋子都在他的愤怒中颤了三颤，房梁上的积尘簌簌地往下掉。

为什么？虽然最开始是他威胁她留在这里为他酿五毒酒，但他以为这么久以来，他们的关系已经改善了很多，她怎么能一边对着他笑得那样真诚，转头就弃他而去？

难道她所做的一切，都只是为了让他放松警惕？

重烛坐在门槛上，望着天边隐没的日光，委屈、愤怒、不安，种种情绪交织在心头，几乎要将他的心脏胀破，他恍惚听到了一声瓷器碎裂的微响，心头泛起细密的刺痛来。

这痛让他止不住颤抖，蜷缩在门廊下，额上渗出冷汗。

为什么要丢下他？她怎么敢就这么逃走？她逃不掉的，就算逃出雾隐山，就算踏遍九州四海，掘地三尺他也会重新找到她的！

重烛捂住心口，满脑子都是找到她后，要造一个铁笼子，如何锁住她的四肢将她关起来，让她再也跑不了。

直到一阵扑棱棱的翅膀扇动声从耳畔擦过，一只麻雀嘴里叼着一张布帛从屋子里飞出来，丢在他脚边，随后飞落到旁边的栏杆上，歪着脑袋来回看他。

重烛眼下恨屋及乌，暮霜在时，他还会给这些聒噪的小东西一点好脸色，现在她不在了，他怎么看它们都觉不顺眼，凶狠地龇出毒牙将它吓跑。

过了一会儿，他才注意到那片布上有字迹。重烛捡起布片，展开来看，上面留着几行娟秀的小字，是暮霜写的。

她说，他的伤还需要一味很重要的草药，这药雾隐山中没有，只有东蘅山才有生长。她出去找了，很快就能回来，叫他若是醒了，就在家里等着她。

重烛眨了眨眼，心头缭绕的委屈和愤怒，满脑子的铁笼铁锁都一下烟消云散了，心口里的刺痛也瞬间缓和了下去。

她没有弃他不顾，她是为他寻药去了。

重烛抚摸着布上的字迹："东蘅山？"这在哪里？看名字是在东边，看着就很远，她一个人怎么敢去那么远的地方？

他既然知道了她在哪里，又怎么可能老实在家里等着。重烛将布片塞进怀里，当即动身出了雾隐山，一路打听着往那东蘅山找去。

东蘅山是一个灵气充裕的地界，自然人气也旺，山上有修仙门派坐镇，山下有城池环绕，日出时炊烟袅袅，日落后灯火煌煌，和冷清的雾隐山截然不同。

重烛找到暮霜的时候，她已经成了东蘅派新入门的一个小弟子，穿着东蘅派青绿色的宗门服饰，怀里抱着一篮新采摘下来的草药，从药圃园中走出来，对等候的男子扬起笑脸，说道："师兄，让你久等了。"

她的脸庞在春日的阳光下，光滑白皙得像是上等的羊脂白玉，乌发如缎，唇红齿白，清澈明亮的眼瞳盈着太阳的光辉，整个人漂亮得过分。

暮霜从小时候便被她的毒修师父当作药人试药，身上毒素沉积，遍身都是毒斑，就连她亲生的爷奶都不想认她。重烛一开始便是被她身上散发的毒素所吸引过去，才会被她捉住。

他吸走了暮霜身上的毒素后，她身上的毒斑渐渐消散，展露出底下被遮掩的真容。

重烛日日对着她，并不觉得有何不同，但从那个被她唤作师兄的男子流露的表情来看，暮霜现在的这副容颜，很令他心旌摇曳，那双眼珠子都恨不得落在她身上。

重烛缠绕在浓密的枝叶间，一口咬住一片叶子，磨了磨瘙痒的毒牙，听那师兄醉翁之意不在酒地絮絮叨叨了一大堆，暮霜却还乖乖地眨着眼，一脸专注地盯着他，听他说话。

他一想到她那双眼睛里，现在装着另一个男人的身影，心口就又酸酸涩涩地刺痛起来。

就在他快要忍不住冲出去咬那色胚一口时，便听暮霜催促道："师兄，这药采下来，药性就开始流失了，你不快点拿回去给长老，长老一会儿怪罪下来可就不好了。"

那师兄猛地拍了一下额头，歉意道："都怪我，一和师妹说起话来，便忘了时辰，我先将草药送回去，一会儿回来，师兄带你去山下镇子上吃好吃的。"

暮霜余光瞥了一眼不远处簌簌摇动的树冠，连忙摆手："不用了，我还有些别的事务要做，恐怕没时间出去。"

"新入门的弟子杂七杂八的事务是要多一些，不过你能分得这么多事务，说明师父器重你，师妹要是忙不过，我也可以为你分担一些。"

暮霜委婉推拒："师兄是长老亲传弟子，事务只会更多更重要，我怎敢用这点小事劳烦师兄。"

那师兄立即不赞成道："霜师妹的事，怎么能算是小事？今日本可以派别的弟子来取草药，我却还亲自跑这一趟，就为了能和师妹多说几句话，师妹你明白……"

暮霜低头看一眼药草篮，惊道："师兄，你再不快些送回去，这药花便要枯萎了。"

师兄悚然一惊，也低头看了委顿的药花，才吞下未尽的话语，急匆匆地离去。

暮霜松了口气，转身往药圃外的树林中走去，在外缘的几棵树下张望，小声喊道："重烛，是你吗？"

树冠上没有回应，她就一棵一棵树找，找了好几棵都没能找到小黑蛇的影子，才揉了揉仰酸的脖子，嘀咕道："难道是我看错了？"

她转身欲走，一道黑影从一片浓密的树冠上倏地窜下来，落地化作俊秀的少年郎，"哼"道："才找了三棵树，就不找了？"

暮霜闻声回头，高兴地朝他跑过去："真的是你，那我刚刚叫你，你为什么不应？"

重烛脑子里还是她和别的男子嬉笑聊天的画面，不悦道："难道你叫我，我就必须得应吗？"

暮霜看出他心情不佳，眉眼间的笑意也落下去，沮丧道："好吧，你看到我留下的话了吗？我不是叫你在家里等我吗，你怎么跑来这里了？"

"我只是等着，还能等到你回去吗？"重烛冷笑了一声，从怀里掏出那片布帛，扔到她手上，"说什么为我找草药，你就是这么同人'师兄，师妹'地找的？"

暮霜抓住那张布帛，解释道："青灯藤是东蘅山的特产，所有的药苗都被东蘅派独占了，我只有加入宗门，才有机会接触到药苗。那位师兄是东蘅派长老的亲传弟子，负责新入门弟子的日常考核，我不能得罪他，否则一月后的门内考核，要是落选，就不能被调派去青灯藤的药圃。"

重烛想到她方才端着笑脸应付那师兄的模样，心口又是一阵阵刺痛，抓住她的手腕道："我不要那什么青灯藤了，你现在就跟我走。"

"不行！"暮霜一把抱住旁边的树干，"你的伤必须要青灯藤入酒，不然好不了的。"

重烛扯不动她，只好作罢："青灯藤在什么地方，我去偷几株出来就是。"

"青灯藤的药圃看管很严密，由长老亲自照看，你本来就带着伤，不能再去强闯。"暮霜反手抓住他的袖子，软声细语地劝说，"那青灯藤现在还没成熟，还需要三个多月才能采，重烛，你再耐心等我一段时间，好不好？"

重烛与她一同留在了东蘅派中，平时只有她一人时，他便化作人身陪在她身边，帮她做些粗重的活，看她为了通过考核，被选调进青灯藤的药圃里，彻夜点灯地背记那些繁复的药理。

要是有人来了，他就变回原身，躲进地缝里。

重烛把身上的气息隐藏得很好，一直无人发现，就连那常常往这里跑的师兄都没能察觉。

这一日，那师兄又找了借口前来。重烛不得不变成小蛇躲起来，他透过药圃的土缝，看着对方在暮霜身边打转，从袖子里掏出一支缠金丝的棠花簪子，向她献殷勤。

“师妹，我今日下山巡视外门的药庐，在街边一眼看到这支簪子，就觉得它戴在你头上一定很好看，我为你戴上试试？”

暮霜急忙往后退开几步，连番推拒：“师兄，这簪子贵重，我不能收。”

那师兄跟着她的脚步踏上前，正色道：“也算不得多贵重，我说你能收便能收。”

暮霜挡开他想要抚来发髻上的手，为难道：“簪子这种私物，师兄应该送给自己心仪的姑娘才是。”

那师兄正急于捅破这层窗户纸，当即追问道：“我日日寻遍了借口，都想来此见一见师妹，师妹怎会不知，我心仪的姑娘，究竟是谁？”

重烛听见这话，脑子里“轰隆”一声，将暮霜先前的叮嘱都忘了干净，一溜烟从土缝里窜出去，弹射而起，朝着那男的手腕一口咬去。

暮霜只见一道黑影闪过，眼疾手快地伸手一把将它揽进怀里，脱口而出道：“师兄，对不起，我已经有心上人了！”

在她怀里挣扎的小蛇倏地安静下来，呼吸里都是她怀里温暖清淡的馨香，她的心跳一声比一声急促，震动着他冰凉的蛇躯，让他的心也开始急促地跳动起来。

重烛浑然不知那师兄又说了什么，也不知道他是何时离开的，他的耳边都是她的心跳声。

过了好一会儿，暮霜才将他从怀里放出来，青绿色的裙摆从他鳞片上扫过，旋即飘远。

重烛急忙变回人身，一把将她拉拽回来。情急之下，他的力气有些大了，暮霜跌进他怀里，两人之间的距离陡然拉近，彼此那张通红的脸，全部映入了对方眼中。

重烛的目光细细扫过她的眉眼，明明从她的反应中，已经窥见了答案，却还是张口问道：“你有心上人了？你的心上人，是谁啊？”

暮霜诧异地抬眼，抖动的睫毛下是她如春水一样流动的眸光，恼怒道：“你不知道那就算了。”

“不能算了，我就是想知道，在你心上的那人是谁？”重烛一手扣着她的腰，另一手抬起来，指尖轻轻落在她透出红霞的脸颊，“阿霜，是谁啊？真的不能告诉我吗？”

暮霜被他抚得眯起眼睛，眼角有湿润的光芒闪动，不知是在抱怨他，还是在回答他的问题，轻声道：“重烛……”

重烛的心便在这两个字中越发激烈地跳动起来，阳光在他眼中晕出了朦胧的影，他的目光往下，落在她吐出他名字的唇上。

耳畔有裂玉之声，“叮叮当当”，宛如一曲惊心动魄的弦乐，在他身体里奏响。

重烛心中的刺痛又起，在那颗心脏心花怒放地跃动时，又有钻心刺骨的疼痛在不断撕裂着它。

阳光开始斑驳，周围的一切景象都开始崩毁，重烛强忍着心中的痛，紧紧抱住怀里的人，在她轻轻垂下纤长的眼睫时，低头俯下身去。

再等一等，不要醒过来，不要醒！

梦境彻底崩裂，重烛蓦地惊醒，抬手按住剧痛的心口，翻身吐出一口鲜血。

一场睡梦，胸腔里的魔心又崩裂了数道，细密的裂痕像是蛛网裹在他心上，好痛啊，重新长出血肉的心脏，确实好痛。

紊乱的魔气在身体里横冲直撞，烛龙影最后的话语就像诅咒一样在他耳边回荡："执迷不悟，你会后悔的！"

后悔吗？

重烛颓然地躺回去，抬手抚摸自己不断溢出血来的嘴唇，无声地笑起来。

若是找不回曾经的那些委屈、愤怒、不安、嫉妒和欢愉，他才会后悔。

魔心无情，其实是不会做梦的。重烛当初选择了拒绝烛龙影修复魔心，任凭自己的魔心被七情浸染，生出裂痕，现在便不会后悔。

但从石头之中长出血肉的过程实在太漫长了，他的七情复苏的过程也太漫长了。魔心中的力量还在拼命地抑制他七情的复苏，就像之前一样，试图用沸腾的杀念来遏止他心里的其他情绪。

重烛偶尔会失控，被魔心中的杀念完全裹挟，陷入一种狂躁的杀戮之中，再从这种杀戮中体会到拥有随意掌控他人生死、至高无上的力量的快意。

这种快意实在太令人着迷，能让人甘愿舍弃一切去追逐它。

重烛每一次从这种快意中挣扎出来时，都像是经历了一遍生死。他有时候也会想，何必呢？何必要这么痛苦呢？就像年少时那样，无情无畏，一心只追求力量又有什么不好？

随之，心中又会有一处柔软的地方告诉他，这样真的好吗？无情无畏地活着，当真算是活着吗？

他的母亲和暮霜都在心中那一处柔软的地方，坚硬的魔心永远无法共情她们的喜怒哀乐，只会伤害她们。

每当想到这里，他迷失在力量中的心神又会被堪堪拉回来，就像是最后的一根救命稻草，将他从那种杀戮的快意中拉扯出来。

他需要更多的情感刺激，去与魔心对抗，但他不敢去见暮霜，他害怕自己再次失控，被魔心掌控去杀她。

"点香，把香点上。"重烛擦去嘴角的血，躺回榻上。

外间有人听见了他的话音，掀帘进来，看了一眼已经歇了烟气的香炉，室内的血腥味浓郁，让他有些担忧：“尊上，你要不缓一缓再入梦吧？”

重烛闭着眼，没有动弹，又重复了一遍：“点上。”

玄清暗自叹息一声，走过去揭开床头的香炉盖子，换去燃过的香灰，重新倒入新的研制过的相思豆粉末。

这些相思豆是尊上交到他手里的，让他研磨成粉，制成焚香。他起初不明白是为何，如今明白了，这些相思豆可以令尊上入梦，也能在他失控之时唤回他的心神。

因为重烛几次失控的杀戮，魔宫之中几乎没有人了，就连魔族长老们都逃出了无垠山去避难，偌大的魔宫死寂得像是一座坟茔，看不见一个人影，也无人点灯。

只剩下玄清还愿意留在这里。

玄清将点燃的香炉重新安置回床头，袅袅的白烟飘逸出来，沉入床榻之人的身上，消失于他的呼吸之间，重烛紧蹙的眉心松开些许，神情逐渐放松，但过不了多久，又会重新染上痛苦之色。

他不能去见暮霜，便只能借助梦境，让自己尽快寻回曾经失去的情感，重新长出一颗有血有肉的凡心来。

玄清实在不忍见他这般模样，放置好香炉后，便化作小蛇，悄无声息地退了出去。

魔界愁云惨淡，人间却正是春日芳菲之时。

一夜之间，迎春花便从各处冒了出来，铺满了屋舍墙角。暮霜起来时，正听着燕歌吩咐人将那些讨厌的花草全部铲了。自从经历过重烛当初被迎春花寄生一事，她便见不得这种花，每每看见，必定将它连根掘起。

暮霜刚推门出来，便又被燕歌推回屋内，说道：“外面尘土飞扬的，你等会儿再出去，先吃早饭。”

话音刚落，一行人便从她身后鱼贯涌入，眨眼的工夫便将桌面摆得满满当当，饭食的香味弥漫在屋中。

暮霜一见那满桌子的药膳，顿时皱起眉头：“燕歌，我真吃不了这么多。”

“吃不了，剩下的我来吃。”燕歌拉着她坐到桌边，怜惜地摸了摸她消瘦的脸颊，“你看看你，给你补了这么多，怎么还这么憔悴？难不成是桑莲这些年来被正道那些人捧得太高了，医术不进反退，怎么连养胎的方子都开不好？”

她说着，便不由得琢磨道：“不行，我得找个机会，去把他绑来再为你把把脉。人族十月怀胎都应该生了，咱们鸟族不应该生得更早些吗？”

毕竟生下蛋来，还要在窝里孵化好长一段时间呢。

暮霜手掌贴在小腹，轻轻抚了抚：“我也不知道是怎么回事，它成型得很缓慢。”

腹中的这颗蛋和她以前蕴含灵力所凝结的蛋不一样，暮霜还是第一次孕育这种有生命的蛋，而且这颗蛋的父亲还是一条蛇，她实在没有前例可以参照。

燕歌指尖点在她眉心，让她舒展开紧蹙的眉头，宽慰道："没事，我听过人间一个传说话本，那话本里的母亲可是怀了三年才生出来，咱们这才一年，还早着呢。”

暮霜失笑道："你这真的是在安慰我？”

"当然。”燕歌一本正经道，端起桌上凉得差不多的肉粥送到她手里，"来来来，多吃点。”

暮霜接过粥，慢慢吃着。这肉粥中添加了草药，有一股清淡的药香，并不油腻。

燕歌托腮看着她吃，不知想到什么，忽然笑出声来。暮霜疑惑地看过去，见她摸着鼻子犹豫了好久，才不好意思地说道："我们以前老是见尊上钻进那温谷之中去孵蛋，一进去就是好长时间不露面，偏偏他孵了百十来年，也不见有什么动静，我和玄清都很着急。”

暮霜的好奇心被勾起来，眨眼盯着她，追问道："然后呢？”

燕歌捂住脸，一副往事不堪回首的表情，闷声说道："后来，我就很努力地生了一颗蛋，交给玄清去孵，想说孵一个孩子出来送给尊上，结果他孵了很久也没孵出来，到最后还把那颗蛋给孵臭了，我气得差点把他脑袋啄掉。”

暮霜都能想象到那个画面，"扑哧”笑出来。

两人笑了一阵，又不约而同地沉默下来。离开魔界之后，两界相隔，燕歌和玄清之间的传讯便断了，自然也无法得知另一边的情形。

他们如何了？重烛的魔心还好吗？玄清有没有被煲成一锅蛇羹？

这些问题盘桓在心头，没有答案，只会徒增烦恼。

燕歌倾身过去，抬手覆在她手背上，眼中满含期待道："但这颗蛋不一样，我们一定能把它孵化出来的，就是不知它会是什么样的，是一只鸟还是一条蛇？也有可能是一只长着蛇尾巴的鸟，或者一条长了翅膀的蛇？”

暮霜忍不住道："听起来怎么丑丑的？”

燕歌立即反驳道："才不丑！你和尊上都长得这么好看，它怎么可能丑？”

吃过早膳，外面的迎春花也铲除干净了，两人出门走了一圈。半路上，燕歌收到属下来报，说又有不长眼的正道修士试图破开瘴林，闯入谷中来，便只得提枪前去应付。

如今人间正道为尊，妖魔鬼怪们全部缩起了脖子过日子，燕歌的这处领地在一座隐蔽的山谷中，谷外有瘴林环绕，算得一处比较安定之所，谷中收留了不少无处可去的妖族，倒也还算热闹。

但妖族聚集一多，便容易招惹来一些满脑子斩妖除魔的正道修士。

这样的事时有发生，好在只是一些小门小派的散修，并未引起仙盟注意，这一处山谷便算是安全的。

燕歌收拾了他们一顿，缴获一堆战利品，在外挑拣分发。暮霜趴在窗前看了一会儿，有些困倦，便枕在软榻上小憩。

半梦半醒间，耳边忽然传来人声呼唤，轻柔地唤道："暮霜仙子，暮霜仙子……"

暮霜被那声音所惑，迷迷糊糊地从软榻上起身，跟随声音的呼唤走出门去。她孤身穿过广场时，燕歌还在给诸人按功行赏，一片热闹之中却无一人发现暮霜的异样。

暮霜穿过山谷，到了一处高坡之上，耳边的呼唤声音倏地一停，她眸中霎时清醒过来，睁眼看到身前等候之人，立即一怔："司命星君？"

司命星君正垂首看着下方谷中的热闹，收回目光转向她道："暮霜仙子近来可还安好？"

暮霜下意识地往后退了一步，袖摆掩住自己小腹，警觉道："星君怎么会在这里？"

"仙子无故失踪，女夷夫人可急坏了。你久居凡尘，看来是有所取舍，已不打算回天界了？"

暮霜沉默不答，司命星君目光扫过她遮掩的袖摆："仙子不必遮掩了，你身怀魔胎，仙魔之气天生相克。仙子就算留在凡尘，只要你仙根仍在，你腹中胎儿便很难孕育成型。"

暮霜五指倏地收紧，捏住袖摆，心神慌乱了须臾，又强迫自己冷静下来，怀疑道："重烛不就是仙魔结合所生的孩子吗？"

司命星君摇了摇头："魔界之主又岂会有仙脉？当初素央神君是自请剔了仙骨，才前往的魔界。她孕育孩子时已不是仙身。"

天界上神才能炼就仙骨，像暮霜这样因食仙果而飞升的小仙子，只有仙根。

即便只有仙根，亦与魔相克，如此相克的体质，按照常理，她应当无法怀上魔族的孩子。

可偏偏这小雀仙腹中有了魔胎。

司命星君见她眼中怀疑甚重，并不怎么相信，便也不再多言，身影缓缓消失，最后留下一句话。

"我当初答应仙子，你下凡之后不会让你经历半分苦楚，到最后却还是令你伤心伤神，我今日来此只为提醒一二，免你继续为此徒劳伤神。"

暮霜独自站在山坡上，听见下方谷中燕歌大声喝道：“给我放下，那张绒毯，是要留给我的宝贝弟弟妹妹垫窝的，谁敢动它？”

旁边有妖族抱怨道：“你都用这个借口囤了多少宝贝了？哪儿来的什么弟弟妹妹，该不会是唬我们的吧？”

燕歌飞起一脚踹过去：“敢说我弟弟妹妹的坏话，小心我叼死你。”

初春的风，还带着些许寒凉，徐徐吹在脸上，暮霜绕成千丝万缕的心绪便在这初春的凉风中渐渐明晰了起来。

比起这世上为了登仙而苦苦修炼的人，她实在太幸运不过，一枚仙果打开了她蒙昧的灵智，将她送上了云霄之上。

比起在天界的孤独无依，只能与一群小熊蜂为伴，在人间的日子反而要热闹许多。从她选择跟燕歌回到人间时，其实心中便已经有了倾向。

断了仙根也不过是重回这红尘之中罢了，这于她而言，并不是多么难以取舍的抉择。

炉中的香烟熄灭，重烛从又一个幻梦中醒来，胸腔里满溢的情潮终于冲破了魔心的桎梏，再也压制不住他满腔的思念之情。

想见她，想见她，现在就想见到她！

七情之欲占据上风，新生的血肉凡心又一次盖过了裂纹斑斑的魔心。重烛从榻上起身，挥手唤出斩苍，一剑劈开虚空。他抬步欲要穿越裂隙，越过界壁闯入天界之前，余光忽而瞥见自己衣摆上的血污。

迈出的脚步倏地顿住，他满身血腥，潦草不堪，这个样子去见她，定会吓到她的。重烛忍耐地抬手，魔气从他袖中溢出，将半空的裂隙弥合。

他去浴池洗净了身上的血污，焚香熏衣，唤来玄清为他重新梳理了长发，甚至用了一些妆粉遮掩不够好看的面色，将自己拾掇一新后，才踏出了殿门。

穿越界壁，跨过天门，悬圃园中繁茂的绿意铺染进眼底，但他没在那一座小屋中找到自己想见的人。

重烛从空寂的屋子里走出来，神识外放，如一缕无声无息的微风，扫荡过整座悬圃园，迅速收敛回来。

她不在这里。

一群熊蜂追在重烛身旁，扬起尾针围绕着他打转，它们还记得当初是他将暮霜劫走，便再也没有送回来。

他在这里的动静惊动了悬圃园的负责人，女夷夫人匆忙赶来，见到他时似乎并不意外，翩翩一礼道：“魔主大驾，未能远迎，是小神待客不周了。”

重烛无意与她寒暄，开门见山地问：“她在哪里？”

女夷夫人闻言叹道：“她去了人间，想必是不会再回来了。”

重烛没等她说完，身形便要化作雾影离去，女夷夫人并没有阻拦他，直到丝缕魔气从悬圃园中消散干净。

她听见熊蜂振翅的嗡嗡声，走到门廊前那一刻繁茂的绿树下，长袖一笼，将飞舞的熊蜂揽入袖子里，转身离开。

女夷夫人一路到了春神殿。春辰神君陨落诛仙台后，春神之位暂时空缺，满天仙神都在暗暗猜测会是何人继任春神位，女夷夫人掌管悬圃园，与四季尊神有颇多工作上的交集，自也关注这一神位的归属，当收到陛下的口谕时，她着实吃了一惊。

女夷夫人虽不解，不过还是按照陛下旨意，抬步踏入春神殿，将袖中熊蜂放出，手托一朵洁白的桔梗花，为每一只熊蜂都喂了一滴花蜜。

花蜜入口，那嗡嗡飞舞的熊蜂周身神力流传，相继化作了胖乎乎的小仙子。

刚化作人形的小仙子们凑作一堆，惊喜地互相打量，叽叽喳喳的话音倒是不输于熊蜂嗡嗡的振翅声。

女夷夫人含笑看着，等到她们安静下来，才唤人捧着一堆书简进来，说道：“从今日起，你们就在春神殿中，跟着布春仙娥们学习如何辅助春神布春。”

熊蜂仙子互相看了看，你一言我一句地急着拒绝：“不行，我们还要在花圃中等暮霜回来呢，才不要来这春神殿中学什么布春。”

女夷夫人便收敛了笑，摆出严肃的表情，说道：“好好学习，或许等她回来，你们才能帮上她。”

万象星海内，漫天星光璀璨，星河光影之中除了司命星君，还有另一道身影。

司命星君垂首立在那人身后，抬手掐算片刻，说道：“如陛下所料，暮霜仙子选择断了自己的仙根，保全腹中的魔胎，现在那颗蛋已经生下来了。”

天帝点了点头，赞赏道：“那小雀仙很是勇敢。”

司命星君不解：“我记得陛下曾经说过，一代魔心破碎，魔族之中就会诞生一颗新的魔心，待新的魔心成长到拥有足够力量后，上一代魔心便会迅速颓败，丧失力量，正如重烛、重骁两父子一样。”

天帝颔首：“的确如此，寡人亦是见证了魔界的数次君位交替，才探清这个事实。”

司命星君便更为不解了：“如今重烛的魔心定是破了，暮霜仙子生下的孩子极有可能便是下一代的魔心，陛下为何还要命我去提点她，助她生下来？”

一颗新的魔心诞生，岂不是又要耗费一番力气，去破这颗魔心？

天帝没有回答他的问题，反而心血来潮似的，突然问道：“寡人记得，司命星君还在襁褓中时，就被老司命带回了天上来，是吗？”

司命不解天帝为何忽然有此一问，但还是立即回道："是的。"

天帝微微摇头："寡人就说，老司命性子太急，你才刚刚出生，他就迫不及待地跑去寻你，将你点化成仙。"

司命忙解释道："师父是不忍见我颠沛流离，忍饥挨饿。"司命生在一个天灾人祸不断的乱世，一出生时就被母亲抛弃了，如果师父不捡他，他大概早就被饿到急眼的流民分食了。

天帝回首拍了一下他的肩膀，喟然叹道："你啊，未曾经历过世上的爱恨情仇，未曾见过形形色色的人性，又如何编写得出漂亮的命数，总是走捷径可不好。"

司命浑身一凛，心中不安，难道他笔下有个助仙神历劫的万能工具人之事，陛下已经知道了？

天帝却没再继续往下说，又接上了他先前的话头，回道："这世上，没有谁能比重烛更加明白，一颗无情的魔心，对母亲的伤害有多大，若他不想让小雀仙经历与素央一样的痛苦，他会比我们更不愿见到那颗魔心降临于世。"

司命星君问道："可万一他和重骁一样，舍弃小雀仙，选择了魔心的传承呢？"

天帝仰头看向上方星辰："他和重骁不一样，小雀仙和素央也不一样。重烛堕下凡尘之后，也曾有数位仙娥神君下凡，试图以七情打动他，但皆是有心插花花不成，反倒是一个受罚下凡的小仙无意间涉入他的命数之中，与他生出牵绊。

"这不是我等强加于他的情，而是他自己选择的。"

重烛离开天界，又一次踏入滚滚红尘之中。

他循着暮霜的气息，很快找到那一座山谷之中。谷中是一派瑟瑟秋景，红枫顺着山坡延伸至山下，山坳之中建有成排的屋舍楼阁，往来的大多是些山精妖怪，有些尚不能完全化作人形，留着兽耳和兽尾。

眼下那谷中气氛一派肃杀，重烛在其中看到燕歌的身影，她显然是这山谷群妖的领头者，正组织一群妖魔鬼怪往山谷外行去。

重烛放远目光，在密林之外看到了大队的正道修士。

秋季草木凋零，山林里的瘴气消散了很多，正是最容易穿过这片瘴气林的时候，正道修士便也挑准了这个时节，试图冲入谷中，将这一群妖孽一网打尽。

兴许是谷中妖魔越聚越多，形成了规模，终于引来了仙盟不满。这一次前来围剿的修士不再只是小门小派，而是由仙盟数位堂主亲自领队，来者众多，高阶修士成群。

这世上留给妖魔鬼怪们栖息的地方已经寥寥无几。当初，这座山谷算是一处，但现在，这座山谷眼看也将不存。

群妖无处可去，大家追随在燕歌身后，已经做好了死战的准备。

这一回仙盟有备而来，成片的法器悬在半空，灵光几乎交织成一张大网，罩在天幕之上。地面下的法阵一圈圈亮起，群妖的挣扎在这些仙盟修士眼中，堪称自不量力。

那仙盟堂主负手立于一只玄鸟之上，居高临下地俯瞰众妖，说道：“如若尔等愿意归服仙盟，尚有一线生机。”

燕歌环视一圈正道修士脚下，已经被他们驯服，刻上屈辱的灵兽烙印的妖，“呸”一声道：“老子宁愿死，也不愿做你们的走狗坐骑。”

众妖齐声应和。

仙盟堂主面色沉郁，冷骂一声“不识好歹”，也不欲再与这些山野妖怪多费口舌，当即大手一挥，喝道：“杀！”

修士列阵，不必亲自上前，单单只是半空悬着的数不清的高阶法器，其中的灵威便已令妖族抵挡不住。

双方实力悬殊之巨，甫一交手，妖族的防线便瞬间溃败。法器灵光如同冲入山林的洪流，扫荡出肉眼可见的冲击波，一路摧枯拉朽，直冲山谷之内。

但那不可一世的势头在谷口之时，猛地凝滞下来，闪烁的灵光之下，可见一行模糊的人影驻守在谷口，结阵抵抗。

重烛目光落在其中一人身上，瞳孔骤缩，纵身跃入山谷之中。

燕歌退到了山谷口，一把拽住暮霜的手腕，急道：“霜霜，这一次我们怕是挡不住了，你带着蛋先走！”

暮霜竭力支撑着结界，摇头道：“走又能走去哪里呢？”

如今仙盟势大，不愿被烙上灵兽烙印的妖，早就无路可去，她总不能让她的孩子还没出世，就被烙上灵兽印，成为某个修士脚下的坐骑，永远不得自由。

与其这样，她宁愿亲手砸破它。

燕歌松开她的手：“好，我等今日，宁为玉碎，不为瓦全。”

余下的妖族与她一起高声喝道：“宁为玉碎，不为瓦全！”

上方传来一声正道修士轻蔑的嗤笑，高声道：“既如此，那便成全你们！”

半空中“嗡”一声鸣响，滔天的灵威结成更大更高的巨浪，摧毁一切山石草木，震动得地面隆隆作响，以铺天盖地的威势，朝着山谷之中压下。

谷口的那一道结界在巨浪之下，如同一面纤薄的窗纸。

就在那巨浪即将撞上结界之时，地面之下忽有无数黑影冲天而起，那黑影化作条条长蛇，就像是从地面重新长出的参天大木，在谷口结成一道高耸的黑影城墙，挡下了那袭来的巨浪。

两方力量撞到一起，震得天地摇晃，灵力巨浪溃散了，但那黑影长蛇越发茁壮，将巨浪冲得溃散不说，继而又直冲而上，张开血盆大口，一口咬向悬浮于半空的修士。

那无数晃动的蛇影比山峦还要高大，实在令人惊骇，上空接连响起惨号之声，正道修士的法阵被冲破，许多人根本来不及躲避，便丧生蛇口。

不仅是正道修士，就连谷中的妖都被那蛇影吓得不轻，四处躲逃。

唯有两人站在蛇影之下，呆怔不动。燕歌睁大眼睛望着上方舞动的蛇影，表情从惊骇飞快转为狂喜，迭声道：“霜霜，是尊上！是尊上的蛇影！”

重烛……

暮霜结印的手轻轻晃了晃，一时有些怀疑眼前的一切都是梦，不然他怎么可能会来人间？他应该在魔界，坐在那个至高无上的位置上，冷眼俯瞰一切。

他为何会来人间？

正道溃逃而走，舞动的蛇影合为一体，收束回地面，影中显出一道修长身影，他的面目渐渐清晰起来，还是那一副熟悉的眉眼，是她夜夜入梦之后，皆能见到的模样。

人间的日子过得很快，春夏秋冬转眼便走过一轮，她做过的梦太多，后来便也习惯了。每次梦中见到他，看他的眸色乌黑，便知这会是一个美梦；若见到的是那双金色的眼瞳，这个梦便大抵不那么令人开心。

现在，在她面前的，是一双金瞳。

暮霜不想看他，立即转过身去，抬手用力拍了拍脸颊，嘀咕道：“快点醒，快点醒！再做下去，可就是噩梦了……”

重烛走过去，站在她身后，轻声唤道：“阿霜。”

暮霜的动作倏地一顿，震惊地转过头来：“你叫我什么？”

她对上他低头凝望过来的双眼，心神不由得轻轻一荡。这一次那双金色的眼瞳不再是干枯的沙丘，他的眼神湿而黏，被七情六欲浸透。看着她时，像是无形的蛇信，从她眉眼上一寸寸舔过。

暮霜近距离看到自己映照在他眼中的投影，恍惚间有种要被他的眼神吞噬的错觉。

“阿霜。”重烛又喊了一遍，抬手想要抚摸她的脸颊，“我很想你。”

暮霜惊愕地往后退开数步，避开了他的手掌，抬着眉眼，用一种难以言喻的眼神瞪着他。重烛悬在半空的手指便生迟疑，慢慢蜷缩回去，垂眼道：“抱歉，我吓到你了？”

暮霜是真的被他吓到了，转头抓住燕歌：“你快告诉我，这是个梦。”

燕歌给她看自己伤口的血，无语地道：“我都快要痛死了，这怎么可能是梦？”

暮霜先前被灵威压顶，胸口之中也还残留着闷闷的痛意。

所以，这不是梦。

暮霜怔怔地转回头，重新看向一直盯着她不放的人，这不是梦，夜夜入梦的人如今就在眼前，可她眼中没有重新见到他的欢喜，反而慢慢浮出深切的忧虑，问道：“你的魔心……”

重烛弯唇轻笑，云淡风轻地应道：“那颗心不好，我不想要它了。”他张开手臂，迎向她，“阿霜，你喜欢的那个人间的重烛，现在回来了。”

暮霜张了张嘴，一时心乱如麻，让她不知该如何回应。

那颗魔心是能说不要就不要的吗？如果他的力量衰弱了该怎么办？她以前不知，但现在心里也多少知道了一些，自己的存在和重烛母亲当年的角色是一样的，都是为了破他们的魔心而来。

素央上神心怀苍生，可她没有那样广大的胸怀，她只想要他安好。

没有等来期待中的回应，重烛逐渐不安，抬起的手臂垂落下去。

燕歌一直在旁边来回看着他俩，到了这时，终于忍耐不住，“嗷呜”一声扑过去抱住重烛的手臂，抓着他的袖子抽泣：“尊上，呜呜，爹，阿爹，太好了，你终于回来了，玄、玄清呢？哥哥没有被你吃了吧……”

“没有被吃。”重烛立即答道，抬手想要去摸她的头，看见她把鼻涕眼泪全抹在他熏过香的衣服上，好不容易生出的那一点父爱又消失得干净。

燕歌听到玄清还活着，高兴地哽咽了一下，说道：“霜霜，快带尊上去看看你们的蛋。”

重烛怔道：“蛋？”

他和暮霜怎么可能有孩子？

当初在人间时，他并不知道暮霜是仙身，所以一开始会误会她留下的那颗蛋是他们的孩子。

直到后来，她再一次出现在他面前，重烛猜到她可能是仙族，便明白他们不可能有孩子。他事后想要清理干净，是因为担心她会不舒服，听她说生一颗孵化出宝宝的蛋，也只是不想扫她的兴致才会应和。

他从未想过，要她耗损自己的身体，为他生一颗蛋。

她就连吃一点魔界未经过处理的果子，都会与她仙体相克，她得忍受多大的苦才能孕育出他的魔胎？

重烛怔愣过后，脸上却并无欣喜。他一步迈过去，瞬间拉近了暮霜先前退开的距离，伸手抓住她的手腕，将她上上下下打量了一遍：“那你呢？你的身体还好吗？”

燕歌在旁拍着胸脯保证：“尊上放心好了，有我在，肯定将霜霜照顾得好好的！”

暮霜也点头应和："我没事，身体好得很。"

重烛不信，他仔细地检查她，指尖撩开她额角碎发，最终虚虚落在发髻上某一处，难过道："你的仙羽不在了。"

半透明的法相蹭了蹭他的指尖，毛茸茸的背脊上，那一簇微微闪动金光的仙羽消失了。

她退化成了妖身。

暮霜惊讶地抬头，立即伸手捂住脑袋："你能看见我的法相？"

燕歌直勾勾盯着暮霜的脑袋，也没看到她的法相在哪里，就算以前亲眼见过她的原身，也没认出过什么仙羽。

她疑惑地问道："仙羽？是那种飞天的羽衣吗？不在了的意思，是霜霜以后都回不去天上了？"

暮霜将自己的法相藏好，放下手来，浑不在意道："我本来也不打算回去了呀，燕歌，我一直留在人间陪你不好吗？"

燕歌道："我当然觉得好，可是……"

燕歌一时说不上来。她是修魔之人，从入道修行的第一日起，便知道自己与飞升无缘，对成仙亦没有任何执念。

可这普天之下，其实大多数的魔修，都不是自愿修魔的，大多是无缘仙途，才会堕入魔道。世间之人都道修仙好，不论是人还是妖，都削尖了脑袋想登上那一条升仙路。

舍弃仙途，即便是在燕歌这个魔修看来，都是巨大的牺牲。

重烛垂着头，呼吸越发沉重，从喉中吐出压抑的低语："对不起。"

暮霜见不得重烛那一副愧疚得快要死去一样的表情，偏过头去，又对上燕歌那仿佛一个模子刻出来的心疼表情，哭笑不得道："好了，只是少了一根仙羽而已，我又不是要死了，是仙是妖也没什么不同，难不成你们一个魔头，一个大妖，会觉得当仙更好吗？"

重烛当然不觉得仙就有多好，天界的那些仙神，都不过是他的手下败将，可这只是从他的角度而言。

对暮霜来说，成仙意义想必是不同的，剔除仙根也一定很疼，就跟他断角一样疼。

重烛没有说话，燕歌倒是很快就被她说服了，抚掌道："你说得对，看看那些修仙之人的嘴脸，神仙也没什么了不起的，当仙哪有当妖来得坦荡自在。"

暮霜跟着笑起来，转回目光，内心含着一些忐忑和期待地问道："你想去看那颗蛋吗？"

重烛立即点头："想。"

山谷当中的结界被破，短时间内难以修补好，担心正道修士再卷土重来，重烛留了一道蛇影盘踞在谷口，它庞大的身影像是一堵城墙，凌厉的威势既令众妖畏惧，又令众妖安心。

谷中一些原本已生出逃遁之心的妖魔，又重新安定了下来。

这就是拥有强大力量的好处，不用多说一句话，甚至不用表明其身家来历，只凭彰显出的实力，便足以笼络人心。

暮霜望向那巍峨的蛇影，悬着的心稍微放下来，转身引重烛往谷中走。

孵蛋的窝被安置在安全的地方，有火绒兽的绒毯裹着，不用时时刻刻都要孵着它，离开一两个时辰不打紧。

暮霜的手还被重烛拽在手中没放，他的体温一向是偏凉的，此时那手掌之中竟渗出了潮热的汗气，原来如此紧张。

她安抚性地轻轻捏了捏他的手指。

那只握着她的手也像是得到了鼓励，指尖得寸进尺地挤进她的指缝中，将她的手整个扣入掌中。

这是他以前最爱的牵手方式，十根指头像蛇一样交握在一起，掌心贴着掌心。

暮霜忍不住回头，一眼便对上身旁人的目光。重烛的睫毛微微垂着，低眸看着她，金色的眼瞳像是初升的朝阳，晨雾散尽，露出了金灿灿的热烈光芒。

以前的那个重烛，确实回来了。

暮霜紧抿着唇，却还是憋不住涌上眼眶的泪意。她明明都已经决定了永远永远不再靠近他，做好了以后再也见不到他的准备。

重烛听见她压抑的呼吸，以为是自己的举动让她不高兴了，慌忙想要松开手指。

暮霜察觉了他的意图，急急地收拢五指，反抓住他的手，吸了吸鼻子道：“你才牵了我多久，这么快就想放开了？”

“不是，我没有想……”重烛动作顿住，连忙又重新扣紧手指，低头看她发红的眼眶，解释道，“我怕你生气。”

暮霜抬起另一只手，贴在他心口上，颤声问道：“你真的舍弃魔心了吗？以后会不会后悔？如果后悔的话，会不会……”

会不会怨恨我啊？

她没有说完，但重烛领会了她未尽的话语，握住她的手，用发誓一般的语气郑重道：“不会后悔，也不会怨你，永远不会。”

暮霜忍耐多时的眼泪终于滑落下去，哽咽着问道：“那我也不用再远远地躲着你了？”

重烛胸腔里那颗已然裂痕斑斑的魔心，便像是风化腐朽的沙丘，飞快地溃塌下去，被会伤会痛会喜会忧的血肉彻底包裹，完整新生的心脏，在她的眼泪中，搏动出第一声心跳。

“扑通——”

重烛低下头，亲吻她的眼角：“阿霜，对不起，不管以后发生什么，我都不会再松开你的手了。”

燕歌也知道他们久别重逢，应当有许多话要说，便很识趣地留给他们叙旧的时间。她一个人走得飞快，先回了孵蛋的屋子，结果她蹲在蛋窝旁边等了许久，都没等到他们来。

正纠结着要不要回头找找他们时，终于见着两个姗姗来迟的人。

燕歌夸张地说：“就这么一截路怎么走这么久，再来晚一点，我们家小蛋都要急得破壳了。”

比起重烛以前藏着的那颗蛋来说，眼前这个被火绒毯裹在当中的蛋的确很小，约莫只有拳头大小，埋在层层叠叠的绒羽之中，淡黄色的壳薄得都能透进光，能看到蛋壳上蜿蜒的红色血管。

脆弱，却蕴含着生命。

重烛想要伸手去摸一摸那颗蛋，犹豫了一下，又缩回手指。

三个人都蹲在蛋窝旁边看着它。

燕歌高兴道：“尊上你回来真是太好了，我们之中终于有一个会孵蛋的人了！你不知道，我每次孵蛋的时候，都生怕自己的爪子一不小心就把蛋壳抠破了，连睡觉都不敢睡。霜霜的本体又太小了，张开翅膀也只能抱住个蛋屁股。”

暮霜瞪大眼睛反驳道：“谁说的？我张开翅膀也是可以完全抱住它的！”

重烛问道：“它是后来长大了吗？”

暮霜用手在蛋上比画了一下：“这个蛋和之前那颗蛋不一样，它应该就这么大，不会再长大的。”

重烛愕然：“那你生的时候岂不是……”

暮霜看到他的表情，才知道他在忧虑什么：“我又不傻，不会用本体的。”比起人族的胎儿，这颗蛋算是小的，并不会受什么罪。

重烛蹙起的眉心舒展开来，对于如何孵化这么小的蛋，重烛还是很有经验的，毕竟当初暮霜塞进他枕头底下的那颗蛋，更小更脆弱，他都能一步步将它孵化成一墩大石头。

更何况，旁边还蹲着一个孵化成功的案例。

燕歌欢呼雀跃地跟重烛交接了孵化的任务，开开心心地离开，去安排众妖重新修复山谷上被毁掉的结界。

暮霜还从未见过重烛孵蛋的样子，她探了探蛋壳的温度，将窝里的绒羽重新拢起来，说道：“先前正道袭来，我和燕歌都去了谷外，离窝已经有好长一段时间了。”

她说的时候，那双眼睛便眼巴巴地看着他，一脸的期待。

重烛非常乖觉地起身，褪下身上的外袍，魔雾涌动出来，吞没了他的身形，魔雾不断地弥漫开，淹没了整个室内的空间，将暮霜和蛋窝都一并吞没了进去。

暮霜眼前一片黑雾，唤道：“重烛？”

一条长尾从魔雾中延伸出来，弥漫的魔雾缓慢收拢，暮霜被遮蔽的视野也随之一寸寸清晰起来，她先看到垂在手边的一条长尾。

尾巴尖上垂着浓密的黑色鬃毛，和光秃秃的蛇尾完全不一样了。

那尾巴扬起来，试探性地碰了碰她的手，魔雾中传来重烛的询问：“会害怕吗？”

“不怕。”暮霜应道，伸手轻抚在龙尾上，鬃毛看着柔顺光亮，摸上去却并不柔软，毛根十分硬挺，鬃毛下是他坚硬的鳞。

暮霜顺着龙尾往上摸去，弥漫的魔雾便随着她的触摸收敛，显露出更多的龙身。

待屋中的魔雾完全消散，重烛巨大的龙身也完全暴露在她眼中。

黑龙盘踞在头顶上，这屋子的空间显然不够它舒展身躯，它身躯蜿蜒地盘绕了许多圈，紧缩着四爪，垂下头颅，龙角抵着房梁，将屋内的空间都塞满了。

上一次，她看见他的真身时，是在天山的温谷之中，他的龙角还没有完全长成，只有小小的一截，现在那龙角却像是粗壮的树干一样，分出了许多枝杈。

暮霜伸出手，重烛便低下头来。她摸了摸他那威武的龙角，笑道：“这么结实，都可以在你的龙角上搭窝了。”

重烛那灯笼似的龙眼睛便霎时一亮，当真如此设想了一番，颔首道：“好，就在龙角上搭个窝。”

不，她只是随便说说而已，不要认真啊！

第十五章

希望是你这样毛茸茸的小鸟

重烛小心翼翼地将他庞大到能塞满一整个屋子的身躯，缩小到只有二指粗细，一尺来长，游进蛋窝之中。

垫在窝里的羽毛都细而软，大多颜色雪白，偶尔才会有几根黑色的点缀，层层叠叠地铺在窝里，像是松软的雪，一进去就会陷入里面。

重烛从羽毛中嗅到了熟悉的气息，忍不住蜷缩起身躯，卷住一大团羽毛缠进怀里。

暮霜睁大眼睛，趴在蛋窝边上，兴致勃勃地看着缩小后的龙，一下变得可爱了起来，再没有先前那般威风凛凛的样子。黑色的鳞片漾着光，抱住她雪白的绒羽，黑白鲜明，漂亮得让人移不开眼睛。

她每次变回原身时，燕歌也总说她可爱，然后痴汉一样流着口水扑上来，用她那恐怖的爪子抓她。一开始，暮霜还会被她吓到，后来就慢慢习惯了。

燕歌说，一些可爱的东西，就是会让人忍不住想要“蹂躏”它。

现在暮霜也体会到了燕歌所说的心情，她现在就忍不住地想伸手去摸他，想把他抓进手里来，让他缠在自己的手指上，想把自己的羽毛全部贴到他身上。

暮霜更加凑近过去，一眨不眨地盯着他，双手捧着脸，笑得眯缝起眼眸，喃喃道：“真的很可爱。”

重烛感觉到了上方压迫的视线，终于从那种沉迷到直翻肚皮的状态中回过神来，立即松开怀里的羽毛，竖直起身躯，假装方才的失态都是无事发生，左右看了看，问道：“蛋呢？”

“蛋？”暮霜无意识地重复，眼神迷糊了一会儿，才倏然醒神，“对，蛋，蛋去哪儿了？刚才不就在羽毛堆里吗？”

他刚才抓羽毛的时候，尾巴确实扫中了什么碍事的东西。

两人在窝里翻找了一会儿，终于从绒毯底下找到了被挤到角落里的孤零零的蛋。

暮霜将它重新捧回绒羽当中，拎住他的龙角叮嘱："那些羽毛是给它垫窝的，你不能再卷走了。"

重烛干咳了一声，闷声道："好，我会注意的。"

暮霜这才放开龙角，将蛋推进他的怀里，说道："那你开始孵吧。"

她其实一直很好奇重烛是怎么孵蛋的，不管是蛇还是龙的体温，都要比鸟族低很多，而想要孵化出一颗蛋，是需要维持在一个比较高的恒定温度的。

重烛近距离被她这么一瞬不离地盯着，紧张得后背上的鳞都要立起来，再加之他化了龙身，多出来四只爪子，在孵蛋的时候爪子便显得有些碍事。

他在窝里来回游了几圈，都没有找到合适的姿势，终于忍无可忍地扬起尾巴，用尾巴尖上茂盛的鬃毛去遮挡她的视线："你别这么一直盯着我看。"

暮霜歪过头，躲开他的尾巴，继续盯着他，无辜地问："这是不能看的吗？"

重烛的尾巴继续追上去，挡住她瞪得圆溜溜的大眼睛："……你靠得太近了，不管是谁被这么看着，都会不自在的。"

暮霜将他的尾巴按下去，听话地后退开一小步，转开目光望向窗台上斑驳的阳光："好，那我不看你了。"

"嗯。"重烛这才收回尾巴，继续去摆弄绒羽里的蛋。

他将腹部贴上蛋壳，一圈一圈地缠裹上去，在窝里折腾了许久，终于缩好爪子，找到了一个合适的姿势。

蛇和龙都没有鸟类的绒羽，也没有那么高的体温，想要给蛋提供能令它孵化的热量，需要不断地蠕动腹部的肌肉，用肌肉的收缩和摩擦来产生热量。

暮霜盯了一会儿斑驳的阳光，不知不觉又偷偷移回视线，原来他是这样孵蛋的，看上去很辛苦。

他以前就是像这样孵了好几百年的蛋吗？难怪后来会长得那么结实，腹肌还那么明显。

重烛在这里岁月静好地忙着孵蛋，外面却因为他的重新出现而激起了不小的动荡。

人间百年，如今的天下以仙盟为首，四海之内皆要仰仙盟鼻息，妖魔鬼怪想要活着，就只能被套上枷锁，烙上灵兽印，成为正道修士的牛马坐骑。

但百年前，魔道将正道打得节节败退，两分天下的辉煌盛况，还有不少人记得。山谷口的那一条蛇影实在太具有标志性了，令如日中天的仙盟都生出忌惮，暂不敢轻举妄动。

而对于被打压已久的魔道来说，众多妖魔鬼怪都像是抓到了一缕曙光，从四面八方朝着这一处山谷聚来。

谷中妖魔日益增多，气势也越发高涨，大有想要重新拥立重烛为尊，反攻正道的势头。

燕歌带着众人的豪情壮志前来转达给重烛，四处没见着他们二人的身影，最后拨开蛋窝上的羽毛，看到了缠绕在蛋上的细长黑龙，和趴在他身旁睡觉的小雀。

遮挡的羽毛被掀开，重烛不悦地抬起头来，压低了声量，问道："何事？"

燕歌不由得捂脸，这一幕要是被外面那些大吼着要追随尊上，攻入仙盟，报仇雪恨的一众妖魔看见了，尊上从前建立起的威信，都将荡然无存。

重烛没等到她回答，不耐烦地一尾巴将她的爪子拍出蛋窝，卷回她手里的羽毛，说道："没事别来打扰我们。"

燕歌委屈地揉了揉自己的手背，说道："还是有那么点事的。"

她如是这般说明了来意，重烛毫不留情地回道："没兴趣。"

他从前致力于收拢魔道，扩大势力范围，挤占正道的生存空间，是因为如若正道势大，便会霸占大部分地盘和资源，会妨碍他寻人。现在，他不用再四处寻觅了，便也没有了和正道相斗的兴趣。

只要对方不主动来招惹他，他也不想浪费时间去对付他们。

燕歌当然不能将这些话如实告知那些追随而来的妖魔，即便重烛不愿出面——他现在这个两耳不闻窗外事，一心只想老婆孩子热炕头的样子，也不适合出面。

但只要有他这一个旗号在，有魔尊百年前在正魔两道之中残留的余威，便足以收拢更多的妖魔，聚沙成塔，集腋成裘，结成一股令仙盟不敢随意践踏的力量。

燕歌忙着重建魔道势力，连玄清都要过去帮忙了，就更加没工夫来打扰他们孵蛋。

外界风声鹤唳、剑拔弩张，这座小院内却格外宁静，像是重回了很久以前，他们隐居在雾隐山中时一样。

夜色笼罩住山谷，谷中燃起灯火，灯火中的喧嚣却难以穿透夜色，惊扰到这座小院。

薄薄的月光从窗棂透进来，隐约照出室内的景。

重烛腹下孵着蛋，尾巴慢悠悠地延伸出去，将趴在一旁的小雀勾到自己身旁，有一下没一下地蹭着她的羽毛。

龙身的鳞片不似从前光滑，会有些崎岖的纹路和棱角，暮霜被这般蹭来蹭去，迷迷糊糊地醒过来，不自觉地翘起了尾羽，去寻找能令她感觉舒服的地方。

重烛被热乎乎的触感擦过尾端腹下，那一处紧闭的鳞片难以抑制地舒张开来，露出潜藏在里面的一抹艳红的色泽。

"阿霜？"重烛竖起脖子，转头看向在他鳞片上磨尾的小雀。

他曾在两人神识相交时，看见过她的这个举动，重烛想也没想地用力将抱着的蛋推去了角落里，扭转身躯缠住了毛茸茸的小雀，神识传音道：“阿霜，你醒了吗？”

暮霜纤细的尾羽垂落下来，底下压着两个蓄势待发的物什，这下是彻底清醒了，但很快又陷入另一种迷离当中。

一团黑雾从蛋窝里涌出来，在月色中化作人身，重烛打横抱着她往连通的另一间厢房走，怀里的人勾着他的脖颈，手指勾缠着他垂落肩上的黑发，眼尾染着霞色，担忧道：“蛋。”

重烛挥动魔气，将火绒毯一层层裹回去，说道：“你说的，这火绒兽毛织成的毯子，足够护它一两个时辰。”

隔间厚重的幕帘垂下来，月光被阻挡在外。

耳鬓厮磨的低语声，在暗夜中缠绵。

“阿霜，你不能厚此薄彼，也疼一疼另一个。”

“我、我握不住。”暮霜手忙脚乱，难以理解地嘀咕道，“你不是蜕变为龙身了吗？为什么龙也有……”

重烛双手覆上她的手背，拢住她的手一起动作，眼瞳在黑暗中幽幽亮着光，呼吸低沉，耐心地解释道：“蛇和龙本就系出同源，当然会有相似之处，只可惜，你以前喜欢的尾巴尖，现在变了。”

暮霜想起那条圆润光滑的蛇尾，末梢细长灵活，缠绕在她的手腕、脚踝，掀开裙摆往里侵入时，细密的鳞片贴在皮肤上，总能带起一阵阵令人骨肉酥麻的快意。

暮霜面上发起热来，辩驳道：“我才没有喜欢你的尾巴尖。”

“那你喜欢什么？舌头？”重烛低声笑道，舌尖从唇里探出，化作长而柔韧的信子，在一片昏黑的环境下，分叉的舌尖精准地找到她的唇，扫过柔软的唇瓣，挤入她的唇缝中，轻轻舔舐她的舌尖。

暮霜从鼻子里发出轻哼，被他的舌头在嘴里作乱，只能含糊不清地回道：“喜欢你。”

重烛动作顿了顿，倾身过去，越发热情地拥住她，加深了这个吻。

说是一两个时辰，重烛便硬生生挨到了两个时辰的末尾，才掀开帘子重新回去。这个时候，暮霜早就累得睡过去了，连被抱着去沐浴清洗，都没有醒。

重烛披着一件松散的衣袍出来，长发披散在身后，随着走动，身上残留的水汽被魔气带走，坐到蛋窝旁边。

他掀开绒毯，对着月光仔细看了看掌心里的蛋，不知是因为他回来了，还是有什么别的缘故，这颗蛋发育得很快，内里甚至已经长出了模糊的雏形轮廓。

蛋里有了细弱的心跳。

重烛从这心跳之中，感觉到了令人不安的力量。

重烛从掌心之中释放出了一缕魔气，谨慎地渗入蛋壳之内，仔细探查那一缕微弱的心跳搏动。

蛋壳里的小东西分明还没有独立的意识，便已经觉醒了掠夺的本性。他的魔气方一探入壳内便被缠住，饥渴地攫取他的力量。

这一点力量流失，重烛并不在乎，顺水推舟地任由它不断吸取他的力量。魔气形成了浓郁的黑雾，从他身上被抽离出来，融入那颗蛋中。

随着它吸收的魔力不断增强，那蛋壳内的心跳也越发清晰强劲了起来。

重烛探到了那颗正日益成型的小小心脏，脸上的神情渐渐凝重下去。他还记得小时候的自己是什么模样，也记得母亲每次满怀期待地看向他时，永远只会对上他麻木冰冷的眼神，那眼中露出的难过和失望。

她的喜笑怒骂，那个时候的他，都无法共情。她在自己孩子身上付出的感情，也永远得不到回馈。

重烛选择舍弃魔心，便不怕自己力量的衰弱，也不怕衰老和死亡，更不害怕魔域里诞生出一颗新的魔心取代他的魔主之位，但他不能允许这颗魔心诞生在他和暮霜的孩子体内。

暮霜那么期待它的到来，为了孕育出它，宁肯剔除自己的仙根，他不能允许这个蛋壳之中孵化出一个注定会伤害她的魔种。

蛋壳里的生命大约是感觉到了他那一瞬间释放出的杀心，越发疯狂地掠夺他的魔力，想要快些强大起来，但它现在还实在太小了，连壳都还没有能力破开。

重烛托着那颗蛋，注视着它良久，最终也没有对它做什么，只强硬地收束回了自己的魔气，将它放回了蛋窝之中。

正如他先前所想的，暮霜那么期待它，即便它现在只是一颗蛋，她也是爱它的，他不能毁了它。

那么只能毁掉那个创造出魔心的存在。

重烛抬头看向窗外，月色不知什么时候已经隐没，天边露出熹微晨光，山林之上传来啁啾鸟鸣。他抬起手来，袖中游出一条蜿蜒的暗影，凌空飞射出窗外。

片刻后，蛇影捆绑了一只身形圆硕的大脸盘禽鸟回来，那夜枭一身白底黑点的麻羽，正将夜猎归巢，想要好好休息，便被凭空冒出的蛇影捆住，被身不由己地绑架到了这里。

重烛会挑中它，也是看中了它一身厚实的羽毛，比别的雀鸟更加浑圆的体态，用来孵蛋必然不错。

那夜枭被捆住翅膀，挣脱不开，嘴巴也被蛇影缠住，只瞪着一双惊恐的大眼睛，从喉咙里发出“咕咕”低鸣。

重烛施术将这只夜枭彻底清洗了一遍，挥动蛇影，将它押进蛋窝里，警告道：“不准叫，你敢再发出声来，我就把你吃了。”

缠在夜枭身上的蛇影配合地从身躯上又长出一个脑袋，张开蛇口，发出恐吓的嘶鸣。

夜枭登时缩紧脖子，一点声儿也不敢发出了。

重烛示意了一下窝里的蛋，说道：“好好孵着它。”

夜枭转动着大眼睛，也感觉到了肚子下那颗蛋，它虽不会孵蛋，但是见过自己的配偶孵蛋，如今生命受到威胁，就算再不通灵智，也知道不敢轻举妄动。

重烛眯着眼睛看了它一会儿，这才满意地转身去另一间屋子里看了一眼沉睡的暮霜，独自出得门去。

夜枭蹲在窝里，被捆在身上的两头蛇影一左一右地监视着，窗外的天色越来越亮，即便已到了它平日的睡眠时间，也瞪着圆滚滚恶眼睛不敢合上。

燕歌一大早便见到重烛时，下巴都快掉到地上，惊讶道：“尊上，你怎么出窝了？难道是蛋孵化出来了？”

重烛冷着脸，没有回答她的问题，径直往主座上一坐，问道：“仙盟如今的动向如何？”

说起正事，燕歌也整肃了神情，老实地回道：“他们虽没有再次发动进攻，但围聚在谷外的修士依然没有撤走，且来的人越来越多，已经开始封锁四面路径，拦截诛杀想要前来谷中追随尊上的妖魔众属。”

正道诛妖除魔之心不绝，燕歌受了仙盟百年的追杀迫害，心中早有怒气，此时满怀期待地鼓动道：“要是尊上能再一展雄风，狠狠杀他们个片甲不留，再挫一挫仙盟锐气，他们应该会收敛一些。”

重烛会出来找她也正有此意，只不过他没兴趣和正道那些小喽啰过招，直接道：“现在的仙盟是谁说了算？”

燕歌睁大眼睛，从尊上的神情中领悟了他的打算，兴奋得眼底冒光：“仙盟有一位盟主和三大长老，盟主出面主事，但实权应是握在那三位大长老手里。”

重烛站起身来，唤出斩苍，一剑斩开一道裂隙，对燕歌道：“引路，我们今日便去拜访一下这几位，动作快点，最好能赶在午膳前回来。”

暮霜累了一宿，睡到午时，她应该便会醒了。

暮霜醒得比重烛预估的时间要早了一点，这段时日她似乎已经习惯了睡在重烛身边，化作原身和他一起躺在温暖的蛋窝之中，眼下只一个人孤零零躺在床榻上，反倒不习惯了。

她醒来时，身边空无一人，暮霜迷迷糊糊地坐起身来，揉了揉眼睛，从榻上起身，变做小雀从被窝里飞出去，脑袋顶开隔间的幕帘，一边打着呵欠，一边往蛋窝中飞，还想着再钻进蛋窝里贴着他睡一个回笼觉。

今日是个晴好的天气，阳光灿烂，通过窗棂，屋中也被照得亮堂堂的。

暮霜呵欠打到一半，目光对上窝里那双耷拉着的猫儿眼，吓得“啾”了一声，残留的睡意霎时清醒，落地变回人身：“你是谁？怎么会在这里？”

夜枭歪过大脸盘子，也被她吓得一个激灵，再次瞪大了疲惫的双眼，没忍住“咕咕”叫了两声。

它也想知道它一只雄鸟，为什么会被一条蛇抓进别鸟的窝里孵蛋？更过分的是，大白天的还不准它睡觉。

雾影从夜枭的翅羽中冒出来，化作蛇影模样，对着暮霜谄媚地摇头摆尾。

暮霜这下算是明白那只夜枭为何会乖乖待在窝里不动了，她走过去伸手戳了一下蛇影，问道：“你怎么绑了一只鸮鸟来孵蛋？你跑哪里去了？”

蛇影吐出信子，舔了舔她的指尖。

门外传来重烛的回应：“你醒了？”

暮霜回过头去，便见重烛抱臂倚靠在门边，微微挑着眉梢，眸中含笑地望着她，门外的阳光为他周身都镀上一重柔和的光晕。

燕歌从他身后探出头来，展示两手提着的食盒，笑道：“霜霜快来，有好吃的。”

越过燕歌的肩膀，能看到跟在最后的玄清，他手里也拎着大包小包的东西，比燕歌怀里塞得还满，自觉垂着头，没有往屋里打量。

重烛挥手让他们先去布餐，踏入屋内，牵她到另一间屋子里去梳妆。

暮霜洗漱过后，坐到妆台前，通过镜面看向身后为她梳发的人，问道：“外面不是有正道合围吗？你们出去了？”

“一直躲在这山谷之中岂不憋闷？所以，便去找仙盟的主事者商量了一些事。”重烛细心地将她的长发梳理顺畅，放下梳子，动作很熟练地拈起妆台上的簪夹和发带，分出发区，慢条斯理地为她绾发。

“以这座山谷为中心，方圆三州之界，归属魔道，我今早亲自去请那三位长老和盟主，划分区域，立下血誓，刻入他们的仙盟令中，三日之内设立界碑，谷外的正道修士都撤走了，以后你要是想出去玩，可让燕歌陪着随时出去。”

暮霜由着他的动作，目光来回将他看了个遍，确认没有受伤，才放下心来，但随即又疑惑道：“为何要叫燕歌陪着，你不能陪我吗？”

重烛动作一顿，若无其事地继续道：“嗯，我也可以陪你。”

他绾发的手艺很好，毕竟很早很早之前就学会了，只不过这么多年，时兴的发髻样式早已变过好几轮，重烛会的还是旧日的那些样式。

暮霜对着镜子照看，镜中的眼睛雪亮，高兴道：“很好看。”

两人出来时，燕歌早在门口探头探脑，看到窝里那只夜枭，抽了抽嘴角：“尊上，你为何要抓只雄鸟来孵蛋？它学过吗？会孵吗？”

重烛愣住，转头看过去：“雄鸟？”

暮霜点点头：“是呀，它是雄鸟，不过你和玄清都会孵蛋，它应该也没问题吧。”

燕歌当即摇头，说：“玄清和尊上是蛇，又不是鸟，而且玄清根本就不会孵蛋，他只是装得自己很会，骗得我好惨，最后还把我的蛋都孵臭了，你忘记了？”

夜枭被三双眼睛直勾勾地盯着，缩起脖子，把羽毛爹成了一个球，努力假装自己很会孵蛋，还是被蛇影提起，用力丢出了窗外。

在扑腾翅膀逃走时，还能听见那绑架了它的人蛮不讲理地骂道：“没用的东西。”

重烛丢完了鸟，又转回头，面色阴沉得能拧出水来，愤怒地瞪向燕歌，气急而笑道：“玄清，他真是好样的。”

燕歌：“哈？”

厅堂里，正布置碗筷的玄清忽然后背一凉，身周的光线急速地暗了下去，他急忙回头，只见一道庞大的蛇影猛地拔地而起，将他整个罩在身下，竖起脖子居高临下地垂下蛇信，竖直的瞳孔森然地锁定在他身上。

玄清被抓进魔域之中时，都没从尊上身上感觉到这么强烈的杀意。

他手中的碗筷掉到地上，浑身僵直，完全无法动弹。

外面传来燕歌着急的喊声：“尊上，我的亲爹，你是不是中了仙盟的迷魂咒还不清醒？哥哥就算不会孵蛋也罪不至死啊！”

幸而现场还有个能管得住重烛的人，在玄清被那条暴怒的蛇影一口吞下之前，暮霜及时拉住了重烛，玄清才能幸免于难。

当事的双方都一脸莫名，不知道尊上为何会突然发怒，倒是暮霜隐约理解了他在气怒什么，帮忙解释道：“你是不是误会了燕歌说的话？玄清没有对燕歌做什么，她说的欺骗，不是那种欺骗呀！”

燕歌眨了眨眼，恍然大悟，试探性地道：“尊上是在生气哥哥骗我的蛋孵这件事？这都是过去好几百年的事了，我早就不生气了。”

她不说还好，她这么一说，重烛刚平息下去的火气又“噌噌”地冒了起来，问道：“几百年前？”

燕歌很认真地掐算着手指回忆：“大概是三百……”

三百多年前，他们都还只是刚修炼出人形不久的小妖！

重烛“呵”地笑了一声，玄清只觉得脚下的阴翳里又有蛇影浮动，头皮直发麻，忙打断燕歌的话，指天发誓道：“我真的什么都没做。”

暮霜急得来回看着他们，忽而想到什么，拽住重烛的袖子，贴近他低声道：“重烛，我们鸟族不用交尾，也能生出蛋的，就跟我以前塞你枕头下的那颗蛋是一样的，所以才孵化不出来什么。”

重烛紧蹙的眉间缓慢地展开，地面浮动的蛇影凝固了片刻，他眼中仍有疑惑：“是吗？可那时候，你不也是和我在一起之后，才生下的蛋？”

虽然那颗蛋无法孕育出生命。

暮霜给一条龙解释了半天鸟族的奇异本事，重烛才终于打消了这个疑虑。

三日后，界碑落成，各路妖灵精怪终于有了安生的栖息地，都往这三州来。三州之中原也有一些仙门和几座城池，其中不愿与妖怪为伍的，便要开始动身迁移出这三州。

妖魔一多，便也容易生出事端祸患。好在重烛以前曾为魔尊那么多年，早便有一套强硬的御下规定，愿意立契臣服于魔尊麾下，遵守这些规定的，才得以在此三州之境中栖息；不愿或扰事者，要么当场打杀，要么逐出界去。

出了界去，那些致力于灭绝妖魔精怪的正道修士，可不会再手软。

界碑虽然落成，三州之境内也建立了一套新的规矩，但距离完全安定下来，还需要一些时日，但窝里的那颗蛋，却容不得他长久滞留于人间了。

许是在那一夜中感觉到了来自亲爹的威胁，那颗蛋发育得越发快了些，重烛从外面回来时，就被暮霜扑到身前，一把拽住他的袖子将他拉进屋里，满面欢喜地捧起那颗蛋，贴到他耳边说道：“你听。”

重烛从蛋里听到了一声一声规律的搏动。

暮霜眉眼中都是柔软的笑意：“应该再过不久，它就能破壳了。”

重烛眼底郁色沉沉，在她抬眸看来时，刻意舒展开眉心，含笑应和：“嗯，想来是快了。”

暮霜沉浸在初次听到蛋壳中心跳的欢喜中，全然没有注意到他的异样，小心翼翼地托着蛋对着光照之处查看，期待地道：“不知道会孵化出一个什么模样的崽出来，这样看也只能看见一团蜷缩的阴影。”

重烛将她鬓边的碎发抚到耳后，轻声道：“希望是你这样毛茸茸的小鸟。”

暮霜惊讶地转过眸来：“如果按照血脉强弱来说，应当会孵出一条蛇或是一条龙吧？”

她以前也同燕歌猜想过，燕歌还专门画了许多不伦不类的画像出来，比如长着羽毛的蛇，有着蛇尾的鸟，怎么看都觉奇怪。

那之后，暮霜便专门留意过这类异种之间结合的妖族，发现他们所生的后代并非奇形怪状，而是继承了父母之中血脉更强的那一方，所表现出来的外形特征自然也遵从于强的那一方，几乎无一例外。

素央当年已算是天界的上阶神君了，和重骁结合后，所生的孩子，继承的依然是父系的形貌，可见他们魔龙的血脉是很强的，她这样一只小雀的血脉，哪里压得过？

重烛深深地看了那壳内蜷缩的阴影一眼，说道："阿霜，我需要回魔域一趟。"

他是魔界的君主，暮霜早就想过他不可能陪自己一直长留在人间，只重新将蛋塞进窝里，问道："那你什么时候回来？"

重烛迟疑着没有回答，他无法给出一个准确的期限，甚至并不能保证这一去还能不能回来："也许很快，也许……会很久。"

对着这么一双眼睛，他终究说不出不再回来这句话。

"不管多久我都会等你，你说过要陪我出去游玩的。"

她不知是不是察觉到了什么，说完这话后，便一直盯着他不放，似非要他给出个保证不可。重烛抿了抿唇，在她的目光中颔首保证："好，我一定会回来。"

这一天夜里，重烛没去孵蛋，也没让暮霜去，他不知又从山林里的哪处地方绑了一只夜枭来，按进了蛋窝里。

暮霜被他搂着腰躺在床榻上，宽大的手掌贴在后背，将她整个人都按进了他怀里。这样近的距离，他的心跳声格外清晰，"扑通扑通"地跃动，会因为她仰头时，嘴唇不经意间擦过他的下巴而猛然加快两下。

暮霜感觉到了，便在黑暗中弯起眼眸，在他怀里扭动着调整姿势时，又不小心地亲了亲他的喉结，蹭一蹭他的锁骨。

"别乱动，好好睡觉。"重烛忍无可忍地按住她，掩在窝里的心跳声越发急促。

这让暮霜想起了很久之前的事，她记不太起来他们是在什么地方了，总之不在雾隐山中，一场冬日的雷鸣暴雨将他们困在了一座山寺之中。

她只记得当时说是山中有人历劫，白花花的落雷一道接一道地劈下来，满山生灵俱伏，没有一个敢踏出室外的。

他们本来只是过路，却横遭此灾，仓皇间找到了一座山寺，偷偷潜入寺中空置的寮房中避雷，外面分明电闪雷鸣，暴雨倾盆，却时不时还能听见有诵经之声从前殿飘过来。

重烛不喜欢诵经声，额角的青筋都鼓了出来，现出的蛇尾暴躁地在地上来回横扫。

暮霜想要帮他转移注意力，急得坐到他的蛇尾上，从荷包里翻找宁神的丹药。

只是还没等她找出来，被她坐在身下的蛇尾便翻卷起来，缠住她的腰，将她用力地按进了少年怀中，重烛的手臂从背后覆来，紧抱着她，埋首在她肩膀上。

暮霜还是第一次被他这样抱着，一下面红耳赤。外面的雷鸣声都突然小了，她满耳只能听见自己急促的心跳声。

她一开始以为只有自己在这个拥抱中紧张得心如擂鼓，渐渐地，却发现还有另一道心跳声更急更重地从紧贴着她的胸膛中传来。

就像现在一样。

是和魔心那规律到刻板的搏动，完全不同的心跳。

暮霜依进他怀里，听着心跳渐渐睡熟了过去，重烛盯着她一夜未眠，天快亮时将她小心地放开，拨开她额前碎发轻轻摩挲了一下，说道："阿霜，我要走了。"

暮霜迷迷糊糊地应一声，凑过去在他唇角亲了一下。重烛微怔，轻声笑起来，又抱着她流连许久，才化作一团魔雾，从床榻间消失。

烛龙墓在魔域之中，这是一个久远到有些缥缈的传说，鸿蒙初开之时便诞生的龙，千万年来引得许多神妖仙魔去寻找它的存在，但都无所获。

若不是重烛前一次神游到过那一座传说中的烛龙墓，他怎么也不会想到，烛龙墓就在他日日居住的宫殿之下。

重烛悬身立于云端，遥望向前方的无垠山，这座山的山体走势，的确同他那日所见的烛龙残骸相近。

重烛抬手，抽出斩苍剑，朝着无垠山的山体一剑劈去，幽暗的剑芒呼啸冲入山中，却没有斩飞草木，而是从那山体之上撕开了一道裂隙，裂隙另一端有骨沙漫漫。

他收剑入鞘，一步踏入裂隙之中，裂隙转瞬合拢，除了周边草叶上覆着的一层沙砾，没有留下任何痕迹。

重烛一踏入烛龙墓中，那盘踞在尸骸之下的影子便浮动起来，似早有预料一般哼道："吾早就说过，你会后悔的。"

重烛道："我从不后悔。"

烛龙影原本还以为能听到他悔过求饶，就如他的那些先辈一样，却没料想到如今，他依然执迷不悟。

烛龙影从地上浮突出来，影子悬到重烛上方，以一种居高临下的身姿，从容不迫地道："哦？那你还回来做什么？"

重烛随手指了一下旁边一具具龙骨残骸，说："我有个疑问，想要请教。"

烛龙影自认对后嗣宽宏大量，即便眼前这个后嗣一次又一次地忤逆过它，它依然颔首应允了。

重烛从自己父亲的骨骸之下捡起那一颗早已失去魔力变成裂石的心脏，问道："你创造了这么多颗魔心，当真有哪一颗是不死不灭的吗？"

烛龙影恨铁不成钢道："吾赋予了你们不死不灭的魔力，是你们自己不够争气，偏要涉足那情欲之中。无情无畏，方能与天地同存！"

重烛扬首问道：“你如果当真无情无畏，又为何要创造出我们？是耐不住千万年的寂寞吗？既然无情，为何会感觉寂寞？”

烛龙影子一顿，沉默着没有回答，只无边扩散开的浓影像是压顶的乌云，充满压迫力地覆盖在他上方。

重烛浑不在意，捏碎了手里的裂石心脏，随手撒落在地上，继续道：“所以，从一开始，你赋予我们的魔心就不是完美无瑕、无懈可击的，不过是个残次的破烂玩意儿，又是哪儿来的脸责怪我们不够争气？”

头上的浓影剧烈地翻涌起来，怒声隆隆作响：“胡说八道！”

重烛故作惊讶地抬头：“你生气了？这可不好，‘怒’亦是七情之一。”

烛龙影子如泼天的水墨倾盆而下，将重烛一口吞入了浓影之中。

重烛被吞入烛龙影中，黏稠的浓影霎时裹来身上，如同淹没进了沼泽里，将他体内的魔力往外抽离，身体很快变得虚软无力，四肢逐渐僵硬起来，像是一寸寸化作了毫无生机的石块。

重烛体内的魔力被抽离得越多，便越是与烛龙影融合得越多，但他的自我意识还在，并没有因为身体的僵化而完全丧失自我。

于是他从烛龙影中感觉到了一丝熟悉的波动，像是涟漪一样的情绪波动从浓稠的影子里荡漾过来。

重烛从那残留的情绪中，再次看见了那幅记忆中的画面。

他的父亲化作了原身，龙躯盘缠在大殿之中，鬃毛倒立，鳞片偾张，身子裹着一道柔弱的身影，“咯咯”的骨骼断裂声从他身躯之下传出来，断骨刺破皮肉，鲜血很快洇湿了母亲的裙摆。

重烛以前都只是作为旁观者，被父亲的魔侍唤来此处，眼睁睁地看着父亲杀死了母亲。

但这一次，他从这幅画面中感受到了浓烈的愤怒，不是来自年少时的他，也不是来自正被吞噬的母亲，而是来自那个施暴的父亲。

母亲最后的确是猜错了，父亲对她或许有一点情爱之念，但这点初初萌生的情爱还不足以破碎他的魔心。

致使重骁魔心破裂的根由，是愤怒。

这股愤怒在他死后，甚至侵入了烛龙影之中，难怪它那么轻易便被他激怒了。

重烛被烛龙影吞噬得越多，便越能感受到隐没在浓影之中残留的情潮，来自从前那些魔心破碎、身躯已亡，但情感不灭的同族。

影子无心，是不该有喜怒哀乐的，烛龙影很显然并不如它标榜的那样无情无畏。

从它割下自己影子的一部分，捏出魔心，创造出魔龙一脉，它就不再是无懈可击了。从旁边那一具具龙骨残骸可见，基本没有一位魔主是当真不死不灭、保住魔心不破、得以善终的。

魔龙是它割下自身创造而来，便是它身体的一部分，当一颗颗魔心被七情浸染时，烛龙影这个原就不是无懈可击的本体，自然也会受到影响。

它越是展露出怒意，重烛反而越是安心了。

天帝确实打了一手很好的算盘，七情这种东西，一旦产生，心便有了偏颇。即便重烛心知肚明，他一步步走到如今，都是那天帝老儿在背后推手，目的大约便是令他与烛龙影反目，使世间再无一颗魔心降世，他也只会选择顺应对方的目的走下去。

重烛的身躯逐渐消融，像是融化进了水墨般的影子里，浓影里滚动着烛龙影得意的话音："吾能创造你们，就能毁灭你们。吾已创造了一颗新的无瑕魔心，你也没有存在的必要了！"

重烛那微不足道的挣扎在烛龙影看来，都不过是苟延残喘。

人间。

魔气的嗡鸣声从屋内震荡出来，冲开门窗，撞出"啪"一声响。

燕歌听到动静赶来这里时，正好看到暮霜被魔力冲撞得倒飞出来，于半空化作人身，燕歌眼疾手快地从后接住她，紧张地道："怎么了？"

暮霜紧皱着眉，面色凝重地望着窝里的那颗蛋。

垫窝的绒羽早被那一股异常的魔气波动扫荡出来，魔气扩散一瞬，又倏地收入蛋中，飘飞在空中的绒羽纷扬而下，可还未及落地，又是一股魔气从蛋中横扫出来，将半空的绒羽又扫荡得飞扬起来。

不及片刻，魔气收敛，绒羽重新落下。

如是循环重复，燕歌很快也发现了这个规律，疑惑地道："这是心跳吗？难道要破壳了？"

暮霜也不知道，这是她第一个孩子，她也全然没有经验，只不过她从那震荡的魔气中感觉到了熟悉的力量，还有那一声一声规律到刻板的心跳，都让她想起在温谷之中时，她从蛋壳中取出的那颗魔心。

当初她破开蛋壳后，那颗魔心也是这般在她手里怦然搏动，每一次搏动都会流淌出强大的魔力。

可这种不是心跳，更像是力量振动而模拟出的搏动。

暮霜隐约猜到了什么，面上的血色一点点退却下去，变成了一种不知所措的苍白。

暮霜脑子里"嗡"一声，耳鸣阵阵，就连身旁燕歌担忧的呼喊都听不进了。如果这蛋壳之中孵化的是一颗新的魔心该怎么办？她和重烛的孩子难道要再经历一遍魔心破碎？

如果它学不会感情，心中长不出血肉，它以后会不会在重烛力量衰弱后，吞噬自己的父亲？

在它和重烛之间，她毫无疑问地会选择后者。

“霜霜？霜霜你怎么了？”燕歌看到她一副快要哭出来的表情，也后知后觉地感觉出来，此时那蛋中膨胀的魔力并不那么美妙，她着急地拉住暮霜的手，想要唤醒她。

暮霜被手上紧握的力道捏得回过神来，慌乱的神思逐渐清明。她转头看向燕歌，目光扫过她腰间，抬手抽出了她腰侧的配剑，甩开她的手，顶着魔气的动荡朝着蛋窝靠近。

燕歌睁大眼睛，难以置信道：“你要做什么？”

那颗蛋大约感觉到了威胁，魔气膨胀得越发厉害，力量从蛋壳之中扫荡出来，在波及到她身前时，被暮霜手腕上的一只墨色玉镯轻易化解。

反倒是身后追来的燕歌被那股力量冲得倒飞出去，被玄清从后接住。

燕歌抓住玄清袖摆，急道：“哥哥，得想办法阻止她！”

玄清没动。

燕歌便一把甩开他，又想冲上去，毫不意外地再次被冲撞出来，整个房屋都在魔气中“嘎吱”作响，摇摇欲坠。

屋子里，暮霜已经一步一步走到了蛋窝旁。越是靠近，她越是确定了那蛋中的力量来源，毕竟她曾亲手捧过一颗魔心。

暮霜握剑的手指收紧，蛋壳之中强而有力的震动没有给她太多犹豫的时间，暮霜咬了咬牙，举起剑来。

就在剑锋将要挥下时，蛋壳之中那模拟心跳的震动倏然停了，魔气霎时消散，拳头大小的一颗蛋静静躺在火绒毯里，仿佛方才的一切都是幻觉。

烛龙墓中，影子里发出一声疑惑的低鸣，似也不明白那颗即将诞生的魔心为何会突然停止跳动。

但很快它便没有余力去探究自己新造的魔心为何会失败了，因为在魔心停止跳动的同时，它从自己的影子深处听到了异样的声响。

“扑通——扑通——”

不同于魔心当中那种力量振动而形成的心跳，这分明是真正的血肉心脏的跳动。

来自它的影子内。

听到这个心跳声的时候，它的影子里迅速蔓延开一种情绪波动，是恐惧，这种情绪它曾在自己创造的第四颗魔心中感受到过，也正是这种惧意，摧毁了它赐予那条魔龙的魔心。

烛龙是鸿蒙初开之时诞生的第一条龙，身如银河，死后的骨骸也似山岳，它的影子自然也庞大无比，割下身体的一部分仿造自己的模样造出魔龙一族，于它而言，原本算不得什么。

魔心破碎，从魔心之中侵入它影子里的情感，就像是拿一滴酒滴入长河之中，就算在浓郁的酒味中，也会被冲散，所以即便它明知那些情感会反噬自身，它也从不在意。

但情感不是酒，不会被稀释，只会在暗中潜滋暗长，就像是附骨之疽，一旦沾上便很难剥离，从它那一颗颗破碎的魔心之中就可见一斑。

可惜它如今明白得太晚了。

“喜怒哀恶惧欲……”烛龙影逐一回想从魔心中反噬至己的情感，忽而悚然一惊，影子猛地晃动起来，迅速收拢退离，想要将方才吞下去的人重新吐出来。

七情最后一情——爱。

不知不觉中，它早已受七情蚕食。

“啊，你发现了？”熟悉的声音响起，一个早该化作骸骨的身影从它的影子里浮出来，重烛竟还活着，他的魔心碎了，但还有另一颗心脏在有力地跳动。

他的身躯一点点从影子里剥离出来，与烛龙影相融的部分从他身上分割开，头顶的龙角脱落，背脊上的鬃毛分散，四爪退化回腹部的鳞片下，身上的鳞片也重归光滑顺伏。

他凭借自己那颗血肉的心脏，长出了新的血肉，彻底脱离了烛龙影。

“蛇，一条低级的蛇，你难道还妄想弑龙？”烛龙影迅速地收拢自己的影子，轻蔑地嘲讽。

重烛歪了歪脑袋，无数的蛇影从他身下游出：“你不过是一具骸骨的影子，算什么龙？”

他的话音未落，身下游出无数蛇影，追在烛龙影身后，“嘶嘶”尖鸣着张口咬上它的影子。

深深浅浅的影子在地面上缠斗起来，烛龙影一开始并不将那些蛇影放在眼里，可数量繁多的蚂蚁依然能咬死大象，那些源源不断的细长蛇影确实让它感觉恼火了起来。

随着烛龙影被蛇影不断吞噬，它的力量在流失，而原本细长的蛇影越发壮大起来，重烛的本体也随之长大起来，渐渐地，竟能与烛龙残余的骨骼等肩。

他转头看了看头顶烛龙骨骸，扬起尾巴，朝着烛龙骸骨山柱一样的脊椎，重重砸下。

头顶“轰隆”一声，尘土飞扬。

烛龙大山一样的骨骸从中断开，不断砸落下去，将地面缠斗的影子埋没。在烛龙影的咆哮声中，这座千万年屹立的骨山终于垮塌，一寸寸化为灰烬。

白色的骨沙将天地都遮掩不见。

过了好久，尘埃落尽，一尾黑蛇从骨沙下游出，化作人身。沙堆下方不断传来簌簌的响动，在他迈步走出烛龙墓时，不断有蛇影从沙砾底下游出来，没入他的脚下。

暮霜终究没有劈开那颗蛋，魔气消散后，那蛋壳之中便没有了丝毫动静，她也无法得知那颗蛋中到底有没有生命。

因为她已经不在人间了，她又一次稀里糊涂地飞升到了九重天上。

上一次她食得仙果飞升，那仙果只洗练了她的血肉，让她蜕变了仙身，这一回她金光罩顶，不仅是血肉发肤，就连身体里的骨骼都有了变化。

当在九重天上再一次见到那张熟悉的脸时，暮霜还是蒙的。

司命星君袖手等在升仙池旁，终于看到了那一缕金光，抬步迎上前去，对金光散去，依然呆愣在原地的人唤道："暮霜仙子，恭喜回天。"

他说完顿了顿，又改口道："不，现在我得称你一声神君了。"

暮霜："啊？"

神君，这得是晋升上阶仙神才能有的尊称。

据她所知，想要晋升仙位，要么是实力超群，要么是功德加身，显然这二者都与她毫无瓜葛。她自觉自己并未做过什么，又何德何能受到如此天大的嘉奖。

暮霜感受着身体里充盈的神力，飞升之时笼罩于身的金光洗练了她的血肉经脉，又为她铸成仙骨，她现下的修为可以称得上一日千里，是以前在悬圃园中再苦修千年都不可能达成的境界。

司命星君见她一副惶恐不安的样子，仔细地为她解释道："自魔界成型以来，天、魔两界时常交战，仙与魔两族深受其苦，陛下一直以来都在苦苦寻觅能令两族停战止戈的办法，只是魔界君主皆七情断绝，嗜杀成性，与外族几乎没有任何和平共处的可能，很是令陛下头疼。"

暮霜见过重烛冰冷嗜杀的模样，也十分理解天帝陛下。她也早已猜到自己当初领取的任务，并不只是表面上所说的，助魔界太子归位。

"是因为我破了他的魔心，所以才能重回天界，甚至直接晋升了仙阶？"暮霜问道。她在人间确实没有做过什么惊天动地的大事，唯一的变数，就是重烛为了她，再次舍弃了那颗魔心。

"是，也不是。"司命星君道，"当初魔域落成，是因第一颗魔心诞生，强大的魔气吸引来无数的魑魅魍魉、妖邪鬼祟，最终聚而成一界，身负魔心的魔龙一直是魔界之主，一颗魔心破碎，便会有一颗新的魔心诞生，取而代之。"

暮霜听到此处，不由得攥紧了袖摆。果然，她的感觉没错，那蛋壳里孕育的真的是一颗魔心。

司命星君打量着她的神情，继续道：“我在等候你时，看见了下界的景象，你会不惜斩杀自己用仙根换来的孩子，想来也察觉了那孩子便是下一任的魔心宿主，重烛比你更早发现这件事。”

暮霜蓦地抬头望向他，司命星君还是那般冷淡的口气，缓缓道：“幸而，比起魔心的传承，他选择了你和你们的孩子。为了阻止魔心降世，他便只能灭了那个创造出魔心的存在。”

原来他急匆匆地回魔域是因为这个。

“那重烛他……”暮霜停下脚步，转头望向天门，大有立刻想要逃出天门，跳往下界的架势。

司命星君急忙抬手拦住她，说道：“不用担心，你我会在此相见，说明他成功了。”

这些真相内情，司命星君也是听天帝说的，毕竟他接任司命星君不过千年，当然不可能事事知晓得如此清楚。

司命星君带着她往上重天去：“陛下长久以来所期望的，不仅是破除一颗魔心而已，而是要让魔域之中再无魔心诞生。你所负的任务，到现在才算是真正地功德圆满。”

如此功德，理应受到嘉奖。

当然，天帝陛下费尽心思破除魔心，使魔最终有了七情软肋，为两界和平计，那位魔君的软肋，陛下自是要用一个神位枷锁，将她拿捏在手里才能放心。

暮霜被司命星君一路引去了凌霄殿，那金碧辉煌的宫殿伫立在最高天的祥云之上，散发着阵阵金光，隐约能见殿中左右林立的仙神。

她脱胎换骨，成就仙骨金身，不再是悬圃园中默默无闻的小仙子，踏入殿中时，众人的目光都落在她身上，反倒是司命星君无人在意。

女夷夫人站在列尾，冲她温柔地笑了笑，微微颔首致意。

天帝坐在前方宝座之上，周身金光灿灿，含笑说道：“卿此行功德圆满，晋升神阶，当领正式的神职。卿出身悬圃园，女夷夫人多番大赞过卿莳花的本事，如今天界春神一职尚且空缺，由卿接任春神之位，正是恰当。”

天帝加封的旨意和神印早就备好了，根本没有询问她的意愿，也没有给她拒绝的余地。

暮霜被那双威严的神目注视着，一时怔愣，耳畔传来司命星君的提醒，才回过神来，伏地拜谢天帝陛下赐封。

暮霜就在这万众瞩目中，从悬圃园里一名小小的莳花仙，飞跃成了司春的神君，直到踏入春神殿中，她都觉得这一切犹在梦中。

几个胖乎乎的身影忽然从春神殿中冲出来，没有守住力道，一下将她撞倒在地上。一群人“哎哟哎哟”叫着滚作一堆，暮霜被撞得回过神来，眨眼朝她们看过去。

“暮霜暮霜暮霜，你回来了！”最近的一个仙子猛冲到她怀里，抱着她猛蹭。

暮霜摸到她后背上透明的蜂翅，惊讶道：“小熊蜂？”

“是我们！是我们！”小熊蜂们一起说道。她们一个个看上去都十二三岁的模样，和她们的本体一样胖乎乎的，脸颊肉鼓鼓的，十分柔软。

暮霜被她们迎进殿内，听她们嗡嗡说了一通，才知道在她还在下界之时，女夷夫人就将她们送进春神殿来学习如何布春，以后好协助她做事。

“现在快要到我们该去采花种的时辰了。”一个熊蜂仙子说道。

天上一日，地上一年，布春之事可以说是日日的工作，暮霜离开人间的时候是晚秋，上界来经历过加封，人间大约已快要跨过冬季，步入下一次春来了。

这个工作倒还不错，她可以日日都下界去。

暮霜看了一眼时刻，将春神印收起来，振奋精神道：“走吧。”

人间，霜雪覆盖山巅，山脚下的积雪大多数化了，融雪的滴水声在山林之中“哗啦啦”地响，又顺着山溪淌入下方的山谷中。

重烛袖摆卷着一片雪雾，从山巅之上飞身落入谷中。他刚踏入那座谷中小院，便听见屋子里传来燕歌激动的声音：“玄清，别睡了，来看，这蛋好像要破壳了。”

重烛浑身一震，瞬影至院内，推开了那扇门。

屋内，燕歌正趴在玄清的后背上，兴奋地用手掰开他的两只眼睛。在他俩身前的蛋窝里，那颗拳头大小的蛋微微晃了晃，传出“咔哒”一声，薄薄的蛋壳上裂开了一道缝隙。

听见开门的声响，两人一同转过头来。燕歌双眼一亮，从玄清身上直起身来，喊道：“尊上，你回来真是时候！”

重烛反手关了门，防止冷风入内，快步走过去，垂头看向窝里的蛋。蛋上的裂痕又多了两条，不断有声响传出，一块蛋壳被顶得松动，隐约可见里面努力的小生命。

“啊，不知道会是蛇还是鸟？”燕歌紧盯着蛋。据她和暮霜以前观察得知，不同族的双方结合，孩子应该会随血脉更强的那一方才是。

虽然蛇和鸟都好，但是燕歌当然更希望自己的弟弟或者妹妹，和自己一样是鸟族。

重烛眯眼看着那道裂缝，紧绷的神情忽而舒展开，唇角露出一点满意的笑意，目光扫过屋内，嘴角的那点笑意又转瞬消散了，蹙眉道：“阿霜呢？”

这种时候她怎么可能不守在这里？

提及暮霜，燕歌原本欢喜的心情一下去了一半，将那日所见的情形转告重烛：当日这颗蛋中忽然魔气膨胀，暮霜提着剑准备劈了它，但没等她动手，蛋里的魔气就忽然消散了。

燕歌趁着暮霜没反应过来时，跑过来夺走了她手里的剑，还没问清楚她到底为何要那么做，就见天上忽然一道金光射来，将她整个笼罩其中。

暮霜被那金光吸入，周身衣袂纷飞，整个人忽然离地而起，不受控制地朝着窗外飞去。

玄清留在屋里保护那颗蛋，燕歌急得追出屋外，化作原身振翅追赶她，眼看快要抓住她的衣摆，却被萦绕在她周身的金光挡住。在回头去看时，暮霜的身影已与那金光融为一体，直入天幕之上，不见了踪影。

燕歌在云端之上徘徊良久，都没能再找到她，只得收拢翅膀落回谷中。

她和玄清守着那颗孤零零的蛋，这颗蛋自魔气消散后，便完全没了动静，他们都以为它活不成了，但没想到在一个夜里，它忽然又有了动静。

他们寸步不离地守着它，又孵化了三月，如今才总算见它破壳。

重烛朝蛋窝里伸手，将蛋揣入怀里，转身往外走。

燕歌亦步亦趋地跟在他身后，说："尊上，它还没出壳，你这是要带它去哪里？"

"天上。"重烛冷声道，身形化作一团魔气撞开门，冲天而去。

暮霜这个春神属实有点赶鸭子上架，不过幸而春神殿中为新上任的春神准备了如何布春的绢帛，身边也有这群学过如何布春的小熊蜂帮忙，不至于慌了手脚。

人间冬雪已尽，正是春风复苏之节，暮霜带着一群小熊蜂刚从天门出来，便见着一团黑雾穿过天门外绵延的白云，带着扑面的戾气直冲天门而来。

暮霜与那团黑雾擦肩而过时，看到了黑雾掩映下冷峻的侧颜，唤道："重烛？"

守卫天门的天兵们遥遥看见那团来势汹汹的魔气，都祭出了法器严阵以待，便见那黑雾在天门前倏地转了一个急促的弯，漂移而过，又追着那位新上任的春神远去。

一白一黑两道影子从高空直落而下，落入人间一片无名山坡之上。

暮霜刚晋升神位，还没习惯身体里充沛的神力。春神入世，她周身神力逸散而出，当即化作一股和煦的春风向四面吹拂开去。

待春风拂过，山坡之上已是一片青葱翠绿。

重烛落入这一片青绿之中，身形还未站定，便被一团春风扑入怀里，跌入柔软的草甸之上。他仰面朝上，头顶灿烂的阳光将他的视野晃成一片朦胧的光晕，有人便在这光晕之中俯下身来，亲上他的唇。

柔软的触感贴在唇上，舔了舔，抵开他的牙齿往里深入。

重烛很快便什么都忘了，抬手按在她后脑上，紧紧地压向自己，不断加深这个吻。

耳畔响起了一些“嘭嘭”的声响，是他们紧贴在一起的心跳，除此之外还有更细微的，花瓣绽放的声音，细碎的小花从他们身周的草叶间往外蔓延出去，很快便铺满了一片。

“啾！啾啾——”

暮霜忽然听到一阵刺耳的鸟鸣，是幼鸟的鸣叫，在哀叫着喊疼。

这个声音好像是从她肚子底下传来的。

暮霜一下睁开眼睛，猛地撑起手臂，从重烛身上跳开。

重烛躺在地上，眼神迷离，还没有从这个吻中回过神来，听到怀里不断响起的恼人鸟叫，才舔了舔唇坐起身来，从怀里掏出一颗正在破壳的蛋。

蛋里的小家伙看上去很是强健，就这么一会儿工夫，它已经啄掉了一大圈蛋壳，冒出了尖嘴小脑袋，“啾啾”叫个不停。

暮霜一眼便认出这颗蛋来，惊喜道：“它孵出来了？”

重烛笑道：“嗯，是只小鸟呢。”

小鸟刚刚孵化出来，身上光秃秃的，皱巴巴的皮肤上只有零星几根羽毛，暮霜趁着布春的时节，便一直留在人间照看它。

虽说是照看，但实际上她并没有什么带崽的经验，反倒是重烛因为养过燕歌和玄清，比她要擅长得多。

小鸟刚孵化出来的那段时期，是非常烦人的，只要饿了就会尖鸣个不停，但它身子小小，一次性又不能喂得太多，所以一日从早到晚，要守着它喂无数次。

暮霜大部分时间都在外布春，春神之力化作和煦的春风，一寸寸吹拂开大地，使得冰雪消融，万物生发，大地重新铺染上一片青翠的绿意。

饶是她回来的时间很少，还是被那小家伙的尖鸣折磨得不轻。她趴在窗台上，看着院子里那株比外面迟了许久才冒出花骨朵的梨花树，嘀咕道：“原来幼时的我这么吵闹。”

难怪她鸟爹鸟娘喂食时，都恨不得将鸟喙戳进她的肚子里。

重烛从犄角旮旯里翻找出了一个特制形状的勺子，那勺子被制成了上大下小的圆筒状，正好适应鸟喙，能往鸟嘴里灌食。

他喂完了小鸟，哄它睡着了，走到窗前来，随暮霜一起躺到窗下的软榻上，正好见她抖开一张宣纸，铺在窗台上晾晒。

他抬手取过来一看，上面笔墨未干，写着“稀音”二字。

“稀音。”重烛念了一遍，笑问，“这是你为它取的名字？”

暮霜骄傲地扬眉：“重稀音，好听吗？我刚刚想到的。”

重烛毫不犹豫地点头：“嗯，好听，希望它以后能和这个名字一样，能乖乖安静一点。”

暮霜越看也越觉这名字合适，就这么定下了，转头看一眼熟睡的小鸟又忍不住疑惑地嘀咕：“你的血脉这么强，怎么没有半点体现？”

小鸟刚脱壳那会儿，暮霜还特意提起鸟崽，检查了一下它的屁股，确认它没有长出一条四不像的蛇尾巴才安心。毕竟一只鸟长出蛇尾巴，着实有些难看了。

重烛靠过去，枕在她身上：“它现在还太小了，也许以后就会有体现。”他说完顿了顿，在暮霜喊着“你好重”的声音中，又支着手臂撑起身来一些，继续道，“当然，如果它能只长得像你，那就更好了。”

暮霜转过身，抬手勾住他垂在自己身上的一缕黑发，遗憾道：“可是，我也很想要一条和你相似的……”

她的话没说完，眼前的人眸光忽而闪了闪，再次压下来，一条光滑的黑鳞蛇尾从衣袍底下游出来，缠住她的脚踝，慢慢往上滑动，低声道：“也不是不可以再努力一下。”

鸟崽一天天吃了睡，睡了吃，日渐成长起来，身上的胎毛退去，开始长出新的羽毛来，叫声也越发嘹亮，简直与它的名字背道而驰。

到了晚春之时，它已长出了一身毛茸茸的翎羽。

如重烛所期望的那样，它确实长得很像母亲，满身雪白的绒羽，背脊和翅羽是黑色的。暮霜化作原形和它站在一处，就像是一个模子刻出来的，大毛球后面跟着个小毛球。

暮霜将它叼到屋檐上，拍动翅膀教它学习飞行。这件事重烛确实没办法代劳了，且还总是拖后腿。

他在屋檐下的地面上铺开了摇荡的魔雾，随时准备着去接从屋檐滚下来的小毛球。

一开始，小稀音不敢往下跳，被严肃的娘亲催促好几回，才不情不愿地扇动翅膀往下跳，在半空一上一下地扑腾两下，就直往下掉，在落地之前，被游动过来的蛇影接入影子里。

如此一来二去，它倒是不怕高了，闭着眼睛都敢往下跳，不管跳到什么地方，都会有蛇影游动过去，将它接住。

鸟崽被蛇影抛上抛下，高兴地啾啾叫。

重烛躺在梨花树下的摇椅上，纷扬的梨花落了他满身，他懒洋洋地勾动着指尖，操纵那条蛇影陪它玩。

暮霜从屋顶一头冲过去，落在他脸上，气得在他脸上踩爪子。

“你能不能别管它！你这样时时都在下面盯着，它知道会有人接住它，连翅膀都懒得动了！”

重烛脸上被挠了几道红印子，一脸凝重道：“这么高，它要是摔下来，摔死了怎么办？”

正好踏进院来的燕歌无语地望了望那不过一丈高的屋檐。

——尊上，我当年学习飞行之时，你把我拎上悬崖往下丢的时候，可不是这么说的！

慈父多败女，就连魔头也不例外。

暮霜勒令重烛不准踏出这座院子，让燕歌把那小崽子抓着飞上高空，丢了几次，鸟崽“啾啾”叫着求阿姐饶了它。燕歌咧着嘴笑，幸灾乐祸道：“阿姐是鹰，听不懂你们小雀的叫声。”

急得鸟崽就差开口说话了。在这种残酷训练下，它终于学会了飞行，学会飞之后，它越发不肯安分了，每天一睁眼就扑腾着翅膀冲进爹娘的房间里，在他们身上狂踩。

重烛对这个毛茸茸、圆滚滚的闺女溺爱得很，任由它在自己脑袋上扎窝，甚至有些时候还嫌弃自己头发太过顺滑，那双娇嫩的鸟爪子抓不住，容易打滑。

陪暮霜外出游玩时，帮她挑选饰品发簪，还顺便给自己买了一堆华丽复杂的发冠。

燕歌全然不知道这其中内情，只看到自家尊上头上越来越华丽复杂的发冠，终于忍不住找了个借口，将暮霜拉到一旁，担忧道：“霜霜，你过几天是不是又要回天上去了？”

暮霜点点头，春日将尽，她确实需要回天一趟。春日降下的雨水多寡、草木生灵的生长情况、人间光照，这些都与凡人的生存息息相关，她必须要与夏神进行交接。

夏神收到这些信息，才能在接下来的三月里据此安排雨量和光照之类。

她掐算了一下时日，说道：“七日后，我就要回天去了。”

燕歌闻言，眉毛鼻子都皱作了一堆，鬼鬼祟祟地左右望了望，确认重烛不在，才小声道：“不觉得尊上最近打扮得过分耀眼吗？你知道的，他们雄性一旦开始打扮得花枝招展的，就说明有些别的心思了。”

她说完，转头示意玄清，问道：“是吧，哥哥？”

——因为是要讲重烛的坏话，所以她把玄清也一起拉上壮胆来了，万一被尊上逮住了，还能有一个人帮她挨打。

玄清欲言又止，半晌憋出一句：“我们蛇类和你们鸟族雄性是不一样的。”

燕歌惊讶地道：“你们蛇求偶的时候，不是也会打扮得花枝招展地跳舞吗？”

玄清纠正道：“那是在展示力量。”蛇求偶的时候缠住另一半就不放了，会不停地收缩肌肉蠕动，来刺激另一方，又不像雄鸟只会蹦来蹦去地展示自己的羽毛。

燕歌懒得同他争辩，自顾自地继续道："我仔细回想了一下，就是从前几天，尊上教训过几个犯境仙盟修士后，就突然变成这样，那一群修士中好像有一个仙盟第一美人？"

暮霜终于听明白了燕歌的言外之意，拉着燕歌去院子后边的花园里，指着秋千上被鸟崽祸害得头冠歪斜、一头乱糟糟的头发之人，说道："是这样花枝招展吗？"

燕歌、玄清内心：简直没眼看了。

鸟崽从重烛的鸡窝头上冒出来，扑棱棱地飞到燕歌怀里，硬生生从鸟嘴里挤出人言："阿姐，带我飞，去高高的地方飞。"它还玩上瘾了。

重烛对于它最先开口喊的是"姐姐"这件事，郁闷得两天都没吃下饭。暮霜看在眼里，没忍心告诉他，从重稀音会"啾啾"叫开始，已经成天都在叫姐姐娘亲了。

它当然也叫过爹爹和哥哥，奈何那条蛇都听不懂鸟叫，它叫了半天都得不到回应，后面干脆就不叫了。

重烛这样毫无底线的溺爱行为，在被小稀音拉了一坨鸟屎在脑门上后，父爱之心急速冷却，终于变得正常起来，开始端出以前教导燕歌和玄清的架势来，严肃地教导起它。

重稀音被训得哭哭啼啼，半夜都睡不着，越想越是生气，从自己的小窝里飞出来，围着爹娘的屋子转了一圈，终于找到一个狭小的窗缝，挤破脑袋地从窗缝里钻进屋子，扑进娘亲的怀里告状。

它毛茸茸的翎羽奓成一团，翎羽在黑暗中慢慢变化了形状，像是一团融化的黑影，继而逐渐拉长，一条条地延伸出去，贴在娘亲的脸颊上游动。

暮霜睡得迷迷糊糊，隐约感觉有什么东西在皮肤上蠕动，冰凉滑腻。她没有睁眼，嘟囔道："重烛，我真的想睡了，不要乱来……"

贴在皮肤上的触感没有收敛，还变本加厉地往她怀里钻。

暮霜摸索着重烛环在自己腰上的手臂，掐了他一把："重烛，把你的蛇收回去……"

重烛被掐得一下醒过来，睁眼看见一团黑影在床幔内张牙舞爪，立即打了一个响指点亮屋内的烛台。

烛光透过轻薄的床幔照进来，终于照清了那一团黑影是什么东西。

重烛沉默。

暮霜被光亮照在眼皮上，睡意消散，也跟着睁开眼睛，差点被自己身上幽怨的黑影吓得晕过去。

它要是寻常的样子还好些，偏偏在这个时候终于觉醒了父系的血脉，身上奓开的羽毛都变成了一条条黑色的蛇影，从它身上延伸出来，贴在暮霜身上“嘶嘶”地撒娇。

“什、什么东西？”暮霜条件反射地一把将它抽飞出去，幸好重烛眼疾手快地伸手，又将它捞回来。

重稀音无辜地挨了一巴掌，这下更委屈了，背上的羽毛又立起来两根，倏地变成两条小蛇影，“嘶嘶”吐着蛇信。

重烛将它细小得跟泥鳅似的蛇影揪在手里打量，扶额道：“果然变难看了。”

暮霜眨了眨眼睛，拨开狂舞的蛇影，才看到中间那只气鼓鼓的小鸟崽。

她和燕歌的想象力还是太匮乏了，竟从没想过她和重烛双方的血脉，体现在孩子身上，会是眼前这种羽毛能变成蛇的样子，这可比长出一条蛇尾巴来得惊人。

重稀音被自己嫌弃的爹和沉默的娘气得不轻，“啾啾”地叫了两声，翎羽化作的蛇影忽然挣脱开重烛的手，缩回去将它团团缠住，裹成了一个球。

暮霜连忙捧住那颗球，轻轻抚摸它缠绕在一起的蛇影，安抚道：“稀音，别听你爹乱说，你这样子很好看，比你爹的蛇影帅多了。”

球里发出两声沉闷的啾鸣：“真的吗？”

暮霜在重烛挑眉看来的注视下，笃定地道：“真的。”

小鸟崽三言两语就被哄好了，蛇影消散成雾气，收入它的身体里。

雾气散开后，露出一个唇红齿白的小娃娃。暮霜惊喜道：“你能变成人身了？”

小娃娃刚得意地仰起脖子，还没来得及开口，孩子爹已经抢先把功劳揽到自己身上，从后抱住暮霜，得意地道：“当然，也不看看教导她的人是谁。”

重稀音无语。她披散在肩头的黑发又飞舞起来，化作一条条小蛇影，龇牙咧嘴地“嘶嘶”吐信，气鼓鼓地奶声奶气道：“明明是我聪明，才能这么快学会化形！”

重烛勾唇，不怀好意地笑了一声，身后的影子忽然竖立起来，化出一个巨大的蛇影，垂下头来，朝她龇出毒牙，“嘶”了一声。

重稀音脑袋上的蛇只有指头大小，还不够它的毒牙大，当即被吓得浑身僵硬，满头飞翘的蛇影“啪”地落回肩上，“嗷嗷”叫着扑入暮霜怀里大哭起来：“阿娘，哇，爹爹好丑，爹爹是怪物，呜呜呜——”

重烛内心：个不孝子，你说谁丑？

暮霜抱住她安抚，回头又看到重烛一脸难过地靠在她肩上。他身后那条庞大的蛇影原本威风凛凛，现在也垂头丧气趴了下来，显然打击深重。

暮霜抬手摸了摸蛇影庞大的脑袋，哄完小的又哄大的，说道：“好了好了，你们都不丑，都可爱。”

春日尽时，暮霜重返九重天，重烛非要死皮赖脸地随着她一起。

暮霜有点担忧他上天之后会惹出什么事，重烛抚了抚她的脸颊，柔声道："放心吧，我现在对征服天界没什么兴趣，只是魔界那些花草丑陋得很，一年四季都没什么变化，所以想去和天帝老儿说说，请我们的春神大人也给魔界布一布春。"

"你不介意吗？我的春神之力。"暮霜还没忘记他曾经的遭遇。除了初初相逢时，她掌控神力还不熟练，将满袖春风扑了他满怀，后来在他身边她都会刻意收敛自己的神力。

今年下界布春，不止在山谷之中，就连在三州之内都不见一株迎春花影。

重烛疑惑地眨眼，旋即便明白过来。他捉住她的手，在她掌心亲了一下，说道："他以神力杀生，你以神力复苏，怎能相提并论？你与旁人的神力不同，我还是分辨得出来的。"

暮霜笑起来，过了一会儿，又忧虑道："陛下会答应吗？"

重烛浑不在意道："他不答应，我就把三重天打下来，把那老头的后花园纳入魔界的版图内。"

暮霜不赞同地摇头："悬圃园里的灵植在魔气中，可能活不下去。"

重烛道："草木的生命力强悍，习惯习惯就好了。"

两人一边说着，一边往天界而去，远远地已能望见那一座恢弘的天门。

九重天上，天帝白须飞舞，掐指一算，怎么预感今日有一小劫，非破财割爱不能免灾。他张眼往天门外望去，果然见那魔头来势汹汹，已经近了。

好在他身旁还有新封的春神在，如此看来，应当不会有什么大事。

今日的六界依然一派祥和，令人欣慰。

正文完

番外一

五百年前小情侣日常

阴雨绵绵数日，天气终于放晴，阳光从窗外照进来，洒落在他眼睑之上，将他晃醒了。

重烛洗漱完，从房间出来下楼到客栈大堂里时，暮霜已经坐在窗边的桌子上等了一小会儿。

他今日穿了一身利落的束袖青衫，革带勒出劲瘦的腰身，显得双腿格外修长。乌黑的长发收拢在同色的发冠中，抬步朝她走来时，发尾在穿堂的微风中轻轻飘荡，让人看得移不开眼睛。

暮霜睁大眼睛盯着他，直到他走来窗前，坐到方桌另一边，才回过神来，回头招呼小二道：“小哥，我方才点的汤面，可以下锅煮了，口味要清淡一点哦。”

小二连忙应声，往后厨传报去了。

重烛起来得确实有些晚了，这个时间点，客栈里留宿的客人早就出门了，大堂里用饭的人也不多，只有零星几位。

重烛看了一眼她面前那碗红彤彤的辣面汤，问道：“你起来很久了吗？怎么不叫醒我？”

“反正也没什么事，你想多睡一会儿便多睡一会儿呗。”暮霜将吃完的汤碗推到角落，给自己倒了一杯茶清口，眨动着眼睛不住地看他，“你今天怎么没穿那些黑漆漆的衣服？”

重烛低头理了理襟口，有些紧张道：“不好看吗？”

“好看！像是话本子里描写的文质彬彬的小公子。”暮霜最近看了不少话本，满脑子都是各种各样的故事，打趣道，“因为长得太好看，会被妖精看上，然后趁夜抓走的那种。”

在暮霜的影响下，重烛也跟着看了不少话本，“哼”道：“那妖精可倒霉了。”

他可不是什么文质彬彬的小公子，而是一条要命的毒蛇。

暮霜笑起来。雨后的阳光斜照在她脸上，将她皮肤上的细微绒毛都照得清晰，像是一颗饱满的水蜜桃，白里透红，甜滋滋得仿佛能淌蜜。

重烛口舌生津，忍不住咽了咽口水。他最近一段时日，也不能说是最近，已经有好长一段时间了，自从在东衡山的药圃之中，他亲了她一次之后，就彻底上了瘾。总是会在某些时候，对她生出一种令他深感苦恼的“食欲”。

比如现在，看到她仰面迎着窗外的阳光，舒服地眯起眼睛时，重烛心里便会抑制不住地涌上一股冲动，想要将她拖入怀里啃上一口，尝尝她是不是当真和水蜜桃一样甜。

这种冲动，让他时常怀疑是不是自己堕下凡尘后，当真退化到已抑制不住兽性的地步了？

大约是他的眼神太露骨了，桌案的对面，原本惬意地享受着阳光的人，渐渐变得不自在起来。

暮霜纤长的睫毛轻轻颤动，略微下垂，看着街道对面摆开的小摊，耳垂以肉眼可见的速度染上了胭脂霞色。

重烛的喉结又滚动了一下，强迫自己把视线从她脸上撤回。恰在这时，小二端来了热气腾腾的汤面，他立即抽来竹筷，往嘴里塞了一口面，想要压制住自己喉中的饥渴。

暮霜余光扫见他的举动，忙阻止道：“你慢点，会很烫的。”

重烛刚吸入面条就后悔了，这筷子上夹的仿佛不是面条，而是一束火绳，烫得他舌尖上一阵刺痛，但要当着暮霜的面再吐出来，又实在太过丢脸，只得硬生生地将那口面条咽下去了。

他是蛇，吃不得太烫的东西。暮霜担心他真被烫伤，忙起身道：“我去找小二给你打一碗凉水来。”

重烛一把将她拉回条凳上，淡定地道：“不用，不是很烫。”

“真的？”暮霜不敢相信地看了一眼他面前那碗还在冒着热气的面条。

“嗯。”重烛面不改色。似为了证明他并没有被烫着，又夹起一筷子面条塞进嘴里，这回虽慢条斯理了一些，但暮霜看着那袅袅热气，还是有点忍不住想要帮他吹一吹。

小二哥送完面，拿着托盘返回柜台的路上回头看了他们两次。他送的面，他当然知道那一口刚煮好的面条有多烫，秉承着顾客至上的原则，打算主动进后厨给打一碗凉水来。

有句老话说得好，心急吃不了热面条！

掌柜一眼看出自家小二的意图，抬手拦住他，压低了声音斥责道：“人家小郎君那么烫都不出声，是在姑娘面前撑面子呢，你送碗凉水去岂不打人的脸？在心上人面前，郎君的面子大过天，没眼力见的东西，一边待着去，别瞎添乱。”

掌柜的话音压得很低了，奈何大堂空旷，窗边的两人又都不是寻常人，暮霜修为境界虽不高，但修士耳聪目明，掌柜的悄悄话就跟在两人耳边说没差。

暮霜、重烛双双沉默下来。

连舌头被烫出泡都能面不改色的人，脸一下通红，惹得暮霜也跟着脸红起来。

重烛干咳了一声，闷头将碗里的面条吃完，把一双筷子对齐整搁到碗沿上，干脆忽略了掌柜的悄悄话，就当作没听见。

他看向外面晴好的天气，问道：“被闷在客栈这么多日，雨终于停了，出去走走吗？”

暮霜立即点头，高兴地道：“好，我坐在这里时，听街上来往的行人说，城郊在举办庙会，好多人都往那里去了，肯定很热闹。”

暮霜从小便生活在雾隐山，小时候遭爷奶嫌弃，后来被毒修师父当作药人，很少有机会能走出那座雾蒙蒙的大山，更不要说像现在这样四处游历了。她只从话本子里看到过庙会，还从没亲自去逛过。

反正话本里描述的庙会，都是热闹无比的。

重烛伤好之后，答应带暮霜四处走走。他带她去的地方，都是从前母亲曾带他走过的，只不过那时候他七情断绝，游离在红尘之外，就算从世俗人烟之中穿行而过，也无半点烟火气沾身。

如今才算是真正踏入了这红尘之中。

重烛隐约记得这个县城外确实有一座庙，他其实不喜欢香火的气味，但见她笑得开怀，眉眼也跟着柔和下来，起身道：“走吧，去瞧瞧看。”

两人付了钱，从客栈出来，往东门出城。一路上确实有许多行人与他们往同一个方向去，根本不用费心打听庙会位置，只需要跟着人流走就行。

城郊的官道是细石子路，踩上去沙沙作响，虽经连绵阴雨浸过，但比泥路还是要好走得多，道两旁生着茂盛的草木，叶子被雨水洗得绿油油的。

暮霜一路都只顾着盯两旁的草木，像是在找什么东西，偶尔便会忽视了脚下，眼看要踩进一汪泥水坑里时，地面上有黑影一晃而过，携着大片石子铺在了她脚下。

暮霜完全没有注意到脚下的小动静，目光望着道旁一丛青绿的薄荷草，高兴地道：“重烛，你稍微等我一下。”说着便提裙下了官道，打算踩着泥泞去摘一株来。

重烛跟在她身后，黑影从地面浮出，缠绕住她的腿弯和腰际，一把将她悬空托了起来，抱自己身边，蛇影一霎消散，暮霜的脚底重新踩在石子路上。

这一来一回发生得很快，倒没有引起旁人的注意。

重烛抬手，从后扶住她的腰，问道：“斜坡泥泞湿滑，别摔着了，你要摘什么我帮你摘。”

暮霜想想也是，他们一会儿还要去庙会，弄脏了衣裳怕是进不了庙宇。她指着那一片中长势最好的一株薄荷草，说道：“那让小蛇影去摘吧，就摘那一株就好了。”

“看到了。”重烛抬手，袖中飞出一道细影，自草丛中一窜而过，又回到他袖中，消失不见，他左右看了看手里多出来的一株嫩草，“薄荷？”

“嗯，薄荷。”暮霜从他手上接过薄荷草，用手帕仔仔细细擦干净，摘下两片叶来，自己含了一片，又捻一片叶放到他嘴边去，继续道，“薄荷叶清凉，很舒服的，我以前经常摘来含着吃，你也含一片在舌尖上。”

重烛眸中露出些微疑惑，但什么也没说，低下头去张嘴从她指尖含走叶子，乖乖将薄荷叶压在舌尖上。

清凉的气息在舌尖蔓延开，立时便缓解了他舌头上火辣辣的疼。蛇的舌头感官密集，是很脆弱的，比别处更不耐疼，伤了也不容易好。

重烛眉眼微动，看面前的人对他歪头笑了笑，吐出舌尖展示自己嘴里的叶子，问道：“很舒服吧？”

她知道小郎君被烫伤了舌头，还是听那客栈掌柜的话，维持着他的面子，没有点破，而是用这样的方式帮他缓解。

重烛又岂能察觉不到她的心意，他喉结上下滑动，目光落在她的唇上，便有些移不开。

“阿霜……”他缱绻地喊了一声她的名字，更低地俯下身朝她靠过去。

暮霜一下屏住呼吸，睫毛剧烈地抖动，仰面闭上眼睛。自第一次与他唇齿相交后，她其实也有些食髓知味，念念不忘。

两人的鼻尖碰到了一起，彼此呼吸交缠，淡淡的薄荷气息在唇边萦绕。就在这时，忽然一串说笑声从不远处传来，将两道贴近的身影惊得重新拉开了距离。

暮霜转过头去，看到一行男女欢笑着朝这里走近。

重烛眉间有些恼意，朝那行人瞥去一眼，阴恻恻的眼神像是一盆冷水直扑人面。那行男女的说笑声戛然而止，不明就里地搓了搓身上冒出的鸡皮疙瘩，快步从他们身旁走过了。

但走了一拨人，又来一拨人，这道路旁人来人往确实不适合情难自禁。

重烛幽幽叹一口气，认命地道：“我们也走吧，去得迟了，恐庙会散了。”

暮霜把用手帕包好的薄荷叶交给他，揉揉发烫的脸颊，点了点头。

一般而言，喜欢赶庙会的都是些中老年人，但今日这庙会吸引的大多数是年轻男女，小娘子们成群结队，一路都是清脆的欢声笑语。

到了城郊那座黛瓦红墙的庙宇，看到门楼匾额上的“月老祠”三个金漆大字，才知道了缘由。

“啊，是月老庙。”暮霜说道，回头看向重烛，眼眸在阳光下闪动着细碎的光，“那还要进去拜拜吗？”

庙会人气很旺，月老庙外的石板路两侧摆满了小摊，有售卖糕点零嘴的，也有售卖各种钗环手珠的，还有坐在道旁卜卦算命的，比城里的集市都还要热闹了。

求姻缘的善男信女简直要把月老庙的门槛都踏平了，香火从庙宇上方蔓延过来，连石板道上都飘荡着薄薄的云烟，呼吸之间满是檀香气息。

重烛揉了揉鼻子，遥遥望一眼捧着红线从庙中出来的男女，心口泛起一丝丝麻酥酥的痒意，面上还要装出一副不甚在意的样子，说道：“来都来了。”

两人沿着摊贩一路逛进去。来往的人实在太多了，好似整个镇子的年轻男女都到了此处似的，两人险些被挤得分散，重烛及时伸手抓住她的手，另一手将她揽进臂弯里，挡开人群，蹙眉道：“人太多了。”

暮霜埋首他怀里，心脏“扑通扑通”地跳跃，耳朵尖红红的，小声道：“那就这样牵着，就不会走散了。”

明明周围人声鼎沸，他还是从喧嚣之中捕捉到了她极快的心跳，和那日在药圃中他冲动之下亲吻她时跳动得一样快。重烛喉中又开始发渴，舔了舔唇，收紧了手指的力道，将她的手完全包入掌心之中，应道：“好。”

不过是牵手而已，在一群求姻缘的男男女女当中，其实并不显眼，偏他们通红的脸颊和实在生涩的表情，还是引来了一些旁人侧目，然后掩唇轻笑。

但这种笑里并不含恶意，只是会叫人越发难为情。也不知从何处传来一声揶揄的叹息：“真是生瓜蛋子哟。”

重烛面对恶意，还能从容不迫地更恶回去，面对这种调侃却无计可施，只能更紧地抓着暮霜的手，呛咳了几声，拉着她快步往里走。

越是往里走，庙里飘出的香火烟气便越是浓郁，处处烟雾缭绕。暮霜起初还没发觉，后来见他呛咳得越发厉害，便一把拉住他道：“重烛，你是不是闻不惯香的味道？”

重烛刚张开嘴，鼻子里又一阵痒，慌忙偏过头去，低低咳嗽。

暮霜帮他挥开飘来的烟气：“你咳得这样厉害，还是别进去了，里面的烟更浓。”

月老庙的大门就在跟前了，他不想扫了暮霜的兴致。

“无妨，我能忍……”重烛说道。

烟气吸入口中，眼看他又要呛咳起来，暮霜急忙抬手帮他捂住口鼻：“别逞强了。这样吧，你去外边林子里等我，那里人少些，烟气也飘不过去，我拜完了，就出来找你，好不好？”

重烛怔怔地眨了眨眼，满脑子都是她柔软的掌心。这只手被他牵了一路，掌心里有点点湿热，呼吸之间都是她的气息。他乖顺地点了点头。

暮霜目送他走出人群，才摸了摸痒酥酥的手心，转身沿着台阶进入月老庙中。

她想要进月老庙中参拜，私心里只是想求一根红线，听说求得红线相系的两人便能一生一世地在一起，来这里求姻缘的人这么多，可见这座月老庙一定很灵验。

越是灵验，来求的人便越多。

暮霜硬是等了半个时辰，才轮到自己上香求拜。待她终于求得一根红线，珍惜地捧在手里，走出月老庙时，又不知过去了多久。

现下太阳已经偏西了，外面逛摊贩小吃的人都散去了好些，不如先前拥挤了。暮霜怕重烛等得着急，加快脚步往外走，去往月老庙外幽静的林子时，却被一群面容不善的地痞拦住。

人多的地方总少不了有一些市井无赖在周围晃荡，尤其是像这样女眷云集的庙会。

一个看上去是混混头子的男人走上前来，几次故意挡住她的道，调笑道："小娘子手里捧着什么？"

他身旁的小弟立即接话，"哈哈"大笑道："还能是什么？肯定是从庙里刚求来的红线。这些小娘看着羞羞涩涩的，心里头想男人都想疯了吧？"

混混头子撩起袖子，在暮霜面前握紧拳头，威胁道："这敢情好，爷正好觉得腕上的红线还不够粗，小娘子干脆也绑我手上好了。"

他腕上已经缠了几条红线，想来也是这么抢了别人的红线。

暮霜将红线死死护在怀里，断然拒绝道："不可能。"

"那可由不得你，爷最喜欢看小娘子哭哭啼啼的样子了。"那混混头子说着便要伸手来抢，一靠近却觉有什么苦涩的药味吸入鼻中，结果红线没抢着，却一头栽到了地上。

团团围在四周的地痞们一下惊住，喊道："老大！"

另一边，重烛在林子深处寻到了一条小溪，化作蛇身泡入水中，待溪水冲去身上沾染的香火味道，才又游回岸上，变回人身来。

他以前并不在意穿着打扮，变蛇时是一身黑鳞，变人时是一身黑衣，是出来游玩时，留意到暮霜喜欢的都是一些颜色鲜亮的东西，他才后知后觉地开始拾掇自己。

鳞片他是被办法换成亮色的了，好在凡人的手灵巧，好看的衣裳很多。

重烛抬手烧了那一件染满香火气息的青衫，又换上一身绛红色的衣袍。这种浓艳色泽的衣裳，他以前从未穿过，穿好之后对着水面照了半天，才从这密林深处往外走。

回到月老庙外时，正好撞见暮霜踩在一个跪地的壮汉身上，周围的小弟们跪趴了一地。

她手里捏着一只黑色的甲虫，皱着眉一脸凶恶地威胁道：“你给我老实记好了，以后再敢胡作非为，欺负姑娘，你体内的毒虫就会醒过来，在你身体钻出无数个窟窿，一口一口吃掉你的心肝脾脏，最后将你啃成一个空壳。”

那混混头子已经快被她吓尿了，不断求着仙姑奶奶饶命。

暮霜退开两步，抱胸“哼”了一声：“你们要是不犯事，我自然不会催动毒虫，这虫子便威胁不到你们，但要是死不悔改……”

那群人连忙求饶，指天发誓以后改过自新，绝不再犯事，暮霜才放他们走了，转头往小道上进林子时，才看到抱臂站在树下看了她良久的人。

重烛失笑道：“你刚刚威胁人的样子，怎么看着那么熟悉？”

暮霜眨了眨眼，收回故作凶恶的模样，快步朝他跑过去：“学你的，我学得像吗？”

“一点点像。”换作他，那些人一个都活不了。

暮霜眸中映照出他一身绯衫，整个人的魂都要被他的笑吸出来，怔怔道：“你换衣裳了？”没等他问，便紧跟着继续道，“好看！”

重烛笑意更深：“那就好。”他取过她手里那只无毒又无辜的黑色甲虫，捏着把玩了一下，“方才那些人欺负你了？”

“没欺负着，他们想抢我的红……”暮霜说着顿了顿，视线从甲虫上移开，抬眸朝他看去，面庞有些发热。

重烛的呼吸也紧张起来，接了她未说完的话，明知故问道：“红线？”

暮霜暗暗深吸了口气，从怀里取出刚求来的红线，小心地捻开，有些紧张地咽了咽口水。

没等她想好要如何开口，重烛已主动问道：“要系在哪里？”

暮霜回道：“手腕。”

重烛新换的这一身是宽袖的锦袍，袖口印染着金色的羽纹。他撩开一点袖摆，将手腕递了过去。

暮霜惊讶地问：“你就这么容易便让我系了？”

重烛一怔，眉心皱起来：“你想系别人？”

“啊？不是不是，我……”她的心“怦怦”直跳，“只想系你”几个字实在吐不出口，便将语言化作了行动，捏着纤细的红线绕过他递来的手腕，打上一个牢固的结。

这结刚刚打好，红线却毫无缘由地断开了。

两个人看着飘落地上的红线，都怔愣了须臾。暮霜回过神来，捡起地上断掉的红线，脸上的笑已有些勉强：“肯定是刚才被那些人不小心碰到了才会这样，你等等，我再去求一根新的。”

“算了，暮霜，这庙里的红线兴许就是个唬人的玩意儿……”重烛伸手想要拉她，却没拉住。他追了两步，又停下来。

这会儿庙会已快要散场了，求姻缘的人少了许多，暮霜没去多久，很快便拿着一根新的红线返回来：“这根谁也没碰过，重烛，你把手伸出来吧。”

重烛见她坚持，只得再次伸出手去。暮霜将红线绕在他手腕上，很小心地打结，可这一回，结还没打好，红线又在他腕上断掉了。

暮霜捏着断开的红线，眼眶憋得通红，沮丧道：“怎么会这样？”

重烛眉间阴云笼罩，若有所思地抚了抚自己手腕，见她还不甘心地想要回庙里再求一根来，急忙拉住她安抚道：“一根红线便是两个人的一生一世，这种山野庙宇，红线跟批发似的，给了你一根又一根，定然不是真的，多半是骗香火钱的，你再去求也没用。”

暮霜站定脚步，仔细思索片刻，也觉得确实在理，再加上心里多少也惧怕着再求来还是会断掉，便点头接受了这个理由。她将红线扔到地上：“那这种假红线，当不得真。”

重烛颔首，余光扫了地上的红线一眼，一抹黑影将它吞入，牵着暮霜往回走：“嗯，当不得真。”

眼下庙会快要散尽，道边的摊贩也都陆续撤走。他们跟着回城，夜幕渐渐笼罩四野，不知何处在放天灯，一盏盏天灯从夜色中升入上空，宛如一条自地面倒流而上的银河。

重烛见她依然闷闷不乐，为了转移她的注意力，提议道：“去找找看哪里在放天灯？”

暮霜仰头看着天上灯火飘浮，提起精神来：“好。”

待到后面，暮霜总算将红线的事抛诸脑后。夜半，重烛侧耳听了听隔壁的动静，悄无声息地从客栈离开，重新回到了那座月老庙中。

白日的热闹落幕，月老庙中只剩下烧尽的香灰，大殿两侧摆着一层层的祈愿灯，使得殿内倒是亮堂。

重烛忍着香火刺鼻的气味，走入殿中，仰头看向神龛上那一尊贴了金身的月老像。蛇影从他脚下蔓延出去，游上供桌，直接打翻了一桌的供品，连沉重的香炉都给掀翻了。

九重天上，正悠闲地哼着小曲儿享受着人间供奉的月老，眼前堆积成山的供果忽然垮塌下去，扑腾起的烟灰差点呛得他喘不过气来。

月老大怒道：“究竟是什么人，竟敢砸毁老夫的供台！”

他当即盘膝打坐，神游出窍，循着那被踹倒的香灰气息，找到了那座月老庙来。

重烛一直紧紧盯着月老像，眼见那泥塑神像的眼睛金光一闪，他的蛇影飞窜而上，蛇尾卷住神像脖子，一把将刚神降入世的月老从塑像中拽了出来。

月老跌出自己的神像，从神龛上栽倒下去，“哎哟哎哟”叫了两声，才揉着老腰站起身来，指着殿中那胆大包天的家伙，怒骂道：“哪里来的妖魔鬼怪，也敢在我月老庙里放肆！”

重烛冷笑一声：“月老，好久不见了。”

月老惊愕地眯起眼睛，将眼前的少年仔仔细细地打量了一遍，终于从他那嚣张的眉眼里看出了一点熟悉来，登时吓得须发齐飞，大叫着“见了鬼了”转头就想往神像里钻。

重烛蛇尾一扬，又将他捉了回去，用力扯了一把他飞起来的胡子，笑道：“神仙也怕鬼吗？”

“重重重……”月老“重”了半天，愣是没敢喊出他的名字，心头早已天崩地裂，这魔界太子不是早就陨落了吗？怎么会在人间？

月老哭丧着脸，结结巴巴地求饶道：“小、小老儿就是一个搓、搓红线的小神，别、别杀我……”

“我不杀你。”重烛道，扬起手里断掉的红线丢给他，“但你拿这种粗制滥造的红线糊弄世人，天帝那老头知道吗？”

月老手忙脚乱地接住红线：“小神每天兢兢业业，搓的红线怎么会是粗制滥造？”

重烛卷在他脖子上的蛇影收紧，沉声道：“那你说说看，它为什么会断？”

月老拈住红线，如同把脉一样细细地摸索过整条红线，人都快麻了：“太子殿下，你们魔龙一族七情断绝，又哪里能和别人产生姻缘牵绊？红线系在你手上，这不就跟系在一块石头上有什么差……”在重烛越来越恐怖的眼神中，月老话音渐渐低弱。

重烛根本不听他的解释，蛮不讲理地道：“我偏要一根不断的红线，你如果搓不出来，我就算追到天上去，也会把你的月老殿砸个稀巴烂，把你的姻缘树挖出来，一根一根地劈成柴烧了。”

月老被吓得瑟瑟发抖，九重天上的姻缘树冠都跟着“哗啦啦”作响。

“你、你给我点时间……”月老试图拖延。

重烛思索片刻，问道：“多久？”

月老竖起三根指头：“三十……”脖子上的蛇影霎时收紧，月老立即改口，“三日，三日！”

蛇影稍微放松了一些，重烛道：“人间的三日。”

人间三日，在天界只倏忽一瞬，月老垂下手，彻底放弃了挣扎，生无可恋地道：“那你还是直接杀了我吧。”

重烛烦躁地蹙眉，沉默了好半晌，才妥协道：“一日，天界的一日。”

月老还想讨价还价，但抬眼看见面前那个煞魔已是一脸不耐，只好点头道："好，一日就一日。"

重烛放开他："你应该知道，若是敢骗我会有什么下场。"

月老连连点头，连滚带爬地钻回神像里回了天庭。他立即想要去向天帝禀告此事，出来月老庙时，却撞上正好前来的司命星君。

司命星君拦住他道："月老这么急着去哪儿？"

月老摆手："星君让一让，我有急事要向陛下禀告。"

司命星君岿然不动，依然稳稳地挡住月老去路，说道："我正是奉陛下之命而来。"

月老诧异地看向他。司命星君抬步迈入月老庙中，径直走到那棵高大的姻缘树下："月老，咱们坐下细说。"

月老只得回返祠中，坐于树的另一旁，与他将方才的一番遭遇说了，唉声叹气道："一个无情之人，怎么可能会受红线牵绊，这分明就是想要老夫的命啊。"他如果真有本事给无情的魔头牵红线，早就是天帝身边的大红人了。

司命星君摇头道："月老此言差矣。"

月老闻言心生希望，追问道："请星君赐教。"

"赐教不敢当。"司命谦逊地拱手一礼，继续道，"无情之人不识情，不识情者又怎会主动向你求取情爱自缚？月老何不再仔细检查一番身旁这棵姻缘树，说不定早有姻缘萌芽？"

天上一日，地上一年。

人间岁长，暮霜又随重烛去了许多地方。

去见识过人间最为繁华的帝都，也吹拂过江南缠绵的春风，懵懂的情愫在这样的日益相处中，越发生根茁壮。

渐渐地，他们也学会了在人群中游刃有余地牵手，乘舟漂流过婉转的河道时，会一时情难自禁，缩进船舱里磕磕绊绊地接吻。

一开始，暮霜还会被他生疏的吻技磕伤嘴唇，然后闭着眼睛，等他歉意地去舔自己唇上的伤口。

后来，他吻得越发娴熟了，便很少再伤到她，只是常常会亲得她四肢发软，骨头缝里似乎都流窜着战栗。

少年人初尝情事，不知节制，他们在一处水乡停留了许久，从院子里的花开到花谢，离开之时，左右邻里甚至都没能见过他们一面。

暮霜也终于第一次领教到了蛇类那可怕的欲望。

日暮之时，马车从城门处，沿着官道缓缓驶入沉入夜色中的山林，那马上并无驾车的车夫，只有几道黑影攀附在车驾上，掌控着马匹的方向。马车的窗户开了一条细缝，有低低的呻吟从窗缝里飘出，很快散入夜风里。

车厢内大部分的空间都被一条粗壮的蛇尾塞满了，暮霜被迫坐在蛇尾之上，皮肤紧密地贴合在墨玉似的鳞片上，一开始那鳞片冰凉，擦过她身上时，会在她皮肤上激起细小的鸡皮疙瘩，后来冰凉的鳞片也渐渐热起来，和她的体温融合在了一起。

蛇尾作乱良久，终于舍得从群摆之下退离出来。暮霜倚靠在重烛身上，半张着唇，眸中水光潋滟，完全失了神，好半晌后，眸色才重新清明起来。

重烛从后环抱着她，等她回过神来，才抬手捏住她的下巴抬起来，叫她看悬在面前的蛇尾。

蛇尾上沾染的水痕正顺着细密的鳞片往下流淌，在车内昏暗的明珠光芒下，漾着水淋淋的光泽，细长的尾巴尖灵活地翻卷回去，勾住鳞片上的水痕，拉出一道令人脸红心跳的银丝。

暮霜看到这一幕，羞赧得脑袋都快要爆炸了，偏偏耳畔还传来重烛的问句："这么看来，阿霜其实是喜欢蛇尾的吧？"

"才没有。"暮霜被这条蛇尾折腾得死去活来，当然不可能喜欢它！

重烛的胸腔起伏，毫无愧疚地笑出声来。

暮霜回头掐他的脸颊，愤愤地道："你明明说过，你的发情期已经过了！"

重烛无辜地道："明明是你先前一直求着我让你舒服的，怎么吃过之后就不认账了？"

暮霜反驳道："是你先用鳞片故意磨我……"

她说到一半，说不下去。车厢里的蛇尾又蠕动起来，挤进皱巴巴的裙摆下，蛇鳞微微张开，贴进那湿漉漉的热源："是这样？"

暮霜倒吸一口气，眸中又沁出泪光，求饶："重烛，不要，我好累了……"

重烛这才收敛，蛇尾撤离出来，散作雾影，重新变回了双腿，将她揽入怀里轻轻拍抚："睡吧。"

待暮霜再次醒来时，马车已经停了。她躺在车厢柔软的羊绒垫子上，裹着毯子，身上干爽清洁、衣衫齐整，显然被人细致地照顾过了。

但那个人现在不在车厢内。

暮霜起身坐起来，推开车窗看了一眼外面。外面夜色正浓，一轮圆月悬在当空，明亮的月色下，矗立着一座檐角飞翘的建筑。

暮霜看清了那建筑檐下悬挂的匾额，终于从中找到了一些熟悉的印象，是他们曾来过一次的月老庙。

"重烛来这里做什么？"暮霜嘀咕道，穿上鞋子，推门出来。她跳下车时膝盖还有些发软，幸而被重烛留在车驾上保护她的蛇影托了一把，才没有摔倒。

暮霜回头对蛇影竖起一根食指，低声道："不准偷偷告诉他。"

那蛇影乖乖地点头，缩回车驾上。

夜里的月老庙昏暗寂静，大门敞开着，暮霜轻手轻脚地走进去，隐约听见有说话声从大殿的方向传来。

“……这是吃了你们二人结成的姻缘果的蚕吐出的丝，绝不可能再断开了。”那声音顿了顿，又道，“如果还断开，那只能怪你自己情意不坚，结出的姻缘果质量不佳，老夫的蚕吃了吐不出好丝来，搓的红线才……”

暮霜绕过前堂，进入大殿中时，却只看到重烛一个人的身影，先前的说话声也消失无踪。

重烛早已察觉她的到来，转过身朝她走来：“你醒了？”

暮霜走上前去，疑惑地看一眼殿上的月老塑像，睁大眼睛道：“你是在跟月老说话？月老显灵了？”

“算是吧。”重烛摊开手，手心里躺着一根暗红色的红线，比寻常的红线颜色要深上许多，“你还记不记得一年前，你在这里求过两根红线？”

暮霜点头。

她当然记得，当初她在这里求了两根红线，两根红线都断开了。

重烛毫无敬意地指了一下月老神像：“那老头觉得他坑骗了你的香火钱，良心不安，所以在我们路过此处时，决定再送我们一根。”

暮霜一脸“我看起来这么好骗吗”的表情，重烛笑起来，将她鬓边的碎发抚到耳后，说道：“好吧，这是我求来的红线，你愿意让我把它系在你手上吗？”

暮霜挽起袖口，朝他递过去。

重烛托住她的手腕，却没有立即动手，只目光凝视着她：“这根红线系上，也许不止一生一世，而是生生世世都会与我纠缠在一起，你也愿意吗？”

暮霜眼中的欣喜更盛，眸光比月色还要明亮，笑道：“这岂不是更好？”

少年略显锐利的眉眼都在她的笑颜下柔和下来，他将红线缠绕在她腕上，打下死结。

暮霜接过红线另一头，认真道：“我的运道一向不是很好，跟我在一起老是会遭遇些奇奇怪怪的麻烦，害你经常受伤，你也愿意吗？”

重烛挑眉：“你看我何时有在害怕这些麻烦的样子吗？”

暮霜将红线缠上他的手腕，打结之前顿了顿，担忧地问：“会不会再断开？”

“再断开的话，就把这月老庙砸了，以后见一座月老庙就砸一座。”

缩在神像里的月老抖了抖，好在红线系上的那一刻，没有再像之前那样断开，红线之上流淌过一道金光，暗红色的线条融入他们的血肉之中，在灵魂上缔结下契约。

万象星海内，遥遥相隔的两颗星辰忽然闪了闪，本该毫无瓜葛的两星之间生出相吸的引力，朝着彼此缓缓靠拢。

番外二

希望她下一世能有个好结局

重稀音褪换过胎毛，稍微长大一些后，老父亲对她的嘴脸就变得更加严苛了，成天给她安排各种修炼任务，让她想去娘亲怀里撒个娇的空闲都没有。

再次在爹爹的“指教”下输得一败涂地，被赶去加练后，重稀音怒了，她狠狠地一甩长剑，决定离家出走。

重烛乐得清静自在，长尾一卷将追到门边上的暮霜勾回来，顺尾关上了门：“你们小鸟学会飞了以后，也会被赶出窝去见见天地，总不能让她天天只在家里折腾。”

暮霜被蛇尾卷住，凌空飞回，一屁股坐到他腿上，仍频频回头：“我是怕她出去闯祸。”

重烛抬手将她鬓边碎发抚到耳后，贴近她白净秀气的耳垂，轻轻笑道：“有人管着她呢，燕歌的话可比我俩好使。”

这话倒是真的，在最小的孩子眼中，哥哥姐姐都要比父母更为权威一些。

重烛见她态度松动，环住她的腰肢，将脸埋进柔软的胸口蹭了蹭，趁热打铁道：“自从孵出了那小崽子，我们都有多久没有这般安安静静两个人待在一起过了？早知如此，当初就该让它在蛋壳里再多沉淀五百年。”

他呼出的气息透过单薄的春衫，撩在皮肤之上，热意从胸前一路烧上她的脸颊。暮霜面如霞云，眸中化成一汪春水，轻轻“哼”了一声道：“好吧，那今天的时间都给你。”

重烛眸光闪动：“多谢夫人怜爱。”

只可惜，这来之不易的二人世界并未过多久，就宣告结束。

重稀音正值十一二岁的年纪，正是猫憎狗嫌的时候，即便头上有个大姐压着，她还是闯出了祸。

重烛和暮霜收到燕歌的传讯赶过去时，只见得小稀音蜷缩成一团躺在软榻上，怀里抱着一把两指宽的黑色戒尺，双眼紧闭，怎么唤都唤不醒。

重烛一眼便认出来她怀中那物，面色凝重道："阴阳判令？"

燕歌有些愧疚道："是，我也不知道她从哪里翻出来的。"

暮霜将稀音抱进怀里，仔细地将她检查了一遍，没在她身上检查出外伤来，又并指点往她眉心，竟查探不到她的魂魄。

暮霜着急道："什么阴阳判令？"

"我当初为寻你时，曾闯过一次冥府，这阴阳判令便是通往冥界的途径。音音应是动了这枚判令，魂魄被扯入冥府之中了。"重烛靠坐过去，轻轻拍了拍暮霜的手臂，安抚道，"别着急，我去寻她回来。"

暮霜转身抓住他的手腕："我和你一起去。"

重烛见她实在急迫，如果就这么让她在这里等着，反而心神不宁，遂颔首道："好。"

当初重烛堕入人间，魔心沉眠，魔力亦损失泰半，想要跨越阴阳之隔，从人间去往冥府何其困难，非得有这一枚阴阳判令引路不可，但现下他已恢复魔身，想去冥府便轻而易举。

重烛抽出斩苍剑来，一剑劈开虚空，立时有寒霜般的阴气顺着虚空裂隙流淌过来。

踏过裂隙，眼前的灯火光影飞快黯淡下去，视野之中只余一片昏暗无光的天地，十步之外横着一条宽阔的长河，河水宁静无波，水面上寒雾弥漫，隐约能看见一些影子在浓雾里穿行。

重烛牵着暮霜来到河岸一座栈道上，弹指打出一缕魔气，撞上栈道上垂挂的一只铜铃。

铜铃摇晃，却无半点响声。

然而，铃摇片刻后，便见一条柳叶状的小舟从浓雾里驶出来。舟头站着一个像纸片一样单薄的撑船人，头戴斗笠，看不清面目。

那撑船之人也无过多的询问，等他们二人都上了船，便扬起棹竿，缓缓往浓雾里渡去。

在渡河期间，重烛给暮霜解释了阴阳判令的来历："人死之后，冥府阴官要审查此人生前功过，判罚判赏，有些时候冥府的阴官忙不过来，便会用一枚阴阳判令去请人间公正廉明、善于断案的官员梦入冥府，帮忙审案。"

暮霜点点头："你先前说，你为了找我闯过冥府？"

重烛道："我那时没有能力破开冥界入口，听说了这个民间传闻，便命人细查，结果还真得到了那枚阴阳判令，通过它找到了冥府之中。"

最终的结果，自然还是落空，不过并非一无所获。

重烛当年闯入冥府，闹出的动静很大，把冥府十二城的阴司衙门闯了个遍，就为了查看每城之中登记阴魂的名册簿子，试图寻找暮霜的魂魄踪迹。

此举最后惊动了冥主，冥主大约是为他那股执着的劲头所触动，许诺他如果能趟过冥府的刀山火海、血池地狱，便可破例为他问一问生死簿，替他寻一寻他想找的人。

生死簿乃是冥府圣物，与六道轮回密切相系，掌管着世间一切魂灵的生死轮转，自然比那劳什子的阴魂簿子更全面。

重烛想也没想地便答应了这个要求。他隐去了自己跳入炼狱经历的一番磨难，只道："你我当初成亲时，曾剪下一缕发丝相结，冥主从中取了一根发丝焚化送入生死簿中，发灰入簿，生死簿上的字迹腾飞出来，缠绕成枝蔓，又从枝蔓中飞出一只莹莹发光的小鸟，落在我手上。"

重烛的目光穿过水面浓雾，望向前方逐渐靠近的鬼门轮廓。他到现在都还清晰地记得那时所见的一切细枝末节，记得那小鸟落到他指尖上，又在他的指尖散作点点萤光。

暮霜低下头，歉疚地道："你来这里，是找不到我的。"她属于天界的仙子，受罚下凡历劫，并不经六道轮回，魂魄归处也不在冥府。

重烛从鼻子里"嗯"了一声道："冥主也说我来错了地方，我要寻之人还是生魂，并不在冥府之中，要我再去别处找找。他见我不甘离去，最后又出言提点了我一句，说只要我执念不消，你我二人的牵绊不断，就能等到你。"

暮霜默然，若不是重烛一直不放弃寻找她，因此而滞留在人间，她也不会再一次被允许下界来。

重烛显然和她想到了一处，修长的手指插入她的指缝之中，用力扣住，笑道："事实证明，他说得没错。"

小舟顺着忘川河漂进了鬼门关内，浓雾变得稀薄，视野豁然开朗，冥府之内鳞次栉比的楼阁坊市自河岸纵然铺开，幽绿的鬼火在街道上纵横交错，宛如长龙，一眼望不见尽头。

只遥遥一望，便可见其中热闹，与人间坊市相比，亦不遑多让。

暮霜虽不是头一回来冥府了，但上次只在奈何桥头站了片刻，所见皆是朦胧之景，今日才算是切实地见过了冥府的模样，完全不似人间话本里传说的那样阴暗可怖。

重烛和暮霜从渡舟上岸时，已有冥府的阴官前来迎接，拱手相拜："冥主预感到今日有贵客前来，命我等恭候在此，供二位引路驱使。不知魔君和春神二位大人一同前来冥府有何要事？"

重烛先前送出一缕魔气入忘川渡头的铜铃，便算是投递了拜帖，此时闻言倒也并不惊讶，只简单扼要地道明了来意。

那阴官听完，叹息一声，略有些为难道："如此说来，那枚阴阳判令已是百年前的旧令了，定然已被当作失物从录簿上划去，若有人拿着它入了冥府，一时半会儿恐怕难以圈定具体方位，须得花一些时间寻找。"

暮霜虽担忧稀音安危，却也不得不耐着性子，回以一礼："有劳大人尽快查明。”

另一边，重稀音确实也被那阴阳判令无意间勾入了冥府之中，她起初见到满街飘荡的阴魂鬼煞还着实有些害怕，不过后来见得多了，胆子便也逐渐大了起来。

尤其因她手里捏着这一枚黑漆漆的戒尺，别的阴魂见了她全部毕恭毕敬，没有因为她还是个小孩就轻视她，还有人跪在地上求她断案呢。

此时此刻，重稀音便坐在一株光秃秃的桃木下，挺了挺胸膛，对趴在前方的一条黑犬，有模有样地询问道：“说吧，你有什么冤屈等着大人我为你主持公道啊？”

那黑犬扬起脖子，登时爆发出一连串的狗叫。

重稀音摸着下巴听了良久，揉揉被狗叫震得嗡嗡响的耳朵，一本正经地道：“好了好了，我听明白了。你说你活着时救了一个溺水的人，那人承诺会养你一辈子，结果后来娶了妻生了子，便开始嫌弃你年老无用，不能看家护院，于是用棍棒打断了你的后腿，将你带去山林里丢弃，害你死于荒野。”

黑犬俯首，嘤嘤地呜咽起来。重稀音靠过去摸了摸它的脑袋，气鼓鼓地道：“那人背信弃义，恩将仇报，实在可恶。你要是重返人间的话，要如何做？”

黑犬龇出獠牙，做出一个狠狠啃咬的动作。

重稀音举起阴阳判令，满意地敲了一下它的狗头：“很好，去吧，咬死那个坏蛋！”

随着她的话音，阴阳判令上金光一闪，裹住黑犬身躯，将它化作一道金光飞射而出，越过奈何桥，重返人世间。

黑犬之后，重稀音又断了几桩案子，不过是些鸡零狗碎、东家长西家短的事，她听得多了，便也没最开始那么热衷了，最后趴到地上从阴魂的包围圈中钻出来，将判令往怀里一藏，大声道：“不审了不判了，本大人现在要休息了。”

有阴魂不肯罢休，追上来喊道：“小大人，您再判一判我的案子，小人的案子简单……”

重稀音双手捂住耳朵，脑袋摇成了拨浪鼓：“不听，不听。”

隔了好一会儿，那些阴鬼才不情不愿地散去。重稀音松了口气，转头往街角的亭子里望去一眼，见那亭中之人还坐在那里。

从她在桃木下开始审案时起，那人便坐在那里，托着腮远远望着她这里。周围的阴鬼全都围上来请她主持公道，送他们返阳，只有那人一直坐在亭中，丝毫不为所动。

对方越是不为所动，重稀音就越是好奇，遂主动走上前去搭话，问道：“你难道不想早点轮回转世，返回人间去？”

那人闻声抬起头来，露出一张十分清秀的面孔，清秀得有些雌雄莫辨，好在开口之后，便听出了分别，是很轻柔动听的女音。

“我的功过是非，小大人还审不了。”

重稀音一听这话可不乐意了，当即往她对面的石凳上一坐，挤出一对严肃的眉毛，说道：“谁说我审不了？我偏偏要审，你快说来我听。”

对方无奈地笑了笑：“好，那小大人是要听上一世的，还是上上一世的？还是，从最开始便无人审判的那一世开始？”

重稀音两腮鼓成了包子，又不想露怯被她瞧不起，于是昂着下巴，故作镇定道：“都说。”

于是，重稀音便在这亭子里听她说了大半天，听到最后鼻涕、眼泪擦都擦不完，哽咽道：“你太惨了。你明明长得这么好看，怎么每一世都不能和自己喜欢的人在一起，还死得这么惨？”

对方笑了笑，从袖中取出一方手帕递给她：“让小大人如此伤心，倒是我的过错了。”

重稀音接过手帕胡乱抹了一把脸，疑惑地喃喃：“怎么其中有一世听着有点耳熟，好像听我阿娘给我讲过……”

她没想那么多，擦干脸上眼泪后，从怀里掏出阴阳判令来，郑重其事地道：“遇到我算是你运气好，下一世，我要你像我爹爹和阿娘一样圆满！”

她说着，抬手挥去，将阴阳判令敲到对方身上。

金光乍起，包裹住对方的身躯，但随即又从她身上流散开，回到了判令之内。

重稀音惊讶道：“怎么回事？”这还是她第一次失败。

对方似早有所料，淡然道：“我早就说了，小大人审判不了我的功过。不过，我也在此写过小大人的祝福。”

她站起身来，福身行了一礼，往凉亭外走去。重稀音捏着判令，还想追上去继续试试，被身后一声熟悉的呼唤定住脚步。

“重稀音！”

爹爹很少唤她全名。

重稀音浑身一凛，缩起脖子回过身去。望着朝她疾步走来的爹娘，她灵光一闪，立即摆出一副委屈巴巴的模样，扑进母亲怀里，哭唧唧道：“爹爹、娘亲，你们总算来了，我、我都害怕死了……”

重烛捏着她的后领将她拎出来，从她手上抽走阴阳判令：“少装可怜，我看你玩得很开心嘛，判了不少的案子吧？阴司衙门那边都被你搅成一锅粥了。”

重稀音噘起嘴巴：“都是他们求我的，我又没乱判。”她说着，想起最后那一个没能判令成功的人，急着回头，“爹爹，你先放我下来，我还要去找那个姐姐……”

暮霜转眸随她指去的方向看过去，神情微微一怔，竟觉得远处那个模糊的背影有几分说不出的熟悉。只是还未等她细想，那个身影已隐入昏暗的街道中，消失不见。

重稀音顿时泄了气，被拎着回程的路上，都一直念叨个不停：“那个姐姐每一世都过得好惨，希望她下一世能有个好结局。”

重烛“哼”道：“有你回去之后惨吗？”

重稀音抿了抿嘴。她都长这么大了，早就不怕她爹的言语恐吓了，紧紧搂住母亲的肩膀，谄媚道：“我有娘亲护着我，那还是她更惨一点。”

“我可不会无条件地护着你。”暮霜抬手捏一把她柔软的脸颊，悬了一夜的心总算落回肚子里。将稀音抱进怀里，听她絮絮叨叨地讲那个可怜姐姐的经历，直到听见其中一世时，她才蓦地睁大眼睛，顿住脚步。

重稀音疑惑地问：“阿娘，怎么了？”

重烛面上浮出了然之色：“是司墨。”

暮霜颔首：“应该是他。”

重烛从她怀里接过稀音，抬手轻抚她眼角的湿意，说道：“你想见的话，就去吧。”

暮霜转过身，沿着这条幽暗长街往前追去。

在几名阴差的帮助下，终于在奈何桥头望见了她想见的人，她气喘吁吁，双手拢在嘴边，大声喊道：“司墨！”

这个名字是几世之前了，那人一时竟没反应过来，听身后连唤了好几声，桥上的人才蓦然想起故人，回过头去。

看到暮霜时，她眸中微微一亮，提步想要从桥上返回，又被一股力量扼住脚步。

守在桥上的老妪向她递去一碗混浊的汤水，慢吞吞地说道：“走上奈何桥，便无法回头了，喝了这碗汤，继续去你该去的地方吧。”

暮霜无论如何都走不上那座桥，只能站在桥头望着她。她是司墨，却又不是，这一世的她是一副女魂，眉目之间少了些许男子的英气，多了几分女子的柔婉。

司墨对她挥了挥手，露出一个微笑，随后饮下碗里的洗魂汤，转身走下奈何桥，去往了司命星君为她谱写的未知的下一世。

全文完

不管是以前的你，还是现在的你，
我都很喜欢，我也想和你在一起。